芥川龍之介

絵画・開化・都市・映画

Andō Masami

安藤公美

翰林書房

芥川龍之介　絵画・開化・都市・映画◎目次

I

絵画の時代

II

交差する異文化

III

都市の一九二〇年代

IV 映画の世紀

＊

I

絵画の時代

絵画の時代

1　絵画の時代

芥川龍之介が作家活動を開始する一九一〇年代以降は、絵画の時代とも言える時代であった。一八九二（明治二五）年に生まれ、一九二七（昭和二）年に生を閉じた芥川の時代は、一九一〇年から一九三〇年にかけての〈絵画〉[1]の近代にも重なるのである。一九一〇（明治四三）年は、高村光太郎の「緑色の太陽」（『スバル』一九一〇・四）が発表された年である。第三回文展褒状となった山脇信徳の《停車場の朝》を「つまらぬ絵」とした石井柏亭に対して、「僕は芸術界の絶対の自由を求めてゐる。従つて芸術家のPERSOENLICHKEITに無限の権威を認めようとするのである」と、絵を評価支持して書かれた。日本の印象派宣言とも言われ、当時の若い世代に圧倒的な支持を得たこの高村の文章は、近年では、むしろ後期印象派やフォヴィスムが意識されていたとも評価されている[2]。いずれにせよ、表現をめぐる新時代の到来を象徴する文章であったということに変わりはない。そして、この一九一〇年は『白樺』が発刊された年でもある。まさに、美術における一つの時代の幕開けといってよい。

一九一〇年代前半は、展覧会という新しい文化的ふるまいの誕生の時でもあった。勿論、唯一の官展である文部省美術展覧会、所謂文展が一九〇七（明治四〇）年既に開催されているが、官展を意識しない運動や、反アカデミズムなエネルギーが活発になった時代がこの一九一〇年代前半なのだ。恐らくそれは、展覧会という場の意味も変えていったであろうことは想像に容易い。石井柏亭や有島生馬らによる二科会の設立や、横山大観らによる美術院の再興、岸田劉生らによるフューザン会の結成と解散、草土社の結成など、表現主体の差異による団体の棲み分けが活発になった時代、それは同時に、描くものだけではなく、観るものの主体にも大きく影響を与えた。個人による好悪や価値の位置づけによって絵を見、感じ、語ることの場としての展覧会という場の誕生を齎したと考えられる。(3)

並行して、雑誌メディアにより外国美術の紹介が積極的に行われてもいく。一九一〇年にかけては、イギリス美術の紹介からフランス美術の紹介へと移行した時期にもあたる。ラファエル前派やウィリアム・モリスの装飾美術など「西洋美術に関心をもつ者にとって当然の常識」(4)と考えられていたイギリス世紀末芸術は、この時代に、印象派・後期印象派の紹介と相俟って下火になっていくのである。周知のように、当時は『白樺』(5)や『現代の美術』を通して、複製写真を主とした極めて特殊な美術啓蒙が行われていた。実物のもつアウラから最も遠い白黒複製写真から培われた西洋絵画への近づきは、アウラの欠如を補うかのように、その画家を語る言説に支えられて、読者のまなざしとして組み込まれていく。写真版の掲載と、言説による画家たちの紹介という二重の〈複製〉の時代である。

やがて、印象派・後期印象派を中心としたオリジナルが、日本のコレクターたちの手に拠って購入、日本へ渡ってくることとなる。一九二〇年代頃より、購入された絵は、頻繁に国内の展覧会に出品された。〈コレクション〉という絵画の所有は、個人ばかりでなく、多くの人がオリジナルを見ることを可能にし、それを保管、展示する美術館の要請にも繋がっていった。オリジナルとの邂逅は、後期印象派ばかりでなく、カンディンスキー、クレーなど、同時代の最新潮流の紹介にも至る。こうして一九三〇年代にかけて、三科や『マヴォ』など新興の美術運動が盛んになり、一九三〇年協会や独立美術協会の結成という時代を迎える。
芥川の時代は、何層にも入り組んだ〈絵画〉の時代でもあった。幾筋にも水脈を延ばす絵画の時代の中、〈展覧会〉〈複製〉〈オリジナル〉を通して、絵画をめぐる文化的思考やふるまいを学んだ。それは現代の私たちも共有するふるまいである。絵画との接触は、作家として立つ前の、つまり詩的言語を専門に扱う以前の若い感性に少なからぬ方向性を与え、また、前時代とは異なる文学とのコラボレーションの可能性を与え、次世代への表現意識を与えたと考えられる。〈絵画〉をめぐる文化的身振りの誕生の時として、芥川の時代をとらえることも可能であろう。

　絵画をめぐる身振りとは、まず絵を飾ることである。大正時代の小説の登場人物の部屋には、なんと多くの複製絵画が飾られていることか。「あの頃の自分の事」[6]では、写楽の幸四郎と春信の絵と共に芥川の書斎には西洋画の複製画が何枚も飾られ、「路上」（『大阪毎日新聞』一九一九・六・三〇〜八・八）[7]の俊助の書斎には「ありふれた西洋名画の写真版」が飾られ、その中の一枚はヒロイン辰子に似た〈レオナルドのレダ〉である。「開化の良人」（『中外』一九一九・二）では、主人公の家の壁に架かる〈ナポレオン一世の肖像画〉が結婚後、「薔薇の花束を手にし乍ら、姿見の前に立つてゐる」妻の「横顔」の肖像画に替わる。「葱」（『新小説』一九二〇・一）では、お君さんの部屋の茶箪笥の上の壁には「雑誌の口絵らしい」「鏑木清方の元禄女」「ラファエルのマドンナ」「北村四海君の彫刻」「ベエトオフェン（実はウイルソン）」がピンで止められている。また、西洋の絵画に止まらず、「疑惑」（『中央公論』一九一九・七）は、床の間に「怪しげな楊柳観音の軸」が掛けられ、「片恋」（『文章世界』一九一七・一〇）では、造花の牡丹の後ろに「石版摺りの乃木大将の掛物」が掛かる。「玄鶴山房」（『中央公論』一九二七・一）の「黄檗の一行」も同様である。[8]実際にも、「紫檀の机の前に、一游亭の鶏の画を眺めて」（「東京田端」『百艸』新潮社、一九二四・九・一七）とあり、小穴隆一の「鶏之図」（『海江』一九一七・七の挿絵の原画）が掛っていたこともある。芥川のテクストにあって、架けられた絵は、重要なテクストの原動力となっていると言えるだろう。

複製を飾ることが、既に何らかの文化的指標となっていくこの時代に、オリジナルを手にすることの許されたコレクターの登場は、絵画の風景を大きく変えることとなったであろう。一般公開された本物を観るために、会場に足を運ぶという展覧会の身振りと同時に、コレクターが明らかにする所有したいという欲望は、絵画をめぐる場を展覧会など公の空間から、自宅、自室という私の空間にまで狭める。壁に何が掛っているかが経済力や趣味などの指標となり、架けられた絵はその人を写す鏡となる。

次に展覧会のふるまいが登場する。芥川文学において、例えば展覧会場の一室でのドラマを描く「沼地」(『新潮』一九一九・五)や、文明開化期の文物の展覧という場と語りが微妙な関係をもつ「開化の良人」、会場を待ち合わせの場に使う「春」(『女性』一九二五・四)のように、展覧会場という新しい場の誕生を時代の中で活写する。

そのほかにも、存在の有無すら定かではない絵そのものを語っていく「秋山図」(『改造』一九二一・一)や、右から左へと視線を動かす絵巻物の構造を借りた「往生絵巻」(『国粋』一九二一・四)、肖像画の提出から物語の始まる「好色」(『改造』一九二一・一〇)や、《芭蕉涅槃図》から構想された「枯野抄」(『新小説』一九一八・一〇)など、絵画と文学は様々な共犯関係にある。或いは、画家を主人公とした小説も芥川文学の中で特徴的であろう。院お抱えの絵師を主人公に設定する「地獄変」(9)、幼い頃に庭造りを手伝い、今は絵画研究所でブラシを動かす青年を描く「庭」(『中央公論』一九二二・七)、ゴーガンの画集に魅せられる画家の「夢」(『婦人公論』一九二六・一一)など、画家小説も多い。そして彼の自伝風の小説である。保吉ものの第一作「保吉の手帳から」(『改造』一九二三・五)を書いたときに、芥川は小穴隆一に宛てて、「自画像を書いたれども」と書き送っている。「大導寺信輔の半生」(『中央公論』一九二五・一)には、「或精神的風景画」とサブタイトルが附され、「或阿呆の一生」(『改造』一九二七・一〇)には「自伝的エスキス」と附される。「風景画」というジャンル用語は、明治三〇年代前後に洋画を中心に生まれた新しいことばだった。とくにそれは、白馬会系の洋画新派に対して使われるようになったもので、明治二〇年代なかばまでは、洋画旧派の明治美術会でも、油絵の風景画に「山水」「景色」の語が使われていた。そのような絵画用語を附す小説とは、一体なんであろうか。あまり、大きく扱われることのないサブタイトルへのまなざしも、今後は必要となるであろう。

絵画は小説ジャンルばかりではなく、例えば、「文芸的な、余りに文芸的な」（『改造』一九二七・四〜）のような論評の分野にもかかわる。芥川はその芸術論を唱えるとき、必ず視覚芸術に譬える。同時に、視覚芸術を語ることが、作家主体を表すことにもなる。「二人の紅毛画家」（『文芸春秋』一九二七・六・一）では、ピカソとマティスが対比して語られ、「文芸的な、余りに文芸的な」では、セザンヌ、ルノアル、ゴーギャン、ルドン、モローなどが引き合いに出されていた。現在も日本で見ることのできる、この時代に購入されたコレクションに触れて、印象的な批評が著されていた。一九二七年、芥川は、谷崎潤一郎との〈小説の筋〉論争の中で、小説の構造的美観を優先する谷崎に対して、〈デッサンよりも色彩に生命を託した画〉としてセザンヌの絵を引用して〈「話」らしい話のない小説〉を説明した。芥川による「絵の破壊者」としてのセザンヌ発見は、「セザンヌの破片のようなタッチはまさしく偶像の破壊の軌跡である」という言葉と連動して、芥川の現代性に繋がる一つの回路とも言える。が、「デッサンのない画は成り立たない」その例外として、カンディンスキーの《即興》を例に挙げてもいる。五十殿利治『大正期新興美術運動の研究』（スカイドア、一九九五・三）によれば、大正期新興美術運動は、日本的フォーヴの流れとプロレタリア芸術運動という「両極から挾撃された格好」で、「一九二五（大正一四）年に実質的に頂点に達し、終焉を迎え」「一九二七（昭和二）年まで揺曳するもの」という。日本の新興芸術に対して寡黙な芥川であるが、芥川とモダニズムを考えた場合、カンディンスキーとセザンヌとをある分水界として語る口調からは、多くの可能性を読み取れる筈である。

芥川の時代は、絵画をめぐる様々な身振りが、テクストの中でたゆたい始める、そのような文学と絵画の魅力ある共犯関係が成立し始めたときとみることが出来るだろう。

〈絵画〉をめぐる大きな枠組みが出来上がった中で芥川の世代は育ち、その環境は世代に共通するまなざしを培う。この〈絵画〉という語・概念自体が、近代の新しい語、つまり概念であることも同時に押さえておくべき認識であろう。

色彩をもつことを属性とした〈絵〉と、物のかたちを区分けし写すことを字義とする〈画〉を併せた〈絵画〉という語は、およそ明治二〇年頃に定着したという。〈絵画〉は、漢語からの使用ではなく、近代日本において造語されたものなのである。それまでの、価値の起点を中国においていた〈書画〉や、「浮世絵」「大和絵」といった日本古来の〈絵〉とは別に、明治以降、実際の画や技法や書籍などを通して、西洋の美術に関する情報が、大量に流入し、且つ急速に浸透してきた。従来の「書画」では違和感があり、もはやそれらは「蘭画」でもない。そのとき、「それらすべてをさし示すより包括的な概念用語として」、〈絵画〉という語が誕生したことは、佐藤道信『〈日本美術〉誕生』(講談社、一九九六・一二)に詳しい。それまで書画と呼ばれていた視覚的表現は、〈絵画〉と名指しされることで、〈書〉の部分を削ぎ落すだけでなく、その起点を〈中国〉から〈西洋〉に転換することとなり、以後、西洋を向いて進むことになった。この書画から絵画への変化は、「日本の近代絵画が何をめざしたのかを、あざやかに象徴していた」、つまり、「近代日本の絵画の指標が、中国から西欧へと大きく転換したことを象徴する」出来事として認識される。

有名な森鷗外と外山正一の論争においても、「絵画」という語が使用され、一八九〇(明治二三)年の第三回内国勧業博覧会において、今まで「書画」であった部門が「絵画」という名称に変更されたこともあり、「画」は〈公〉

として、一方の「絵」が〈私〉として位置づけられてもいった。歴史的に色彩中心の大和絵系の作品には「絵」が冠され、水墨か水墨淡彩のものをさした漢画系の作品には、「画」が冠されていき、「作品に対して「絵」「画」どちらの語を実際に使うかは、色彩や筆致といった作品の状態による美術的判断、大和絵系か漢画系かといった社会的判断など、いくつかの基準を使い分けながらその都度決定されていたのだと思われる」と佐藤は述べるが、現実に流入してくる絵画情報に対して、試行錯誤しつつ、しかし、歴然と近代のイデオロギーを発揮して命名されていく過程をよく示しているだろう。

そして、ここに重大な顚倒が起こる。「日本画」という語・概念の成立である。木版、石版、色絵など、素材を表す言い方として西洋絵画は、油絵とも言われたが、日本人の描く（日本で描かれた）絵画に対しての命名を施す際に、西洋に対する日本が選ばれ、「日本画」が誕生する。それに伴い、素材用語の「油絵」も文化圏用語の「西洋画」へと移行する。「日本画」に対する命名として「西洋画」が作られたのである。「江戸時代にあって絵画を分類する二大概念としてあったのは〝和漢〟の分類だった」その美術の世界は、日本画と洋画として、「両者が、二つで一セットの対概念として成立した」ことになる。明治二〇年代が美術雑誌の草創期だったこととも重なり、日本画、洋画の存在がジャーナリスティックな話題として取りあげられ、いくつかの論争状況を呈しながら社会的に普及していく。明治三〇年代には、「両者は合わせ鏡的な分立、併存、調和の状況へ」と向かい、四〇年代には、丁度官により開設された文展に「日本画」「西洋画」の両部が設定される。このようにして、ジャンル分けの語彙である日本画・洋画の「両者は制度的にも定着」するのだと、佐藤は〈絵画〉にまつわるイデオロギーを丁寧に辿り、論じている。

「国家体制の確立」と「美術の制度化」の完成を背景として、〈絵画〉という語が、私たちに自明の概念となってきたことがよくわかる。近代の美術を語るとき、私たちは、〈日本画〉〈洋画〉〈東洋〉的美術など、時にためらいや歯切れの悪さを覚えながらも使い分ける。それを可能としている基準が、「国際絵画」と「国民国家絵画」としての意味あいを併せ持つのだということには、充分意識的にならねばならないだろう。特に、「東洋」の語義には、西欧、日本、中国のそれぞれの視線が入り乱れた状態になっているわけであり、より複雑な問題を提起していると考えられよう。

2　ラファエル前派から後期印象派へ

このような〈絵画〉概念の定着の中で、文学とかかわりを深くする西洋の美術、特にイギリス世紀末美術が日本にもたらされてくる。ラファエル前派や、アールヌーヴォーの流れである。

西洋美術が日本の近代文学に初めて投影されたのは、坪内逍遙の『当世書生気質』(晩青堂、一八八五・六〜一八八六・一) の挿絵と言われているが、明治二〇年代の日本浪漫主義文学には、このロセッティなどラファエル前派の影響が見られるようになる。洋行した画家、黒田清輝や久米圭一郎らの活躍を受けて、明治三〇年前後からは、書物の装幀や扉絵に、白馬会の影響が表れ始める。当時の、文学と美術の関係のその最高潮が、〈文学美術雑誌〉として誕生した雑誌『明星』との関係であることは、周知のとおりであろう。明治三三年一〇月以降の『ホトトギス』の表紙を、フランス留学中の浅井忠が担当するなど、最新トレンドの美術と文学の睦まじい関係は、文学雑誌によく表れている。文学テクストの中にも、例えば、夏目漱石の「草枕」(『新小説』一九〇六・九) 中のミレイの《オフェーリヤ》や「三四郎」(『東京・大阪朝日新聞』一九〇八・九〜一二) 中のウォーターハウスの《人魚》など、様々に美術テクストが引用され始める。

また、テクストとの関連のみならず、装幀という体裁をとった本のオブジェ意識もあらわれる。最初の洋装本は、中村敬宇『改正　西国立志編』[10]といわれるが、明治中期のこの美術文化を受けて、藤島武二によるアールヌーヴォー調の表紙の鳳晶子『みだれ髪』（東京新詩社、一九〇一・八）や、青木繁による岩野泡鳴第二詩集『夕潮』（日高有隣堂、一九〇四・一二）が上梓され、芸術的価値を持ち得た書物の装幀の嚆矢、『吾輩は猫である』（大倉書店、一九〇五・一〇〜〇七・五）の登場となる。表紙や扉、カットなど装丁は橋口五葉が、挿絵は、上編ではフランス留学から帰った直後で太平洋画会に属していた中村不折が、中・下編では洋画の浅井忠が、漱石の直接の依頼によりあたったと言われている。この『我輩は猫である』は、「装丁の斬新さ」「大凝りの美本」「猫の盛装」と、賛美と同時に揶揄もこめられて言われる本となったが、美装本の意識の登場であった。『書物の近代』[11]は、これらの美装本が、美術的価値を有した「立体的なモノ」として存在し、モノとしての書物は、「書斎の書架にふさわしい『室内装飾』のオブジェとして組み立てられる」に至ることを言う。「書物は『猫』の登場によって改めて立方体としての存在条件を開示してみせた」ということになろう。漱石が、『こゝろ』（岩波書店、一九一四・九）に至って、自ら装幀を行っていることは有名である。「箱、表紙、見返し、扉及び奥付の模様及び題字、朱印、検印ともに、悉く自分で考案して自分で描いた」というこの『こゝろ』の登場を、佐渡谷重信は、「漱石が五葉や不折の協力を得て西洋美術を装幀に導入し、さらに挿絵やヴィネットに反映させて文字と視覚芸術の交渉を実現させたことは、文学史上、また美術誌上、決して無視してはならない事であろう[12]」と述べている。

この装幀へのこだわりもまた、ラファエル前派、特にはウィリアム・モリスの美装本の製作と無縁ではないだろう。ケルムスコット版聖書など、モノとしての書物にはモリスの工芸的発想が強く流れている。そして、その意識は芥川にもまた流れるものであった。初めての単行本である『羅生門』（阿蘭陀書房、一九一七・五・二三）を発刊する際、自ら装幀していることを思うと、本を単なる読み物としてではなく、見返し、印譜など、活字の本文とは独立して価値をもたせていくその意識、本の付加価値への意識は、モリスや漱石と同じところにあったと考えてよい。

漱石は、装幀に対して、「うつくしい本を出すのはうれしい」（中川芳太郎宛書簡、一九〇五・八）と述べているが、芥川もまた、「もつと美しい装幀の本が出て好いと思ひます」（「拊掌談」[13]）と言い、美装本へのこだわりという意識を最後まで持ち続けた。美装本へのこだわりは、近代出版事情の中で特筆されてよい。

明治後期から大正初めにかけて、つまり一九一〇年代前後まで、「ラファエル前派は、少なくとも印象派よりも、より広範なかたちで受け入れられ」、「ラファエル前派の中世趣味とモリスの装飾美術は西洋美術に関心をもつ者にとって当然の常識と考えられ」ていたことは既に述べた。この美術の時代の中で、英文学専攻の芥川が帝大の卒業論文にウイリアム・モリスを選んでいることは、ある意味正当な選択で、自然な成り行きであったと言えるかもしれない。中村義一『近代日本美術の側面』（造形社、一九七六・九）には、わが国におけるもっとも早いモリスの紹介として、渋江保『英国文学史』（博文館、一八九一）が挙げられている。次いで、上田敏の『文芸論集』（春陽堂、一九〇一）である。そして、「工芸家モリスの日本での最初の具体的な紹介として注目すべきもの」とされる富本憲吉「ウイリアム・モリスの話」（『美術新報』第一一巻四号）があり、一方、社会主義からの視点である村井知至『社会主義』（労働新聞社、一八九九）、堺利彦抄訳“News from Nowhere”（『平民新聞』一九〇四）、岩本透「ウイリアム・モリスと趣味的社会主義」（『美術と社会』趣味之友社、一九一五・一二）など、少なからずモリス紹介は行われてきていた。

芥川の卒業論文のテーマは、モリスの「全精神を辿る」という壮大なテーマから、最終的には「W.Morris as a Poet」と縮小されていくが、ラファエル前派と深く結び付き、建築・工芸・出版に関わる一大工芸家でもあったモリスを選んだことは、時代を鑑みれば自然なものであったといえるだろう。ラファエル前派への興味は勿論、一九一四年から一五年にかけて、ウイリアム・ブレークを素材に作詩をしたり、「ビアズレーの画をかなり沢山まとめてみて感心した」（井川恭宛書簡、一九一五・四・一四）りするなど、多大である。これら世紀末芸術への嗜好は、芥川一人の趣味である前に、やはり時代的な趣味・トレンドでもあったことを押さえておくべきであろう。

一方、芥川は、ゴッホやセザンヌ、ゴーギャンなどへも新鮮な興味を寄せているのだが、この時代は、丁度、イギリス的美術紹介の全盛期からフランス美術への移行期にあった。佐渡谷重信は、前掲の『漱石と世紀末芸術』において、「明治中期から後期にかけての数多く文芸美術雑誌で、ロセッティやホルマン・ハントからバーン＝ジョーンズ、ワッツ、ホイッスラー、あるいはラスキンやモリスらの紹介があいついでなされた。しかし、これは、後期になるにしたがって頻度が減る。反比例して、フランスの印象派以後の諸動向の新紹介が漸増しはじめ、やがて明治末期には、急速に完全にそれにとって代わられることになる」と述べている。イギリス世紀末芸術からフランス印象派・後期印象派へ、芥川の時代は、西洋美術受容の分水界にも位置していたのである。

イギリス美術に次いで伝えられたフランス美術、特に印象派・後期印象派は、主に一九一〇年に発刊された雑誌『白樺』によるところが大きかったことは周知のことであろう。結果的にこの一時期は、日本の美術史上、大変興味深い時期となる。『白樺』は、ゴッホ、セザンヌ、ロダン、マチスなどの写真版の図版を多量に掲載し、のみならず、翻訳、解説論文を同時に掲載する。つまり、二重の複製において美術を啓蒙したことになる。当時の画学生や文学を志す若者たちに大きな影響を与えた『白樺』は、大正はじめのフューザン会や二科会の設立などを促し、絵画における新しいムーブメントへの大きな刺激を与えたことは、最早言を俟たない。この『白樺』に宛てて、芥川は一高在学中、一通の手紙を送ろうとしていたようだ。「僕たちは、第一高等学校の英文科にゐる『白樺』の愛読者です、／正直な事を申しますと今までは、皆様の御作を拝見する為よりも、文芸なり美術なりの、御紹介を読む為に毎月『白樺』を見てをりました、Cézanne なり Gauguin なりの」（「白樺編集部宛」）というメモが残されている。芥川が早くから『白樺』の愛読者で、しかしそれは文学などよりも西洋の美術を知る重要なツールとしてであり、情報源として大いに利用され、その恩恵に与かっていたことを物語る資料であろう。

セザンヌをもっとも早くに日本に紹介したのは有島生馬といわれている。一九〇九年九月に出版された島崎藤村の『新片町より』（佐久良書房）には、「単に花瓶と花とを画いた」セザンヌの油絵の写真を生馬より受けとった旨の記事が付され、この油絵は、「花瓶」のタイトルで、『白樺』に先立ち『文章之世界』（一九〇九・一・一五）の二色刷口絵になっている。その後の受容は、『白樺』が圧倒する。一九一二（明治四五）年九月の『白樺』には、単色版の《自画像》《セザンヌ夫人》《風景》《ショッケ》《セザンヌの子供》の五点の油彩図版が掲載されている。また、一九一三年四月に虎の門議員倶楽部で開催された〈白樺主宰第六回美術展〉では、日本で初めて展覧されるロダンの彫刻を目玉として、同時にセザンヌ一五点、ゴッホ五〇点、ゴーガン三〇点が出品されている。版画や複製画による展示という希代稀な様相であった。西洋美術の精巧な複製図版そのものが珍重されるという、顚倒した美術受容が華々しく開花するのである。(14)

芥川が最も早くセザンヌに言及するのは、一九一五（大正四）年八月二一日の夏目漱石宛書簡においてである。

浜菊の咲いてゐる砂丘と海とを背景にして、彼等の一人を、ワツトマンへ画かうとう云ふ計画があるんですが、まだ着手しません。画は、新思潮同人中で、久米が一番早くはじめました。何でも大下藤次郎氏か三宅克己氏の弟子か何かになつたのかも知れません。とにかく、セザンヌの弟子位にはかけるさうです。松岡も画をかきます。まあ私と五十歩百歩でせう。それでも二人とも、ピカソ位には行つてゐると云ふ自信があります。

既に『白樺』やその展覧会を通して、多くのセザンヌを目にしていた筈の芥川だが、ここから読み取れるのは、技術的にそう優れていない画家の形容のようである。ピカソもセザンヌもここでは、「稚拙」の喩でしかない。後年、セザンヌへ寄せる共鳴という評価の劇的な変化は、オリジナルとの邂逅をまたねばならないのであった。

『白樺』においては、絵の紹介と同時に、芸術家として、人間として、生命としてといった人格批評が同時に行われており、それは、「日本に芽生えつつある人格批評は、日本人がセザンヌを理解し、解釈し、評価する有効な視点として成熟していった」（永井隆則「日本におけるセザンヌ受容史の一断面」『現代思想』一九九六・九）という側面をもつ。一方、セザンヌもゴッホもロダンもトルストイも一様に〈芸術家〉として括られていく精神構造への危機も唱えられているが、芥川のセザンヌ受容は、そのような『白樺』的なところからは、やや離れたところにあることは、確認しておくべき点であろう。

『白樺』や『現代の美術』などの雑誌の写真版により紹介されていたセザンヌやゴーギャンやゴッホだが、「或阿呆の一生」（『改造』一九二七・一〇）の中で、ゴッホとの出会いは、「彼は突然、――それは実際突然だつた。彼は或

ゴッホ《星月夜のサイプレス》
『泰西の絵画及び彫刻』

ゴッホ《向日葵》
白樺美術館第1回展に展示。焼失。

ゴッホ《耳を切った自画像》
『泰西の絵画及び彫刻』

本屋の店先に立ち、ゴオグの画集を見てゐるうちに突然画と云ふものを了解した」と、突然の啓示のように文学化された。ゴッホとの出会いは、続けて、「勿論そのゴオグの画集は写真版だつたのに違ひなかつた。が、彼は写真版の中にも鮮かに浮かび上る自然を感じた」とある。

一九一四年一一月三〇日、芥川は友人井川（後の恒藤）恭に宛てて、「絵にも僕は好みがちがって来た」「此頃になつてほんとうにゴーホの絵がわかりかけたやうな気がする　さうして之がすべての画に対するほんとうの理解のやうな気がする」「之がすべての芸術に対するほんとうの理解かもしれない」と書き送っている。「之だけでは何の事だか君にはわからないのにちがひない　けれども語にすると肝じんの所がにげさうな気がする」と、かたくなに言葉を慎みつつ、「僕の見解以外に立つ芸術は悉く邪道」と他を排除する程に確信的でもあるこの手紙と、「或阿呆の一生」は丁度呼応していると言えよう。「或阿呆の一生」は続けて、「木の枝のうねりや女の頬の膨らみに絶え間ない注意を配り出した」と文学化されるのだが、ここでは、そのときの〈発見〉に伴う情熱が、自然を見る〈眼の獲得〉に結びついたことをよく表している。〈眼の獲得〉は、「青あをと燃え輝いた糸杉もやはりゴツホの生まれぬ前には存在しなかつたのに違ひない」（「僻見」）、あるいは、「万人の詩に入ること屢なりし景物を見るに独自の眼光を以てするは予等の最も難しとする所」と断りつつも、「藝術の士」は「万人の眼光を借らず」「独自の眼光を有し、おのづから独自の表現を成せり。ゴッホの向日葵の写真版の今日もなほ愛玩せらるる、豈偶然の結果ならんや」（「続野人生計事」）と、ゴッホを引いては繰り返し説かれることになる。芥川において、画・表現というものを諒解するシステムは、ゴッホを通して見出だされたのであった。ゴッホ発見は、表現者芥川龍之介の誕生の場でもあったのである。

ここで、「勿論そのゴオグの画集は写真版」だったと敢えて強調するところは、「勿論」という一語に籠められた時代認識を考えたとき、見逃しがたい問題をつきつける。希代稀な写真版という複製文化の謳歌は、まさにゴッホの画集に代表されるからである。ゴッホの紹介を辿るなら、初めて日本に紹介されたゴッホの画は、一九一一（明治四四）年六月の『白樺』に掲載された、ペン画《河岸と橋》である。その後、『白樺』や『現代の洋画』を通して、《自画像（パイプを銜へたる）》《木を切る男》《向日葵》《ガッシェ氏肖像》《落日》《星月夜のサイプレス》など、写真版のゴッホは数々紹介されていく。このゴッホ熱は、画集刊行への機運として異様な高まりをみせ、一九一三（大正二）年七月には、『ゴーホ画集』（日本洋画協会出版部）が発売される。「自画像」や「サイプレス」など、原色版の絵を五枚一組にして袋入りで販売する（五〇銭、バラ売りあり）というものであった。年末には、前の画集に《野道》を加えた六枚を『改定増補ゴォホ画集』として売り出している。そして、ゴッホの複製四六葉を掲載した『泰西の絵画及彫刻』第三巻絵画篇（洛陽堂、一九一五・一二）が刊行されるに至る。この本は、当時の複製文化の集大成ともいえる面持ちがある。

第一巻序には、「挿絵を出来るだけ沢山にして文字を唯極く簡単な紹介（小伝）にとゞめて全く見ることを主とした見るための美術史に作りあげたいといふ意向から篇輯された」と記されている。絵画篇第一巻はジオット、マンテニア、レオナルド・ダ・ヴィンチ、ミケランジェロ、ティントレット、デューラー、エル・グレコ、ルーベンス、レンブラントの九人の絵画が掲載され、第二巻はゴヤ、ブレイク、ドラクロア、クールベ、コロー、ミレー、ドーミエ、マネ、ロートレック、シャヴァンヌ、カリエール、ルノワール、ビアズレーの一三人の絵画が掲載、第三巻はセザンヌ、ゴッホ、ゴーギャン、ジョーンズ、ミレーの五人の絵画の白黒を含む、それぞれ写真版を集めたものである。この体系化は、凡そ年代順によるとはいえ、現代では決して行われることのない分類法であろう。当時の美術感覚の体系をうかがい知ることが出来る。

「勿論そのゴオグの画集は写真版」だったとわざわざ断る「或阿呆の一生」の言葉の背景には、一九一〇年代を彩ったこの複製文化があったのである。しかも、複製ということに関しては、写真版にとどまらない問題が生じもしたであろう。「作品の図版よりも彼自身についての言説の方が先に紹介の役をつとめた」ということである。ゴッホをめぐる言説とは、「ゴオホという天才に『藝術』と『人生』の師を仰ぎ見る心性[15]」といってよい。状況は、セザンヌと同様である。「文字通り複製画によってゴッホを理解していくという過程と、〈言説〉という事象を言語を媒介に再現する〈複製〉化の過程」という複製の二重化が行われていたというこの指摘は鋭い。日本におけるゴッホ紹介は、その絵よりも、例えば、「人類に根を突込んでゐる生命の力。自分はかかる生命の力を賛美したい」（武者小路『白樺』一九一一・九）に代表される、生命・人格主義的な言葉が先行して行われており、ゴッホのように生き、描くことが、一つのプロトタイプとして定着していく。このようなゴッホ熱の中の芥川のゴッホ〈発見〉なのだが、しかし、「天才の真似をしてるんでもないから心配しなくつてもいい」（前掲井川宛書簡）とあるように、あくまで〈眼の獲得〉に終始し、『白樺』的な人格・芸術主義からはやや身を離していることは、先ほどのセザンヌへの態度と合わせて、日本におけるゴッホ受容を考える際にも見逃すことの出来ない重要な点であろう[16]。

3　展覧会の言説

〈絵画〉の誕生、イギリス（ラファエル前派）からフランス（後期印象派）への移行、そして複製文化という幾重にも入り組んだ美術享受の時代は、もう一つ、展覧会の時代の幕開けでもあった。芥川が学生として過ごし、作家として立とうとしていた時代に書かれた美術展覧会感想録は、大変興味深い。芥川の書簡を辿るだけでも、その時代を写すことが可能なほどに展覧会の感想には饒舌なのである。と同時に、この時代にどのような〈絵画〉をめぐるふるまいが誕生したのかもそこからは透いてみえる。展覧会は、絵を見る場所であると同時に、出品者と選考者と観賞者の三者の異なるまなざしの交錯する場でもあった。つまり、文化的な様相を装う主体的闘争の働く場なのだと言える。同時にここは、映画館同様、社交の場としても機能し始めることになるのである。

官展のはじまりは、一九〇七（明治四〇）年一〇月一日、第一回「文部省美術展覧会」いわゆる「文展」の開催（大正八年に帝展となる）である。唯一の官展であるため、入選の有無や、審査員の可否という事実が大きな力を現出させる。同年の東京勧業博覧会では、娯楽施設に混じり美術館が建設され、絵画や彫刻の展示が行われている。青木繁の《わだつみのいろこの宮》が三等末席になり不満が出たり、審査を前にして北村四海が自作石膏《霞》を打ち砕くなど、〈見世物〉から〈観賞〉へという絵画をめぐる身振りの移行期としてこの時期は大変興味深い。日本画の部では、新旧両派の対立が顕在化し、一九一二年には、この対立に対して、文部省が、第一科（旧派）と第二科（新派）に分けるという処置をとっている。また、横山大観が文展の審査員を外されたことから、一九一四年に再興日本美術院が組織され、同年、洋画部でも日本画と同様に二科制をとるべきとした提案を「洋画はすべて新派である」と黒田清輝に一蹴されたことから、文展から脱退した人たちによる二科会が発足するなど、官をめぐる力への反発は、新しい美術団体の組織という形で様々に起こっていた。さらに、一九一二（明治四五）年三月、中沢弘光、山本森之助、三宅克己らによる光風会の結成や、同じく大正元年一〇月、『白樺』と縁の深いフューザン会(17)が、第一回展を開催（銀座読売新聞社三階）、そして巽画会、草土社の結成など、一九一〇年代前半の美術界は、日本画・洋画を含めて新しい表現をめぐる生成期にあったのだといえるだろう。

官展に対するこれら在野の新しい団体は、新興の中間層を対象に開かれていく。官によらないことは、個の主観を最大限利用する場として成立したことになる。それは、展覧会へ臨むことの意味を大きく変えることにもなった。展覧会とは、絵を観賞するだけでなく、絵の善し悪しを個人のレベルで見極めることでもあり、またその絵から何かを感じ取ることが出来るか否か、内的な衝動となるまでに感想を述べることまでをも要請する場となる。展覧会へ臨むことは、絵を観賞するだけでなく、選別に耐えた絵を認め、感想を述べることまでを、しかもそれが内的な衝動となるまでに、一つの文化的身振りとして鍛え上げていくことが必須とされる。芥川が美術展覧会に足繁く通うのは、一高在学中から帝大時代に当たる。文展を始め、新興のフューザン会や再興美術院展、二科会、草土社など、結成時の展覧会の感想を認めたそれらの書簡は、芥川個人の感想という域を超えて、美術史上の資料としても興味深いものがあり、さらには、展覧会の身振りを示す格好のテクストともいえるだろう。

牛田雞村《町三趣》宵　青梅市美術館

第七回文展の感想は、熱がこもっている。一九一三年一一月一日に原善一郎宛に出された書簡は、第七回文展（一〇月一五日から一一月一八日まで）の開催を知らせると共に、「吉例によつて少し妄評をかきます」と、行事性を示す書きぶりである。冒頭に、いきなり「日本画の第一科は期待以上に振ひませんでした」とあるのは、この前の年の五月に行われた、文展内の新旧両派の対立への処置として、日本画の部を、第一科（旧派）と第二科（新派）に分けたという文部省の処置を示すものでもある。既に若い感性は、旧派への意識を有してはいない。一方、「第二科では私の興味を引いた作品が二あります」として、一観賞者として、確信的に褒め挙げている絵があった。一つは牛田雞村の《町三趣》、もう一つは土田麦僊の《海女》[18]である。「町三趣はあまり遠近法を無視し過ぎた嫌がありますが私は之を今度の日本画の中で最傑出した作だと思つてゐます」という程に、当時の芥川の眼には、良品として選ばれている。一九日の井川恭宛書簡でも、「日本画の第二部で牛田雞村の町三趣と土田麦僊の海女とがよかつた」、「文展は大阪であるんだらう　さうしたら殊にこの二つを見てくれ給へ」と、推挙までして褒めている。一二月になっても、「町三趣はよからう　海女の半双（海のない方）もよからう　あとの半双も僕は人が云ふほど悪くはない」

と、繰り返しその良さを褒め挙げている。

牛田雞村の《町三趣》は、「宵（よい）」「まだき（朝）」「時雨（しぐれ）」の三幅から成る。展覧の当初から、「新しい絵画的境地の発見者として多大の栄誉を擔へる」（河野桐谷『多都美』一九一三・一二）など高い評価を得ていた。多くの評者が「まだき（朝）」を褒める中で芥川は、「宵の町の軒行灯のほの赤くともる頃を二人づれの梵論子が坂つゞきの町の軒づたひに尺八をふきながら下りてゆくなつかしさは此作家のゆたかな芸術的気分を感じさせずにはおきません」と「宵（よい）」を評価している点は、興味深い。[19]

> 海女は此頃またよみかへしたゴーガンの「ノアノア」の為に一層興味を感じたのかもしれません土田氏は私の嫌な作家の一人です昨年の「島の女」も私の嫌な作品の一でしたしかし海女のすぐれてゐるのはどうしても認めなければならない事実です六曲の屏風一双へ砂山と海とをバックにして今海から出た海女と砂の上に座つたり寝ころんだりしてゐる海女とを描いたものです泥のやうな灰色の中に黄色い月見草もさいてゐます赫土の乾いたやうな色の船もひきあげてあります
> 　砂山の向ふにひろがつてゐるウルトラマリンの海は不賛同ですけれどもねころんでゐる海女の肩から腰に及ぶ曲線や後むきになつた海女の背から腕に重みを託してゐる所や海草を運んでくる海女や子供の手足のリズミカルな運動は大へんによくかいてありますデッサンも「島の女」より遥に統一を持つてゐます概して一双の中で右の半双海の出てゐるほうはあまし感心しませんが左の半双は確に成功してゐます

「海女のウルトラマリンには僕も全然は賛成はしないが左の半双の色調と海女の運動のよく現はれた点では成功が著しいと思ふ」（一一月一九日井川宛書簡）と、繰り返し身体の曲線や重み、リズミカルな運動に、《海女》の良さ

土田麦僊《島の女》東京国立美術館

土田麦僊《海女》京都国立近代美術館

芥川による《楽園》ゴーギャンの模写と言われるが構図は《海女》の砂浜の二人に似る。山梨県立文学館

を見る芥川は、余程この絵に牽引されたのか、砂に寝そべる人物の構図を、自分の絵にも反映させている。ゴーガンの模写と思しき楽園の男女二人の図は、この背中や腕のラインなど、「海女」の中心の二人とほぼ同じである。

だが、いわゆる美術界での評価は、「僕は彼様な風に見える人が有るかと思ふと不思議で堪らぬ。」「作家は鳥羽の海女の感興を顕はしたものだと言つてるさうだが、其実は西洋のゴーガンか何かを見て、這様風に遣つて見たらと筆を採つたものに過ぎなからう。夏の熱いと云ふ点は頷かれるが、其外に至つては唯不思議と思ふばかり」（美術研精会同人『研精美術』大正二年文展号）と、奇を衒った描写法という見方が圧倒的であった。芥川も、独自の審美眼に確信的であると同時に、他者評への気配りにも敏感であった。「唯誰もこの絵をほめる人のないのが悲観です私のともだちは皆悪く云ひます先生にはまだ御目にかゝりませんが多分悪く云はれるだらうと思ひます私の知つてゐる限りではこの絵をほめたのは松本亦太郎氏だけです」(原宛)、「唯癪にさはるのは久米の外に海女に同情を示す人がない事だ」「谷村君のおぢさんは[20]『怪物』だと云つたさうだ」(一二月一九日井川宛書簡)など、自らの審美眼と他者評とのズレに苛立ちを覚えている。

同じ文展日本画部第二科には、横山大観の《柳陰》や、寺崎広業の《千紫万紅》なども出品されている。それらに対しては、「大観は矢張たしかなものでした(昨年ほど人気はありませんけれど)、そして広業氏の「千紫万紅」はどうも感心しません」との感想を残している。ところで、大観は、前年出品作の《五柳先生》が話題となっていた。昨年の人気とは、この画のことだが、後に芥川は、自筆の《芥川先生》図でこの《五柳先生》のパロディ化を施している。

「洋画では石井柏亭氏が頭角を現はしてゐます」と述べている。石井はこのとき《N氏と其一家》を出している。紀伊新宮の素封家西村伊作を訪問、庭に憩う一家を描いたものである。同じ時期、新宮の港をテンペラで描いた《滞船》が、二等を貰ったことで、画家の評価が定まってきた頃である。「私は近頃調子のいゝ和らかな画を描こうと思って居ない。」「私はまた日本の画壇に於ける仏蘭西学万能主義に賛同するものでない」(石井柏亭『美術新報』一九一三・一二)という独特のスタンスをもっている。同じ洋画では、いずれも好評を得た藤島武二の《うつゝ》や齋藤豊作の《夕映の流れ》を好きな絵として挙げている。

井川恭宛書簡　1918

一二月三日井川宛の書簡では、文展評とあわせてフューザン会に行ったことが書かれている。フューザン会は、雑誌『白樺』において啓蒙的立場にあった美術家やその影響を受けた同人により結成された、『白樺』の美術実践団体とでもいうべき印象派、後期印象派の最初の団体的砲火といわれる（近年では、フォービスム・ドイツ表現主義の第一次展開と再評価されている）会である。同人は、「緑色の太陽」で若い画学生を狂喜させたという高村光太郎や、齋藤与里、岸田劉生、萬鉄五郎、椿貞雄らであり、翌年の第二回で解散するものの、後の草土社や日本の洋画界を大きくリードしていく団体でもある。芥川が観た展覧会は、この年の一一月二〇日から一二月五日まで開催された「旧フュウザン会同人その他の第一回油絵展」（神田自由研究所）と思われる。名称は、第一回「ヒュウザン会」、第二回で「フュウザン会」となった。感想は、「皆よくなかつた与里氏はフューザンの黒田清輝の如くおさまつてゐる　同氏の作は劉生氏と共にあまり出来がよくない」というものであった。「フューザンの黒田清輝の如く」とは、白馬会の黒田を合わせての比喩であろう。この時期、劉生は、セザンヌ風、ゴッホ風、マティス風と描き続けている時期であり、彼独自の画風が出来上がるまでの胎動期にあったといえる。また齋藤与里のゴーガン風の《木陰》や、萬の傑作《日傘の裸婦》なども展覧されていたと想像される。

一九一四年は、文展から離反、独立した二科会と再興美術院が結成された年である。二科会[21]とは、前に述べたように、黒田に反旗を翻し、文展より独立、石井柏亭、小杉未醒、有島生馬、南薫造などを鑑査官とした言わば洋画の新派であった。官展である文展は、既に新旧の一科二科を分離していたが、さらにそこからの分離が望まれる時代であった。第一回二科展は、一〇月一日から三一日まで、竹之台陳列館で開かれている。一方の美術院[22]とは、文展から離れた横山大観、下村観山、今村紫紅、安田靫彦らにより、かつての岡倉天心の美術院を新たに興した団体を指す。この美術院再興記念展覧会は、一〇月一五日から一一月一五日まで開催されている。第八回文展も一〇月一五日から一一月一八日に例年通り行われているが、これら新しい美術団体の動きなどもあってか、入場者総数は昨年比で二万人減少し、売約品も大不景気であったという。芥川もまた、「絵の方では美術院と二科会がよかつ

た　文展はだめ」（井川宛書簡一一・三〇）と感想を認めているが、ここに登場する三つの団体は、時代状況を正しく反映してた三団体ということが出来よう。芥川のまなざしも、また新しい美術運動へ向いていることがはっきりと伝わる。

二科展では、有島生馬の《鬼》、梅原龍三郎の《椿》、坂本繁二郎《海岸の牛》などが展覧されている。芥川は「二科会でみた梅原龍三郎氏の椿にはすつかり感心してしまつた　あの人が個人展覧会をやるといいと思ふ」と感想を述べている。梅原の《椿》は、単純化された対象を豊醇な色感のなかに息づかせるなどとの評も残っており、芥川の共感も、その色彩へ注がれたものと思われる。因みに梅原の個人展覧会は、一九一三（大正二）年に白樺社主催で既に開催されていたが、この二科会開催の翌一九二五年にも個展が開かれている。

美術院の方では、「安田靫彦氏のお産の褥がよかつた」「今村氏の熱国の春も面白い　大観と観山（殊に観山）には不感服」（同書簡）と続く。安田靫彦の《お産の褥》は、「紫式部日記」の中宮御産の条より生誕時の異様な場面を描いたものである。白を基調に、産室の辺りでおののく様子が描かれ、裸身の凴坐と、几帳の奥で阿闍梨が護摩をたく様が臨場感をもって描かれた絵である。初期の代表作《夢殿》（一九一二）、そしてこの《御産の褥》など、「青春のアンティームな歴史画的幻想が画面の色調のなかに漂っている感があるが、この作家の歴史画的幻想が歴史的人物を内面的に肖像画化しつつ、それにふさわしいシチュエーションをもつ画面構図のなかに大きく構成するところに、この作家の性格があるといっていい」と言われている。

もう一人の今村紫紅の《熱国の春》とは、正しくは《熱国の巻》のことであり、今村は「近代のフォーヴィズムともいいたい色彩の機能を予感し、伝統流派のメティエ（技術）に立って、大胆に実験した作家」と言われている。大正三年インドに三ケ月旅行し、この再興美術院第一回展にこの《熱国の巻》を出品、この絵には「南画の紫紅化」が為されたと言われている。紫紅がインド・上海など三ケ月旅行したときの印象を、大和絵・南画・印象派の手法を折衷し描いたとされる絵である。
紫紅を色彩の画家とすれば、靫彦はデッサンの画家といっていいと専門家が言うよう、芥川のこの両者へのまなざしは、運動と色彩への鋭い視線でもあったということも出来るであろう。後年の芥川が、デッサンよりも優先すべきものとしてセザンヌの色彩を挙げているが、この時期に既に色彩への希求が、胎胚されていることは見逃しがたい。

この年一〇月、芥川は滝野川田端に転居している。当時の田端は、小杉未醒、石井柏亭、香取秀真らが住み、美術家倶楽部「ポプラ倶楽部」の存在もあり、美術家村の観があった。展覧会に通い、「マチスが好き」「ほんとうにゴーホの絵がわかりかけた」とこの時期は、最も美術色の強い時期であったことになろう。

翌一九一五年は、フューザン会から離れ、生活者展を経た岸田劉生、木村荘八らによる「現代の美術社主催第一回展覧会」、いわゆる草土社の第一回展が開かれた年である。この時、岸田は《赤土と草》を、椿は《赤土の山》を描いている。芥川は、一二月三日井川宛の書簡で「現代の美術の展覧会もたまらない」と感想をもらしているが、「劉生一人流石にしつかりした所がある」といい、「若い人は椿貞雄一人きり」とも言っていた。《切通しの写生（道路と土手と塀）》も含めて、〈草土社風〉という言葉を生み出す程の強い影響力をもった、彼等の表現への言及である。同時に「あとは和訳した模倣ばかり」と、単なる模倣には否定的態度をとる。

第九回文展は、一〇月一四日から一一月一四日まで開催される。文展評としては、日本画に対しては全体的に否定的であったが、「油画でたつた一つよい」ものとしては、山脇信徳の《叡山の雪》を挙げている。当初さほどの評判にならなかったこの絵が後に高く評価される過程にも触れており、興味深い。というのも、絵画をめぐる言説の成立、波及に意識的な様がみられるからだ。「相変らずイムパテーションを遣って居るが、些か聊か手法に累せられては居ないか。真面目に自然をねらっては居るが」（合評　九波、煙無形、笙、夜叉、黒麟、雪堂）程度の評であったこの絵について、芥川は井川に宛て以下のように述べている（一二月三日書簡）。

> この画は文展がひらかれた当時から僕がほめてゐた　友だちは皆大して感心しなかつた　僕ひとりでほめてゐるのを哂つた人もゐた　矢代なんぞは中村つねの肖像をほめて叡山の雪は画と云ふより色の集合だと云つたなるほどコバルトがかつた色で安価に雪や山や空やの或 effect を出さうとした所はあるがそんな所は大した欠点ではない　あの力づよい前景の木と潅木の緑と地面とごみ〳〵した人家の屋根とを見てゐると　霜を持つた空気のぴりぴりした感じが感ぜられる　しまひに小宮さんや何かがあの画をほめ出した　さうしたらその尾について色々な批評があの画をほめた

山脇信徳《叡山の雪》高知県立郷土文化会館

「色の集合」というセザンヌ風の特徴に対しては「そんな所は大した欠点ではない」など、ほとんど省みないところはしばらく問わず、二年前、土田麦僊の《海女》への評価がズレを見せたときとは、微妙に異なる態度をみせているように思う。自分の意見と他者評との差を意識している点は、共通しているのだが、その後の情報の伝播については、かつてと様相を異にしている。ジャーナリズムの中で、力をもつ言説と力のない言説がはっきりと差異化され、鑑識眼という独自の眼の所有だけでは、正当な評価として認められないという現実との邂逅であろう。展覧会という場は、会場を離れ、新聞や雑誌や下馬評など、多くのジャーナリズムの中で、言語化されていく。展覧会の身体は、どこまでも広がっていく。

一方、同じ文展の日本画に対しては、非常に手厳しい。「日本画はこつちのレベルをすこしさげると峡江の六月や大原女がめにつく　浦島はたまらない　……略……広業なんぞの画もいゝ気なものだ　一番愚なのは尼が文をたいてゐる絵（説明つき）　一番醜いのは上村松園の狂女」。日本画で今でも人気のある上村松園への感想など、主観的好悪に基づく言説が続く。

「それからみると二科の方がよつぽどよかつた」と新興の美術運動へは好意的である。第二回二科展（一〇月一三日から二六日）では、坂本繁二郎の《三月頃の牧場》《砂村の人家》や安井曾太郎《黒き髪の女》への注目を示している。「坂本さんのは皆よかつた　タッチハメカニカルないやな所があるがあの人の色調は大へんいゝ　夕日の中に白い牛が三四匹ねてゐる絵なんぞはセガンチニを思ひださせるやうなクリムソンの地面に金色の日の光がおちてゐた　殊に砂浜にある家の絵は芭蕉の俳句でもよむやうな渾然とした所があつて柔い草のみどりも柔い砂の灰色もその上にある柔い影の紫もみんなうつくしい階調をつくつてゐた」と述べている。[23]色彩への傾倒ぶりはここにも、認められる。

また、「殊に安井曾太郎の絵は今まで西洋からかへつた人の展覧会の中で一番纏つてゐる一番しつかりしたものだつたと思ふ　裸の髪の黒い女が仰向きにねてゐる絵には　女の皮膚から来る弾力さへ感じる事が出来た　下に布してある布の糊のこはささへ感じる事が出来た」と言う。クールベ、セザンヌを吸収しながら、「足を洗う女」（一九一三）、「孔雀の女」（一九一四）、などに示している裸婦の圧倒的な量感、とその画面構成の意識が、同時代に大きな感動を与えたと評される、話題の絵画であった。この第二回二科展には、佐藤春夫も《自画像》《静物》を入選させている。

第二回美術院展覧会（一〇月一一日から三一日）の印象は、「美術館はがらくたばかり」と、手厳しい。「観山　今村紫紅（「潮見坂」）なんぞは殊にひどい　大観も ready mind な内容をきりつかまないやうだ」と述べ、日本画からは

第二回フュウザン会油絵展覧会会場の装飾画　笠間日動美術館

身を離していく様が伺える。

芥川の展覧会をめぐる言説は、この年を境に激減している。職業に就き、東京から離れたことも要因であろう。しかし、訓練された展覧会の身振りは、やがて文学テクストの中に引用される。

遡って、芥川は、第三回文展での下村観山の《鳥と猫》を褒め、「日本少なりと雖も一観山あり以て天下に誇るに足るとまで思ひ候」(一九一一・三・一四(年月推定)山本喜誉司宛)など日本画についてのみ感想を述べていたが、みてきたように、それ以降、日本画、洋画のジャンルを問わず絵画に対して非常に饒舌になっているのが理解されよう。

文展を始め、新興のフューザン会、再興美術院展、二科会、草土社など、一九一〇年代前半の展覧会への感想を認めたこれらの書簡は、芥川個人の感想という域を超えて、美術史上の発言としても興味深い。が、そこに止まるものでもない。文展は秋の行事として確立しており、その文展への異議申し立てという意味もあった新興の美術団体は、開催期を文展に被せていた。つまり、展覧会は秋に集中しており、芥川も「セエゾンが来た」とその季節が到来したことを告げている。〈芸術の秋〉の始まりである。芸術は、常に美術からやってくるといえるのかもしれない。展覧会に行き、絵を選び、感想を述べることまでを含めて、季節の行事という一つの文化的身振りがかたちづくられていく。

芥川の展覧会体験は、絵画における色彩と運動への鋭い感性をみることが出来、また、後期印象派などの「模倣」への嫌悪をあからさまにするものであった。同時に、説明という目的で絵画を言語化していく作業を見せていた。絵画をめぐる言説も、感想という個人の好悪を超えて、ジャーナリストの言説に乗り拡散していくことになる。このような展覧会の季節の中で、絵を見ることは訓練されていくことになった。それだけではなく、観賞者・批評家・出品者のずれや、展覧会会場という場への興味へも移っていったと思われる。武者小路実篤「或る男」(『改造』一九二一・七〜一九二三・一二)には、この頃の展覧会にしばしば赴いたことが書かれ、「どれを見てもよくわからなかつた。……略……しかし何となく展覧会を見ると云ふ感じが、簡単な意味で彼を喜ばした」とある。観賞を伴う展覧会の誕生期を伝えるものとして、興味深い。展覧会は、絵を見る、〈絵〉対〈自己〉という関係を取り結ぶ場所であると同時に、出品者と選考者と観賞者の三者の異なるまなざしの交錯する場でもある。やがて〈見ること〉を目的としない社交の場としてすら機能し始めることになるであろう。

中島国彦は、佐藤春夫と絵画について、「一九一〇年代は文学においても一つの新時代であったように、美術界においても有力画家の帰朝ラッシュの続く、歴史的にも重要な時期であったことは言うまでもない。とりわけ、その時期にすでに何らかの文学的達成を見せている人ではなく、これからの新時代を担う青年文学者によって、自己の主体の模索時期とそうした芸術におけるシュトルム・ウント・ドラングとが重なるわけで、その意味でもそのつながりの内実は充分見据えられねばならないだろう。(24)」と述べている。佐藤春夫の作家としての出発点を、二科展に入選させた絵から考察するのである。佐藤春夫は、第二回二科展(一九一五・一〇)に《自画像(眼鏡のない)》《静物》の二点を入選させている。第三回、第四回にもそれぞれ《猫と女との画》《夏の風景》、《上野停車場付近》《静物》を入選させる。第四回に出品した絵が「立体派まがひの作」であり、ヨネ野口(野口米次郎)から「シャラタニズム(山師的といふことらしい)」と評されたことに答えたと思われる、「立体派の待遇を受る一人として」(『二科会号』

『読売新聞』一九一七・九・一六）において、「どういふつもりで私があんな絵を書くかといふのですか、一口に言へば私は下手だからです」と書き、続けて、「私は私の目を神と信じて（また誰しもさうするより他に仕方がないのだ）それを目の僕《しもべ》である手が、出来る丈忠実に写さうとして居るばかりです。私は私の目で、物の存在を認識しようとして居るのです」と書く。同じ第四回二科展に出品された萬鉄五郎《もたれて立つ人》に対して、「一種力学的（?）な目で理知的に見られて」いると評価している。この神と信じる〈私の目〉〈力学的な目〉の意識は、芥川がゴッホの画集から〈眼〉を発見したことと重なる、同時代的な発見であったと考えられる。中島は、

萬鉄五郎の、一見すると不安定な造詣が、春夫の心情の中では、画家の眼と理知的な処理の中でごく自然な動態を示しているわけなのである。外的な不自然さと、内的な必然性――そこにどういうドラマがあるか、実はその大きな問題に春夫は無意識にぶつかっていたのである。恐らく、それは、大正文学を担う芥川龍之介や佐藤春夫の文学作品が、歴史小説や幻想風な小説のスタイルから出発していることと、何処かでつながるはずである。

と指摘する。外的な不自然さと内的な必然のあわいのドラマと「歴史小説や幻想風な小説のスタイル」との繋がりは課題ながら、「見る眼の成熟は、読む眼を、そして書く主体を育んで行く」ことは、確かであり、「春夫の新たな出発時の基盤を確かめる必要がある」のと同様、芥川の出発時の基盤もまたこの時期にこそ確認される必要があるだろう。

4 コレクションの時代

日本での洋画・日本画体験と、日本での西洋画の複製体験という二重の文化を身につけて、その美意識を育むことになった芥川の世代は、ようやくオリジナルのインパクトを受けることになる。複製図版そのものが珍重される時代の中で、一九一三（大正二）年四月、虎の門議員倶楽部で開催された白樺主宰第六回美術展では、日本で初めて展覧されるロダンのオリジナル彫刻の外に、セザンヌ一五点、ゴッホ五〇点、ゴーガン三〇点の複製が出品されている。オリジナルに触れるのは、一九一五（大正四）年の太平洋画会第十二回展に参考出品されたルノアルの《泉による女》（大原孫三郎蔵）を嚆矢とする。

一九一〇年代後半から、「泰西名画」が日本人コレクターらに多数購入される時代を迎える。早くに、コローやシスレー、カサット、ルノワールなど、数点の所蔵が認められているが、本格的なコレクションの波は、一九一八年から一九二三年の六年間に訪れたといわれる。[25]

コレクションブームの背景には、安定した経済成長の中での高所得者の増加があり、日清戦争後急速に発達した繊維工業関係の実業家や財閥などが主なコレクターとなった。当時、日本美術収集のブームもあり、山水画や絵巻などが三〇万円の値をつけるなど、日本の美術品の高騰の一方で、マネ、モネ、ルノワール、セザンヌなど「泰西名画」の平均価格は、五万フラン（約六千円）といわれている。勿論、「一点のルノワールが日本に到来すれば、新聞に大きく取り上げられ名誉にもなった」と言われる程、当時、〈ほんもの〉の西洋絵画への渇望があり、その情熱がコレクターの間にまで浸透していたという背景もあった。そうして、大原孫三郎、福島繁次郎、黒木三次、岸本吉左衛門、土田麦僊、原善一郎、細川護立、松方幸次郎らコレクターたちにより、印象派・後期印象派の絵を中心とした購入が行われ、現在の日本のコレクションの基ともなっている。

原善一郎の父三渓（富太郎）は、横山大観や下村観山らの運動を支援する一方、善一郎の意思もあってか小学校の同窓であった牛田雞村ら若手のパトロンにもなっている。日本・東洋古美術のコレクションも豊富で、芥川も若い頃より善一郎と交際があり、絵を見に訪れている。滞欧時の一九二二年頃に購入したセザンヌ《サント・ヴィクトワール山とシャトー・ノワール》と《静物》を、善一郎は自室に飾っていたともいわれる。

集められたオリジナルは、「泰西名画」の「将来作品」として、展覧会などで一般公開される。一九二〇年、中沢彦吉所蔵のルノワール《女》（焼失）や、岸本吉左衛門コレクションのドガ《踊り子》、セザンヌ《水浴》を含むピサロ、マネ、ルノワール、マティスなど七一点の展覧の「仏蘭西近代絵画及彫刻」を嚆矢として、「大原孫三郎蒐集現代仏蘭西名画展」、「松方幸次郎氏所蔵泰西名画展」、東京日日新聞社主催「泰西名画展」、「欧米実業視察団将来展観」など、一九二〇年代半ばにかけて、続々と将来作品の展覧会が開催されることになる。日本美術院や光風会、二科会なども、特別出品や記念展覧会で同様に泰西名画を飾っている。セザンヌ《風景》、ルノワール《女》《裸婦》、ゴーギャン《かぐわしき大地》、シスレー《風景》、モネ《ポプラ》《睡蓮》、ピサロ《林檎の収穫》、シャヴァンヌ《警戒》、マティス《海辺の一室》など、名画と呼ばれる多くのオリジナルとの邂逅が、この時期に可能となったのである。

一九二〇（大正九）年の日本美術院主催現代フランス美術展覧会（松方幸次郎コレクション第一回一般公開）での、セザンヌ（《水浴》《草刈》）、マチ

ルノワール《帽子の女》
国立西洋美術館

セザンヌ《水浴》

セザンヌ《帽子を被った自画像》ブリヂストン美術館

ス（《雨の公演》《臥したる裸婦》《小川》）、ルノアル（《沐浴》《裸》《風景》《少女》《女》）、ロダン、また、次いで、翌年の白樺美術館第一回展に陳列された、ゴッホの《向日葵》（第二次世界大戦で焼失）や、セザンヌの《帽子をかぶつた自画像》、《風景（未完）》、水彩《浴する男達》、素描《男の習作》四点などである。

『白樺』でも武者小路構想の「白樺美術館」設立と絵画購入の為、一口一円の寄付を募っているが、「白樺美術館寄付金第八回報告」（『白樺』一九一八・五）によれば、武者小路三口、長輿善郎、柳宗悦一〇口、有島武郎一五九口の寄付がある中で、芥川も三口参加している。一九一八年三月二九日の志賀直哉宛書簡に「先達美術館の寄付金を御送りしました」とある。翌年には原善一郎が三〇〇口の寄付を寄せ、多くの援助を受け乍ら、念願のゴッホ《向日葵》（焼失）、セザンヌ《帽子をかぶった自画像》などを「白樺美術館第一回展覧会」で展覧していた。寄付をした者は、展覧会のときに会員として無料で入れるというシステムをとっており、芥川もこの展覧会には足を運んだものと思われる。実際に寄付金で買えた絵は、セザンヌ《風景》（未完成）で、ゴッホ《向日葵》（焼失）は山本顧弥太が、セザンヌ《帽子をかぶった自画像》は細川護立が購入した。その外、セザンヌ《浴する男たち》（水彩　素描）、デューラー《正義》（エッチング）、ドラクロア（素描）、シャバンヌ（素描五枚）、ロダン（素描二枚）が展示された。ロダンのオリジナルを有して以来構想されていた白樺美術館は、ついに実現せずに終わっている。

「いつぞやのルノワル（帽子をかぶつた）セザンヌの自画像などやはりよろしく候」（一九二二・一一・一三小穴隆一宛書簡）とは、そのときの感想であろう。芥川も、ささやかながら、このオリジナルブームに荷担したかすかな跡を残していたのである。

将来展覧は、購入したばかりの印象派・後期印象派の展示という形から、マティス、ルオー、ピカソ、エコール・ド・パリや、ドイツ表現派など、同時代美術の紹介へと移っていく。一九二二年の「二科会十周年記念展覧会」では、ピカソ、マティスなど作品四四点が、一九二四年、中央美術社主催「フランス現代大家新作画展覧」でもマティス、ピカソ、ルソー、など七〇点が出品されている。また、「露独表現派展」（一九二三・七）や丸善での「欧州表現派展覧」（一九二四・六）、「北欧美術展」（一九二四・一二）などで、同時代の表現体としてヤウレンスキーやカンディンスキーを目に出来る時代になる。これらのオリジナルとの出会いは、芥川に印象的な批評を残すことになった。

このオリジナルとの出会いは、「かの写真版のセザンヌを見て色彩のヴアリユルを蝶々するが如き、論者の軽蔑唾棄するに堪へたり」（「骨董羹」『人間』一九二〇・四）という批評眼へとつながる。さらに、この時代、大原孫三郎や松方幸次郎など、多くのコレクションが成立している。それは、オリジナルを観る機会が増えたことを意味する。複製とオリジナル、或いは本物と偽物という複眼が要求される時代となってきたのである。「文芸的な、余りに文芸的な」には、数枚の特定可能な絵画について言及がある。日本へ渡って来たセザンヌ、カンディンスキーの《即興》、ゴーギャン《タヒチの女》、ルドンの《若き仏陀》、モローの《サロメ》（奥野久美子の調査によると《オルフェの首を持てるトラスの娘》）、ルノアルなどである。それらに触れ、自らの文学（その他）論を展開する。これらのオリジナルを前にして、芥川の文芸評論は花開いたともいえ、少なくともこれらの絵との邂逅がなければ、多くの芥川の評論は精彩を欠いたものになったであろう。

5 絵画の周辺

下島勲『芥川龍之介の回想』（靖文社、一九四七・三）によれば、「ルネツサンス前後から近代に至る有名な絵画の写真や複製」を「その国の本屋にまで注文して」取り寄せる程に西洋美術に熱心であった芥川も、「反てお膝もとの我邦や支那の絵画に就ては、まだまだ幼稚なもの」であった。彼に東洋の眼を開いた池大雅の「十便十宜」について、続けて「大正七年の暮に私が神田の本屋で手に入れた、十便十宜の最初の複製画帖の大雅の画を見て、彼は非常な衝撃を受けたのである。といふのは、専らといつていゝくらゐ西洋画の方にのみ気を奪はれてゐた眼に、思ひも設けぬあるものを発見したからであらう」と述べている。池大雅を「世にあらば知りたき画描き」として、非常に高く位置付ける程、芥川にとってこの大雅体験は大きなものであったようだ。小島政二郎に宛てて、大雅と蕪村との十便十宜があるので見に来るよう薦め、「やつぱり頭の下るのは九霞山樵ですな実際大雅と云ふ男は画聖の名を辱めない人間です僕は雪舟にすら院画らしい鋭さを嗅ぎつけますが、大雅に至つては渾然としてゐて更にさう云ふ所が見当たりません東洋の画の難有味を味得しようと思つたら大雅を見るのに限ります」（一九一八・一〇・二二）とまで言っている。

「十便十宜」とは、山地の閑居生活にある一〇ずつの便と宜について詠んだ詩に基づく東洋画の画題のひとつである。小島を初め、客に見せるために、下島からこの複製を借りていたらしく、「長々拝借の十便十宜難有く御返却仕ります」（一九一八・一二・八下島勲宛書簡）と年末に返却している様がわかる。同書簡で、「大雅の耕便汲便釣便潅農便防夜便眺便などは世界中どこへ持つて参つても比類ない傑作と存じます」と言い、蕪村の手腕には甚敬服するが、「但大雅ほどポカンとした所霎々然靆々然たる所がない」としている。大雅への形容は、「ポカンとした所」「霎々然靆々然たる所」「のつそりかん」などで共通しており、独特な芥川の趣味を示す。「確か翌大正八年芝の双

ルドン《若き仏陀》土田麦僊がルドンの息子の家から直接購入した

ゴーギャン《かぐわしき大地》大原美術館

軒庵で十便十宜の原帖を見て、今更ながらその駭きを新にし、同時に、蕪村との対比を心ゆくまで味つたのである。猶このとき多数の竹田や草坪、山陽なども展ぜられてゐたので、我邦南画の粋を観賞することが出来たわけである」と下島は言うが、これは時期の誤りとみられ、「この頃松本松蔵と云ふお金持の家にて大雅蕪村の十便十宜帳及竹田草坪数々見申候　大雅の大は申すまでもなく候　蕪村も竹田よりは一極上の画人に候」（一九二二・一一・一三小穴隆一宛書簡）と対応するものであった。

この時期、「僕は手習ひもしたい　篆刻の趣味もわかるやうになりたい　陶器漆器いづれも見る眼が欲しい　書画骨董を見る人は文壇の批評家よりずつと落ち着いてゐて丁寧親切に各の作品を玩味する　あの玩味する態度だけでも学んで損にならぬやうに思ふ」（一九一九・一一・二三佐佐木茂索宛書簡）と述べ、また、「晩翠軒あたりで得た支那画の複製や、我邦で開かれた支那画展の複製画帖や、我邦古代絵巻、古書の複製を買ふばかりでなく、（博物館あたりで実物も勿論多少見てゐる）木版の浮世絵の会にまで這入つたのだから、如何に知識欲の旺盛だつたかを窺ふことが出来よう」（下島勲『芥川龍之介の回想』）とあるように、眼の養いとして、或いは知識欲として旺盛な古美術への希求があったといってよいだろう。

この頃、古美術品や浮世絵など、資本的価値として絵画をはじめとする美術品が注目され、コレクターを生み出すという、新しい状況が現れた時代である。コレクターは、財閥や、日清戦争後急速に発達した繊維工業関係の実業家が主であった。芥川と親交のあった原善一郎の父、富太郎（三渓園）や、大原美術館設立の大原孫三郎・総一郎（倉敷紡績）などもその一人である。ただ、芥川は、「書画骨董は非常に好きだ。東西古今を通じて、求めたいものが沢山ある」（「現代十作家の生活振り」『文章倶楽部』一九二五・一）という時期をくぐりながらも、「古今の名家の書画でも必死に集めてゐる諸君子には敬意に近いものを感じてゐる。多少の嫌悪を交へた驚嘆に近いものを感じてゐる」（「蒐集」『新小説』一九二四・一）と、蒐集家のレッテルは嫌っていた。実際に、芥川のコレクションは、「大雅の気魄ありとして珍重」していた北原大輔より贈られた蓬平作墨蘭一幀、永見徳太郎から「余ほどの犠牲を払って得た」仙崖作鍾鬼図、下島勲から献上された愛石の柳蔭呼渡の図、東京で購入したと思われる司馬江漢作秋果図一幀など、十数点が挙がるに過ぎない。

幼少時の夢が「海軍将校・画家・歴史家・英文学者」になることであった芥川であるが、絵画との関わりの深さや造詣美術への関心の高さは、芥川本人の嗜好によるもの以上に、絵画時代の作家の一人として、自然な志向であったと考えられる。残された芥川の手による水彩「風景」や「鶏」「紫陽花」などを見る限り、その優れた才能を知ることが出来る。下島勲『芥川龍之介の回想』の中で、芥川が横山大観画伯を訪問した際に、「あなたは画かきとして大いに見込があるから、私の弟子になつてはどうか」と言われたこと、それを聞いて芥川自身が「僕も小説家として今は相当の位置にゐるつもりだが俺の弟子にならんかと、ズバリ平気でいふんだから偉いものだ、とつく〴〵感心してゐた」というエピソードを伝えている。下島の言葉を借りるなら、「彼若し画家たらば、必ず第一流になつてゐるであらうと……」いうことになる。芥川は、近代美術史上でも著名な画家との交流もある。横山大観を始め、田端人として小杉未醒や、岸田劉生、そして夭逝した二人の画家、関根正二と村山槐多など多数である。「田端人」（『中央公論』一九二五・三・一）には、「僕の書画を愛する心は先生に負ふ所少なからず」の下島勲、「油画や南画　詩　句　歌　武芸　テニス」の小杉未醒、鹿島龍蔵、「美術学校出の画家」北原大輔（美術学校予備科日本画家卒）らの姿が書かれている。「槐多の歌へる」推賞文を書き、『中央美術』（一九二〇・六・一）に「近藤浩一路論」のもと「神経衰弱と桜のステツキ」「西洋画のやうな日本画」（『中央美術』一九二〇・八・一　四月号に記事あり）を、同じく『中央美術』（一九二一・三）に「小杉未醒論」のもとに「外貌と肚の底」を書いている。そして、何よりも、画家小穴隆一との邂逅は、人生の中で大きなものとして占められている。一九一九年に雑誌の挿絵をきっかけとして知り合った小穴は、

二十二　或画家

それは或雑誌の挿し画だつた。が、一羽の雄鶏の墨画は著しい個性を示してゐた。彼は或友だちにこの画家のことを尋ねたりした。

一週間ばかりたつた後、この画家は彼を訪問した。それは彼の一生のうちでも特に著しい事件だつた。彼はこの画家の中に誰も知らない詩を発見した。のみならず彼自身も知らずにゐた彼の魂を発見した。

或薄ら寒い秋の日の暮、彼は一本の唐黍に忽ちこの画家を思ひ出した。丈の高い唐黍は荒あらしい葉をよろつたまま、盛り土の上には神経のやうに細ぼそと根を露はしてゐた。それは又勿論傷き易い彼の自画像にも違ひなかつた。しかしかう云ふ発見は彼を憂欝にするだけだつた。

「もう遅い。しかしいざとなつた時には……」

と、「或阿呆の一生」で語られている。そしてこの画家による芥川を描いた《白衣》という肖像画は一九二二年の二科展に出品されてもいた。

ところで、佐藤道信『明治国家と近代美術―美の政治学―』(吉川弘文館、一九九九・四・一)において、「司馬江寫 Sibasun 洋風画家によるオランダ語に倣った雅号表記」を挙げ、近代画家の雅号についての考察を載せている。

名前と雅号で一つの絵画的イメージ(特に山水風景)を構築する傾向は、明治以降、日本画の新派でも旧派でも、著しく広まっていった。その過程で、雅号は故実性や訓蒙性、宗教性などを払い落しながら、絵画化・視覚化の傾向を強めていく。そして、その進行にとって一つの大きなはずみとなったように見えるのが、新たな教育システムを掲げた美術学校という存在である。ここでの教育の目的は、個としてのイメージと表現の創出であり、活動単位は基本的に個人だった。ここにおいて初めて、美術表現や雅号は、ほぼ完全に個人の意志と選択に委ねられ、またそのようにシステム化されたのである。

明治以前、流派や師弟関係を表す為の徽標としてあった画号は、明治以降、「名前と雅号で一つの絵画的イメージ（特に山水風景）を構築する傾向」を有するようになったという。たとえば、東京の「今村紫紅」「速水御舟」など、「色や光の要素を含み、心象性の強い雅号を持つ作家名」が現れてくる。また、「横山大観」「菱田春草」など、「雅号は故実性や訓蒙性、宗教性などを払い落しながら、絵画化・視覚化の傾向を強めていく」という。その背景には、活動単位を基本的に個人として、「個としてのイメージと表現の創出」を目的とした美術学校という存在があった。「ここにおいて初めて、美術表現や雅号は、ほぼ完全に個人の意志と選択に委ねられ、またそのようにシステム化された」のだと前出『明治国家と近代美術』は述べている。これを受けて、大正期には、たとえば「今村紫紅」「速水御舟」といった「色や光の要素を含み、心象性の強い雅号」が登場し、さらに雅号を用いない実名の使用も始まる。実名使用は、洋行体験者や、西洋人に直接師事した者など、洋画の世界ではすでに行われていたことであるが、絵画の世界において「きわめて大まかな言い方をすれば、作家名の表記は、無名から雅号、実名へという歴史的変遷を遂げている。そこには、社会性の優先から個人の優先へという移行経緯の投影も認めることができる」ということが許されるであろう。

雅号変遷の重要な意義は、「雅号における絵画的イメージの表出」つまり、「みずからの視覚イメージの言語への仮託、あるいは言語による表象」にあるわけである。つまり言語が、美術表現の一つのイメージ媒体として機能し始めているということになる。氏は、実名使用の普及の背景に、「美術ジャーナリズムを舞台とする批評・評論や、作家自身による言論活動がさかんになっている」、「絵画イメージの言語表象が、雅号から言説・言論へと転回された」ことを挙げる。雅号という沈黙のイメージは、言論というジャーナリズムが可能となったことで、饒舌をその言論に預け、名前は実名という透明性の高い語らぬイメージになったということである。これは、表現者としての「芥川龍之介」を考える上でも重要な指摘であろう。ペンネームから実名は、絵画の世界だけのことではない。尾崎紅葉から夏目漱石・森鷗外へ、そして実名の芥川龍之介や谷崎潤一郎へと、作品を書いたものの主体の名称は、非常に重要な意味をもつはずである。透明性の高い実名の作者名は、またべつの意味で多くの意味を担うものとなっていく。書かれた作品を含め、肖像写真、文芸欄の記事など、〈絵画〉の周辺もあわせて、作家という現象が如何なるかたちで作り上げられていくのか、今後の課題は大きい。

芥川の時代は、ラファエル前派やブレイク、ビアズリーといったイギリス美術的なものが、フランスの印象派以後の諸動向の新紹介にとって代わるという移行期にあり、使用絵画を中心に複製写真からの享受が当然とされ、『白樺』が代表するように絵それ自体よりも人を示す言説が先行するような二重のコピーという状況にあり、また資本的価値として絵画が注目されコレクターを生み出すという、絵画をめぐる新しい状況が次々と提出される時代であった。のみならず、〈絵画〉という語の成立に伴い、〈西洋〉や〈東洋〉に対する国民国家絵画が意識されだし、風景画・肖像画といったジャンルの確立があり、また展覧会という身振りが文化的に創造されるときでもあった。そして、〈絵画〉に括られることなく、且つ、近代を形づくっている美術も多く存在していた。幾重にもねじれた絵画をめぐる政治学が渦をまいていた時代に、芥川はあったのだということが出来るであろう。

絵画そのものをテーマにするものや、絵画についての言説やふるまいが、テクストの中での対象となる。そして絵画を成立させている構造それ自体を組み込むなど、絵画と文学というテクストの魅力ある共犯関係が成立した時代であった。同時に、〈絵画〉の時代といったときに零れ落ちてしまう問題は余りに多い。だからこそ芥川と絵画は様々な方向に開かれてあるのだといえるだろう。[26]

「モネの薔薇を真といふか、雲林の松を仮と云ふか、所詮は言葉の意味次第ではあるまいか」。〈絵画〉をめぐる言葉もまた尽きない。

注

（1）佐藤道信（『〈日本美術〉誕生』講談社、一九九六・一二）によれば、明治以降、西洋美術に関わる情報が多量に流入してきたとき、それらすべてをさし示すより包括的な概念用語として、色彩をもつことを属性とした〈絵〉と、物のかたちを区分けし写すことを字義とする〈画〉を併せた〈絵画〉という語が誕生したという。それまで〈書画〉と呼ばれていたものが〈絵画〉と呼ばれるようになったとき、その起点は〈中国〉から〈西洋〉に転換されたという。今回、「芥川と絵画」という題の下で〈展覧会〉〈複製〉〈オリジナル〉の時代という見方を提出したのもこの〈絵画〉に則るものである。

（2）浅野徹『フォーヴィスムと日本近代洋画』東京新聞、一九九二

（3）一九〇七年東京勧業博覧会では、美術館が建設され絵画や彫刻の展示が行われたが、それは娯楽施設に混じってのことであった。〈見世物〉から〈観賞〉へという絵画をめぐる身振りの移行期として興味深い。

（4）佐渡谷重信『漱石と世紀末芸術』美術公論社、一九八二・二

（5）W・ベンヤミン「複製技術の時代における芸術作品」（一九三六）

（6）『中央公論』一九一九・一、初刊『影燈籠』（春陽堂、一九二〇・一）に際し、二章と六章を削除し全五章にて収録。

（7）連載のうち七月四日、九月一五日、二三日は休載。

（8）当初、「床には大徳寺の一行ものが懸つてゐる」と書いたのだが、「どうもしつくりしないといつて気にしてゐるから、それでは黄檗ものゝ一行としたらどうかと云ふと、あゝそれでしつくりした、といつてすぐ訂正した」というエピソードを下島勲が伝

えている。
(9)『大阪毎日新聞』(夕刊) 一九一八・五・一～二二、『東京日日新聞』(夕刊) 五・二～二二に連載。
(10) スマイルズ『Self-Help』を訳した『西国立志編』(一三編、一八七〇～一八七一) の改正版 (一八七九～一八八〇)
(11) 紅野謙介、ちくまライブラリー80 筑摩書房、一九九二・一〇
(12)『漱石と世紀末芸術』美術公論社、一九八二・二
(13)『文芸時報』一九二五・一一～一九二六・二
(14)「技術的複製によってオリジナルは受容者のほうへ歩み寄ることができるようになる」一方、「芸術作品の〈いま―ここ〉的性質だけは必ず無価値にしてしまう。」(W・ベンヤミン「複製技術時代の芸術作品」『ベンヤミン・コレクション1』浅井健二郎編訳　久保哲司訳　筑摩書房、一九九五・六)
(15) ゴッホについては木下長宏『思想史としてのゴッホ』(學藝書林、一九九二・七) に詳しい。
(16) 補足になるが、ゴッホの《落日》の模倣として、萬鉄五郎の《太陽のある風景》(一九一四) があるのだが、芥川もまたペン画による模倣がある。
(17) 第一回「ヒュウザン会」、第二回で「フュウザン会」となった。同人は、高村光太郎、齋藤与里、岸田劉生、木村荘八、萬鉄五郎、椿貞雄ら。齋藤与里のゴーガン風の《木陰》や岸田劉生《自画像》、萬の《日傘の裸婦》などを含んでいたと思われる。
(18) 土田麦僊は、ゴーギャンの影響が早くから指摘されている。芥川も「此頃またよみかへしたゴーガンの「ノアノア」の為に一層興味を感じたのかもしれません」と述べる。「ねころんでゐる海女の肩から腰に及ぶ曲線や後むきになつた海女の背から腕に重みを託してゐる所や海草を運んでくる海女や子供の手足のリズミカルな運動は大へんによくかいてあります」と、身体の曲線や重み、リズミカルな運動にこの絵の良さを見る芥川は、余程この絵に牽引されたのか、砂に寝そべる人物の構図を、自作のゴーギャンの模写と思しき楽園の図にも反映させている。しかし、「僕は彼様な風に見える人が有るかと思ふと不思議で堪らぬ」(美術研精会同人『研精美術』大正二年文展号) に代表されるように、評価は必ずしも高くなかった。
(19) 嶌田明子『もうひとりの芥川龍之介』図録 (サンケイ新聞社、一九九二)
(20) 審査員の一人である。
(21) 文展の日本画部が二科制をとったのに合わせて、洋画部でも二科制をとるべきとした提案を黒田清輝や森鷗外らから一蹴され、独立発足。石井柏亭、有島生馬、正宗得三郎、齋藤豊作、南薫造、坂本繁二郎、三宅克己、小杉未醒らによる。第一回二科展

（一〇月一日から三一日　於竹之台陳列館）には、有島生馬の《鬼》、梅原龍三郎の《椿》、坂本繁二郎《海岸の牛》などが出品された。フランスでルノワールに師事した梅原の《椿》は、「単純化された対象は豊醇な色感のなかに呼吸」などとの評も残っている。個人展覧会は、一九一三年に白樺社主催で既に開催されているが、一九一五年にも開かれた。また、一九一七年「梅原君の椿」と題してまつぴるま椿一本光りたれ赤はぽたぽた青はぬるぬる（倣北原白秋調）」（九・二三江口渙宛書簡）なる歌をしたためている。

(22)　横山大観が急進的との理由より文展審査員から外されたことを契機に、明治年代の岡倉天心による美術院を引継ぎ、建て直しの意を込めて結成された再興美術院のこと。横山大観、下村観山を中心に、今村紫紅、木村武山、安田靫彦、小杉未醒らにより活動。美術院再興記念展覧会は日本橋三越旧館において一〇月一五日から一一月一五日まで開催された。「荘子」養生篇の包丁解牛の故事に取材し文展に対して精神的余裕を寓意した作として注目された大観《游刃有余地》や、観山《白狐》、木村武山《小春》などが出品された。《お産の褥》は、「紫式部日記」中宮御産の条の場面で、数枚の几帳の隙間から、狂信する裸身の憑坐や恐れおののく女房たち、護摩をたく阿闍梨が躍動的に描かれ、右上には大威徳明王の姿が浮き彫りにされているという絵で、安田の初期の代表作の一つとされる。《熱国の春》は《熱国の巻》の間違いで、紫紅がインド・上海など三ケ月旅行し、そのときの印象を大和絵・南画・印象派の手法を折衷し描いたとされる絵である

(23)　「印象派といっても、モネ、ピサロ的な印象派の色彩的な視覚世界に近く、この世界を、いつも、内面的に純粋に徹底的に追及しながら、印象派の視覚世界を超えたところに、作家としての自己の様式（性格）を形成したこと」土方定一『日本の近代美術』岩波新書、一九六六

(24)　「二科展の出発、春夫の出発」（『国文学』二〇〇〇・七）

(25)　『西洋美術に魅せられた一五人のコレクターたち』（石橋財団ブリヂストン美術館、一九九七）。以下、コレクションに関しては、この図録、及び、前出匠秀夫『近代日本洋画の展開』、田中日佐夫『美術品の移動史』（日本経済新聞社、一九八三・五）、『美術史年鑑』を参照した。個人蔵や海外への流出を除き、この当時に購入された絵は、大原美術館、国立西洋近代美術館、ブリヂストン美術館で現在も観られる。

(26)　芥川自作の書画を初め、装幀への拘り、雅号の問題、浮世絵・版画・山水・南画についてなど、〈絵画〉と括ることでおいやられてしまったものへの言及が果たせなかった。中村真一郎『木村蒹葭堂のサロン』（新潮社、二〇〇〇・三）の出版もある。また、西洋絵画は、聖書モチーフの歴史でもある程、聖書との関係が深い。にもかかわらず、その信仰面は、日本に流入した際、

きれいに削ぎ落とされた。『白樺』の啓蒙のように、それが〈人格〉という別の信仰にとって代わったのかもしれない。芥川のテクストに引用されている聖書的絵画的モチーフは、豊かな読みを可能とする可能性に富んだものであるということは言えそうである。例えば、初期文章の中の、死との対話や悪魔の登場をはじめ、特には、ヤコブの天使との格闘、ヤコブの梯子聖アントワーヌの誘惑、マグダラのマリア、ピエタなど、聖書と絵画の典型的な関係が頻繁にみられる。稿を待ちたい。

肖像画のまなざし――「開化の良人」

1　語りを促す絵画群

文学テクストに肖像画が登場するとき、それが女性の肖像画であれば、読者は無意識のうちにそれを〈愛〉の象徴のように眺めていないだろうか。或いは、黙したその絵から、像主の声を聴こうとしないであろうか。肖像画には、本来そのような眺め方が必要とされていたわけではない。にも拘らずそのようなものとして肖像画を捉え得るのであれば、肖像画をその人の〈人格〉と同じと見做し内面の象徴として見るよう私たちは習慣化されていることになる。その習慣化は恐らく、錦絵の伝統から油絵を主流とする西洋画へと方法摂取が移行した時期を萌芽として、写真メディアが定着していくまでの間に確実に近代日本人のまなざしとして身体化されていったものであろう。

「私」と名乗る語り手が、美術展覧会場で出会った知人、本多子爵から聞いた話を紹介するという形式をとる「開化の良人」(『中外』一九一九・二)は、肖像画が巧みに引用された小説だが、まず何よりも語りの物語である。物語の明確な入れ子構造を指摘したのは、浅野洋である。

「開化の良人」は、三重、四重にわたる入れ子構造の物語となっている。まず読者に最も近い場で私の語りが小説の外枠を縁取り、次にその内枠（展覧会場）のなかで小説内語り手の本多子爵が物語を語り出す。その本多の回想（過去の物語）は《銅版画》を呼び水としていざなわれ、銅版画は物語世界への入り口としてその内なる枠組みを構成する。また、主人公三浦は《大川に臨んだ仏蘭西窓》をもつ《西洋風の書斎》にこもってナポレオン一世や妻の《肖像画》と対座するが、彼の精神状況を映し出すこの空間も、さらなる内部の枠組みといえるかもしれない。つまり、「開化の良人」は、物語進展とともに〈画中の画〉というインポーズを重層的に重ねつつ、徐々に後景へと退いていく。この入れ子構造は、まず第一の枠組みを固め、それを規範とする枠内で第二の枠組みが固定され、順次それを繰り返す。そのため、読者が物語の核心に接近しようとしても、その内実は遠ざかり、隔たりも大きくなる。これはとりもなおさず、芥川のまなざしが物語の構造を額縁のように固定した枠組みとしてとらえ、それを規範にして図像化された場景を描くという〈画の文法〉に支えられていたからだろう。(1)

〈画中の画〉というインポーズの重層的な重なりに遠ざけられる物語の核心という指摘、物語世界の入り口として銅版画があること、そして語りの枠組みの固定とその繰り返しにより物語が進められていくという浅野の指摘通り、「開化の良人」は、複数の物語の重なりを第一の特徴としている。さらに、この小説は、登場人物それぞれの恣意的な語りが物語の方向付けをしている。第一の語り手は、小説家と自ら名乗り美術展覧会へ足を運ぶ「私」である。第二の語り手は、「本多子爵」である。そして、第三の語り手は、物語の核心である勝美夫人のことを直接話法で語る「三浦直樹」といってよい。

J・ジュネットは、『物語のディスクール』（一九七二）(2)の中で、この語り手の位相を、物語世界外と物語世界内とメタ物語世界の三つに分類している。物語世界外の語り手を、第一次の語り手とし、物語世界内の語り手を第二次の語り手とし、物語世界内の語り手により語られる物語をメタ物語とする。プレヴォーの「マノン・レスコー」は、デ・グリューが、宿屋で出会ったある貴人に、自分の体験した破滅的な恋の顛末を語る物語であるが、これを例に、「ある貴人」が物語世界外の語り手（第一次の語り手）、「デ・グリュー」が、物語世界内の語り手（第二次の語り手）、マノンとの恋の顛末がメタ物語世界ということを説明している。このとき、第二次の語り手であるデ・グリューが語る相手は、「ある貴人」であり、それが物語世界内ということになり、その「ある貴人」が物語世界外の第一次の語り手となった時に語る相手は、読者（理想の読者）ということになる。この入れ子構造は、無限に積み重ねていくことが可能であるが、「開化の良人」の語りの構造は、この「マノン・レスコー」の構造とほぼ同一といってよいだろう。「ある貴人」にあたる第一次の語り手は、「私」と名乗る作家であり、物語世界内の語り手、デ・グリューに当たる第二次の語り手は本多子爵であり、本多子爵が語る三浦の愛の顛末話がメタ物語となる。だが、先に述べたように、メタ物語の中の三浦もまた語り手となりうるのであれば、三浦の語る勝美夫人の姦通話がメタ物語となり、それを語る三浦は第三次の語り手ということが言えるであろう。

画中の画、インポーズの積み重ねは、このように構造化されているとみてよいのだが、それぞれの物語を開く扉となるのが、絵・画である。第一次の語り「私」が本多子爵のことを語りだす契機は、《築地居留地の銅版画》であり、本多子爵が三浦のことを語りだす契機は、《芳年の描いた洋服の菊五郎の浮世絵》であり、三浦の語りは《勝美夫人の肖像画》を契機とする。三浦の書斎の壁に懸けられた彼女の肖像画は、《ナポレオンの肖像画》と懸けかえられたものであった。

「どうです、この銅版画は。築地居留地の図――ですか。図どりが中々巧妙ぢやありませんか。その上明暗も相当に面白く出来てゐるやうです。」

子爵は小声でかう云ひながら、細い杖の銀の握りで、硝子戸棚の中の絵をさし示した。私は頷いた。雲母のやうな波を刻んでゐる東京湾、いろいろな旗を翻した蒸汽船、往来を歩いて行く西洋の男女の姿、それから洋館の空に枝をのばしてゐる、広重めいた松の立木――そこには取材と手法とに共通した、一種の和洋折衷が、明治初期の芸術に特有な、美しい調和を示していた。この調和はそれ以来、永久に我々の芸術から失はれた。いや、我々が生活する東京からも失はれた。私が再び頷きながら、この築地居留地の図は、独り銅版画として興味があるばかりでなく、牡丹に唐獅子の絵を描いた相乗の人力車や、硝子取りの芸者の写真が開化を誇り合つた時代を思ひ出させるので、一層懐しみがあると云つた。

まず、「私」が本多を語る扉となったのは、《築地居留地》の銅版画であった。芥川の生地でもある築地外国人居留地は、宮坂覺「芥川龍之介の東京」(『国文学』一九九一・一二臨時増刊号)によれば、「明治政府が旧藩邸を取り払い、その区画を外国人のにみ貸与え、借りたるものが自分の好みの建物を建て居住することを許した特別地域である。明治三年から二六年まで、九回ほどの競り貸が行われ、六〇区画(廃止までにさらに一区画が組み入れられている)、二九〇七三余坪が、三二年の条約改定で居留地制度廃止まで存続した」場である。開国と同時に渡日した多くの外国人は、横浜や築地の居留地にまとめて住まわされていた時期がある。それは、「雑居」によって生じる「日本人からの害を守る」意味と同時に、日本人を「外国人からの害を守る」という二重の意味があった。例えば、福澤諭吉「外国人ノ内地雑居許ス可ラザルノ論」(『民間雑誌』明治八・二)などから、この居留地の機能はうかがい知ることが出来よう。

外国交際ノ結果ニ二様アリ。一ハ有形ニシテ、一ハ無形ナリ。何ヲ有形ノ結果ト云フ。開港以来外国人ト交リテ、我国ノ経済ニ大ナル変動ヲ起シタル貿易商是ナリ。何ヲ無形ノ結果ト云フ。西洋ノ新説次第ニ我国内ニ行ハレ、旧ヲ去リ新ニ就クノ風ヲ成シテ、天下ノ人心ニ漸ク浸潤シタル文明ノ元素是ナリ。……略……故ニ外国ノ交際ニ由リテ我ニ得タル所ノモノトハ、今日我国ニ行ハルヽ文明ヲ指シテ云フコトナラン。然カモ其文明トハ、外形ニ見ハレタル品物ニ非ズシテ、文明ノ元素タル無形ノ気風ヲ指シテ云フコトナラン。……略……西洋衣食住ノ有様ヲ模シタル形ヲ評シテ文明ト云ハズシテ、其有様ヲ致ス可キ人民一般ノ気風ヲ指シテ文明ト称スルコトナラン。

「この地に居留するものは宣教師留学生の徒多く、商売の移住する者甚だ少し」(『東京繁盛記』)といわれる築地居留地は、東京の異空間であり、開化文明を象徴する蜃気楼の如き存在として明治二六年姿を消す。西洋館が建ち並び、多くの外国人が一同に暮らすこの異空間は、絵画の題材として興味をひく対象であったと想像されるのだが、居留地を描いた絵は非常に少ないと言われている。実際に描かれた《築地居留地》は、開化の特殊な場所の総体としてより、当時新奇な物であった西洋館を見るための題材であった。三代広重による《東京名所の内　築地の異人館》(明治元年)を例に、野々上慶一の『文明開化風俗づくし—横浜絵と開化絵』(岩崎美術社、一九七八・五)は、「当時の異人館の面影などは、わずかに遺されたこの錦絵のようなものでうかがうより他に、今日ではすべが無い。築地の異人館のさまを描いた絵の類はまことに稀で、貴重な資料である」と言う。

私はかう云つてゐる中にも、向うの銅板画の一枚を見るやうに、その部屋の有様が歴々と眼の前へ浮んで来ます。大川に臨んだ仏蘭西窓、縁に金を入れた白い天井、赤いモロツコ皮の椅子や長椅子、壁に懸かつてゐるナポレオン一世の肖像画、彫刻のある黒檀の大きな書棚、鏡のついた大理石の煖炉、それからその上に載つてゐる父親の遺愛の松の盆栽――すべてが或古い新しさを感じさせる、陰気な位けばけばしい、もう一つ形容すれば、どこか調子の狂つた楽器の音を思ひ出させる、やはりあの時代らしい書斎でした。しかもさう云ふ周囲の中に、三浦は何時もナポレオン一世の下に陣取りながら、結城揃ひか何かの襟を重ねて、ユウゴオのオリアンタアルでも読んで居ようと云ふのですから、愈々あすこに並べてある銅板画にでもありさうな光景です。さう云へばあの仏蘭西窓の外を塞いで、時々大きな白帆が通りすぎるのも、何となくもの珍しい心もちで眺めた覚えがありましたつけ。

《築地居留地》は、小説内で銅版画[3]という方法により表現されている。木版、石版といった今までの美術伝統の中での〈絵〉の媒体は、〈絵画〉として近代的な姿に変えるとき、西欧の手法である銅版画を最も早く受容した。『ターヘルアナトミア（解体新書）』（一七七四）の模写として使用された銅版画が最初期のものと言われているが、制作に成功した日本で初めての銅版画は、一七八三（天明三）年、江戸隅田川の三囲神社付近の景色を描いた、司馬江漢の《三囲景図（みめぐりの景）》（神戸市立博物館蔵）である。「細線による陰影は当時の人の目にエキゾチックに見えたことだろう」（『朝日美術館シリーズ』23朝日新聞社、一九九七・一）という評からもわかる通り、銅版画というジャンル自体が、伝統的日本絵からの変換のその出発点を表すことになる。日本の西洋絵画の受容は、その後、銅版画から油絵へと劇的に変化するのだが、日本の伝統〈絵〉的手法から西洋文明の〈絵画〉へと連なるこの力動を、「開化の良人」の冒頭に提示された《築地居留地》は饒舌に物語っている。

次に、本多が三浦を語りだす扉となったのは、月岡芳年の浮世絵、《菊五郎の愁嘆場》である。

「ぢやこの芳年をごらんなさい。洋服を着た菊五郎と銀杏返しの半四郎とが、火入りの月の下で愁嘆場を出してゐる所です。これを見ると一層あの時代が、――あの江戸とも東京ともつかない、夜と昼とを一つにしたやうな時代が、ありありと眼の前に浮んで来るやうぢやありませんか。」

菊五郎が洋服を着ていること、そして火入りの月が使用されていることをヒントに、永吉雅夫はこの芝居を「人世万事金世中 The Money」と確定している。[4] この菊五郎は、「明治元年八月に襲名、三十六年二月まで、明治近代の歌舞伎を背負って立った」五代目菊五郎になる。そして、その五代目と共演する半四郎は、「明治五年二月に襲名した八世半四郎でなければならない」とし、「遅い襲名であった八世半四郎は明治十五年二月に病気で亡くなる」ことを考えれば、二人がこの十年の間に共演し、且つ「火入りの月」が用いられ、菊五郎が「洋服を着た」芝居は、明治十二年二月二十八日から四月二十八日まで、新富座にかけられた、「人世万事金世中 The Money」に外ならないとする。「火入りの月」という新しい方法をはじめて使用した芝居でもあり、『続々歌舞伎年代記』にも「黙阿弥の西洋物として最初であると同時に、西洋の戯曲からの翻案劇の嚆矢」[5]とある。その二幕目横浜波止場脇海岸の場が、芳年の浮世絵の材に選ばれた、「火入りの月の下で」の「愁嘆場」なのである。

江戸伝来の浮世絵という方法により描かれている、近代演劇の嚆矢の場面。「開化の良人」では、その絵筆を取ったのは、国芳門下の一人、月岡芳年ということになっている。芳年の生き様や芸術性、また芥川との関係については、菊地弘「芥川龍之介における『近代』」[6]や、神田由美子「大蘇芳年と近代文学」[7]に詳しい。ここでは、芳年を語る際に附される〈最後の浮世絵師〉[8]という表現が注意される。[9]

三番目に登場するのが、《ナポレオンの肖像画》と《勝美夫人の肖像画》である。日本美術史や日本史研究の場においても、肖像画研究は近年大変盛んである。(10) 奈良時代の「聖徳太子像」にまで遡ると言われている日本の肖像画の歴史を通じて、その制作意図は様々であった。たとえば、室町時代に盛んに制作された武士の出陣の姿は「晴れ姿を記録する」という役割を担うものであり、また、「頂相」と称される禅僧の肖像は、師の肖像を弟子におくることで、「免許皆伝」の役割を果したと言われる。また、像主を讃える役割を担う肖像画もあった。

だが、「開化の良人」に架けられている《勝美夫人の肖像画》は、これら伝統的な日本の肖像画とは明らかに異なる。五姓田芳梅の手により描かれた肖像画は、《ナポレオンの肖像画》と架け替えられたことも合わせて、銅版画でも浮世絵でもなく西洋画（油絵）による表現と考えられる。

「その頃の彼の手紙は、今でも私の手もとに保存してありますが、それを一々読み返すと、当時の彼の笑ひ顔が眼に見えるやうな心もちがします。三浦は子供のやうな喜ばしさで、彼の日常生活の細目を根気よく書いてよこしました。今年は朝顔の培養に失敗した事、上野の養育院の寄附を依頼された事、入梅で書物が大半黴びてしまつた事、抱えの車夫が破傷風になつた事、都座の西洋手品を見に行つた事、蔵前に火事があつた事――一々数へ立ててゐたのでは、とても際限がありませんが、中でも一番嬉しさうだつたのは、彼が五姓田芳梅画伯に依頼して、細君の肖像画を描いて貰つたと云ふ一条です。その肖像画は彼が例のナポレオン一世の代りに、書斎の壁へ懸けて置きましたから、私も後に見ましたが、何でも束髪に結つた勝美婦人が毛金の繍のある黒の横様で、薔薇の花束を手にしながら、姿見の前に立つてゐる所を、横顔《プロフイル》に描いたものでした。が、それは見る事が出来ても、当時の快活な三浦自身は、とうとう永久に見る事が出来なかつたのです。……」

幕末から明治初頭にかけて、〈英雄〉としてブームのあったナポレオンの肖像画に架け替えられた画という、意味深長な呈示のされ方をする《勝美婦人の肖像画》は、五姓田芳梅という画家により描かれたことになっている。近代美術史にあって、五姓田を名乗るのは、五姓田芳柳、二世五姓田芳柳、そして芳柳の実子五姓田義松の三名であり、「開化の良人」に書かれた五姓田芳梅は、この三名を限りなく近くイメージさせるフィクションと考えられる。芳年との関係で述べたいのは、この画家が、〈最初の洋画家〉と称された五姓田義松を彷彿とさせるところである。

「開化の良人」には、このように近代のはじまりに相応しい三種四枚の造詣美術品が周到に用意されている。「彼が開化期の面影を彷彿させるその生地に郷愁を抱き、又更に開化期日本の、不思議な調和を示した和洋折衷の風景に、強い関心をひかれたであろうことは、想像に難くない(11)」、その想像を遥かに超えて、芥川の「開化の良人」は、〈美術〉を介して近代の始源を問題化していることになる。それは、「文明開化のもたらした男女の解放が思想として浸透しないで、皮相的な感覚で感受され、肉欲的な交情に歪められてしまった現実の様相」「日本近代のなかで西欧の新思潮の受容と変容とを問い吟味する芥川の観念(12)」という、直接的な〈愛〉をめぐるふるまいに投影する一方で、何を選び何を棄てたのかというより大きな枠組みとして近代を問題提起する。また、「本多の思想に『私』が同意しているということに留まらずに、そのまま作者の『文明開化』に対する、すでに否定的な見解の表出とることも出来る(13)」と、芥川と開化との距離が測られもするが、恐らくはより複雑な距離意識がここからは見えてくる筈なのである。

〈愛〉という理想に燃える男の結婚とその結末を描くのに、何故、複数の語り手を登場させ、それぞれの語り手が語りだす契機としての絵画が必要とされるのか。また、それら三種四枚の絵画群を、何故、読者はあたかもその対象の〈顔〉のように眺め、読み、理解してしまうのであろうか。「開化の良人」を前にした読者は、皮相的な日本の近代の西洋摂取への批判という側面と同時に、肖像画の時代ゆえに身体に組み込まれていったシステムを把握しなくてはならなくなる。

2　夫人の肖像

冒頭に絵画を据えるという形式、また女性の肖像画を扱っているという点から、「開化の良人」は、テオフィル・ゴーチェの「アルヴェニーゴ伯爵夫人の肖像」(『一三人の友人のためのコント集』)や、ブラウニングの「逝ける公爵夫人」"My Last Duchess"が、プレテクストとして考えられてきている。[14]

「逝ける公爵夫人」は、イタリアのフェラーラを舞台とした五六行からなる劇詩である。自分の野心を果たすためなら殺人すらためらわない公爵が、壁にかかっている〈我が亡き公爵夫人の肖像〉について語るという体裁をもつ。鈴木秀治は、「明治開化期の日本とルネサンス期のイタリア」、「四十枚強の短編小説と五十六行の詩」、「ともに自分の妻の愛を独占することができなかった」主題、「夫人との離別」という結末など、二つのテクストにみられるいくつかの共通点を挙げながら、ブラウニングとは異なるテーマが読みとれるという。[15]「開化の体現者である三浦が抱いた愛の理想が蹉跌する顛末を語ることにより、開化の問題、なかんずく開化への疑問が提出されている。さらに、この苦い愛の挫折の物語に特徴的なのは、男女の三角関係の構図である。ブラウニングでは、この三角関係は明瞭には意識されておらず、公爵がなぜ強い嫉妬をいだいたか、その動機があまり明確ではない」。また、「開化の良人」では三角関係の動機付けがクリアな点と、「開化への疑問」の提出があると述べている。

永吉雅夫も、夫人の肖像画という舞台演出が「逝ける公爵夫人」に拠るものとし、「妻がいまや『あたかも生きているかの如くに壁に掛かっている』のは、フェルラーラ公爵にとって第一義的には、そのように彼女を画面に封じこめることによって公爵はようやく見境のない妻を思い通り独占的に所有したというしるしであり、その所有についての自己確認と他者による承認（への欲求）が、つまり『公爵夫人の肖像』を蔽う幕の開閉についての独占的な統御の誇示なのである(16)」と述べる。そして、芥川が付け足したこととして、三浦が、勝美夫人の従弟との関係を「黙認」する以上に「肯定してやっていた」のだと言い切るところを挙げ、「嫉妬に動機づけられた所有と統御のしるしとしての肖像画に対して、三浦の場合、それは『妻の身代わりとして僕の書斎に残しておく』べき愛情の記念として、まず意味づけられることになる、だから、三浦が本多子爵によこした手紙のなかで『細君の肖像画を描いてもらった』ということは、『中でもいちばんうれしそう』に報告されたのであった」と述べる。

しかし、「嫉妬に動機づけられた所有と統御のしるし」としての肖像画と、「愛情の記念として」の肖像画との間に差をみるとしても、易々と両者を比較してみせることは可能なのであろうか。ヨーロッパ一九世紀における肖像画の意味と、日本の近代に突如登場する肖像画の意味の違いを把握した上での、より本質的な関係論にしていく必要がないのだろうか。

そもそも、日本には妻を始めとし「先祖の肖像を飾るという風習が初めからなかった」と指摘するのは、木下直之『美術という見世物』（平凡社、一九九三・六）である。木下は、写真という新しいメディアの日本での定着を考察する際、次のように写真と肖像画の日本での顚倒した移入状況があったことを述べる。

西洋での肖像写真は王侯貴族の肖像画を引き継ぐように登場したとあり、油絵に比べて写真がはるかに安価簡便であったがゆえに、肖像を子孫に遺すことが市民の間にまで広まったという。画家が写真家に仕事を奪われるのを恐れたという類のエピソードも伝わっている。絵画技術の開発が進められる延長線上に写真が登場したことを、よく物語る話である。しかし、日本には、先祖の肖像を飾るという風習が初めからなかった。したがって、肖像写真が肖像画に取って代ったのではなく、写真がこの新しい風習を日本にもたらしたのだとする可能性は、探ってみる価値がある。

そして、「妻の肖像」については、写真師島霞谷の仕事を例に述べている。写真画の最も古い部類に属する《池田筑後守》《河田相模守》の肖像を描いた島霞谷は、後に写真師として身を立てるのだが、日本の肖像画を考える際、この霞谷の存在は欠かせない。

霞谷が遺した写真の多くは、妻隆の姿を写したものなのである。隆は写真を撮る霞谷の助手を務めるとともに、そのモデルになり、夫の死後は自らも写真師になってしまった。写真師として一家を構える前の、試行錯誤の段階では、妻をモデルにするのがてっ取りばやい。こうして、妻はカメラの前に引き出される。ところが、日本の絵画では、画家が妻の肖像を描く例はほとんどないのである。妻を描くということが、すでに写真の関与を示している。

同じことが、やはりそのころ、盛んに日本人を撮影したベアトの写真と、明らかにそれを参考にしたワーグマンの油絵にもいえる。ごくふつうの茶屋の娘が店先に立って絵のモデルになるということが、当時の日本の画家には考えられなかっただろう。娘も、カメラの前で、どういうポーズを取ればよいのかがわかっていない。

三浦と本多が生きる小説内の現在時において、妻の肖像画を描くというふるまいが、現代の私たちの想像するような愛の所作として広く理解されていたとは到底思えない。にもかかわらず、「開化の良人」が書かれた現在にあっては、このふるまいがそのようなものとして理解されるのであれば、そこには肖像画に対する認識の大きな飛躍があった筈である。夫人の肖像画というものを〈愛〉の象徴かのように把握するための訓練が、開化期から大正期までの間に行われたことになる。

近代に登場した最も早い時期の夫人の肖像画は、先に挙げたように写真をめぐり登場した写真師の妻の肖像であったと考えられる。それは、西洋においてみられる肖像画から写真へという流れとは逆に、写真から肖像画へという顚倒した肖像画の誕生を示すものでもある。それを「油絵と写真とが踵を接するようにして伝来した」と木下は説明する。また、天皇に纏わる肖像からの派生的な皇后の肖像画の存在も無視できない。天皇の肖像、天皇の御真影という新しいかたちでの支配構造の在りようを示すものだからである。しかし、これらの何れにも〈愛〉の象徴のように肖像画を見せる機能はない。とすれば、夫人の肖像画に〈愛〉という意味を付帯させることに大きく機能したものこそ、文学であったということになろう。

日本に肖像画を飾るという身振りが一般化されていない当時に、三浦のフランス帰りという設定がナポレオンの肖像画を飾ったり、妻の肖像画を飾ったりさせるのだということを押さえつつ、しかしここには、日本の近代文学が一時期に見せた、恋愛文学の方法を見ることも出来るのではないか。妻の肖像画を飾るという身振りが、小説の中に現れ始めたのは、一八九〇年代後半、明治三〇年前後のことである。明治二九年に連載された尾崎紅葉の「多情多恨」[17]や翌年の「金色夜叉」[18]である。「多情多恨」に登場する「出来の悪い」肖像画について、佐伯順子は『恋愛の起源』（日本経済新聞社、二〇〇〇・二）で次のように述べる。

英語の「ラブ」に大きな影響を受けた明治の夫婦愛の理想は、西洋風の愛情表現を伴った。高島田に結って着物を着た類子の肖像は、伝統的な日本女性の装いをしているが、明治の「夫婦愛」の証としての彼女の絵は、日本画ではなく油絵の方がふさわしい。親友の葉山は油絵が大嫌いで、しかも類子の肖像画は出来の悪い絵だったにもかかわらず、柳之助本人は大いに満足している。……略……類子という女性も、柳之助をいつまでも悲しみに沈まれているという意味では、生きている人間の人生に強い影響力を及ぼし続けているのだが、最初から主体的な言葉＝声を奪われ、無生物的な男性の視線の対象と化している。

「明治の『夫婦愛』の証としての彼女の絵は、日本画ではなく油絵の方がふさわしい」のは何故かを佐伯はここで問題視しないのだが、それは、「ラブ」としか言いようのない、つまり日本にはまだ誕生していない〈愛〉という新しい観念を如何なる身振りで表現するべきか知らなかったからに外ならない。肖像画という方法ですら馴染みのない時代である。「新しい酒は新しい皮衣に」との比喩を俟つまでもなく、〈愛〉の表現としては錦絵ではなく油絵が相応しいものとして、読者（鑑賞者）側に受け止められていったのだろう。

「金色夜叉」においても、本編の脇の物語として、愛する女性の肖像画がやはり失われた愛の代替品の如く登場してくる。「赤坂氷川の辺に写真の御前と言へば知らぬ者なく」と形容される、「子爵中有数の内福と聞えたる田鶴見良春」の物語である。この田鶴見という人物は、境遇や容姿、ふるまいが三浦のモデルと言える程に共通している。

才の敏、学の博、貴族院の椅子を占めて優に高かるべき器を抱きながら、五年を独逸に薫染せし学者風を喜び、仕事を抛ちて愚なるが如く、累代の富を控へて、無勘定の雅量をほしいままにすれども、なほ歳の入るものを計るに正に出づるに五倍すてふ……
氷川なる邸内には、唐破風造の昔を摸せる館と相並びて、帰朝後起せし三層の煉瓦造の異しきまで目慣れぬ式なるは、……略……これを文庫と書斎と客間に充てて、万足らざる無き暇閑日月をば、書に耽り、画に楽み、彫刻を愛し、音楽に嘯き、近き頃よりは専ら写真に遊びて、齢三十四に及べども頑として未だ娶らず。……略……自らなる七万石の品格は、面白う眉秀でて、鼻高く、眼爽に、形の清に揚れるは、皎として玉樹の風前に臨めるとも謂ふべくや、御代々御美男にわたらせらるるとは常に藩士の誇るところなり。

ドイツ留学から帰り、経済的な不安もなく、目新しい洋館に住み、書斎で「書に耽り、画に楽み、彫刻を愛し、音楽に嘯き、近き頃よりは専ら写真に遊びて、齢三十四に及べども頑として未だ娶らず」という設定は、留学先こそ異なるが、三浦と奇妙に一致する。無妻主義を唱えた彼が唯一愛した陸軍中佐の娘が果無くなった時、亡き人の形見として半身像が描かれ掛けられた。

かかれば良縁の空からざること、蝶を捉へんとする蜘蛛の糸より繁しといへども、反顧だに為ずして、例の飄然　忍びては酔の紛れの逸早き風流に慰み、内には無妻主義を主張して、人の諫などふつに用ゐざるなり。さるは、かの地に留学の日、陸軍中佐なる人の娘と相愛して、……略……帰りて母君に請ふことありしに、いと太う驚かれて、こは由々しき家の大事ぞや。……略……畏くも我が田鶴見の家をがなでう禽獣の檻と為すべき。……略……心自ら弱りて、存へかねし身の苦悩を、御神の恵に助けられて、導かれし天国の杳として原ぬべからざるを、いとど可懐しの殿の胸は破れぬべく、ほとほと知覚の半をも失ひて、世と絶つの念を益す深く、今は無尽の富も世襲の貴きも何にかはせんと、唯懐を亡き人に寄せて、形見こそ仇ならず書斎の壁に掛けたる半身像は、彼女が十九の春の色を苦に手写しして、嘗て贈りしものなりけり。

（「金色夜叉」中編第三章）

肖像画は、「多情多恨」「金色夜叉」にあって、失われたものを永遠に留める方法として機能しているといってよい。死や失恋などにより失われた、身体を伴わない愛の仮像としての肖像画が、異性により保持されていく。「開化の良人」では、勝美は生きているにもかかわらず描かれてしまう。石割透は、この行為を「自らのうちで解体しつつある勝美に対する幻想を、肖像画を描かせることで、彼女の容姿という〈外部の現象〉を永遠のものとし、自らの内部に止めること」[19]と断ずる。「純粋で清冽な彼女に対するイメージ」に固執する、「書斎という個室に生きる三浦にとっては、彼女は所詮、〈肖像画〉の中でのみ、生き続ける存在でしかなかったわけである」と指摘されるように、テクストの肖像画の場面が男性性に囚われた身振りとして読まれることは否めない。

夫人の肖像画を用いる点において「開化の良人」は、T・ゴーチェ「アルヴェニーゴ伯爵夫人の肖像」やブラウニング「逝ける公爵夫人」をプレテクストとし、且つ、尾崎紅葉の「多情多恨」「金色夜叉」と連動し、失われた愛の形象のみならず、女性の声を永久に奪おうとする当時の文学戦略にも共犯していることになろう。とすれば、決して〈開化〉期特有の、「皮相な摂取」というだけでは済まされない問題ではないか。画としてのみ男性に領略される、肖像画に遺され見られるというそのあり方は、「最初から主体的な言葉＝声を奪われ、無生物的な男性の視線の対象と化し」(佐伯)ている状態である。肖像画を飾るという振る舞いを身に付けたとき、描かれた像主の声を奪い領略していくという暴力性をも無意識のうちに身に付けていたことになろう。絵画小説として突出している夏目漱石の「草枕」や「三四郎」に登場する肖像もまた同じく文学の中で機能していると考えられる。

島霞谷の妻《島隆の肖像》や天皇の妻《皇后の像》に、〈愛〉を見ることは難しい。開化期にあって、果たして夫人の肖像画が〈愛〉をめぐるふるまいとして認められていたのか、そして男性性に囚われた偏ったまなざしを有すものであったのかについては疑いを挟む余地がある。だが、紅葉の「多情多恨」「金色夜叉」、夏目漱石の「草枕」や「三四郎」が発表される頃には、肖像画は描かれた人物の何かを象徴するものと認識されてきている。そして「開化の良人」発表時には、例えば以下のような論調が新しい認識として発表されてもいるのである。

今や社会生活のあらゆる場面に於て、改造の理想が高調され、改善の要求が具体的に表現されつつある時代に当り、男女問題の中心点であり、家庭生活の根拠である結婚乃至は貞操の意義内容に就ても、極めて重大なる改造の理想や要求が叫ばれてゐるのである。……略……夫婦は愛を以て始終する。愛ありて始まり、愛失せて夫婦関係は消滅する。……略……若し夫男女が互に他の長所を認め、凝れ之に渇仰讃歎の誠を捧げて、相親しむのでなければ、私の意味に於ける真の恋愛は成立しない。従つて斯る純潔の愛に由らずして結婚の生涯に入るは、間違ひである、罪悪である。……略……一旦愛した上で、自分を棄て去るものを追ふことは出来ないではないか。然り、夫は不可能であるかも知れぬ。然し、此場合は恰も自分の愛人が死没した場合と同様、自分が人格的の人であつたならば、永久に愛人の記念を霊化して、其処に永への精神的満足を味ふであらう。

（帆足理一郎「新時代の新貞操論」『婦人公論』一九二一・二）

「開化の良人」の《勝美夫人の肖像画》が、「永への精神的満足を味ふ」為の「霊化」としての一枚の肖像画であることは間違いないだろう。日本にはなじみのない肖像画を定着させようと、写真油絵というものを提唱した小豆沢亮一は「欧人写真ヲ発明以来東西争テ祖父或ハ父母兄弟姉妹若ク自身ノ肖像ヲ取リ又ハ山川旧跡ヲ写シテ之ヲ永遠ニ伝ント欲ス」[20]と引き札に宣伝文句を書いたというが、「開化の良人」発表時には（むしろそれ以後の読者にこそ）、慣れない〈愛〉の身振りの一つとして確実にそのふるまいが定着していることが確認される。

3 ナポレオンの肖像画

三浦の書斎の、《勝美夫人の肖像画》の前に架けられていたのは、《ナポレオン一世の肖像画》である。ナポレオン一世が「英雄」として受け止められ、非常に高い人気を博していた幕末から明治初頭にかけての時期、最も流布していた肖像が、島霞谷の模写した《ナポレオン一世の肖像》であった。日本の肖像画は、写真に先行することなくそれを追随するかたちで描かれていったことは先に述べた通りだが、そのよい例が、このナポレオン像であったと木下直之は言う。「まず、ナポレオン一世を描いた肖像画の複写写真がある。名刺ほどの大きさである。それを同じ大きさの薄い紙に写し取り、次第に大きな紙に引き伸ばしてゆく。最後には油絵に仕上げた」と説明している。島霞谷の「ナポレオン一世の肖像」がその後も広く流布したことを伝える例として、明治一九年の『那翁外伝・闔秀美談』や明治二三年の『世界百傑伝』に変わらず霞谷の描いた同じ肖像が採用されていることをいう。

ところで、西欧の肖像画は、どのような歴史をもつのか。森田義之は、「ヨーロッパにおける「王」の肖像――イコノグラフィーと機能[21]」において、「肖像は、一方では死すべき権力者の映像を不死化・永遠化する『身がわり像』を作る葬礼的目的で生み出され、他方では支配者の地上の権力(あるいは超越的・魔術的な力)を視覚化する政治的目的で生み出された」と、支配者像の起源を説明する。また、宗教的イコンや物語画と異なり、肖像画というジャンルが、基本的に「主題サブジェクト=対象オブジェクトそのものとなる特殊な図像ジャンルであり、いわば権力者(像主)の自己呈示のイメージ装置である」こと、「観察者に見られる画像であると同時に、観者に自己の存在を見せる(見せびらかす)画像――場合によっては像主の視線を通して観者を見すえる画像」であることを説いている。そのため、肖像は、「肖似性（likeness）」を備える一方、「自己理想化」の欲求にも応える必要があり、『写実リアリズム』と『理想化アイデアライゼーション』という二つの契機の関数」となるというわけである。

森田によれば、ヨーロッパの肖像の概念と形式は、ほとんどすべて「古代ギリシア末期（ヘレニズム期）とローマ時代」に起源をもつという。肖像芸術の空前のブームが現出したローマ時代の肖像の特徴は、「驚くべきリアリズム（あるいは人相学的な真実主義ヴェリズム）によって――外貌の醜さや欠点も含めて――細部まで容赦なく描写され、動乱の時代を生きぬく家父長として男性的意志や禁欲精神、尊厳とともに、暗い不安や複雑な情念をなまなましく伝えている」もので、やがて帝政時代には「穏健実直な性格や繊細で知的な容貌」までも伝える程、「ユニークで人間臭い皇帝像」を生み出す。つまり、ローマ皇帝像において、「政治的プロパガンダの機能をもつ公的な肖像」と「人間臭さをたたえた私的な性格化キャラクタリゼーション」という二重性が存在し、両者の間を揺れ動きつつ、後世に伝わるべき肖像芸術のプロトタイプを生み出したことになる。キリスト教支配の中世ヨーロッパにおいては、肖像制作は質量ともに著しく衰微後退した。一般に君主の肖像が再出現するのは、一四世紀、後期ゴシック時代といわれる。最初の肖像画の作例といわれるのは一三五〇―六五年頃の《ジャン二世善良公》と《ルドルフ四世公》である。ルネサンス期に復活した肖像制作は、注文主の層も拡大させ、一方では特に宮廷肖像画の隆盛がきわまる。ラファエロとヴァティカン宮廷、ティツィアーノのハプスブルグ君主、ベラスケスとフェリーペ四世、ダヴィドとナポレオンなど、権力者と宮廷肖像画家が結びつきながら肖像画も洗練されていく。

肖像表現が彫像から絵画に変わるのは、一六世紀以降といわれる。一八世紀にかけて、肖像表現、特に宮廷肖像画は、「洗練化と壮麗化、寓意化」の傾向を強める。「権威と威厳を強調するポーズ」「英雄性や偉大さを示すポーズ」「貴族的優雅さと鷹揚さを強調するポーズ」が目立つようになるとともに、権力・身分・富を顕示する服飾や装飾品などが豪奢になり、舞台設定や道具立ても壮麗さを増してくる。この時代には、絶対君主たちの「国家肖像画」のある一方で、見合いや家族への報告用の「私的肖像」も多く描かれるようになった。特に一八世紀には、「王のイメージの『人間化』と脱権威化の傾向」はますます強まることになる。そしてフランス革命は、最強の権力者ナポレオンを出現させ、「一時的に様々な復古的(古典主義的)で権威主義的な皇帝のイコノグラフィーを生み出した」。しかし、「近代以降、王権や貴族制の実体や概念そのものが崩壊し変容するにつれ、王侯貴族の肖像も消滅の道をたどり、王族たちのイメージは、立憲君主国家のアナクロニスティックなシンボルや懐古的ロマンティシズムに色づけされた理想的家族(ロイヤル・ファミリー)のイメージへと変貌を余儀なくされるのである」。

このようにヨーロッパにおける肖像画の歴史を辿るならば、ナポレオンの肖像画は、ある種のメルクマールとして肖像画の終焉を語ることとなる。その肖像画という伝統が、日本の近代には、新しい文化として輸入されるのだ。その当時の物語こそが、「開化の良人」ということになろう。《ナポレオンの肖像画》とそれに架け替えられた《勝美夫人の肖像画》を殊更に論《あげつら》う「開化の良人」の世界は、すでに肖像画の起源を語って余りあるといえるであろう。

肖像画を描き、飾り、或いは交換し合うという一連の肖像画をめぐるふるまいが未だ存在しない日本の開化期にあって、パリ万博への参加などから政治の世界でそれらが交換されることを日本人は学び始める。国交が成立し、領事館が国内に設置されるに随い、政治的な場での肖像画の需要は徐々に高まっていった。明治政府が「新国家にふさわしい天皇の肖像」を必要としたのはそのような機運によっていた。一八七四(明治七)年、「世界を元首の肖像の集合体として表現」するために、条約終結各国の元首の肖像画を並べて陳列しようとする発想があり、イタリア駐在の中山譲次が製作の任にあたった。天皇・皇后の肖像画を合わせて製作することを考えつき、ミラノの画家ジュゼッペ・ウゴリーノに写真(内田一九撮影)をもとに描かせたこと、それを知った高橋由一が自分も模写をしたいと願い出たが聞き入れられなかったことはよく知られている。

その高橋由一が元老院から召還され、天皇の肖像画を描くよう命ぜられたのが、一八七九(明治一二)年二月である。この時、皇后像を描いたのが、五姓田義松であった（皇太后像は荒木寛畝）。永吉雅夫は、「三浦が『細君の肖像画』を『五姓田芳梅』画伯に描かせたというのは、本多子爵の語りとして小説が設定している現在時、つまり明治十二年、その二月に天皇・皇后・皇太后の肖像画が下命によって、日本人画家の手で描かれた事実をふまえているだろう。すなわち、現実のこととして五姓田義松が皇后の肖像画を担当したのであった」（「三枚の肖像画」『国語と国文学』一九九六・三）と、この事実を踏まえる一方、「しかし、それら肖像画の政治的意味が、ここで援用されているわけでは、無論ない。この『細君の肖像画』をめぐる芥川の戦略について考えるとき、その意味の源泉と目されるべきは、むしろブラウニングのいわゆるDramatic monologueによる詩『My Last Duchess』であろう」と、論を進めていた。だが、何故《勝美夫人の肖像画》を描いたのが、「五姓田芳梅画伯」でなければならなかったのかは、テクストとの対峙の上で欠かせない考察ではないか。

4　最初の洋画家・五姓田

私たちに馴染みの薄い、というより殆ど無名と思われるこの五姓田という画家は、しかし、明治初期には非常に著名な画家であった筈なのである。五姓田芳柳は、「初め、歌川国芳に就いて学んだ。芳柳の芳の字は、師からもらった。その後、狩野派にも学んだが、ある時西洋の油絵を目にして、その魅力に取りつかれてしまう。江戸から横浜に移り住んだのも、横浜にいたチャールズ・ワーグマンに息子の義松を弟子入りさせるのも、油絵に魅せられてしまったせいである」(22)と言われる程に、新しい方法としての油絵に、表現の可能性を見出した人物であった。それまでの日本にはあり得なかった写真と見紛う程写実性の強い絵を描き、見世物としての油絵興行を積極的に行った。その情熱は、息子をワーグマンに師事させ、フランス留学にも赴かせるほどに強いものがあった。技術に関しては、確かなものがあり、裃を着けた西洋人をリアルに描くという時代的な特徴的な画風は、「和洋折衷の外国人の土産物として適した画風」と言われる一面もあったのだが、明治天皇の肖像画を描くという重要な任務も遂げている。

開化期にあって、油絵（肖像画）は、写真と同時に流入したリアリズムの手法としてインパクトを与えたであろう。油絵が、見世物興行として多くの観衆を集めた事実は、油絵という新しい方法の、人々のまなざしに与えたインパクトの大きさを如実に物語っていよう。ワーグマンに学んだ息子義松も、早くから才能を開花させ、特に西洋絵画の肖像表現をよく身につけている。一八七七（明治一〇）年の第一回内国博覧会に《自画像》を出品しているが、当時の日本において突出した技術力を見せているといえよう。その技術力が買われ、御用掛の役で天皇行幸に付き従い、各地の景物を絵にしていき、フランス留学時には、日本人で初のサロン入選を果すなど、五姓田義松の名は、日本美術史の中でも特記されてよい筈なのだ。しかし、事実はそうなっていない。

「開化の良人」の五姓田芳梅という名は、微妙な印象を残す。というのも、「芳柳」の「芳」は国芳からの流れであり、それは〈最後の浮世絵師〉と称された芳年と同じである。しかし、息子は、「義松」というのであれば、恐らくこの名には浮世絵からの離脱と油絵への投身という、決意と意志をこめた意味合いがあったと考えられる。つまり、浮世絵の伝統から並んで排出した二つの才能のうち、一つの流れは、〈最後の浮世絵師〉となり、もう一つの流れは、〈最初の洋画家〉となったということになる。敢えて「芳」の字を使った、肖像画家の名を使用することで、「開化の良人」は日本近代における〈絵画〉の誕生の状況を浮き彫りにする。

しかし、芳年と較べても余りに無名な五姓田という画家。彼は開化当時の華々しさと裏腹に、以下の資料からも窺えるように、後年は忘れられた存在となっていた。

大正四年九月四日の翌々日六日の地元『横浜貿易新報』の見出しは「洋画の開祖逝く　五姓田義正翁の訃」であり、本文は「日本洋画家の開祖にして元宮内省の御用掛たりし号芳柳五姓田義正翁は　御用掛を辞して以来、当市に来り中村町の狸坂に老後を養ひつつ好める酒に親しみ居りしが……」とある。「義正」も「号芳柳」も、猿坂と私などは思うのに「狸坂」とあるのも、このカタログの誤植ではない。同日付の『読売新聞』も「五姓田芳柳氏」だったようである。このことで別に怒ったり悲しんだりする必要はない。誰もが義松を忘れていただけである。……略……義松はその現身もその絵筆も、明治十年前後の風俗画の世界に生き続けたもののようである。(21)

この画家五姓田については、『五姓田義松履歴』、神奈川県立博物館編『明治の宮廷画家――五姓田義松』(神奈川県立文化財協会、一九八六)、木下直之「文明開化の間に　幕末・明治の画家たち(九)、写真と絵画(後編)」(『三彩』一九九二・七)などで、ようやく知ることが出来るのだが、死亡記事からもわかる通り、小説「開化の良人」が発表された当時において既に忘れられた宮廷画家なのであった。美術史の中で、油絵による肖像画という主導的な立場にありながら、同時代の高橋由一や黒田清輝がカノンとして語り継がれる一方で、徹底して忘れられた存在となっていくのがこの五姓田という存在であった。「開化の良人」ではこの五姓田画伯による《勝美婦人の肖像画》に対して、月岡芳年の手による三浦に似た浮世絵を配置してみせる。つまり、〈最初の洋画家〉による夫人の肖像画と、〈最後の浮世絵師〉による良人の肖像画が対置されたということである。

B・ベレンソンは、肖像(エフィジー)と肖像画(ポートレイト)の違いを、「主題の社会的様相を目標とし、兵士ならば兵士らしさ、裁判官なら裁判官らしさ、牧師ならば牧師らしさ、実務家や専門家ならば自尊心、社交界婦人の当世ぶり、クラブ趣味の男のクラブ趣味ぶりを強調するもの」と「個を描写するもの、社会的地位とともに内的人間の個を描写するものである。それはたとえばレンブラントが、特にその晩年において絶妙に果たしたもの」[23]と明確に区別する。この区別によるならば、《ナポレオンの肖像画》も《勝美夫人の肖像画》も、三浦のイメージに即した肖像（エフィジー）に過ぎない。「束髪に結った勝美婦人が毛金の繍のある黒の模様で、薔薇の花束を手にしながら、姿見の前に立っている所を、横顔に描いたもの」と本多の口を借りて説明される《勝美夫人の肖像画》は、当時の新しい女らしさに色濃く染められていることは想像に容易い。だが、同時に、三浦に似ているという浮世絵もまた、本多のイメージに即した肖像に過ぎないということにもなる。そして、《築地居留地の銅版画》もまた同様に、懐しい開化の時代のイメージに過ぎない。

しかし、奇妙なことに、それぞれが「らしさ」を際立たせているにもかかわらず、それぞれの絵の鑑賞者はあたかも像主の本質が現れているかのように、つまり肖像画（ポートレイト）として見てはいないだろうか。もともと浮世絵も銅版画にも消え失せたものを残すという役割はないにもかかわらず、それぞれの絵に三浦の生き方や「あの時代」という固有の本質を読み込んでいこうとしないか。肖像画を見るときにはもはやそのようにしてしか見られないまなざしが習慣化されていることを穏やかにテクストは語る。

5　肖像画のまなざし

人々の知らなかった新しい視線、錦絵をつくっていたのとは異なる視線がいつのまにか生じていたが、写真が錦絵的伝統にすっかりとってかわるにはまだ、何十年もかかった。錦絵の視線から写真の視線へといういかにも表層的な現象は、経験の深層にゆっくりと、しかし大きな地滑り的変化が起っていることを示していた。

（多木浩二『天皇の肖像』岩波書店、一九八八・七）

明治天皇の肖像が、当初錦絵という方法により読者側に面白可笑しく享受されていきながら、同じ読者がやがて「御真影」というシステムを真面目に受け入れていく様を論じつつ、多木は以上のように近代人の中にゆっくりと新たなシステムが根を下ろしていくことを指摘する。このように組み込まれたシステムを有しつつ、文学テクストは錦絵や写真以上に油絵、肖像画のまなざしを自らのシステムとして組み込んでいく。やがてその視線は、肖像画以外の他のジャンルをも凌駕していく。「開化の良人」を読むとき、この習慣化された肖像画へのまなざしが否応でも逆照射されてくる。《築地居留地の図》の銅版画、最初の現代劇を描いた《芳年の浮世絵》、油絵画家五姓田による《勝美婦人の肖像画》、ブームであった《ナポレオンの肖像》。「開化の良人」に登場するこれらの視覚的平面造型物は、あたかも近代の教科書かのようにテクスト上に展示されているといってよいだろう。

だが、本多子爵は錦絵の男の絵が友人に「あまりに似てゐた」という。当初、「迫真的であることは、それだけで絵画表現として品格を欠くと受けとめられたに違いない」（木下）筈の視覚体験であった錦絵と写真的表現の差異は、その後の時代を通して平板化されていく。本多子爵も「私」も表現メディアを超えた視覚を獲得してしまっていることを示していることになる。さらに、《築地居留地の銅版画》すら、「あの時代」と対置してしまうことが可能であった。現代の読者もまた、この銅版画をあたかも開化の〈顔〉として受け止めてしまう。錦絵、銅版画、油絵と流入し定着した西洋絵画の歴史的インパクトを平板化するこのふるまいには、少なからぬ〈肖像画〉のまなざしの力学が働いているのである。それは、画布の背後に〈人格〉という比喩を誕生させ得る力学でもあった。

「開化の良人」を絵画小説として捉えることは、近代以前と近代以後とに大別して、芥川の江戸回帰的性情や、近代精神批判を読むだけでは見えてこない意義をもたらすだろう。それは、私たちの拠って立つ肖像画のまなざしをみつめ返す鏡なのであり、芥川文学の位置を同定する指標ともなるからである。

注

(1) 浅野洋「開化へのまなざし―〈画〉あるいは額縁の文法《グラマトロジイ》」(『国文学』一九九六・四)
(2) ジェラール・ジュネット『物語のディスクール―方法論の試み』(花輪光・和泉涼一訳、書肆風の薔薇、一九八五・九)
(3) アルブレヒト・デューラーは「銅版画の父」と呼ばれている。日本の最初の銅版は、大政官札明治政府の発行したお札と言われる。
(4) 「三枚の肖像画――芥川『開化の良人』論」(『国語と国文学』一九九六・三)
(5) 『明治文学全集九　河竹黙阿弥集』筑摩書房、一九六六・七
(6) 『跡見』一九九〇・三、後に『表現と存在』明治書院、一九九四・一に所収。
(7) 『月岡芳年の全貌展』図録　西武美術館、一九九七
(8) 「最後の浮世絵師芳年」(野口米次郎『中央公論』一九一九・三)、『最後の浮世絵師―最初の劇画家　月岡芳年の全貌展』(8西武美術館　一九七七・七)など。
(9) この芳年の浮世絵は架空のものと考えられてきているのだが、この芝居が「人世万事金世中」であるとするならば、明治一二年二月から四月、新富座では、「赤松満祐梅白旛」、九代目市川団十郎の「勧進帳」、そしてこの「人世万事金世中」がかけられ、河竹黙阿弥が『歌舞伎新報』に書き、その挿絵を芳年が制作している。
(10) 日本美術史では、宮島新一の『肖像画』(日本歴史叢書・吉川弘文館、一九九四・一一)、『肖像画の視線』(吉川弘文館、一九九六・七)や米倉迪夫の『源頼朝像　沈黙の肖像画』(平凡社、一九九五・三)を先頭にして、「肖像画論は新たな段階に入っている」と言われる状況であり、また、日本史研究においても、黒田日出男編『肖像画を読む』(角川書店、一九九八・七)や藤本正行『鎧をまとう人びと』(吉川弘文館、二〇〇〇・三)など、「〈肖像画に歴史を読む〉試みは活発」である。
(11) 吉田精一『芥川龍之介』三省堂、一九四二・二
(12) 菊地弘「芥川龍之介における近代―『開化の殺人』『開化の良人』を読んで」『跡見学園女子大学国文科報』一九九〇・三

(13) 海老井英次「「文明開化」と大正の空無性」(『日本近代文学』一九九三・一〇)
(14) ゴーチェの「アルヴェニーゴ伯爵夫人の肖像」(『一三人の友人のためのコント集』)。島田謹二『日本における外国文学――比較文学研究』上(朝日新聞社、一九七五)や倉智恒夫「芥川とテオフィル・ゴーチェ」(富田仁編『比較文学研究　芥川龍之介』朝日出版、一九七八・一二)に指摘がある。
(15) 「芥川龍之介「開化の殺人」を読む――ブラウニング・漱石」(『愛知大学文学論叢』一九九一・三)
(16) 「三枚の肖像画―芥川『開化の良人』論」(『国語と国文学』(東京大学国語国文学会編)一九九六・三)
(17) 『読売新聞』一八九六・二～六、九～一二
(18) 『読売新聞』一八九七・一・一～一九〇二・五・一一
(19) 石割透「芥川龍之介の小説「開化の良人」」『文学年誌』一九九四・四
(20) 丹尾安典「油彩画の開拓者」『日本の近代美術第一巻』大月書店、一九九三
(21) 森田義之「ヨーロッパにおける「王」の肖像―イコノグラフィーと機能」(『日本の美学』)ほかに、国立西洋美術館編『肖像表現の展開――ルーヴル美術館特別展』(朝日新聞社、一九九一)や鈴木杜幾子『ナポレオン伝説の形成』(ちくまライブラリー・筑摩書房、一九九四・六)がある。
(22) 青木茂「義松と五姓田派の系譜」『明治の宮廷画家―五姓田義松』神奈川県立博物館、一九八六・一〇
(23) 島本融訳バーナード・ベレンソン『美学と歴史』(みすず書房、一九七五)

展覧会のふるまい――「沼地」

1　絵画を発見する者

明治の文物を展覧している会場を舞台とする「開化の良人」（『中外』一九一九・二）、博物館の二階にある標本室を待ち合わせの場所に指定する「早春」（『東京日日新聞』一九二五・一・一）、洋画研究所の生徒と美術館で待ち合わせる「春」（『女性』一九二五・四、「二」の前半まで『中央公論』一九二三・九）など、芥川のテクストに展覧会場は多数登場し、それぞれの物語を意味深く織り成す場として効果的な印象を与える。

いつぞや上野の博物館で、明治初期の文明に関する展覧会が開かれてゐた時の事である。ある曇つた日の午後、私はその展覧会の各室を一々叮嚀に見て歩いて、ようやく当時の版画が陳列されている、最後の一室へはいつた時、そこの硝子戸棚の前へ立つて、古ぼけた何枚かの銅版画を眺めてゐる一人の紳士が眼にはいつた。

「開化の良人」の冒頭はこのように始まる。大正時代の中期に、明治を振り返る「文明の展覧会」が開かれていることを興味深く示す一方、その最後の一室という閉鎖され疎外されたかのような空間が、逆に豊かな物語を生成

していくトポスとなり得ることを冒頭から示唆している。この絵画をめぐる物語は、

丁度本多子爵がここまで語り続けた時、我々はいつか側へ来た守衛の口から、閉館の時刻がすでに迫つてゐると云ふ事を伝へられた。子爵と私とは徐に立上つて、もう一度周囲の浮世絵と銅版画とを見渡してから、そつとこのうす暗い陳列室の外へ出た。まるで我々自身も、あの硝子戸棚から浮び出た過去の幽霊か何かのやうに。

と終焉するのだが、展覧会後の路上でもカフェでも話を続けることは可能であるにもかかわらず、会場の閉館と足並みを揃えあくまでも展覧会場の一室のドラマとしてこの物語を終えようとする。飾られた絵と、そこに内包された物語とをありありと語るこのテクストにおいて、絵を見る子爵と「私」との、飾られた絵画をめぐる各々の解釈が巧みに描写されている。

一方、画学生との交際をする辰子と、母親との間を取りまとめる姉広子を描く「春」では、画学生篤介と姉の初対面の場面が、表慶館の第二室という場において為される。

螺旋状の階段を登りつめた所は昼も薄位い第一室だつた。彼女はその薄暗い中に青貝を鏤めた古代の楽器や古代の屏風を発見した。が、肝腎の篤介の姿は生憎この部屋には見当らなかつた。広子はちよつと陳列棚の硝子に彼女の髪形を映して見た後、やはり格別急ぎもせずに隣の第二室で足を向けた。

第二室は天井から明りを取つた、横よりも竪の長い部屋だつた。その又長い部屋の両側をガラス越しに埋めてゐるのは藤原とか鎌倉とか言ふらしい、もの寂びた仏画ばかりだつた。

一人の芸術家の男性をめぐる母子家庭の姉と妹という設定や、題名との類縁性から充分に「秋」（『中央公論』一九二〇・四）を想起させるこのテクストにおいて、残念ながら未完で終わるためにその後の展開が不明ながら、この展覧会場が非常に重要な役割を担う予感がある。画学生という男性、「何年にも殆ど来たことのない表慶館」と述懐する広子など、展覧会場におけるふるまいは、絵画或いは芸術行動への距離感を示す標ともなっている。

振り返って、現実に足を運んだ芥川の展覧会の感想は、何と自立的なものであったか。絵を語る手紙は好みや立場など内部心情の披瀝というドラマを演じる言説空間になっていた。佐藤道信は、「展覧会芸術について」（『日本美術全集』21、講談社　一九九一・四）において、美術展覧会の共通項として、恒久的ではなく催事的企画であること、鑑賞者を想定した展示という形式をとること、想定された鑑賞者は内輪ではなく開かれた不特定多数であることという三点を挙げる。「春」に使われた表慶館は、常設の博物館という意味で正確には展覧会場には当らないことになる。だがいずれにせよ、見せるために、見られるために、美術品が並べられた空間において人々は絵をめぐるふるまいを通して差異ある存在として振り分けられていくことになる。

この展覧会場という場を真っ向から取り上げたのが、「沼地」（「私の出遇つた事」の総題のもと、「一、蜜柑」「二、沼地」として『新潮』一九一九・五に発表）である。その冒頭は、以下のように語り出された。

　或雨の降る日の午後であつた。私はある絵画展覧会場の一室で、小さな油絵を一枚発見した。発見――と云ふと大袈裟だが、実際そう云つても差支へないほど、この画だけは思い切つて彩光の悪い片隅に、それも恐しく貧弱な縁へはいつて、忘れられたやうに懸かつてゐたのである。画は確か、「沼地」とか云ふので、画家は知名の人でも何でもなかつた。また画そのものも、ただ濁つた水と、湿つた土と、さうしてその土に繁茂する草木とを描いただけだから、恐らく尋常の見物からは、文字通り一顧さへも受けなかつた事であらう。

「尋常の見物」なら一顧だにしない一枚の油絵の「発見」とは、随分「大袈裟」な物言いである。冒頭から、この小品が恐ろしく主観体験に基づくことを言明しているといえるだろう。現在からみればごくありふれた発見であるかもしれないこの絵をめぐる経験は、それが当たり前だと意識されることでむしろ、当時の展覧会という場に繰り広げられる〈絵を見る者〉と〈絵〉のドラマをよく示してくれる。ここに描かれた「私」は、絵から「受ける感じを味う」と共に、「疑問」をもちながら絵に対峙する〈絵を見る者〉として積極的な鑑賞者として描かれており、当時の模範的な絵画の読者であると考えられるだろう。博覧会におけるまなざしの訓練を言ったのは吉見俊哉であるが、(1)美術展覧会のまなざしの訓練は、この当時の展覧会の流行を通して、熱心に行われていたと想像される。

「私」は、一枚の絵に対して、「貧弱な縁」「画家は知名の人でも何でもなかつた」「ただ濁つた水と、湿つた土と、さうしてその土に繁茂する草木とを描いただけ」と説明を施した。絵を見る場合、絵そのもの以前に、周縁である額の立派さや画家の知名度、題材として選ばれたモチーフなどが当時既に良し悪しの一定の基準になっていたことがわかる。「沼地」と同時に発表されたもう一つの小品「蜜柑」でも同様に、ある一定の価値基準の中でまなざされたものを「私」が読み直す、或いは逆に、一定の価値基準の中ではまなざされなかったものを「私」が発見するという構図は繰り返されている。額や知名度や画題に左右される鑑賞者が確かに存在し、それとは別の準拠枠を設ける鑑賞者もまた展覧会場にはあった。絵を見る多様な準拠枠の同居をまず「沼地」は教える。そして「私」に象徴される絵の鑑賞の仕方は、新しい絵の見方としてこの時代に登場したまなざしのレッスンの一形態ということになろう。

「沼地」と題する絵の発見は、ほかならぬ本物の発するアウラ（W・ベンヤミン）の発見でもある。以下、この小品はアウラをどのような修飾句、言語的価値付けを行っていくのかを鮮やかにみせる。

しかしその画の中に恐しい力が潜んでゐる事は、見てゐるに従つて分つて来た。殊に前景の土のごときは、そこを踏む時の足の心もちまでもまざまざと感じさせるほど、それほど的確に描いてあつた。踏むとぶすりと音をさせて踝が隠れるやうな、滑な淤泥の心もちである。私はこの小さな油画の中に、鋭く自然を摑まうとしてゐる、傷しい芸術家の姿を見出した。さうしてあらゆる優れた芸術品から受ける様に、この黄いろい沼地の草木からも恍惚たる悲壮の感激を受けた。実際同じ会場に懸かつてゐる大小さまざまな画の中で、この一枚に拮抗し得るほど力強い画は、どこにも見出す事が出来なかつたのである。

「私」は本物の放つアウラを存分に浴び感受している。そこに「流行の茶の背広を着た、恰幅の好い、消息通を以て自ら任じてゐる、――新聞の美術記者」が登場し、彼に声をかけられた時、「私」は「あたかも何かが心から振ひ落されたやうな気もち」になる。このアウラの所有と欠損の感覚は、絵を見る体験が何かを所有した心もちと同義と意識されることを示そう。そして、その所有は、言葉による情報とは別の次元にある。美術記者に感想を問われた「私」は、「傑作です。」と答える。「傑作」とは個人的感想ではなく、集団的な共有された評価の謂いであるが、ここでは敢えて固有の価値判断の決意表明としての一語として発せられている。芥川文学の特徴の一つは反復にある[2]のだが、「沼地」もまた、この一語「傑作です。」が小説の後半にもう一度繰り返され、物語りを終結させている。繰り返しの効果はそのずれにより生じるが、小説の後半にもう一度「傑作です。」と「私」が発言したとき、その評価は一度目よりもさらに強固なそれとなる。「傑作」であることを確定させるために用意されたエピソードは、絵の描き手が絵が思うように描けず狂気に曝されたまま死んだという記者の情報であった。

記者はまた得意そうに、声を挙げて笑つた。彼は私が私の不明を恥じるだらうと予測してゐたのであらう。或は一歩進めて、鑑賞上における彼自身の優越を私に印象させやうと思つてゐたのかも知れない。しかし彼の期待は二つとも無駄になつた。彼の話を聞くと共に、ほとんど厳粛にも近い感情が私の全精神に云ひやうのない波動を与へたからである。私は悚然として再びこの沼地の画を凝視した。さうして再びこの小さなカンヴァスの中に、恐しい焦躁と不安とに虐まれてゐる傷しい芸術家の姿を見出した。

「尤も画が思ふやうに描けないと云ふので、気が違つたらしいですがね。その点だけはまあ買えば買つてやれるのです。」

記者は晴々した顔をして、ほとんど嬉しそうに微笑した。これが無名の芸術家が――我々の一人が、その生命を犠牲にして僅に世間から購い得た唯一の報酬だつたのである。私は全身に異様な戦慄を感じて、三度この憂鬱な油画を覗いて見た。そこにはうす暗い空と水との間に、濡れた黄土の色をした蘆が、白楊が、無花果が、自然それ自身を見るやうな凄じい勢いで生きてゐる。………

「傑作です。」

私は記者の顔をまともに見つめながら、昂然としてかう繰返した。

「傑作です。」の一言によって、一枚の絵の評価軸を、情報通の美術記者の貶めから逆転させ、救い出す。「沼地」は、「鑑賞上における彼自身の優越」の逆転のドラマということになるだろう。

縞模様の背広の新聞記者に象徴された絵の鑑賞者は、額の立派さや画家の知名度、題材という評価軸とはまた別の、画家の人格、性行を問題にする鑑賞者の存在を示している。

村山槐多《風景》

2 夭逝の画家関根正二

例えばここで、同年に時期を同じくして亡くなった二人の画家、関根正二と村山槐多を想起してもよいだろう。一九一五年、《死を思ふ日》を第二回二科展に出品して初入選したとき、関根は、弱冠一六歳であった。[3] その絵は、「土手の上に鬱蒼と四本の樹木と羊歯が茂る草木が強風をうけてざわめいているなかを、一人の男が風を直接受けながらも必死になって進もうとしている場面が描かれている」[4]ものである。二年後に、絵を描いたときのことを関根自ら、「錦城中学校予備科二年で退学して暫く越後の方へ放浪してゐたが、第二回二科会に出した『死を思ふ日』はその情感から出来たものです」[5]と伝えている。

関根は、伊東深水の紹介で東京印刷株式会社の図案部に就職している。伊東は彼の死に際し、「図案部には小林専君といふ非常にローマンチシズム型の洋画家がゐた。関根君はその小林君にかなり芸術的乃至価値等についての問題を盛んに鼓吹されたと憶えてゐる。小林君はオスカーワイルド崇拝の一人であつた為、関根君にもワイルドのデカタン的の気分を扇動したから元来無邪気な君はぢきにその放漫な生活に入る事を可とした。善良な少年とのみ思ふてゐた関根君は、その頃から俄に呆れる程放縦な態度に変わつて了つた。時にはカフェーの女給仕に接吻したり、巴里の美術学生がよくやるといふ街道で林檎をかじつて歩いたりするやうに成つた。そんなことから深川辺では君を不良少年視するに至つた」[6]と書いた。その後、無銭放浪の旅に出、長野で河野通勢と知り合う。河野から、デューラー、ダ・ヴィンチ、ミケランジェロの伝記を聞き、またその画集などを見、衝撃を受け、模写に励み、以後関根の描くデッサンは、「繊細な線描の張りつめたような作風」になったという。《死を思う日》は、ほとんどが緑と褐色で描かれている。ここにデューラーの影をみる評者も多い。伊東深水も、「彼は死のことなんか考えたことがない男なんですが、デューラーに刺激されて、そういう深刻な絵を描いたのだと思います」（「関根正二と私」『三彩』一九六〇・六）と述べ、また、久米正雄も「長野の河野通勢に会つて、交わり、ミケランジエロやデユラやジヨツトなどの絵を見る様になつてから、写実風のものを描く様になつて、『死を思う日』なぞが産まれたのである。其頃から後漸く放奔の心を収めて、手一本、指一本でも正確に描かうとする傾向が出て来た」（「関根正二君の死―陋巷に輝く芸術」『中央美術』一九一九・七）と、デューラーばりの画風特徴を伝える。

デューラー《メランコリア》

> その上不思議な事にこの画家は、蓊鬱たる草木を描きながら、一刷毛も緑の色を使つてゐない。蘆や白楊や無花果を彩るものは、どこを見ても濁つた黄色である。まるで濡れた壁土のやうな、重苦しい黄色である。この画家には草木の色が実際さう見えたのであらうか。それとも別に好む所があつて、故意にこんな誇張を加へたのであらうか。――私はこの画の前に立つて、それから受ける感じを味うと共に、かう云ふ疑問もまた挾まずにはゐられなかつたのである。

「沼地」で「私」が説明する油絵のタッチと、関根の《死を思ふ日》の説明にみられる印象は重なるところがある。当時、デューラーの細密画風の表現は、多くの日本人画家にもインパクトを与えている。特には岸田劉生に顕著であろう。草土社を生む、赤土や雑草をモチーフとした独特の絵との関連は、『絵画の領分』[7]に詳しい。芥川の「沼地」[8]の黄色に塗られた草と汚泥は、この当時の彼らの作風やイメージを充分伝えている。芥川自身もまた、この頃デューラーの版画を愛顧していていることが、佐藤春夫の「芥川龍之介を憶ふ」(『改造』一九二八・七)に書かれている。

彼の家へ行くと彼は例日ものやうにいろんな画集などを出して見せた。その頃彼はデューラーの版画が好きで殊にその「メランコリヤ」の隙間のない構図を大へん好いてゐた。またルーベンスの愛顧者でもあつた。前者の方は後年にはあんまり言はなかつたが、ルーベンスは後までよく話の種になつた。

一九一〇年代後半のデューラーブームの一端と伺い知るようである。関根は、そしてその奇行でも知られている。第五回二科展に出品し樗牛賞を受賞した《信仰の悲しみ》は、身ごもった女性が両手で果実を持ち、黄色く輝く草原を列をなして歩んでいる絵であるが、これは関根が日比谷公園を歩いているとき、公衆のトイレから女がたくさん出てくる幻影を見たところを描いたものといわれている。関根が樗牛賞を受けた頃、彼が発狂したという噂も流れていた。受賞に際し、「私は先日来極度の神経衰弱になりそれは狂人とまで云はれる様な物でした併し私はけつして狂人でないのです真実色々な暗示又幻影が目前に現れるのです朝夕孤独の淋さに何物かに祀る心地になる時あ(あ)した女が三人又五人私の目の前に現れるのですそれが今尚ほ目前に現はれるのですあれは未だ完全に表現出来ないのです身の都合で中ばで中止したのです」(『みづゑ』一九一八・一〇)と記している。また、「日本料理と書いた木の札が日本宗教大会といふ字に見えてならなかつたさうだ。さうして自分は其の会に招待されて出席して居るつもりで居た処をコツクに見付かつて二階から下された事もあつたさうだ。又帝劇の前で非常に美しい女に出会つて一緒に日比谷公園を歩いて居る間に両人は何時の間にか新婚式を挙げて居るやうに思はれ」（久米正雄「関根正二君を憶ふ」『読売新聞』一九一九・六・一九）たなど、狂気に彩られた様々な逸話を遺している。

一九一八年の二科展評には、例えば、「作者の無邪気とでも云ふ可き子供らしいゝ点を持つて何か自分の考へを表現しやうとして居る所はあるが、其無技巧と自然観照の驚く可き不足とは絵画芸術としては無意義不徹底な異端者と云ふに止まる」（大野隆徳「二科展覧会を評す」『読売新聞』一九一八・九・一二）との批判的意見がある一方で、

関根氏の芸術は精神的ではあるが、文学的あるいは空想的、もつと悪くいえば空虚な比喩的、いわゆる理想画なるものには堕していない。その精神的な威力はどこまでも絵画的の根底を失つていない。青空の下、金色の野原を歩む五人の女の黄、淡紅。緋、淡紅。淡紅の色の色彩の取合せは自然に涌いた一種の調和である。

（有島生馬「二科受賞者の作物について」一九一八・九）

関根正二君の画は珍らしいものですね。今度の展覧会で最も強い印象を人々の胸においたのは或はあの三点でせう。白昼魔気に触れる気がします。伝承の画術に拠らない、自由で生な技工といふものはまつたく強い力を有つて居ますよ。

（山本鼎「二科会の印象」『中央美術』四―一〇　一九一八・一〇）

関根正二君の画には、凄味がある。魔気を有つてゐる。「信仰の悲しみ」といふあの作は、女が同じ方向へ向つてゐる中に、首を傾けたのなどがあつて、リズミカルな運動のあるのが面白い。それに何物にも拘束されないやうなテクニックだ。「自画像」も面白い。

（石井柏亭「今年の二科会」『読売新聞』一九一八・九・一五）

関根正二《信仰の悲しみ》大原美術館

関根正二氏の「姉弟」以下三点は、本年の二科会中最も異色ある作品として挙げなければならない。技巧は稚拙であるが其処に囚はれざる強さがある、賦彩は管々しき迄に濃麗だが大した破調を来さぬ程の腕である、加ふるに一種物凄き天才肌の感情を偽らず其儘に出て居る、あゝ之あるかな（坂崎坦「二科会評」『審美』一九一八・一〇）

など、「精神的な威力」「白昼魔気に触れる気」「強い力」「凄み」「天才肌の感情」との語彙を以て積極的に評価されてもいる。久米正雄もまた「其頃の絵は当時二三点僕の家に置いてあつたが、非常に凄いものだつた。夕方など薄れてゆく光で見てゐると魔気人に迫るものがあつた。それからのち、それらの絵を二科へ出すのだと云つて手を入れたが、それはもう前日の凄気を失つてゐた。『姉弟』の煉画などは実に凄いものであつた」（「陋巷に輝く芸術〈関根正二君の死〉」『中央美術』一九一八・七）と「凄み」に力点を置いて感想を漏らす(9)。

実生活における奇行と狂気、そして絵の凄みという組み合わせは、「沼地」の状況と共通している。関根と久米との関係を考えるのであれば、「沼地」はあたかも亡くなった関根へのオマージュのようにも読み取れるであろう。

初出において「沼地」の末尾には「六・九・三」という日付が付されていた。初刊本で「八年四月」と改められるのだが、この日付の処理について、「戯作三昧」（一九一七・六）の芸術境と合わせて、俗世間に理解されない芸術家の像を読み手に意識させるしかけではないかと篠崎美生子により興味深い考察が加えられている。[10]「沼地」のメッセージを「芸術は俗世間には理解されないものであり、それ故優れた芸術家は狂気の世界に住んでいるのだ」とするものである。また、海老井英次は「芸術家としての作者の覚悟」[11]をそこに置き、「戯作三昧」にも表現された「恍惚たる悲壮の感激」というキーワードを共通とする芸術家小説として読み取るのである。それ故に、日付の年号の「戯作三昧」との一致を、〈芸術家像〉の定着の戦略としてみるわけだが、しかし、むしろこの日付のずれは、展覧会の時代とのずれを意識していると考えられる。見てきたように、文展、院展、二科展、草土社、フューザン会などもろもろの美術展覧会が開催された時期こそ、この一九一〇年代半ばであった。そして展覧会は、秋の行事でもある。佐藤春夫が二科展に出品するのも、一九一五年、一六、一七年の三年間である。また、末尾の大正六（一九一七）年の九月には、芥川は少なくとも院展と二科展に赴いていることが確認され、これ以後私生活の変化もあり、書簡などから展覧会の様子を知ることが難しい。その大正六（一九一七）年の九月二三日江口渙宛書簡に、「今日二科会及院展を見たり悪歌三首を以て恭しく江口大人の粲正に供す」とし、以下の三十一文字を認めたのが、この時期であった。

梅原君の椿
まつぴるま椿一本光りたれ赤はぽたぽた青はぬるぬる（倣北原白秋調）
安井君の女
ふくだめる脾腹の肉の動かずば命生けりと誰か見るべき（倣齋藤茂吉調）

山村君の八朔
夕月はほのかに白し八朔の遊女がふめる外八文字（倣吉井勇調）

色彩に擬態語を用い、脾腹の肉の触感を歌い、白のぼかしをいうこれらの歌から、展覧会場で目にした油絵に一種のアウラを看取していることがわかろう。

この「沼地」に芸術家の絶対条件や戦略を読むことは容易いが、それ以前に、秋のシーズンに展覧会へ行き、自らの価値基準に則り絵を選ぶ〈絵を見る者〉の誕生がうたわれているように思われる。「尋常の観客」「世間」と「私」を差別化して語りながら、しかし、「無名の芸術家が——我々の一人が」と「私」が書くとき、ここには固有と集団意識の二つの力が働く。この「沼地」を理解できるものもまた、「我々」という普遍化された主体となりうる。

「恍惚たる悲壮の感激」「恐しい焦躁と不安とに虐まれている傷しい芸術家の姿」という語彙に隠れて、「私」が絵を評価するとき使われる、「自然」という語に注目するなら、「殊に前景の土のごときは、そこを踏む時の足の心もちまでもまざまざと感じさせるほど、それほど的確に描いてあった。踏むとぶすりと音をさせて踝が隠れるような、滑な淤泥の心もちである。私はこの小さな油画の中に、鋭く自然を摑もうとしてゐる、傷しい芸術家の姿を見出した」、「そこにはうす暗い空と水との間に、濡れた黄土の色をした蘆が、白楊が、無花果が、自然それ自身を見るような凄じい勢いで生きてゐる。………」など、ここに示される態度が、オスカー・ワイルドの「自然は芸術を模倣する」まなざしそのものであることに気付く。この展覧会場の風景は、絵を見るまなざしのレッスンとその成果を示す風景なのである。であれば、「沼地」の「私」は、作者芥川の芸術家イメージの定着というよりむしろ、この時代の美術批評の代弁者であるかのような装いも帯びてくる。〈芸術家像〉とは、鑑賞者以上に画家にこそ付帯するものである。

3　美術の観衆

「文学作品に描き出されたさまざまな観衆の姿は、人々が展覧会というシステムと取り結んだ多様な関係を考える手がかりとなる」として、展覧会を訪れる観衆の考察を行った日比嘉高（『〈自己表象〉の文学史』翰林書房、二〇〇二・五）は、文展の観衆を四つに区分しているのだが、その前に相馬御風、有島生馬、内田魯庵による、それぞれの展覧会への言及の紹介がある。

ひとつの虚栄心があつた　これを見なければ以つて当代の芸術を談ずる能はずと、仲間の人達から笑はれないために、出来るだけ早く文部省の展覧会と云ふものを見て置かねばならぬ、さう云ふ虚栄心があつた。そして此の虚栄心を奥にひそめた私の眼は、展覧会場での遇つた多くの女や男に対しても、此の中で幾人真に心から芸術の香を慕つて来た人があるだらうかと云ふ疑の念を帯びざるを得なかつた。

（相馬御風「女と猫」『早稲田文学』一九一〇・一二）

見物人は十中八九若い男――学生風の人許りであつた。此事は被地での展覧会などに比べると余程異様な感がします。サロンのベルニサーヂが今日では巴里人士の年中行事中の最大なものの一つになつて居る事、如何なる新派の芽ばえの様な展覧会にも各種類の人々が集まつて見に来る事などは云ふまでもありませんが、夫れは絵画其物に興味があるからで、文部省の展覧会だから行く行かぬと云ふのでは少し心細い。……略……然るに太平洋画会の有様を一寸見ると芸術家、学生の外は全く社会と没交渉の様に見受けられた。

有島生馬「太平洋画会合評　偶感四ツ」（『早稲田文学』一九一一・六）

十月十三日　朝根岸へ用事があつて上野を通り抜けようとすると文展会場の前が人の山を為してる。尚だ開場時間前なのだ。若い紳士や学生の多いのは不思議は無いが、十五六の娘連れもある。孫の手を牽くお婆アさんもある。夫婦親子隠居さんまで伴れた一家族もある。文展は美術家及び鑑賞家の専有のエキシビシヨンでなくて殆んど全社会の公共歓楽場になつた観がある。

（内田魯庵「気まぐれ日記」『太陽』一九一二・七－一二）

これらの例から導き出される観客像は、行事としての参加を主として、専門的な立場にあるものや、教養として見ておく義務感を有すものなど、多様に岐れる。「当時美術展覧会に集まる観衆といえば、一般的には美術に関心を持つ若者がまず想起される存在であったといえるだろう。そしてつけ加えるならば、彼らはおそらく大部分が男性であった」と指摘をした上で、日比は文展の観衆を、もっとも専門化した観衆、美術趣味をもつものの、さほど専門化していない観衆、「文部省の展覧会だから行く」観衆、なお見えない観衆の四態に分類している。「鑑賞行為とみずからの創作活動とが地続きとなっている、展評などを通じて情報をメディア上で循環させる役割を果たす、みずからも展覧会の企画者側にまわる」第一の観衆から、実際には足を運ばずに、新聞や噂のレベルで「見る」第四の観衆まで「集まった観衆は実にさまざまな相貌を見せている。出品作を褒貶する批評家もいれば、虚栄心からなかば義務的にでもあるようにやってくる文学者もおり、せっかくの会場で絵ではなく人間を鑑賞する人々もいた。『観衆』は複数、もしくは複層だった」わけである。

武者小路実篤「或る男」にも、この頃の展覧会にしばしば赴いたことが書かれている。「どれを見てもよくわからなかつた」という主人公の「彼」は、「しかし何となく展覧会を見ると云ふ感じが、簡単な意味で彼を喜ばした」と卒直な感想を述べる。展覧会の誕生期を伝える鑑賞者の在り方として、興味深い。この観客もまた複層化の一つの現れであろう。(12) 観衆の複層という指摘は、展覧会のリテラシーを考える上で非常に重要な指摘である。複層化とは、ものの視方の、或いは会場でのふるまいのヴァリエーションである。「ひとびとは新聞の文展記事の前で、雑誌に載せられた出品作の図版の前で、文展に行って来た人の噂話の前で、そしてもちろん、文展会場の中で、観衆となる。彼らはそのとき、記事や図版や噂話や作品や売約済みの札やの、〈呼びかけ〉に反応するのだ」が、テクストにもまた複層化の出現があった。「沼地」において「私」は額縁や知名度などを否定した上で絵を見つめていたが、この「私」もまた観衆の複層化の中にいる。

ところで、高村光太郎は、一九一〇年に「美術展覧会見物に就いての注意」(『文章世界』一〇・五)を書き、美術を見るものへのまなざしの啓蒙を行っていた。

展覧会へ行つて作品の芸術的価値の上下を見極めようなどと思つて見て歩くのは最も損な見方である。……略……眼に角を立てて重箱の隅をほじくらない方が可い。……略……会場の中では力めて虚心平気になり、まづ楽しまうと思つて見て歩く心懸けが必要である。

「作品の芸術的価値の上下」云々ではなく、「楽しまう」という態度は、恐らく現代にも通用する美術鑑賞の方法といえようが、絵を見るときの参考事項となるという意味で、高村の発言はあたかも博覧会場に貼られた注意書きのようでもある。実際、近代日本に美術を見る場が登場したとき、その見方は、注意書きという形をとり、書かれ、壁に貼られてきた。例えば、一八七三(明治六)年、内山下町の博物館において太政官による博覧会が開催された

とき、

定

一火之元厳重に付館内禁煙厳禁之事
一陳列物品へ手を触べからず
一館内沓草履雪駄之他下駄駒下駄にて昇降を禁ず且傘杖鞭風呂敷包等持入べからず
…………（以下略）

など、行動の規制が細かく行われている。このとき、絵と対峙してのまなざしについては全く触れられず、いずれもが展覧会場での身体に伴う規制である点は興味深い。絵を見るレッスンは、まず身体の規制から始まるわけである。その四年後の一八七七年の内国博覧会では、「美術館」が登場するが、その際には、事務局によって「観者注意」として、美術品の見方の教示が具体的に行われている。(13)その教示は、菅村亨によれば以下のようなものである。

そこでは出品物をみる要点は物品の比較であるとして、（イ）物質を審らかにすること、（ロ）製造の巧拙を判つ事、（ハ）所用及び作用の便否得失を計る事、（ニ）時用の適否をしること、（ホ）価格の廉不廉を考ふる事という項目を挙げている。観者はこのような観点をもって「審査官の気象《こころもち》」でみることを求められ、さらには「彼の漠然看過して一点の注意なき輩に在りては数回場に登るとも徒らに心目を娯ましむるに過ぎず。豈能く斯界の実益を望まんや。」と追打ちをかけられている。

物品を価値の上下においてまなざすという「審査官の気象《こころもち》」が、明治年間を通して広く定着したことは周知の通りである。高村光太郎の「注意」は、「個」を優先とする発想に基づき、国民国家的なまなざしからの脱却を図る意図があったであろうことは容易に想像しうる。このように、絵をめぐるレッスンの一つの道筋として、一八七〇年代の身体への規制、「審査官の気象《こころもち》」から、一九一〇年の高村光太郎の「注意」を経て、一九一九年「沼地」の鑑賞者へ至る道筋を描くことも可能であろう。絵を見るというふるまいが、美術的リテラシーの中でいかに育まれてきたか、絵を見る注意書きからそれは見て取れる。

菅村は、絵を見る人々をほかに表現する語彙がないため「観客」と便宜上いい、芸術にかかわる態度を「生産」と「消費」に分けたヴァレリーを引用して、その「観客」を「作品の価値の生産者」としての「消費者」の全体、あるいは「層」と捉えている。しかし、「日本人の大多数は『観客』になろうとも、また、なる必然性も思っていなかったに違いない」として、「美術展覧会に来る作家でない観覧者もいたし、明治の終わりの頃にはコレクターもそろそろ登場する。おそらくそういった人びとは、その人なりのいわゆる鑑賞を行ったであろう。しかし、コレクターはあくまでも私の範囲内であるし、普通の観覧者も全体となって価値観を作り上げるようなものにまでは至らなかった」と結論づけている。菅村のいう「観客」が成立するのは、多くの人が同じ映像を共有できる「一九五〇年代後半のテレビジョンというメディアの普及をきっかけとして興り、七〇年の大阪万国博覧会以降の経済発展の中で」ということだがしかし、もちろんこの考えには異論もあろう。テレビをきっかけとすることを菅村は「映像を見る目を開発されたから」という理由に拠っているが、そうであれば絵画もまた、その登場と同時に見る目を開発された運命にあったのだし、映画はテレビに先んじて広く複製の世界を見せることを可能にもしている。博覧会、美術展覧会ともに多くの入場者数があり、享受の仕方に違いはあれ、やはりある対象を見るという経験は共有されているからである。それぞれのメディアの差において、それぞれの観客もまた成立していたと考える方が妥当であろう。

一枚の絵とその前に佇立する鑑賞者をおく先行テクストとして夏目漱石の「三四郎」(『東京・大阪朝日新聞』一九〇八・九・一～一二・二九)が挙げられる。「三四郎」は、里見美禰子をモデルとした大きな油絵を登場させているが、その絵を展覧会場で見た三四郎は物語の結末において「ストレイ・シープ」と呟く。この呟きは、一人の「観客」の誕生物語をよく体現している。


「色の出し方が中々洒落てゐますね。寧ろ意気な絵だ」と野々宮さんが評した。

「少し気が利き過ぎてゐる位だ。是ぢや鼓の音の様にぽん〳〵する絵は描けないと自白する筈だ」と広田先生が評した。

「なんですぽん〳〵する絵と云ふのは」

「鼓の音の様に間が抜けてゐる、面白い絵の事さ」

二人は笑った。二人は技巧の評ばかりする。与次郎が異を樹てた。

「里見さんを描いちゃ、誰が描いたつて、間が抜けてる様には描けませんよ」

……略……

野々宮さんは、招待状を引き千切つて床の上に棄てた。やがて先生と共に外の絵の評に取り掛る。与次郎丈が三四郎の傍へ来た。

「どうだ森の女は」

「森の女と云ふ題が悪い」

「ぢや、何とすれば好いんだ」

三四郎は何とも答なかつた。たゞ口の中で迷羊《ストレイシープ》、迷羊《ストレイシープ》と繰返した。

末尾に先立ち、丹青会の美術展覧会に行った三四郎は、「熊本では見る事の出来ない意味で新しいので、寧ろ一種異様の感がある」絵を前にして、まったくの素人であった。「唯油絵と水彩画の区別が判然と映ずる位の」三四郎の目には、「好悪」はあっても、「巧拙は全く分らない」。従って「一向口を開かない」。「美禰子が是は何うですかと云ふと、左うですなといふ。是は面白いぢやありませんかと云ふと、面白さうですなといふ。まるで張合がない」鑑賞者であった。しかし、テクストの最後で美禰子を描いた絵を見た三四郎は、「森の女と云ふ題が悪い」といい、そして口の中で「ストレイシープ」と呟く。丹青会での三四郎と末尾の三四郎とでは、絵を見る者としての位相は大きく異なっている。「三四郎」は「題が悪い」と呟くにとどまるが、作家（画家）の意図を超えて見るものの価値を優先させたいと思うこの呟きこそ、観客の誕生の表出であろう。一枚の絵を鑑賞する主体としての萌芽を読み取ることが出来よう。そしてこのとき、「巧拙」ではない個別の価値基準に則り絵と対峙している姿は注意される。それから十年後、展覧会の季節が佳境に入った時期の「沼地」では、絵を凝視する観客が現れる。「沼地」の「私」は、絵が消費されもしまた生成されもするテクストであることを承知している。だからこそ感受したアウラを言葉で肉付けするふるまいを「私」は怠らない。「沼地」が絵画の読者誕生の小説であったということも許されはしないか。

「知識のストックはどれぐらいあるのか、美術のリテラシーの程度は、好みの種類はどうなのか、どれくらい誠実に〈呼びかけ〉に答えようとするのか、そこに立つに至った動機はなんだったのか、予断は、党派は――。その他さまざまな要因が〈呼びかけ〉に応じて起動して来、彼らはその個々の場合に即してそれぞれのタイプの観衆になる」その観衆の一層を「私」もまた彩る。展覧会とは「多様な志向がそのままで放置されるような性格の場ではない」[14]それ故に、〈呼びかけ〉に応じる読者固別のテクストが花開く。

4 絵の前の「私」

「三四郎」は、肖像画のイデオロギーを用いたものである。美禰子が描かれた絵を「佐々木に買つて貰ふ積」と言われたとき、佐々木自身がそれを打ち消し、「僕より」といって三四郎にこそ相応しいのだと言外に仄かしたとき、そこには肖像画の像主と所有との関係が示唆されていたことになる。肖像画というプレテクストは、ある意味所有という関係を介してであれば、単純な構図をとるといえるのかもしれないが、肖像画ではない絵を見た場合、絵と享受者はどのような関係性を取り結ぶことが可能なのであろうか。「沼地」の絵とそれを前にした「私」との間に何かが存在するとするのであれば、それも恐らく肖像画のもつ所有の意識と同種のものと考えられる。

ここには、後に述べることになる〈自我〉や〈自己〉という意識もかかわってこよう。自画像や肖像画が、典型的にその〈自己〉像を描き、伝えるイメージを有す一方、そこで培われた絵に対するまなざしは、他の画題に対しても有効になる。その入れ替えが可能になったときに、さらに「精神的風景画」という奇妙な心的なイメージ語をもまた可能にするのであろう。

「美術」という言葉が資料上初めてみえたのは、一八七二（明治五）年、ウィーン万国博覧会への出品心得に載せられた分類区分名としてであり、そのとき美術は、諸芸術全般を意味していた[15]。そして、美術館の始祖はといえば、一八七七（明治一〇）年、第一回内国博覧会の会場入り口正面に配置された「洋風平屋、煉瓦造りの建物」と言われている。この美術館は、「程度のよいものを集めた物産館あるいは産業館という色合いが濃い[16]」ものであり、今私たちが想起するイメージからは遠い。上野公園にあった博物館は一八八六（明治一九）年、帝国博物館となるが、一八八九（明治二二）年には、奈良、京都にそれぞれ帝国博物館が出来る。このようにして古美術保護、殖産興業としての美術工芸品の振興、美術教育制度の確立をうたい体制を整えたのが、明治二〇年代というときであった[17]。しかし菅村は、「この流れの中に『美術館』のすがたはよく見えない」という。「美術館」の発達が遅れたその代わりに、「人びとに当代美術をみる機会を提供し、作品にも影響を与えたのが、東京や京都を中心に盛んに開催された美術展覧会だった」のである。各種美術団体や官の制作活動の発表の場が、展覧会となった。それらは限られた団体の主催であると同時に、博覧会同様、多くの観客に展かれていく場となった。昭和初年には、大原美術館の設立、白鶴美術館、徳川美術館といった私立の美術館が設立される。一九二七年に東京都美術館が開館しているが、これは「全くの貸会場」（菅村）だったという。日本にあって国立の美術館は、一九五二（昭和二七）年の国立近代美術館まで待たねばならなかった。

この流れをみるとき、雑誌『白樺』の一連の流れは、象徴的である。絵の発見、複製写真の掲載、複製画集の発行、複製の展覧会、そして、オリジナルを展覧するための白樺美術館へ……。この『白樺』の美術をめぐる欲望の直線は、近代日本の美術の在り方の一つの方向性を直裁に示していよう。『白樺』による美術啓蒙は、絵それ自体の美醜以前に、画家の人格のあらわれに価値を置くというねじれた啓蒙を浸透させたとはいえ、絵とそれに対峙する観者との結びつきを強化したという点で、絵画をめぐるふるまいに一つの方向付けを結果的に行ったことになる。その絵を発見するのは、ほかでもない〈私〉という個人的な主体である。主体同士のぶつかり合いは、闘争を生むであろう。その闘争の場としてあったのが展覧会場であった。「沼地」には、確かに美術記者と一観衆（作家）である「私」とのそれぞれのぶつかり合いがある。前に述べた絵を見る注意書きの変化は、まなざしの変化と同時に、見られる対象の絵そのものの変化を意味する。「巧拙」による基準で見られるべき殖産興業から、楽しむものへ、そしてアウラを放つテクストへの変化である。果たしてこれ以降、絵画は如何なるものへ変化するのであろう。

「コレクションは蓄積する過去である（むろんそれは再「消費」される可能性をもつもの）。これに注目すると美術館も美術（史）博物館となり、消費に資することとなる」という菅村は、寺山修司の以下の言葉を論文のエピグラフとして挙げた。

美術館は、ア・プリオリに存在しているのではなく、時に応じて成り立つものである。それはしばしば「在る」ものではなく、鑑賞者の体験によって「成らしめられる」無名の形態なのである。
（寺山修司「美術館――忘却の機会」『美術手帳』一九八一・一二）

再「消費」される過去としてのコレクション、これを雄弁に語るのが、この節の冒頭に挙げた「開化の良人」ではなかったか。そして、展覧会場がそのようなものとして意識されるや、その場は「早春」の博物館の標本室というまったくトポスの異なる場を要請するのである。かくして、展覧会は、一つのトポスとなった。展覧会はア・プリオリに存在しているものではない。

一九一七年、『新潮』の一〇月号には、神原泰の「後期立体詩」「自働車」と、東郷青児の《二科七室の画》との並んでの掲載がある。第二回二科展に、神原と東郷とがそれぞれ立体派・未来派の絵を出品したことによる絵と詩のコラボレートであろう。このように、様々な場所にこの展覧会のトポスは機能してくるのである。

かつて文展の日本画についてのみ感想を述べていた芥川が、一九一〇年代の絵画の時代の中で、日本画、洋画のジャンルを問わず絵画に対して饒舌となっていた。また、文展からは身を離し、新興のフューザン会、再興美術院展、二科会、草土社など、一九一〇年代前半の新興美術展覧会へ旺盛に感想を認めていた。やがて、この絵を見るまなざしは、個人的な意見としてより、例えば、「続野人生計事」の「十　梅花に対する感情」中の、「予等は藝術の士なるが故に、如実に万象を観ざる可らず。少くとも万人の眼光を借らず、予等の眼光を以て見ざる可らず。古来偉大なる藝術の士は皆この独自の眼光を有し、おのづから独自の表現を成せり。ゴッホの向日葵の写真版の今日もなほ愛玩せらるる、豈偶然の結果ならんや。」「(否、絶対に独自の眼を以てするは不可能と云ふも妨げざる可し。)殊に万人の詩に入ること屢なりし景物を見るに独自の眼光を以てするは予等の最も難しとする所なり」と、主体的基準に則る〈眼光〉として明確に把握されるのである。

観客の誕生とは、現象を〈読む〉というふるまいの誕生のことである。勿論〈読まない〉ふるまいも同時に発生する。それは、受け手の生成能力を問う諮問という権力の誕生でもあった。「沼地」が、初めて絵を読む観客をクローズアップしたとき、そして、受け手の価値観を優先させるテクストとして一旦展いたとき、「狂気の芸術家像」という戦略の透過とは別に、〈読む〉ものの積極性という価値生産性をも透過しているのではなかったか。芥川像という一つの決まったヴィジョンはない。絶えずメタモルフォーズしていくその残像を追うにすぎない。従って、「沼地」を書く作者芥川をいずれかに価値していくものもまた、一枚の絵の前に立つ「私」と同じなのである。

注

(1) 吉見俊哉『博覧会の政治学』(中公新書、一九九二・九・二五)

(2) 安藤公美「戦略としての反復」(『フェリス女学院大学大学院紀要』一九九三・一一)

(3) 一八九九(明治三二)年、福島県白河に生まれ、九歳のときに、家族の後を追って上京し、深川での棟割長屋に住んでいたという。

(4) 陰里鉄郎「関根正二について」『関根正二とその時代展図録』三重県立美術館、一九八六・九。尚、この絵に関しては後の本文にもあるようにデューラーとの関わりが強調されているが、中谷伸生「関根正二の「死を思ふ日」雑感」には、むしろレンブラントの版画「三本の木」の樹木と酷似するとあり、「様々な画家たちの様式が混入していることを見逃すべきではない」とある。三重県立美術館公式サイト参照。

(5)「情感と幻影と主観——樗牛賞を得た関根正二氏談」『読売新聞』一九一八・九・一六
(6) 伊東深水「天分豊かなる関根君の芸術」『みづゑ』一九一九・一二
(7) 芳賀徹『絵画の領分』朝日新聞社、一九八四・四
(8)「それは芥川が「妖婆」を書いた頃だから、調べてみると大正八年の秋だ。」とある。
(9) 関根と久米正雄の関係は、一九一八年四月頃、久米正雄の世話により帝大病院で持病の蓄膿症の手術を行ったことによる。手術後の経過は優れず、さらに入院中に知り合った田口真咲に恋をし、今東光の援助を得ながら、徹夜で彼女の看病をするにもかかわらず、彼女は東郷青児と懇意になる。これらが要因となって関根は極度の神経衰弱と精神錯乱に陥ったと言われる。
(10)「沼地」『芥川龍之介全作品事典』勉誠出版、二〇〇〇・六
(11)『芥川龍之介論攷』桜楓社、一九八八・二
(12) 日比は、芥川の「文放古」を、「地方在住の「観衆」の欲望」という視点から評価する。「ここで表象されている人物像は、高等教育を受け、文学や美術、音楽などへの興味を呼び覚まされながらも、地理的な制約に阻まれて『本物』に接触することがかなわないでいる地方の知識層のある類型である」としている。こうした地方の人間に対する目が冷たいことから、「東京に生まれた芥川の傲慢さがふくまれていなくはないだろう」と指摘もしている。だが、芸術の東京中心主義と同時に、享受の時差が問題となってくるであろう。「徳富蘆花」「有島武郎」もまたその時差を表す記号である。女性をわからないという芥川批判。「秋」の秀しげ子評と合わせて一元的には考えられない。また、日比谷公園で拾われたという設定は、「庭」の時差とも連絡する。
(13) 菅村亨「日本の美術館と観客」金田晉編著『芸術学の一〇〇年』勁草書房、二〇〇〇・六
(14) 日比嘉高『〈自己表象〉の文学史』翰林書房、二〇〇二・五
(15) 北澤憲昭『眼の神殿』（美術出版社、一九八九・九）。西周が『百學聯環』（明治三年）で「芸術」と「技術」とを訳し分けたが、それに先立って渡辺崋山が区別しているという。西は、『美妙学説』（明治五年）において、新たな翻訳語「美術」を考案した。「美を原理とする文化領域の自律という新鮮な観念」が盛り込まれている。「道徳ノ学ハ善悪ヲ標目トシ、法律ノ学ハ正邪ヲ標目トシ、美妙ノ学ハ美醜ヲ標目トナス。」ほかに以下の文献を参考にした。古田亮「日本の美術展覧会　その起源と発達」（『MUSEUM』545、東京国立博物館、一九九六）
(16) 菅村亨「日本の美術館と観客」（『芸術学——この百年』
(17) 佐藤道信「明治美術と美術行政」『美術研究』350、美術研究所、一九九一

自画像の準拠枠——保吉ものの評価軸

1　自画像の読み

太宰治「人間失格」（『展望』一九五八・六〜八）には、主人公大庭葉三の少年期にフランスの印象派絵画が大流行していたことが書かれ、ゴッホ、ゴーギャン、セザンヌ、ルノワールといった絵なら、田舎の中学生でも知っていたと美術情報の流通ぶりが書かれている。

竹一は、また、自分にもう一つ、重大な贈り物をしてゐました。

いつか竹一が、自分の二階へ遊びに来た時、ご持参の、一枚の原色版の口絵を得意さうに自分に見せて、さう説明しました。

「お化けの絵だよ」

おや？　と思ひました。その瞬間、自分の落ち行く道が決定せられたやうに、後年に到つて、そんな気がしてなりません。自分は、知つてゐました。それは、ゴツホの例の自画像に過ぎないのを知つてゐました。自分たちの少年の頃には、日本ではフランスの所謂印象派の画が大流行してゐて、洋画鑑賞の第一歩を、たいていこのあたりからはじめたもので、ゴツホ、ゴーギヤン、セザンヌ、ルノアルなどといふひとの絵は、田舎の中学生でも、たいていその写真版を見て知つてゐたのでした。自分なども、ゴツホの原色版をかなりたくさん見て、タッチの面白さ、色彩の鮮やかさに興趣を覚えてはゐたのですが、しかし、お化けの絵、だとは、いちども考へた事が無かつたのでした。

ゴッホ《自画像》オルセー美術館

「ゴッホの例の自画像」といわれれば、私たちはたちどころに共通の像をとり結べる。このゴッホの自画像は、「に過ぎない」と言われる程に消費され尽くした常識的な像となった。日本の一九一〇年代は、その意味で世界でも奇異な〈自画像〉の時代であった。自画像を読むという行為を積極的に培った結果、早くして亡くなった大正の二人の画家、村山槐多と関根正二の作品に関して、例えば次のような評が可能となる。

このような無名の若い画家のさして大きくもない作品が審査員の目にとまったのは、それらの作品の発するただならぬ「生の気配」のためであり、審査員はそれをキャッチした。一九一〇年代は、このような幸福な出会いが成立した時代であった。以来わずか四年の画歴と苦難の実生活を加えて早世したこれらの未完の画家たちの遺作展が没後すぐに開かれ、後世に「夭折の天才」の伝説を定着させる出発点になったのも、一九一〇年代という時代であった。

（酒井哲郎「村山槐多の自画像」『ユリイカ』一九九九・六）

絵画作品から濃厚に「生の気配」をかぎ分けることが可能になったのが一九一〇年代という時代なのであれば、この自画像の時代とも言い得る時代は、私たちに絵画のふるまいとしてどのようなまなざしをもたらしたのだろうか。

芥川には、堀川保吉という人物を主人公とする一連の小説があり、〈保吉もの〉と総称されている。「魚河岸」「保吉の手帳から」「お時宜」「あばばばば」「或恋愛小説」「文章」「寒さ」「少年」「十円札」「早春」のうち、発表時期の順番では「魚河岸」が先だが、初出時には保吉の名が使用されていなかったことを考えると、「保吉の手帳から」がその第一作にあたる。この「保吉の手帳から」執筆にあたり、芥川は友人の画家、小穴隆一に宛てた書簡の中で、「君の向うを張り、僕も自画像を描いたれど自信なし」（一九二三・四・一三）と述べ、自らを題材にしたことを認めている。「君の向う」とは、小穴が芥川をモデルにして描いた《白衣》を指している。この書簡の文言からは「保吉の手帳から」が肖像画の範疇にある自画像を意識してのものであることを伝える。自伝的小説といってしまえば事足りる場面において、何故敢えて「自画像」という絵画用語を必要としたのであろうか。この時代特有の〈自画像〉流行の中での発言であることを思えば、絵画的比喩とのみ理解するだけでは物足りない何かがそこにはある。

「保吉の手帳から」は、「わん」「西洋人」「午休み――或空想」「恥」「勇ましい守衛」の小品五編からなる。自画像を匂わす「保吉の手帳から」だが、同時代の読者からは、「不愉快な作品」（痩面生『時事新報』一九二三・五・一二）をはじめとし、「素直でないところがいけない」（久米正雄「新潮合評会」『新潮』一九二三・六）など、芳しい評価は与えられていない。その後の研究でも「少しも、芥川は正直にもなつてゐないし、裸でもないし、それどころか、相変わらずの虚構を楽しんでゐる」（荒木巍「「保吉物」に連関して」大正文学研究会編『芥川龍之介研究』河出書房、一九四二・

七)、「妙にひねつた短篇ばかり」(吉田精一『芥川龍之介』三省堂、一九四二・一二)など、同時代と変わらぬ印象を拭い去ることが出来なかった。その中で、五つの小品を検討したうえで「彼の批判精神、問題意識というものの自画像」を読み取ったのは、和田繁二郎(『芥川龍之介』創元社、一九五六・三)である。さらに、石割透が、「機知、ペダントリー、ユーモアを駆使すること」「現実に対する些少の発見に対する詠嘆」を認めているが「作者の生を動かす」に至らず、「傍観者的な」「芸術家の小説」(「黄雀風」『国文学』一九七七・五)にとどまるとしている。保吉もの評はいずれも、取るに足りない物足りなさに言及するのだが、文字テクストを前にしてのこの物足りなさは、一体何に由来するのであろう。

わん

或冬の日の暮、保吉は薄汚いレストランの二階に脂臭い焼パンを齧つてゐた。彼のテエブルの前にあるのは亀裂《ひゞ》の入つた白壁だった。そこにはまた斜かひに、「ホット(あたたかい)サンドウヰッチもあります」と書いた、細長い紙が貼りつけてあつた。(これを彼の同僚の一人は「ほつと暖いサンドウヰッチ」と読み、真面目に不思議がつたものである。)それから左は下へ降りる階段、右は直に硝子窓だつた。彼は焼パンを齧りながら、時時ぼんやり窓の外を眺めた。窓の外には往来の向うに亜鉛《とたん》屋根の古着屋が一軒、職工用の青服だのカアキ色のマントだのをぶら下げてゐた。

「保吉の手帳から」の「わん」の冒頭は、保吉のまなざしを通し横須賀のレストラン内部外部をよく描写している。東京人の眼を借りた地方都市小説として読み得る興味深いテクストであるにもかかわらず、保吉ものの評価軸が、〈私〉を描いているかどうか、特有の深刻さがあるかどうかの周囲を廻る以外に離陸できないのは何故であろうか。保吉ものへの近づきを妨げているのは、自画像として読まれてしまうことを余儀なくされる時代の悲劇とでもいえるものであったのかもしれない。

小穴隆一による《白衣》が描かれたということは、芥川は描かれるためにモデルを務めたことになる。その中で、描かれる自分というものを十分に体験したのだろう。今残された《白衣》を見る限り、その色調は大変明るく、芥川のイメージをある意味裏切るかのような印象をもつ。果たして芥川が、描かれた芥川をどのようにまなざしたのかは明確に言語化されていないが、少なからず、主体と客体との狭間を意識せざるをえなかったのではないかと思われる。「鏡面のなかの仮像を己れのペルソナとして提示する行為の裏には、偽りのものを真像として表示する遊びのカラクリが働いているはずである」[1]ように、「これは私ではない」という主体と、「これが私である」という外部のまなざしとの葛藤と融和を遊ぶという経験の中に、自画像は描かれる。「君の向こうをはつて」とは、描く私と描かれる私、そして見られる（読まれる）私とを、大いに意識した発言と理解されるものである。

小穴隆一《白衣》

2　自画像の季節

「大正期ほど興味ある自画像がたくさん描かれた時代はない[2]」、「数からも、質からも、大正期が日本における自画像の最盛期、いわば自画像の時代になったと見なせる[3]」、「その最も多く描かれたのは大正時代であり、そのもっとも少ない時期は第二次大戦後である[4]」。芥川の時代における自画像の隆盛は、特筆すべきものであった。当時最も多くの自画像を描いた画家は岸田劉生であり、素材ジャンルにこだわらなければその総数は三〇点を超えるといわれている。

岸田劉生《自画像》1912
東京都現代美術館

一九一二年に始まった自画像制作は、その後二年の間に精力的に描かれる。やはり二〇点近くの自画像を残す萬鉄五郎とともに、自画像の時代の中心にあったといってよいであろう。中村彝や小出楢重が生涯の全期に渡り自画像を描くのに対し、劉生の自画像は一九二一年を最後にほとんど見られなくなるという。また多様な自画像が残されている萬は、それより早く一九一九年で油絵に限れば描かれることがない。

この岸田劉生の自画像を、匠秀夫は、以下のように評している。

この時期は劉生のいわば疾風怒涛時代ともいうべき独自性を求めての激しい転生の時期であって、「外套着たる自画像」にゴッホ風を、一三年一〇月三日の「自画像」にセザンヌ風を、さらに「黒き帽子の自画像」には、これら後期印象派風からの離脱と新しい写実への自覚の動きを、それぞれに認めることができよう。つまり、その「自画像」をとおしても、彼の画業の展開の跡をある時期までは偲ぶことができるのであり、また彼の強烈な個性をうかがうこともできるのであるが、レンブラントに在ったような、また中村彝にも認められたような、内面探求というか、自己認識の欲求というか、自分が「もう一人の自分」を見つめていることから、観るものが自ずと魅きつけられる味わいといったものはすくないようである。

「彼の強烈な個性」「内面探求」「自己認識の欲求」など、自画像理解には欠かせない語彙がこの文章には連なっている。よく耳にし口にする自画像を語る語彙であるが、これは所謂自伝的小説の批判の語彙と非常によく似ている。再び匠の、村山槐多の自画像、肖像画への評を引用してみよう。

同じく二一、二歳で夭折した村山槐多や関根正二のものは数も多くはなく、また水彩や素描の方が多いが、その挫折をも体験しており、彼らが明暗激しい人生の深淵をのぞいていることがうかがえるだけに、単なる自我の肯定に留まらない自己認識の姿を認めることができるのである。

しかし何といっても、さきに「黒い自画像」と「赤い自画像」と呼んだ二点の油彩画は、タブローとして槐多の芸術全体のなかでも重要な位置を占めている。それらは決して安易な自己表出ではない。自己表出という点では、《尿する裸僧》の方が奔放に槐多自身を表現しているといえる。直接自己を対象にした場合の方が、むしろ自己抑制が効いている。「黒い自画像」では、紫や緑や白などの色彩による強い筆触でガランスを隠蔽し、「赤い自画像」では、ガランスが強調されるが筆触は抑制されている。槐多の自画像では、表出と抑制の強い緊張関係が作品に内面的な深さを与えているように思われる。[5]

ここから伺えるのは、やはり「自己認識の姿」「内面的な深さ」である。

自画像というジャンルは、絵画の誕生と共にあったわけではない。参列肖像画の一つの典型として、マサッチオが《貢の銭》の群像の一人に己の顔を描きつけ、同じようにミケランジェロが《最後の晩餐》の殉教者バルトロメオに己の顔を写し、ラファエロがまた《アテナイの学苑》の右端に己を置いたときから、自らの顔を描くという歴史が辿られるようになるという。一五世紀の鏡というツールの完成を背景に、デューラーが、十三歳にして未だ自画像確立以前のルネッサンス期に卓抜した自画像を描き（一四八四年）、バロック期のレンブラント、一八、一九世紀のゴヤやクールベなどを経て、所謂後期印象派として括られるゴッホ、ゴーギャン、セザンヌの時代、固有の表現においてそれぞれの印象的な自画像が描かれる季節を迎えたことは近代絵画史の中でよく知られたことである。内面と外部との関係にとどまらず、自己と他者と、あるいは表現と主体との緊張関係の中に〈自己〉の像をうつしとるという作業が自画像の存在を支える意識であるなら、日本近代では、恐らく明治後年から大正という時代が、最も自画像を自画像らしくふるまわせた頂点の季節であったといえるであろう。

この自画像は、日本の近代にあっても特異な様相を見せていた。青木繁や岸田劉生、萬鉄五郎、そして村山槐多など、西欧の美術の洗礼を多分に受けた日本洋画の一水脈を担った画家たちによる自画像は、日本の近代絵画史の中でも、あざやかな光彩を放っている。画家たちにとり、自己を描くという作業は、活動の節目ともなる基本的作業であったかのようである。しかし、後期印象派以後、「自画像が急速にその数を減じていることは注意していい」（粟津則雄『自画像の魅力と謎』日本放送出版協会、二〇〇一・一二）という指摘は、また、自画像をめぐる表現の生成現場を考える上で、見過ごすことのできない事実であろう。もちろん数の減少は、〈自己〉を表現する意欲の衰退を意味するということではないだろう。自己をみつめる求心的なまなざしとそれを外部に向けて開いていく表現を合わせたふるまいが、量的にではなく質的に多様化していった表れと考えることが出来る。自画像流行以後、自己を表す表現は、自画像という明確な輪郭をもつことなく描かれることになったと言えるのである。

芥川による自己を直接的に主材した小説は、その後の「大導寺信輔の半生」や「或阿呆の一生」が挙げられるが、この二つの小説にはそれぞれ「――或精神的風景画」「――自伝的エスキッス」というサブタイトルが附されている。「保吉の手帳から」を「自画像」と、「大導寺信輔の半生」を「風景画」と、「或阿呆の一生」を「エスキッス」と仮称していることになるが、それらがいずれも絵画用語であることは注意されていいだろう。ジャンル用語としては〈自画像〉から〈風景画〉、そして〈エスキス〉へと、自己意識という輪郭の明確さを後退させながら、小説に絵画のジャンル用語を援用し読者に提出しているのである。自己を主たる材とした、あるいは自伝的な内容をもつ小説に絵画用語を附すことには、どのような詩的操作が意識され発現されているのか。この小説の戦略は、自画像の隆盛と以後の数の減少という流れと無縁ではないだろう。同時に、自画像流行現象は、私たちの心象にも大きな転換をもたらす出来事であったと考えられる。

3　自我から自己へ

日比嘉高は、一九一〇年代前後から、日本の文学界に〈作家が自分自身を作中人物として描いた小説〉が数多く出現したことと合わせて、日本の洋画界にもまた自画像の数が増えはじめていたことを指摘する。(6)「田山花袋『蒲団』に話題が集中し自然主義が文壇を席捲して後、島崎藤村や徳田秋江をはじめ、自然派・白樺派などの青年たちが、積極的に自分自身を小説作品中に造形していた」「その一方ほぼ同時期に、美術界、なかでも洋画において、岸田劉生や萬鉄五郎など年間一〇作をこえる自画像を制作する画家が現れ、洋画界全体においても自画像の描画数が増加しはじめていた」と、文学界と美術界に共通する〈自己〉への求心力を指摘し、「自分自身を描く小説と絵画の並行的な増加という、一九一〇年あたりから顕著になりはじめたこの一風変わった現象」を〈人格〉〈自己〉という言葉を鍵として捉え直す試みをしている。〈自画像〉〈人格〉〈自己〉といえば、自然主義からの大きな転回としての、雑誌『白樺』を中心とした白樺派的なキーワードとして把握されているが、果たしてそこに世代的なキータームがなかったかとの問題提起となっている。

自画像が官制という制度へいかに組み入れられていくか、東京美術学校西洋画科の卒業製作(7)として自画像が課せられたことをまず「自画像の一般的認知に対し与るところが大きかった」要因として挙げる。卒業制作としての自画像という課題は、一八九六（明治二九）年、同校に西洋画科が設置されたとほぼ同時期に決定されており、これによって「用途・流通の面で限られた範囲にしか存在しえなかった自画像」が、「美術学校という官制の制度によって絵画の体系内に組み込まれ」、いわば「公認」されたという。

東京美術学校では、「毎年の卒業証書授与式の後、来賓や父兄・保証人などの関係者に卒業製作などの成績品を縦覧させる慣習があり、しばしば招待客・卒業生関係者のみではなく一般の人々にまで公開されている。博覧会、展覧会の時代の中、来観人数も一五〇〇〇余名（一九〇二年）、一〇五三四名（〇五年）、五八四九名（〇九年）、二〇〇〇余名（一〇年）、五九一六名（一四年）と、かなりの人数が確認されている。[8] 会場には、西洋画科の卒業製作である『自画肖像』も展示され、多くの観客のまなざすところになっていた。また、東京美術学校自身が、それを買い上げるという制度を持っており、同時に績品展覧会や絵葉書、卒業製作『作品集』などといったかたちで内輪に止まらず外にも開かれていたということである。[9] 学校の制度として始発した自画像という一ジャンルは、様々な状況の中で、「自画像という主題に対する周知の度合いが高められていった」わけである。

だが、「自画像の増加を始める時期（一九一〇年代）と、東京美術学校のカリキュラムの運用開始時期（一八九六）とが一致していないこと」から、これらアカデミックな動きの果たした役割というものは、日比の指摘にもあるように一「画題」としての自画像ジャンルの認知という「いわば絵画界のジャンル布置の変換に関わるものであった」にすぎず、風景画、静物画、肖像画など、伝統的な洋画の題材の中に、自画像というジャンルが認知されていく過程であった。だが、この認知こそ、その傍らで、自画像に〈自己〉を投影していく鏡として自画像をまなざしていく始まりでもあったろう。

黒井千次は、『自画像との対話』（文芸春秋、一九九二・一二）の中で、「自画像から強烈な印象を受ければ受けるほど、なぜその時にこの作品が生み出されたのか、との事情を掴みたいと願う。自画像が風景画や肖像画とは異なり、自分自身を対象とするきわめて個人的な性格の強い絵画である以上、当然の願望といわねばならぬ。つまり、自画像を受容するには、当の画家の生涯についての最低限度の知識が必要となる」と自画像の読み方に提言をする。だが、何故そうなのだろうか。自画像が単なる題材ジャンルの一つであれば、特に自画像からそのような働きを抽出する心理作業は必要ではない筈である。「自画像が風景画や肖像画とは異り、自分自身を対象とするきわめて個人的な性格の強い絵画である以上」とされる前提は、実は既に顚倒された前提なのではなかったか。風景画や肖像画とは異なるものとして自画像を解釈しようという枠組みが、既に定着しているからこそ可能な発言なのではないか。それ故、「画家にその個人固有の人格や個性を見いだし、その個人的特質との関係のもとで彼の作品を捉えてゆくという思考が定着して後、自画像はその解釈枠の存在によって新しい意味を纏いはじめた」と、日比もこの黒井の言葉をその典型として紹介している。自画像を画家の「人格」に結びつけるその読み方が、一つの知的な枠組みとしてきわめて近代的な所作であることを示していよう。

五姓田義松《自画像》1877
東京芸術大学大学美術館

展覧会における絵を見るレッスンについて前に述べたように、〈絵画〉を見る眼は、時代を通じて「選」から「楽しみ」へ、そして「芸術」へと啓かれてきた筋の流れがある。そこには当然、見るための準拠枠が要請される。まなざしの変化とは、そのシステム、知的枠組みの変化でもある。五姓田義松のいたって優れた自画像と、岸田劉生の自画像とを比べた時、何を基準に私たちはそこに差異を見出すのか。表面上の素材やペイントの差以外に、本質的な差異のない筈の両者に差異を見出すことを可能にするのは、私たちの心象に組み込まれたシステム以外にはない。

自画像において当初求められたシステムは、日比の詳細な調査からわかるように「人格」を準拠としていた。例えば、井上哲次郎は「絵画の四要素」(『帝国文学』、一九〇五・一)において、第一に用材、第二に対象、第三に技倆、第四に天才を挙げ、特に第四の「天才」を強調した。「天才は其人格と密着不離の関係を有するものなり、天才の描出す所の絵画は、其人格の反射にして人格の有する品性は絵画中に発露するを免れざるなり」。「ミケルアンゼロの製作品は、其絵画たると彫刻たるとを問はず、悉く彼が人格の反射なり、彼れは己れが人格の品性を永遠に其製作品に寓して存するを知るべきなり」。

かくして芸術家の人格と、その作品とは密着の関係を有すること、水魚のあひだの如し。若し作者にして大なる人格、深き広き、さては正しき知識に伴へる趣味を有せんか、其作品は大ならざるを得ず、これに反して小なる人格、低き狭きかつは誤れる知識に伴へる趣味ならんか、如何に苦心するも、其技術は甚麼に巧妙ならんも、そのものは遂に価値少なきものたらんのみ。(10)

当時の作品がいかに「人格」と結びついて語られているかを、このように日比は東京美術学校西洋画科『月報』の資料からも抽出してみせる。大村西崖の「芸術家の人格と、その作品とは密着の関係を有すること」という主張が、与謝野鉄幹の素行を誹謗中傷したいわゆる〈文壇照魔鏡事件〉(11)と性質を一にしていることを指摘し、「作品と作者の人格との不可分性の論理」が、一九〇〇年代初頭には、美術学校という限られた空間の中とはいえ強力なシステムとして在ったことを示している。そしてこのシステムは、同時に美術学校外部にも自然と浸透していったと推測される。「一九〇〇年代を通して流通した、作品と作者の『人格』とは密接な関連を持つものであるという論理的枠組みは、『月報』という媒体やそこから参照された他のメディアの記事を通じて、確実に学生たちのもとへと流れ込んでいた。自画像を〈読む〉解釈枠が、こうして準備されていく」のである。

さらに、作品と「人格」との対応関係という枠組みをそのまま利用しつつ、〈人格〉と入れ替わりに〈自己〉という概念が前景化してくることも合わせて指摘している。自然主義隆盛のこの時期に、『月報』に青面獣と名乗る書き手が、「新時代」と称して芸術家の人格という神聖なる領域に異議申し立てをした文章がある。白樺派の自己尊重の主張に先んじるものとして際立つと、日比はこの青面獣の文章を解説している。

△処が世の中には、親切な人もあるもので、芸術家を途方もなく神聖なる可き、又純潔なる可きものと独りで断定して、殆ど神か仏と同一のものでなければ、芸術家となる資格がない様な事を云ふものがある。斯かる人に限つて、芸術の作品に対しても、必ず権威とか悲壮とか、乃至道徳とか倫理とか、神聖とか純潔とか、……中略……或一定のタイプを尺度として、其の分子を含まぬものは、芸術の作品でないと云ふ。要するに芸術を神や仏の所有物たらしめて、吾々人間の芸術を認めない手合の云ふ事だ、吾人の求めるのは。人間の芸術で、決して神の芸術ではない。（青面獣「新時代」『月報』一九〇八・七・一二）

島村抱月とともに『早稲田文学』に依っていた青年批評家片上天弦の「文学成立の源を尋ねても、またその究極するところを考へても、所詮文学は自己を語り自己を表白するものである」「已に作物が個性の表現である限りは、個性の大小深浅等は、直ちに真の作物の面に現はれて来ねばならぬ。それ故に、作家の個性を拡充し発展せしめるといふことが、やがて作物の味ひ意味、即ち価値を、高く深く且つ広からしめることとなるのである。……略……再び自己に立ち還つた上は、その自己を展開し拡大し、而してまた深くしてゆくのが、作家自からの発展である」(12)

との文章を例にして、〈人格〉と〈自己〉の差異が、自然主義と白樺派の別という決まった図式ではなく、むしろ、世代差、〈世代〉論的な把握により可能であることを述べる。もちろん、それは、表現のモダニティの問題でもあっただろう。青面獣が自らの文章の題名に「新時代」を選択していることからも、世代的な問題提起であることは、明らかである。

片上天弦・相馬御風と、反自然主義的立場にいた漱石門下の安倍能成、阿部次郎らとの間にいくつかの点における共通性――「主観的」「理想主義的」「ベルグソン流の生命の燃えた文学」――を川副国基は既に見ているが、(13)「同時代の、同年配の知識人」としての共通性、いわば〈世代〉論的な視点の重視を促す日比の問いかけは、大変重要であろう。(14)〈人格〉から〈自己〉へ移行した「新時代」は、〈修養〉から〈教養〉主義へと移行した時代とも重なろう。一八九六年以来、東京美術学校のカリキュラム内に定位され「公認」を受けた洋画の画題の一つ、自画像というジャンルは、「若い画家たちの理想や感性の変容を刻み込む受け皿のひとつとして機能をはじめる」つまり、当時の表現のモダニティ発現の場として格好のジャンルとなったわけである。萬鉄五郎や岸田劉生、高村光太郎、椿貞夫などのおびただしい自画像の創作からもその「新時代」はありありと伝わる。(15)相馬御風と同年の魚住折蘆の「現時の諸芸術殊に小説に対して生命の色濃さ、作家の強烈な主観の主張の現れた者に同情の注目を注いで居る」という言明、「時代閉塞の現状」でそれを批判的に継承した石川啄木の「斯くて今や我々には、自己主張の強烈な欲求が残つてゐるのみである」などを挙げ、「それぞれニュアンスの異なりがあるとはいえ、彼ら同世代の青年たちは皆一様に〈自己〉というものを一つのキータームとして、小説や絵画といった芸術作品中にそれを造形し、あるいは見出そうとしていた」。それ故に、絵画の世界では自画像というジャンルが特別に際立ち、それをみつめる鑑賞者にも様々な言説を与えることとなった。世界的にも際立つ、日本の一九一〇年代の自画像の季節は、自己という新しい容れ物に可能性を見出した若い世代による表現のモダニティの格闘の中で誕生した、その過程の一がここに辿られよう。

しかし、そのときの「自己」とはどのような表現の可能性を有していたのだろうか。或いはどのような制限を逆に有して表現されていったのか。「戮人か貧者かあはれ自画像をきざみつ、おののぐ恐ろしき業わざ」をはじめとする「自画像」六首を美術学校『月報』（一九一五・一三〇）に寄せた「興」と称する人物は、その最後に「堂乎としてみつめはあはれ蟲くひの心の境にいであふ自画像」と詠んだ。この歌に注目して日比は以下のようにその厚みと豊かさを自画像を巡る言説に見出す。

「堂乎として」、つまり堂々として自画像に向かい合う。向かい合った自画像もまた威儀を正しているのだろう。しかしここでは、自画像を描く、あるいは自画像と向き合うという作業は、鏡に向き合うのとひとしく、その画家を内向的な対話へと誘うものとしてある。堂々たる容貌を見せる自画像も、その自意識の反射の対話が始まるとともに、外貌の向こうに隠れていた「蟲くひの心」を露わにする触媒となってしまう。堂々とした容姿、堂々と見せよう、見ようとする心と、穴の空き襤褸の出ている「蟲くひの心」との境、あるいは描かれている自画像とそれを見る自分との境、描く自分と描かれる自分との境、さらにそれをも見ている自分との境、そういったさまざまな「心の境」に立ちうるだけの、厚みと豊饒さを、自画像はこの時すでに獲得していた。それは言いかえれば、先行作品の積み上げや批評言説の堆積など自画像を取りまく情報量が増大し、制作にまた読解に際して参照・導入しうる知見が豊富になったということでもある。そしてもちろん、そうした関連言説の中には、同時代の作家による、〈自分自身を描いた小説〉というもうひとつの〈自画像〉も、また含まれていたはずである。

近代日本における〈自画像〉のジャンル的成熟の時代が、ここに到来した。

日比のいうように、自画像が世代的な自己意識の生成と結びついたとき、自画像を見るというふるまいには、「内向的な対話」への誘惑が伴い、それはまた「『心の境』に立ちうるだけの厚みと豊穣さ」を有していたのであろう。だが、特にこの最後の歌が示すのは、自画像を描き且つ見ることが、「蟲くひの心」を露にする現象と化す、つまり、楽観的な明るさではなく、苦しく辛く醜いイメージを読むことと繋がりをもったところには注意をせねばなるまい。「生命の色濃さ、作家の強烈な主観の主張」（魚住）といい「自己主張の強烈な欲求」（石川）といい、自己表現への欲求こそ、豊饒さの本源であった筈である。野口玲一「西洋画科の自画像──成立と展開」のいう「おそらく単なる記録として始められた卒業生の自画像であるが、明治末期から大正期における画家の意識の変容によって、それは表現としての位置を獲得した」という指摘にあるように、それは表現の豊穣さと比例していくべきものではなかったか。だが、やすやすと「蟲くひの心」と結びつけられたその自画像の読み方は既に強固な方向付けがなされている。自画像をめぐる言説は、自画像それ自身の表現の豊穣さとは対極的な、ある種の貧困さの中に展開されていくことになったのではなかったか。

4　自画像の準拠枠

自画像という絵画の題材ジャンルを示す用語が、小説や現象の比喩として成立するのは、〈私〉を対象とするという一点でのみ共通するにすぎなかった。しかし、それが、等身大の私を写すこと、その等身大とは、醜い側面を写すこととして読みかえられていく過程で、唯一の共通項であった私性すら必要としなくなる。

感謝する姿はしおらしくて上品だが、不平がましい面を曝すのは醜くて卑しい。しかし此の思い出も亦自画像のためのスケッチの一つだと考えている私は、序に醜い側をも書き添えて置かねばなるまい。――書こうと思うことは、自分の事ばかりでなく、他人の事にも関係するので、心の中で思っているのはまだしも、物にまで書き残すのはどんなものかと、私はいくたびもためらったが、やはり書いて見ようという気になって、ここに筆を続ける。

大正十二年九月、関東大震災の後、津田青楓氏は、三人のお子さんを東京に残し、一人の若い女を連れて、京都に移られた。当時私は京都帝大の教授をして居たが、或日思い掛けなく同氏の来訪を受け、その時から私と同氏との交際が始った。（昭和八年、私が検挙された頃、青楓氏は何回か私との関係を雑誌などに書かれた。昭和十二年、私が出獄してからも、更に二回ばかり物を書かれた。で、初対面の時のことも、その何れかで委しく書かれている筈である。）その後私たちは、毎月一回、青楓氏の仮寓に集って翰墨の遊びをするようになった。

（河上肇「御萩と七種粥」『思ひ出』月曜書房、一九四六・一〇）

言葉で書かれる自画像は、この河上肇の文章に象徴されるように、「醜くて卑しい」「醜い側」を「曝す」ことの必要性が時に大きく要求される。むしろ、その醜い側が曝されていなければ、自画像たりえないという顛倒も早急にもたらすであろう。「自画像は自我像としてシュミレートされたとき、はじめて自画像として完結する。そこにはもはや自己聖化への志向はなく、自己異化＝他化願望によって自己を消し去るという無化への願望が働いているのかもしれない」（桑原住雄）とも言われる、自画像は「如何に」表現するかよりも「何を」という言説の優位を示す〈自我〉の像として存在していく。そして自画像は、いつしか苦悩や懊悩、焦燥や逼迫など、醜い側がどれ程曝されているかという点が評価の軸となった。「近代日本における〈自画像〉のジャンル的成熟の時代」とは、この表現の貧困さの中での成熟だったのではなかったか。その意味で、「保吉の手帳から」を始めとして、自己を題材としている小説を、自画像としては物足りないという文脈で読むことは、まさしくその貧困さのシステムから離陸を許さぬ読みの囲いを暴露することにもなろう。

この自画像の時代にあり、芥川の保吉ものは、私小説の文脈ならぬ、自画像の文脈で読むことこそ要請されてきたのであり、そうであるなら、今、保吉ものを読むことは、またその自画像のシステムから解き放たれる必要も同時に要請されるべきものであろう。

かつて芥川を描いた親友小穴隆一だが、芥川はその出会いを、「或阿呆の一生」で次のように一枚の挿画との出会いとして表現する。

二十二　或画家

それは或雑誌の挿し画だつた。が、一羽の雄鶏の墨画は著しい個性を示してゐた。彼は或友だちにこの画家のことを尋ねたりした。

一週間ばかりたつた後、この画家は彼を訪問した。それは彼の一生のうちでも特に著しい事件だつた。彼はこの画家の中に誰も知らない詩を発見した。のみならず彼自身も知らずにゐた彼の魂を発見した。

或薄ら寒い秋の日の暮、彼は一本の唐黍に忽ちこの画家を思ひ出した。丈の高い唐黍は荒あらしい葉をよろつたまま、盛り土の上には神経のやうに細ぼそと根を露はしてゐた。それは又勿論傷き易い彼の自画像にも違ひなかつた。しかしかう云ふ発見は彼を憂欝にするだけだつた。
「もう遅い。しかしいざとなつた時には……」

既に人物を描くのに、人物それ自体は必要とされない。「一羽の雄鶏」や「丈の高い唐黍」が平然と人物を代行していくことに、既に私たちは違和感を覚えない。むしろ、モノや風景の方が、人間の内面をよく写すとさえいえよう。明治初期、風景は、景観の「生産者」ではなく、都会から来た文人たちによって発見されたという[16]。都市的なまなざしと非日常性の体験の二つは、風景が成立する不可欠の条件である。その点では、山林、田園、浜辺、湖畔など現代の観光地も例外ではない。「都会の文化エリートたちによって発見され、享受されるという意味では、月ヶ瀬のみならず、すべての風景はしょせん『幻影』に過ぎない」その風景は、大正の自画像の時代を経て、内面をも写す風景となるのである。

自画像というジャンルの出来る以前に自画像を描いたデューラーは、《一四九三年の自画像》を描き、そしてあの有名な《一五〇〇年の自画像》で、自らの顔をキリストになぞらえるという暴挙に出たことでも知られる。その所作は、「傲慢な自己神化」と捉えられる一方で、「自分を手段として自分を超えた存在の力を実現しようとした」（粟津則雄）と理解される一面もある。ここで想起されるのは、芥川の「西方の人」であろう。彼もまた、自伝的な小説の最後に、キリストの一生を置くことを躊躇わなかった。それは、「暴挙」や、逆に「信仰告白」として受け止められる一方、聖性を描く表現手段の一つと捉え得ることも出来る筈である。「唐黍」の絵が、「彼の肖像」となるこの顛倒を理解できるまで

小穴隆一《鶏之図》
『海紅』1917年7月号

に、絵画をめぐるシステムは私たちの中にまなざしのシステムとして強固に根を張る。《白衣》からこの《或画家》まで、「自己異化＝他化願望」が示す自画像の物語は、或いは、自画像の始祖デューラーのキリストを模した自画像と「西方の人」のクリスト像を取り結ぶことを可能にする物語であるのかもしれない。

注

(1) 桑原住雄『日本の自画像』沖積舎、一九九三・一〇
(2) 河北倫明「特集1　自画像」『芸術新潮』一九六三・一一
(3) 匠秀夫「近代日本洋画に見る自画像」『アサヒグラフ増刊　近代日本洋画に見る自画像』朝日新聞社、一九八四・七
(4) 注(1)に同じ
(5) 酒井哲郎「村山槐多の自画像」『ユリイカ』一九九九・六
(6) 日比嘉高「〈自画像の時代〉への行程——東京美術学校『校友会月報』と卒業製作制度から」『〈自己表象〉の文学史』翰林書房、二〇〇二・五
(7) 当時の表記に随う。
(8) 『月報』による日比の調査を参考にしている。
(9) 日比によれば、「自画像の買上げは同三一年の第二回卒業生から始まった。この年の五人のうち北蓮蔵、白瀧幾之助の二点、翌年は買上げがなく、三三年には一八人中、中沢弘光らの三点が残された。三四年には一四人中の二人、三五年には一七人中の一三点と、提出作品のうち何点かが選ばれて残されていたが、次の三六年からは西洋画科卒業生の全員のものが残されるよう制度が変わっている」(福田論文)。
(10) 海士(大村西崖)「虫恵蛄山人へ」『月報』第一巻第六号、一九〇二・一二・二五
(11) 『文壇照魔鏡』(大日本廓清会著作兼発行、一九〇一・三)「予輩は性行動作を度外視して、単に其作品のみで詩人の価値を定むる事の頻〔頗〕る危険なるものである事を断言する」。
(12) 片上天弦「自己の為めの文学」『東京二六新聞』一九〇八・一一・一一、一三〜一七

(13)「近代評論集Ⅰ解説」『日本近代文学大系　近代評論集Ⅰ』角川書店、一九七二・九
(14) 安藤公美「大正教養主義」『芥川龍之介新事典』翰林書房、二〇〇三・一二
(15) 野口玲一「西洋画科の自画像――成立と展開」の「おそらく単なる記録として始められた卒業生の自画像であるが、明治末期から大正期における画家の意識の変容によって、それは表現としての位置を獲得した」というまとめは、「この意味で当を得ているといえる。」と日比はいう。
(16) 大室幹雄『月瀬幻影』中央公論社、二〇〇二・三

II

交差する異文化

開化の恋愛――「開化の良人」

芥川の小説群には、一九一八年から一九二三年にかけて書かれた、明治初頭の時代を描く、所謂開化期ものがある。年代順に、「開化の殺人」(『中央公論』一九一八・七　定期増刊「秘密と開放号」)、「開化の良人」(『中外』一九一九・二)「舞踏会」(『新潮』一九二〇・一)「お富の貞操」(『改造』一九二二・五・九)、「雛」(『中央公論』一九二三・三)などになる。

中でも「開化の殺人」と「開化の良人」は、共通の人物を登場させ、恋愛を物語の中核とし、題名の類縁性もあり併行して論じられることが多い。また、同じヒロイン明子の存在から、「舞踏会」も視野に入れ、「連環小説としての開化物」(中村真一郎)として把握されてもいる。恋愛概念の確立以前の愛を語る開化期ものは、いずれも、〈開化〉と〈恋愛〉を強く意識し、結びつける小説ということが出来よう。懐かしい回顧されるべき昔は、あたかも永遠に手に入れられなかった恋愛という幻想のように映るのかもしれない。吉田精一が、「彼が開化期の面影を彷彿させるその生地に郷愁を抱き、又更に開化期日本の、不思議な調和を示した和洋折衷の風景に、強い関心をひかれたであろうことは、想像に難くない」(『芥川龍之介』三省堂、一九四二・一二)というように、開化期ものの一つの特徴が明治初期への、或いはその先の江戸的なるものへの懐かしさというイメージであることは間違いない。

「文学という制度の生み出した幻想」、「結婚という共同体の制度の副産物」、或いは「個々人にとっての大きな物語」など、近年盛んに論じられている〈恋愛〉だが、芥川の開化期ものの描いた〈恋愛〉とは何であったのか。かつての恋愛を語る行為は、その時代をのみ描くのではなく、書かれた時代、つまり一九一〇年代後半から一九二〇年代にかけての恋愛をも照射するものであろう。そして、勿論、そのテクストを読む〈今〉の恋愛をも串刺すであろう。「愛」や「性」や「貞操」などの言葉がメディアに氾濫する一九一〇年代後半から書かれた開化期ものが、恋愛の始源の時代を語るという二重性に読者は先ず注意を向ける必要があろう。新しく開かれた時代であると同時に、失われた江戸を彷彿とさせる開化の時をモチーフに、郷愁や懐古のイメージを濃く漂わせながらも、しかしそれだけで終わるものではない。

　ここで描かれた開化期は、男女関係、夫婦関係、家族関係など、現代に地続きの関係性の始源として意識されていたと考えられる。そうであるなら、芥川における開化は、「西欧の洗礼を受けた知識人を主題とするもの(1)」であり、「その主題は『こゝろ』の先生のいふ、『自由と独立と己れ』の明治の芥川による展開のやうに思はるる」とする桶谷秀昭論や、「そのまま作者の『文明開化』に対する、すでに否定的な見解の表出ととることも出来る(2)」という理解を超えたところから始まっているのではないか。「文明開化のもたらした男女の解放が思想として浸透しないで、皮相的な感覚で感受され、肉欲的な交情に歪められてしまった現実の様相」として、「日本近代のなかで西欧の新思潮の受容と変容とを問い吟味する芥川の観念がある(3)」のであれば、さらには清水康次の「現代物、つまり時代設定が芥川の同時代(現代)に置かれている作品については、開化期あるいは明治とどうつながり、あるいはどう切れているのかという問題を考える必要が生じてくる。明治の多面性・重層性に対して、芥川の同時代はどのような位置に立つのだろうか(4)」という問題意識の延長に、開化期ものは読まれてよいであろう。

1　語りだす場

「開化の良人」が、絵画小説として近代の始源を問い直す可能性を見せたことは前に述べたとおりである。絵画を扱うのみならず、劇場という演劇空間を取り上げ、様々な語りの場を浮上させるという点で、この「開化の良人」は、愛の小説という以上に、ジャンル横断の小説と言うことが可能である。小説以上に物語的な〈つくり手―とらえ手〉の関係をもつであろう絵画・演劇の、しかもその始源の季節をこの小説が選択しているということは見過ごすことができない。最後の浮世絵師月岡芳年に対する忘れられた洋画家五姓田義松、演劇改革の象徴ともいえる新富座に対する最後の江戸歌舞伎中村座、船中や洋間という社交場に対する萩寺や料亭座敷など、愛のある結婚という理想を語るために用意された人物・空間・場は、あまりに象徴性を濃く写す。語ること、そして物語的装置の発動への誘引性こそが、この小説をメタ・物語として成立させていると考えられる。本多と三浦は、フランスからの洋行の帰りの船で出会い、大川の猪牙舟の上で別れる。社交から私的な呟きへ、あたかも語りの場を色濃く立ち上げる空間を選んでいるかのようだ。つまり、〈愛〉を語る小説ではなく、愛を〈語る〉小説として成立させているといえるのではないだろうか。

三浦がはじめて直接話法で絶対的なものへの志向を伝える場面は、神風連の乱の狂言を観たときである。後に「子供じみた夢」という言葉で〈愛〉と結び付けられることになる重要な場面である。ここでもまた、絵画の例と同じような典型的な芝居、演劇のモデルが呈示されてくる。狂言、新富座、中村座という劇場空間である。

その証拠は彼が私と二人で、或る日どこかの芝居でやつてゐる神風連の狂言を見に行つた時の話です。たしか大野鉄平の自害の場の幕がしまつた後だつたと思ひますが、彼は突然私の方をふり向くと、「君は彼等に同情が出来るか」と、真面目な顔をして問ひかけました。私は元より洋行帰りの一人として、すべて旧弊じみたものが大嫌ひだつた頃ですから、「いや一向同情は出来ない。廃刀令が出たからと云つて、一揆を起すやうな連中は、自滅する方が当然だと思ってゐる」と、至極冷淡な返事をしますと、彼は不服さうに首を振つて、「それは彼等の主張は間違つてゐたかもしれない。しかし彼等がその主張に殉じた態度は、同情以上に価すると思ふ」と、云ふのです。そこで私がもう一度、「ぢゃ君は彼等のやうに、明治の世の中を神代の昔に返さうと云ふ子供じみた夢の為に、二つとない命を捨てても惜しくないと思ふのか」と、笑ひながら反問しましたが、彼はやはり真面目な調子で、「たとひ子供じみた夢にしても、信ずる所に殉ずるのだから、僕はそれで本望だ」と、思い切つたやうに答へました。

信ずるところに殉ずるとは、明治の理想主義とも、また武士道的精神主義ともいえる。「雛」の兄の像にも重なり、時に開化それ自体の象徴ともなる〈信〉という絶対的なものへの希求は、〈旧弊／開化〉の二区分とは別の準拠枠を必要とする。

三浦が己の生き方を吐露する場は、狂言芝居という劇場空間が選ばれた。当時の狂言芝居としては、時代的に多少ずれがあるものの川上音二郎一座が「神風連の乱」を素材とした、「ダンナハイケナイ」という芝居を打っている。本多子爵や三浦という謂はばエリートに属する青年による享受があったのかどうかは定かではないが、小説内でこの狂言をまなざす三浦の目は、真剣である。

その狂言に続いて登場する場は、当時の最も新しい劇場空間でもあった新富座である。三浦の結婚後に、細君の「いかがわしさ」を本多子爵が目撃するその劇場でかけられた演目は「於伝仮名書」とある。だが、このときの本多子爵の視線の注目は、劇ではなく専ら客席にあった。演目への注視度は、必ずしも芝居のレベルとは対応していない。

「所がそれから一月ばかり経つて（元より私はその間も、度々彼等夫婦とは往来し合つてゐたのです。）或日私が友人の或ドクトルに誘はれて、丁度於伝仮名書《おでんのかなぶみ》をやつてゐた新富座を見物に行きますと、丁度向うの桟敷の中ほどに、三浦の細君が来てゐるのを見つけました。その頃私は芝居へ行く時は、必ず眼鏡《オペラグラス》を持つて行つたので、勝美夫人もその円い硝子の中に、燃え立つやうな掛毛氈を前にして、始めて姿を見せたのです。

「薔薇かと思はれる花を束髪にさして、地味な色の半襟の上に、白い二重顋を休めて」いる三浦の細君に気がついた本多子爵が彼女に目礼をすると「向うも例の艶しい眼をあげて、軽く目礼を送り」、あらためて本多子爵がその目礼に答えると「三浦の細君はどうしたのか、又慌てて私の方へ会釈を返すぢやありませんか。しかもその会釈が、前のそれに比べると、遥に恭しいものなのです。私はやつと最初の目礼が私に送られたのではなかつたと云ふ事に気がつきましたから、思はず周囲の高土間を見まはして、その挨拶の相手を物色しました。するとすぐ隣の桝に派手な縞の背広を着た若い男がゐて、これも勝美夫人の会釈の相手をさがす心算だったのでしょう。匂の高い巻煙草を啣へながら、ぢろ〳〵私たちの方を窺つてゐたのと、ぴつたり視線が出合ひました」と、劇場内での離れた座席ならではのまなざしの交換により生じたドラマが展開される。「その浅黒い顔に何か不快な特色を見てとつた」本多は、「見るともなく」細君の座る桟敷を見、その桝にもう一人女性が座っているのを知る。その女性は、「楢山の女権論者――と云つたら、或は御聞き及びになつた事がないものでもありますまい。当時相当な名声のあった楢山と云う代言人の細君で、盛に男女同権を主張した、兎角如何はしい風評が絶えた事のない女です」と本多の口から説明が為される。「黒の紋付の肩を張つて、金縁の眼鏡をかけながら、まるで後見と云ふ形で、三浦の細君と並んでゐる」楢山夫人が「隣の縞の背広の方へ、意味ありげな眼を使つてゐる」のを眺める本多は、私はこの芝居見物の一日が、舞台の上の菊五郎や左団次より、三浦の細君と縞の背広と楢山の細君とを注意するのに、より多く費されたと云つたにしても、決して過言ぢやありません。それほど私は賑な下座の囃しと桜の釣枝との世界にいながら、心は全然さう云ふものと没交渉な、忌はしい色彩を帯びた想像に苦しめられてゐたのです。

と心情を明かす。三浦が狂言芝居を真剣にまなざしたのと異なり、本多は演劇よりも客席のドラマに心を奪われていた。彼等が見た劇「綴合於伝仮名書」は、「人間万事金世中」に引き続き、明治一二年五月二九日から七月六日までかけられた公演であり、中幕で帰った勝美夫人たちが観たのは、三幕目「品川御台場脇の場」までとなる。この設定は、「三幕目品川御台場脇の場がちょうどハンセン氏病の夫をじつに献身的に看病してきたお伝にとって、やがてその人のために七蔵殺しを犯し、またその吉太郎はお伝のために全てを失いつつ最後まで愛情を変えなかった情人となるまでの出会いであったように」、「舞台の観客である本多子爵の前で演じられつつあったこのもうひとつの劇は、じつは舞台のうえの劇を現実になぞっているのだった」(5)。さらに、その後の悲劇も同様に「不吉なもの」としてなぞられることを可能にする。新聞ジャーナリズムの擡頭する時代、〈毒婦もの〉流行の中で高橋お伝ほど紙上にてスキャンダルにされた女性はいない。演目と語り手たちの生成するドラマは奇妙に同調している。

狂言芝居、新富座、そして三番目の演劇空間として、歌舞伎の中村座が登場する。この中村座に至っては、演目も内容も空白のままであり、観劇の後の料亭の二階座敷が語りの中心として登場するのみである。

「と云ふのは或日の事、私はやはり友人のドクトルと中村座を見物した帰り途に、たしか珍竹林主人とか号してゐた曙新聞でも古顔の記者と一しよになつて、日の暮から降り出した雨の中を、当時柳橋にあつた生稲へ一盞を傾けに行つたのです。所がそこの二階座敷で、江戸の昔を偲ばせるような遠三味線の音を聞きながら、しばらく浅酌の趣を楽んでゐると、その中に開化の戯作者のような珍竹林主人が、ふと興に乗つて、折々軽妙な洒落を交へながら、あの楢山夫人の醜聞を面白く話して聞かせ始めました。何でも夫人の前身は神戸あたりの洋妾だと云ふ事、一時は三遊亭円暁を男妾にしてゐたと云ふ事、その頃は夫人の全盛時代で金の指環ばかり六つも嵌めてゐたと云ふ事、それが二三年前から不義理な借金で、ほとんど首もまはらないと云ふ事――珍竹林主人はまだこのほかにも、いろいろ内幕の不品行を素つぱぬいて聞かせましたが、中でも私の心の上に一番不愉快な影を落したのは、近来はどこかの若い御新造が楢山夫人の腰巾着になつて、歩いてゐると云ふ風評でした。しかもこの若い御新造は、時々女権論者と一しよに、水神あたりへ男連れで泊りこむらしいと云ふぢやありませんか。私はこれを聞いた時には、陽気なるべき献酬の間でさへ、もの思はしげな三浦の姿が執念く眼の前へちらついて、義理にも賑やかな笑い声は立てられなくなつてしまひました。

矢田挿雲『江戸から東京へ』(6)によれば、「寛永元年（一六二四）猿若勘三郎なる者、江戸中橋に歌舞伎芝居を創設し、同九年、日本橋祢宜町（今の長谷川町）に移転し、慶安四年（一六五一）堺町へ再転して、中村座の基礎をさだめたのが、江戸に芝居らしい芝居のある濫觴である」その中村座の周辺は、「天保十三年（一八四二）四月の劇場移転から、約半世紀間は、その隣町の猿若町一丁目に中村座、二丁目に市村座、三丁目に森田座（時に河原崎座）の三座を中堅に、結城座、薩摩座の人形芝居などが栄え、新吉原と斜めに呼応して、鳴物気分をただよわしていた」という。中村座と新富座の設立関係は大変興味深い。以下長くなるが、『江戸から東京へ』を引用したい。

当時の楽屋トンビだった一老人「いまどきの帝劇や、歌舞伎座などは、電気ばかり明るくして、ちっとも余韻がありゃしません」と貶してやまない……略……この余韻に富める芝居が、明治になって漸時さびれはじめたのは、桜田治助、鶴屋南北、並木五瓶、河竹新七、瀬川如皐などの勧善懲悪物や、白波物が、見物に飽きられてきたばかりでなく、三座とも、場所が一箇所に固定していて、見物の遊楽気分が、とかく単調になりがちだからである。この点にいち早く着眼して、ひそかに再移転の計画をめぐらしたものは、劇場中興の祖と呼ばれる、先代の森田勘弥であった。……略……転座の許可が下りたのは、明治五年二月、早速新築工事に着手して、同年十月、竣工、移転した。これが現在の新富座で、開場式の顔触れは、河原崎権之助、即ちのちの九代目団十郎、左団次、仲蔵、翫雀に、女形の岩井半四郎、河原崎国太郎など、今日の禿頭連が、いずれも懐旧の涎に咽びそうな、人気役者のみで、……略……三十年来の奥山から、水色明るき築地へうつって、人心を一変し、小屋は新建なり、役者は当時売出しの若手なり、余韻があろうがなかろうが、初日以来どうも非常な大入りであった。

これを見た他の二座も「コロンブスの卵」で、にわかに移転を思いたち、中村座は明治十六年、新鳥越町へ、市村座は同二十七年、下谷二長町へうつり、猿若町の名だけは、告朔の餼羊として今に残るが、この由緒の深い名に応ずべき実質は、日清談判破裂して、品川を吾妻艦が乗りだした年に、全く絶滅したのである。

「開化の良人」では、劇場空間は舞台を観る場から客席を観る場へ、そして物語を語る場へと変容する。それぞれの場で語られる語りは、演劇空間の新しさと反比例するかのように、狂言の場では三浦の絶対的な愛の物語が立ち上げられ、新富座では友人の妻の姦通物語が本多により創造され、中村座の帰りの座敷では勝美夫人の醜聞が興話される。絵画により開かれた世界は、芝居空間での物語りを促すことになったのである。

2　語られなかった物語

身体性を明確に有す三人の語り手たち（「私」、本多、三浦）は、それぞれの語りのコードに従い語る。本多は、「その時は」「今になつてみれば」「追々話が進むに従つて、自然と御会得が参るでせう」といった予見的語りをし、否が応にも、期待の地平――ここでは三浦の悲劇ということになる――を「私」に、延いては読者に想像させる。語りに慎重に耳を傾けるなら、「この話は、結婚と離婚の顚末という、第三者からは、いや当事者すらにも『薮の中』的な男と女の間の事件に対する、子爵の立場からのひとつの報告であり、そこには、子爵というプリズム……略……を通して、切り取られた要素と切り捨てられた要素がはたらいているはず」[7]（松本常彦）になり、その一方的な声をのみ読者はきくことが出来るのである。

本多子爵が語りたかった物語は、妻の姦通という「三浦の生涯の悲劇」であり、不幸を背負った友人の話である。そうであるから、本多の語りによる情報操作は、「いかがわしい風評」「腰巾着」「ダリラ」などわかりやすい悪女記号をちりばめながら、勝美夫人の姦通の物語をめざして行われていくのであった。しかし、本多の語りの期待と、実際の三浦の煩悶との間にはずれが生じている。猪牙舟の上での直接話法により進められる二人の会話に再び耳を貸してみよう。

「そんなに君が旧弊好きなら、あの開化な細君はどうするのだ」と、探りの錘を投げこみました。すると三浦はしばらくの間、私の問が聞へないように、まだ月代もしない御竹倉の空をぢつと眺めてゐましたが、やがてその眼を私の顔に据えると、低いながらも力のある声で、「どうもしない。一週間ばかり前に離縁をした」

と、きつぱりと答へたぢやありませんか。私はこの意外な答に狼狽して、思はず舷をつかみながら、「ぢや君も知つてゐたのか」と、際どい声で尋ねました。三浦は依然として静な調子で、「君こそ万事を知つてゐたのか」と念を押すように問ひ返すのです。私「万事かどうかは知らないが、君の細君と楢山夫人との関係だけは聞いてゐた」三浦「ぢや、僕の妻と妻の従弟との関係は？」私「それも薄々推察してゐた」三浦「それぢや僕はもう何も云ふ必要はない筈だ」私「しかし――しかし君はいつからそんな関係に気がついたのだ？」三浦「妻と妻の従弟とのか？　それは結婚して三月ほど経つてから――丁度あの妻の肖像画を、五姓田芳梅画伯に依頼して描いて貰ふ前の事だった」この答が私にとつて、さらにまた意外だつたのは、大抵御想像がつくでしょう。私「どうして君はまた、今日までそんな事を黙認してゐたのだ？」三浦「黙認してゐたのぢやない。僕は肯定してやつてゐたのだ」私は三度意外な答に驚かされて、しばらくはただ茫然と彼の顔を見つめてゐると、三浦は少しも迫らない容子で、「それは勿論妻と妻の従弟との現在の関係を肯定した訳ぢやない。当時の僕が想像に描いていた彼等の関係を肯定してやつたのだ」

妻の姦通により愛のある結婚に破れた悲劇という本多の想像の範囲を、三浦の煩悶が超え出ていたことは、「私は三度意外な答に驚かされて」とあることから理解される。テクストの興味を満たすものは、三浦の直接話法を待つまで、遅延され、隠されていたわけである。三度の意外な答えとは、「一週間前に離縁した」こと、「例え他人を向いてであれ、愛があるなら」姦通を「肯定してやった」ということ、そして愛を失ったときのために「肖像画を描かせていた」ことという三つであった。この三浦の直接話法により明らかにされた話こそ、本多の語る第一次の物語に内包された第二次の物語世界であった。

もう一度、語りのレベルを第一次まで溯れば、「私」は、果して何を語りたかったのだろうか。「私」の興味は本多の語る三浦にあるのではなく、三浦を語る本多子爵その人にあるように思われる。「貴族階級には珍しい、心の底にある苦労の反映が、もの思はしげな陰影を落とす」といい、「大きな真珠のネクタイピンを、子爵その人の心のやうに眺めた」といい、「子爵自身の『記憶』のやうな陳列室」という表現をしていることを思えば、「私」にとって本多は、明治初期の文物を陳列する一室のようなものなのである。本多が語りの中心に三浦を置いたのと同様に、「私」は、第三次の物語の語りの中心に本多子爵を置いているといえるだろう。本多もまた「私」により、ずれた像を結ばされる。

このように考えてくると、先に見てきた絵画の別の意味が見えてくるのではないか。それぞれの語り手は、展示された美術品を物語の扉として語り始めていた。それは同時に、語られる側は絵画から抜け出して語り出すということである。「私」は記憶のような陳列室で《築地居留地の図》から本多子爵の語りを始めるのだし、本多は芳年の浮世絵を「似顔絵」といって三浦と近似していることから三浦の物語を語り始める。そして、三浦もナポレオンと懸け換えられた勝美夫人の肖像画を自らの物語の核として語るのであった。陳列室はあくまで陳列室であるのに、それを「子爵自身の記憶のような」と形容し、浮世絵は、近代リアリズムの視点をもったものには「似ている」とは信じ難いものであるにもかかわらず、友人を想起する媒体とされる。そして、ナポレオンと懸け換えられる必要がないにもかかわらず、懸け換えられることで意味をもつ夫人の肖像画。つまり、絵や場は語り出すために用意されたのであり、それぞれの美術の登場人物たちが、入れ子的に語り出していくという構造である。

繰り返しになるが、それぞれが語りたかったことを確認するなら、「私」は開化その〈もの〉のような本多子爵を、本多は子供じみた夢を守った男三浦を、三浦は破れてしまった〈愛〉勝美夫人をその対象として選んでいた。そしてその対象こそが、テクストにあらわれた《築地居留地の図》《芳年の浮世絵》《勝美婦人の肖像画》と対応するものなのであった。「私」にとって本多子爵は、パールのネクタイピンの静かな輝きのような、誰もいない展覧会場の最後の一室、ガラスケースに取り込まれた明治の遺物のような存在であり、そのように彼をまなざすことに「私」は終始している。本多子爵もまた、火入りの月や洋装という新しさを描きながらも「最後の浮世絵師」により描かれた絵を友人を想起する媒体として三浦をまなざす。同じように、三浦は、《ナポレオンの肖像画》と交換可能なものとして、声をもたぬ一幅の絵として勝美婦人をまなざした。一人称の語りは一元的な視点をしか持ち得ないものだとしても、それを三層に（或はそれ以上に）することで、「開化の良人」は、ポリフォニックな語りの場へとすることに成功している。

浅野洋は、「結論からいえば、《築地居留地の図》と題する《銅版画》も、あるいはその直接的モデルとなる（一幅）の〈画〉も存在しなかったのではなかろうか。もちろん小説が虚構である以上、そこに登場する絵画（作品）が架空の産物であることにはなんの不思議もない」と述べ、続けて、「実際、理想主義的な《愛（アムール）》を標榜する三浦直樹《ママ》の結婚が、仮面をかぶった新妻の浮気によって破綻するという物語は、日本と西洋が《調和》する銅版画のような《開化》という時代設定をことさら必要としない」「要するに、芥川にとって〈文明開化〉とは、よかれあしかれ一幅の〈画（図像）〉だった[8]」と述べる。しかし、この物語が始源を問う物語である以上、開化という時代設定は不可欠である。そして、「〈文明開化〉とは、よかれあしかれ一幅の〈画（図像）〉だった」のかどうか。

ここに在る絵画は、沈黙の絵画ではなく、いずれも語りだす絵画である。勝美夫人は、三浦により肖像画に仕立てられた。三浦は、本多子爵により浮世絵に準えられた。その本多子爵も、語り手の「私」により、「記憶のやうな陳列室」と、一つの美術品のように語られていた。語り手となる人物が、対象である相手を自らの欲望のコードにおいて眺め、敢えて絵として、図像として文物として語るのである。その意味においては、一幅の画に過ぎない世界である。だが、これらの絵は、決して黙したままではなかった。封じ込められると同時に抜け出し語りだすという二重の機能を担っていた。

このような構造が認められるなら、この語りの多層性の中で、ただ一人黙している者がいることになる。それは誰あろう、勝美夫人である。姦通する女の烙印を押されたまま、横顔の油絵とともに彼女はテクストのポリフォニーから疎外されている。絵に封じ込められた者たちが、飛び出し、語り手となることを許されるなら、勝美夫人もまた例外ではない。幻の第四の語りがもし可能であるなら、そこにはまた、三浦、本多、そして「私」という男たちの物語とは異なる物語を、彼女は語り得たかもしれない。語られなかった物語を聞くことを可能にするのも、おそらく「開化の良人」がとった戦略であった筈である。何故なら、聞き手であったものが次のレベルでは語り手へと役割を移行する構造に素直に倣うのであれば、次なる語り手は誰ならぬ、今の聞き手、つまり小説を読む読者に外ならないからである。果して「開化の良人」から読者は何を語り出せるのか。

3　開化の細君

近代国家の中で、男性たちの社交の場は、夥しく増加していった。その一方で、教育を受けながらもその能力を発揮する場を外され、社会へ出ればスキャンダルの的になり、愛を実践することも出来ず、社交の場から排除されていくのは女性であった。「開化の良人」という題名は、すぐさまその対立項を立ち上げる。それはまず、「開化の細君」であろう。「開化の良人」の舞台となる明治初期の夫婦、そして男女の関係は、如何なるものであったのか。

「開化の良人」の中で、登場する女性は、勝美夫人と代言人の妻の「女権論者」に限られる。本多の語りから一方的に描かれるこの女性たちをとりまく風景を、現代の見地から眺め直してみよう。布川清司『近代日本　女性倫理思想の流れ』(9)は、明治元年から明治一六年を「開明期」と名づけ、「この時期の男女関係論として最大の特色が開明的な男女同権論にあった」と述べている。実際に、福沢諭吉は、『学問のすゝめ』(第八編)において早くも

「抑モ世ニ生マレタル者ハ男モ人ナリ女モ人ナリ」と記しているし、同じ頃、土居光華は「女子は男子と同権也」[10]と主張し、植木枝盛も「男女同権ニ就キテノ事」（一八七九）を記し、岸田俊子もまた「男女は（中略）同等同権のもの」[11]など、〈男女同権〉は鮮やかに支持されていた。その最たる実践が、森有礼（「妻妾論」『明六雑誌』一八七四）であったろう。

夫婦ノ交ハ人倫ノ大本ナリ。其本立テ而シテ道行ハル、道行ハレテ而シテ国始テ堅立ス。人婚スレハ……夫ハ扶助ヲ妻ニ要スルノ権利ヲ有シ、又妻ヲ支保スルノ義務ヲ負フ。而シテ妻ハ支保ヲ夫ニ要スルノ権利ヲ有シテ、又夫ヲ扶助スルノ義務ヲ負フ。

婚姻律案　第一条

婚姻ハ之ヲ為スニ適シタル人又双方共ニ同意承諾スルヲ要ス、……且双方互ニ夫妻タルノ権利義務ヲ予メ弁セサルヘカラス。

この理念に則り森は、実生活でも福沢を媒介人として常子と「書面ニテ約シテ」結婚をしている。だが、「欧米に留学し、最高の知識人であった津田真道と小野梓はともに夫婦同権に反対だったし、自由民権論者として著名な中江兆民も男女同権には反対だった」という状況もあり、知識人たちの間にも、〈男女同権〉に対する揺れがあった。岩上えん子が、「文明開化も外面的な現象に止まり、内面は旧態依然としたものであり」[12]と嘆く姿からは、理念と現実には多くのギャップがあったことが知れる。さらに、たとえ男女同権が主張されても、「家の富は主人の富にして、女子はただその富をあおぎて幸に主人と楽をともにするを得るのみ。家貧なるもその貧は主人の貧にして、女子は主人に従いて苦しむのみ／学校を去りて家に帰るときはいかなる身の有様なるべきや／内に居て私産なく、外に出て地位なし。…財なく…してあたかも男子の家に寄生するものが、その所得の知識芸学を何用に供すべきや」（福沢「日本婦人論」『時事新報』一八八五連載）と、「婚姻の一挙をもって学問をむなしう」せざるを得ない女性の位置を案じる発想もあった。福沢はこの時期、繰り返し、〈家〉にこもってしまう以上、本来の同権はあり得ないと主張し、女性の結婚後のあり方を訴えている。

その所得の知識芸学を何用に供すべきや……略……彼の教育を受けたりと称する女子が、一旦他人の家に嫁したる後の有様を見るに、純然たる尋常一様の細君にして、曾て頭角の顕はるゝなきは、学校の学識も居家の久しきと共に消磨したるものならん。或は之を評して、婚姻の一挙、以て学問を空しうしたるものと云ふも可ならん。……略……日本の女子をして常に憂愁を抱かしめ、其感覚の過敏を致して遂に身体を破壊し、以て今日の虚弱に至らしめたるの一大原因あり。即ち社会の圧制に由り、其春情の満足を得せしめずして之を束縛幽閉するの流弊、是なり。

（「日本婦人論」『時事新報』一八八五・六・四〜一二）

近年西洋文明の風を慕ひ、漸く往来交際の揺るがせ忽にすべからざるを悟ると雖ども、此往来交際や、単に男子の間に限りて、未だ女子の間に及ぶことなし。況んや男女両生の間に於てをや。夫婦以外男女相見るを許されず、相語るを許されず、相往来するを許されず。随て世上百般の人事、渋難曲屈、名状すべからざる。国の不幸これより大なるものなかるべきなり。

（「男女交際論」『時事新報』一八八六・五・二六〜六・三）

結婚に関して、「男女の合意を旨とし」、「一夫一婦制を称揚し、畜妾を排撃した」福沢と等しく、「開化の良人」において、「愛」をすべての上におくと言い切る三浦には、同権に基づくこの女性像があって然るべきであった筈である。しかし、実際にはどうであったのか。ここで、語られなかった勝美夫人からの物語の可能性をみていくのであれば、例えば、次のように紹介されている出会いの場面は、どのように読まれるのであろう。

通知の文面は極簡単なもので、ただ、藤井勝美と云ふ御用商人の娘と縁談が整つたと云ふだけでしたが、その後引続いて受取つた手紙によると、彼は或日散歩のついでにふと柳島の萩寺へ寄つた所が、其処へ丁度彼の屋敷へ出入りする骨董屋が藤井の父子と一しよに詣り合せたので、つれ立つて境内を歩いてゐる中に、いつか互に見染めもし見染められもしたと云ふ次第なのです。何しろ萩寺と云へば、其の頃はまだ仁王門も藁葺屋根で、『ぬれて行く人もをかしや雨の萩』と云ふ芭蕉翁の名高い句碑が萩の中に残つてゐる、如何にも風雅な所でしたから、実際才子佳人の奇遇には誂え向きの舞台だつたのに違ひありません。しかしあの外出する時は、必ず巴里仕立ての洋服を着用した、どこまでも開化の紳士を以て任じてゐた三浦にしては、余り見染め方が紋切型なので、既に結婚の通知を読んでさへ微笑した私などは、愈愈揶揄られるやうな心もちを禁ずる事が出来ませんでした。かう云へば勿論縁談の橋渡しには、その骨董屋のなつたと云ふ事も、すぐに御推察が参るでしよう。それがまた幸いと、即座に話がまとまつて、表向きの仲人を拵へるが早いか、その秋の中に婚礼も滞りなく済んでしまつたのです。

「このシチュエーションは、江戸時代の見合いを想起させる」とするのは、溝部優実子である。(13) 三浦の「屋敷へ出入りする骨董屋」と、藤井勝美の父が介在していることが、開化の結婚としては「不自然」であり、むしろ、「風俗史によると、江戸時代の見合いは、仲介者の手引きの下、よく寺社境内で行われ、当事者が知らないままのことも多くあり、その形態には、『見初める』という事が自然に行われる機会が見合いである、という発想が隠されていた」と、『江戸の花嫁』（森下みさこ著、中央公論社、一九九三・二）を挙げつつ、「御用商人の娘である藤井勝美は、政略的な結婚をしており、家の為に犠牲になった一面があるようにも考えられる」としている。「紋切型」という言葉を使い、また「勿論骨董屋が仲介に立った」と語ることで本多が仄めかす真実は、恐らく、この出会いが仕組まれたよくある結婚のパターンであったということだった。

「私が始めて三浦の細君に会つたのは、京城から帰つて間もなく、彼の大川端の屋敷へ招かれて、一夕の饗応に預つた時の事です。聞けば細君はかれこれ三浦と同年配だつたさうですが、小柄でもあつたせいか、誰の眼にも二つ三つ若く見えたのに相違ありません。それが眉の濃い、血色鮮な丸顔で、その晩は古代蝶鳥の模様か何かに繻珍の帯をしめたのが、当時の言を使つて形容すれば、如何にも高等な感じを与へてゐました。が、三浦の愛《アムール》の相手として、私が想像に描いてゐた新夫人に比べると、どこかその感じにそぐはない所があるのです。もつともこれは何処かと云ふくらいな事で、私自身にもその理由がはつきりとわかつてゐた訳ぢやありません。殊に私の予想が狂うのは、今度三浦に始めて会つた時を始めとして、度々経験した事ですから、勿論その時もただふとさう思つただけで、別段それだから彼の結婚を祝する心が冷却したと云ふ訳でもなかつたのです。それ所か、明い空気洋燈《ランプ》の光を囲んで、暫く膳に向つてゐる間に、彼の細君の溌剌たる才気は、すつかり私を敬服させてしまいました。俗に打てば響くと云ふのは、恐らくあんな応対の仕振りの事を指すのでせう。『奥さん、あなたのような方は実際日本より、仏蘭西にでも御生れになればよかつたのです。』――とうとう私は真面目な顔をして、こんな事を云ふ気にさへなりました。すると三浦も盃を含みながら、『それ見るが好い。己がいつも云う通りぢやないか。』と、からかふやうに横槍を入れましたが、そのからかふやうな彼の言が、刹那の間私の耳に面白くない響を伝へたのは、果して私の気のせゐばかりだつたでしょうか。いや、この時半ば怨ずる如く、斜に彼を見た勝美夫人の眼が、余りに露骨な艶かしさを裏切つてゐるやうに思はれたのは、果して私の邪推ばかりだつたでしょうか。

ここから伺える勝美夫人を、石割透は、「父の支配下から逃れて、自由を求めたい勝美にとっては、結婚こそが自由を求める道でもあったろう。そうした彼女にとっては、両親不在の資産家、もっぱら書斎に籠もり、個人的な内面の享楽を重んじる三浦は、自由を求めたるに絶好の配偶者、と映ったのかもしれない」(14)とする。姦通の相手とされている男とは、従兄妹にあたる設定が取られているが、柳田国男『故郷七十年』には、明治期において圧倒的な縁続婚隆盛の風潮が言われており、また、「開化の殺人」の主人公ドクトル北畠が好意を寄せた明子も、ドクトルとは従兄妹の関係にあった。また、蒲柳体質の三浦に対し、この従兄妹は性的強者とも映る。勝美夫人は、福沢が繰り返し危惧していた婚姻後の女性の居場所や能力発揮の場の欠如といった、明治初期の女性の悲劇性の体現者とも考えることが出来るのではないか。

「父権」から「夫権」へと手渡され、室内には居場所のない女性たちである。石割は続けて、「哀れなのは、三浦夫人その人であった。こうして、勝美夫人は、〈社交〉という〈広場〉に弾きだされ、飛翔していく」。「三浦や本多にとっては、結婚を足掛かりにして、従来からの慣習としてある、〈妻〉の役割や夫婦関係の生活様式の規範を破り、社交という場に一人で踊り出ていった勝美夫人という〈新しい女〉は、まさに不安と恐怖の対象でしかなかった筈である」。「勝美夫人の、結婚を契機とした飛躍に比して、『開化の良人』の男性（殊に三浦）こそ、そうした女性の飛躍にはついていけずに、ただ女性に対する愛の幻想を徒に抱き続けている、哀れな存在でしかなかった」としている。そして、三浦は、〈他者〉なる勝美とついに相対することなく、自らの理想のみ肖像画に仕立て、テクストからも消えていく。

4　日本のオリエンタリズム

しかし、より問題とされるのは、三浦以上に、本多のまなざしではなかったか。「勝美夫人を見る、本多子爵のまなざしには、勝美夫人の男性関係の真偽はともあれ、女性が社会的な場所に進出することに対する不安や恐怖の感情が潜在していたに違いなかった」。「於伝」の場面といい、「デリラ」なることばを口にすることといい、珍竹林主人と合わせて、この本多のまなざしこそ、明治初期開化の時代から小説の現在である大正へと（そして少なからず現代へと）引き続き存在している強固なまなざしである。

《勝美夫人の肖像画》の前に架けられていた《ナポレオンの肖像画》とは、この文脈で理解するならば、一体何であったのか。松本常彦は、三浦のかつての「純粋な理想的傾向」を示すとともに「妻を民法上の無能力者として規定し男女間にいちじるしい差異を設けた民法典の制定者」として、ナポレオンの肖像画の意味を読み、一方の勝美夫人の画には、「三浦の『純粋な愛情』の記念であるとともに『姦通する女権論者』という『二重のシンボル』として、まさに鮮やかな対照をなす」と位置づけを行う。

日本の民法制定にあたって強い影響力をもったのは、フランス民法であり、その制定者こそ、ナポレオン一世である。「法典論争」の淵源となった民法草案は、箕作麟祥らを経てフランス人の法律顧問ボアソナードが起草したもので、明治初年代においてはフランス民法の影響が甚大であったことは、周知の通りである。Code civil Français は、一八〇七年九月、当時、終身第一執政官の地位にあったナポレオン一世の名を冠して、Code Napoleon（ナポレオン法典）と名称を改める。女性を内に閉じ込め男性の仕事に仕えることを法律としたコードナポレオンの制定者の意味を、三浦の書斎の肖像画に読むことはたやすい。

この時期に、そして夫婦の愛を語るときにナポレオンの名を出すということは、確かに日本の民法典論争を想起させる意味合いが強いであろう。[15] 出来上がった民法は、新民法と呼ばれているが、この民法こそ、日本近代の家族制度を支える制度であったのである。天沼香『日本史小百科―近代―〈家族〉』（東京堂出版、一九九七・九）によれば、「この新民法＝明治民法は、家族法としては、妻の夫への服従、家族成員に対する戸主＝家長の絶対的権限などを規定し、家督相続というシステムを温存するなど、封建的家族制度を踏襲するものであった。その目的とするところは、いうまでもなく『家』の存続であった」とされる。

「開化の良人」の文脈で考えるなら、ナポレオンから連なるこの封建的家族制度の庇護者としての民法こそ、勝美夫人を疎外していくシステムにほかならない。《ナポレオンの肖像画》の下に陣取った三浦が、夫人を理解しないのは当然のこととなる。布川は、女性倫理の展開として、開明期（明治元年から明治一六年）、反動期（明治一七年から二九年）、復活期（明治三〇年から四五年）を経て、発展期（大正元年から昭和九年）と区分けをしているが、時代を通してほとんど変化のない、女性に対して発動する本多的なまなざしを認めざるを得ないであろう。「開化の良人」は、ここにきて、もうひとつの対立項「現代の良人」を問題として立ち上げる。

一九一五年の新聞紙上には、「近時、わが国に新しき女と称するものの現れ来り。訳の分からぬ女どもが胡座をかいて五色の酒を飲み、果ては夫を尻に敷きて得意然たり。この輩はわが国の家庭における善良なる風俗を害すること甚だしく、本職の目からみれば狂人にあらずんばバカ者なり[16]」「夫婦平等など誤つたと思わるる考えを持つて活動してゐる我儘放埒の貴婦人の社会も、いよいよ死に際になつて後悔しないものでもない。」（『読売新聞』）などと、女性へのまなざしに対する旧態依然の批判が載っている。そして、一九二一年の当時ですら「夫婦は愛を以て始終する」と「愛」を語りながら、「純潔の愛に由らずして結婚の生涯に入るは、間違ひである、罪悪である」「一旦愛した上で、自分を棄て去るものを追ふことは出来ないではないか。然り、夫は不可能であるかも知れぬ。然し、此場合は恰も自分の愛人が死没した場合と同様、自分が人格的の人であつたならば、永久に愛人の記念を霊化して、其処に永への精神的満足を味ふであらう[17]」と、「愛」をめぐるの言説は、頑なさとロマンチシズムのいずれかでしか語られない。この「開化の良人」発表当時の口ぶりと、三浦のそれとが同じであることに驚かざるを得ない。愛することは「永久に愛人の記念を霊化して、其処に永への精神的満足を味ふ」ことと等価なのだろうか。

「開化の良人」は、愛を語る——語ろうとする小説である。果たしてそれは、語り得たのであろうか。図らずも良人の声を聞くことは、語られなかった夫人の物語を聞くことにもなった。三浦は、「愛《アムール》」というフランス語を使ったが、柳父章によれば、

> 「恋愛」という日本語は……略……もともとは英語のlove、仏語のamourの訳語として一八八〇年代末に採用された新語であった。「恋」という伝統的な語とは対照的に、「恋愛」は新しく持ち込まれた愛の概念を指し、男女間の、より精神的で、より深く、より価値の高い相互感情を意味すると解された[18]。

という。loveやamourを「恋愛」と訳したのは、『女学雑誌』だが、「開化の良人」では、その〈恋愛〉をも避けた。フランス留学という設定からの自然さを保つためにも〈アムール〉という語が採用されているが、その志向は、開化の始源として、〈恋愛〉以前の〈愛〉を語る意志であった筈である。しかし、それは男性性の中で一方的なコードをもって語られるしか方法がなかった。

溝部優実子は、三浦が、「ナポレオン一世の下に陣取りながら」「ユウゴオのオリエンタアルでも読んで居よう」との点に注目し、「フランスロマン主義的思想の影響下にある」三浦の、「愛」の理想と実体とのズレへと論を展開している。「端的に言えば、三浦はフランスロマン主義の主情的なロマン性を、神風連の精神に翻案しようとした

事を意味している」とし、

「ナポレオン一世」の下で「ユウゴオのオリエンタアル」を読む三浦の口にする「アムウル」は、フランスナイズされた三浦の志向を伝え、その魅力的な響きと共に憧憬をかきたてる触媒として作動するのである。……略……「ナポレオン一世」の肖像画のあった場所に、勝美夫人の肖像画がかけられたのは、その意味で象徴的である。「ナポレオン一世」は、フランスロマン主義者にとっては、理想の体現者であったが、同時に暴君として恐れられた、両義的な評価を受ける人物である。三浦直記にとって、勝美夫人は己の掲げる理想を遂行する形式であり、同時に悪女として離縁されてしまう存在なのである。

三浦がユーゴーの『オリエンタアル』（東方詩集）を読んでいることは、余りに象徴的な行いといえる。しかしそれは、ロマン主義の象徴という以上に、字義通りオリエンタリズムの象徴としてである。しかも、西洋（オクシデント）に対する東洋（オリエント）という認識論的な在り方を、日本側からオリエントを読むというねじれを伴ったオリエンタリズムである。「ナポレオン以後、」と、『オリエンタリズム』の著者サイードはいう。

ナポレオン以後、オリエンタリズムの言語自体に根本的な変化が生じたのだった。……略……オリエンタリズムは、オリエントを、ただ西洋のための見世物として眺めるばかりか、西洋に対して時間的・空間的に固定されたままの存在として眺めたのである。オリエンタリズムが対象を記述し、テクスト化するにあたっての成功があまりにも強い印象を与えるために、東洋《オリエント》の文化・政治・社会のあらゆる歴史的段階は、西洋に対する単なる応答の繰り返しにすぎなかったとみなされる。西洋《ウエスト》はあくまでも行為者《アクター》であり、東洋は受動《リアクター》的な反応者なのである。西洋は、東洋の挙動のあらゆる切り口についてその見物人であり、判事兼陪審員なのだ。ところが、二十世紀の歴史が東洋の内部でオリエントにとっての本質的な変化をひき起してきたというのに、オリエンタリストはいまだにただ呆然としているばかりである。……略……また、オリエンタリストには、テクストから予見できなかったことが起きてしまうと、ことさらにそれをオリエントに対する外部からの扇動や、あるいは迷えるオリエントの愚鈍さなどの結果だと見なしてしまうところがある。(19)

オリエンタリズムを問うことが、イデオロギーを暴く機能となる以上、ここにある〈オリエント〉は、容易に〈女性〉と置き換えることが出来よう。「テクストから予見できなかったことが起きてしまうと」「迷えるオリエントの愚鈍さ」としか捉えることの出来ない〈西洋〉は、容易に〈男性〉と置き換えることが出来る。ナポレオンの下でユーゴーの『オリエンタアル』を読むという象徴行為は、あざやかに開化期の男女のイデオロギーを暴くのだといえる。

物語の構造を辿るなら、本多と三浦の出会いと別れは、いずれも〈船上〉にある。出会いは、フランスから日本へ帰ってくる船の上の〈社交〉の場であり、別れは、大川を流れる猪牙舟の上での〈親密な男性性の濃い〉場である。森鷗外の「舞姫」が西と東の境界であるサイゴンで語り出されるように、猪牙舟の上で見た首尾の松も、色の世界からの回帰を示す境界を明確に示しており、それは江戸的な情緒である前に、恋愛誕生以前の異性との世界を象徴する、空間的・精神的指標であった。展覧会場に始まり、船、書斎、劇場、座敷、猪牙舟と、男性性の濃い空間の中で、居場所を閉ざされ、絵に封じ込められた女性の〈声〉は、テクストとともに展かれるといってよいだろう。勝美夫人の声を聞くことは、明治期に生じたねじれた糸をゆっくりと解きほぐす。

「愛」でも「恋愛」でも、ましてや原語のloveでもなく、「ラブ」という中途半端な外来語に頼って男女の関係を表現してしまいがちな日本の状況は、明治人が「愛」や「恋愛」という言葉を使い始めて以来、日本人が表面的には「西洋的」な「恋愛」を受け入れながらも、実質はかなり「色」の世界に生きているという、曖昧な状況をそのまま象徴してしるのではなかろうか。〝平等な恋愛〟などという言葉だけが、明治以来ひとり歩きしているが、成熟した対等な相手をして異性または同性と向き合える人が、今の日本に果してどれほどいるのだろう。

こう佐伯順子は『恋愛の起源』（日本経済新聞社、二〇〇〇・二・一四）で百年依然として変わらぬ状況を問題提起する。「日本文化のなかには、『恋』もあり『色』もあったけれども、実はいまもって『愛』を自家薬籠中のものにしたことはなかったのではないか」[20]、「愛」と「恋愛」の空洞化は、現代にこそ問題の所在がある。かくも、愛を語ることは難しい。キリスト教的な絶対者との関係を持たない限り、常に「子どもの夢」としか表出できないものこそ〈愛〉ではなかったか。明治維新以降の急激な近代化のなかでの、輸入された思想と日本在来の思想の対立、欧化主義とそれへの反動とのみで開化期は捉えられるものではない。そのような図式にはおさまりきらない問いを「開化の良人」はメッセージとして有している。

開化に設定された〈愛〉をめぐる物語のひと群れは、芥川の意図を恐らく超えたところで、大きな問いを現代にも投げかけるのである。始源への思慕が現代にも止まない欲望であるなら、芥川の開化期ものもまた、そのような意味で読みなおされる時期にあるのだといえよう。

注

（1）「芥川と漱石」（『国文学』一九八一・五）

（2）海老井英次「『文明開化』と大正の空無性」『日本近代文学』一九九三・一〇

（3）菊地弘「芥川龍之介における近代―『開化の殺人』『開化の良人』を読んで」『跡見学園女子大学国文学科報』一九九〇・三

（4）「舞踏会――開化期・現代物の世界」『芥川龍之介作品論集成第四巻　舞踏会』翰林書房、一九九九・六

（5）永吉雅夫「三枚の肖像画」『国語と国文学』一九九六・三

（6）東光閣書店、一九二一～二四年、引用は中公文庫、一九九八・九による。

（7）松本常彦「開化の二人」海老井英次・宮坂覺編『作品論芥川龍之介』双文社出版、一九九〇・一二

（8）浅野洋「開化へのまなざし」『国文学』一九九六・四

（9）布川清司『近代日本　女性倫理思想の流れ』（大月書店、二〇〇〇・四）

（10）土居光華『近世女大学』一八七四（明治七）年

（11）岸田俊子「同胞姉妹に告ぐ」『自由の燈』一八八四（明治一七）年

（12）『東京婦人矯風雑誌』一八八八（明治二一）・四・一四

（13）溝部優実子「『開化の良人』試論」（熊坂敦子編『迷羊のゆくえ』翰林書房、一九九六・六）

（14）石割透「芥川龍之介の小説」「開化の良人」『文学年誌』一九九四・四

（15）以下に、その論争をまとめておく。

一八七〇（明治三）年、一月太政官に制度（取調）局を発足、民法典作成の任にあたらせる。江藤新平は洋行帰りの箕作麟祥にフランス民法を翻訳させ、その影響のもと、「家」ではなく、個人を重視した「身分証書制度」導入なども目論む。七九年に至って、新政府はパリ大学からボアソナードを招聘、民法案作成に本腰を入れ始める。一八八八（明治二一）年、彼等（フランス人法学者ボアソナードに依頼）の起草に基づいて作成された民法典草案は、私権を広範に認めるなど、家父長制家族制度に反する内容を含んでいた。ゆえに同案は一蹴され、私権を制限した案が、一八九〇（二三）年公布、九三（二六）年から施行ということになっていた。ところが、改正案でも、まだフランス民法の個人主義的、自由主義的な精神を受け継いでいるので、大日本帝国憲法（一八八九年公布、翌年から施行）の精神と相容れず、日本の国体や家族の美風を危くするというものだった。穂積八束「民法出デテ忠孝亡ブ」（『法学新報』一八九一・八）ドイツ法学者根強い反対論のため、施行は、無期延期。そこで、穂積

陳重らに民法典の起草を依頼、彼等はドイツ民法に準拠して、編纂、公布、一八九八（明治三一）年七月から施行。ここにおいて、所謂〈民法典論争〉の終結を迎える。

（16）『東京日日新聞』一九一五・一〇・二三
（17）帆足理一郎「新時代の新貞操論」『婦人公論』一九二一・二
（18）『翻訳語成立事情』岩波書店、一九八二・四
（19）E・W・サイード『オリエンタリズム』（一九七八）板垣雄三・杉田英明監修、今沢紀子訳　平凡社　一九九三・六
（20）小谷野敦「『行人』を超えて」『〈男の恋〉の文学史』朝日新聞社、一九九七・一二

オリエンタリズムとジャポニスム――「舞踏会」

1　改変された人物

芥川龍之介の「舞踏会」（『新潮』一九二〇・一）は、一八八六（明治一九）年の舞踏会当日を描く「一」と一九一八（大正七）年の秋の車中の「二」から構成される。「二」の末尾は単行本所収時に初出を改めている。この改稿を巡り、「舞踏会」の読みは展かれてきた。


その話が終つた時、青年はH老夫人に何気なくかう云ふ質問をした。

「奥様はその仏蘭西の海軍将校の名を御存知ではございませんか。」

するとH老夫人は思ひがけない返事をした。

「存じて居りますとも。Julien Viaud と仰有る方でございました。あなたも御承知でいらつしやいませう。これはあの「御菊夫人」を御書きになつた、ピエル・ロティと仰る方の御本名でございますから。」（初出）

その話が終つた時、青年はH老夫人に何気なくかう云ふ質問をした。

「奥様はその仏蘭西の海軍将校の名を御存知ではございませんか。」

するとH老夫人は思ひがけない返事をした。

「存じて居りますとも。Julien Viaud と仰有る方でございました。」

「では Loti だつたのでございますね。あの『お菊夫人』を書いたピエル・ロテイだつたのでございますね。」

青年は愉快な興奮を感じた。が、H老夫人は不思議さうに青年の顔を見ながら何度もかう呟くばかりであつた。

「いえ、ロテイと仰有る方ではございませんよ。ジュリアン・ヴイオと仰有る方でございますよ。」（定稿）

汽車に乗り合わせた一青年が、開化の象徴ともなった鹿鳴館での当事者に向かい、ピエル・ロティという一人の男性をめぐる知識を問う場面である。彼とかつて時間を共にした当事者の明子、今の明子老夫人は、果たしてロティを知っているのか、否か。そして、知っているべきか、否か。

改稿が、単なる「一種の高等落語」[1]ではなく、「明子と士官の共有した鹿鳴館の一夜は、感動の純粋性をより強めることになる」として、積極的に評価したのは三好行雄[2]である。以後、明子を、「無知」或いは「無垢」に囲いこみ、明子中心に「舞踏会」の世界は論じられてきている。近年、宮坂覺が、二章における明子の否定を「〈青年の小説家〉の小賢しい知識偏重のコードに自身が搦め捕られる」ことへの「感性的」な拒否という発想を提示している。[3] それもまた、明子という開化を生きた一女性の造詣を「舞踏会」の核に据える今までの読み方の踏襲からの一変異と考えてよいだろう。[4]

「舞踏会」の中で、確かに明子は魅力的に描かれる。

明子は夙に仏蘭西語と舞踏との教育を受けてゐた。が、正式の舞踏会に臨むのは、今夜がまだ生まれて始めてであつた。だから彼女は馬車の中でも、折々話しかける父親に、上の空の返事ばかり与へてゐた。それ程彼女の胸の中には、愉快なる不安とでも形容すべき、一種の落着かない心もちが根を張つてゐたのであつた。

初々しい薔薇色の舞踏服、品好く頸へかけた水色のリボン、それから濃い髪に匂つてゐるたつた一輪の薔薇の花――実際その夜の明子の姿は、この長い辮髪を垂れた支那の大官の眼を驚かすべく、開化の日本の少女の美を遺憾なく具へてゐたのであつた。

二人が階段を上り切ると、二階の舞踏室の入口には、半白の頬鬚を蓄へた主人役の伯爵が、胸間に幾つかの勲章を帯びて、路易十五世式の装ひを凝らした年上の伯爵夫人と一しよに、大様に客を迎へてゐた。明子はこの伯爵でさへ、彼女の姿を見た時には、その老獪らしい顔の何処かに、一瞬間無邪気な驚嘆の色が去来したのを見のがさなかつた。人の好い明子の父親は、嬉しさうな微笑を浮べながら、伯爵とその夫人とへ手短に娘を紹介した。彼女は羞恥と得意とを交る交る味つた。が、その暇にも権高な伯爵夫人の顔だちに、一点下品な気があるのを感づくだけの余裕があつた。

舞踏会へ向かう緊張と喜びを描いた場面として、トルストイの「戦争と平和」との類縁は既に指摘されているところである。(5) が、「舞踏会」の中で、明子は、「下品な気があるのを感づくだけの余裕」を有すほどに品性の優位者としての「開化の日本の少女の美」という一語において収束させたイメージを持続している。ただ、美しいだけでなく、機転の利く頭と感性をもつこともうかがい知れ、ある意味「開化の殺人」に描かれた一幅の画と同じように、明子を鹿鳴館の一室に封じ込めるまなざしとも考えられる程に、美しくまとめられていよう。まさに「一夜の淡い恋物語」（関口安義）を成立させるに不可分ない少女としての造形であろう。そしてＨ老夫人となって避暑地の別荘へ向う「二」でも、その美しさは踏襲されていると考えてよいだろう。

「舞踏会」は、「一」「二」を通して明子を主要人物とする物語であることに異存はない。そして、「二」における、改稿により生じた二つの明子の在り方の齟齬が問題となることもよく理解できる。しかし、一方、明子造形に深くかかわる海軍将校、ピエール・ロティの存在はどうであろう。「舞踏会」読後の一番の齟齬は、明子の知がロティの本名を認めるか否かという以上に、ロティの書『秋の日本』中の「江戸の舞踏会」と、この「舞踏会」との落差にあるのではないか。勿論、フランス将校がロティであったかもしれないという驚きもある。が、あの鹿鳴館という茶番、それを外国人（西洋人）という優越のまなざしで眺め描く「江戸の舞踏会」と、あまりに美しい芥川の「舞踏会」の世界との落差に無関心でいられようか。果たして、近代の知は、あるいは現代の読者は、「舞踏会」に描かれたこのアンニュイなフランス青年将校を、ロティと認めるか、否か。認めるべきか、否か。

「いえ、巴里の舞踏会も全くこれと同じ事です。」

海軍将校はかう云ひながら、二人の食卓を繞つてゐる人波と菊の花とを見廻したが、忽ち皮肉な微笑の波が瞳の底に動いたと思ふと、アイスクリイムの匙を止めて、

「巴里ばかりではありません。舞踏会は何処でも同じ事です。」と半ば独り語のやうにつけ加へた。

「御国の事を思つていらつしやるのでせう。」と半ば甘えるやうに尋ねて見た。

するど海軍将校は相不変微笑を含んだ眼で、静かに明子の方へ振り返つた。さうして「ノン」と答へる代り

に、子供のやうに首を振つて見せた。

「でも何か考へていらつしやるやうでございますわ。」

「何だか当てて御覧なさい。」

その時露台に集つてゐた人々の間には、又一しきり風のやうなざわめく音が起り出した。明子と海軍将校とは云ひ合せたやうに話をやめて、庭園の針葉樹を圧してゐる夜空の方へ眼をやつた。其処には丁度赤と青との花火が、蜘蛛手に闇を弾きながら、将に消えようとする所であつた。明子には何故かその花火が、殆悲しい気を起させる程それ程美しく思はれた。

「私は花火の事を考へてゐたのです。我々の生のやうな花火の事を。」

暫くして仏蘭西の海軍将校は、優しく明子の顔を見下しながら、教へるやうな調子でかう云つた。


「舞踏会はどこでも同じ」といい、「我々の生のやうな花火の事を」考える青年将校の嘆息にも似た呟きは、この「舞踏会」一篇を薄暗いトーンに覆い、より一層花火を美しく見せる役割を果たしている。だが、そのようにアンニュイな将校が際立てば際立つ程、聡明な少女明子から年月を経たH老婦人に生じた亀裂以上に、「お菊さん」や「江戸の舞踏会」を描いた現実のロティと、ここに書かれたロティには大きなズレが生じるのではないか。果たして「舞踏会」で読み替えられた人物は、明子であったのか。「舞踏会」は、開化の淡い恋愛模様を写し取るその裏で、強引なまでに現実に存在していたロティという人物を造形し直しているといえないか。少なくとも、日本を不可解な国、軽蔑すべき国と見て、「ヨーロッパ白人男性としての優越的支配意識を必死に回復させようとした」(6)オリエンタリズム色濃い作家としての印象を、この物語の青年将校から読み取ることは不可能である。

同時代評も含めて、「舞踏会」評がこのロティの改変には無関心であったのは、何故であろう。ジュリアン・ヴィオがピエール・ロティの本名であったという知的驚きと、その有名人と踊っていたという所謂ワイドショー的驚きという二重の驚きに隠され、ロティという人物に対するそれまでのイメージの齟齬を見落としてきたからであろうか。それとも、当時の読者にあって「お菊さん」の作家は、「お菊夫人」の作者であった「舞踏会」の青年将校との間にイメージに齟齬を来たすことのない人物として、印象されていたのか。

『お菊さん』はわくわくするような読み物である。といってもそれは……略……古く美しい日本の面影にたっぷりと接することが出来るからではない。意外にも事情はその正反対であって、この本を読み出すとやめられない気がするのは、すべて日本の人や物に対する著者の態度があまりにも冷淡だからである。どのページを開いても、醜くて頭の空っぽな日本人に対するロチの軽蔑と、彼自身の自己満足や優越感があまりにも露骨に匂う。(7)

川本皓嗣のいう「わくわくするような読み物」という感想は、ロティの描く日本、或いは南の島々の物語でもかまわないのだが、それを読んだときの素直な感想として、私たちにも共有できるものであろう。西洋のオリエンタリズムを体現するかのようなロティが、彼のテクストからは濃厚に立ち上がる。お菊さんの昼寝の姿を「死んだ妖精」「大きな蜻蛉のようなものがそこに降りて来て止まったのを誰かがピンで止めたようなもの」と記すロティのディスクールは、尹相仁が『世紀末と漱石』(8)の中でいう「女を横たわる眠り姫のような受動的な存在に仕立てようとするひそかな願望」と同じであると同時に、「生身の娘からその生を、その内面を奪い」、「これこそがヨーロッパのエグゾチスム、つまりその植民地帝国主義的支配構造の上に乗ったエグゾチスムの残酷な本質を端的に表しているように思われる(9)」との見解をも呼び寄せる。勿論、この「残酷さ」は、博物学的な類型化を基本とする生物標本という形での、見えるかたちでの近代知の並べたてというまなざしにほかならない。このような視線から、「舞踏会」の下敷きである「江戸の舞踏会」だけが免れているとはとても考えられない。実際に、「江戸の舞踏会」のページを繰れば、随所に「軽蔑」と「優越感」は感じ取れる。

ロチのアンニュイなるものは、植民地にある帝国主義的歎息以外の何者でもないことを知っている現代の読者にとって、「舞踏会」におけるロティの改変は、明子の改変以上に、小説の瑕となってもいい筈である。「オリエントはどこでも同じである」ではなく、「舞踏会はどこでも同じ」と青年将校は言う。この飛躍が、現実のロティにありえたかどうか。この発言が成立するためには、日本を西洋と同等と見る視点と同時に更に西洋をも相対化するまなざしをもたねばならない。何故、そこまでロティの美化——それを美化といってよいなら——は、行われねばならなかったのか。ロティの改変、ここにこそ明子中心に読まれてきた「舞踏会」への新しい問題領域がある筈なのである。

2　ピエール・ロティのオリエンタリズム

ピエール・ロティは、フランス西部の港町ロッシュフォールに生まれた。母ナディヌ・ヴィオは、植民地経営で財を築いたルノオダン一族の出であり、この一族はまた、新教徒（ユグノオ）の家柄としても知られていた。一六八五年のカトリック国教化以来、常に少数派に強いられた新教派であるが、父テオドール・ヴィオがナディヌと結婚するに際し、カトリックから逆に新教へ改宗したということもあり、強い宗教的雰囲気の家庭でロティは育ったと言われる。その強い宗教性は、逆に、後年ロティが信仰を失う一つの要因になったとも考えられている。一八六五年、一三歳年上の、海軍軍医として海上勤務を続けていた兄が、ベトナム（当時インド支那）において熱病死する。

ロティは、一八六七年、全額給費の海軍士官学校に入学し、翌年より海上勤務に服し、以後、四〇余年にわたり地中海、アジア、南太平洋などを航海することとなる。(10)日本への寄港は、一八八五（明治一八）年と、一九〇〇（明治三三）年の二回で、このときの見聞を「お菊さん」「秋の日本」「お梅さんの三度目の春」などの作品として遺していることは、周知の通りである。

これらの作品が、日本国内だけでなく、多くの国で読まれている経緯を、西村晃二は、以下のように説明している。

この二回の滞在の経験をもとにして、ロチは日本に関する作品を書き、当時まだ開国して間もなく、名前だけは西欧に知られていたが、実際に訪れた人の数となるときわめて少なかった、異国情緒の国日本ついての関心を掻き立てた。一八八五年までにロチは、すでにその出世作「アジヤデ」（一八七九、舞台トルコ）を始め、「ロチの結婚」（一八八〇、タヒチ）、「アフリカ騎兵」（一八八一、セネガル）などを次々と発表して、文名つとに上がっていたから、日本についての作品も大いに読まれることとなった。

「ロチの『お菊さん』によって、ムスメ、サムライ、キモノなどという日本語が初めてフランス文学に登場したわけです。原書はいまも本国では八百版を重ねている由です」とは、『秋の日本』の訳者でもある村上菊一郎の言葉である。(11)また、河盛好蔵『フランス文壇史』は、ジャック・シャストネの『共和主義者たちの共和国』（一九五四）を挙げ、「一八八九年におけるベスト・セラーズは、疲れを知らぬゾラの『獣人』であり、モーパッサンの『死の如く強し』であり、ジョルジュ・オーネの『ドクトル・ラモォ』であり、ピエール・ロチの『秋の日本』であり、ジップ（マルテル公爵夫人）の『博覧会のボブ』であった。これらの書物のうち最初の二つは依然として自然主義の法則に忠実であり、三番目のものについては理想主義が賞讃され、四番目のものは少しばかり気取つた異国趣味で人を魅惑していた」と誌している。

『秋の日本』がこれ程に西欧各地で受け入れられたのには理由がある。『秋の日本』が出版されたのは一八八九年であるが、この年はパリ万博が開催された年なのである。エッフェル塔が建てられ、各国のパビリオンが設けられたこの万国博覧会には、日本からの出品も数多くあり、当時それらはジャポニスムのまなざしで興味深くまなざされた。『秋の日本』がベストセラーになったその理由は、明らかに未知の国日本をオリエンタリズムのまなざしで描いたこの書が、西洋人のエキゾチシズムを満足させるものであったからである。フランスにとどまらず、広くヨーロッパの国々でこの書が読まれていることを考え合わせるなら、ロティの描いた日本が、日本という国を、「キモノ」「サムライ」のレベルで現代にも通用してしまうほどに強力に植えつけるテクストとなったことは、想像に容易い。

エキゾチシズムのまなざしにより描かれた日本を、一方、自国のものである私たち読者は如何に読んでいるだろう。差別的な、軽蔑的な描き方をされながら、描かれた日本との主体的同一感をもち、拒否反応や怒りを露わにする読者は、意外に少ないのではないだろうか。「どのページを開いても、醜くて頭の空っぽな日本人に対するロチの軽蔑と、彼自身の自己満足や優越感があまりにも露骨に匂う」故に、「わくわくするような読み物」となっているロティのテクスト。文明開化が、強引な欧化政策によって行われたことを知る者にとり、この時代の日本が、ロティ的なまなざしにより描かれることを、私たちは諒としていることになる。開化の日本を、私たちは西洋と同じまなざしにより眺めている。ロティの書物を読むことは、日本という国を語るロティという人物やそのまなざしを知ることであると同時に、自らもまた同じまなざしで開化の時代をみつめるということを許すのである。

芥川の「舞踏会」以前に知られていた「江戸の舞踏会」翻訳について、島内裕子の詳細な比較、考察がある。[12]日本で最初に訳された「江戸の舞踏会」は、一八九二（明治二五）年の眠花道人（飯田旗軒）による戯訳「江戸の舞踏会」（『婦女雑誌』第二巻六、七、一〇、一一、一二、十三号）である。この書は後に、『明治文庫』第八編（博文館、一八九四・二・二六）に所収される。『婦女雑誌』に掲載されるに及び、その訳出に先んじた広告には、「眠花道人飯田旗郎君が戯れに訳されたる斬新奇妙風刺滑稽の新小説江戸の舞踏会を繰り上げて本号より掲載なすべければバ……」とある。「斬新奇妙風刺滑稽の新小説」のうたい文句で訳出され、冒頭序文には、「何も蚊も西洋真似好きの日本人に訳し示して、西洋人が日本を見る感情如何を明に可し、読者よ、烏が鵜の真似をして水に溺れるてふを好比喩は東洋の古諺ならずや、……略……悪口を端書きとして此一篇を訳し来りたる者は、巴里の月を眺め尽して今は東京の花に眠る眠花道人とて、歌で和らぐ敷島の大和男児にぞ侍る」とある。「西洋人が日本を見る感情如何」といい、「烏が鵜の真似をして水に溺れるてふを好比喩」という点など、明らかにロティ一書が日本に対して軽蔑のまなざしに彩られている点に意識であり、鹿鳴館の茶番同様、その滑稽さに気付けと言わんばかりの訳であることがうかがえる。同じ飯田旗軒は、続いて春陽堂から一八九五（明治二八）年に『岡目八目』のタイトルで「江戸の舞踏会」を訳出する。自序には、「訳者彼地に在るの日、之を読んで愛翫措かず。言実往々其当を得ざるものありと雖も、おかめ八目の見評真に当れるものなきにあらず。即はち採つて以て戯れに之を翻述す。訳句所謂文体の美を備へずと雖も、世を利することの一端とならんを信じて、敢て其稿を公にす云爾」とある。ここでも同様、「世を利すること」とあるように、真実の姿を映す鏡として期待していることがわかる。

大正に入り、新潮文庫第一三篇として高橋俊郎による「江戸の舞踏会」『日本印象記』（一九一四・一一）の訳出があり、この時初めて「ワットウ式の小収穫」という表現がとられた。そして、村上菊一郎・吉氷清「江戸の舞踏会」（『秋の日本』青磁社、一九四二・四、一九五三・一〇）訳が出る。ここにも「ワットオ風のささやかな葡萄の収穫こそは、この上もなく粋であつた」との表記が取られるようになる。ここで見落とすことが出来ないのは、以下の

「本書の抄訳本には大正三年に新潮社から出た『日本印象記』（高橋逸郎氏訳）と、明治二十八年に春陽堂から出た『おかめ八目』（飯田旗軒氏訳）がある。両書とも残念ながらわれわれの期待するものとは遠い当時の意訳ものであるが、今日からみればいずれも珍書の一つに数えられよう」という文章であろう。「岡目八目」という題名に変えられていることを思えば、芥川の「舞踏会」以前の訳者・編者の興味は、内容以上に、その当時の日本の在り方を相対化する「目」へ向けられていたと言えるだろう。ロティの「目」の機能を借り、自分たちの国を見ればそこには、軽蔑されるべき遅れや旧態依然の様相が必ず見出されるであろう。この「秋の日本」紹介というひとつの流れの中に、芥川の「舞踏会」を置くという魅力的な作業から見えてくるのは、日本を見るコードの切り替えではないだろうか。島内は、ヴァトー受容という観点から、「ワットウ」[13]の文字の有無に論の力点を置くが、これらを通史的に並べた場合、それ以上に興味を引くのは、書き手（訳者）のまなざしの方向である。芥川の「舞踏会」以前の「江戸の舞踏会」は、いずれも岡目八目的な認識を有すのに対し、「舞踏会」のまなざしは、日本の相対化ではなく世界的な相対化を希求しているかのようだ。

先に挙げた西村論は、「芥川の場合には、ロチの描いた舞踏会の猿芝居――そしておそらくこの評価は正当であろう――を全く排除したという事実がある」、「往年の少女も、作家の分身の小説家も、ただ過ぎ去った栄華を懐古するばかりなのである」と指摘した上で、「無心に過去をなつかしむ老婦人は別としても、聞き手の青年小説家はロチの作品を読んでいたのであろうか？　そういえば芥川はロチの現地妻の物語『お菊さん』の題を『お菊夫人』としている。もちろん原語の題からするなら『お菊夫人』と訳すことも可能であるが、内容を知っていればこの訳が無理であることは自明であろう」と疑問を呈している。青年小説家は、ロティの本名を知っているだけなのか。あの「最も不愉快な書[14]」「お菊さん」を「お菊夫人」と訳して憚らず、その内容に無自覚である、つまり小説を知らない小説家は、明子以上に無知といわれても仕方がないのではないか。

ここにきて、「舞踏会」の改変は、ロティその人と同時に、「お菊さん」（マダム・クリザンテエヌ）というテクストそのものの改変という二重性を帯びてくる。西村は、「鹿鳴館時代の日本に対する一種の社会批評を除いたことで、芥川の短編は純粋の抒情作品に仕立て直された。社会的視点を失うことによって、作品の広がりが狭められたことは否定できない。それに代るに作品の密度が濃くなったといえるであろうか？　同一主題を扱った二作品、それも原作とその異本の優劣というおもしろい問題を、この芥川の短編は提出している」と指摘する。優劣という比較は問わないにせよ、一つが一八八九年の巴里で認められたこと、もう一つが一九二〇年の日本で受け入れられたことという二つの事実だけで十分であろう。ここに異文化の交差の問題が生じる。

日本の文学の流れの中でみたとき、『日本印象記』「江戸の舞踏会」から芥川の「舞踏会」へは、余りに飛躍が大きい。この間には、「舞踏会」が受容されるだけの、別の想像力の働きが必要であろう。

3　永井荷風という変換装置

ピエール・ロティというフランスの作家は、芥川のみならず、明治・大正期の日本の文学者たちにとって親しい存在であった。夏目漱石の「三四郎」には、日本人の目の大きさ（小ささ）への揶揄が書かれ[15]、北原白秋の短歌作品などにも多数引用される。また一九二三年に亡くなった際、堀口大学が論評を寄せるなど、文学の場での認知度は高い。芥川もまた、「ピエル・ロティの死」（『時事新報』夕刊一九二三・六・一三）に、

ピエル・ロティが死んださうである。ロティが「お菊夫人」「日本の秋」等の作者たることは今更弁じ立てる必要はあるまい。小泉八雲一人を除けば、兎に角ロティは不二山や椿やべべ・ニッポンを着た女と最も因縁

の深い西洋人である。そのロティを失つたことは我我日本人の身になるとまんざら人ごとのやうに思はれない。ロティは偉い作家ではない。同時代の作家と較べたところが、余り背の高い方ではなさそうである。ロティは新しい感覚描写を与へた、或は新しい抒情詩を与へた。しかし新しい人生の見かたや道徳は与へなかつた。勿論これは芸術家たるロティには致命傷でも何でもないのに違ひない。……略……

又ロティはこの数年間、仏蘭西文壇の「人物」だつたにせよ、仏蘭西文壇の「力」ではなかつた。だから彼の死も実際的には格別影響を及ぼさないであらう。唯我我日本人は前にもちょいと云つた通り、美しい日本の小説を書いた、当年の仏蘭西の海軍将校ジュリアン・ヴィオオの長逝に哀悼の念を抱いてゐる。ロティの描いた日本はヘルンの描いた日本よりも、真を伝へない画図かも知れない。しかし兎に角好画図たることは異論を許さない事実である。我我の姉妹たるお菊さんだの或は又お梅さんだのは、ロティの小説を待つた後、巴里の敷石の上をも歩むやうになつた。我我は其処にロティに対する日本の感謝を捧げたいと思ふ。……略……

と書き哀悼の意を示している。「長崎」と題された『婦女界』(一九二三・六・一)に発表された小品も、

……中華民国の旗。煙を揚げる英吉利の船。『港をよろふ山の若葉に光さし……』顱頂の禿げそめた斎藤茂吉。ロティ。沈南蘋。永井荷風。……

と、そのエキゾチシズムを存分に味わい尽くしているようにみえる。フランスとピエール・ロティと文学と、しかし、近代の日本の文学場においてロティと最も近い距離を見せたのは、永井荷風であったろう。「江戸の舞踏会」から「舞踏会」の飛躍の間に、荷風をおいてみることも可能ではないだろうか。

「ピエール・ロチと日本の風景」(16)の中で、荷風は、ロティが二度目に日本に滞在した時の小説「お梅が晩年の春」を翻訳し、収録している。

彼は何処の国に限らず遠く故郷を去つた流鼠の生涯を送つてゐる時、一段深く其生涯の哀傷を味這うとするには、必ず若い女性の魂が必要である。別れた後暫時懐かしい甘い想ひを残しながら、間もなく忘れてしまふ通りすがりの恋の必要である事を説明してゐる。

「人間の生死と離散の悲しみを叙するに妙を得たロチの筆は、極めて平易に簡単に切迫した一刹那の情景を描き出して最も深く読者を感動させる」と、その翻訳の後に荷風自ら解説を加えているが、「舞踏会」におけるロティの造形は、この荷風のロティ像に極めて近い。「問はず語り」の冒頭、「修らぬ行は飽きし無聊のため。嘆き悲しむ心は生まれながら。詩篇ポルシヤ。ミュッセ」の句を載せている荷風を思えば、己と重なる「流鼠の生涯」という放浪者イメージをちらつかせながら、「人間の生死と離散の悲しみ」「無聊」を全面に押し出す。このアンニュイな人物像は、「舞踏会」の青年将校と明らかに重なっている。

ロティについて書いた荷風の文章を読むと、ものを見るまなざしが、ロティによって転倒されていることに気づく。例えば、「矢立のちび筆」(『断腸亭雑藁』一九一八)には、「われは当初日本の風景及び社会に対しても勉めてピエールロッチの如き放浪詩人の心を以てこれを観ることを得たりし」とある。ロティを放浪詩人と把握する荷風は、そのまなざしも「放浪詩人の心」とのみ把握する。「岡目八目」の「鳥が鵜の真似」云々とは何と懸け隔てられたまなざしであろう。

さらに、「日記」(昭和七年四月十三日)には、此頃「お菊さん」の一書を再読するに、日本現代の風俗習慣殆亜米利加風になりたれば、篇中の記事叙景によりて明治年間の生活を追想して感慨おのづから窮りなし。……略……ロッチの「お菊さん」「お梅さん」及「日本の秋」の三書は、明治時代の日本を知らむとするには最必要なる資料なり。

とある。ここでも、現代から明治日本をまなざすとき、ロティの眼により透過せよとというメッセージが伝わってくる。が、このまなざしで見た日本とは、既に「感慨」の一語に集約されてしまう「日本」であり、エキゾチシズムに彩られたオリエンタリズムのまなざしを隠してしまっていることは明らかである。

4　ヴァトーの風景

島内裕子は、前掲論文において、「舞踏会」の世界と木下杢太郎や北原白秋などの文学世界との近似を述べる。また、堀口大學のヴァトー受容と合わせた視点を導入している。また伊藤一郎は、「『舞踏会』論――〈刹那の感動〉の源流へ[17]」において、「花火をテーマにした俳句・短歌はパンの会への同情の再来であり、『舞踏会』はその、たまさかなる甦りである」とする。野田宇太郎『日本耽美派文学の誕生』(河出書房新社、一九七五・二)の「パンの会は謂はば鹿鳴館時代の再現でもあった。石井柏亭は『如何に巴里に於て遊楽するか』等といふ英文の小冊子を持つて来て、パンの会で皆に紹介したりした」という記述を引きつつ、北原白秋『東京景物詩及其他』(東雲堂書店、一九一三・七)の「東京夜曲」中「露台」、「やはらかに浴みする女子のにほひのごとく、暮れてゆく、ほの白き露台のなつかしきかな。……略……静こころなく呼吸しつつ、柳のかげの　銀緑の瓦斯の点りに汝もまた優になまめく、四輪車の馬の臭気のただよひに黄なる夕月」や、吉井勇『酒ほがひ』（昴発行所、一九一〇・九）の「ＰＡＮ」、「歓楽はあまりに悲しただひとり硝子戸の外の夜をながめける」「露台の欄にもたれてもの思ふたびとの眼のやはらかさかな」などとの類縁を指摘している。あるいは、佐藤春夫の「田園の憂鬱」[18]におけるロココ風の表現や、三木露風『廃園』（光華書房、一九〇九・九）中の「枯れたる噴水」、「歓楽は何処にありや、美なるもの何処にありや、古き絵に似たる幻、陶器の破片の夢よ、……」などを挙げ、

「舞踏会」の世界を梃子にしてこのように見てくると、白秋『邪宗門』『東京景物詩及其他』・露風『廃園』なども含めた、ある時代的雰囲気全体を視野に入れて考えることが大切だと思われます。言ってみれば、ボードレールを代表としたフランス象徴詩が色濃く影を落とした詩的世界です。……略……鹿鳴館の世界とは、三十二年前のものであるより、パンの会の詩歌集が梓に上ったころ、五・六年前の大正初期の芸術的世界ではなかったでしょうか。[19]

と指摘する。また、高橋龍夫[20]も、芥川の「動物園」（『サンエス』一九二〇・一）「十七章　鸚鵡　鹿鳴館には今日も舞踏がある。提灯の光、白菊の花、お前はロティと一しよに踊つた、美しい『みようごにち』令嬢だ。」に注目し、ボードレール「灯台」"Les Phares"中の特に、「ヴァトー、これは謝肉祭、やんごとない人々の数もあまた、蝶のように、きらめきながらそぞろに歩めば、さわやかにも軽快な書割を照らす釣燭台は、渦巻き流れるこの舞踏会に、狂気をそそぐ。」との形式と内容との関連を見る。[21]そしてボードレールの所謂「照応（コレスポンダンス）」という詩的機能に注目し、「『舞踏会』はまさにボードレールの詩的精神を「小説化」しようとした試みとすら言える」と論じている。

これらの先行論からもわかるように、「舞踏会」は、ロティの見た日本の風景であるより、ボードレールやパンの会といったフランス世紀末文学のイメージが強い。ここには荷風とは別の、もう一つの近代のまなざしが隠れている。ヴァトーをキーワードとしたまなざしである。ロティの「江戸の舞踏会」にも引用されたヴァトーという画家の名は、しかし、「舞踏会」ではまったく異なる引用のされ方をしている。

「いえ、御世辞ではありません。その佼すぐに巴里の舞踏会へも出られます。さうしたら皆が驚くでせう。ワツトオの画の中の御姫様のやうですから。」

明子はワツトオを知らなかつた。だから海軍将校の言葉が呼び起した、美しい過去の幻も――仄暗い森の噴水と凋れて行く薔薇との幻も、一瞬の後には名残りなく消え失せてしまはなければならなかつた。

小西嘉幸は、「ヴァトーの風景」[22]において、次のように述べている。

秋の夕暮れどき、あるいは晴れた冬の朝などに街路や公園の樹木の群れにふと目をとめると、まるでヴァトーの描いた風景のように感じる事がある。漠然とした気分にすぎないといえばそれまでだが、問題は逆にわれわれが今日、こうした「気分」を離れてヴァトーの絵画を見ることができなくなっていることだ。それはわれわれが、十八世紀後半以来形成されてきたヨーロッパ的な風景概念のなかに生きているからにほかならない。しかもヴァトーの絵画もまた、この風景概念に組み込まれるかたちで再発見されてきたのである。

宮廷画家、ロココの画家として知られるヴァトーは、世紀末フランスで、ゴンクール兄弟によって「発見」され

ヴァトー《舞踏会の喜び》ダルウィッチ絵画館

たといわれている。「十八世紀の偉大な詩人はヴァトーである。創造、詩と夢の創造としか言えないものがヴァトーの頭の中から生み出され、この世ならぬ生の優美さでその作品は満たされる。」といい、「アントワーヌ・ヴァトーのわたしたちのイメージは、このゴンクール兄弟の筆から始まったといってよい」と、島本浣も「十八世紀の中のヴァトー」[23]で断言する。「十九世紀中葉のフランスは十八世紀美術の再発見の時代だったが、そこでヴァトーは時代の最も創造力に富んだ画家と見なされることになったのである。とりわけ、繊細な色彩の筆致によって恋人たちの公園での雅な情景を紡ぎだした雅宴（フェト・ギャラント）画は、ゴンクール兄弟が書くような詩的イメージに包まれて、ヴァトーの本質を表すものとして、それだけでなく、エスプリと軽やかな快楽の時代——ロココのイメージとも結び付き、十八世紀フランスを象徴することになる。雅宴の画家ヴァトー。

こうして、画家と作品についての限りない言葉が積み重ねられ、ヴァトーは十八世紀にあったものとは少しずれた像を結んでいく」。このようにして、ヴァトー神話が出来上がった。「ヴァトーは優美を新たにした。が、それはヴァトーにあってはもはや古代的な優美ではない」とゴンクール兄弟は言う。しかも、「ヴァトーは偉大な風景画家であるが、その独創性はいまだに解明されていない」。なぜなら、それは、私たちのまなざしが既にそのように見ることを知ってしまったからにほかならない。

大切なのは、心理学的人物造詣の理念に基づきながらも「動き」が少ないということを十八世紀の人びとが感じとり、それをヴァトーの人物表現独自の新しさと見なしたという点なのだ。人物たちは、歴史画の主人公のようなめりはりのきいた感情ではないが、作品のタイトルに読まれたような一種の「心理的あや」を表出する。そして、この心理性は美しい賦彩とあいまってヴァトーの人物にある美的属性を与える要素となっていたのである。

このような風景をまなざすレッスンが、ヴァトーの絵を通して行われた結果、例えばヴェルレーヌの『艶なる宴』(一八六九)「月の光」という詩の、

きみの魂は選りぬきのひとつの風景
仮面やベルガモ踊りの衣裳を着けた人々の群れが魅惑的に往き交い
竪琴を奏でつつ舞い踊るそのさまは
奇しき仮面の下でほとんど悲しげにみえる。

といった「心理的あや」「気分」「コレスポンダンス」を、私たちはまざまざと感受することが可能となるのであろう。この風景、魂の風景を、私たちは「解明」する前に「知って」いるのである。小西はそれを、

前世紀のバロック・古典主義絵画の風景がその裏に多層的な意味をいわば垂直的に塗りこめた寓意的ないし

隠喩的な装置であったのにたいして、ヴァトーの風景は何の「意味」も背負ってはいない。それはただ人物たちと重なり浸透しあって、「魂」を交換しあうのだ。修辞学の用語でいえば、隠喩とは異なって、空間的な隣接関係と相互浸透を特徴とする「換喩」である。……略……ヴァトーの画中人物は風景など見ていない。彼らは風景の中で愛を語らい、音楽に興じている。しかし彼らの魂はいわば風景の魂と一体なのである。画布を見るわれわれはその風景の中にはいないが、じつはいつもすでに風景がわれわれのなかにあるのだ。

と表現する。「いつもすでに風景がわれわれのなかにある」。つまり、ヴァトーのような風景とは、西欧において風景が発見された後の、風景の認識論に拠るのである。それを発見し、生育させたものこそ、外ならない、ゴンクール兄弟やボードレール、ヴェルレーヌらによる詩であり文学あった。芥川がヴァトーの絵を引用したとき、彼らの文学的まなざしもまた同時に引用したことになろう。研究の多くが指摘した、「舞踏会」がフランス世紀末文学に色濃く縁取られているのは、「ヴァトー」の名が引用された時点である意味当然のこととなる。原文とはまったく異なるヴァトー引用は、風景のまなざし方のベクトルとして機能する。「舞踏会」を読むことは、そのまなざしの定着を見極める事象ともなろう。

そして、そのゴンクール兄弟やボードレールは、もう一つの風景を発見している。ジャポニスムである。中国趣味を意味するシノワズリをもじり、日本趣味をジャポネズリと命名したのは外ならぬボードレールである。「一八六〇年代から一八九〇年代にかけての約三十年間という期間は、わずかな期間ではあるがパリにおける日本美術に対する関心および知識もふくめて、当時の印象派の画家たちを中心とする日本版画の受け取り方の上に、かなり変化に富む推移が辿れる」(24)など、爆発的に広がったジャポニスム流行を背景に、ロティの「お菊さん」や「江戸の舞踏会」がよく読まれた事情は既に述べた。
しかし、それはまた同時に、オリエンタリズムのまなざしでもあったのかもしれない。「江戸の舞踏会」発表の、一八八九年のパリは、万博のパリであった。オリエンタリズムの強烈さは、吉見俊哉『博覧会の政治学　まなざしの近代』（中公新書、一九九二・九）に詳しい。[25]

欧米人のジャポニスムに訴える展示……略……ある種の媚態が、確実に存在していたように思われる。ところが、このような媚態のなかで、日本は、欧米の「近代」が発する帝国主義的なまなざしを見返し、これを相対化していくのではなく、みずからもまた、もうひとつの「近代」として、おのれをまなざしていた欧米と同じように周囲の社会をまなざしはじめるのだ。このまなざしの屈折した転回を、最も明瞭なかたちで示していったのは、日本の国内博覧会や海外展覧会への日本の出展のなかに現れはじめる植民地主義的な傾向である。

私たちがロティの「江戸の舞踏会」をわくわくしながら読み、且つ芥川の「舞踏会」を違和なく読めることは、まさしく「いつもすでに風景がわれわれの中にある」からなのではなかったか。「舞踏会」の「二」の時間「大正七年の秋」の日本は、例えば、志賀直哉の「十一月三日午後の事」（『新潮』一九一九・一）という題《タイトル》が、非軍国主義・人道主義を象徴するように、米騒動や「新しき村」、「無爵宰相」原敬の誕生など、「具体的な歴史をものがたる象徴的な一句」[26]が意味をもつ時代であった。そして、「大正七年の秋」を十一月十四日の「新しき村」設立とかぶせれば、「反戦的思想や人道主義、国家を超えた人類の理想的な在り方を提唱した彼らの活動の精神は、大戦終結をめぐる世界的論調を背景に、芥川に一つの理想主義を標榜させ創作活動にも少なからず影響を与えたことは想像に難くない。まさに大正七・八年は芥川に開化期の「美しい調和」を改めて回顧させ、また希求させる時期だった」[27]

ことになる。このような社会的状況を一面に認めながら、風景を領略するまなざし、それは心内の風景のみならず、西洋を見るまなざしであり、同時にアジアに対する同様のまなざしという、より本質的な〈近代〉を観取したときであったといえよう。

5　オリエンタリズムとジャポニスム

安藤宏は、「舞踏会」において、「〈菊〉（西洋）と〈薔薇〉（東洋）とが意識的に使いわけられている事実」を読み、「〈薔薇色〉の舞踏服の少女が、白と黄を緩衝に、三重の籬の中に立った時、紅菊と美しく共鳴し合うという事実。〝東洋〟を背景に初めて〝西洋〟がその光彩を放ちうるというこの逆説は、実は明子も将校も気付かぬ事実として、語り手から読み手に直接送り出されたメッセージでもあったはずなのだ」とする。そして、「西洋の模倣にひたすら努める少女とロココの美のみをそこに見出そうとする士官の審美眼と――〈夜と昼とを一つにしたやうな時代〉にこの両者の交錯する一瞬の明滅を発見することのできる眼だけが、社会的倫理的判断を離れた「開化」を一個の美学として所有することができるはずなのである」(28)と結論付けている。

海軍将校は、露台上で花火を見ながら「我々の生のやうな花火のこと」を考えていると呟いた。しかし、私たちは、最早純粋に「生のやうな花火」のことを考えることは出来ないだろう。私たちが考えることが出来るのは、「花火のやうな生」でしかないのだ。明らかに異なる二つの文脈とそのねじれ――一八八九年の「江戸の舞踏会」と一九一八年の「舞踏会」、日本をまなざす西洋と、西洋をまなざす日本、この二つのまなざしが交差するところに、舞踏会の花火は上がっている。それは美しいものであったのかもしれないが、もはや現代では上がることのない花火なのである。

だが、それ以上に大切なのは、軽薄といわれる鹿鳴館時代の欧化の潮流によって、近代日本に開花するものの種子がほとんど撒かれているということである。新体詩、小学唱歌、あるいは『小説神髄』に発端する文学の革新などはいうに及ばず、のちに文学作品の細部の描写に生きてくる諸事物も、その発端の多くは鹿鳴館の時代にさかのぼることができる。土木、建築、医学、法制、教育などの近代的な原型も、おおむねこの時期に礎石が築かれているのであり、それらについては、具体的な作品のイメージを通じてすでに論じてきたとおりである。（磯田光一『鹿鳴館の系譜』）

洋行経験からその必要性を強く感じた井上馨がつくった鹿鳴館は、先進国と対等たらんとして外枠を急遽建造したに過ぎない。その外枠は、建造物のみならず、内部に浸透していく法や政治をも容易することが急務になる。前節で述べたように、フランスの法学者ボワソナードを招いて民法編纂を行おうとしたのも、「近代的な法治国家の確立をねがう官民一体の熱意によるもの」（磯田）だったという歴史認識は当然のものであったろう。

鹿鳴館の時代にスタートした近代化の動向は、伝統的な感受性にそむくものであったために、むしろ外側の現実の変化によって徐々に風土の感性に根づいていったのである。農業から工業に向かう時代の流れは、自然美とは異なる直線的構図の美観を、少しずつ人びとの心に教えたであろうし、義務教育の過程で通過している小学校の教室は、畳・障子の寺子屋とはちがった洋風建築であった。洋食、西洋草花、電車、鉄道、舗装道路といった近代の産物が生活に入ってくるにつれて、民謡や浪花節に収束していた音感は、歌謡曲、シャンソンのほうに引き寄せられる。

ここでわれわれは、吉田茂の子息にあたる吉田健一が、昭和の文学における典型的な鹿鳴館的人間であったことに注目しなければならない。明治以来、西洋が外側から観念として入ってきたかぎりにおいて、外来思想と風土のあいだには摩擦が起きた。ところが外交官の子息として海外に故郷が意識され、イギリスが日本人の気質や体質にまで浸透しているとき、これを肉体化した鹿鳴館と呼ばないで、なんと呼ぶことができるであろうか。

ヴァトーの絵に風景を見つけることは、いやむしろヴァトーの絵に風景を見ないことはもはや困難な作業となるほどに、私たちの風景をまなざす視覚システムは根を深く張っている。ロティをアンニュイな一海軍将校としてまなざすことに違和を覚えないまなざし、この視覚を「鹿鳴館の視覚」と呼ばないで、なんと呼ぶことができるであろうか。磯田は、続けて「つぎつぎに日本に訪れてきた外来文化とその影響を、軽薄と呼ぶのは容易であるが、小林秀雄に倣って近代日本の文化を〝翻訳文化〟としてとらえ、われわれの喜怒哀楽さえそのなかにしかなかったことに想いをいたすとき、翻訳文化も抜きさしならぬ歴史を形成してきたことに、われわれは気づくであろう。古代文化の形成さえ、翻訳文化にもとづくものであった。鹿鳴館の帰趨によって象徴されるもの、すなわち外来文化を異質のものと認めながらも、内省を通じてそれを同化し、新たなかたちをあたえてゆくような能力を、日本文化の創造的な伝統の一部と考えても、それほど誇大な評言にはならないであろう。われわれの歴史の一部は、そのようにして形成されてきたからである」と述べた。二重三重にねじれた「翻訳文化」として進んできた日本近代の現状をも照らし返す視覚が「舞踏会」の随所に瞬いている。

芥川は、放浪詩人のアンニュイという仮象を使い、逆オリエント行為とでも言うべき日本に「ロココ」の世界、ヴァトーの世界を現出させることに成功した。開化期ものを通して、開化期における日本のねじれ現象をまなざし返すこと、ここから新たな読みが進められていくのではないか。

注

(1) 田中純「正月文壇評（二）」『東京日日新聞』一九二〇・一・一一
(2) 『芥川龍之介論』筑摩書房、一九七七・九
(3) 『芥川龍之介全作品事典』勉誠社、二〇〇〇・六
(4) 鹿鳴館の貴婦人たちのゆくえについては、近藤富枝『鹿鳴館貴婦人考』（講談社、一九八〇・一〇）に詳しく述べられている。
(5) 安田保雄「舞踏会」「鑑賞」『評釈現代文学2芥川龍之介』西東社、一九五六・五。また、ダンスの場面は、志賀直哉「大津順吉」の舞踏の場面との類似が指摘できる。

娘は背の高い若い西洋人と踊つてゐた。西洋人は左手で娘の体を支へ、右手はハンケチと一緒に娘の左手と握り合はせて、それを高く挙げた儘、クルリと軽くよく廻はつた。廻はる度に娘の体は両足共に殆ど床を離れた。娘は大儀さうに自身の肩の上に首を傾けて居た。青白く見えた顔には血の気が見られた。其内如何にも疲れたらしい様子で、娘は相手の耳に何かさゝやいた。西洋人は首肯くと、其儘踊り続けながら、娘の体を抱くやうにして巧みに人々の間を抜けて其けん外に出て来た。

(6) 大貫徹「ピエール・ロチのエグゾチスム、あるいは「猿」を巡るディスクール」（『比較文学』一九九四・三）
(7) 川本皓嗣「お菊さんと公爵夫人――フランス人の見た日本人」平川祐弘・鶴田欣也編『内なる壁――外国人の日本人像、日本人の外国人像』TBSブリタニカ、一九九〇・七
(8) 尹相仁『世紀末と漱石』岩波書店、一九九四・二
(9) 注（6）に同じ
(10) 西本晃二「ピエール・ロチと芥川「舞踏会」」（『高校通信東書回語』一九七九・一〇）を参考、以下の引用もこれによる。
(11) 文芸春秋社、一九六一・三
(12) 島内裕子「「舞踏会」におけるロティとヴァトーの位相」（『放送大学研究年報』一九九五・三
(13) 芥川がヴァトー（ワットウ）に言及しているのは、一九二五（大正一四）年一一月一三日、神崎清宛書簡「みようごにち令

嬢」や何かは到底誰にもわかりませんよ。主人役は多分伊藤さんでせう。これも或は井上さんかも知れません。唯僕のロティの本で面白く思つたのはあの日本人が皆ロココの服装をしてゐる事です。つまりあの舞踏会はワトオの匂のある日本だつたのですね。」、一九一九（大正八）年一二月二二日小島政次郎宛書簡「僕は十八世紀調を鼓舞しやうと思つてゐます」、「田端日記」（『新潮』一九一七・九）「さつき買つた本をいゝ加減にあけて見てゐたら、その中に春信論が出て来て、ワツトオと比較した所が面白かつたから、いゝ気になつて読んでゐる」、「帝劇の露西亜舞踊」（『新演芸』一九二二・一〇）「何しろ美しいジプシイの娘と伯爵との恋と云ふのだから、如何にワツトオのやうだとか何とか云つても、妙な甘さに中てられてしまふ。」などである。

(14)『ユリイカ』（一九九六・四）

(15)「……ピエルロチーといふ男は、日本人の眼は、あれで何うして開けるだらうなんて冷かしてゐる。――そら、さう云ふ国柄だから、どうしたつて材料の少ない大きな眼に対する審美眼が発達仕様がない。」答はなかった。美禰子はじっとしてゐる。

(16)『三田文学』一九一一・五、後に『珊瑚集』籾山書店、一九一三・四・二〇

(17)『東海大学紀要文学部』一九九五・九

(18)『病める薔薇』天佑社出版、一九一八〇後に、新潮社、一九一九・六

(19)上田敏『うづまき』（大倉書店、一九一〇・六・二七）にも、ヴァトーの「仏蘭西十八世紀の名画『歓楽の島へ向ふ船出』といふ図」「伊太利亜劇の槃特」（ジル）が引用され、「柔婉の美」と形容されている。

(20)「『舞踏会』論――ボードレール『悪の華』との照応から」『日本近代文学』一九九五・一〇

(21)阿部良雄訳『ボードレール全集』筑摩書房、一九八三・一〇

(22)『アサヒグラフ別冊　西洋編23ヴァトー』朝日新聞社、一九九三・三

(23)注(22)に同じ。

(24)大島清次『ジャポニスム』講談社学術文庫、一九九二・一二

(25)「博覧会の時代とは、同時に帝国主義の時代であった。……とりわけ八九年のパリ万博は、植民地部門の展示に決定的な方向を与えていくことになる。……このようにアンヴァリッドには、フランス領の植民地館が林立しており、それらの建物の建築は、いずれもその植民地に対するフランス人の異国趣味的なイメージを混合し、凝縮させていた。……ここでは実際、博覧会の歴史のなかでも最も悪名高いひとつの伝統が姿を現していた。すなわち「人間の提示」、植民地の多数の原住民を博覧会場に連行し、博覧会の開催中、柵で囲われた模造の植民地集落のなかで生活させて展示していくという、一九世紀末の社会進化論と人種

差別主義を直截に表明した展示ジャンルの登場である。このジャンルは、八九年のパリ万博にはじめて登場し、……さらには日本の国内博覧会にまでも広く一般化していった。」「こうしてヨーロッパ人の側から見るなら、その植民地主義的な視線に適合するような「人種」の「劣等性」が、眼前の民族学的「実物展示」により「発見」されていくこととなった。…略…八九年のパリ万博を訪れた膨大な数の人々の前には、エッフェル塔が高らかに謳いあげる鉄と電気の「文明」と、その眼下に広がる植民地集落で飼い馴らされていく「未開」の世界が、ちょうど博覧会の二つの焦点として呈示されていた。つまりある意味で、ここには「未開」から「文明」への社会進化論的なヒエラルキーが、後述するシカゴ万博のように西から東への水平方向にではなく、下から上へという垂直方向に空間化されたいたと考えられなくもないのである。」

(26) 石井和夫『漱石と時代の青年―芥川龍之介の型の問題―』有朋堂、一九九三・一〇

(27) 注(17)に同じ

(28)「舞踏会」論――まなざしの交錯『国文学』一九九三・二

貞操・戦争・博覧会――「お富の貞操」

1 明治元年五月十四日

「お富の貞操」(『改造』一九二二・五・九)[1]の舞台として選ばれた、前半の「下谷町二丁目の小間物店、古河屋政兵衛」屋内と後半の「上野の広小路」は、暗い室内から明るい戸外へ、「人音も全然聞こえなかつた」状態から「目まぐるしい往来の人通り」へと、対照的な舞台暗転を見せている。

明治元年五月十四日の午過ぎだつた。「官軍は明日夜の明け次第、東叡山彰義隊を攻撃する。上野界隈の町家のものは匆々何処へでも立ち退いてしまへ。」――さう云ふ達しのあつた午過ぎだつた。下谷町二丁目の小間物店、古河屋政兵衛の立ち退いた跡には、台所の隅の蚫貝の前に大きい牡の三毛猫が一匹静かに香箱をつくつてゐた。

戸をしめ切つた家の中は勿論午過ぎでもまつ暗だつた。人音も全然聞えなかつた。唯耳にはひるものは連日の雨の音ばかりだつた。雨は見えない屋根の上へ時々急に降り注いでは、何時か又中空へ遠のいて行つた。猫はその音の高まる度に、琥珀色の眼をまん円にした。竃さへわからない台所にも、この時だけは無気味な燐光が見えた。が、ざあつと云ふ雨音以外に何も変化のない事を知ると、猫はやはり身動きもせずもう一度眼を糸のやうにした。

＊　＊　＊

明治二十三年三月二十六日、お富は夫や三人の子供と、上野の広小路を歩いてゐた。その日は丁度竹の台に、第三回内国博覧会の開会式が催される当日だつた。おまけに桜も黒門のあたりは、もう大抵開いてゐた。だから広小路の人通りは、殆ど押し返さないばかりだつた。其処へ上野の方からは、開会式の帰りらしい馬車や人力車の行列が、しつきりなしに流れて来た。前田正名、田口卯吉、渋沢栄一、辻新次、岡倉覚三、下条正雄――その馬車や人力車の客には、さう云ふ人々も交つてゐた。

この前半と後半の設定を「いわば一幕二場の劇仕立て」と言ったのは千石隆志である。(2)「お富の貞操」は、「明治元年五月十四日」と「明治二十三年三月二十六日」という明確な近代的時間に切り取られている。前者は上野戦争前日であり、後者は第三回内国博覧会の初日という、非日常的時間が設定され、いずれもその数（十）分の出来事を写し取る。「芥川はこの小説で江戸という語を一度も用いてはいない」と指摘した上で、「冒頭の日付も明治元年五月一四日とした。明治への改元はその年の九月であり、五月はまだ慶応であった。恐らくは『江戸』の匂いを消したのである」と千石はいうが、更にいうならば、明治という近代国家のその始まりから成立までを明確に意識させたということになる。〈上野戦争〉〈内国博覧会〉という政治的タームを敢えて時間として選んでいることは、このテクストを読む上で無視できない重要な意味をもつであろう。お富の「貞操」を中心として語られるテクストである以上、近代国家成立の中で性をめぐる政治の磁場が如何なる言説を求めていたのか、その期待が立ち現れてくると考えられるからである。

「お富の貞操」という題名は、読者に如何なる期待の地平を望ませるだろう。「与話情浮名横櫛」(切られ与三)のヒロインお富など、古めかしいイメージを漂わせる名前をもつ、前時代的な女の貞操観念というところであろうか。しかし、恐らく問題はもう少し複雑な筈だ。例えば、呼称の問題は、二葉亭四迷「浮き雲」のお勢が名刺にフルネームを書こうとするにも拘わらず、家父長制度では強者である弟から「お勢ツ子でたくさんだ」と言われてしまう主体性剝奪の問題を含め、さらに、女性だけに強要されてきた貞操なるものを直接に描き出すであろうとの期待がある。戦争と博覧会、そして貞操と、これら三者の融合が、「お富の貞操」というテクストの多面性を支えると考えられる。

「都下三百万の商民、同じく生産を取り失い、夜間は盗賊横行、無辜を切害し、老幼路上に倒れ死し、壮者は近郊に屯集、強盗を事と致し候体、誠に見聞に堪えず候」(『海舟日記』)と記されるように、新公が短銃をもった乞食として登場する背景には、江戸城開城以来の大量の脱走人によって、性能の優れた武器類が市井に流出し、「政府は脱籍・不浪人の対策に悩んでいた」という状況が呈されていた。同時に、「肩に金切れなんぞくつけてゐたつて、風の悪いやつらも多い世の中だ」という新公のセリフを裏付けるように、「江戸の市民は官軍かぜを吹かせる政府軍に冷たく、子供らまでが唾罵するありさまであつた。政府軍は民心を掌握できず、〈官軍〉の威信は日に日に落ち込んでいつた」(佐々木克著『戊辰戦争』中公新書、一九七七・一)背景をもつ。

このように、体制の変化する混迷期の中に「お富の貞操」第一場は展開され、恐らく脱籍した一人である新公は、官軍方、徳川方いずれについたにせよ戦争を転機として、以後明治政府側の中枢勢力を担う人物として身を立てていったわけである。

戦時下という特殊な状況は、一方で、女性への貞操管理を強固にさせるという別の一面をもっていた。例えば、その後の東北戦争にて、「戦火を逃れた住民のあとで、兵士のとくに政府軍の掠奪がくり返されたと言われている。婦女子に対する乱暴があった話も無数に残っている」（佐々木）とあるように、兵士、特に政府軍による掠奪や婦女子に対する乱暴など、戦時下に男が権力の誇示として、「ふたつの家父長制のあいだの闘争のシンボルとして」(3)、性的暴力を加えることは、拭い去ることができない事実として存在している。「その代りお前さんの体を借りるぜ」「いけなけりやあすこへお行きなさいな」と、短銃で猫を脅しつつお富に強要する新公を写すことで、テクストは、戦時下における性的暴力の在り様というこの歪んだ関係を引用していると言えよう。

しかし、お富はその強要に抵抗を見せずにあたかも主導権を奪うかのように、茶の間に入り帯を解き畳の上へ横たわることで、加害者からの攻撃を躱す。同じ女性の性をめぐるテクストとして、ストリンドベリィの「令嬢ジュリー」が挙げられている。(4)だが、動機の多義性について多弁を弄する「令嬢ジュリー」を引用しつつ、「お富の貞操」が敢えて一切を〈語らない〉ように、ここでも行為は〈行われない〉というかたちで、決定的にはぐらかされる。お富の貞操をめぐる新公の疑問の提出とお富自身による回答は、

「何をつて事もないんですがね。――まあ肌身を任せると云へば、女の一生ぢや大変な事だ。それをお富さん、お前さんは、その猫の命と懸け替に、――こいつはどうもお前さんにしちや、乱暴すぎるぢやありませんか？」

「ああ、三毛も可愛いしね。お上さんも大事にや違ひないんだよ。けれどもただわたしはね。――」

お富は小首を傾けながら、遠い所でも見るやうな目をした。

「何と云へば好いんだらう？　唯あの時はああしないと、何だかすまない気がしたのさ。」

と明確に言語化されることなく、物語上を通り過ぎるのである。

2 書かれなかった心理

「芥川氏のものとしてもあまり上出来の方ではないやうに思ふ」という生田長江は、「お富とふ女中の『野蛮な美しさ』を描いてゐるところ、また特に彼女の『殺気を帯びてもゐれば同時に又妙に艶かしい』興奮の中に『荒神の棚の上に背を高めた猫と似たもの』を見出だすところなど、断片的には、流石に此作者だけあると感心もしたけれど、一体に少しひねり過ぎたせいか」「お富が彼女の貞操を、三毛猫の命と引換に、乞食の新公へ渡さうとした時の心理を彼女自ら説明して（或は説明しようとして）だいぶ文学者らしい口の利き方をするところ……非常に悪い意味に於て抽象的であり、概念的であり、拵へ物であると思ふ」（「九月号の創作から（一）」『読売新聞』一九二二・九・二）と、出来の良くない原因としてお富の心理の不自然さを挙げる。同様に加藤武雄も、「失敗の作」と断じ、「先月の『六の宮の姫君』よりも、もつて説明的で、抽象的である。この作者の、極めて正確な線と、鮮明の色彩とで描かれた絵画的描写――つまり、外面的な描写は、其の人物の内面的心理によって十分に裏附られてゐない。その為めに、外面的描写が精巧であればあるほど、読む方の歯痒さは一層である」、（「九月文壇の作品（二）」「報知新聞」一九二二・九・七）と、その理由を述べる。「拵えもの」「抽象的」という点で二つの同時代評は共通している。その中で、小島政二郎が「カラクリの方が先きに目に附く、この難は、説明をまじへた態度で書いたら無論救へたに違ひないが、作者は最もむづかしい客観描写をやつてゐる……略……第一、会話に作の主題の解釈の鍵が隠されてゐるやうな気がして安んじて読んでゐられないやうな気がする」（「不満なるもの二三」「時事新報」一九二二・九・七）とし、解釈の幅に言及している。その後、「作者は、お富の貞操を好意にも悪意にも解釈してゐるのである」と、〈貞操〉を話題にし、解釈の可能を説いたのは、竹内真（『芥川龍之介の研究』大同館書店、一九三四・二）で、「一篇よく纏まり佳什である」と好意を寄せている。また、心理描写の後退を逆に評価したのは吉田精一である。

五月雨のふる明治元年五月の上野の戦争の前日、戦禍をおそれて立退いたあとんがらんとした家での乞食と若い女との争ひ、と誠に場合といひ、出来事といひ、非凡である。龍之介が主題としたのは、若い女の突発的な、微妙な心理であるが、それが殆ど目立たないほどに、背景の内に溶かしこまれ、渾然とした味があり、龍之介一家の芸となつてゐる。……この作は手薄な心理解剖も、異常な事件の動きに救はれて、その欠点をカヴァーされ、活き活きとした一幅の絵を描き上げた。

貞操を取り上げながらその善悪を考えることなく、また、心理解剖をしながら手薄なそれに終始する話を「一幅の絵」として書き上げたとの評価のなか、研究は、書かれなかったお富と新公の心理を埋める作業となっていく感がある。

安藤幸輔は、「際立った佳品」としながら、新公の心理を、「物騒な街へ〈お富〉を追いやる〈お上さん〉に腹を立てたのである。そしてまた、唯々諾々と、主人の命令に従うことが当然と思うばかりか、それに誇りと喜びを感じているらしい〈お富〉が面憎かったのである」と新公の心理の空白を読み、「〈新公〉という名の乞食に身をやつして、倒幕のために力を尽くしてきた勤皇の志士、あるいは新時代を開くための王政復古を願っている〈村上新三郎源繁光〉としてのモラルがあるのである。単に幕府を倒すだけではなく、人の心に巣くっている旧体制的な考えも、彼にとっては我慢ならないものであった。だから彼は、〈猫〉に短銃を擬して〈お富〉の生命である貞操を求めてみたのであり、貞操とひきかえにしてまで〈猫〉を守ることはあるまい、いや、あってはならないという期待をもっての脅迫であった」（「「雁」「ある女の生涯」「お富の貞操」の方法―その〈動物〉の役割を中心に―」『駒沢短大国文』一九八二・三）と解読する。そして、一方のお富の心理にも光をあて、「〈お富〉自身さえ気づかない、ある期待がある。無意識に求めている、ある願望がある。〈猫〉を救うために、という自分への弁明に隠れて、自分を束縛している何かから、解放されたいという思いがみられる」「明日は官軍と上野彰義隊との最後の戦いがあり、これまでの生活が根底から覆えるであろう、という背景とも無関係ではない」とする。

同じように、酒井英行は、「『お富の貞操』、『六の宮の姫君』について」（『静大国文』一九九二・四）で、「新公のひとかどの人物である内面」は、「どんなに身をやつしても、隠しきれない」もので、「お上さん」の理不尽さを非難する「正義感」、「肩に金切れなんぞくつけてゐたつて、風の悪いやつらも多い世の中だ」と「地位のある人々の非道さ（淫らさ）を述べ立てる高潔さを持った人物」とする。そして、「語り手の性的な視線に乗らされた新公の眼差しになることは避けられない。雨に濡れたお富に科がないのは無論のことである。しかし、新公が語り手に誘導されて、雨に濡れて『露はに肉体を語つてゐた』お富の姿に、性的欲望の眼差しを向けることも、言語道断のこととして責めることは出来ない。だれの、どこが悪いというのではなく、お富、新公が、状況の不可避に操られているのである」と論が繰り広げられる。

しかし、お富の姿に、「何処か新しい桃や梨を聯想させる美しさ」を敏感に嗅ぎ付けた感覚がお富の危険を造り出し、その危険のなかにお富を駆り立てた「お上さん」を非難している、というのが新公の真実であったに違いない。……略……お富みの危険を口にしているうちに、性的欲望が一層高まっていき、性的欲望を現実の行為に移す寸前の状態になっていくのである。

その後も、お富の性情についての考察は、「芥川はこの作品で、一匹の猫を救うことしか念頭になかった若い女の一途で直線的な行動を肯定的に描いている」（笠井秋生「「お富の貞操」「雛」「庭」」海老井英次・宮坂覺編『作品論　芥川龍之介』双文社、一九九〇・一二）、「彼女の行為はなにものかへの自己犠牲ではなく、はっきりとした自己主張である」（千石隆志）など、続いて論じられていく。千石は、その心理を「町家の女の意気地と侍の意気地が、江戸最後の『黄昏』の中で、一瞬鮮烈に切り結んだわけだ」とし、貞操概念発生以前という視野を持ち込む点で新しい。斯様にして、「お富の貞操」論は、書かれなかった二人の心理を中心に、心理小説としては不可解なテクストを前にして論者のジェンダーイデオロギーを露にしながら展開されていく。

「お富の貞操」を前に、お富と新公二人の心理が何故問題になるかといえば、それは、語り手による次の誘導にあるのであろう。

　二十年以前の雨の日の記憶は、この瞬間お富の心に、切ない程はつきり浮んで来た。彼女はあの日無分別にも、一匹の猫を救ふ為に、新公に体を任さうとした。その動機は何だつたか、——彼女はそれを知らなかつた。新公は亦さう云ふ羽目にも、彼女が投げ出した体には、指さへ触れる事を肯じなかつた。その動機は何だつたか、——それも彼女は知らなかつた。が、知らないのにも関らず、それらは皆お富には、当然すぎる程当然だつた。

「無分別にも、一匹の猫を救ふ為に、新公に体を任さうとした。その動機は何だつたか」そして「彼女が投げ出した体には指さへ触れる事を肯じなかつた。その動機は何だつたか」と、語りはテクスト内で問い掛けるのだが、〈何故そうしたのか／しなかったのか〉というこの問いが成立する為には、お富の立たされた状況にあっては「抵抗しなければならない」、新公の立場にあった場合は「手を出すことも仕方がない」という、打破されるべき貞操に関する二つの決め付け、性的イデオロギーが実は存在していることになる。この前提は、性的暴力の加えられる場面で、被害者は（軽率な服装や行動をとらないことは勿論）死ぬ程の抵抗をみせなくてはならない、加害者の強要や暴力行為に対しては一切問題視されないという論理、中央集権国家のとった性戦略に外ならないものであったろう。「男はそれを我慢できない」という男性神話が批判され、性欲が本能的なものではなく、社会的、制度的な暴力であって政治的行為に外ならないことを私たちは既に知っている。(4)「その動機は何だつたか」というテクストの問いに、多くの論者が答えを出し続けているのだが、問題の所在は、この問いかけ自体が、自明のものとして受け入れられてしまっているところにこそあるのではないか。「動機は何だったのか」というテクストの問いかけに、いくら答えを探してみてもその解答を導き出すことは難しい。「彼女は知らなかった」同様、皆「知らなかった」のである。

「真実」とは唯一のものであり、誰にとっても否定しようもなく同じ姿をとるはずだという考えが前提されているからだ。むしろ存在するのはさまざまな当事者によって経験された多元的な現実（リアリティ）と、それが構成する「さまざまな歴史」であろう。(5)

とは戦争時に行われた女性への暴力について述べられた近年の研究の一節であるが、お富と新公のふるまいもまた外の何物にも換え難い当時者の経験であった。

勿論このテクストの面白さは、何も起こらなかったところにある。行為が〈行われない〉、動機が〈語られない〉というテクストの戦略は、読者の期待をそのように裏切ることで、「当然」という言葉に流れるイデオロギーに意識的にならせること、当時の貞操をめぐる風景を相対化し得るものとなると考えられる。

3　第三回内国博覧会

第二場の舞台となる黒門は、桜の名所であり、彰義隊との戦禍の傷跡を残しながら、一八七七年から一九〇三年まで全五回開かれた内国博覧会の会場でもある。第三回内国博は、出品人七万七千人（第一回一万六千人、第二回二万八千人）、入場者一〇二万人（第一回四五万人、第二回八二万人）と、前回と比べてその規模は飛躍的に巨大化し、博覧会の定着・盛況ぶりを数字の上から如実に表している。開催に当り、明治政府が最も重視したのが「近世からの見世物や開帳との連続性を断ち切ること」(6)であったと言われる。薬品・陶磁器・生糸・文具・理学機器など「新しい『文明』を具象として教える展示場」として、「比較・選別するまなざし」「優劣異同を判別」する能力を民衆に要求することを内国博覧会の第一目的としたのである。つまり、博覧会が「殖産興業や富国強兵のためには欠かせぬ」「近代化のための重要な装置」としてあったということだが、勿論、実際には「博覧会と見世物の間の境界を曖昧にしつづけ」たからこそ、「明治の民衆に早くから比較的容易に受容されることができたのだとも考えられる」という現実はあったであろう。しかし、この〈まなざし／まなざされる〉ことで、対象を比較・峻別しつつ、自らもその対象となっていくという極めて「文化的な制度としての〈近代〉」装置が働き始めたことは、疑いようがない。

博覧会を「殖産興業や富国強兵のためには欠かせぬ装置」「近代化のための重要な装置」という吉見俊哉は、「博覧会や勧工場においては、商品を見較べ、選別する視線を民衆に教えるために様々な工夫を凝らさなければならなかった」と述べている。博覧会への参加は、「歩きながら商品を見較べ、そのなかに『新しさ』を発見し、またそうすること自体を楽しんでもいくといった、『見る』というまなざしの経験であった。この視覚的経験のなかで人々の商品への欲望は絶えることなく更新され、消費を管理する資本主義の運動過程へと接続されていく」のである。このシステムは、「近代的視覚の制度」となり、「文明化の視覚装置として広範な民衆のまなざしを再編していくようになるには、やはり天皇制を支配原理とする中央集権的な国家、すなわち明治国家の成立が不可欠だった」のである。「民衆強化の装置」「見世物との峻別」「優劣異同を判別」と並べ、明治国家が内国博にやって来た民衆に要求したのは、「比較・選別するまなざしであった」(『博覧会の政治学』中公新書、一九九二・九)と、吉見は繰り返し博覧会のまなざしを説明した。

お富は、まさにこの「優劣異同を判別」「比較・選別するまなざし」で、新公を眺めたことになる。明治国家が求めたその「まなざし」をお富は先取していたことになる。お富が、新公を「ただの乞食ではない」というとき、その評価軸は、立身出世し得るものか否かという点に限るだろう。この場面をそのように読むならば、立身出世する者になら体を許すことが正当化されるという語り手の解釈の提示でしかないだろう。「お富の貞操」の面白さは、既に詳細に論じられたように(7)、猫を含む登場人物の〈目〉のドラマにあるといえる。その目は、唯の乞食ではなかった新公を選び取ったと評価されるが、果してその選別というまなざしは本来的に優れたまなざしなのか。「顔のせゐか、言葉のせゐか、それとも持つてゐた短銃のせゐか」「新公は唯の乞食ではない」というとき、まさにこの「優劣異同を判別」「比較・選別するまなざし」が働いていることは否めない。上野広小路の雑踏を歩く、夫の傍らには長男・次男がおり、お富はその後ろを長女と一緒に歩く、というあまりにも明示〈明治〉的な図。また、お富の夫となった銀座で時計店を営む甥は、近代的な成功者でもあった。

かつて「お上さん思い」の女中であり、「しかも一目に処女を感ずる、若若しい肉体を語つてゐた」お富が、主人である古河屋政兵衛の甥と結婚をし、母ともなったという図は、「処女を保つということは最もよき結婚に一番必要な条件を保つこと」、「子供の教育がすべての上に立つに至り、従って貞操が重要視される」[8]という言説に導かれるように、あたかも「よき結婚」「よき家庭」のモデルかのようである。新公とお富の再会は、近代に現れた政治と家庭モデルの出会いでもあった。「お富の貞操」の空白の二〇余年は、二人の人物の立身出世譚を成功させた時間でもあったろう。

4　貞操というキーワード

「お富の貞操」が発表された一九二〇年代はじめ、「セクソロジーがマスメディアのなかで絶頂期を迎えて、いよいよもって〝性〟はセンセーショナルなトピックス」[9]となっていた。柳原白蓮、原阿佐緒の行動がスキャンダルとして報道されもし、サンガー夫人が来日、帆足理一郎の「新時代の新貞操論」が書かれるのも、この頃である。〈貞操〉という語をめぐる歴史を概観するなら、北村透谷の「処女の純潔」(一八九二)に始まり、一九一四年の生田花世と『青鞜』安田皐月との間で繰り広げられた「貞操論争」、そして一九二〇年代の「新貞操論」へとつながると捉えられる。男／女としての性＝セクシュアリティや性欲といった問題は、一九一〇年代に、衛生や健康という立場からも問題提起がされた一方、それ以上に、〈家庭〉〈夫婦〉といった社会や家族を単位とする家庭内の倫理問題として論じられるようになっていた。

一九一四年から一五年にかけて、貞操論争とか処女論争と呼ばれるものが、行なわれた。この論争で注目されるのは、第一に、貞操・処女の価値について議論され、その価値を社会的に高めることになったことである。女性の境遇や現状にもよるが、それに精神的な価値、あるいは経済的な価値を認めるか、それとも無視するかの三つの見解にほぼ分かれている。貞操・処女を守ることによって、道徳的な行動を遵守し、社会的な逸脱・非行を防ぐとする、貞操・処女の社会的・道徳的価値は、与謝野晶子を除いて、否定されている。精神的な価値があるとする見解が大勢を占める。だが、良妻賢母的な道徳観にもとづくのではない。それと分岐するのは女性自身の精神性において価値づけしたところにある。女性の精神的な価値として、〝処女性〟が称揚されることになるのである。

（川村邦光『セクシュアリティの近代』講談社、一九九六・九・一〇）

そして、「第二は、女性のセクシュアリティを社会的なトピックとして浮上させた点」であるという。「ここでは〝処女をいつ捨てる、あるいは失うか〟ということば遣いで問題が提起された。男女双方とも、恋愛の高まりのなかで結婚するときが、そのときとされている。女性自身の能動的な主体性・自発性を前面に出した、性―愛一致、もしくは愛―性―結婚の一致が説かれ、『霊肉一致』（平塚らいてう「処女の真価」一九一五）と表現され理想とされている」。さらに、「第三に、男のセクシュアリティが初めて倫理的な問題として提起された」という。すなわち、「なぜ貞操が女にのみ問われ、ある場合には咎められ、男は不問に付され、咎められもせずに、性欲が野放しになっているのか」という、「貞操の不平等・不公平」が問題視された時代であったのである。伊藤野枝は、生田と安田との間に起きた「貞操論争」をめぐり、次のように述べている。

在来の貞操という言葉の内容は「貞女両夫に見えず」ということだとすれば私はこんな不自然な道徳は他にあるまいと思う。／婦人が処女を保つということは最もよき結婚に一番必要な条件を保つことと同じだという事だ。……略……「いい幸福な結婚ができない」ということが処女を失くした女の損失である、と生田氏はいっていられる。そうしてこの処女性についての生田氏の単純な考えが食べるという目前に迫った要求との争闘になった。そうしていい結婚をあきらめさえすれば処女をなくしたって構わないのだという考えが勝利を占めてついに氏は処女を失くされた。……略……氏は婦人の処女を保つということの意義を単なる利益問題にしてしまわれた。……略……私がもしあの場合処女を犠牲にしてパンを得ると仮定したならば私はむしろ未練なく自分からヴァージニティを逐い出してしまう。そうして私はもっと他の方面に自分を育てるだろうと思う。私はそれが決して恥ずべき行為でないことを知っている。

（伊藤野枝「貞操についての雑感」『青鞜』一九一五・二）

そして、〈貞操〉をめぐる言説が爆発的に増えたのが、一九二〇年であった。発端は、「尼港事件」である。

パルチザンがニコライエフスクを撤退する際に、全員を殺害した。このなかで、在留の日本人女性が凌辱・殺害されたのである。マスメディアでは、〝貞操か死か〟が問題にされたのであった。……略……そして、「鬼畜の如きパルチザン」の暴力によって「貞操を汚された」としても、本人に責任はないが、「汚れたりという感じを一般に与えて、婦人の将来に暗雲を持ち来すこと」は、「男子が純潔を望み、童貞を望む要求より見れば、止むを得ぬことでもある」（高島平三郎「貞操解放か死か――尼港の虐殺事件と婦人の貞操問題」一九二〇年）「婦人は、暴力に由って貞操を汚されんとする際、心身のあらゆる力を尽くして、その安全を計ることに努むべき」……と断言する。今日のレイプ被害者に対するディスクールと同じロジックである。……略……純潔や貞操は内面性また人格性を帯び、それが侵害されることは身体ばかりでなく、精神のケガレであり、恥辱であるとされてしまうのである。レイプ・強姦が不可抗力の暴力によるものであれ、なによりも「肉体を穢された」ということばがはっきりと示しているように、肉体は精神性・倫理性を表象する、いわば精神の権化であり、妻に「落度」や「スキ」、「用意不周到」、「虎口を免れることが出来なかった愚かさ」ゆえに、罪や責任が問われることにもなる。被害者にも、被害―レイプを受ける内在的な原因があるとして、犠牲者の個人的な資質・精神性を問題視する論点を読みとることができる。

強姦が起きた場合、「女性側にのみ責任を求めるだけで、暴行という犯罪を法的に問うことなど論外だった」

（川村邦光『セクシュアリティの近代』）

一九二一年四月号の『婦人公論』の記事、「日本婦人の美点としての貞操の根拠」や、一九二六年四月号の「処女尊重の根拠」なる特集など、一九二〇年代の雑誌や新聞で、〈貞操〉の字がない日はないほどに多く繰り返されている。貞操観念は人々の中にこれら言説とともに生成されていった。〈貞操〉論の時代ともいうべき一時期が、まさに「お富の貞操」の発表の時だったのである。

腕力に於て低劣なりし婦人は其初め男子の所有物であつた。此所有物たる婦人を他の犯す処なからしめんが為めに、結婚制なる慣習を養成した。それは男子の我儘に出づるものであつて、必ずしも倫理的起源を持つたものではない。……略……婦人にのみ貞操を要求し、殆んど男子の貞操なるものを認めなかつた。……略……貞節とは生きた愛の永続的な関係を云ふのであつて、二個の人格の結合によつて、彼等二人は絶間なく新しき愛を創造し味読し往くべきである。……略……要するに私の貞操観は人格的な相愛の絶間なき創造的努力に立脚してゐる。

（帆足理一郎「新時代の新貞操論」『婦人公論』一九二一・二）

このように夥しい「貞操」をめぐる言説が溢れる中で発表された「お富の貞操」は、戦争と博覧会、そして貞操という〈近代装置〉に意識的である。また、「お富」対「村上新三郎」という名称の対比は、繰り返しになるが家父長制度では強者である弟から「婦人のくせに園田勢子という名刺を拵えるッてッたから、お勢ッ子で沢山だッてッたら非常に憤ッたッけ」（『浮き雲』）と言われてしまう、呼称に象徴される女性の独立性の問題をも含んでいるだろう。それ故にこそ、性愛に未だ熟達することのない、そして、陳列商品を見るかのように女もまた男もそれぞれが比較し選ぶ、そのようなまなざしから免れることが困難となっている現在にも、繰り返され、期待をはぐらかされ続けていくのではないか。「お富の貞操」は、お富という姓名をもたない女性名、そして発表当時の活字メディアでは馴染みの貞操という単語を冠した、題名からしてショッキングなはずのテクストである。今までの「お富の貞操」研究に決定的に欠けていたのが、「貞操」というものへの直接的な問い掛け、そしてセクシュアリティの問題である。現代では死語となってしまった感のあるこの「貞操」という語が、何を意味してきたのか、当時の「貞操」をめぐる言説の中で、「お富の貞操」がどのような言葉を吐きだしているのか。そしてもう一つ、お富の心理ばかりが考えられ、新公の心理や行動への考察が殆ど為されないのは何故なのか。それは、テクストそれ自体が答えるであろう。

芥川が、開化期を舞台とする物語を、〈開化期もの〉と括られる程に数的にも纏まったものを書いた理由としては、もちろん開化という江戸と近代の融合を許すカオス的な時間、明治近い江戸への限りない心理的近さを有していたと想像することは容易である。だが、開化期ものというテクストは、近代以降に日本に生きる人々が自明としている制度への、その始源への問い直しを誘発する仕掛けを有した小説群として考えられるのである。日本の開化期を小説の題材と選ぶことは、決して芥川個人の体験による趣味や好悪の問題だけにとどまらない。西欧に向いて開化を進めた日本が、何を見えざる制度として浸透させたのか、また、世界の同時性の中で何を演じてきたのかを透過させる力を、芥川の開化期ものからは感受しうる。「お富の貞操」もまた、時代を引用することで近代のシステムを充分に可視化するであろう。

注

（1）『改造』一九二二（大正一一）・五に前半を、同九に全文掲載。尚、清水康次編『芥川龍之介作品論集成第四巻　舞踏会』（翰林書房　九九・六）に研究史をまとめたものがある。

（2）千石隆志「龍之介覚え書―「お富の貞操」についての考察」『早稲田大学高等学院研究年誌』一九九五・三

（3）上野千鶴子『ナショナリズムとジェンダー』（青土社、一九九八・三）に「強姦がふたつの家父長制のあいだの闘争のシンボルとして利用される、という歴史にわたしたちは事欠かない。……そこでは女性のセクシュアリティは男性のもっとも基本的な権利と財産であり、それを侵害することは当の女性に対する凌辱だけでなく、それ以上に、その女性が所属すべき男性集団に対する最大の侮辱となる、という家父長制の論理がある。

性的被害の自己認知、それはとりもなおさず、セクシュアリティの自己決定としての女性自身のアイデンティティの確立を意味する。それは自分のセクシュアリティ――ここでは端的に身体――についての決定権が、自分自身に属し、父や夫などの家父長権に属さない、という主体意識をともなっている」とある。

（4）彦坂諦『男性神話』径書房、一九九一

小倉千加子『セックス神話解体新書』（学陽書房、一九八八。後に筑摩書房、一九九五・九）

（5）注（3）に同じ

（6）吉見俊哉『博覧会の政治学』中公新書、一九九二・九

（7）山崎甲一「「お富の貞操」について―目と心（東洋大学『文学論藻』一九九八・三、後に、『芥川龍之介の言語空間』笠間書院、一九九九・三）

（8）伊藤野枝「貞操についての雑感」『青鞜』一九一五・二（後に、堀場清子編『「青鞜」女性解放論集』岩波書店、一九九一・四）

（9）川村邦光『セクシュアリティの近代』講談社、一九九六・九・一〇

異文化の交差と時差——「庭」

1　〈家〉からの離陸

「昔はこの宿の本陣だつた、中村と云ふ旧家の庭である。」(1)で始まる芥川龍之介の「庭」(『中央公論』一九二二・七・一)は、維新から数十年にわたる時間の中での或る地方の旧家の没落の様を写し取った小説である。家の「母屋」と「離れ」という限られた空間のみを舞台とし、そこに生きた三世代の家族という限られた人物の去就が淡々と語られる。「隠居」「長男」「次男」「三男」「長男の一粒種」といった固有名を排除した呼称による人物の指示は、中村家という家の直系をあからさまに意識させ、常にその家の当主が母屋に住むという棲み分けの状況からも、強力な父権性がこの「庭」というテクストを貫いていることは明らかであろう。

「上」「中」「下」の構成を取る「庭」は、題名からも、また冒頭の一文からも明らかなように、庭という空間をクローズアップする小説であり、「名高い庭師の造つた、優美な昔の趣」を有す庭が徐々に衰微していく「上」、その庭が戻ってきた次男により徐々に復活されていく「中」、停車場建設のために取り壊された「下」と、庭の様を前景として進められていく。『中央公論』というメジャー誌に掲載された「庭」の評判は、例えば松岡譲の「簡潔の描写の中に相当複雑な旧家の凋落」を「廃園と廃園を復興しようとする廃人とを点出して」「高尚な手際を見せている」（『読売新聞』一九二二・七・七）、藤森淳三の「庭の荒廃を主として人間の生き死にを影にした方法――この変わつたやり方は、おそらく作者自身も予期しなかつたらうと思はれる程の効果を上げてゐる」（『時事新報』一九二二・七・一三）など、往々にして良い。[2] 廃園と廃人を点出して複雑な旧家の凋落を描くという松岡評も、庭の荒廃を主として人間の生き死にを影とする方法という藤森評も、庭に見立てられた人間ドラマという指摘で同種のものと考えてよいだろう。芥川の取った「見立て」の方法は、当時の読者（同業者）にも十分理解され、また小説の方法として「高尚な手際」であると、積極的な効果を認められるものになっている。[3] 庭という題材自体が、「見立て」を最大の武器としてある種のミクロコスモスを可能ならしめる空間なのだとしたら、丁度、テクスト「庭」もまた、同じ戦略を利用して、人間ドラマというミクロコスモスを可能にしたと言うことが出来る。

隠居が脳溢血で亡くなり、長男とその妻が結核で亡くなり、放蕩の末戻った次男も悪疾で亡くなるまでが「上」と「中」で書かれる。隠居時代には、旧態を遺していた庭も、長男に当主が移ってからは、実利的な思想から植えられた桃や杏の木の存在により、「自然の荒廃」と合わせて「人工の荒廃」も加えられていく。その庭を復興し始めるのが次男であり、庭がどうにか完成したとき、その次男もひっそりと息を引き取る。そして、「下」では、その後十年とたたないうちに、中村家は家ごと壊され、その上には鉄道の停車場が建てられる。その間に、隠居の妻であった「老妻」も亡くなり、「長男の一粒種」廉一は、東京の絵画研究所で絵筆を取っている一方、「三男の噂は誰も聞かない」という結末を以って閉じられる。庭の荒廃と中村家の取り壊しという現実は、固有名を与えられた廉一だけを残すというかたちで、「中村家」ではなく「個」を優先するという意味において、結果的にはその父権性の崩壊も表すことになったと言えよう。

中村家の隠居から、長男・次男・三男、長男の一粒種へと語り継がれるこの物語は、一見、旧家の没落とそれに伴う庭の衰退という道筋に沿って下降していく物語に読めるのであるが、廉一という人物が、絵画研究所の室内でブラシを動かす姿が最後に描きとめられるとき、俄かに物語はもう一つの様相を呈し始める。

が、その間に廉一は、東京赤阪の或洋画研究所に、油画の画架に向つてゐた。天窓の光、油絵の具の匂い、桃割に結つたモデルの娘、——研究所の空気は故郷の家庭と、何の連絡もないものだつた。しかしブラツシュを動かしてゐると、時時彼の心に浮ぶ、寂しい老人の顔があつた。その顔は又微笑しながら、不断の制作に疲れた彼へ、きつとかう声をかけるのだつた。「お前はまだ子供の時に、おれの仕事を手伝つてくれた。今度はおれに手伝はせてくれ。」………………

廉一は今でも貧しい中に、毎日油画を描き続けてゐる。三男の噂は誰も聞かない。

「三男の噂は誰も聞かない。」と、当主の系列をきれいに排除したとき、この「庭」全体を覆う薄暗いトーンの中で、「天窓の光」があたかも廉一一人に注がれるように、毎日油画を描く今の廉一を主人公としたもう一つの物語が浮かび上がる。かつて、黙々と庭の復興作業をする次男とそれを手伝う廉一がおり、今、一人画架に向かう廉一とそれを励ます次男の微笑がある。かつてと今を結ぶ、庭を復興する次男—油絵の制作をする廉一という新たなルートの設定が示すものは、もはや、庭は父権性に守られた家に属するものなのではなく、美意識や創作意識を共にするものの所有となるというものであろう。「中」の最後に、朧げながら庭が完成したとき、「しかし、『庭』は其処にあつた。」と強調されるのも理想としての庭が確信されているからに外ならない。

「〈築園〉という芸術的作業を媒介に、〈家〉を〈滅び〉から救出する美しい徒労を実行した次男」、「こういう次男の行為の唯一の同情者であった」廉一は、「いわば、次男の芸術的作業への情熱を継承した生き方」(4)であるという指摘や、「伝統的なものと新芸術、日本的なものと西洋的なものという違いはあるが、その底に貫流する根源的精神は血脈の中でつながっている」[5]など、廉一と次男の繋がりは、既に読み取られてきている通りである。

2 街道から鉄道へ

「庭」の題材の提供者として、芥川と親交の深い洋画家[6]で、中山道に面する長野県塩尻洗馬（せば）村の旧家の出身である小穴隆一の名が上がっている[7]。江戸と京都を結ぶ中山道は、所謂五街道（東海道、日光街道、甲州街道、奥州街道）の一つで、塩尻や洗馬、本山は天領となり本陣が置かれ、また、洗馬から善光寺へ行く北国西街道（善光寺街道）、塩尻から三河へと続く三州街道（伊那街道）など、それぞれの街道の交差する分岐点でもあり、鉄道敷設以前の交通メディアとして重要であり、また大いに繁栄を極めていた。

街道メディアを通じて流行したものの一つに大津絵がある。次男が庭の復興を思い立つきっかけは、老妻が孫に向けて唄う大津絵節の替え唄であった。「敵の大玉身に受けて、是非もなや、惜しき命を豊橋に、草葉の露と消えぬとも、末世末代名は残る……」と歌われる、「伝法肌の隠居が何処かの花魁に習つたといふ、二三十年以前の流行歌」を耳にした次男は、「無精髯の伸びた顔に、何時か妙な眼を輝かせてゐた」とある。わざわざ歌詞が書かれていることからも内容的な必然性は充分伺えるのだが、坂根俊英は「花魁→隠居→老妻→孫、次男と耳を通じて同世代及び次世代に伝播してゆく俗謡の継承性」をここに指摘している。耳による継承という指摘は重要である。坂根は、「唄」と「庭」の繋がりを、「伝統芸術の象徴」という点に見るのだが、大津絵節を伝統芸術とする見方には異議もあろう。むしろ、大津絵それ自体が中山道という街道を通じて流行し、それに合わせて大津絵節やその替え唄が各地で流行するというメディア性をこそ重視すべきではないか。庭と同様に、街道ゆえの発達と言えよう。明治維新以後は、この流行・文化の伝達メディアが街道から鉄道に移行していく。例えば、庭の再興を手伝う廉一を慰めるため、「木かげに息を入れる時には、海とか東京とか鉄道とか、廉一の知らない話をして聞かせた。廉一は青梅を嚙じりながら、まるで催眠術にでもかかつたやうに、ぢつとその話に聞き入つてゐた」という情景は、同じく耳からの未知の情報伝達なのである。その廉一が、「催眠術」にかかったかのように鉄道に乗って東京へ出るのも、その流れに沿ったものと理解されよう。勿論、廉一を慰めるのも、叔父の声であった。大津絵節に契機を発する、次男の庭の復興、そして鉄道敷設による中村家の取り壊し、廉一の東京にある絵画研究所での作画という流れは、メディアの交替という意味において余りに象徴的であった。

宿場制度は一八六七（慶応三）年、明治維新と共に終わりを迎え、入れ替わるように鉄道が敷かれ始める。「旧に復した後、まだ十年とたたない内に、今度は家ぐるみ破壊された。破壊された跡には停車場が建ち、停車場の前には小料理屋が出来た。」と本文にあるが、この宿が洗馬であるとすると、ここに出来た停車場とは、中央線洗馬駅のこととなる。一八八九（明治二二）年、私鉄の甲武鉄道により新宿～立川間に開通した中央線は、一九〇〇（明治三三）年、官設鉄道として名古屋～多治見間が開通、一九一一（明治四四）年、塩尻経由で東京と名古屋の間が開通した。洗馬駅の開業は、一九〇九年十二月一日である。(8)

「十年ばかりの間は」「駈落してから十年目」「十年とたたないうちに」など、十年という単位を拠所とし、決して正確な年月を明らかにしない「庭」だが、この宿が洗馬宿であると仮定すると、おおよその年を追うことが可能である。以下に簡略に示す（★印は起点となる出来事を、丸数字はそこからの経年を☆印は十年という単位を示す）。

一八六一　和宮下向

「和宮様御下向の時、名を賜はつたと云ふ石灯籠も、やはり年々に広がり勝ちな山吹の中に立つてゐた。」

一八六七　明治維新

☆「庭は御維新後十年ばかりの間は、どうにか旧態を保つてゐた。」

一八八〇

「庭は二年三年と、だんだん荒廃を加へて行つた」

★「その内に隠居の老人は、或旱りの烈しい夏、脳溢血の為に頓死した」

①「翌年は次男が春の末に、養家の金をさらつたなり、酌婦と一しよに駈落ちをした」「その又秋には長男の妻が、月足らずの男子を産み落した。」「その跡の離れを借りたのは、土地の小学校の校長だつた。……築山や池や四阿は、それだけに又以前よりも、一層影が薄れ出した。云はば自然の荒廃の外に、人工の荒廃も加はつた」「その秋は又裏山の山に、近年にない山火事があつた。それ以来池に落ちてゐた滝は、ぱつたり水が絶えてしまつた。」

②「翌年の正月」

③「当主はそれから一年余り後、夜伽の妻に守られながら、蚊帳の中に息をひきとつた」

④「三男は当主の一周忌をすますと、主人の末娘と結婚した。」

「同じ年の暮に当主の妻は、油火の消えるやうに死んで行つた。その又野辺送りの翌日には、築山の陰の栖鶴軒が、大雪の為につぶされてしまつた。」

⑤「もう一度春がめぐつて来た時、庭は唯濁つた池のほとりに、洗心亭の茅屋根を残した、雑木原の木の芽に変つたのである。」（以上、「上」）

☆

⑩「駈落ちをしてから十年目に、次男は父の家へ帰つて来た。」

「その内に又春になつた。……大津絵の替へ唄を唄ひ続けた。……二三十年以前の流行唄だつた。……次男は無精髭の伸びた顔に、何時か妙な眼を輝かせてゐた。」「その年の梅雨は空梅雨だつた。」「それでも秋が来た時には」「朧げに庭も浮き上つて来た。」「いや、名高い庭師の造つた、優美な昔の趣は、殆ど何処にも見えなかつた。しかし「庭」は其処にあつた。」「その秋の末、次男は誰も気づかない内に、何時か息を引きとつてゐた」（以上、「中」）

一九〇九　中央線洗馬駅開業

☆「旧に復した後、まだ十年とたたない内に、今度は家ぐるみ破壊された。破壊された跡には停車場が建ち、停車場の前には小料理屋が出来た。／中村の本家はもうその頃、誰も残つてゐなかつた。母はとうの昔、亡い人の数にはひつてゐた。三男も事業に失敗した揚句、大阪へ行つたと云ふ事だつた。」

一九二二　（現在）

3　引用の庭

作庭術を記した「作庭記」や「池亭記」の存在、園池と阿弥陀堂による浄土式庭園の誕生、高度な抽象性・象徴性をみせる枯山水や露地、夢窓疎石による西芳寺（苔寺）、天龍寺の庭や桂離宮など、おのおのの時代と思想は、様々な形態を日本の庭にもたらしてきた。その庭は、「交流の賜物」(9)でもあった。茶の発達と共に一般の武家や社家、町屋において庭を造るのがはやりだしたのは江戸期以降であり、回遊式の所謂大名庭園は江戸市中に限っても幕末には約一五〇〇の庭があったと想像されている。「ある意味で自由がない彼ら（諸大名―筆者注）にとっては、囲われた庭という空間は、百パーセントの安全が保障された唯一の屋外」であり、いわば「仮想の旅」を楽しむ空間でもあったという。(10)中村家の庭は、「瓢箪なりの池も澄んでゐれば、築山の松の枝もしだれてゐた。栖鶴軒、洗心亭、――さう云ふ四阿も残つてゐた。池の窮まる裏山の崖には、白々と滝も落ち続けてゐた」、「和の宮御下向の時、名を賜はつたと云ふ石燈籠」などもあることから、典型的な回遊式庭園と考えられる。〈回遊式〉という大名庭園の基本的構造は、循環性と連続性を第一の特徴とするが、さらに「何か別の芸術的な素材として庭を使われて初めて完成していく」という特徴が指摘されている。「大名庭園の中を巡り歩くこうした仮想の旅で、歌詠みをしたり、『奥の細道』に代表されるような近世的な紀行文を模して、同じように「大名庭園紀行」という文学が生まれ」、さらに「この文学的経緯を経て、その庭自体が名所化されるという相互作用」が起こる。「逆接的にいえば、文学を生み出さなければ、その庭は名園とは呼ばれない」ということである。文字と空間との間の引用の交差が要請されるということであろう。

中村家の庭を訪れるのは、風狂の詩人、乞食井月である。

長男は表徳を文室と云ふ、癇癖の強い男だつた。病身な妻や弟たちは勿論、隠居さへ彼には憚かつてゐた。唯その頃この宿にゐた、乞食宗匠の井月ばかりは、度々彼の所へ遊びに来た。長男も不思議に井月にだけは、酒を飲ませたり字を書かせたり、機嫌の好い顔を見せてゐた。「山はまだ花の香もあり時鳥、井月。ところどころに滝のほのめく、文室」――そんな附合も残つてゐる。

恐らく庭の景色を詠んだであろうこの長男との掛け合いは、中村家の庭を風流な庭に格上げする。一方、庭の荒廃や実利主義による植樹などにより、井月の足がこの庭から遠のくのも当然のことであり、「井月はどうしつら?」という長男の死ぬ前の呟きも、病からくる呆けや親交の薄さを嘆く呟きなのではなく、結果的に引用の不在を認めることになる悲しい独り言として意味をなすのかもしれない。

4　「庭」から「日本庭園」へ

庭の衰退は、しかし一地方の問題ではなかった。多くの庭を有したと思われる東京でも、明治維新以後の近代化の中で、多くの庭が姿を消していった。殖産興業政策の一環として進められた生糸産業のため、大名庭園の跡地に桑の木を植えたという話も伝わっている。今橋理子は、この話を伝えた後に「そこに庭園があったことなど、すっかり忘れ去られていったことでしょう」と書くのだが、これは、中村家の庭が、汽車の停車場に姿を変えたときの、「しかしその話の中にも、中村家の噂は上らなかつた。況や彼等のゐる所に、築山や四阿のあつた事は、誰一人考へもしないのだつた」という述懐とまったく同じである。一八九〇（明治二三）年から『風俗画報』に「園林叢書」という連載を始めた小澤圭次郎などの例外的な人物の存在を除いては、庭は各地で破壊され、記憶からも消滅していったと考えてよいだろう。

ところで、桑畑や鉄道の普及が近代化の象徴であれば、それに伴う欧化政策の一つとして、西洋文化の流入も同時に行われた。その中の一つに庭園がある。都市公園としての西洋式庭園の第一号は、一八七一（明治四）年の横浜の山手公園（外人専用）であり、一八七四（明治七）年起工の横浜公園は本格的な西欧風庭園であった。さらに一八八九（明治二二）年の「公園設置法」によって、日比谷公園が完成（一九〇三年）する。大正末年にできた横浜港の山下公園は、「洋式庭園の最も著名で美しい」公園と評されていた。[11]「園林叢書」を認める小澤圭次郎の活動は、こういった一連の動きの反動として理解される。庭は、近代化政策と西洋式庭園の流入という二つの流れの中で破壊されたということになる。同時に、西洋式庭園が移入されたとき、日本の庭は、「庭」ではなく、「日本庭園」と認識され直す。そして、この「日本庭園」は、国内において数を減らす一方、日本を離れた地で大きなブームを呼んでいた。

「庭」の時間、つまり一八〇〇年代後半は、万国博覧会の季節である。クリスタルパレス（水晶宮）に象徴される、世界で最初の万博となったロンドン万国博覧会（一八五一年）、エレベータを売り物としたニューヨーク博（一八五三年）、放射・環状道路を特徴とするパリ博（一八五五年）、一八六七年のパリ博において日本は初出品を果たし、続く一八七三（明治六）年のウィーン万博では、「御雇外国人ワグネルの指導の下、全国から収集した陶磁器・織物等の美術工芸品を中心に、名古屋城の金のシャチ、鎌倉の大仏を模した張子の大仏、五重塔の模型、大太鼓、大提灯等を出品すると同時に、日本から大工を送り、会場内に神社と日本庭園を組み合わせたようなパビリオンも建設していった。」それは、「万国博におけるジャポニスム演出の原型をかたちづくる」(12)ものともなった。続いて、一八七六（明治九）年アメリカ・フィラデルフィア万国博覧会では、瓦葺き二階建ての旅館風の日本館と日本庭園のついた数寄屋風の建築が建てられている。以後、出品物の中でも日本庭園に絞って辿るとすれば、一八七八年のパリ万博では、トロカデロに建てられた純日本風の住宅が話題を呼び、一八九三年のシカゴ万博においても、平等院鳳凰堂を模した日本館が建てられ、一九〇〇年のパリ万博では法隆寺金堂が、一九〇四年のセントルイス万博では金閣寺と日光陽明門をモデルとした建造物が建てられるなど、一貫してジャポニスムを前面に出したパビリオンが建設され続けるのである。

このように、万国博で話題を集めた日本庭園は、ジャポニスム流行の中で(13)、その後、例えばモネ邸の日本庭園や、「緑の里」と呼ばれるプルーストの訪ねた日本庭園(14)、一九一三年に、ブロツワフ（ドイツ領）の庭園博覧会時に造園された日本庭園(15)、シェーンブルン宮殿の日本庭園(16)など、西欧を中心に盛んに造園されていくのである(17)。

ここに一つの大きな交差が生じる。廉一は、東京赤坂の絵画研究所で油画を描いているという設定になっている。当時、絵画研究所は東京の各地に設立される時期であったが、その中で赤坂溜池に置かれたのは、黒田清輝率いる

「白馬会洋画研究所」[18]である。一八九六（明治二九）年、黒田清輝、久米桂一郎らが、明治美術会の官学的作風、官僚的組織に反対し、明治美術会を退会し結成したのが、白馬会である。自由出品という新しい方法をとった、当時の美術界において画期的な団体であった。黒田清輝は、一八八六（明治一九）年パリに留学し、ラファエル・コランに師事。帰国後は、外光派と呼ばれる作風の作品を描いた。東京美術学校の講師（後に教授）を務め、内国博覧会の審査官や万国博覧会の監査、唯一の官展である文部省美術展覧会（文展）の審査を務めるなど、明治時代の延いては近代日本美術界のカノンと称せられる人物である。当初、会員で彫刻家、菊池鋳太郎の私邸で行われていた西洋画の習練は、一八九九（明治三二）年、赤坂溜池の版画家合田清の工房の一部に移動、実技の他にフランス語や西洋美術史などの講義も行われていたという。当時としては画期的であったこの研究所には、例えば、青木繁や藤島武二、萬鉄五郎や中村彝など、その後日本の画壇を担う数多くの画家たちが学んでいる[19]。

近代日本の国内で衰退していく庭と引き換え、西洋ではジャポニスムの流行と相俟って、「日本庭園」が存在価値を多分に示し始める。そして、日本国内では、逆に近代のカノンとなるべく油絵を筆頭に西洋の美術が確実に根を張っていく。かたやジャポニスムの流行の中で、かたや「美術」のカノン生成の現場で、その異文化の交差の結束点として「中村と云ふ旧家の庭」が生き始める。一地方から、東京へ、そして西欧へという庭の流れは、それぞれの隆盛期の時期とは時差をもちながら、西欧の美術を乗せて日本へと逆流もしてくるのであった。次男から廉一へのルートを認めるとき、その背後にこの大きな異文化の交差の存在を確認しておくべきであろう。

5　庭の後景

勿論、芥川の「庭」は、直接にこの異文化の交差と時差を問題にするわけではない。「あの枯淡な趣も本物になつて来た」（藤森淳三）という評にあるように、近代以前の情趣を上手く文体に乗せ、「滅び」の感覚を鋭く描いた印象は強くイメージされる。だが、一九二二年という近代化の成果が目に見え始めた、つまり批判も反省も可能なこの時期に[20]、敢えて「庭」という場を選び、最後に洋画家の不断の制作の場を描出するその背後には、従来指摘されることのなかったこの異文化の交差という視点を投入する余地があるだろう。中村家という父権から離陸した筈の庭も、明治というより大きな父権にゆるやかに領略された可能性もある。逆に、そこからの離陸を可能にする枠組みも用意するのかもしれない[21]。さらに、「庭」という語に立ち止まるとき、私たちは、もう一つの庭を想起せざるを得ない。佐藤春夫が「田園の憂鬱[22]」で象徴的な家の庭を描いたのは、「庭」発表に先立っていた。「日本庭園」でも「西洋式庭園」でもない、アメリカモダン住宅をモデルとする郊外の「庭付き一戸建て住宅」のイメージである。二重、三重に塗り替えられていくトポスが庭という場なのである。

庭を前景として、旧家の生き様を写すという見立ての方法による「庭」は、現代の視点からは日本近代の美術を通した異文化交差をまざまざとみせる。「しかし、『庭』は其処にあつた」というその「庭」は、果たしてどこに復活した／しているのであろうか。それを交差と表現するとき、果たして異文化という他者と他者との固い握手であったのか、それとも単なるすれ違いであったのか、それは現代を通して考察すべき問題となるだろう。

注

（1）普及版全集では「それはこの宿の本陣に当る、中村と云ふ旧家の庭だった。」となっている。

（2）加藤武雄は、「七月文壇の一瞥（二）」（『報知新聞』一九二二・七・七）で「とり立てゝいふ程のものではない」という印象を述べている。

（3）清水康次『芥川文学の方法と世界』（和泉書院、一九九四・四）は、「庭の荒廃」が「主」で人間の生き死に」を「影」とする見方をしている。

(4)　神田由美子「芥川龍之介「庭」について」(『目白近代文学』一九八〇・一二)
(5)　坂根俊英「芥川龍之介家族小説一斑」(『広島女子大学国際文化学部紀要』一九九七・三)
(6)　俳句雑誌『海紅』(一九一九)掲載の雄鶏の絵をきっかけに知り合う。芥川は自殺に際し、子どもたちへ宛てた遺書に「小穴隆一を父と思へ。従って小穴の教訓に従ふべし」とある。
(7)　「七月に出た密度の濃い短編「庭」も、小穴君が協力した材料でした」(瀧井孝作「純潔」『改造』一九五一・一)
(8)　当初は昌平橋(お茶の水駅東方)であったが、一九一九(大正八)年東京駅まで達した。
(9)　白幡洋三郎「世界の庭園とその交流」(『国際交流』二〇〇〇・一〇)
(10)　今橋理子「「養生の庭」をひもとく――大名庭園から覗いた東京」(『国際交流』二〇〇〇・一〇)
(11)　西ヶ谷恭弘・大橋治三編「日本名庭一〇〇選」(秋田書店、一九七六)を参考。
(12)　吉見俊哉『博覧会の政治学』(中公新書、一九九二・九)。また、博覧会についての引用は同書とInaxギャラリー企画委員会企画　吉田光邦監修『万国博の日本館』(株式会社INAX、一九九〇・八)、角山幸洋『ウィーン万国博の研究』(関西大学経済・政治研究所　二〇〇〇)に拠る。
(13)　高階秀爾『ジャポニスム入門』(思文閣出版、二〇〇〇・一一)
(14)　鈴木順二「緑の里――マルセル・プルーストの訪ねた日本庭園上・下」(『日吉紀要フランス語フランス文学』一九九八、一九九九)
(15)　『中日新聞』(一九九七・四・三)参照。
(16)　NHK特集(二〇〇〇放映)による。
(17)　小林治人「海外の日本庭園」(『新都市』一九八五・七)に各国での造園状況がある。
(18)　菊坂、駒込に第二、第三の研究所が設置(菊坂研究所)されるに至り、「白馬会溜池研究所」と称す。白馬会第一回展は一八九六(明治二九)年に上野で開催、以後毎年展覧会が開かれる。「白馬会」解散後、一九一二(大正一一)年に「光風会」が組織された。
(19)　中村彝は最初本郷菊坂の白馬会研究所に入り、次に溜池研究所に移り黒田清輝の指導を受けるが、翌年太平洋画会研究所に移る。白馬会の活動は当時すでに頂点を極めた後で芸術的創造性を欠いていたと言われる。それに対してフランスから帰国した中村不折が指導をする太平洋画会は新たに活気づいていた。小穴隆一も太平洋画会で学ぶ。

(20) 例えば、白馬会も既に解散し、美術界も大きく様変わりをしている。かつてカノンであった黒田清輝は、文展からの新派の独立を認めず、新興の美術団体は一線を画して活動を始め、一九一〇年代の日本の絵画の季節を開いていた。

(21) フィリップ・ニス「ヨーロッパにおける日本庭園」(『国際交流』二〇〇〇・一〇)は、「異国の地に移し替えることで革新的な奇抜さを増した日本庭園という「オブジェ」、固有の場、「舞台」では、こうした差異(庭園術と諸芸術間の差異)の不在がはっきり顕れ、それは自然の環境のもとにおかれた庭園全般の技術にも、様式を問わず波及するのである。」「日本庭園との出会いは、知と技術とのあいだで試みられる西洋的な解釈のすべて、すなわち自然というものと直接あるいは比喩的に関係をとり結んでいるさまざまな芸術分野を互いに分離させるというきわめて微妙な問題について問い直させる」とある。また、飯島洋一「庭が消えた」(『ユリイカ』一九九六・四)には、「地球生態系という庭」が意識されている現在「今世紀初頭の「庭」の裏面史がいまだ未消化なままに残されてしまっている」と指摘する。

(22) 前半「病める薔薇」(『黒潮』一九一七・五)、完成「田園の憂鬱」(『中外』一九一八・九)、定本版『田園の憂鬱』(新潮社、一九一九・六)

III

都市の一九二〇年代

アスファルトの空

1　芥川文学と都市

芥川龍之介生誕の地は、外国人居留地であった東京市京橋区入舟町八丁目一番地（現、東京都中央区明石町一〇-一二）である。父、新原敏三、母、フクとの間に生まれた龍之介は、フクの実家である芥川家に預けられるまでのおよそ八ヶ月をこの地で過ごす。芥川家は、本所区小泉町一五番地（現、墨田区両国三丁目二二番地一一号）にあり、龍之介は八ヶ月から満一八歳までをこの「大川に架かる両国橋まで五分、回向院まで二分」[1]の本所で過ごした。一高入学後に「第三の故郷」とでもいうべき新宿（豊多摩郡内藤新宿二丁目七一番地）に転居し、約四年をこの「山の手の郊外」（「大川の水」）新宿で過ごすこととなる。大学卒業後、横須賀の海軍機関学校勤務に併せて、一時期は横須賀汐入や鎌倉の和田塚に下宿し、また結婚後の新居としては鎌倉大町を選び、過ごしている。後年には、文子夫人の実家のあった鵠沼海岸をよく訪れ、東屋などを住居としていた。

芥川が生まれたのが一八九二（明治二五）年であり、本所に暮らしたのが同年から一九一〇（明治四三）年まで、新宿時代が一九一四（大正三）年まで、それ以降、横須賀や鎌倉や鵠沼など湘南地方に一時的に過ごすことはあれ、一九二七（昭和二）年に自殺し亡くなるまでを主に田端で過ごしたことになる。外国人居留地で生まれ、墨東で育

ガーディナー《東京の中の外国》1894　築地外国人居留地

ち、新興郊外住宅地体験をし、避暑地にも赴きつつ、美術村・文士村の観のある田端を終の棲家とする——これが芥川の生きた場である。

芥川の生地でもある築地外国人居留地は、宮坂覺「芥川龍之介の東京」[2]によれば、「明治政府が旧藩邸を取り払い、その区画を外国人のみに貸与え、借りたるものが自分の好みの建物を建て居住することを許した特別地域である。明治三年から二六年まで、九回ほどの競り貸が行われ、六〇区画（廃止までにさらに一区画が組み入れられている）、二九〇七三余坪が、三二年の条約改定で居留地制度廃止まで存続した」処である。開国と同時に渡日した多くの外国人は、横浜や築地の居留地にまとめて住まわされていた時期がある。それは、「雑居」によって生じる「日本人からの害を守る」意味と同時に、日本人の「外国人からの害を守る」という二重の意味があった。例えば、福澤諭吉「外国人ノ内地雑居許ス可ラザルノ論」（『民間雑誌』一八七五・一）などから、この居留地の機能はうかがい知ることが出来よう。いずれにせよ、「この地に居留するものは宣教師留学生の徒多く、商売の移住する者甚だ少し」（『東京繁盛記』）ともいわれる築地居留地は、西洋館が立ち並ぶ、東京の異空間であったわけである。

隅田川を隔てた対岸の本所は、『方寸』同人によって一種の「西洋の写し絵」的な世界を醸した空間であった。しかし、居留地と大きく異なる場所でもある。回向院、吉良邸、お竹倉、萩寺、亀戸天神など、芥川家近くに偏在する場所を列記すれば、それだけで江戸下町文化の象徴としての記号であり、「江戸の面影」に色濃く縁取られた場所であった。

一方、新宿は、当時都市化へ向けて急速に開かれていた所謂新興地であった。泉鏡花が「政談十二社」を書いた頃の、一八九九（明治三二）年には八割に満たなかった宅地も、芥川がこの地に越してきた一九一一（明治四四）年には九割を超えている[3]ことからも、この地が新しい郊外住宅地として、目覚しい躍進を遂げていたことが知れよう。

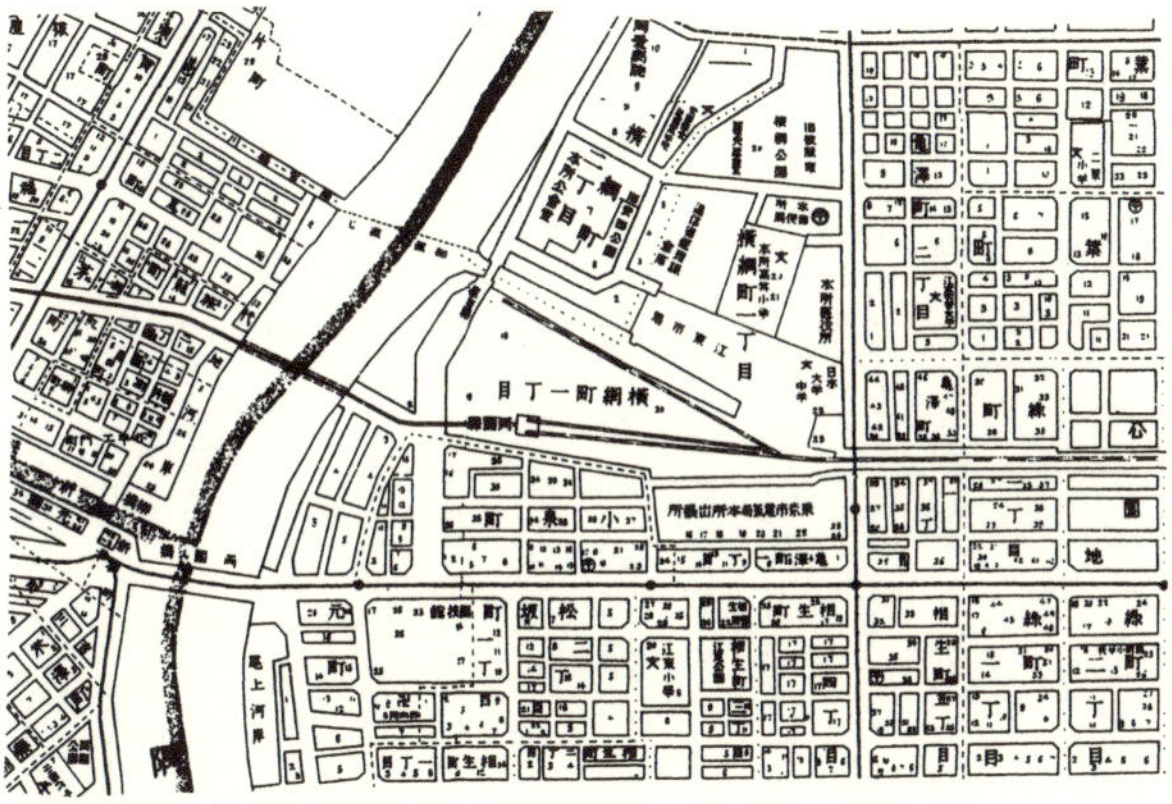
両国の地図　1920年代

それ故に、芥川における〈本所と新宿〉は、例えば、「芥川家が、新興ブルジョアジーたる新原敏三に敗北したことを意味する[4]」と新旧勝敗の場として、あるいは「新興の近代都市に近い〈山の手の郊外〉と東京に遺された最後の江戸文化圏にある〈大川端に近い町〉[5]」などと二項対立的な把握を容易に許す場所でもあったことになる。芥川における〈本所と新宿〉は、「個人的な要因と時代的な要因が複雑にからむ場として、〈養家―下町―江戸情緒―反近代〉に対する〈実家―山の手―新興都市―近代〉と研究史上図式化[6]され、読者にわかり易い位相を与える。

田端の地に居を据えた後、つまり、〈東京〉に拠点を構えつつ、芥川は例えば新婚当時には鎌倉に、また晩年には鵠沼にも一時住むことになるのだが、これらの地は、当時避暑地として名高い場所でもあった。また、軽井沢や湯河原など、高原避暑や温泉湯治など、今でいうリゾート地でのリゾートライフを堪能してもいる。避暑といい、リゾートといい、これらは、あくまでも〈都市〉を基点とし、〈癒し〉を求めて延長していく身体とも言いうる振る舞いである。

このように、芥川龍之介という作家の身体は、当時の東京を中心とした〈都市〉生活に多くを晒されていたと言えよう。芥川と〈東京〉については、早くに宮坂覺が「故郷としての東京―下町あるいは江戸情緒漂う町」と「西洋の近代によって近代都市化されていく」「故郷喪失の地」（「芥川における東京」『国文学』一九八八・五）という芥川における二重の東京イメージを指摘している。「東京小品[7]」、「東京田端[8]」、「田端日記[9]」、「東京に関する感想を問ふ[10]」、「東京の夜[11]」。小品も合わせれば、芥川の東京に関した文章は枚挙に暇がない。「大川の水」から「本所両国」まで隅田川からの発信は生涯続けられた。多くの〈東京〉を描いてきたことにかわりはない。「東京人」を評して、「江戸的なものと近代的なものが混在する時代相そのものの反映」と「そうした時代に生きるものが、いわば必然的に選び取らねばならなかった自己の姿勢に対する屈折した思い」という、芥川の「東京に対する相反した感情」を赤塚正幸も指摘している（「東京人」『国文学』一九九六・四）。また、一柳廣孝は、「生粋の『東京人』芥川が文中では『江戸っ児』という表現を用いながら、表題としては『東京人』という表現を採用したことは、見逃せない[12]」とする。芥川自身が江戸っ子であり、且東京人という二重性を生きたのであれば、文学テクストにおいてはいかなる〈東京〉が描かれたのでろうか。

川本三郎は、『大正幻影』（新潮社、一九九〇・一〇）のなかで、永井荷風、芥川龍之介、谷崎潤一郎、佐藤春夫の四人を挙げ、「彼らは文学的空間として隅田川を愛したという共通項があると思えてならなかった。いわば唯美派ならぬ隅田川派とでも名付けようか」と、東京を東西に分ける隅田川に焦点を定めて、四人の文学者の共通性を述べた。例えば永井荷風には、「濹東綺譚」など隅田川以東を情緒的に描くテクストがあり、谷崎も「刺青」「秘密」「少年」などでその川端を描いた。芥川もまた作家以前、柳川隆之介の筆名で発表したのが「大川の水」である。北原芥川文学のもつ独自の個性的世界である前に、当時の隅田川文学の引用が色濃いことは既に指摘されている。

白秋が「金と青との」（『東京景物詩及其他』）で、

金と青との愁夜曲ノクチユルヌ
春と夏との二声楽ドウエツト
わかい東京に江戸の唄
陰影と光のわがこころ。

と歌うとき、この白秋の詩と芥川の「大川の水」との間の二項対立的な捉え方に如何ばかりの差があるか。その時、「大川の水」が両国や本所で書かれたのではなく、新宿で書かれたことは、大変意味深い。何故なら、異国の旅行者によるヴェネツィア文学ならぬ、異場から書かれた芥川の墨田川文学となりうるからだ。旅行者・異邦人の手により描かれてきているヴェネツィアほど文学的なトポスの濃い、そして一様な場がほかにあるだろうか。アンデルセン『即興詩人』（一八三五）、アンリ・ド・レニエ「水の都」（一九〇二）「ある青年の休暇」「復讐」、ダヌンツィオ「火」「秋夕夢」（一八九七）、メレディス「ビーチャム」（一八七五）というvenezia文学の流れと同時に、永井荷風「すみだ川」（『文芸界』一九〇三・一〇）「すみだ川」（『新小説』一九〇九・一二）、上田敏「渦巻」（『国民新聞』一九一〇・一〜三）、北原白秋「わが生いたち」（『時事新報』一九一一・五・一〜二七、『思ひ出』東雲堂、一九一一・六）、柳川隆之介「大川の水」（『心の花』一九一四・四）……剣持武彦は、水の文学という系譜において芥川の「大川の水」の系譜を辿る。(13)「大川の水」もやはり、水の文学として成り立つために異国の地として新宿の二階の書斎という設定を必要としていた。

そして、晩年にあたる一九二〇年代後半には、『東京日日新聞』が「昭和二年の東京の姿」「大東京のもつ過去の影」「文壇の諸大家の筆の冴え」「画壇第一人者の挿画の妙」をキャッチフレーズとして掲げ、新しい「大東京繁盛記」シリーズを企画した際、芥川は小穴隆一の挿画とともに「本所両国」を書いた。

過去と現在のあわい——それをこうして辿って来ると、本書の白眉が、この連載の昭和二年という時点で、時代の変貌の中で引き裂かれるように自らの命を絶った芥川龍之介の長文の回想「本所両国」であることが理解できよう。この文章は、若き日に記された「大川の水」と呼応するように、芥川ゆかりの場所を描きながら、そこに生き、そこを見つめる人間の精神の内面を浮き彫りにする。……略……芥川が見失わないものは、「二十年前と少しも変らない」「草土手」であり、「新芽を吹いた昔の並木の一本」であり、大川の「磯臭い匂」という原風景であった。この一冊を通して読みながら、わたくしたちはとりどりに、一つ一つの地名とその実際の光景を確かめて行くと同時に、こうした芥川が見据えたような、名付けようのない原風景が大東京のあちこちに確かに存在していたことを、改めて確認してみたいと思う。それは、現代のわたくしたちが、東京という都会をどう見据えるかということにつながるはずである。

（中島国彦「『大東京繁盛記』解説」『大東京繁盛記』毎日新聞社、一九九九・五・一五）

前田愛が、「二階の下宿」（『展望』一九七八・五）や「仮像の街」（『現代詩手帖』一九七七・五）を書いていた頃、一九七九年の『現代思想』（六月臨時増刊）は「都市空間の文学」を特集している。その中で、山口昌男は、「都市そのものが祝祭を引き寄せるような空間をいたるところにもっていたのではないか。そしてそこにそれを読み解く人間が現れてくるわけですね。二〇年代の作家や詩人たちには多かれ少なかれそういうところがあるように思えますね」と述べていた。海野弘は、「私は〈二〇年代〉を現代都市生活の成立した時代と考えている。そして欧米の二〇年代においては、すべての芸術がジャンルをこえて交流しあっていた。文学、美術、演劇、音楽、建築、映画、風俗などは互いに絡みあっている。したがって、一つのジャンルだけを孤立してあつかっただけでは、この時代のめまぐるしい状況を充分にとらえることはできない。近代文学史もまた、周辺の領域との照応性において書かれなければならない[14]」と都市を問題とした。そして、松山巖も『乱歩と東京』[15]を書き、「このように乱歩作品を並べてみると、彼の作品を通じて二〇年代の東京のこと、もう少し話を広げて二〇年代に華開いた都市文化を考えることができるのではないかと思いついた。同時に乱歩作品を二〇年代の現実の都市文化の中に抛り込んでみると、彼の仕事に別の光をあてることもできるのではないのかとも考えたのである。」「現在、様々な分野で一九二〇年代が顧みられるのは、この時代に今日の都市社会が否応もなく抱え込んでしまっている問題の祖型を人々がみるためであろう。また、乱歩作品が半世紀以上の時を経ながらも高い人気を得ているのは、そこに私たちが現代に通じるリアリティ

芥川「本所両国」画小穴隆一
上から「お竹倉」「大川端」「乗り継ぎ『一銭蒸気』」

を感じるためである」と述べていた。

既に二十年近く前の問題提起であるが、今、また都市は注目されてきている。旧さという伝統・歴史を振り返りながら、都市が常に新しさへ向けて普請中という性格をもつからであろうか。芥川のいくつかの現代ものも、(16)この都市とは切り離せないテクスト群である。「私の出遭つた事」(『新潮』一九一九・五)、「秋」(『中央公論』一九二〇・四)、「一夕話」(『サンデー毎日』夏季臨時増刊一九二二・七・一〇)、「保吉の手帳から」(『改造』一九二三・五)などは、歴史ものに「自動作用」を感じ現代に取材した作品を書くようになったというのが、芥川に即した作品史の認識である。現時を小説の時間と設定したこれらのテクストの舞台となる場所は、それぞれ、横須賀から東京へ向かう汽車の中、大阪・東京の郊外、日比谷・浅草、横須賀などである。歴史ものから現代ものへの転換点が、一九二〇年代を前後とした時期であることを考えるなら、芥川個人の問題というより、都市的な問題がクローズアップされた二〇年代都市の時代の問題と考えることも可能であろう。

2 日比谷と浅草を選んだ「一夕話」

「手綱をゆるめた、甘い作品」「作としては歯するに足りぬ」(吉田精一『芥川龍之介研究』筑摩書房、一九五八・六)といわれる「一夕話」(17)は、三嶋譲により、「小ゑんの生き方を鏡として教養や知識を罵倒」する小説であり、「これまでそれを土台として人生や文学を形成してきた芥川自身の否定につながっているという点では注意を要する作品であろう」(18)と評価された。六月のある雨の夜、日比谷の中華料理屋である陶陶亭の二階で、中年者六人が集まり、飲み会に興じている。中年者とは、弁護士である藤井、医者の和田、銀行の支店長である飯沼、大学教授の野口、電気会社の技師長である木村と、恐らく小説家と思われる「わたし」の六人である。弁護士、医者、銀行の支店長、大学教授、電気会社の技師長と、恐らくは大学の同級グループの集まりであろうここに並んだメンバーの肩書きたるや錚々たるものである。日比谷というこの舞台は、その飲み会の席で話されるエピソードの舞台、浅草とも合わせて注目すべき点であろう。

「色白」で「優しい目」をした「風流愛すべき好男子」である若槻峯太郎（青蓋・実業家）と、柳橋の芸者小ゑん、そして浪花節語りの下っ端をめぐる三角関係を通じて、最終的に、実行することに「人生の価値」を置くメッセージを伝えるのが、この「一夕話」である。「我我は皆同じやうに、実生活の木馬に乗せられてゐるから、時たま『幸運』にめぐり遇つても擱まへない内にすれ違つてしまふ。もし『幸福』を擱まへる気ならば、一思いに木馬を飛び下りるが好い。――いはば小ゑんも一思ひに、実生活の木馬を飛び下りたんだ。この猛烈な歓喜や苦痛は、若槻の如き通人の知る所ぢやない。僕は人生の価値を思ふと、百の若槻には唾を吐いても、一の小ゑんを尊びたいんだ」という強い主張は、三嶋の既に指摘した通り、ある種のエリート批判となっている。

当時の日比谷は、「日本の資本主義の牙城にふさわしいビルジングが林立し、サラリーマンが闊歩していた歴史を秘める」[19]場所であった。江戸時代、大名屋敷のあったこの地は、明治維新後に取り壊され、「陸軍操練所」（練兵場）となった。そして、この練兵場が日比谷から青山へ移った後、東半分には日比谷公園が、設立される。一八九三（明治二六）年に制定、十年後の一九〇三（明治三六）年六月一日に開園に至っている。開園以来、多くの入園者が訪れ、例えば、森鷗外は「有楽門」冒頭で、

「日比谷公園有楽門。お乗替はありませんか。」
三田より来れる電車は駐まりたり。所は日比谷公園近く、時は大祭日の夕なれば此停留場にも、あらゆる階級、あらゆる年齢の男女二十人あまり、押し合ひて立てり。

日比谷

強烈な四角
　鎖と鉄火と術策
　軍隊と貸金と勲章と名誉
高く 高く 高く 高く 高く聳える
首都中央地点——日比谷
屈折した空間
　無限の陥穽と埋没
　新しい智識使役人夫の墓地
高く 高く 高く 高く より高く より高く
　高い建築と建築の暗間
　殺戮と虐使と喧争
高く 高く 高く 高く 高く 高く
　動く 動く 動く 動く 動く 動く
日比谷

彼は行く——
彼は行く——
　凡てを前方に
彼の手には彼自身の鍵
　虚無な笑ひ
　刺戟的な貨幣の踊り
彼は行く——
點
黙々と——墓場——永劫の埋没へ
最後の舞踏と美酒
頂點と頂點
高く 高く 高く 高く 高く 高く 高く聳える尖塔
彼は行く 一人！
彼は行く 一人！
日比谷

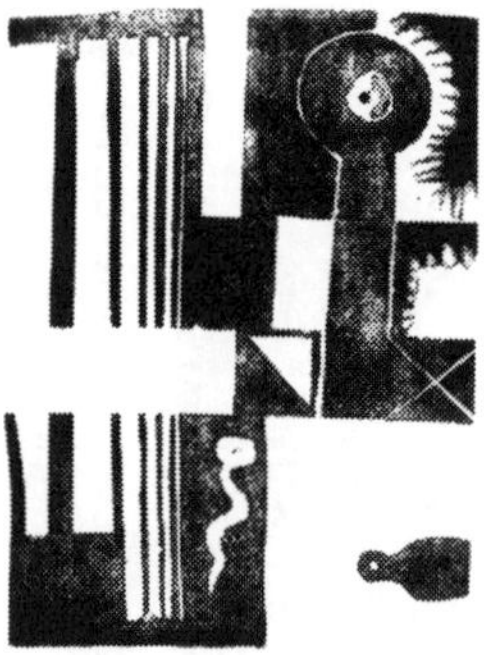

萩原恭次郎「日比谷」『死刑宣告』1925

と、日比谷の混雑振りを伝える。明治から大正にかけて多くの散歩者を興じさせたこの日比谷だが、公園の西側跡地の風景は、まったく異なる風景であった。司法省、大審院（最高裁）、東京控訴院（東京高裁）、東京地裁、そして外務省が聳え立つこの西側は、「司法の中枢の―名詞に似た語感さえ持っていた」。だからこそこの地で、平戸廉吉の『日本未来派宣言運動』（一九二一・一二）のビラは撒かれたのであろう。

未来派詩人は多くの文明期間を謳ふ。これ等は潜在する未来発動の内延に直入して、より機械的な速やかな意志に徹し、我等の不断の創造を刺戟し、速度と光明と熱と力を媒介する。

「近代詩論にエポックを画したが、日比谷で配布されたビラとして刷られたものであったとしても、つぎのような一節を含んだこの宣言の配布場所は、浅草でも上野でも銀座でもなく、やはり日比谷の街頭であることが必要だったのではなかろうか」と、『鹿鳴館の系譜』の磯田光一はいう。そして、平戸廉吉の宣言から四年、関東大震災から二年経った一九二五年、萩原恭次郎が『死刑宣告』（長隆舎書店、一九二五）を刊行し、そのなかの「日比谷」の章で、日比谷は視覚化された詩となる。

日比谷の二重性を早くにイメージとして定着させたのは、北原白秋『東京景物詩及其他』所収「公園の薄暮」であったろうと磯田は言う。あるいは、正宗白鳥『何処へ』や岩野抱鳴『毒薬を飲む女』、広津和郎『神経病時代』など、この日比谷を舞台に繰り広げられるテクストはこの当時多くみられた。

今和次郎・吉田謙吉『モデルノロジオ考現学』(春陽堂、一九三〇)には、この日比谷公園の散歩者数の統計表が出されており、一九二六(大正十五)年には男女二人連れの姿は散歩者の三パーセントにすぎなくなっているという。「昔はロマンスの舞台」だった日比谷公園が「今では全く全滅です」と記している。このように辿っていけば、「日比谷公園はロマンティシズムの象徴としての庭園であると同時に、大衆ナショナリズムの高揚の場所、さらには、海外から入ってきた新しい思想にめざめた労働階級が、自身の主張をおこなう集会の場所にもなっていった」のである。勿論、「こののどかな風景が萩原恭次郎の『日比谷』にいたるためには、現実に対する異なる姿勢と、現実の変容との両者がからみあって展開する必要があった」ことは容易に想像がつく。一九一一(明治四四)年三月一日、帝国劇場が開場する。その帝劇の南側に、帝劇を凌駕するかのように警視庁舎が完成していた。そして、「関東大震災後の復興計画が主要道路の舗装をめざしたとき、日比谷交差点のイメージが一変したことはいうまでもない。震災で業務が馬場先門の臨時庁舎に移ったとはいえ、なお至近距離の地点に警視庁の建物をひかえ、公園の西側に司法権力の集中地を持ちながら、日比谷交差点は東京の道路交通の中心を占める地位に立ったのである」。こうして、一九一四(大正一三)年に「普通選挙法」を可決した帝国議会が、同じ年に「治安維持法」を可決している二重性は、そのまま日比谷という場所の思想史的なかたちに対応していると磯田は指摘している。

前橋から東京に出てきた彼(萩原恭次郎)は、日比谷を富と権力の中心であり、そそりたつように高いところと感じたのである。……略……震災直前には日比谷はより中央的で高く感じられたはずである。そして日比谷公園では、労働者の集会と警官隊との衝突がくりかえされていた。日比谷公園は実に面白い空間的位置にあることがわかる。それは国会や官庁など、現実的国家機構の建物がひしめいている麴町のまっただ中にあり、東側には銀行などの金融機関、帝劇や帝国ホテルなどの娯楽街をひかえ、日本の中枢部にありながら、労働者がたむろし、下女が集会を開く場でもあり、そしてその北には、萩原恭次郎もはっきりと歌うことができなかった幻想的国家の象徴としての宮城が接していたのである。……略……ここにいるのは工場労働者ではなく、ホワイトカラーの「新しい知識使役人夫」たちだ。(20)

サイデンステッカーも言うように、「金融や経営に関して目につくのは、中枢が猛然たる勢いで丸の内に集中したことである。大正十一年現在、資本金五百万円以上の会社のうち、三分の一位上が、麴町区、なかんずく丸の内に本社を置いていた」(21)のであり、「一夕話」において日比谷の二階に集まる弁護士、医者、銀行の支店長、大学教授、電気会社の技師長の彼らもまた、「富と権力」という圧力に加担する存在である一方、それらはまた「新しい知識使役人夫」にかわりはない。

「一夕話」の語り始めは、中央集権的なこれからの日本の歩むべき道を暗示している書き出しである。そこに、登場するのは、柳橋芸者であり、浅草という地名であった。新橋金春芸者と並び、新柳二橋と称され、東都の人気の双璧であった柳橋、そこに勤める芸者小ゑんは、浅草のトポスを濃厚に背負う人物である。「新しい大衆文化にたいする鋭い嗅覚を具えていた」(サイデンステッカー)歓楽の都市である浅草と日比谷という取り合わせほど、違和の大きい対照的な取り合わせはない。冒頭に登場する人物たちは、皆、同じ大学出のそれぞれの分野で将来を担う肩書き付きの者たちである。彼等が、当時大流行した中華料理屋の二階の円卓に座っている構図は、そのまま浅草公園のメリイ・ゴオ・ラウンドに重ねられ、エリート人生に敷かれたレールにも相当しよう。そのレール、メリイ・ゴオ・ラウンドから飛び降りられない彼らを相対化し、批判するのが、小ゑんである。この「一夕話」は小品でありながら、当時の都市の対照的な二つの中心〈日比谷〉と〈浅草〉の回転盤を空間として選んだ、二〇年代はじめの都市小説として象徴的に読まれ得るテクストと考えられよう。

3 アスファルトと架空線

芥川は「或阿呆の一生」のなかで、一九一四（大正三）年時の彼自身を回顧して、

彼は雨に濡れたまま、アスファルトの上を踏んで行つた。雨は可也烈しかつた。

と書いた。このアスファルトは、必ずしも昭和の東京に用いられた工法によるアスファルトではない。木煉瓦の接着にアスファルトが用いられた場合にも当時はアスファルト舗装と考えられていたという。[22] 本格的なアスファルト舗装が行われるのは、一九一八年に来日したアメリカ人サミュエル・ヒルの進言によって、一九二一年から「神宮外苑、内幸町、阪神国道等にプラントを使用し本式のアスファルト舗装をなしたるを初めとする」[23] のだそうだ。アスファルトが飛躍的に普及するのは、関東大震災後の都市復興においてである。[24]「妖婆」（『中央公論』一九一九・九・一〇）には、震災前の銀座の路面が書かれている。

たとへば冬の夜更などに、銀座通りを御歩きになつて見ると、必アスフアルトの上に落ちてゐる紙屑が、数にして凡そ二十ばかり、一つ所に集まつて、くるくる風に渦を巻いてゐるのが、御眼に止まる事でせう。それ

だけなら、何も申し上げる程の事はありませんが、ためしにその紙屑が渦を巻いてゐる所を、勘定して御覧なさい。必新橋から京橋までの間に、左側に三個所、右側に一個所あつて、しかもそれが一つ残らず、四つ辻に近い所ですから、これも或は気流の関係だとでも、申して申せない事はありますまい。けれどももう少し注意して御覧になると、どの紙屑の渦の中にも、きつと赤い紙屑が一つある――活動写真の広告だとか、千代紙の切れ端だとか、乃至はまた燐寸の商標だとか、物はいろいろ変つてゐても、赤い色が見えるのには、いつでも変りがありません。それがまるで外の紙屑を率るやうに、一しきり風が動いたと思ふと、まつさきにひらりと舞上ります。と、かすかな砂煙の中から囁くやうな声が起つて、其処此処に白く散らかつてゐた紙屑が、忽ちアスファルトの空へ消えてしまふ。消えてしまふのぢやありません。一度にさつと輪を描いて、流れるやうに飛ぶのです。風が落ちる時もその通り、今まで私が見た所では、赤い紙が先へ止まりました。かうなると如何にあなたでも、御不審が起らずにはゐられますまい。私は勿論不審です。現に二三度は往来へ立ち止まつて、近くの飾窓《ショウウィンドウ》から、大幅の光がさす中に、しつきりなく飛びまはる紙屑を、ぢつと透かして見た事もありました。実際その時はさうして見たら、ふだんは人間の眼に見えない物も、夕暗にまぎれる蝙蝠程は、朧げにしろ、彷彿と見えさうな気がしたからです。

路上の紙屑のシーンは、映像的なシーンでもある。ベルリンの交通整理夫を主人公とする《アスファルト》という映画があるが、アスファルトへのまなざしは、一九二〇年代的な都市と映画の交差するまなざしであろう。寺田寅彦は、「映画時代」において、プロットに必要のないものは一切映さないという原則でもあるかのような演劇フィルムの性質を批判し、「フィルムにして始めて生ずる可能性を活用するためには、もう少し天然の偶然的なプロットを巧みに生かして取り入れて、それによって必然的な効果をあげたらよくはないか」と言い、アスファルトの上を風に吹かれて舞う新聞紙について、以下のように述べた。

有名な映画「ベルリーン」のごときはかなりにこの意味の天然を生かしてはいる。早暁の町のアスファルトの上を風に吹かれて行く新聞紙や、スプレー川の濁水に流れる渦紋などはその一例である。これらの自然の風物には人間の言葉では説明しきれない、そうして映画によってのみ現わしうるある物があるのである。……略……しかしともかくも人間のドラマのシーンの中間に天然のドラマの短いシーンをはさんで効果を添えるということは、従来よりももっともっと自由に使用してよいわけである。

「妖婆」の冒頭は、それから起こるであろう不思議な怪しげな出来事を予見させるための「必然的な効果」であり、象徴的なワンシーンとして選ばれたことになろう。都市を形成するのは、高層ビルや車や文化住宅ばかりではない。路面整備を加えられた都市の道路は、前時代との決定的な差異を歩く身体に伝えたであろう。土を踏む足と、アスファルトを踏みしめる足と――。アスファルトへの注視は、芥川文学において都市性を支える基盤として特筆される。

途中中断した『大阪毎日新聞』連載小説「路上」(一九一九・六〜八)は、その都市の道路を意識的にクローズアップする。題名が既に示唆的ではあるのだが、主人公である学生、野村俊介は、何か決意して、あるいは決意しかねて東京の街を歩く時、アスファルトを足早に踏みしめる。ヒロインである初子と辰子の乗る「上野行の電車」を見送った俊介は、下宿へ帰らず、ぶらぶらと賑やかな往来を歩き珈琲店で時間を過ごす。

その後を見送った俊助は、まだ一種の興奮が心に燃えているのを意識していた。彼はこのまま、本郷行の電車へ乗つて、索漠たる下宿の二階へ帰つて行くのに忍びなかつた。そこで彼は夕日の中を、本郷とは全く反対な方向へ、好い加減にぶらぶら歩き出した。賑かな往来は日暮が近づくのに従つて、一層人通りが多かつた。のみならず、飾窓の中にも、アスファルトの上にも、あるいはまた並木の梢にも、至る所に春めいた空気が動いていた。それは現在の彼の気もちを直下に放出したような外界だつた。だから町を歩いて行く彼の心には、夕日の光を受けながら、しかも夕日の色に染まつていない、頭の上の空のような、微妙な喜びが流れていた。
………

その空が全く暗くなつた頃、彼はその通りのある珈琲店で、食後の林檎を剝いていた。（三十）

俊助は絶えず大井の足元を顧慮しながら、街燈の下を通りすぎる毎に、長くなつたり短くなつたりする彼等の影を、アスファルトの上に踏んで行つた。そうしてややもすると散漫になり勝ちな注意を、相手の話へ集中させるのに忙しかつた。（三十四）

翌年に書かれた「お律と子等」（『中央公論』一九二〇・一〇、一一）では、

洋一が店へ来ると同時に、電話に向つていた店員が、こう賢造の方へ声をかけた。店員はほかにも四五人、金庫の前や神棚の下に、主人を送り出すと云うよりは、むしろ主人の出て行くのを待ちでもするような顔をしていた。

「きようは行けない。あした行きますつてそう云つてくれ。」

電話の切れるのが合図だったように、賢造は大きな洋傘を開くと、さつさと往来へ歩き出した。その姿がち

よいとの間、浅く泥を刷いたアスファルトの上に、かすかな影を落して行くのが見えた。

と書かれ、「彼第二」(『新潮』一九二一・二)でも、中国のアスファルトの上を踏みしめる「彼」が描かれている。

彼はウヰスキイ炭酸を一口飲み、もう一度ふだんの彼自身に返つた。

「僕はそんなに単純じゃない。詩人、画家、批評家、新聞記者、……まだある。息子、兄、独身者、愛蘭土人、……それから気質上のロマン主義者、人生観上の現実主義者、政治上の共産主義者……」

僕等はいつか笑いながら、椅子を押しのけて立ち上つていた。

「それから彼女には情人だろう。」

「うん、情人、……まだある。宗教上の無神論者、哲学上の物質主義者……」

夜更けの往来は靄と云うよりも瘴気に近いものにこもつていた。それは街燈の光のせいか、妙にまた黄色に見えるものだつた。僕等は腕を組んだまま、二十五の昔と同じように大股にアスファルトを踏んで行つた。二十五の昔と同じように――しかし僕はもう今ではどこまでも歩こうとは思わなかつた。

闊歩する「彼」と、歩こうとは思わない「僕」の対比により、やはり未来の像を予想させながら「必然的な効果」を挙げている。都市空間の中で、アスファルトによる舗装道路を踏みしめて歩くことは、身体感覚としての都市の把握という意味合いが含まれているだろう。自ら立ち、歩くその基盤としての土地への接触は、触覚として都市を伝える身体となる。一九二〇年前後に集中する、アスファルトへのまなざしは、現実に行われた舗装の歴史を伝えながら、芥川文学の都市性を特徴づけている。

だが、アスファルトの道路は、接触と同時にある疎外感も伝えていよう。一九二七年に発表された「たね子の憂鬱」(『新潮』一九二七・五)には、ホテルでの食事マナーに対し「病的な不安」を抱くたね子という主人公が登場するが、彼女の歩く銀座通りの歩道には、彼女の心持を裏切り、穏やかな影が落ちている。

彼等はこのレストオランをあとに銀座の裏を歩いて行つた。夫はやつと義務を果した満足を感じているらしかった。が、たね子は心の中に何度もフォオクの使いかただのカッフェの飲みかただのと思い返していた。のみならず万一間違つた時には——と云う病的な不安も感じていた。銀座の裏は静かだつた。アスファルトの上へ落ちた日あしもやはり静かに春めかしかつた。しかしたね子は夫の言葉に好い加減な返事を与えながら、遅れ勝ちに足を運んでいた。……

「路上」の気持ちを直下に放出したような春めいた空気をうつすアスファルトとは異なり、ここでの足取りは遅く重い。ホテルでの披露宴という新しい都市生活への適応から疎外された近代人の心理の綾をもアスファルトは映し出す。都市は、最大の利便を最小の空間に納めるよう「文明の産物用」を凝縮し、貯蔵して伝達しようとするもの(M・マンフォード)であるため、これらの都市での出来事が人びとの生活を新たに秩序づけていくのである。[26] しかし、人々が都市に集中し始めた時、東京は巨大な構造物で人々を威圧する空間になり始めたのではないか。「東京は無理をしはじめたようである」。[27] その無理は、近代人の心理と身体をいやおうにも変容していく。「たね子の憂鬱」は、その軋みを垣間見せる。都市の街を歩きながら、心理と身体の影は、等身大の己を映し出せ得なくなっている。アスファルトの影は、あたかも疎外された心理、身体を映す鏡のようである。

アスファルト上の紙屑、アスファルトの影、しかし、芥川はアスファルトをのみ見詰めるのではなかった。先に挙げた「或阿呆の一生」の全文は、

八　火花

彼は雨に濡れたまま、アスフアルトの上を踏んで行つた。雨は可也烈しかつた。彼は水沫の満ちた中にゴム引の外套の匂を感じた。

すると目の前の架空線が一本、紫いろの火花を発してゐた。彼は妙に感動した。彼の上着のポケツトは彼等の同人雑誌へ発表する彼の原稿を隠してゐた。彼は雨の中を歩きながら、もう一度後ろの架空線を見上げた。

架空線は不相変鋭い火花を放つてゐた。彼は人生を見渡しても、何も特に欲しいものはなかつた。が、この紫色の火花だけは、――凄まじい空中の火花だけは命と取り換へてもつかまへたかつた。


アスファルトが都市に生きる者の足の下に広がる床面であるなら、架空線は、都市に生きる者の頭上に巡らされた神経のようでもある。土地に残された過去の痕跡や場所の特性、すなわち土地の可能性を「ゲニウス・ロキ」と呼んだ鈴木博之の「都市を変えるのは、いつの時代にあっても、都市を所有する者たちなのだ」[28]という発想は、「都市がサイバースペースのように遍在する空間ではなく、大地と結びついた存在であるかぎりで、その輪郭を保証する最低限の担保にまで撤退して、東京という場所を形成してきた死者たちのこの政治的抗争が辿られなければならない」という現代の都市論の可能性と繋がるであろう。切り離された身体と視覚と土地意識を、アスファルト

の空はもう一度融合することを可能にする。

注

(1) 関口安義「本所・両国」『国文学 解釈と鑑賞 別冊 芥川龍之介旅とふるさと』二〇〇一・一
(2) 『国文学』一九九一・一二臨時増加号
(3) 新宿区立新宿歴史博物館編『内藤新宿の町並みとその歴史』一九九二・三。嶌田明子「新宿」(『国文学 解釈と鑑賞別冊 芥川龍之介旅とふるさと』二〇〇一・一)による。
(4) 石割透「『大川の水』論」『早稲田実業学校研究紀要』一九七三・一二、後に『芥川龍之介—初期作品の展開』有精堂、一九八五・二
(5) 宮坂覺「『大川の水』論」『國文学』一九九二・二
(6) 注(3)に同じ。
(7) 『大阪毎日新聞』一九一九・一・六、後『点心』金星堂、一九二二・五
(8) 初出未詳、『百艸』新潮社、一九二四・九
(9) 『新潮』一九一七・九
(10) 『文章倶楽部』一九二三・一。大見出し「東京の印象・生活の興味」のもと、「東京に生れて」の表題で掲載。「変化の激しい東京」「住み心地のよくないところ」「広重の情趣」「郊外の感じ」の四つの章から成る。
(11) 「東京の夜」は「歯車」の仮題として考えられていた。「ソドムの夜」→「東京の夜」→「歯車」
(12) 一柳廣孝「東京人」『芥川龍之介全作品事典』勉誠出版、二〇〇〇・六
(13) 剣持武彦『個性と影響 比較文学試論』桜楓社、一九八五・九
(14) 『モダン都市東京』中央公論社、一九八三・一〇
(15) 『乱歩と東京』PARCO出版局、一九八四・一二
(16) 勿論、〈都市〉の論理は、現代ものに限らない。
(17) 「一夕話」一九二二・七・一〇(『サンデー毎日』夏期臨時増刊号、単行本収録なし)

(18)『芥川龍之介事典』明治書院、一九八五・一二
(19)『なつかしき東京　石黒コレクション』講談社、一九九二・二
(20)海野弘『モダン都市東京　日本の一九二〇年代』中公文庫、一九八八・四・一〇
(21)『東京　下町山の手』ちくま学芸文庫、一九九二・一二
(22)磯田光一『鹿鳴館の系譜』文芸春秋、一九八三・一〇
(23)日本学士院編『明治前日本土木史』補論
(24)多田宏行「語り継ぐ舗装技術」(鹿島出版会二〇〇〇・一一)、アスファルト協会『アスファルトの利用技術』、登芳久『アスファルト舗装史 - 技術導入からその確立まで―』(技報堂出版、一九九四)などを参照。
(26)藤田弘夫『都市の論理』中公新書、一九九三・一〇
(27)枝川公一『東京はいつまで東京でいつづけるか』講談社、一九九三・七
(28)鈴木博之『東京の「地霊」』文芸春秋、一九九〇・五

二つの郊外——「杜子春」と「秋」

「大東京」は中心を東京駅において十哩（マイル）の半径を有する大コンパスをグルリとブンマワしたといふのだから大きい。……略……東は江戸川を以て千葉県と境し、西と北は荒川の分流に沮まれて埼玉県に接し、南は六郷川を境界として神奈川県に隣してゐる。……略……然もかうなると、面積に於て五万七千六百余町歩、人口に於いても昭和四年現在の推定で四百八十万人を算し、世帯数百十万九千八百となつて、ニューヨークに次ぐ世界第二の大都市となるのだから問題は国際的になる。

以上の統計だけからでもわれ〲は「東京市」を語るときにその囲繞地帯「郊外」を閑却するの断じて出来ない所以を知るであらう。即ちわれ〲の持つ「東京」といふ概念の半分の地域と人口とは、この郊外が持つものなのである。

（今和次郎「東京の郊外」『新版大東京案内』中央公論社、一九二九）

考現学の始祖今和次郎は、このような表現で都市をイメージした。都市を語ることは、「郊外」を語ることから始めねばならないだろう。(1)芥川は、一九二〇年に、象徴的な二つの郊外を描いていた。一つは「杜子春」（『赤い鳥』一九二〇・七）である。

1　「杜子春」――家《うち》から家《いえ》への物語

杜子春という金持ちであった若者が、何度かの散在の後、仙人志願をし、無言の行を言い渡され、幾つかの困難には打ち勝ちながらも、母に対する責めを目の当たりにして、思わず「お母さん」と叫び、「人間らしい正直な暮し」を決意し、住むべき家を貰う。『赤い鳥』に掲載された、母と息子の愛情をクローズアップする「杜子春」は、「蜘蛛の糸」「白」と共に「龍之介童話の代表作(2)」と認識されている。

「杜子春」というテクストの安定性を、反復という戦略にみてかつて論じたことがある。(3) この物語は、三度繰り返される現世での散財に続いての仙人修行と失敗、そして人間界への回帰という流れがあり、杜子春の移動は、それぞれ「都市」「仙界」「田園」的な三つの世界の移動に単純化できる。


或春の日暮です。

唐の都洛陽の西の門の下に、ぼんやり空を仰いでゐる、一人の若者がありました。

若者は名は杜子春といつて、元は金持の息子でしたが、今は財産を費ひ尽して、その日の暮しにも困る位、憐な身分になつてゐるのです。（一）

そこで彼は或日の夕方、もう一度あの洛陽の西の門の下へ行つて、ぼんやり空を眺めながら、途方に暮れて立つてゐました。するとやはり昔のやうに、片目眇の老人が、どこからか姿を現して、

「お前は何を考へてゐるのだ。」と、声をかけるではありませんか。（二）

「お前は何を考へてゐるのだ。」

片目眇の老人は、三度杜子春の前へ来て、同じことを問ひかけました。勿論彼はその時も、洛陽の西の門の下に、ほそぼそと霞を破つてゐる三日月の光を眺めながら、ぼんやり佇んでゐたのです。（三）

散財をしては途方にくれる杜子春は、必ずこの洛陽の西の門の下に佇む。「春の日暮れ」、落陽していかんとする「洛陽の西の門の下」で途方に暮れる若者という構図は、「秋の日暮れ」に「羅生門の下で」途方に暮れていた一人の若者の姿から描写された、「羅生門」を彷彿とさせる。(4) 二双性から語りだされながらも「どうにもならないことをどうにかする」物語は、いずれ統一か多義へ向かうであろうと期待される。杜子春が、門の下に佇んでいたなら、それはいずれどこかへ落ち着くか、更に不安定へ突き進むか、あるいは永遠に元のままかの選択を迫られている構図ともとれよう。門の下で待つテクストのその後の行方は、それぞれ「奉教人の死」（『三田文学』一九一八・九）、「六の宮の姫君」（『表現』一九二二・八）、「尾生の信」（『中央文学』一九二〇・一）に充てられるのかもしれない。果たして杜子春はどこへ向かうのだろうか。

三度繰り返された門の下の杜子春の像は、物語の終末でもう一度繰り返される。


その声に気がついて見ると、杜子春はやはり夕日を浴びて、洛陽の西の門の下に、ぼんやり佇んでゐるのでした。霞んだ空、白い三日月、絶え間ない人や車の波、劫劫すべてがまだ峨眉山へ、行かない前と同じことです。（「六」）

反復及びその同一性の強調は、実はその大きな差異を明らかにしていく動きそのものであるだろう。であるなら、この物語が冒頭、家を失って途方に暮れていた杜子春が、家を貰って落ち着くという結末で閉じられるとき、この童話が「家」をめぐる物語でもあったことに気付くことになる。

杜子春は一日の内に、洛陽の都でも唯一人といふ大金持になりました。あの老人の言葉通り、夕日に影を映して見て、その頭に当る所を、夜中にそつと掘つて見たら、大きな車にも余る位、黄金が一山出て来たのです。大金持になつた杜子春は、すぐに立派な家を買つて、玄宗皇帝にも負けない位、贅沢な暮しをし始めました。蘭陵の酒を買はせるやら、桂州の竜眼肉をとりよせるやら、日に四度色の変る牡丹を庭に植ゑさせるやら、白孔雀を何羽も放し飼ひにするやら、玉を集めるやら、錦を縫はせるやら、香木の車を造らせるやら、象牙の椅子を誂へるやら、その贅沢を一々書いてゐては、いつになつてもこの話がおしまひにならない位です。

「今夜寝る所もないので、どうしたものか」と思う杜子春は、大金持ちになると「すぐに立派な家を買つて」いる。そして、最後に「人間らしい正直な暮し」をするという決意と共にやはり「泰山の南の麓に一軒の家」を貰う。

「もしお前が黙つてゐたら、おれは即座にお前の命を絶つてしまはうと思つてゐたのだ。――お前はもう仙人になりたいといふ望を持つてゐまい。大金持になることは、元より愛想がつきた筈だ。ではお前はこれから後、何になつたら好いと思ふな。」
「何になつても、人間らしい、正直な暮しをするつもりです。」
杜子春の声には今までにない晴れ晴れした調子が罩つてゐました。

「その言葉を忘れるなよ。ではおれは今日限り、二度とお前には遇はないから。」

鉄冠子はかう言ふ内に、もう歩き出してゐましたが、急に又足を止めて、杜子春の方を振り返ると、

「おお、幸、今思ひ出したが、おれは泰山の南の麓に一軒の家を持つてゐる。その家を畑ごとお前にやるから、早速行つて住まふが好い。今頃は丁度家のまはりに、桃の花が一面に咲いてゐるだらう。」と、さも愉快さうにつけ加へました。


主人公にとって安住の地、棲家という概念は大きな意味を示している。これは杜子春一人の欲望ではなく、家への幻想形成という時代的な欲望と深く結びついていたと考えられる。「杜子春」は、冒頭の洛陽の「家《うち》」から、結末の泰山の麓の「家《いえ》」への物語として読むことも出来る。謂わば、父母といた家から、独身者として安住できる家への物語であり、それは時代的コンテクストに即して、都市の中の家長制に則った家ではなく、郊外の家長不在の家での幸せの実現という要素を多分に含んでいると考えられる。その意味で「杜子春」が一九二〇年に書かれている点は大きい。

物語の終結部、杜子春が「人間らしく生きていく」ことを誓ったとき、仙人から桃の花の一面に咲く一軒家を貰うが、このイメージを前田愛は、次のように述べていた。


結局杜子春は仙術家になる目的を果たすことはできない。原作では、失敗した杜子春に対して鉄冠老人は冷やかに別れを告げるのですが、芥川の『杜子春』では、鉄冠老人が、最後に泰山の麓にささやかな家を与えることになります。その家には、桃の花が咲いているという、そういう設定になっている。これは、明らかに芥川が陶淵明の桃源郷のイメージを意識しているところだと思いますが、この山の麓にあるささやかな一面桃の

花がさきほこっているささやかな家、これらは陶淵明のイメージを踏まえながら、実は大正中期の小市民の小さなユートピアを描き出している。もっと具体的にいえば、都市の郊外に建てられた文化住宅、そういったものを連想させる。そういう大正という同時代の文化的なコンテクストを、この『杜子春』というテクストのなかに芥川は引用しているのではないだろうか。原作の『杜子春伝』を日本風の物語に変形しているのではないか。この芥川の『杜子春』は、小さな例ではありますけれど、インターテクステュアリティの物語を考えるうえで、さまざまな手がかりを提供しているのではないか、そのように思われます。[5]

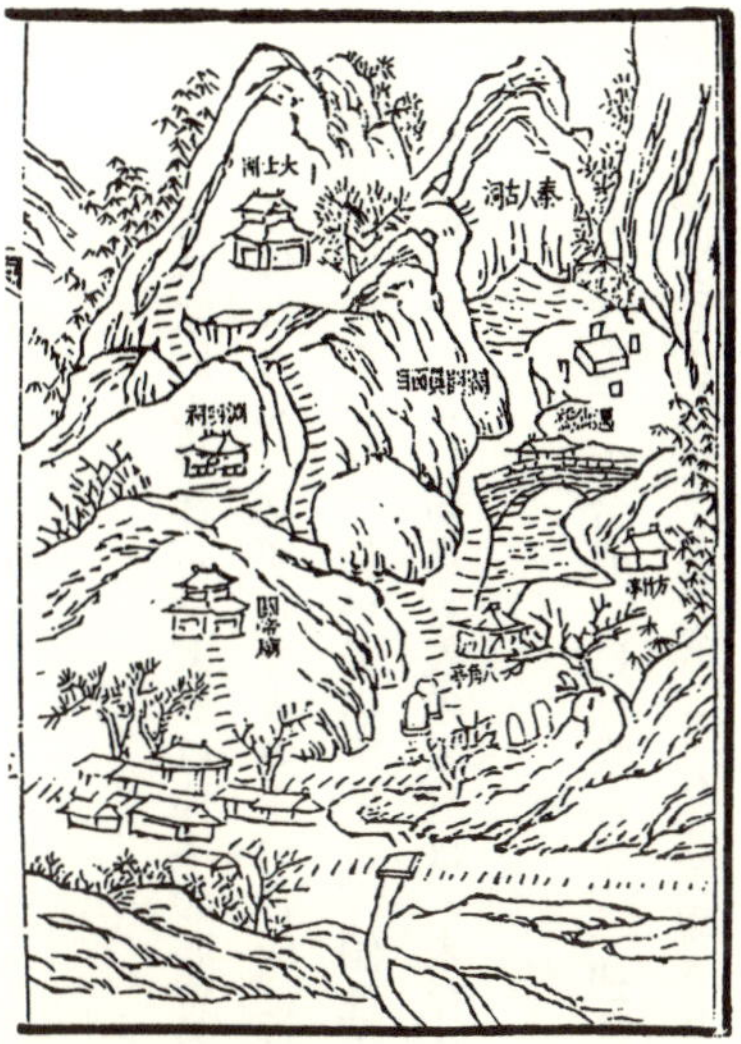

桃源郷『桃花源志略』

一九二一年七月発行の『中央公論』（第三六巻八号）は、「都市と田園」号と題されている。[6]「公論」、「説苑」、「想華」それぞれが、都市や田園、農村をキーワードに、工学、法学、文学など専門的な視野から、また実生活での所感なども含め書かれた特集である。「郊外生活から見た大阪人」（長谷川如是閑）など、そして「郊外生活者の感想」として、阿部次郎、小杉未醒、河井酔茗、上司小剣の諸氏の意見が寄せられている。その中で、阿部次郎は「中野」を、小杉未醒は「田端」を、河合酔茗は「早稲田―原宿―落合―雑司ヶ谷」を、〈私の住む郊外〉として語っている。この特集号の公論の実質的第一番目の論中で、杉森孝次郎は、「住宅の理想郷は郊外だ。郊外の発達が必要だ。郊外に於いて、都市と田園とは接触する。交会する。合して一となる。郊外の原則が、到処に実現されなくてはいけない」（「都市及び田園」）と述べている。「杜子春」発表の丁度一年後のことである。

住宅は家庭の身体だ。家庭は住宅の心意だ。家庭の過去は、殆んど零であつた。家庭の将来は、殆んど全でなくてはならん。必ずしも夫妻子の合成には限らない。独身者でも、かれの私生活を象徴する社会的方法は、家庭だ。この意味に於いての家庭は、個性主義の至宝殿だ。個性主義そのものの自覚と発達とが、従来甚だ幼稚であつたから、新真意義の家庭は、未存在だ。家庭の存在は、今日以後の可能として希望される。

必ずしも「夫妻子の合成」には限らず、「独身者」でもその「私生活を象徴する社会的方法」は「家庭」であり「個性主義の至宝殿」ともなる。それを実現させる空間は、都市と田園の合い見える郊外なのである。「住宅の理想郷は郊外だ」という断定は、未だ達成されていない理想の家庭の実現というこの時代の家への欲望をよく表している。より田園に近い郊外は、こうして〈理想郷〉として認識されてくるのだが、「杜子春」の最後が明るいイメージを醸すのも、この理想郷のイメージに負っていることは既に指摘のあるとおりであろう。

この欲望は、やがて関東大震災以後に急速に広まっていった「郊外の文化住宅とは言え、かつて中流階級のシンボルとなった大正期の文化住宅と異なり、洋間・庭つきでしゃれた見かけはしているが、交通不便の地に狭小でいたみやすい安直な建売り住宅が多かった。またこの時期サラリーマンの別荘が流行するが、その多くは貸別荘であり、ゴルフといってもベビーゴルフである」（坂田稔）というモダン生活に連なる郊外住宅のイメージを先取りすることも出来る。

杜子春は、いわば独身者としてのこの郊外の一軒家を理想の住まいとして与えられるのだが、やがてこの郊外は、日本文学の中でも特異なテーマとして描かれていくことになる。それらは江藤淳が『成熟と喪失』（講談社文庫、一九七八・八）で論ずる、父と母と子のねじれた〈家庭〉の問題へ、或いは〈郊外の子〉島田雅彦の現代小説へとつながる問題意識でもあるだろう。

2　それまで／それからの郊外

もともと郊外は、都市から徒歩で行くことの出来る手軽な異郷であり、安住の地としての理想郷という場ではなかった。郊外という語程、その語の誕生から現在まで、同じ表現を使いつつその指し示す範囲を変えた語もないであろう。

また多摩川はどうしても武蔵野の範囲に入れなければならぬ。六つ玉川などと我々の先祖が名づけたことが有るが武蔵の多摩川の様な川が、外にどこにあるか。其川が平な田と低い林とに連接する処の趣味は、恰も首府が郊外と連接する処の趣味と共に無限の意義がある。（七）

必ずしも道玄坂といはず、また白金といはず、つまり東京市街の一端、或は甲州街道となり、或は青梅道となり、或は中原道となり、或いは世田ケ谷街道となりて、郊外の林地田圃に突入する処の、市街ともつかず宿駅ともつかず、一種の生活と一種の自然とを配合して一種の光景を呈し居る場処を描写することが、頗る自分の詩興を喚び起すも妙ではないか。なぜ斯様な場処が我等の感を惹くだらうか。自分は一言にして答へることが出来る。即ち斯様な町外れの光景は何となく人をして社会といふものゝ縮図でも見るやうな思をなさしむるからであらう。言葉を換えて言へば、田舎の人にも都会の人にも感興を起こさしむるような物語、小さな物語、しかも哀れの深い物語、或は抱腹するやうな物語が二つ三つ其処らの軒先に隠れて居さうに思はれるからであらう。更らに其特点を言へば、大都会の生活の名残と田舎の生活の余波とが此処で落合つて、緩かにうずを巻いて居るやうにも思はれる。

見給へ、其処に片眼の犬が蹲て居る。此犬の名の通つて居る限りが即ち此町外れの領分である。（九）

（国木田独歩「武蔵野」『国民之友』一八九八・一、二）

「郊外」は、町と田圃の境界に位置する「町外れの領分」という微妙な場であった。だからこそ、文学的トポスに色濃く織られ、「発見」されるに値する場となったのであろう。郊外という語自体が、町からの視点であることを如実に示しているのだし、そうである以上、「自分は夏の郊外の散歩のどんなに面白いかを婆さんの耳にも解るやうに話して見たが無駄であつた。東京の人は呑気だといふ一語で消されて仕了つた」というエピソードや、「茶屋の横を流れる幅一尺許りの小さな溝」を、婆さんには「朝夕、鍋釜を洗う」水としながら、「能く澄で居て、青草の間を、さも心地よささうに流れて、をり〳〵こぼ〳〵と鳴ては小鳥が来て翼をひたし、喉を湿ほすのを待て居るらしい」と文学的な様相を呈して独歩が語るのも、生活者と浮遊する都市生活者を敢えて描き分けることで、郊外という場を表現するに相応しい場としていく志向に強く捉われていることを示している。

この時代の郊外は、散策というふるまいを付帯していった。歩き、見る場こそ「郊外」だったのである。夏目漱石の「こころ」に登場する郊外もまた、そのような場であった。卒業論文を書き上げた後の「私」が、

それでも其日私の気力は、因循らしく見える先生の態度に逆襲を試みる程に生々してゐた。私は青く蘇生らうとする大きな自然の中に、先生を誘ひ出さうとした。

「先生何処かへ散歩しませう。外へ出ると大変好い心持です」

「何処へ」

私は何処でも構はなかつた。たゞ先生を伴れて郊外へ出たかつた。

一時間の後、先生と私は目的通り市を離れて、村とも町とも区別の付かない静かな所を宛もなく歩いた。私はかなめの垣から若い柔らかい葉を捥ぎ取つて芝笛を鳴らした。


ここでもやはり「郊外」は、「村とも町とも区別の付かない静かな所」「町外れの領分」として書かれる。日常的な空間からの逸脱は、慣習的な精神構造からの逸脱をも予想させる。この町から逸脱したミニチュアとしての自然の地、郊外のトポスは、「先生」をして唐突に「平生はみんな善人なんです、少なくともみんな普通の人間なんです。それが、いざといふ間際に急に悪人に変るんだから恐ろしいのです。だから油断が出来ないんです」との言葉を発せしめてしまうほどに、物語的磁場として強力なものとなっていた。徳富蘆花の『みみずのたはこと』（警醒社、一九一三・三）も、「儂はヨリ多く田舎を好むが、都会を捨てることは出来ぬ」と言い、それは、「一方に山の雪を望み、一方に都の煙を眺むる儂の住居は、即ち都の味と田舎の趣とを両手に握らんとする儂の立場と欲望を示して居るとも云へる」。このような境界意識の中で、郊外の文学は生成されてきたのである。国木田独歩が「竹の木戸」（『中央公論』一九〇八・一）で、「流行の郊外生活」という表現をとり、島崎藤村が『家』（上田屋、一九一一・一二）の上巻の最後に「郊外は開け始める頃であつた。」で閉じるとき、この明治三〇年代から四〇年代にかけての時期を、第一次郊外ブームということも可能であろう。新保邦寛は「三四郎」の野々宮が、山の手に住まずに大久保という郊外を選んでいる理由を、「〈流行の郊外生活〉にかぶれる〈数寄物〉からではなかったか」（新保邦寛「〈郊外〉像の発見にそって」『文学』一九八六・八）というが、『月瀬幻影』[7]の著者にならえば、郊外もまた東京人によって発見されたことになる。

鉄道の敷設は、国木田独歩「窮死」(『文芸クラブ』一九〇七・六)、江見水蔭「蛇窪の踏切」(大久保の踏切)など、都市と郊外地を結ぶメディアを描き、それはまたふたつのはなれた土地を否が応でも浮上させる効果をもったであろう。このように、徐々に外枠を拡げつつ、郊外は外周を拡げていく。一九三二(昭和七)年、隣接する五郡八二町を東京市に合併し、一九三六年には千歳・砧村の合併を行う。現在の東京二三区に相当する東京市三五区の「大東京」の成立である。かつての「散歩地」「別荘地」は、「東京」となったのである。そして、一九四三年に東京府と市を合併し新たな行政府「東京都」が誕生する。

町が都市となり、その領域を広げていけば、郊外もまた緩やかにその領分をずらしていく。そして、郊外は散策する場からいつしか新興住宅地としてその地位を確立していく。河井酔茗は、前述の「都市と田園」を特集した『中央公論』(8)において、「郊外生活の感想」として、「人間と自然の交錯」というタイトルの小論の最後に、

郊外生活と云つても、自然の驚異もあれば、人間の擾乱もある。市中の空気は塵埃が一ぱい交つてゐて、絶えず渦巻いてゐるやうに思ふことは確かだが、それだけ刺激に感動する度も強いやうで、ほんたうのものを表はさうとする進んだ選択と、静かな絶叫とは郊外生活者の間からも出るものではなからうか。

と生活の進入の様を述べた。郊外は、ゆっくりと散策をする場では最早ない。生活の夢を見る場へ、そしてその夢への欲望は、「もっと速く」差異が創出されることへの欲望となっていく。

半都市半自然という環境が、資本経済の中で地価と結びつき、さらに文化的生活という欲望と結びつく。最早

「杜子春」の最後の仙人がくれた家の示すものは、日常性の中で永遠に続く幸せな〈家庭〉モデルであったのだ。「郊外」は散策する場ではなく、日常的な生活の拠点としてひとつのスタイルを造り上げていた。

3 平板化された場

しかし、小田光雄は、『〈郊外〉の誕生と死』（青弓社、一九九七・九）の中で、郊外は、「住むことの思想を構築することのできない群集の共同体、あるいはノマド的な消費者というプロレタリアートの共同体」であり、いずれ「ゴーストタウン化」すると暗さに彩られた郊外の未来像を描いた。夢の生活空間であった郊外は、その後、差異消失の場として平板化していく。

石橋紀俊は、「郊外住宅地の風景」（『学大国文』一九九八・二）において、赤坂憲雄が『新編 排除の現象学』で唱える「均質化された時空に、たがいの差異を消去しあうことを黙約としてかろうじて獲得された平穏な生活」を郊外生活の特徴と規定した上で、この「郊外住宅地の場所性を巧みに仕組んでいる」テクストとして、山田太一の「丘の上の向日葵」（朝日新聞社、一九八八・二）を挙げている。平凡なサラリーマンの男性の日常に、かつて金銭を介して性的関係をもった一人の女がかかわり始める物語である。主人公の男性は、何も起らない反復される退屈な日常から逃れ、「一介の技術屋、平凡な夫、父親としての自分ではないもう一人の自分を生き直す可能性」にとらわれ、二日間だけ、その日常に介入してきた女性と過ごすという非日常を生きるのである。称して「郊外生活者の心性を前提にして初めて成り立つ物語」というのである。

郊外の家、夫婦という対幻想、退屈な日常……、このように郊外という場のドラマが既に家庭をめぐる物語を志向していることを考えるとき、例えば、「杜子春」と同じ年に発表された芥川の「秋」（『中央公論』一九二〇・四）、信

今和次郎「郊外町の生成過程の模型図」『日本の民家』

子という一人の女性の心理から読まれることの多いこのテクストも、郊外の物語として新たな側面を見せるのではないか。

　信子と照子の姉妹と従兄俊吉をめぐるこの「秋」が、夏目漱石の「それから」や豊島与志雄の「恩人」（『帝国文学』一九一四・五）と共通する部分があることは既に指摘されている。(9)

　「秋」発表の四ヶ月前に書かれた「大正八年度の文芸界」（『毎日年鑑』一九一九・一二・五）では、「山間の湖の如く静なのは、豊島与志雄氏の作品である。氏の秋よりも爽やかな情味は、殆ど他に比類ないものである」と評してもいた。心理的な寂しさを強くメッセージとして有す点、秋の情趣を色濃く伝える点は、確かに両作品に繋がりを確信させる。

　「秋」では、郊外という場が新婚家庭の住む場として新興住宅地という性格付けが明確に為されている。女性の「寂しさ」という心理的描写は、季節の描写と共に、夫の様子や住居も含んだ暮らしぶりという家庭的様相の差異としても描写される。「幸福」という幻想を現実の存在感として看取したがっている信子の空虚は、家や夫の仕事、小説家であることといった外の条件が信子の心情に先んじて枠決められていることに由来していると思われるが、このとき、郊外の新婚住宅は必須の条件とされていた。

信子はその間に大阪の郊外へ、幸福なるべき新家庭をつくつた。彼等の家はその界隈でも最も閑静な松林にあつた。松脂の匂と日の光と、――それが何時でも夫の留守は、二階建の新しい借家の中に、活き活きした沈黙を領してゐた。信子はさう云ふ寂しい午後、時々理由もなく気が沈むと、きつと針箱の引出しを開けては、その底に畳んでしまつてある桃色の書簡箋をひろげて見た。書簡箋の上にはこんな事が、細々とペンで書いてあつた。

「最も閑静な松林」の「松脂の匂と日の光と」が醸す「活き活きした沈黙」の中で、何故信子は満たされないのか。郊外と都市の顚倒がここにはある。今和次郎が、郊外の生活について「そこでの生活全部が居間化してしまい、動きのない生活に変えられてしまい、もはや、そのまま単調な繁茂に向かうだけのものとなったようだ」(「郊外・街路・書斎」一九二九)と考察したように、かつて気晴らしに都市から郊外へ向かった足は、安住の場として郊外が確立されるや、逆に都市へ向かうのである。信子と夫もまた例外ではない。

彼等は又殆日曜毎に、大阪やその近郊の遊覧地へ気散じな一日を暮しに行つた。信子は汽車電車へ乗る度に、何処でも飲食する事を憚らない関西人が皆卑しく見えた。それだけおとなしい夫の態度が、格段に上品なのを嬉しく感じた。実際身綺麗な夫の姿は、そう云ふ人中に交つてゐると、帽子からも、背広からも、或は又赤皮の編上げからも、化粧石鹼の匂に似た、一種清新な雰囲気を放散させてゐるやうであつた。殊に夏の休暇中、舞子まで足を延した時には、同じ茶屋に来合せた夫の同僚たちに比べて見て、一層誇りがましいやうな心もちがせずにはゐられなかつた。が、夫はその下卑た同僚たちに、存外親しみを持つてゐるらしかつた。

この郊外の日常を過ごす間に、他の夫と比べ夫の優越を見るという僅かな差異の中に信子の満足が満たされていく様がここには描かれている。平凡でないという僅かな差異に支えられた満足である。一方、妹の照子の新婚家庭はどうであったか。やはり、彼らもまた郊外に新婚家庭を築く。

それから程なく、母の手紙が、信子に妹の結納が済んだと云ふ事を報じて来た。その手紙の中には又、俊吉が照子を迎へる為に、山の手の或郊外へ新居を設けた事もつけ加へてあつた。彼女は早速母と妹とへ、長い祝ひの手紙を書いた。「何分当方は無人故、式には不本意ながら参りかね候へども……」そんな文句を書いてゐる内に、(彼女には何故かわからなかつたが、)筆の渋る事も再三あつた。すると彼女は眼を挙げて、必外の松林を眺めた。松は初冬の空の下に、簇簇と蒼黒く茂つてゐた。

やがて信子は、俊吉の住居を目の当たりにする。彼女の目を通して、その住居は以下のように書かれる。

信子はその翌年の秋、社命を帯びた夫を一しよに、久しぶりで東京の土を踏んだ。が、短い日限内に、果すべき用向きの多かつた夫は、唯彼女の母親の所へ、来匆々顔を出した時の外は、殆一日も彼女をつれて、外出する機会を見出さなかつた。彼女はそこで妹夫婦の郊外の新居を尋ねる時も、新開地じみた電車の終点から、たつた一人俥に揺られて行つた。

彼等の家は、町並が葱畑に移る近くにあつた。しかし隣近所には、いづれも借家らしい新築が、せせこましく軒を並べてゐた。のき打ちの門、要もちの垣、それから竿に干した洗濯物、――すべてがどの家も変りはなかつた。この平凡な住居の容子は、多少信子を失望させた。

信子にとって、優越できる差異こそが満足の為の必要条件である以上、「平凡な住居の容子」に失望を覚えるのは当然であろう。そしてこの失望は、照子の住居故ではなく、俊吉の住む家としてという意味であった筈だ。結婚前の三人の書き分けから理解する以上、照子は「平凡」である。信子と俊吉の二人こそ、他の学生から際立つ者として書かれていた。小説家となるだけの資質をもった者という内容に伴う形式としての郊外住宅は、「平凡」であってはならないという「仮構」が信子の思考には在る。

二三時間の後、信子は電車の終点に急ぐべく、幌俥の上に揺られてゐた。彼女の眼にはひる外の世界は、前部の幌を切りぬいた、四角なセルロイドの窓だけであつた。其処には場末らしい家々と色づいた雑木の梢とが、徐にしかも絶え間なく、後へ後へと流れて行つた。もしその中に一つでも動かないものがあれば、それは薄雲を漂はせた、冷やかな秋の空だけであつた。

「俊さん。」――さう云ふ声が一瞬間、信子の唇から洩れようとした。実際俊吉はその時もう、彼女の俥のすぐ側に、見慣れた姿を現してゐた。が、彼女は又ためらつた。その暇に何も知らない彼は、とうとうこの幌俥とすれ違つた。薄濁つた空、疎らな屋並、高い木々の黄ばんだ梢、――後には不相変人通りの少い場末の町があるばかりであつた。

「秋――」

信子はうすら寒い幌の下に、全身で寂しさを感じながら、しみじみかう思はずにゐられなかつた。

室生犀星が「口籠るやうな哀愁」という美しい比喩で表現するこの「秋」の世界を成功させているものは、映画のクレジット的な描写の映像効果とともに、山の手の郊外から大阪の郊外へ帰還を余儀なくされた一人の女性の後姿にあろう。そして、この郊外の住宅地という夢を追わせる退屈で平板なトポスの醸し出す空気にそれは支えられていた。

4 対幻想の郊外

この小説には、「秋という季節をバックにしてはじめて生彩を放つ抒情の世界がある」（関口安義）と同時に、郊外という住宅地をバックにしてはじめて織り成されるドラマがある。信子は、友達の噂、親の手前など制限を加えられ、抑圧される女性像を創っていく。三好行雄のいう「仮構の生の崩壊」（『芥川龍之介論』筑摩書房、一九七六・九）とは、初めから仕組まれたテクストの戦略であったのではないか。このテクストが東京と大阪の郊外を舞台とし、「炉辺の幸福」を実践すべき家を描こうとするのは、一九二〇年の家と郊外と家庭が「住宅は家庭の身体だ」というイメージのもとに集約されていたからではなかったか。信子にとって生活そのものであった松林の中にある家には、「常に惰性がつきまとい」、それでも「信子は〈夢〉が消えると、現実の松林の中の家へ帰っていく」、「あくまで〈炉辺の幸福〉を守ろうとする平凡な女性であり、決して〈新しい女〉ではなかつた」。この信子にとって、うすら寒い皮膚感覚と心理的感覚の融合を「秋」の最後の場面は、見事に描き得ている。

芥川氏の「秋」などを評判はよかつたやうでしたが、あゝ云ふ材料をあゝもすら〳〵と片づけてしまはずにもつと信子や照子の心理状態を深刻に解剖して知識階級にある現代婦人の人生に対する人間苦を如実に描写してほしいと思ひます。（秀しげ子「根本に触れた描写」『新潮』一九二〇・一〇）

題材の提供者といわれる秀しげ子自身が、「秋」を評してこのように語った。「知識階級にある現代婦人の人生に対する人間苦」は、都市ではなく、郊外の新婚家庭という場において発露される。中田睦美は、「女性のまなざし、女性へのまなざし」で、「秋」発表直後に芥川が書簡の中で述べた「あゝ云ふ傾向の小説」の意味するものを、「作品の意匠をさしていう〈現代〉小説を意味するのではなく、作品内部に新たに導入された女性のまなざしをさしての発言」(10)とする。

信子は、「女子大学」を包む「才媛の名声」や「吹聴」、つまり女子大趣味の〈噂〉の中に自身の才能を漠然と夢想し、「同窓たち」の想像する「未来」や「同窓たちの頭の中」にいつのまにか「焼きつけられ」た「写真」に将来像を空想し、また、「同窓たち」の勝手な「想像に過ぎない」「解釈」に人生の選択（結婚）の意味を委ねてきた。要するに、信子は他者である女子大生の欲望する物語を無意識のうちに自己の欲望とし、その欲望に基づく〈まなざし〉が開示する幻影を現実に投影させ、その落差から生ずる〈悲劇〉のヒロインをロールプレイング（役割を演じる）したのである。

信子に代表され得ると秀しげ子の考えた「知識階級にある現代婦人」の、では理想の人生とは如何なるものであったのか。女子大学卒業の「仮構ではない生」というものは、どのような形で実現可能であったのか。信子の生を「仮構の生」というも、「空しさ」というも、所詮は、様々な〈噂〉を文字化することでしかない。これらの仮定的な生の在り様を生み出す場こそ、郊外だったのであろう。こうして、夢の住宅地である郊外は、対幻想をも含めた家庭幻想を育み、同時に裏切る場所として生成されていく。

定稿「秋」は、「車中」や「晩秋」にかいまみえる女性のリアルな身体的欲望をそぎ落とし、代わりにやや抽象的な女性の社会的欲望を反映する〈女のまなざし〉を前景化させる。定稿「秋」の冒頭に執拗に書き込まれた「同窓たち=女子大生」たちの〈噂〉は、それが彼女たちのひそかな欲望を反映する〈物語〉だったことを暗示し、物語のヒロインを無意識に演じる信子は女子大生の〈まなざし〉をそれと知らずに体現するトリックスターであった。

と、中田は続ける。

秀しげ子の要求は、他者=同窓の女子大生の欲望する記号と化した信子の〈まなざし〉が彼女自身によってまなざされ、その幻影から覚醒する「現代婦人の人生に対する人間苦を如実に描」くことだったのかもしれない。「秋」は、芥川が「同窓たち=女子大生」たちの〈噂〉に潜む欲望を体現した〈物語〉のヒロインを〈女のまなざし〉で描こうとする果敢な試みだったが、結局は作者自身の〈男のまなざし〉を脱しきれず、むしろ「現代婦人の人生」をいささか冷淡に眺める物語となったかもしれない。

しかし、実際に、戦後になってもこの郊外の家のドラマは女性を期待と諦めの境地に誘うトポスとして生成され続ける。対幻想として、特には女性に圧力をかけるかたちで家庭ドラマが繰りひろげられるのである。

郊外が、時間性と深くかかわるものであるのは、例えば「杜子春」の最後の家がエターナルなイメージを有していることや、信子の帰る家が再び変わらぬ日常の中に深沈していくことを思えば、想像に容易い。しかし、そのような均質化された時間意識とは別に、郊外住居者は、新たな時間意識に束縛され始めるのである。それは、時間意識というより、時刻という刻まれる時の意識である。都市から郊外へ身体を運ぶ、鉄道の敷設により生じた意識である。

「明治三六年から四一年までの増加率は約九割、つづく大正初頃にかけての五年間には約七割の増加率」を示した郊外の拡散の背景にあるのは、電車網の整備であった。本格的な都市改造「市区改正事業」が一八八八（明治二一）年から行われ、着々と道路や橋、路面電車等の交通網が整備されていく。路面電車の敷設により都市生活者の日常を生きる範囲（身体）は広がり、同時に路面電車の交差する銀座尾張町や、上野広小路等は、新しい繁華な場として活況を呈するのである。

この当時伸長し始めた中間階層であるサラリーマンは、鉄道に乗せられた身体を生きることになるのだろうか。鉄道とテクストを考えるとき、最も強い関係にあるのは、映画と鉄道であろう。(11)特に、この都市の時代と重なるトーキー以前の映画において、鉄道はその始まりから共犯関係にあったといってもよい。リュミエール兄弟の《列車の到着》は、それを初めてみた観客が腰を上げて逃げようとしたと言われるほどに衝撃的な視覚表現であったが、同じカメラアングルもやがて、見慣れた列車の風景として私たちの視界に定着した。それでも、キートンの《大列車強盗》のように、ジゴマの列車犯罪映画のように、動く素材として列車は映画メディアで盛んに扱われてくる。アベル・ガンス監督の《鉄路の白薔薇》は、人間の激情と機関車の疾走、落胆と機関車の停止という形で人間と列車を鮮やかに結びつけた。駅もまた、物語生成の場として機能する。チャップリンの《巴里の女性》も、駅の列車の通過を影をのみ映すことで、男女二人の別れとして見事に映像化している。
これらは、勿論映画にとどまらない。旅やロマンティシズム、ノスタルジアなど、心地よい夢を乗せて走る列車は、その一方で、極端な技術主義や速度などを通し、人間疎外をもたらしもする。都市化の進展とそれに伴って拡大した雇用の要求は、所謂「丁稚・小商い・小職人・労役者」などにむけられた。技能や熟練に頼らないこのような仕事の機会の増加は、都市に若年労働力の流入を促し、結果的に汽車は、農村などから多くの独身男子や子供を都市へ運ぶことになる。果たして、この都市の時代、郊外の時代、そして、鉄道の時代は、芥川のテクストに如何に引用されたのか。

注

（1）小田光雄『〈郊外〉の誕生と死』（青弓社、一九九七・九）、赤坂憲雄『新編　排除の現象学』（筑摩書房、一九九一・八）、若林幹夫『熱い都市　冷たい都市』（弘文堂、一九九二・四）、見田宗介『現代日本の心情と論理』（筑摩書房、一九七一）などを参照。
（2）関口安義『芥川龍之介とその時代』筑摩書房、一九九九・三
（3）安藤公美「戦略としての反復」『フェリス女学院大学大学院紀要』一九九三・一一
（4）「羅生門」と「杜子春」をつなぐものとして、日暮れという観点から論じたものに、平岡敏夫「日暮れからはじまる物語――『蜜柑』・『杜子春』を中心に」（『国文研究』一九七六・九、後に『芥川龍之介・抒情の美学』大修館書店、一九八二・一一）、また門を媒介として指摘したものに、宮坂覺「『羅生門』論――異領野への出発・『門』（夏目漱石）を視野に入れ」、海老井・宮坂編『作品論　芥川龍之介』双文社出版、一九九〇・一二、関口安義「出発の門」などがある。
（5）『都市空間の中の文学』筑摩書房、一九八二・一二
（6）明治三二年一月号（一八九九年）創刊された『中央公論』は、その時代に応じて特集号を出している。初めての特集は、一九一三年（大正二）年七月の増刊号「婦人問題号」（二八巻九号）である。翌年の一九一四年七月には、同じく増刊で「新脚本号」

（二九巻八号）が出されている。以後、一九二五（大正一四）年まで毎年一回七月に特集の増刊号を出している。一九一五年「大正新機運号」（三〇巻八号）、一九一六年「世界大観号」（三一巻八号）、一九一七年「自然生活号」（三二巻八号））、一九一八年「『秘密と開放号」（三三巻八号）、一九一九年「労働問題号」（三四巻八号）、一九二〇年「夏季特別号」（三五巻八号）、一九二一年「『都市と田園』号」（三六巻八号）、一九二二年「『世界平和と人類愛』号」（三七巻八号）、一九二三年「『知識階級と無産階級』号」（三八巻七号）、一九二四年『不安恐怖時代』号（三九巻七号）、一九二五年「『知識の常識化』と『常識の知識化』号」（四〇巻七号）と続いた。以後も、間歇的にではあるが、増刊による特集は行われ、一九三七（昭和一二）年一〇月号（一九三七年）増刊では、「解説『危局支那読本』」（五二巻一一号（六〇〇号））、一二月号増刊「『北支開発』号」（五二巻一四号）、一九三九年一〇月号増刊「世界大戦支那事変処理」、そして一九四四（昭和一九）年七月号（五九巻七号）にて休刊し、復刊は、一九四六年一月号からになる。

（7）大室幹雄『月瀬幻影　近代日本風景批評史』中公叢書、二〇〇二・三

（8）『中央公論』（第三六巻八号）は、「都市と田園」号と題されている。公論、説苑、想華それぞれが、都市や田園、農村をキーワードに、工学、法学、文学など専門的な視野からまた実生活での所感なども含め書かれた特集である。「郊外生活から見た大阪人」（長谷川如是閑）など、そして「郊外生活者の感想」として、阿部次郎、小杉未醒、河井酔茗、上司小剣の諸氏の意見が寄せられている。阿部次郎は「中野」を、小杉未醒は「田端」を、河合酔茗は「早稲田―原宿―落合―雑司ヶ谷」を、〈私の住む郊外〉として語っている。巻頭言に続く公論の第二に、杉森孝次郎の「都市及び田園」には、「十九世紀は奇蹟の連発であった。その奇蹟の一は都市だ。」「近代の都市は、工場を背景とする商店だ。」「現代の都市は、資本主義的生産者と、資本主義的分配者と、資本主義的消費者との合成だ。その生産者は工場に象徴され、その分配者は商店に象徴され、その消費者は住宅に象徴される。」「住宅の理想郷は郊外だ。郊外の発達が必要だ。郊外に於いて、都市と田園とは接触する。交会する。合して一となる。郊外の原則が、到処に実現されなくてはいけない。」「十九世紀は奇蹟の連発」であり、その「奇蹟の一は都市だ」とする杉森孝次郎は、「近代の都市は、工場を背景とする商店だ」という比喩を使い、当時の都市を支える資本主義というイデオロギーの二つの様を絵画的或いは舞台的一枚の絵として抽出した。続けて、「現代の都市は、資本主義的生産者と、資本主義的分配者と、資本主義的消費者との合成だ。その生産者は工場に象徴され、その分配社は商店に象徴され、その消費者は住宅に象徴される。」と、「生産」「分配」「消費」の差異を、「工場」「商店」「住宅」という現実の空間に置換して説明している。そして、この三者は「判然としてその場所を別にすべき」との一種の都市計画を論じている。細民窟や貧民窟を、早急に取り払い、替わりに「よそ

目にも、気の毒でない住宅」を建てるべきという。その意味で、「住宅問題は、品性、知識、趣味の問題と、直接に連続した問題だ。住宅問題は、家屋問題ではなく、人格問題だ。住宅は、社会からいふならば、個性教育の一部だ。」とし、「都市の芸術化」「家屋庭園」の「公共美」を訴えている。

(9) 「寂しい諦め――「秋」」(『芥川龍之介　虚像と実像』洋々社、一九八八・一一)

(10) 中田睦美「女性のまなざし　女性へのまなざし」『芥川龍之介を学ぶ人のために』二〇〇〇・三

(11) 鉄道をモチーフとした映画としては、「戦艦ポチョムキン」セルゲイ・エイゼンシュテイン(一九二五ソ)、「アジアの嵐」フセボロド・プドフキン(一九二九ソ)、「鉄路の白薔薇」アベル・ガンス(一九二三仏)セブラン・マルス/ガブリエル・ド・グラビーヌ、「キートンの大列車追跡」バスター・キートン(一九二六米)、「これがロシアだ」ジガ・ベルドフ(一九二九ソ)などが挙げられる。(運輸政策研究所　依田育也)http://www.jterc.or.jp/seiken/colloquia/dat/col_39.htm 参照。

時刻表の身体――「お時宜」

1　横須賀線の物語

一九一七年から一九一九年まで、芥川は海軍機関学校に英語学教授嘱託として勤めている。勤務期間は、東京を離れ鎌倉に下宿し、横須賀線を利用して横須賀へ通う日常であった。一時期横須賀に下宿をしもするが、塚本文との結婚を機に新婚生活も鎌倉大町に居を置き横須賀へ通っている。この期間の体験話風な小説群は、主人公堀川保吉にちなみ保吉ものと括られている。「保吉の手帳から」（「保吉の手帳」『改造』一九二三・五）の初出には、

堀川保吉は東京の人である。二十五歳から二十七歳迄、或地方の海軍の学校に二年ばかり奉職した。以下数編の小品はこの間の見聞を録したものである。保吉の手帳と題したのは実際小さいノオト・ブックに、その時時の見聞を書きとめて置いたからに外ならない。

との前文が附されていた。堀川保吉を登場させた小説は、外に「魚河岸」「お時宜」「あばばばば」「文章」「寒さ」「少年」「或恋愛小説」「十円札」「早春」を数える。そのうち、「魚河岸」「少年」「或恋愛小説」「早春」は東京を舞

台とし、それ以外は横須賀、鎌倉を舞台とした海軍機関学校に関わる小説と考えてよい。しかし、「東京の人」であることに拘りながら、「或地方の海軍の学校」という表現からもわかる通り、これらのテクストには実際の地名や名称が出されることは一切ない。

「或避暑地の貸間にたつた一人暮らしてゐる」（「あばばばば」）保吉は、同じ学校の同僚「木村大尉その人とは毎日同じ避暑地からこの学校の所在地へ汽車の往復を共にしていた」（「文章」）とある。同じく「タウンゼンド氏と同じ避暑地に住んでいたから、学校の往復にも同じ汽車に乗った」（「保吉の手帳から」）。さらに、「スタアレット氏も同じ避暑地ではないが、やはり沿線のある町にいたから、汽車を共にすることは度たびあった」（「保吉の手帳から」）と通勤の様子が何度か書かれる。保吉は、「汽車を捉えるため、ある避暑地の町はずれを一生懸命に急いでいた」（「寒さ」）こともあれば、「汽車を降りた保吉は海岸の下宿へ帰るため、篠垣ばかり連った避暑地の裏通りを通りかかった。狭い往来は靴の底にしっとりと砂をしめらせている。靄ももういつか下り出したらしい。垣の中に簇った松は疎らに空を透かせながら、かすかに脂の香を放っている。保吉は頭を垂れたまま、そう云う静かさにも頓着せず、ぶらぶら海の方へ歩いて行った」（「文章」）こともある。「或地方の海軍の学校」を舞台とする保吉ものからは、「東京」以外の地名を挙げることを周到に避け、「汽車で往復」「汽車でかれこれ三十分かかる」「或避暑地の停車場へ降りた」など匿名的な空間表現を執拗にとる様が窺える。実名を避けることから、固有の避暑地に付帯するトポスを剝ぎ取り、通勤という日常的なふるまいをよりクローズアップするかのようにである。

鎌倉・横須賀、そして横須賀線という汽車を舞台とする小説は、同じ時期にもう二つ書かれていた。「蜜柑」（『新潮』一九一九・五）と「舞踏会」（『新潮』一九二〇・一）である。この二つのテクストにははっきりと現実の地名が提出されている。

或曇つた冬の日暮である。私は横須賀発上り二等客車の隅に腰を下して、ぼんやり発車の笛を待つてゐた。とうに電燈のついた客車の中には、珍らしく私の外に一人も乗客はゐなかつた。外を覗くと、うす暗いプラツトフオオムにも、今日は珍しく見送りの人影さへ跡を絶つて、唯、檻に入れられた小犬が一匹、時々悲しさうに、吠え立ててゐた。これらはその時の私の心もちと、不思議な位似つかはしい景色だつた。私の頭の中には云ひやうのない疲労と倦怠とが、まるで雪曇りの空のやうなどんよりした影を落してゐた。私は外套のポツケツトへぢつと両手をつつこんだ侭、そこにはいつてゐる夕刊を出して見ようと云ふ元気さへ起らなかつた。

「蜜柑」の冒頭には、「横須賀」という地名が明確に記され、同時に横須賀発の汽車も「上り二等客車」と限定されている。横須賀に、海軍鎮守府が置かれたのは一八八四（明治一七）年である。横須賀製鉄所を前身とする海軍工廠が設置され、一八九九（明治三二）年にはイギリスで建造された軍艦三笠が軍港につながれ、機関学校や海軍病院などが並建される。田山花袋『新選名勝地誌』（博文館、一九一〇〜一九一四）にも「本邦第一の軍港横須賀港あり」と書かれる程、海軍一色の街となっていた。物資輸送のほか、軍関係者が横須賀への往復に使用する為の鉄道メディアとして、一八八九（明治二二）年、横須賀線は大船―横須賀間一六・二キロメートルが全通するが、この時には軍関係者による強引な工事要請があったという。横須賀線は、皇族や華族たちが乗る、鎌倉や葉山といった別荘地への避暑地への道であり、また、軍関係者の乗車が大半を占める、いずれも特権的な鉄道であったと言えるだろう。

電気機関車のひく特急、急行列車と肩を並べて走った32系電車は、戦前の横須賀線を表徴する威容であり、関東に〝スカ線〟ありの感を深くした。……略……横須賀線の二等車は、横須賀軍港の関係で海軍士官の利用が多く、それに鎌倉文化人も加わって国電としては二等車の歴史が永い。
（長谷川弘和、吉川文夫『かながわの鉄道』神奈川合同出版、一九七八・九）

とは、電化（一九二四年）されてからの横須賀線を謳ったものだが、「直線のおりなす電車美を見せてさっそうと俊足を誇って走った」「二等車の歴史が永い」横須賀線が、電化に先立ち、より特権的な汽車であったことは容易に想像がつく。

この「横須賀発上り二等客車」という表現に注目し、「冒頭のフレーズは、個人的問題を網羅しつつそれを超えて、『私』や小娘の状況を否応なく領略している『時代』のフィルターそのものを意味してくるのではないだろうか」と高橋龍夫は問題提起する。(1)「横須賀」という地名は、当時の海軍拡張の機運の中で、「国家の利害関係に絡んだ人間の醜い争いや目論見を、海軍による軍港管理や巨大な軍艦の存在や大勢の海兵の養成と言った、個人の力ではまったく歯が立たない鉄の『形』と国家の『力』とで現前させる脅威的な磁場の中心」であったと捉える。また「二等客車」という表現を、小娘の握っていた「三等切符」と対応し、車両の区分が「私」と小娘の「立場の違い、換言すれば小娘の存在を社会的コードにおいてクローズアップする仕掛け」として読む。横須賀を扱った他のテクスト、例えば宇野浩二の「軍港行進曲」（昭森社、一九三六・五）や真山青果の「乃木将軍」などが、いずれも海軍というトポスをそのままモチーフとして引用していることを考えると、同じ横須賀を扱ったテクストの一つとして、芥川の「蜜柑」もまず位置づけされよう。

一方、「舞踏会」は、「明治十九年十一月三日」の日付のある、鹿鳴館の舞踏会へ出席した一七歳の明子を描いた「一」と、「大正七年の秋」という日のある、H老夫人となった明子を描く「二」から成る。「二」の冒頭は、大正七年の秋であつた。当年の明子は鎌倉の別荘へ赴く途中、一面識のある青年の小説家と、偶然汽車の中で一しよになつた。青年はその時編棚の上に、鎌倉の知人へ贈るべき菊の花束を載せて置いた。すると当年の明子──今のH老夫人は、菊の花を見る度に思ひ出す話があると云つて、詳しく彼に鹿鳴館の舞踏会の思ひ出を話して聞かせた。青年はこの人自身の口からかう云ふ思出を聞く事に、多大の興味を感ぜずにはゐられなかつた。

となっている。ここでも、「当年の明子は鎌倉の別荘へ赴く途中」と、明確に地名が示されている。「舞踏会」にとり、この「鎌倉」という地名は不可欠であったということになる。鎌倉へ行くために、そしてその沿線の別荘へ行くために使われているこの汽車は、当然横須賀線ということになるのだが、横須賀線の恐らく二等車車内での、かつて鹿鳴館の舞踏会へ出席したことのある明子と面識のある青年小説家の偶然の出会いは、鎌倉近辺の避暑地に相応しいドラマであったといえるだろう。

鎌倉は、一八七八（明治九）年に来日したベルツ博士により避暑地として発見されたと言われる。ベルツは、東京医学校教師として来日し、後に宮内省御用掛となる所謂お雇い外国人医師だが、天皇家別荘の候補地を探し認定するなど、日本の海水浴の普及に大きく関与している。鎌倉由比ガ浜に有島武郎の父、有島武が別荘を建てたのが一八八五（明治一八）年であり、翌一八八六（明治一九）年には、その後海辺リゾートの要ともなる鎌倉海浜ホテルの前身、鎌倉海浜院が立つ。葉山に続き天皇の御用邸が鎌倉に置かれたのは、一八九九（明治三二）年である。鎌倉が避暑地として成立するのは、長与専斎の尽力にもよるところが大きい。「本邦第一の海水浴場」と謳われた大磯海岸が、伊藤博文や山県有朋など、政界や財界の別荘地となったのに比し、鎌倉の地は御用邸が出来たことも大きく、それを中心として皇族・華族コロニーが出来たと考えられる。

鎌倉は、歴史の土地というそれまでのイメージに、皇族華族の別荘地、お雇い外国人の別荘地としてのイメージを重ねた。さらに、海水浴が一般化したことに伴い、貸し別荘を拠点として、夏の海水浴場としてのイメージを重ねることになる。谷崎潤一郎の「痴人の愛」(2)には、ナオミと譲治が鎌倉へ行くに際し、二等室をめぐり露わになった階級差と心理とを巧みに示す以下のエピソードが織り込まれている。「横須賀行の二等室へ乗り込んだ時から、私たちは一種の気後れに襲はれたのです。なぜかと云つて、その汽車の中には逗子や鎌倉へ出かける夫人や令嬢が沢山乗り合はしてゐて、ずらりときらびやかな列を作つてゐましたので、さてその中に割り込んで見ると、私は兎に角、ナオミの身なりがいかにも見すぼらしく思へたものでした」というこの場面は、卑下において強調があるとしても、当時の横須賀線の描出として自然なものであったと考えられる。

「舞踏会」では、この華族の別荘地というイメージを前景化していると考えてよい。横須賀線は、華族コロニーの別荘という時代的な空間へ向かうまでの道行きとしての一場面に機能したということになる。人力車に揺られ鹿鳴館へ赴いた明子は、今、横須賀線に乗り鎌倉の或いはその近辺の別荘へ赴く者である。近代化の中で生きた一女性であったことを示すという意味において、「一」と「二」は、見事な呼応を為している。

横須賀線が文学化されるとき、恐らくその方向は「舞踏会」のように、「下り」であったと考えてよい(3)。日常的都市空間からの開放、離脱、逸脱を求めて、或いは軍港というトポスを立ち上げる為に、人々は汽車を使い避暑地へ向けて「下り」行く。勿論、文壇の基点が東京であるということも忘れてはならない。だが、「蜜柑」の私は、三等切符の小娘同様、「上り」行くのである。冒頭部において、いきなりテクストは、横須賀線の習慣化された上下意識を逆手にとる。しかし、同じ二等客車に座りながら、決して「私」と小娘は交わることがない。汽車での移動中同じ空間に存在する二人は、汽車を降りた時点で、「二等」と「三等」の社会的コードそのままに異なる空間を生きることになる。奉公とは、田舎から都市へと向かう直線の汽車のベクトルでいえば、復路のない移動であろう。「私」は少なくとも往復が可能な人物であったと想像される。空から降る蜜柑が鮮やかであればあるほど、車窓に縁取られた絵が美しく描かれれば描かれるほど、見る者と見られる者、素材と鑑賞者という腑分けが際立ち、そこにはある残酷さが浮上してしまうことにもなろう。

この横須賀線と暖かな日の色の蜜柑という結びつきが、一幅の絵として鮮やかにテクストを色づけているのだが、「蜜柑」は、「美しい小説」という評価と同時に、「残酷な小説」という評価もまたある。「美しい」とする読者は、或いは、社会的コードに無関心で傍観者的な残酷さに無知である故かもしれない。また、「残酷」と読む読者は、時代的コードには敏感であれ、日常に潜伏する芸術的感興への過小評価という鈍感さを示す故かもしれない。両極端なこの振幅を許す「蜜柑」の世界は、少なくとも、冒頭の「横須賀発上り二等客車の隅」という表現がなければ成立しない世界であった筈だ。地名は、匿名性では意味を成さない。文明開化に始まる近代化という時代の中で生きた女性の物語として「鎌倉に赴く」「汽車」が「舞踏会」で必然であったのと同様、第一次世界大戦から植民地的支配へと加速度を増す軍（海軍）の拠点としての横須賀や、また二等、三等という特権的な汽車が、「蜜柑」にはまた必要とされた。そして、そのような「私」や汽車の在り方をも相対化させる起爆としての、幾顆の蜜柑を描出するためにも、テクストは「横須賀発上り二等客車の隅」から書き始められねばならなかった。

2　避暑地の出来事

この「蜜柑」「舞踏会」と並び、保吉ものは書かれている。私小説風の読みという囲いの中で、「切実な情感」のない「空々しい綺麗事」（吉田精一）などと評されてきているのだが、保吉ものの面白さは、繰り返しになるがこの横須賀線や鎌倉という空間及び名称を匿名性のままに引用しているところにあると考えられる。その戦略は恐らく、

「舞踏会」や「蜜柑」とは異なる物語の創出であった筈なのである。海軍への物資輸送や軍関係者、そして避暑地へ向かう遊客を乗せるべき横須賀線は、ここでは、通勤列車として登場している。

「お時宜」は、通勤風景という無名性から、避暑地にありがちな恋愛風の物語が構築されるかどうかを物語の地平としてまず提出する。朝のプラットフォームで或るお嬢さんと顔見知りになった保吉は、会う筈のない夕方の駅で彼女を見つけたとき、思わずお辞儀をしてしまう。その行為に自らとまどい、砂浜で悩み、翌朝会ったときにどのような振る舞いをとるべきか迷うが、翌朝、二人はお辞儀をすることなくすれ違うという簡単な筋を有している。

> このお嬢さんに遇つたのはある避暑地の停車場である。或はもつと厳密に云へば、あの停車場のプラットフォオムである。当時その避暑地に住んでゐた彼は、雨が降つても、風が吹いても、午前は八時発の下り列車に乗り、午後は四時二十分着の上り列車を降りるのを常としてゐた。なぜまた毎日汽車に乗つたかと云へば、——そんなことは何でも差支へない。しかし毎日汽車になど乗れば、一ダズン位の顔馴染みはたちまちの内に出来てしまう。お嬢さんもその中の一人である。けれども午後には七草から三月の二十何日かまで、一度も遇つたと云ふ記憶はない。午前もお嬢さんの乗る汽車は保吉には縁のない上り列車である。

ここでは、避暑地で知り合ったお嬢さんを語りながらも、「雨が降つても、風が吹いても、午前は八時発の下り列車に乗り、午後は四時二十分着の上り列車を降りるのを常としてゐた」「一ダズン位の顔馴染」「『居るな』と考へる」など、執拗に〈日常性〉を繰り返している。避暑地性とでもいうべきイメージを一旦は後退させ、新しい通勤というトポスを創出する方法をここに認めることが出来るのではないか。

避暑地とは、本来、定住を根拠とした住所とは異なる非日常的空間を指し示す表現である。文学テクストに頻出する避暑地は、いずれも異空間での出来事を描くために要請されている。小説における避暑地らしい身振りとは何かといえば、異空間での淡い恋や男女関係の取り結びであろう。藤森清は「明治三十五年・ツーリズムの想像力」(4)において、永井荷風の「地獄の花」(5)を例に、「避暑地の想像力」について言及している。この小説を、東京小石川水道町、向島白髯の堤沿い、避暑地である小田原の海岸の、「三つの場所のトポロジーを力として物語の想像力が形成された小説」とし、女主人公の園子が小田原において人目を忍ぶ逢瀬を思う場面を例にとる。「不朽の歴史を語る古城の黄昏を、恋人の腕を取って、是れも同じく不朽の恋を歌はうと云ふ。何たる美しい詩味のある事であらう！」という彼女の空想を、次のように位置付けている。

現在では気恥ずかしくなるほど陳腐な、しかし、おそらくは依然、われわれの旅行をめぐる想像力の基底にあり続けている観光旅行のキャッチ・コピーのような園子の空想。このように、この小説は、ひとまずは、独創的にと言うよりも、同時代のツーリズムの想像力の典型的な型を反復してみせるのだ。だが、避暑地の想像力は、そのような快いロマンティックなものとしてだけ現象するわけではない。避暑地の想像力の核心は、園子が女学校の校長水沢に陵辱される嵐の夜の海辺の場面に現れる。…中略…いうまでもなく、ここで物語の展開、園子の悲惨な運命とシンクロナイズしているのは、「自然」ではないツーリズムの想像力が物語の展開とシンクロナイズしているのだ。

園子はこの小田原の「自然」の力に触れ、以後、「偽善的な社会と戦う超人的なキャラクターに生まれ変わる」ことになる。いずれにせよ避暑地という空間が、物理的な場所として都市からの差異にとどまるだけでなく、ロマンティックな夢想を立ち上げ、さらには主人公の「生まれ変わり」の契機とまでなる空間として、過剰なまでに物語化される想像力の孵化の場となっていることは、疑い得ないであろう。海と女主人公の変成という結び付き方は、有島武郎「或る女」(6)の葉子の聞く海の声にも踏襲されていると考えてもよいのかもしれない。

明治三五年から、大正一二年——海辺の避暑地は、様相を変えつつも避暑地の想像力の方はそれ程大きな組み換えは行われていない。避暑地のトポスは、石原慎太郎の「太陽の季節」(新潮社、一九五六・三)や現代ドラマに至るまで、恋や事件と切り離すことの出来ない場所なのである。

「お時宜」にあっても、保吉という独身青年とお嬢さんの仄かな出会いが書かれていないわけではない。

保吉は物憂い三十分の後、やつとあの避暑地の停車場へ降りた。プラットフォオムには少し前に着いた下り列車も止つてゐる。彼は人ごみに交りながら、ふとその汽車を降りる人を眺めた。すると——意外にもお嬢さんだつた。保吉は前にも書いたやうに、午後にはまだこのお嬢さんと一度も顔を合せたことはない。それが今不意に目の前へ、日の光りを透かした雲のやうな、或は猫柳の花のやうな銀鼠の姿を現したのである。彼は勿論「おや」と思つた。お嬢さんも確かにその瞬間、保吉の顔を見たらしかつた。と同時に保吉は思はずお嬢さんへお時儀をしてしまつた。

お時儀をされたお嬢さんはびつくりしたのに相違あるまい。が、どう云ふ顔をしたか、生憎もう今では忘れてゐる。いや、当時もそんなことは見定める余裕を持たなかつたのであろう。彼は「しまつた」と思ふが早いか、たちまち耳の火照り出すのを感じた。けれどもこれだけは覚えてゐる。——お嬢さんも彼に会釈をした！

見知らぬお嬢さんにお辞儀をしてしまった保吉は、しまったという焦燥の後、「不良少年」と思われなかったかを気に懸ける。この「不良少年」という表現も、特に海辺のキーワードとして時代的な表現であった。たとえば、前出の谷崎の「痴人の愛」では鎌倉でナオミと関係をもった若者たちが「不良少年」の名で呼ばれ、或いは広津和郎の「神風連」でも同じく鎌倉で暴力的に女性に関係を結ぼうとしている「不良少年」が書かれる。「不良少年」に対する共通認識を有する読者にとれば、しかし逆に「お時宜」の保吉の身振りが少しも不良少年のそれではないことを知る。時代のキーワードを使用してまで、「お時宜」は避暑地の物語であることを示そうとしていることになる。

また、自分のとった行動と翌朝にとるべき行動とに逡巡する保吉は、部屋へは戻らず、海辺での思考に耽る。ここもまた日常からのささやかな逸脱を図る試みとでもいえようか。

保吉は下宿へ帰らずに、人影の見えない砂浜へ行つた。これは珍らしいことではない。彼は一月五円の貸間と一食五十銭の弁当とにしみじみ世の中が厭になると、必ずこの砂の上へグラスゴオのパイプをふかしに来る。この日も曇天の海を見ながら、まづパイプへマッチの火を移した。今日のことはもう仕方がない。けれどもまた明日になれば、必ずお嬢さんと顔を合せる。お嬢さんはその時どうするであろう？　彼を不良少年と思つてゐれば、一瞥を与へないのは当然である。しかし不良少年と思つてゐなければ、明日もまた今日のように彼のお時宜に答へるかも知れない。彼のお時儀に？　彼は――堀川保吉はもう一度あのお嬢さんに恬然とお時儀をする気であろうか？　……略……　爾来七八年を経過した今日、その時の海の静かさだけは妙に鮮かに覚えてゐる。保吉はこう云ふ海を前に、いつまでもただ茫然と火の消えたパイプを啣えてゐた。

毎日繰り返される通勤という直線的な動きの中で、この砂浜での思索というふるまいは、日常的時間の中での屈曲を描いた場面と考えられる。自室を離れた浜辺でこそ、主人公の「生まれ変わり」は成功する筈なのである。ここでもまた、避暑地の想像力の立ち上げがある。新しい日常の誕生は、そこからの逸脱もまた用意する。お嬢さんへのお辞儀という身体表現は、日常から逸脱するのかしないのか、言い換えるなら、文学における避暑地的なふるまいが踏襲されるのかされないのか、その振幅を発生させる契機であった。

保吉が、身体表現をもって日常性に亀裂を剪んだ瞬間であるプラットフォームのお辞儀の場面は、この物語が日常性を逸脱していくのかしないのか、テクストの分岐となる場面といってよい。現代においてもありがちな光景だが、しかし、匿名多数とでもいうべき、汽車による大量輸送と時刻表的な日常が誕生する以前には、考えられなかった出会いの物語であったろう。「お時宜」は、このような身振りが文学的様相を帯びるその登場の時の物語なのである。

「保吉はお嬢さんの姿を見ても、恋愛小説に書いてあるような動悸などの高ぶった覚えはない」とわざわざ書き、「午前は八時発の下り列車」「午後は四時二十分着の上り列車」で通勤を繰り返す保吉にとって、より強調すべきは、「一ダズンの知り合い」「銀鼠のスーツ」など、現代の通勤風景にも重なる無色な時刻表的な日常の方でもあった。翌朝駅で顔を合わせた二人に、結局は何も起こらない。

　翌朝の八時五分前である。保吉は人のこみ合つたプラットフォオムを歩いてゐた。彼の心はお嬢さんと出会つた時の期待に張りつめてゐる。出会はずにすましたい気もしないではない。が、出会はずにすませるのは不本意のことも確かである。云はば彼の心もちは強敵との試合を目前に控えた拳闘家の気組みと変りはない。しかしそれよりも忘れられないのはお嬢さんと顔を合せた途端に、何か常識を超越した、莫迦莫迦しいことをしはしないかと云ふ、妙に病的な不安である。昔、ジァン・リシュパンは通りがかりのサラア・ベルナアルへ傍若無人の接吻をした。日本人に生れた保吉はまさか接吻はしないかも知れない。けれどもいきなり舌を出すとか、あかんべいをするとかはしさうである。彼は内心冷ひやしながら、捜すやうに捜さないやうにあたりの人人を見まはしてゐた。

すると忽ち彼の目は、悠悠とこちらへ歩いて来るお嬢さんの姿を発見した。彼は宿命を迎へるやうに、まつ直に歩みをつづけて行つた。二人は見る見る接近した。十歩、五歩、三歩、――お嬢さんは今目の前に立つた。保吉は頭を擡げたまま、まともにお嬢さんの顔を眺めた。お嬢さんもぢつと彼の顔へ落着いた目を注いでゐる。二人は顔を見合せたなり、何ごともなしに行き違はうとした。

丁度その刹那だつた。彼は突然お嬢さんの目に何か動揺に似たものを感じた。同時に又殆ど体中にお時儀をしたい衝動を感じた。けれどもそれは懸け値なしに、一瞬の間の出来事だつた。お嬢さんははつとした彼を後ろにしづしづともう通り過ぎた。日の光りを透かした雲のやうに、あるいは花をつけた猫柳のやうに。……


「何か常識を超越した、莫迦莫迦しいことをしはしないかと云う、妙に病的な不安」「宿命を迎えるように」「お嬢さんの目に何か動揺に似たものを感じた」「日の光りを透かした雲のように、あるいは花をつけた猫柳のように」と、「お時宜」の世界は、場所や出会いや言葉を選び、避暑地の物語を構築しようとする一方で、結局は何も起こらないという現実を以って、立ち上げられるべき避暑地の想像力・イメージをはぐらかしているといってよい。基調となるべくは、日常性という線状的な、且つ日々反復の物語の方なのである。

3　一九二〇年代の汽車論

ところで、物語の冒頭は、

保吉は三十になつたばかりである。その上あらゆる売文業者のやうに、目まぐるしい生活を営んでゐる。だから「明日」は考へても「昨日」は滅多に考へない。しかし往来を歩いてゐたり、原稿用紙に向つてゐたり、電車に乗つてゐたりする間にふと過去の一情景を鮮かに思い浮べることがある。それは従来の経験によると、たいてい嗅覚の刺戟から聯想を生ずる結果らしい。そのまた嗅覚の刺戟なるものも都会に住んでゐる悲しさには悪臭と呼ばれる匂ばかりである。たとへば汽車の煤煙の匂は何人も嗅ぎたいと思ふはずはない。けれども或お嬢さんの記憶、——五六年前に顔を合せた或お嬢さんの記憶などはあの匂を嗅ぎさへすれば、煙突から迸る火花のやうに忽ちよみがへつて来るのである。

と、唐突に「汽車」と「記憶」を「嗅覚」において結びつける。日常的に流れ行く時間の中で「ふと」その流れを断ち切る過去の思い出がわく。「往来を歩いてゐたり、原稿用紙に向つてゐたり、電車に乗つてゐたりする間に」というここで選ばれた日常行為は、いずれも直線的な運動をより明瞭に意識化したふるまいである。この直線的な流れを立ち止まらせる、「ふと」としか言い様のない瞬間的な働きを、「汽車の煤煙」という「悪臭」を嗅ぎ分ける「嗅覚」の働きとして語り出す。嗅覚におけるノイズとしての悪臭に、逆に意味を持たせるところから物語は始まる。そして、終末部において、「汽車」と「運動」を「聴覚」において結びつけ閉じるのである。

——彼はその問にどう答へたか、これもまた記憶には残つてゐない。唯保吉の覚へてゐるのは、いつか彼を襲ひ出した、薄明るい憂鬱ばかりである。彼はパイプから立ち昇る一すぢの煙を見守つたまま、少時はこの憂鬱の中にお嬢さんのことばかり考へつづけた。汽車は勿論さう云ふ間も半面に朝日の光りを浴びた山々の峡を走つてゐる。

「Tratata tratata tratata trararach」

この最後の「Tratata tratata tratata trararach」は、物語の途中の「いつか読んだ横文字の小説に平地を走る汽車の音を『Tratata tratata Tratata』と写し、鉄橋を渡る汽車の音を『Trararach trararach』と写したのがある。なるほどぼんやり耳を貸していると、ああ云う風にも聞えないことはない。」を受けてのものであり、つまり、平地をひた走る汽車の音と共に物語を閉じていることになろう。ここでは、ノイズとしての騒音が、逆に動きを写し取る音として認知されている。謂わば、「お時宜」は、お嬢さんをめぐる物語という第一次の物語世界を、感覚としての汽車の物語という第二次の世界が覆うかたちで構成されているということが出来る。時間の流れという直線的な方向性を横切る「記憶」（嗅覚）から語り出されたテクストは、「山々の峡を」直線的に走る汽車の声をとどめることで、もう一度リニアな日常の流れの中にとりこまれていく構造をもつということが出来る。

汽車と感覚と文学と――。シヴェルブシュ『鉄道旅行の歴史』(7)は、「鉄道の速度は、以前は旅人がその一部であった空間から、旅人を分かつのである。旅人が抜けてしまった空間は、旅人の目にはタブローになる（または、速度により視界が絶えず変わるので、絵巻物またはシーンの連続となる）。ラスキン流の伝統的な目とは異なり、パノラマ的にものを見る目は、知覚される対象ともはや同一空間に属していない。この目は、それが乗って移動する装置越しに、対象、景色その他を見ている」と、汽車と人間の関係を速度と眺望の視点から論じている。ここで言われる「ラスキン流の伝統的な目」とは、速度を速めた汽車の登場により明瞭化された、車窓の眺望の印象の世代論的な差異を表す表現である。加藤禎行はそれを以下のように要約する。

伝統的旅行に親しんできた世代が、速度により従来の「風景空間」から切断されると、車窓からの眺望は「大ざっぱな輪郭以外に、通過してゆく風景の中の何かを認識すること」も困難となり、そして「小荷物」意識を実感させられるようなラスキン的世代の嫌悪感が意識される。一方、新しい視覚体験に適応する世代には、「単調な土地が、鉄道のおかげで審美的に魅力あふれるもの」となり、車窓からの「パノラマ的眺望」が浮上してくる。こうして旧世代の鉄道旅行には、「空想上の代用風景たる文学」すなわち旅行中の読書が必須になる、と述べるのだ(8)。

車窓からの「パノラマ的眺望」を看取できる新しい視覚体験適応世代の前世代の目ということである。汽車は新しいまなざしを提供する。

汽車をめぐる人間の変容は、しかし、眺望だけではない。鉄道の使命は、速度と同時に正確さにあった。正確さには、とめどなく線状的に流れる時間を刻む、時刻認識が必要とされる。そして、その正確さは鉄道ではなく、むしろ人間にこそ当て嵌められた要求になっていくことは、器械を操る人間が実は機器に操られていることをストレート写し出したチャップリンの映画《モダンタイムス》を待つまでもない。鉄道の時刻が正確になれば、「分刻みの日常」は、必然現代人の使命となる。「雨が降っても、風が吹いていても、午前は八時発の下り列車に乗り、午後は四時二十分着の上り列車を降りるのを常としていた」保吉の行動は、時刻表的なリズムが身体に刻印された者の日常なのであり、「お時宜」は、その「分刻みの身体」を獲得した者のドラマなのである。

4　時刻表の身体

通勤とは、都市的な身体とでもいうべき現象であった。

　私はふと自分の時計を見る。午後一時三十六分である。私は時刻表を繰り、十三時三十六分の数字のついた駅名を探す。すると越後線の関屋という駅に122列車が到着しているのである。鹿児島本線の阿久根にも139列車が乗客を降ろしている。……略……私がこうして床の上に自分の細い指を見ている一瞬の間に、全国のさまざまな土地で、汽車がいっせいに停まっている。そこにはたいそうな人が、それぞれの人生を追って降りたり乗ったりしている。私は目を閉じて、その情景を想像する。

（松本清張「点と線」『旅』1957.2〜1958.2）

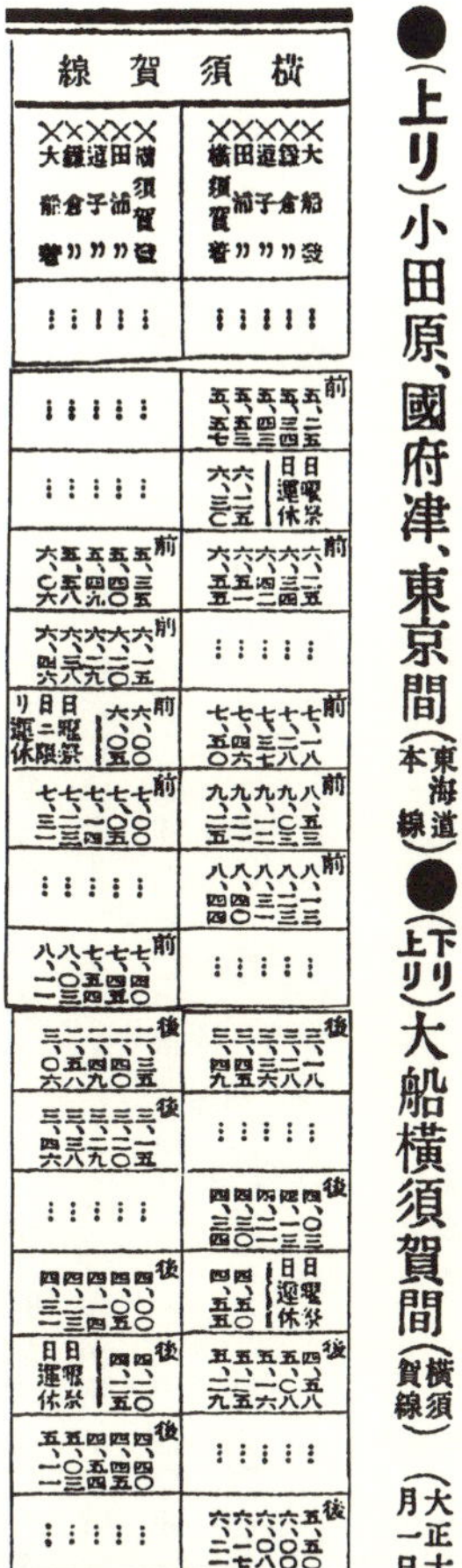

横須賀線時刻表　1921年8月1日改正

公認汽車汽船旅行案内　1915年3月号　旅行案内社

推理小説の方法としてはいまや陳腐な時刻表を使ってのトリックは、時刻表小説なるジャンルを立てられるほど日本には多いが、他の国には見られない珍しい現象であるという。時刻表が駅や本屋などでも簡単に入手できること、そして列車の運行が正確である二点がその理由として挙げられている。(9)正確な運行状況の情報のみならず、旅への想いを育み、旅へその身体を誘うメディアの一つが『時刻表』である。時刻表が登場して以来、時間ではなく、時刻という目盛に従う生活が現代人には不可欠となってしまっている。

我が国最初の月刊時刻表となった『汽車汽船旅行案内』を、手塚猛昌が庚寅新誌社から創刊したのは、一八九四(明治二七)年一〇月で、今から百余年前のことである。長年時刻表の収集を行い、明治・大正期の時刻表の復刻を実現した三宅俊彦は、復刻に際し、後に三社合同の発刊となったこの『汽車汽船旅行案内』が時刻表の代名詞として人々に親しまれ、明治大正期のベストセラーになっていたと解説する。(10)「庚寅新誌社交益社博文館三社合同」と冠し、三越呉服店のデザイナーでもあった杉浦非水による、海原を行く船、海岸線を走る汽車、そして三本の松が描かれた表紙をもつこの時刻表は、通称「三本松の時刻表」として、鉄道のそして旅行の時代を象徴した。

正確な時刻での汽車運行は、近代の交通メディアにとり必須の課題であった。が、逆に、「当時の鉄道関係者がもっとも苦慮したのは、一般庶民の正確な時刻を知る方法が非常に少ないということであった」とも言われている。時計を所持すること自体が非常に珍しかった時代、「正確な時刻」という新しい時間認識の浸透には、長い時間がかかることは当然であったろう。「庶民が正確な時刻を知る方法は、一八七一年から東京で開始された正午を知らせる号砲くらいしかなかった」(11)その頃、『西洋時計便覧』といった時計の表示解説書が売られる時代、――子の刻、丑の刻、あるいは四ツ時、五ツ時といったそれまでの時間感覚は、西洋時計の普及に伴い、徐々に十二時間区分の近代的な時間感覚へと変異されていく。(12)体性感覚と器機の著しい顚倒現象がここにはある。汽車の時刻表の誕生が、この顚倒現象をさらに加速させたであろうことは容易に想像できることであろう。

佐藤常治「時刻表の表現法」によれば、月刊の『汽車汽船旅行案内』に先立つ日本最古の時刻表は、一八七二（明治五）年五月七日、品川―横浜間に蒸気車を走らせたときの「鉄道列車出発時刻及び賃金表」（鉄道寮発行）という駅掲示用のものであるという。一八九一（明治二四）年には、「全国連通鉄道汽車発着時間及び賃金表」が売られるようになり、そして、半分を沿線旅行案内記が占める『汽車汽船旅行案内』が庚寅新誌社より出た。初め「庚寅新誌」という政治経済評論誌を創刊したが思わしくなく、たまたま慶応義塾出身であるところから恩師の福沢諭吉に教えらて、「旅行案内」を作り出したところ、これが大いに当り窮地を脱して社を隆盛に導いたというエピソードは、真偽はともかく日本出版史でも特筆されている。

当時の旅行ブームの中で、時刻表が「旅行案内」として流布していく事実も重要であろう。明治三〇年代に入ると、『毎月精選旅行独案内』『最新時間表・旅行案内』『鉄道分割時間表』『旅』など、『汽車汽船旅行案内』と同種の旅行ガイドと合わせた体裁の出版物が発行されてくる。一九一二（明治四五）年には鉄道院内にジャパン・ツーリスト・ビューローが創立され、翌年六月には機関誌『ツーリスト』が創刊される。正確な時刻の必要性以上に、「時刻表」という読み物は、机上の架空の旅を実現させるツールとなる。「鉄道唱歌」が、一駅ごとに風物を歌詞に取り込んで連ねられたのと同様に、一駅ごとに時刻を追い進められる紙の上のツーリズムが、ここにはある。「いま鉄道の時刻表といえば、アラビア数字を組んだ横組みの表だから、この時刻表のように漢数字を縦組みにした時刻表は、異世界のもののように見えるかもしれない。しかし、列車の進行を追って右から左へページを繰っていく読み方は、巻物や草子の本を読みなれてきた日本人の感性には適合していたのであろう。(13)」と原田勝正は述べる。或いは、横長の旅行誌はあたかもレールが延びていくように机上の旅を始める。延長させると同時に刻むという、鉄道のもつ二重性の中で「時刻表」は生活に浸透していったといえるだろう。一九二三（大正一二）年、鉄道院が鉄道省と名を変えたとき、列車の全停車駅と時刻を掲載した画期的な「列車時刻表」が作成された。これは事務用時刻表であるが、ここに至り、避暑への旅のツールという性格以上に、通勤という日常のリズムを可視化させる媒体として時刻表の存在が立ち現れる。その身体に刻まれた時刻感覚は、見えない制度として私たちを支配することになる。

朝、郊外住宅地から丸の内方面へと押しかける俸給生活者、彼等はまるで機械の部分品のやうに、近代社会のテムポを彼等こそ背負ってゐるかのやうに、毎日の出勤時間へのスポーツそのもののやうにだ。彼等はうっかり寝坊でもしようものなら、朝食は出勤先でとる。朝めしを先方で食べる常習犯の者も一つの会社に一人や二人はある。

で、郊外居住者は一どきに出勤時間間際に電車の箱へ突進する。そして多くは空手だが、新聞だけは電車内で読むのを日課とする者あり、或は円本の類に読みふける。だが、電車の中で何かに熱中することは元気な少年でない限り、その日の能率に関係し、遂には健康に影響するから、結局空手の方が悧巧だ。

その込み合ふ時間所謂ラッシュアワーは、朝は六時半から九時半まで、夕は三時から七時半までで、朝八時付近は一番の頂点だ。

（今和次郎「生活の東京」『新版大東京案内』）

横須賀から列車で三十分ほどの避暑地に住むことが繰り返し言われ、容易にその地が鎌倉であろうことが予想できるにもかかわらず、実名を一切出さない戦略は、避暑地性を意識させつつ、同時に、同じ場が、通勤の地としてサラリーマンの住宅地化していることを示す。都市周辺がいずれも均質化し、匿名的な場になっていることを明らかにする文学的な戦略であった。本来、横須賀にせよ避暑地にせよ、非日常的な場であったはずである。にもかかわらず、その特権的且つリゾートの空間を、余りに日常的な場へと読み換える。「お時宜」は、避暑地が、その表現を裏切って郊外の住宅地へと変貌する時代の物語であった。そして同時に、「分刻みの身体」を明らかにするドラマなのである。〈お辞儀〉ではなく、〈お時宜〉とする所以である。時刻という哀しい宿命を背負ってしまった近代人の身体は、例えば次のように反転する隙を見せている。

今和次郎『新版大東京案内』
右　東京駅前の午前八時五十分。丸ビルに押しよせる俸給生活者群の行進だ。その八割は郊外生活者である
左　右と同じ場所の午後五時。都心に背を向けて彼等は駅に急ぐ。中央ポール下は夕刊を買ふ人々。

年を重ねた人達は、こう言った。

『辛抱するんだ、若いの、周りをよくみてごらん、いったいお前が誰なのか、どこから来たのか、何故、どこへ向かおうとしているのか、ようく考えてごらん、時はお前の味方だ。

誰かが時計を発明したからといってなにもお前が人生を急ぐ必要は、無い。

時計なんてモノは、人を主人の命令どうりに動く様に仕込む為の道具にすぎない。

時は、お前は、お前の味方なのだ。その事が判ってくれば、お前は、いつか、時の有効な使い方を身につける。

そうなれば、もはや人生は厄介ごとじゃなくなる。今日をどう過ごすか悩む事もなければ、十代の日々をどう過ごすかなんて事に頭を抱えなくてすむ。

何も問題は、無い。

もう時間なんてモノは、存在しないと同じだって事がお前には、判っているのだから。

ラッセル・ミーンズ（ラコタ・スー族）

「蜜柑」や「舞踏会」が汽車を地名との共犯において必要としたのと異なり、ここでの汽車は、横須賀線であること以上に、匿名の、近代的メディアとして意識化させたといえる。人や物資を運ぶ機械として登場した汽車は、「煤煙」という嗅覚への刺激、「Tratata tratata tratata trararach」という聴覚への刺激、そして時刻表的な身体感覚を伴う、記憶や比喩という形で人の感覚を変異させる装置としてあった。匿名的な避暑地を通勤風景として描く「お時宜」は、その意味でまさに一九二〇年代の汽車の物語ということが出来る。

「汽車ほど個性を軽蔑したものはない」とは、漱石の「草枕」（『新小説』一九〇六・九）の一節であるが、この画工の汽車論に対して、大正期の汽車小説は、徹底的に汽車の「個性」を描こうとする。志賀直哉の「網走まで」は、「私」の想像力を賭けて一個人の人生が書かれる。「舞踏会」「蜜柑」など、芥川の汽車小説もまた独自の手法を用い汽車の個性を描いた。「お時宜」は匿名性の避暑地においての恋愛模様を扱うとみせて、はぐらかし、通勤というふるまいを強調した上で、汽車による感覚の転倒現象を時代装置の中で組みかえられた人間の感覚を取り上げる。汽車は高速な移動を可能にし、パノラマ的眺望を教え、感覚の転倒を引き起こす。そして、車内は、時に同じ人種との出会う場、サロンともなり、時に社会的階級差を際立たせる仕掛けとなり、また個人の書斎的空間、夢想の立ち上がる場ともなる。

「たった一度、ほとんど無意識にかわしたお辞儀が与えた心理的動揺や期待が微妙に表現されている」(14)だけに過ぎないかにみえる「お時宜」は、心理描写としては余りに些細な心理描写であり、その理解に止まる以上、「君の自画像の向うを張り、僕も自画像を書いたれど自信はあまりなし」（小穴隆一宛書簡、一九二三・四・一三）という芥川本人の言葉の通り、自画像などというにも物足りない小説にとどまり続けよう。しかし、都市の時代、鉄道の時代のドラマとして捉えるなら、芥川文学の転換点としてだけではなく、時間認識に関わる時代の転換点として新たな光が当たることになろう。

同じ保吉ものの一作「寒さ」（『改造』一九二四・四）もまた、汽車を全面に押し出す小説である。電熱作用と轢死を扱ったこの小説は、恋愛や作者と読者の関係、焦げた靴にまで作用を援用して説明する物理の教官が話す電熱作用の法則が前半で語られ、汽車に乗るために急ぐ保吉を描く後半とに分かれる。

その内に八時の上り列車は長い汽笛を鳴らしながら、余り速力を早めずに堤の上を通り越した。保吉の捉へる下り列車はこれよりも半時間遅い筈だつた。彼は時計を出して見た。しかし時計はどうしたのか、八時十五分になりかかつてゐた。彼はこの時刻の相違を時計の罪だと解釈した。「けふは乗り遅れる心配はない。」——そんなことも勿論思つたりした。路に隣つた麦畑はだんだん生垣に変り出した。保吉は「朝日」を一本つけ、前よりも気楽に歩いて行つた。

石炭殻などを敷いた路は爪先上りに踏切りへ出る、——其処へ何気なしに来た時だつた。保吉は踏切りの両側に人だかりのしてゐるのを発見した。轢死だなと忽ち考へもした。幸い踏切りの柵の側に、荷をつけた自転車を止めてゐるのは知り合いの肉屋の小僧だつた。保吉は巻煙草を持つた手に、後ろから小僧の肩を叩いた。

「おい、どうしたんだい？」

「轢かれたんです。今の上りに轢かれたんです。」

「この時刻の相違を時計の罪だと解釈した」保吉の態度は、通勤のリズムという体内に流れる時間意識と実際の列車運行との間にずれが生じたときに、身体感覚或いは時計という時間の可視的装置よりも列車運行を正確な時刻と認識するという転倒現象をよく表しているといえよう。電熱作用という高温から低温への流れの比喩意識はまた、そのような逆流意識を際立てる作用を起こすのかもしれない。小説の結末に置かれた「赤い手袋」への転倒意識と丁度パラレルな関係にあるといえる。

けれどもプラットフォオムの人々は彼の気もちとは没交渉にいずれも、幸福らしい顔をしてゐた。保吉はそれにも苛立たしさを感じた。就中海軍の将校たちの大声に何か話してゐるのは肉体的に不快だつた。彼は二本目の「朝日」に火をつけ、プラットフォオムの先へ歩いて行つた。其処は線路の二三町先にあの踏切りの見える場所だつた。踏切りの両側の人だかりもあらかた今は散じたらしかつた。唯シグナルの柱の下には鉄道工夫の焚火が一点、黄いろい炎を動かしてゐた。

保吉はその遠い焚火に何か同情に似たものを感じた。が、踏切りの見えることはやはり不安には違ひなかつた。彼はそちらに背中を向けると、もう一度人ごみの中へ帰り出した。しかしまだ十歩と歩かないうちに、ふと赤革の手袋を一つ落していることを発見した。手袋は巻煙草に火をつける時、右の手ばかり脱いだのを持つて歩いてゐたのだつた。彼は後ろをふり返つた。すると手袋はプラットフォオムの先に、手のひらを上に転がつてゐた。それは丁度無言のまま、彼を呼びとめているやうだつた。

保吉は霜曇りの空の下に、たつた一つ取り残された赤革の手袋の心を感じた。同時に薄ら寒い世界の中にも、いつか温い日の光のほそぼそとさして来ることを感じた。

「寒さ」は、轢死と電熱作用を図として語りながら、列車現象という地の問題を浮上させてくる。列車の時代は、轢死という痛ましい個人的な事故を生み出す一方、「幸福らしい顔」をした「プラットフォオムの人々」というマス現象も生み出した。両者の間で揺れ動く保吉は、「人ごみ」に向かいそちらに同化しようとしたその時、その流れを断ち切る「手袋」の存在に気づく。そして、振り返り見た手から離れた手袋の方に「心」を感じるのである。プラットフォームの先から中央へ戻ろうとして振り返るこの場面は、時刻表の身体を刻まれ、文字通り身体を汽車に刻まれる痛ましい事故の多発する汽車の時代に、人間を疎外する汽車ではなく、温かい血の流れる人間性への振り返りを物語の中心へ一気に引き上げる名場面であったのではないか。

注

（1）高橋龍夫「「蜜柑」における手法―「「私」の存在の意味」」『芥川龍之介作品論集成第五巻　蜘蛛の糸』翰林書房、二〇〇〇・七
（2）前半が『大阪朝日新聞』（一九二四・三から一九二五・七）、後半が『女性』に連載された。
（3）横須賀線小説としての上り下りに関しては、江中直紀氏のご教示による。
（4）『メディア・表象・イデオロギー』小沢書店、一九九七・五
（5）永井荷風『文芸界』一九〇二年、懸賞長編小説次席、同年九月金港堂より刊行
（6）前編一九一九年三月『有島武郎著作集』第八輯として、後編は同年六月一六日『同』第九輯として叢文閣から刊行。
（7）加藤二郎訳、法政大学出版局、一九八二
（8）「「汽車論」の隠喩――夏目漱石「草枕」をめぐって」『日本近代文学』二〇〇〇・五
（9）佐藤常治『時刻表ものしり読本』新人物往来社、一九七八・八
（10）三宅俊彦『復刻版明治大正時刻表』新人物往来社、一九九八・九

(11) 佐藤常治「時刻表の表現法」『言語生活』一九七二・三
(12) 先の佐藤「時刻表の表現法」によれば、時刻表に現在の二四時間制が採用されるのは、一九三二(昭和一七)年一〇月号からと言う。当時は、列車に乗りおくれる乗客や発車間際に停車場へかけつける乗客も少なくなかった。一八七三年八月以降鉄道に勤務した水渡精七の回顧談によれば発車間際に、「陸蒸気の船頭待ってくれ!」と、大声で叫びながら停車場にかけつける乗客が当時はかなりあったという。
(13) 前出、三宅俊彦『復刻版明治大正時刻表』推薦の辞
(14) 奥野健男「お時宜」『芥川龍之介事典』明治書院、一九八五・一二

〈その他参考文献〉

松尾定行・三宅俊彦『時刻表百年史』新潮社、一九八六・七
三宅俊彦『時刻表百年のあゆみ』交通研究協会、一九九六・四
高松吉太郎・佐藤常治『日本の鉄道と時刻表』新人物往来社、一九七九・四

一九二三年のクリスマス——「少年」

1　少年ものの流行

二〇〇一年九月一一日にニューヨークで起きた事件は、現代に生きる者にとり忘れがたい日となった。しかし、テロから三ヵ月後のNYの町には、クリスマス・ツリーが飾られ、ビル崩壊の衝撃から人々は立ち直ろうとする姿勢が取られていた。都市を襲う災害は今もなお痛ましい爪痕を残す。今から八〇余年前、日本では関東大震災が起きた。その被害は甚大なものであったが、しかし、やはり同じくその三ヵ月後に、クリスマス・ツリーを前にする小説が書かれていた。芥川の保吉ものの一つであり、追憶ものの系譜の初となる「少年」である。

「少年」が、一九二四年四月『中央公論』に掲載された時[1]、同じく少年期を題材とした数編の小説が発表されていた。志賀直哉「子供四題」(『改造』一九二四・四)、犬養健「南国」(『改造』一九二四・四)、豊島与志雄「同胞」(『中央公論』一九二四・五)などである。かつて、明治四〇年前後に「追懐小説の季節」があったと指摘するのは、千葉俊二「追憶文学の季節」(『白秋全集』月報三六　一九八七)である。寺田寅彦「森の絵」(明治四〇)、中村星湖『少年行』(明治四一)、森鷗外「ヰタ・セクスアリス」(明治四二)、北原白秋『思ひ出』(明治四四)、谷崎潤一郎「少年」(明四四)などを例に、それらの追懐文学の背景に、日露戦争の鬱屈した空気があったと述べた。であれば、芥川の「少年」発表当時、関東大震災という未曾有の大災害に直面した後の一九二三、一九二四年当時のそれもまた、同様の気分であったと想像される。エレン・ケイの「二〇世紀は児童の世紀になるであろう」という言葉に象徴されるまでもなく、子供へのまなざしがより強調された時代の中で、新たな追憶もの、少年ものの季節を迎えたということが出来るのかもしれない。

「少年」では、堀川保吉が「一　クリスマス」の章で体験した出来事をきっかけに、「二」以下の章で、四歳から九歳までの保吉の少年時代が追憶される。その出来事とは、クリスマスの日にバスに乗り合わせた宣教師と少女の問答である。今日が何の日かを少女に言わせようとした宣教師が、「けふは私のお誕生日」と答えられ、大笑いするというその出来事は、一人の少女が宣教師や保吉の期待を大いにはぐらかしたことで、謂はば、大人の論理を反転させるという、文学装置としての〈少女〉を大いに意識させる出来事といえよう。この出来事を契機に、保吉も「二十年前の幸福」を思い出し、いくつかの追憶――それらは「二　道の上の秘密」、「三　死」、「四　海」、「五　幻燈」、「六　「お母さん」」と題されている――を綴り始めることとなる。

今まで、「一」は、追憶を始める契機と位置づけられ、主に、「二」以下の章が研究対象とされてきた。早くに、駒尺喜美（「少年」『芥川龍之介作品研究』八木書店、一九六九・五）が、「保吉物は、芥川に近い人物を主人公にし、芥川自身の経験に基づいてかかれているが、それはもちろん、自伝でもないし私小説でもない。事実をこえて、はっきり虚構化されている」としているにもかかわらず、三好行雄「宿命のかたち――芥川龍之介における〈母〉」（『芥川龍之介論』筑摩書房、一九七六・九）の、「かれの追憶の糸がつむぎだしたのは幻滅と失望のにがい悔恨であり、死と寂寥の影をひくたそがれの風景であった」、「『少年』のモチーフの根は、その閾域下にひそむ母親願望にまで確実に届いている」という論に牽引され、そこから、後の「大導寺信輔の半生」（『中央公論』一九二五・一）や「点鬼簿」（『改造』一九二六・一〇）といった私小説的作品に連なる方向性をみていくという、作家論的な読み方が大勢を占めているといってよい。「どれほど不徹底な形だったにしても、作者の回想が、個性形成の以前にまでさかのぼったという事実は、おのずと作品の質と方法を動かさざるをえない」という三好の読みは、或いは事情は全く逆であるかもしれないにもかかわらず、松本常彦が言うように（「少年」『芥川龍之介全作品事典』勉誠出版、一九九九・六・一）、「種々の限界があったとしても、作品史的位置の重要性、『存在の根源』への志向性自体は動かないところだが、そうした評価が一種の足枷になって、論の方向性を限定し収束させる結果になってしまっている」といえるであろう。

「回想」として把握すれば「不徹底」な「少年」は、しかし、発表当時に全く異なる印象を与えていた。例えば、江口渙は、「芥川氏の『少年』にある「クリスマス」は近頃になくハイカラなスケッチである。」（「人生小品三篇　四月雑誌評（四）」『読売新聞』一九二四・四・六）と述べ、また、伊藤貴麿は、「『少年』の中に三つのもの丶中では、僕は『クリスマス』が一番気持ちがよかつた。其の次は『死』である」（「四月号の創作読後　短篇論と短篇評四」『東京朝日新聞』一九二四・四・一二）と述べる。「一」を契機として為された始源の母へ到達する追憶という読者側のもつ欲望の力学を認めながらも、それとは全く異なる読み方が存在していることにも注意を向ける必要があるだろう。先に挙げた他の少年ものの中で、芥川の「少年」は、回想というよりも〈追憶〉を意識化させるテクストとして大変特異なものなのである。また、前年の大震災をテクストに組み入れていることから、震災文学の一つとして芥川文学の中でもまた特異な位置に置かれると考えられる。「少年」は冒頭、「昨年のクリスマスの午後、」と語りだされる。ただ単に少年時代を描きたいのであれば、或いは、追憶を始めるきっかけとして子供が大人の価値観を反転させるエピソードが必要なのであれば、「昨年のクリスマス」である必然性は特になかった筈である。また、クリスマス・ツリーの飾られたバラックカフェでその後の追憶が為されるという設定がとられているが、この設定は、単なる偶然的な契機であったのか。

カフェが、想像力の生成される場として小説内で機能するものには、「少年」に先立ち、「饒舌」（『時事新報』一九一八・一・三）がある。珈琲を前に、『新小説』の編集者と会合していた筈の主人公が、うたたねをし、そのときに見た夢をそのまま書いたという体裁をもつ「饒舌」は、「外では歳暮大売出しの楽隊の音がする。隣のテエブルでは誰かケレンスキーを論じ出した。珈琲の匂、ボイの註文を通す声、夫からクリスマス樹——さう云ふ賑やかな周囲の中に自分は苦い顔をして、いやいやその原稿用紙と万年筆を受取つた。それで書いたのが、この何枚かの愚にもつかない饒舌である」と最後に書かれている。クリスマス・ツリーの飾られたカフェの内部を回想や小説の始まる場として設定する点は、「少年」と共通している。恋愛の舞台となることの多い小説内のカフェは、芥川文学にあって、小説の生まれる場、想像力の生成する空間として機能していることになろう。

「少年」の世界が新たに開かれるために、「昨年のクリスマス」、つまり、発表前年の一九二三年の実際のクリスマスの時期を視野に入れてみることから始めたい。

2 震災と想像力

「少年」が語りだされた「昨年のクリスマス」とは、発表が一九二四年であることから、一九二三（大正一二）年、関東大震災の起きたその年のクリスマスであると考えることが自然であろう。焼失家屋・罹災者数ともに東京全市の六割五分といわれる未曾有の大惨事、関東大震災(2)の起きた年であり、その僅か三ヶ月後のクリスマスの午後という、非常に限定的な時が選ばれ、語り始められていることになる。

乗り合い自動車・道路、バラックのカフェ、商人の噂に現れる本所の被害など、「一」には、震災後間もない東京の様が描かれる。東京の被害の中でも、特に神田・銀座周辺と本所・深川地区の被害は甚大であったという。両地区は、隅田川の西と東、近代化を謳歌する地区と近代化以前の名残の地区でもある。「少年」が、神田から新橋へ向かう乗合自動車の出来事を描き、銀座のバラックカフェで追憶を始める「一」と、本所・両国の少年時代を描く「二」以下から為ることを考えるなら、隅田川を境として、西と東とそれぞれ最も被害の大きかった土地を選び、現時点での銀座の復興の様と、追憶という方法を通してかつてあった本所の像を結ばせていることになる。東京という都市の、隅田川を境とする二つの場所を交差させ、同時に、現代と過去とを交差させるという、二重の交差の一点に「少年」は結ばれている。

震災と「少年」の関連についての言及は少ない。だが、一九二三年の一二月二五日を、当時の新聞記事などから再現するなら、この時程、クリスマスというイメージの色濃い年はなかった。一二月二五日『東京日日新聞』には、「星が囁く日比谷の夕べ／楽しいXマス」のヘッドラインの下、

神田須田町付近

復興の銀座通り　左手のビルは松坂屋

両国回向院付近　遠方に旧両国橋が見える

公園の子供のあそび場には大きなクリスマス・ツリーをたて人形や金線銀線を美々しくかざりたて所々に大きな篝火をたいて子供の家のやさしい矢沢の叔父さんがキリスト教青年会の人々と早くからいろいろと準備をして待つてゐると姉さんや兄さんにつれられた小さなお客さんが二三百人余りも集まつて来ました、オーケストラが済むとお主人役の矢沢さんがたつて『クリスマスお目出たう明日はイエスがお生まれになるので今宵はほんとうによろこばしい晩です皆さんがお待ちかねのサンタクロースのおぢいさんは遠い北の国から皆さんにどつさりおくり物をもつて来て差し上げます、それまで仲よく過ごしませう今晩はどんな事があつても決しておこつたり喧嘩したりしてはなりませんこれから色々な面白い余興を御覧に入れます』と挨拶し少年少女は声をそろへて『もろびとこぞつて』とクリスマスの唱歌を歌ひます……こうしてめぐまれたバラツクの子供達は楽しくクリスマスの夜に何な夢を見たでせう。

とある。また、一二月二七日『東京朝日新聞』には「天幕村へクリスマスの贈り物／けさ二重橋を賑はした自動車」のヘッドラインで、

真先の自動車にはクリスマス・ツリーが美しく輝いてゐる、その中で婦人が晴れやかなクリスマスの歌をオルガンで弾いてゐる、その後に続く二台の自動車には子供たちへの贈り物が山の様に積み上げられた此の三台の自動車は神田基督教青年会館前の同教会護団事務所から驀らに二重橋前天幕村を訪づれた、けさ午前十時頃だ『巡回クリスマス』である。

との記事が掲載されている。いずれの記事もクリスマス・ツリーの飾られた東京の景観から書き起こされている点

が印象的である。また、クリスマスのこの日アメリカから大旅行団がやってきたこと、かれらがツリーを先端につけたタクシーを用い東京観光している記事を掲載している。震災という災禍により、「善意」「恵み」「贈り物」という語と共に、クリスマスが日本の社会に定着した感がある。いずれの場においても、クリスマス・ツリーは、悲惨な現実を凌ぐ夢の象徴、「復興」の象徴として機能しているように見受けられる。

「二」の世界が「ハイカラなスケッチ」とされる要素として、カトリック教の宣教師と退紅色（ピンク色）のセーターを着た少女の登場を挙げられよう。揺れる乗合自動車の中で細かい字の著作物を読む宣教師と隣り合わせた保吉は、小天使たちを空想に描いたり、揺れる車を「ガリラヤ湖の嵐の中を行く小舟」に喩えたりと、キリスト教的な味付けを施すことで宣教師を中心とする世界を戯画化して描いていく。途中、乗車してきた少女に席を譲ったその宣教師が、緩やかに、保吉の言葉を借りるなら「巧妙に」布教を行い始めると、現実に引き戻された保吉は、布教活動を「玩具を与えて天国へ誘惑」する為業と批判的な解釈をみせる。御伽噺風な空想を描く保吉から一転、批評家となった保吉の姿をここに見るのだが、その保吉は、バスに乗ってきた少女の振る舞いに対し、[3]

保吉は思わず顔をしかめた。由来子供は——殊に少女は二千年前の今月今日、ベツレヘムに生まれた赤児のように清浄無垢のものと信じられている。しかし彼の経験によれば、子供でも悪党のない訣ではない。それをことごとく神聖がるのは世界に遍満したセンティメンタリズムである。

と子供の「清浄無垢」を否定してみせる。安易な「センティメンタリズム」のイメージを払拭する批判を下した上で、宣教師の緩やかな布教活動の導入にあたる「今日は何の日か」という質問に対し、その少女が大人たちの期待を超えた答えをする次のエピソードを提出している。

「けふはあたしのお誕生日。」

保吉は思はず少女を見つめた。少女はもう大真面目に編み棒の先へ目をやつてゐた。しかしその顔はどう云ふものか、前に思つたほど生意気ではない。いや、むしろ可愛い中にも智慧の光りの遍照した、幼いマリアにも劣らぬ顔である。保吉はいつか彼自身の微笑しているのを発見した。

宣教師は言葉につかえたまま自働車の中を見廻し、保吉と眼を合わせる。宣教師のパンス・ネエの奥の瞳に笑ひ涙を輝かせてゐるのを見た保吉は、「その幸福に満ちた鼠色の眼の中にあらゆるクリスマスの美しさを感じた」と記す。ようやく宣教師の笑ゐ出した理由に気のついた少女が「今は多少拗ねたやうにわざと足などをぶらつかせてゐる」その傍で、大人二人のまなざしの邂逅が書かれるのである。

ここは「二」の、最も美しい瞬間であろう。「あらゆるクリスマスの美しさ」とは何であろうか。その美しさとは、「こうして『子供』が『清浄無垢』（イエス）であるという『センティメンタリズム』を一時受け入れて、『娑婆苦を忘却』することにほかなるまい。この思いは、自分もかつては『清浄無垢』の『子供』であったという『センティメンタリズム』にもつながっていく。……略……そして、今は灰と化してしまった『大川の向う』（本所深川）に対する郷愁が、『子供』時代を『幸福』なものとして回想しようとする保吉の『センティメンタリズム』を支えている」(4)そのようなものであろうか。或いは逆の、「しかし、少なくとも大震災の年の冬という時点では、大震災の被災の現実が郷愁を支えるとは考えにくい。それはむしろ郷愁を許さない方向に働くのではないだろうか」の前提のもと、「本所の風景は、二度にわたって失われる。作者の少年期をすごした場所と、現在生きている場所とは、二重に隔たっているといえる。作者の少年期への問いかけは、そうした状況において、単なる郷愁にはならず、複雑な問いかけになったのではないだろうか(5)」という芥川の近代批判精神を読むべきであろうか。

「郷愁」にせよ、「問いかけ」にせよ、震災の被害というマイナスイメージから放たれた読みなのだが、両者の意見に乗って、更にそれがクリスマスであることを合わせるなら、保吉が行った追憶は、震災による壊滅的な状況となった東京において、失われた土地というかけがえのない存在を、自らの少年時代という過去・時間に託して、もう一度誕生させる行いということになり、それは、荒れ果てた世の中に光明のように誕生したイエスの「お誕生日」にこそふさわしい行いであったと、一旦は言うことが出来るのかもしれない。

3　追憶の方法・時間と未決

追憶とは、過去を事実として描くものではなく、過去を思い描く今の私を顕在化させる行為にほかならない。その意味で、この「少年」はまさに追憶小説であり、追憶のシステムを意識化させるテクストといえる。

先に挙げた他の少年ものと読み比べたとき、芥川の「少年」は、語りの方法に特徴がある。他の小説が、過去なら過去を回想するという指示を与えた後、現時点の物語として見慣れた「た」止めの回想体で語られていくのに対し、「少年」は、過去の保吉と現在の保吉がフラッシュバックのように瞬時に入れ替わり、登場してくる。回想というには、あまりに時間的に凸凹のある語りと言えよう。何が書かれているかは暫くおいて、如何に語られているかを見ていくなら、「少年」において第一の特徴として、時を示す表現の多様なヴァリエーションを挙げることが出来る。「昨年のクリスマス」、「巻煙草の煙が消える間」、「三年以前」、「四歳」、「五歳」、「六七歳」「八九歳」、「二十年前」、「三十年来」、「三十年後」、「三十年前」、「今日の保吉」、「ふた昔前」、「あなたは賢い妻に、優しい母になるでしょう」「しかし彼女は全知である。謂わばDelphiの巫女である」「予言的な友人」など、過ぎし日々から予言的な言説までがみられる。
明治四〇年代の追懐文学ブームにおいて、背景となる精神風土とは異なるレベルで、追懐という方法が発見されたとするのは、藤井淑禎『小説の考古学へ』(名古屋大学出版会、二〇〇一・二)である。藤井は、同時代の心理学の方法と文体との関連を指摘し、次のように述べる。

明治期に限定していえば、ベインからヴント、ジェイムズへ、という流れの影響下で帝大の元良勇次郎らによる自前の仕事が緒についていたわけだが、その豊かな成果から多くを学んでいたのが、意外にも文学の表現技法だったのである。ここで、その影響関係を整理してみると、①連想による記憶の再生に基づく回想的表現、②統一的自我の自覚化と、その自我(主体)による客体(対象)の把握という、主観・客観をめぐる問題、③感情と身体現象との相関の発見に基づく感覚描写の確立、の三つに大きくまとめることができる。

こうした動きの基底には、過去を回想するという行為の仕組みが明らかにされ、且つ、それを表現する方法が獲得されるという、二重に画期的な「発見」があったのではないか……略……具体的には、……略……時間の流れという認識、意識主体の確立、時点意識の明確化、そして「た」という助動詞の存在を指していたのであり、回想体が成立するためには、この四つの要素が揃うことが不可欠だったのである。

他の少年ものが、回想体として成立した今までの方法に則り、少年少女を対象化したのに対し、芥川の少年は、「た」のみに拠らずに、時間表現のバリエーションを様々にしている。回想からの逸脱としての語りの方法に関して、「二章以下の物語は一章の作中人物である保吉が自己の回想として、一人称で語ることも可能だった筈である。

しかしこのテクストではそうなっていない。語り手は二章以降も一章と同じ語り手である」と、「一」と「二」以下の語りの審級に差のないことを指摘したのは、渡邊拓「芥川龍之介「少年」の表現構造――回想の形成」（『論樹』一九九〇・九）である。このテクストを読者が易々と回想として受け入れるのは、「この数篇の小品は一本の巻煙草の煙となる間に、続続と保吉の心をかすめた追憶の二三を記したものである。」という「一」の最後の語り手の言葉の存在が、読者に「回想という枠」を指示するからにすぎないということである。

渡邊が言うように、単なる回想形式を採ってもよかったにもかかわらず、敢えてその方法を採用しないことは、「少年」の表現技法の異質さ、新しさと考えられるのだが、同時代評は、時に拒否反応としてその異質さに反応している。例えば、中村武羅夫は、「『少年』の中にある三つの小品にも作者はやつぱりそれぐ作者一流の合理的な纏まりを求めて、その終りの数行で飛躍を試みる、この飛躍が危つかしい(6)」と解釈する。また、広津和郎の「此続編だけ読んで自分の考へるところは、かうした材料は、こんな風に書くべきかどうかと云ふ事だ。これは或は作者の少年時代の追憶をかういふ形式を取って書いたものかも知れないがかうして、少年の時代に帰らずに、現在の頭によつて少年を「説明」して行かうと云ふのは、甚だ不自然になり易いと思ふ。……略……自分ならば此材料は、真正面から子供時分のスケツチとして書いて行くが芥川龍之介にはそれは物足りないだらうから、何とか一工風《ママ》せずにはゐられまいが(7)」という発言は、芥川の「少年」の特異性を浮き彫りにする好個の例といえるだろう。「少年」を単なる追憶として読むことにより生じる軋みに、敏感に反応しての同時代評は、追憶というには芥川の方法が見慣れぬ方法であったことを証明してみせるのではないか。そうであるなら、「少年」の方法は、私たち読者の身体や意識レベルに染み付いた追憶という時間感覚を意識化させる方法であったと考えてみることも可能だろう。

追憶という文学的方法には、この多様な時間の書き方とはまた別の特徴的な方法が採られている。「消す」ことによるイメージの創造である。

これは車の輪の跡です！　保吉は呆気にとられたまま、土埃の中に断続した二すぢの線を見まもつた。同時に大沙漠の空想などは蜃気楼のやうに消滅した。今は唯泥だらけの荷車が一台、寂しい彼の心の中におのづから車輪をまはしてゐる。……

（「二　道の上の秘密」）

しかしさう云ふ後ろ姿はなぜか四歳の保吉の心にしみじみと寂しさを感じさせた。「お父さん」――一瞬間帆前船を忘れた彼は思はずさう呼びかけようとした。けれども二度目の硝子戸の音は静かに父の姿を隠してしまつた。あとには唯湯の匂に満ちた薄明りの広がつてゐるばかりである。

（「三　死」）

海は白じろと赫《かがや》いた帆かけ船を何艘も浮かべてゐる。長い煙を空へ引いた二本マストの汽船も浮かべてゐる。翼の長い一群の鷗は丁度猫のやうに啼きかはしながら、海面を斜めに飛んで行つた。あの船や鷗は何処から来、何処へ行つてしまふのであらう？　海は唯幾重かの海苔粗朶《のりそだ》の向うに青あおと煙つてゐるばかりである。……

（「四　海」）

大きいリボンをした少女が一人、右手に並んだ窓の一つから突然小さい顔を出した。どの窓かははつきり覚えてゐない。しかし大体三日月の下の窓だつたことだけは確かである。少女は顔を出したと思ふと、更にその顔をこちらへ向けた。それから――遠目にも愛くるしい顔に疑う余地のない頬笑みを浮かべた！　が、それは掛け価のない一二秒の間の出来ごとである。思はず「おや」と目を見はつた時には、少女はもういつの間にか窓の中へ姿を隠したのであろう。窓はどの窓も同じやうに人気のない窓かけを垂らしてゐる。……

（「五　幻燈」）

敵の大将は身を躱すと、一散に陣地へ逃げこまうとした。保吉はそれへ追ひすがつた。と思ふと石に躓いたのか、俯向《うつむ》けに其処へ転んでしまつた。同時にまた勇ましい空想も石鹼玉のやうに消えてしまつた。もう彼は光栄に満ちた一瞬間前の地雷火ではない。顔は一面に鼻血にまみれ、ズボンの膝は大穴のあいた、帽子も何もない少年である。

（「六　お母さん」）

「二」から「六」を通して、消え行くイメージは、ほぼ同じ表現で繰り返されているといってよいであろう。これら、少年期の保吉の心に浮んでは消されたイメージは、これまで、例えば海老井英次「『少年』論――〈原体験〉解消の追憶を中心に」（『芥川龍之介論攷』桜楓社、一九八五・二）の、「〈道の上の秘密〉〈死の影〉〈代赭色の海〉〈大きいリボンをした少女〉〈無意識に母を呼ぶ声〉、これら〈原体験〉であるはずのものをむしろ解消してしまう形で追憶は閉じられている。行き詰った〈小説〉を〈私〉によって支えるための〈私〉の〈原体験〉は、遂になかった」という読み方に収束されてきたかと思う。だが、現出させては消し去り、後には背景だけを残すという描き方をすることは、逆に、消えてしまったものの存在感を確固として残していくことになる。消すことによるイメージの創出が、その芸術表現の根幹になっているのは、映像表現である。高橋世織は、「映画とはメカニズム的には寸刻前の像を、絶えず変化・改変し、その像を不断に『消し去り』つづけていかねばならない宿命にある。像（イメージ）が生成するためには、直前の像が消滅し、その上に次の像がかぶさっていかねばならないという物理的制約がある」（「《『消す』行為》のアルケオロジー」『文学』一九九六・二）とその性質を述べた上で、宮沢賢治の表出行為の新しさの根底に、この映像言語的な性質を見ている。小松弘『起源の映画』（青土社、一九九一・七）もまた、初期の映画においてプリミティヴな構造が、結局何かを満たすことのための仕組みであるとしたら、この持続、この連続を存在論的には不在を前提にし、既にあるそうした不在から開始されるのである。…略…こうして本質的に不在が印付けられている一つの映像は、常に未決の状態にある。それはその意味が決定されるために、次の付加されるべき意味を予定している。このようにして意味付けを要求する映像が連鎖することによって、何らかの言表が成り立っていく。

と、映像の特質を本質的な不在、未決の状態として説明する。この映像の未決性は、「少年」の基本的表現となっている。消されることにより逆にそのイメージが読者の心象に強く結ばれる。「少年」には、幻燈のエピソードが四度も繰り返されるが、追憶という心象行為が、幻燈性・映像性の特質と近いことに拠るからではないか。「この数篇の小品は一本の巻煙草の煙となる間に、続々と保吉の心をかすめた追憶の二三を記したものである。」と語る冒頭の保吉は、幻燈として、己の少年期を紙の上に映し出そうとしているといってもよい。映像性とは、時間と消す行為とイメージとの融合であるけれども、「少年」とはまさにその融合の中に現出したイメージ群といってよい。保吉にとって二十年前、小さい幸福を所有していた頃とは、「二州楼の大広間に活動写真を見た」その頃である。道の秘密を解こうと思い出したのは「幻燈の中に映る蒙古の大沙漠」である。海の色として「縁日の『からくり』の見せる黄海の海戦の光景などは黄海と云うのにも関らず、毒々しいほど青い浪に白い浪がしらを躍らせていた」ことを記憶し、そして幻燈機という玩具の登場に一章を割く。

「活動写真」「からくり」「幻燈」と、芥川の時代は、映画が日本へ入ってきた時代でもある。「少年」の表現は、〈原体験〉の解消という解釈を超えて、追憶という心象風景を描く行為の、映像言語性を極めて正確に示唆したものとして評されるべきではないか。消すことによるイメージの現（幻）出という映像性こそ、追憶の構造なのである。だからこそ〈追憶〉という語を目にするだけで、永遠に不在の寂しさというイメージを私たちは心にもつのではないか。

このような特徴を「少年」から読み取るなら、果たして「二」から「六」において中心的に書かれたのは、保吉の少年時代であったのか。「二」において、道の上の秘密というエピソードを通して、四歳の保吉を描いていると見るのが回想の読み方であるとすれば、「少年」においては逆に四歳の保吉を据えることで、二本の永遠に続く筋、道の上の秘密というイメージを描いていると考えることは出来ないか。〈道〉の詩的象徴作用を最大限に示すイメージが〈永遠に続く二筋〉なのである。「三」では、死について考える保吉を描いていると同時に、保吉の感覚を媒介として〈死〉のイメージに相応しい〈煙に消える父の背中〉を表出する。〈海〉を〈死〉を〈幻燈〉を、そして〈「お母さん」〉という一言を、それぞれ小題となっている語のイメージとして相応しい図を、少年保吉というものを媒体として描こうとしていると考えられるのではないか。そもそも、これら小題に選ばれた単語自体の詩的イメージの強さを思えば、「少年」が決して過去の回想に止まるテクストではないことは自明のことである。

少年期の保吉について清水康次は、「『少年』の一つ一つのエピソードは、知識や認識の獲得と、想像力の世界の消滅や喪失を描いていた。それが、作者の問いかけに対して得られた、少年期からの応答である。少年は、その成長の過程で、現実的なまた社会的な知識を得、自由で豊かな想像力の世界を代価として犠牲にしていく。芥川の時代には、それは、近代化の進行の中で、前近代的な想像力の世界が消滅していった過程とも重なっている。そのようにして得られた知識や認識が本当に重要なものであったのかどうか。自由で豊かな想像力の世界を犠牲にしたことに誤りはなかったのかどうか。そして、その是非は十分に検討されてきたのかどうか。それらの問題を作者は提起しているのである」と述べている。認識と引き換えに想像力を捨てた保吉を描き、またその近代への批判意識を

「少年」にみるのである。

「二」から「六」には、たしかにそれなりに子供らしい保吉が描かれている。道上の筋を見て、わからずに癇癪を起こし、食卓の膳に「美しい発見」をし、「死んだ蟻」と「殺された蟻」の違いに拘泥する。帆船を風呂で遊ばせ、海では貝拾いに熱中し、また、海は代赭色だと言い張り、真剣に戦ごっこをする保吉である。年齢という目盛の成長に合わせて、理解することから、自ら意識するものへ、そしてさらに受容するものへと、保吉像は変わっていく。年齢的な発育とともに、成長する知覚の現象を辿っているといってよいかもしれない。いずれにせよ「二」から「六」に共通する保吉像は、むしろ、割合と裕福な家庭で、保護者に守られつつ、時代の流行の玩具を与えられ、納得のいかない事柄については「癇癪」を起こして親をも辟易させる、空想好きで、美的感覚の鋭い少年というものではないか。少年保吉の想像力は、近代化された都市生活の中でむしろ育まれたとも考えられよう。

三十年前の保吉の態度は三十年後の保吉にもそのまま当嵌る態度である。代赭色の海を承認するのは一刻も早いのに越したことはない。且又この代赭色の海を青い海に変へようとするのは所詮徒労に畢るだけである。それよりも代赭色の海の渚の美しい貝を発見しよう。海もそのうちには沖のように一面に青あをとなるかも知れない。が、将来に憫れるよりも寧ろ現在に安住しよう。

現状の世界に美しい貝を拾おうという保吉の声がテクストには響く。

4　あらゆるクリスマスの美しさ

少年保吉を媒介に語に対する詩的象徴作用が立ち上げられる、それが「少年」の力学であるとするなら、「一クリスマス」もまた、同様の力学の中にあると考えられる。その中心のイメージこそ、宣教師の瞳の中の「あらゆるクリスマスの美しさ」だったのではないだろうか。

そして、この「クリスマスの美しさ」が、その後の追憶の動力ともなることを思うなら、保吉は少女の言葉よりもこの宣教師の笑い涙の中にこそ芸術的感動を覚えたことになる。

「あなたはきつと賢い奥さんに――優しいお母さんにおなりなさるでせう。ではお嬢さん、さやうなら。わたしの降りる所へ来ましたから。では――」

宣教師は又前のやうに一同の顔を見渡した。自働車は丁度人通りの烈しい尾張町の辻に止まつてゐる。

「では皆さん、さようなら。」

少女と個人的なやりとりをしていたはずの宣教師は、笑いを通して、乗客を巻き込み、乗客にも「頬笑み」を生じさせていた。そして、バスを降りるとき、「一同を見渡し」、「それでは皆さんさようなら」と言う。これはあたかもミサを終えた神父の挨拶のようにも聞こえる。ある意味で、宣教師の布教は、成功しているともいえるであろう。

ただ、その成功は、宣教師の力というよりも、実は、出来事を前にした保吉の〈見方〉に負っている。本来はありえない二つのものを結びつける〈見立て〉のまなざしにより、私たちは、「あらゆるクリスマスの美しさ」を見ることが出来た。カトリック教の宣教師ということで、バスの中で論文を読む彼の周りに空想の天使をちりばめていた。これらは、「異教徒」の目には見えない。しかし、その宣教師を「お伽話の大男」と〈見立て〉ることで、異教徒にも見える「クリスマスの美しさ」となった。「聖者」に見立て、次に懐柔し布教をする宣教師の「犯罪」性を論った上で、「御伽噺」の大男として、その瞳に「クリスマスの美しさ」を見つけ、肯定していく。また、少女の見方も同様に変化させる。子供は清浄無垢で神聖だというセンチメンタリズムを退けて、生意気な少女を登場させ、さらに彼女を「マリアに劣らぬ顔」に変化させることで、新たな子供像を描く。宣教師を大男と、少女をマリアとして初めて了解される聖性を保吉は捉えていることになろう。この詩的象徴作用を行うことこそ、「少年」における保吉の仕事であった。果たして、保吉は「空想」の世界を捨てて、「認識」を取ったのであろうか。「二」以下で見られた保吉像と、この保吉像は意外に近いところにある。「空想好き」は未だやまず、かつてであれば「癇癪」を起こして抵抗したかもしれない場面では「顔をしかめる」という身体表現を身につけ、何よりも「美しさ」を見、発見することに長けた人物といってもよいであろう。

保吉の想像力の働く場はどこであったか。彼が詩的象徴作用を発動させる場は、銀座のバラック・カフェであった。「大正一二年一二月二五日と言えば、震災から約四ヶ月後にあたる。……略……小説の言葉を借りれば、東京は未だ『娑婆苦』にどっぷり浸かっているということになろう。「一」は、そのような状況を極めてタイムリーに描きだしているのである。」「ところがそこに、不似合いに華やかな少女が登場する。『退紅色の洋服に空色の帽子を阿弥陀にかぶ』り、満員の自動車の中で編み物をする少女は、バラックのカフェに置かれたクリスマス・ツリーと同じくらい、震災の年の瀬に不相応である」(8)と数少ない、震災との関連を述べた論では、「そぐわない」「不自然」なイメージとして挙げられていた。しかし、少女が「退紅色のセーター に水色の帽子」を被って編み物をしていることや、保吉がクリスマス・ツリーの飾られたカフェで紅茶を飲み煙草を吹かしていることなどから、何か明るい色彩に彩られているともいえよう。そして現実に、様々な形で東京には色彩が戻ってきていた。

この年の流行語の一つが「復興」であったように、東京の都市は、目覚しい復興を遂げ、例えば、「焼け跡の仮建築に、往来の人々の服装などに、色彩と形式との美が目立つて感じられて来ました。勿論形式の美のみではありませぬ。震災後市民の心情に芸術的要求が一般に切実になつたのは事実です」（紀淑雄「美的生活の要求」『東京朝日新聞』一九二四・一・一九）など、「芸術的欲求」と称されながら明るさの由来が説明される。また、ピンク色に関しては、今和次郎の積極的な街頭調査によっても震災後には女性のショールの色として大流行していることが知られ、震災後の復興シンボル色の感がある。洋服もまた、震災を機に広まったと言われている。震災後の「娑婆苦」のみならず、「復興」の兆しが時期に相応しく「一」には描かれているのだといえよう。震災後三ヶ月、都市の人々は悄気かえっているばかりではなかった。帝国ホテルではクリスマス午餐が開かれ、「孔雀の間で始められた、十字形の大ホールの中央には金銀の草花で飾られた大きなクリスマスツリーが雪を湛へてゐる。申し込みが六百五十人、記名されたテーブルの上には鉄砲、自動車等のセルロイド玩具が山のやうに列べられて此一室に溢れるクリスマス気分は愈〻濃い」（『東京朝日新聞』一二・二六）、この年のクリスマスの風景である。久米正雄もまた、「大東京の更正よ、力あれ」（『文章倶楽部』一九二三・一〇特別号）なる文章で、「ポンペイ！　焼け焦げた新橋の橋畔から、此の今は昔の散歩道を見渡した時、私はかの知らざる廃墟を直ちに思ひ浮かべた」「私の新聞小説を初めて載せてくれた時事新報。文学青年時代の夢をはぐくんで呉れたカフェ・パウリスタ。飲み物をとると云ふよりは、寧ろ伊達に入つた資生堂喫茶部。……略……其他、馴染を称すべきものを数え立てれば、かなしき歌妓Sの絵葉書を悉く買ひ占めた事のある絵葉書店に至るまで、軒並みに何らかの追憶を持たざるはない。」「再び生きて起ち上つて来る、力強きフェニックスなる新銀座」と、高らかに新生都市を謳い上げる。

そして、クリスマス前夜の一二月二四日『東京朝日新聞』には、次のような記事が見られる。

新銀ブラ道中記／変つたぞ／どこも此処も近代式
焼払はれた銀座が、どこの復興よりも一番遅れて、両側にずうつと赤く焦げた煉瓦の崩ればかりが積上てあつた時は、実際銀ブラ党は悄気て了つた、それが十一月に入ると急に活気づいて両側に一生懸命な手斧の音が聞こえ、十二月に入ると日に五軒づつ、八軒づつ、ひしやげた物が起上るやうに復興して、今では新装の代表的都会が、仮装ながらも美しく、近代的味を有つて出来上つてしまつた、その町並みの揃つたところが、仲見世よりも、神保町よりも、日本橋通りよりも早い、流石に銀座だ！と地震前の銀ぶら党が、どこからか復興して来て、もう此頃は毎晩押すな押すなでぞめき歩いてゐる、尾張町の角に四人突立つた交通巡査も、震災前と同じやうに、同じ型で手を挙げたり、下げたりしなければ、往来の人が整理できない位に歳晩と新興の夜々が賑つてゐるのだ、

この記事が、大正一二年、すなわち一九二三年のクリスマス前夜の記事であることを思えば、「少年」の保吉もまた銀座尾張町のこの賑わいの中に身を置いていたことがよくわかる。

このように、復興が着実に進む中、都市東京では様々な動きがみられるようになる。帝都復興のスローガンの中で、最も敏感に、実際的に活動したのが、建築関係であった。隅田川の西では、「後藤慶二そして分離派とつづき表現派が若い世代の中心勢力となった矢先、大正一二年、関東大震災が起こり、その焼け跡の中から分離派に弓を引くグループが現れる。白昼とつぜん都市が崩れ落ちるのを目撃したデザイナーは、焼け跡の路上を、ある者は鉛筆とスケッチブックを脇に、ある者はペンキカンとハシゴを抱えて、駆け出した。〝MAVO〟と〝バラック装飾

社〟の奇妙な毎日がはじまる」（藤森照信『日本の近代建築』岩波書店、一九九三・一一）とあるように、中でもバラック装飾社と、マヴォの活動は、思想上対立を見せつつ、震災後の東京に新しい表現様式を一時的にせよ開花させた。

「今度の災害に際して、在来から特別な主張をもっている私達は、因習からはなれた美しい建物の為めに、街頭に働く事を申し合わせました。バラック時代の東京。それが私達の芸術の試験を受けるいい機会だと信じます。

バラックを美しくする仕事一歳――商店、工場、レストラン、カフェ、住宅、諸会社その他の建物内外の装飾。

（一九二三年九月／バラック装飾社）

バラック装飾社は倒壊した建物や柱に右記の貼り紙を貼り付け、工事を請け負ってはバラックに装飾を施していく。彼らの手によって建てられた前衛的なバラック建築は、「世界にもほとんど例のない建築におけるダダ的情熱の発露」として都市に登場した。具体的な建築としては、日比谷公園の食堂をはじめとし、「野蛮人の装飾をダダイズムでやる」「魚ともワニとも人ともつかぬ動物を渦巻き文様におりまぜて描いた」神田東条書店や、銀座のカフェー・キリン、御木本真珠店、上野の野村時計店、「植物をモチーフ」とし「模様と絵とあれだけそぐわない……略……めったにない味わい」芝の金物店など、多方面に渡っている。一二月一〇日の『東京日日新聞』には、「復興途上にある東京は／世界に類のない芸術的の新市街／建築家の領分に侵入した我が美術家の功績」の見出しの下、以下のような記事が掲載されている。

一朝に焦土と化した死の都、灰の東京も金三ヶ月足らずの間に再びわれ〳〵の眼前に展開されることとなつ

上　賀川豊彦の活動　下　バラック装飾社の活動『朝日グラフ』1923第1巻第1号

た。しかも古い東京はことごとく過去のものとなつて今は美化し芸術化した新しい都としてわれわれの前に現れたのである。

その目覚しさとはなやかさとは何人も驚嘆するところで、あの凄惨を極はめた震災の跡も既に遠い昔の思ひ出にならうとしてゐる。かくてひたすらに復興へ復興への努力にのみ専念してゐた市民の頭も追ひ追ひに平静に帰つてくると共にその要求も漸次必要から趣味へと移つて来た。この傾向は一日一日と出来て行くバラック建築が何より雄弁に語つてゐる。まづテント張りやトタン板の焼け残りで辛うじて風雨を凌ぐだけに満足してゐた市民も日のたつにつれていろいろの不満や要求が出て来た。同じ殺風景なバラック建てにしてもそこに何等かの意匠を加へて多少の美観を添へやうとする。その要求は更に進んでバラック建築独特の建築様式と装飾とが工夫され、こゝにかつて見なかつた新しい市街が現出することとなつた。しかも従来の建築が単に専門の建築家の手にまかされてゐたものが今度の震災によつてはからずも美術家の奮起となり都市の美術化と実生活の芸術化はわれ等のなすべき仕事であるとて進んで建築設計や店頭装飾にいはゆる専門建築家の縄張りにまではいつていつた。その為にはからずもわが建築界に一大進歩を促し新生面を開拓するに至つたことはよろこぶべきである。

保吉の入った尾張町のバラックのカフェは、仮施設というよりも、震災後に登場したこの前衛的なバラック建築を想定したくなる。特に、「壁には目玉をむき口を開けた怪獣のようなキリンをドイツ表現派絵画の激しいタッチで描き、室内はおだやかにロココ調で白くまとめ、後期印象派以後の画風をルールにしてメンバーが八枚の壁画を描いた」今和次郎の手掛けた「カフェ・キリン」と仮定してみることも可能である。ドイツ人夫婦の経営するカフェには、勿論ツリーが飾られていたであろう。今和次郎自身の口から、このカフェは次のように説明されている。

カフェー・キリンは、建物の設計は曽根中条事務所でやったものであるが、装飾は全部バラック装飾社にまかしてくれたものである。あそこの独逸人夫妻も何等注文をば持ち出さなかった。看板は気まかせの合作である。内部も皆の合作である。そして、内部は絵をかく人達のソロと、それに装飾として、ロココの主題をとった表現派であると言っていいものである。

（「芸術家の側から分離派の人達へ」）

保吉は、震災後の特殊な芸術的気分の中にあると考えられるのである。そして、バラック装飾社は、深川帝大セツルメントも手がけていた。この頃、最も被害の甚大であった深川本所地区も復興の様も、

本所深川の復興ぶり／バラツクから絃歌沸く仲町／ペンキで書いた不動のしるべ
木場の復活はまだ五分の一だが洲崎は六分通り開店した／賑ふ森下の大通り

一時は家などとても建つまいといはれてゐた本所、深川は、どうして〳〵その復興ぶり素晴らしく、日本橋、京橋、神田、浅草などに劣らぬ賑ひを見せてゐる現在両区の人口は本所が約十三万、深川が十萬、震災後

カフェ・キリン 1923　バラック装飾社＋曽禰中條建築事務所

一時は両区を合せて五六萬しかなかつたものだが、今は殆んど以前の半分は帰つてゐるし、殊に年が改つてからは所謂故郷忘れ難しで地方へ行つてゐた人も続々戻つて来る一方だから、三四月頃までには震災前とあまりちがはぬ所まで漕ぎつけるだらうといはれてゐる、その景気推して知る可しである

と一月一二日『読売新聞』の記事にされている。そしてこの地区で震災後に最も活動を盛んにしたのが、賀川豊彦である。「震災が教へた無常観に急に殖えた求道者　故伊藤公の末娘や某侯爵夫人等も　賀川氏の説教大繁昌」のヘッドラインの四月一五日『大阪毎日新聞』には、

震災にショックを受けて従来の頽廃生活を捨て精進の生活に入る者が頗る多く、現に賀川豊彦氏が昨年十一月以来東京市内各派教会に巡回説教を試みた結果に見ても既に三千人からの新しき求道決心者を見たほどである。

賀川氏の住つてゐる本所松倉町の付近ではバラツク居住の小所得者の家族に対して賛美歌のメロデーに曳かれて会堂に来たのが動機で基督信者となつたといふ者多く横川バラツクなどでは五十家族あまりの入信者があつたといふ。尚此傾向は第四階級の人々のみでなく有産階級に於ても同様で、やんごとなきあたりにさへ道を開かんと志す向あり過般も双葉幼稚園内に賀川氏を聘し某侯夫人、某伯夫人などゝいふ人々がその説教に耳を

傾け中には洗礼の希望者さへあつたほどである。

バラック装飾社の今と伝道者賀川とは、本所深川で繋がりをもつ。一九二三年の震災後のこのわずかな時期に、銀座と本所・深川という二つの場を舞台に、今と賀川とが活躍していた。そして、この銀座と本所を舞台としているのが外ならない「少年」なのである。今は、「隅田川は東京にとって皮肉な川です。本所深川は東京の中枢部および山の手の人たちにとっては違う風俗の国なのです。現代文化人風俗の国ではないのです。実に現代細民風俗の国なのです」（「本所深川貧民屈付近風俗採集」）と述べた。この境界は、特に震災後に際立った現象であった。「少年」は、貧民の深川本所地区を描かず、銀座の立場から描いたことに、安全な位地に安住しているという誇りを免れないかもしれない。しかし、詩人保吉もまた、自らの仕事を為しえている。晩年に「詩人兼ジャアナリスト」と自らを規定したその表現との距離をここに見ることができるのではないか。震災という事実から離れず、しかし、直接的に問題とすることは避けながら保吉は詩を織りなす。

関口安義は、『芥川龍之介の復活』（洋々社、一九九八・一二）の中で、芥川が震災について直接語る文章を紹介しているが、震災を最も早く作品化したものこそ、「少年」である。現実には、天幕村への施しの活動もあり、今の活動もあり、賀川の活動もあり、もちろん、「二」に保吉の隣にいる商人たちの生き方もあるだろう。そして、建築家たちをはじめとする芸術家たちの活動もあった。このように、一九二三年のクリスマスを、同時代的な視野の中で眺めるなら、「少年」の冒頭の時間指定は、単なる回想の枠組みという以上に、一九二〇年代の東京にとって重要な意味を有すると考えられる。「志賀氏のものと、芥川氏のものと、読後の感銘を比較して見ると、作の深い浅いといふ事は別として、志賀氏のものは安心してすら〳〵読め、素直に迫つてくる快感であり、芥川氏のものは、――僕一人であるかも知れないが――極度に意識を消耗させられる感じがし、時に想像が周旋し、印象が飛躍する所に、快感を感じせしめられるやうに思ふ」という伊藤高麿の印象は、同じ少年ものの中での志賀と芥川の文学的個性を簡潔に述べたものとしてだけでなく、そのテクストの指向性の差異を的確に把んでいるといってよい。クリスマスは、もちろん、「イエス誕生」を祝う日であり、それは、廃墟から復興する新しい東京というイメージとも重ねられる。また、クリスマス・ツリーに象徴されるしばしの「幸福」感の中に包まれるというイメージもある。クリスマスという通路（回路）を通して、様々な象徴作用が働きだす、そのようなテクストとして考えることが出来る。(9)

注

（1）「一」から「三」が掲載され、翌五月号に、「続少年」として、「四」から「六」が「一」から「三」として掲載された。後に、単行本『黄雀風』（新潮社、一九二四・七）に収録時に、「少年」の総題で、「一」から「六」としてまとめられた。

（2）「東京近県震害大要」（戒厳司令部調査九月中旬）には、「東京　被害　著大　被害家屋　四一二〇〇〇　死亡者数　七〇〇〇〇　東京市各区消失戸数　麹町　三二三九　神田　四六一〇〇　日本橋　二六〇七七　京橋　四九二九九　下谷　三七〇九八　浅草　八一二三七　本所　七三九〇二　深川　四九〇三七　消失家屋計　四〇二九九一（消失前の六三八八五六戸に対し六割四分）　罹災者数計　一五〇五〇二九（消失前の二四三七五〇三人に対し六割五分）　死傷者数　焼死者　五六七七四　溺死者　一一二三三　圧死者　三六〇八　負傷者　三一六七二　行方不明者　四二五四五」とある。

（3）当時、東京市内のカトリック教会は、築地、神田、浅草、本所、麻布、関口の六ヶ所に限定されていた。

（4）篠崎美生子「芥川『少年』の読まれ方――「小品」から「小説」へ」（『繡』一九九三・一二）

（5）清水康次「芥川龍之介『少年』論」『叙説』一九九七・三

（6）「四月の創作を論じて　現下文壇の大勢に及ぶ（十一）」（『時事新報』一九二四・四・一三）

（7）「五月の創作を読む（八）」（『時事新報』一九二四・五・一三）

（8）注（4）に同じ

(9)　B・アンダーソン『増補想像の共同体』(白石さや・隆訳、NTT出版、一九九七・五)
我々自身のもつ同時性の観念は、長期にわたって形成されてきたもので、その成立は確実に世俗科学の発展と結びついたものであった、…略…中世の時間軸に沿った同時性の観念にとって代わったのは、再びベンヤミンの言葉を借りるならば、「均質で空虚な時間」の観念であり、そこでは、同時性は、横断的で、時間軸と交叉し、予兆とその成就によってではなく、時間的偶然によって特徴付けられ、時計と暦によって計られるものとなった。／こうした変容が国民という想像の共同体の誕生にとってなぜかくも重要なのか。これは、一八世紀ヨーロッパにはじめて開花した二つの想像の様式、小説と新聞の基本構造を考察することで明らかとなろう。

〈その他参考文献〉
藤森照信『日本の近代建築』岩波書店、一九九三・一一

一九二〇年代の言葉——「歯車」

1 「歯車」の銀座

「歯車」を「接続詞的世界」として、避暑地と首都、自動車と列車、狂気と正常、神と悪魔、結婚式と告別式、左目と右目、依頼と承諾といった「と」で結ばれる対立項の提示と不調の物語とみたのは蓮實重彦(1)であった。それは或いは「説話論の視点から」という雑誌の要請に従い、物語的要素を強調した読みだったとしても、「どう読もうと自裁から遡行して読むことからは完全に自由にはなれない(2)」ことはない可能性の開示でもあった。

僕が「東海道線の奥の避暑地」から自動車や列車や省線電車を乗り換え、恐らく東京であろう目的地に至り、再び元の場所へ帰るという単純なプロットをしかもたない「歯車」は、しかし、その単純さ故に、忙しなく歩き、眼に映る事物をこと細かに書き留める僕を求心的に描くことになる。都市のホテルやその中の部屋、廊下、ロッビイ、コック部屋、地下室を案内し、せっせと往来を歩いては、公園、ビルディング、露地の奥、レストオラン、青山斎場、精神病院、丸善の二階、ポスタアの展覧室、カッフェ、額縁屋、或聖書会社の屋根裏、バア、運河などを、僕は写し撮る。その時々に眼にするものは、カッフェのテエブルクロオスの格子柄や張り紙、T君の指の土耳石の指環、女の持つ荷物からはみ出た海綿、アスファルトの上の紙屑など、些細なそして微細なものなのである。都市や

The Imperial Hotel 帝國ホテル

郊外の細かな事物を写しながら、意味を読みつけていく僕を主人公とする「歯車」は、あたかも、都市歩遊者としての私が、都市を読者に案内し、無意味に見える都市の断片をスクラップして空間的意味を発見する二〇年代の都市文学スタイル(3)を踏襲しているかのようだ。

幾年か前の二〇年代ブーム、都市論ブームの圏外に零れ、たとえそのような視点で読まれたとしても、「二〇年代の東京の現実に対する頑なな拒否の姿勢(4)」としか読まれず、〈地獄、死、狂気の東京〉対〈郷愁の郊外の家〉という対比で読まれることを常としていたこの「歯車」は、僕一人をとっても、実に二〇年代的な要素に色濃く彩られているのである。僕の在り方とともに、「歯車」自体が抱えるこの二〇年代性が、如何に写し出されているのか、それを読み解くことを本稿の目的としたい。

2　綴り直し

「歯車」における僕と読者の関係を「精神分析における患者と医者とのそれに極めて似ている(5)」とし、「暗号の集積」が「歯車」の表現であるとしたのは石割透である。「歯車」は、確かに解読されるべき暗号を至る所に出現させ、それらを僕が綴り直すという構図を見せ、

創建当時の旧帝国ホテル地階厨房

またその僕を読み手が分析するという二重の意味において、解読されることを待つテクスト、とも言えるであろう。

解読、綴り直しは、先ず文字のレベルにおいて顕著である。結婚披露式に出席した僕は、隣に座った漢文学者との会話において「麒麟はつまり一角獣ですね。それから鳳凰もフェニックスと云ふ鳥の、……」と唐突に翻訳を始めるかと思えば、皿の上の蛆を見るや「頭の中にWormと云ふ英語を呼び起し」てしまうのだし、ホテルで何気なく耳にした「オオル・ライト」という返答にわざわざ「?」を付けて、その依頼を読もうとする。「二」においてもまた、「僕は芸術的良心を始め、どう云ふ良心も持つてゐない。僕の持つてゐるのは神経だけである」と書いたことを思い出し、「良心」を「神経」という文字に置き換えてみるのだし、擦れ違った人の「イライラしてね」という語から「イライラする、――tantalizing――Tantalus――Inferno…」と連想の誘惑の罠に易々と嵌まっていくのである。

『旧帝国ホテルの実証的研究』より

客室内

客室内浴室

この綴り直しは、延々と繰り返される。例えば、本屋でみつけた宗教書の目次の「恐しい四つの敵、――疑惑、恐怖、驕慢、官能的欲望」を「感受性や理知の異名」に外ならないとし、カフェに入ることを、「電車線路の向こうにある或カツフエへ避難することにした。／それは『避難』に違ひなかつた。」とわざわざかぎ括弧をつけ、確認するのである。また、ホテルの部屋の電話口から聞こえた「モオル――Mole……」という音は、即座に「モオルは鼬鼠と云ふ英語だつた」と置き換えられた上で、再び「二、三秒の後、Mole を la mort

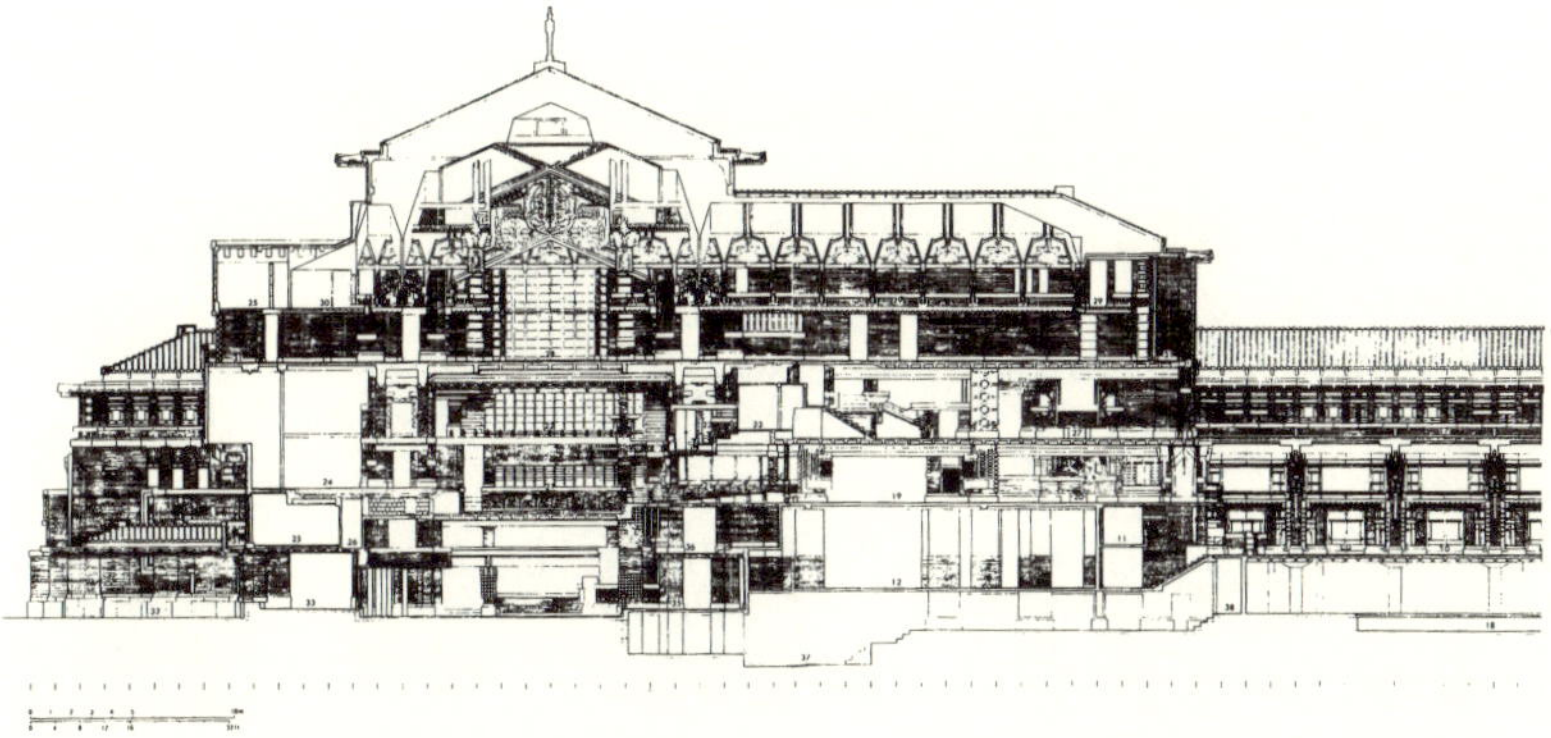

に綴り直した。ラ・モオルは、――死と云ふ仏蘭西語は忽ち僕を不安にした」と、本来意味を担う必要のない音を、僕は変換への欲望に駆られたかのように綴り直す。そして、「五」において、屋根裏の住人との対話で「一角獣は麒麟に違ひなかつた。僕は或敵意のある批評家の僕を『九百十年代の麒麟児』と呼んだのを思ひ出し」という連想と共に、「麒麟」を「一角獣」に読み変えた「一」と、呼応させる。

「歯車」の暗号連想というテクストの誘惑に、このように故意に搦めとられてみるなら、それはまた僕の地獄への強い欲望に身を晒すことになるだろう。文字のレベルでの綴り直しは、次に空間レベルへの綴り直しへと移行する。僕は、地獄巡りの運動を執拗に自らに招き入れている。ホテルの「階段を上つたり下りたり」、「何度もタクシイを往復させた」り、「昇降機《リフト》に乗つて三階へのぼつた」り、「丸善の二階」から「幅の広い階段を下つて行つた」り、「地下室を抜けて」「屋根裏の隠者」を訪ねたり、地獄遍路の行程を意図的に水平移動のみならず垂直方向にも定め、僕はそこを往き来する。それは勿論、ビルディングの時代に相応しい都市の運動には違いないが、それ以上に、あらゆるプレテクストの地獄巡りの運動を自らのものとしようとする引力の力であった。引用を代行者として、都市を読み換え、綴り直そうとする目論見である。

「歯車」中には、ダンテの「神曲」、ストリントベリの「地獄」、芥川の「地獄変」と少なくとも三つの地獄が引用されているが、更に幾層もの都市の綴り直しは図られている。既に指摘されている通り、それは例えば時任謙作の銀座[6]であり、ラスコールニコフが歩くペテルブルグ[7]であり、ギリシャ神話の場[8]であり、住民の悪徳故に硫黄と火により神に滅ぼされたソドム[9]でもある。また、「それは又麒麟や鳳凰のやうに或伝説的動物を意味してゐる言葉にも違ひなかつた」のそれ、Wormという語から、別の聖書の都市を思い出すことも可能となる。Wormは、「自然における神の裁き」を意味し、「永遠の腐敗の隠喩」であり、新約では地獄の描写に応用されるという。この英語を媒介に、エルサレムが聖都とみなされたのと対照的に描かれる「神に敵対するこの世の権力の象徴」とされる古代都市バビロンをも想起することが可能であろう。[10]

しかし、恐らくこのように引用された都市を限りなく探すことは無意味なことであろう。それよりも、東京という当時華やかなりし都市を、そして僕が歩いた銀座を、何故このように読み換え、綴り直そうとするのかが、問題とされねばならない。信時哲郎は、僕の行動を詳細に検証した上で、「銀座通りを一度目は北に、二度目は南に向かうことによって、流行中の銀座のフルコースを堪能している」「銀ぶらする僕」という視点を導入し、「ここにはこの時期に生まれたモダン都市の新しさ楽しさを謳歌する多くの出版物とは全く別のムードが漂っている」[11]とする。勿論、モダン都市はただ明るい風俗を映すだけのものではなく、一方で貧困や犯罪など、いわゆる闇の部分をも抱え込みはじめて花開くのであるが、確かに「歯車」に描かれたこの銀座らしき都市は、現実の空間に対して異様なまでに暗い。

二〇年代の風俗、前田愛の言葉を借りるなら〈社会の皮膚としての風俗〉[12]に席巻されていた東京に対し、僕はあたかも、皮膚の下の肉体を奪回する欲望にとりつかれたもののように地獄へと綴り直しを試みている。僕が求めたものは、決してある筈のない、いわば〈社会の肉体としての意味〉であったのだろう。僕は、当時の風俗への嫌悪や批判というより、意味を失った、または元からもたない風俗に、何かしらの意味をつけたいという欲望に支配されているのではないか。だからこそ、意味をなする者として、この都市に即して動くのであろう。風俗の席巻という意味の喪失は、「九百十年代の麒麟児」と呼ばれた僕にとっては堪え難いことであり、それ故に、執拗なまでの綴り直しを僕は企てるのである。

僕は、都市を地獄的に綴り直した後、「六」で郊外の家へと帰っていく。「一」の冒頭と「六」の冒頭がほぼ同じ表現で反復され、作品の額縁となっていることは、既に多く指摘されている。都市である東京から、故郷としての郊外への帰還とその喪失というかたちで捉えられてきているのであるが、それは、僕のまなざしという欲望が招き寄せていることでしかない。僕は東京で行ったこととほぼ同じ行動を「六」の地で丁寧に辿り直している。

ホテルの部屋ではなく「僕の二階」で、鳥の声を聞きながら小説を書く仕事をし、「この往来は僅かに二三町」と銀座の往来と対比させながらも、往来歩きをするのだし、アスファルトの上の紙屑ならぬ、道ばたの硝子の鉢を見とどめたりしている。やがて、銀座に存した「黒と白」の関係を、ネクタイや犬と鶏という矮小なものに見つけ、そしてビルディングの聳える往来ならぬ「別荘の多い小みち」を曲ってみる。そこで見つけるものは火事の痕跡であり、鼠ならぬ鼬鼠の死間の場」「ねばりつく濃密な時間、空間のうちを這うような時間[13]」と規定される田舎町の時空間として捉えることは、最早出来ない。「歯車」には、都市と田舎の対立は描かれていないのである。

確かに、「一」には「田舎」が存在していた。それは、都市と避暑地の二つのカフェという場所の落差に顕著に現れている。都市の電車線路の向こうにあるカッフェは、ナポレオンの肖像画がかかった薔薇色の壁に巻煙草の青い煙のくゆる場であり、一杯のココアを飲む、マホガニイまがいの椅子やテエブルなどに囲まれた「避難」の場であった。それに対し「一」の東海道の或停車場の前のカッフェは、「親子丼」だの「カツレツ」だのと云ふ紙札に囲まれた場であり、白地に細い青の線を格子に引いたオイル・クロオスのかけられたテエブルで膠臭いココアを飲む「時間つぶし」の場として描かれる。

「地玉子、オムレツ」

僕はかう云ふ紙札に東海道線に近い田舎を感じた。それは麦畠やキャベツ畠の間に電気機関車の通る田舎だつた。……

清水康次は、「地玉子、オムレツ」や、「畠」と「電気機関車」の間にアンバランスを見、「その土地に田舎の要素と都会の要素が混在し、田舎と都会の境界が曖昧になっていること」[14]を指摘するが、逆に、それぞれの領域が明確故に生じ「一」に在る田舎は「六」には描かれることなく、清水氏の意見は「六」にこそ相応しいものであろう。僕を媒介として相似形《ミニチュア》としての都市が、ここに立ち現れてきている。

「静かですね、ここへ来ると。」／「それはまだ東京よりもね。」／「ここでもうるさいことはあるんですか？」／「だつてここも世の中ですもの。」

妻の母はかう言つて笑つてゐた。実際この避暑地も亦「世の中」であるのに違ひなかつた。僕は僅かに一年ばかりの間にどのくらゐここにも罪悪や悲劇の行はれてゐるかを知り悉してゐた。

登場人物が、「ここも世の中」と明言してしまうように、明らかに、「ここ」は電車で結ばれた都市のミニチュアに過ぎない。「歯車」の書かれたこの時期は、正に郊外が都市を学び始めた時期なのである。「一」と「六」の冒頭の違いをもう一度辿るなら、僕は「上り列車に間に合ふかどうか」「時間を気にしながら」駅に行くものの、「二三分前に出たばかり」であった為に「次の列車を待」って「やつと或郊外の停車場」へ着き、そこでまた「省線電車の来るのを待」ち、目的地へ到着した時は「結婚披露式の晩餐はとうに始まつてゐた」のであった。この郊外から都市へ向かう「一」が、目的地へ至るのを無闇と遅延させ、ためらいの時間として引き延ばされているのに対し、逆に都市から郊外への方向をもつ「六」では、葬列を目にするだけで、即座に目的地へ到着している。この叙述の時間の速さは、そのまま郊外の都市化されるその速度に匹敵しているのであろう。そして、それは「六」の飛行機という交通手段により、更に遠くまで敷衍されることになる。

若し僕の神経さへ常人のやうに丈夫なれば、——けれども僕はその為にはどこかへ行かなければならなかつた。マドリツドへ、リオへ、サマルカンドへ、……

そのうちに或店の軒に吊つた、白い小型の看板は突然僕を不安にした。それは自動車のタイアアに翼のある商標を描いたものだつた。僕はこの商標に人工の翼を手よりにした古代の希臘人を思ひ出した。彼は空中に舞ひ上つた挙句、太陽の光に翼を焼かれ、とうとう海中に溺死してゐた。マドリツドへ、リオへ、サマルカンドへ、——僕はかう云ふ僕の夢を嘲笑はない訣には行かなかつた。

マドリッド、リオ、サマルカンドと、周到にパリやベルリンやニューヨークといった都市の名前を避けつつも、やはりこれらの中央都市へは飛行機によって結ばれゆく。僕の神経は、「避難」すべき東京を離れても尚、「時間つぶし」の避暑地という郊外でも休まらず、更に飛行機という「世の中」を敷衍していく悪しき機械により、どこまでも越境してゆくのである。

既に時代は、冒頭の列車から飛行機の時代を迎えていた。「歯車」の書かれた翌二八年、「文壇の名家数氏に「空の旅を依頼しその文章を大阪朝日新聞紙上に発表する」という企画が行われている。この企画で、実際に、北原白秋、恩地孝四郎、久米正雄、佐佐木茂索・ふさ子夫妻が搭乗したと言う。(15) 以降、飛行機が一般に浸透していくのに時間はそうかからない。「ここも世の中」とは、「歯車」にあっては犯罪都市としての同一性を言うのであるが、やや穿った言い方が許されるなら、「ここも東京」そして「ここも日本」という、中央意識の浸透のたやすさの予感でもあり得るように感じてならない。「一」の機関車にせよ、「六」の飛行機にせよ、その発達の要因は軍事仕様でもあったことに拠る。そのような交通手段に意識的な「歯車」は、正に「〈ひとつの地球〉は観念のレベルから感覚のレベル」(16) へ移行したという、この二〇年代後半の仕組みを抱え込んでいる。

「歯車」を注意深く読むと、「ハルビンへ商売に行つてゐた友だち」や「ついこの春に巴里にある勤め先から東京へ帰つたばかり」のT君を噂の言説に登場させていた。僕の神経により、こちらに集められた多くの都市は、再び、飛行機により拡散させられていく。僕による都市の綴り直しは、神経の休まらぬ都市を、他の地域にも及ぼすという意味で、東京それ自体を代行者に仕立て上げてしまったのである。

4　性・家族・罪

二〇年代の仕組みは、また、僕の身体に絡みついている性の問題としても窺うことが出来る。「歯車」において、僕の罪意識の由来が不明と言われるが、それが性にかかわることは最早疑い得ない。そして、恐らくこの時代、性が、家族に縛られ、罪と密接に結び付いた時期であったのではないか。二〇年代は、家族観・道徳観・罪意識の大きな転換点でもある。

僕は冒頭既に、汽車内で見かけた「小学校の女生徒」に並々ならぬ関心を寄せている。「ラヴ・シインつて何?」と語り写真屋さんを困らせる女生徒や、「若い女教師」の膝の上に坐り頸を抱き頬をさすりながら先生の可愛い目をほめる「十二三の女生徒」をよく観察し、曖昧な年齢の彼女らに「一人前の女」を感じる。また、省線電車を待つ間に「鼠色のショオル」を掛けた、軽井沢で「若い亜米利加人と踊ったりしてゐた」「モダアン……何と云ふ」女を眺め、その後も、立ち寄った本屋で『マダム・ボヴァリイ』を手にしたり、本の目次に、四つの罪の一つとして「官能的欲望」という文字を発見していたし、或先輩の彫刻家と話し、話題は「女のことを離れなかつた」と書く。その女故に「僕は罪を犯した為に地獄に堕ちた一人」と己自身を綴り直し、「悪徳の話は愈僕を憂鬱にした」のである。また夢の中で「ミイラに近い裸体の女」を見て、それを「僕の復讐の神」「或狂人の娘」と認識しているることからも、僕の罪が性と深く関わっていることは窺える。

この女を中心として「歯車」を見直すなら、「四」において本屋の店頭で「目金をかけた小娘が一人何か店員と話してゐたのは僕には気掛りにならないこともなかつた」という些細な、且つ周到なエピソードの後、カフェで「親子らしい男女」を観察する辺りで、やはり頂点を迎えているようだ。

彼等は恋人同志のやうに顔を近づけて話し合つてゐた。僕は彼等を見てゐるうちに少くとも息子は性的にも母親に慰めを与へてゐることを意識してゐるのに気づき出した。それは僕にも覚えのある親和力の一例に違ゐなかつた。同時に又現世を地獄にする或意志の一例にも違ゐなかつた。

「世の中」を地獄に綴り直す意志を、「親和力」の名で僕は理解している。本来、親子間には成立する筈のない性的慰め。しかし、これは本来的に成り立つ筈がなかったのか。そして、もう一つ、僕の妊婦へのまなざしも見逃せない。

向うから断髪にした女が一人通りかかつた。彼女は遠目には美しかつた。けれども目の前に来たのを見ると、小皺のある上に醜い顔をしてゐた。のみならず妊娠してゐるらしかつた。僕は思はず顔をそむけ、広い横町を曲つて行つた。

説明を避けて、嫌悪という身振りのみを僕は残している。僕が嫌悪している対象は、妊婦それ自体ではなく、恐らく身体を超えて附帯してしまう母、或いは親族という関係性である。「歯車」の選びとった表現を見直してみれば、例えば「姪」ではなく「姉の娘」と、「伯父」ではなく「姉の夫」、あるいは「妻の母」「妻の弟」という語を煩わしくも使っていたのであるから、一対の関係を中心とした家族というものに対して、「歯車」が意図的であることが理解されるだろう。親族関係を構成するものは、「夫婦」と「親子」の二種類であり、いかに複雑な関係でもこの二種の組み合わせに還元出来るという[17]。今引用した箇所は、この別々の機能を越境しようとする点——親子であるのに、性的な慰めを与え得る男女、そして美しい女であるかと思えば子を孕んだ親であった——に、共通項を見ることはたやすい。

「五」において、屋根裏の住人が今年一八になる「植木屋の娘」に対し、「父らしい愛」と同時に「情熱」をもっていることを感じるや、処女を唯一の弱点とする「一角獣」の姿を僕はそこに見てしまう。そして前述の通り、一角獣を「麒麟」に綴り直すのであるが、想像上の慶事な動物であるはずのこの麒麟は、麒が雄を意味し、麟が雌を意味する雌雄一対の表記に拠るのであった。これを切り裂いて「一角獣」に翻訳することこそが、この「歯車」的世界の第一の特徴なのであり、僕もまたこの誘惑を享受して止まなかった。そして「鳳凰」を不死鳥《フェニックス》と訳すのは、その新生が実は親の死を通してはじめて成立するものであるからであったのかもしれない。このように、「歯車」の言説は、性や家族という関係性に密接に絡み合い為されている。

運河は波立つた水の上に達磨船を一艙横づけにしてゐた。その又達磨船は船の底から薄い光を洩らしてゐた。そこにも何人かの男女の家族は生活してゐるのに違ひなかつた。やはり愛し合う為に憎み合ひながら。…が、僕はもう一度戦闘的精神を呼び起し、ウイスキイの酔ひを感じたまま、前のホテルへ帰ることにした。

運河・達磨船へのまなざしは特筆すべきことであるが、同時に、「何人かの男女の家族」という表現には、夫婦・親子とそれを交叉させる関係が濃厚であろう。ここで僕は、「もう一度戦闘的精神を呼び起」すにもかかわらず、ホテルで受け取った「特に僕に」届いた「近代の日本の女」という小論文を書けというライプツィッヒの本屋からの依頼を訝しまずにはいられない。

「歯車」には、「『僕』が婉曲に語る『狂人の娘』との関係は、愛人関係以上の何ものでもない」故に「『僕』と『狂人の娘』との過ちはあまりに軽いものではあるまいか」(18)という意見がある一方で、「大都市の群衆の中から〈僕〉の宿命と罪を告知する者としての近親者や妻が選びとられていく小説」と押さえ、「そのような血縁に基く関係や夫婦の関係も、つまりは性という罪深い営みによって、絶えず増殖していく」(19)とみる意見もある。たかが愛人関係にせよ、それを重い／軽いと印象し、或いは、性を罪深さと捉えるのは、いかなる制度によっているのか。この現代のゆらぎこそ、二〇年代の性の、家族の問題であったのではないか。「歯車」が、合法的に性関係が許され、と同時に非合法である姦淫という危険性をも伴う「結婚披露式」から書き出されることは、等閑に付せない。

西欧の「性をめぐる言説は、権力の働きかけによって禁止、抑圧されるどころか、むしろ告白＝真理の言説として煽動され、増殖」し、一八世紀以降、「〈性、セクシュアリテ〉の権力装置への組みこみ」が行われ、結果として「〈性〉は、家族を支える基盤として機能」させられることになるとみるのはフーコーであるけれども、憲法はドイツ、議会はイギリス、教育はスウェーデン、法律はフランスから摂取されたと括られる日本の近代という制度の中で、二〇年代における性と家族と罪意識という鼎は、より深く考察されねばならないだろう。

そうであるなら、「歯車」に数度現れるカフェの存在は軽くない。もともとカフェとは、「街角の小さな西洋」「遊廓とは違う男女の出会いの場」[20]と説明され、一部は、「美しい女給と濃厚なサービス」が売りで、カフェ・タイガーなどは「タイガア女給さん文士が好きで」などと囃されさえもするものであった。大正七年九月の『中央公論』（秋季大付録号）「新時代流行の象徴としての観たる『自動車』と『活動写真』と『カフェー』の印象」を眺めると、勿論「カフェーの最も主要な目的は、矢張り精神や肉体の疲労を癒す為めの休憩場に在る」（柴田勝衛）という意見もみられるが、その多くが「白粉を塗つたウエイトレスを配しライスカレーを勧める」（柳沢健）、「日本のカツフエの女共はまだ定型を作すに至らない」（小杉未醒）、「芝居の中に世間が余りに性的になつて、凡ての商売が女性が男性を吸引する力を引用する事になる傾向を描いて居る所があるが、日本で一番その著しい例はカフエーだ」（菊池寛）「ウエートレスの多くが割にすれてゐないから相手をしてゐても気持が好い」（江口渙）など、女に纏わる文が嫌でも

昼の銀座

夜の銀座

目に入る。何故、女をあれ程厭うた僕が、ここを避難所として訪れるのか。そして、冒頭のカフェの「親子丼」「地玉子」という表記に嫌悪を見せることは何を意味するのか。都市の四方で営まれる男女関係、女との許された場と許されぬ場の描き出しにより、「歯車」は、二〇年代の性・家族・罪への欺瞞や疑問を投げ付けているとも考えられよう。

5 意味の代行

性や家族への怯えと密着に関係するのが、どうやら僕が作家であるということらしい。この時代、新職業である「芸術家」が作家にも敷衍された時期である。芸術家が職業になった時、それに伴い「金」と「スキャンダル」という二重の制約が浮上する。僕の実体の見えない怯えは、著名人である故に、罰せられ、世間に発表されるという怖れでもある。雑誌社に金の工面をする場面を三回も織り込ませ、また「先生」「A先生」という表現を嫌うのも、本人に先行していくその職業意識にあるのだろう。冒頭の物語の目的「結婚披露式」への出席も、著名人の一人として招待されていたという想像も可能である。性や家族という意味の発生に覆い被さる、披露宴という形式に荷担することが、著名人の役割の一つとなる。

と同時に「六」に現れる葬列もまた象徴的である。

するとと低い松の生えた向うに、——恐らくは古い街道に葬式が一列通るのを見つけた。白張りの提灯や龍燈はその中に加はつてはゐないらしかつた。が、金銀の造花の蓮は静かに輿の前後で揺いで行つた。……

葬列とは、埋葬される為の行列である。しかし火葬という習慣がやがて、この葬列自体を葬り去るのだ。都市の人口増加が市街地をも拡大させ、土地問題から、当時、「火葬の一般化」が葬儀に変化をもたらすと同時に、「死に対する人々の意識変化」をもたらしたと言われる。(21)「白張りの提灯や籠燈」自体が、既に死というものの何かを代行していた。そして、それすらも都市では影をひそめ、「時代はすでに霊柩車のものであった」(22)と言う。「六」で目にされたこのひっそりとした葬列は、正に、新たな形式を生むための、意味喪失の時代のレクイエムとして象徴的である。〈社会の皮膚としての風俗〉が意味をことさら失っていたのに反して、披露式や葬列は、逆に形式の中に意味を見出ださせようとする。性の社会的認知としての披露式、列の代行としての霊柩車など、意味の代行現象はここでも為されている。

僕は「歯車」の主人公でありながら、己自身が何者かに代行されていく恐怖、他人との関係性でしか最早己を発見できない恐怖を感じているのではなかったか。僕は僕自身の相似形《ミニチュア》までも、肖像画や小説や視線を介して、何度も繰り返し登場させてくるのである。見るものとしての三つの肖像画（「Nさんの肖像画」「ナポレオンの肖像画」「ベエトオヴェンの肖像画」）、読むものとしての三つの小説（「Polikouchka」「暗夜行路」「罪と罰」）、かつて書いた三つの小説（「侏儒の言葉」「地獄変」「点鬼簿」）、今書きつつあるものとしての三つの小説（「或短篇」「新しい小説」「歯車」）、そして、見られるものとしての三つの肉体（鏡、Doppelgaenger、視線）と、これらはすべて僕に関わることで登場する資格を得ていた。僕の身体の綴り直しは、これらを通して旺盛に為されている。

この身体への過剰反応は、例えば「ベエトオヴェンの肖像画」に「滑稽」を見る僕が同じ章で自分に「不安の中にも可笑しさ」を感じたり、Doppelgaenger に関し「死は或は第二の僕に来るのかも」しれないとしたり、書きつつある原稿の中に「その動物の一匹に僕自身の肖像画」を描くとしているように、僕の主体性と客体性のやはり轉倒を起こすものなのである。物語の結末、妻から「お父さんが死んでしまひさうな気がした」と名指しされ、

「眠つてゐるうちにそつと締め殺してくれる」ことを希望して終わるとき、「もうこの先を書きつづける力を持つてゐない」と書き添えることを僕は忘れなかった。つまり、僕に先行して、今書きつつある小説が「死」をなぞってしまったことへの苦痛なのである。本来代行者であった筈の肖像画や小説が、逆に、描かれたものとして、書かれたものとして、見られたものとして、僕を代行者に仕立て上げていこうとするのだ。この代行者の顚倒こそ、「歯車」の第二のプロットと言える筈である。

更に見逃すことが出来ないのは、「歯車」における僕の執拗なまでの寝っ転がる姿勢ではないか。「歯車」は、「彷徨の小説」、「歩く人」の小説と言われる。都市小説の常套手段として歩く僕は確かに描かれているが、そこにのみ読みを集中させることは、同時にベッドや部屋に寝っ転がる僕を見落としてきてはいなかったか。重要なのは恐らく、歩くことを止めたときの姿勢であるだろう。例えば、「二」で「ベッドの上に転がつたまま」トルストイのPolikouchkaを読む僕は、「三」で「ベッドの上に転がつたまま」「暗夜行路」を読む僕、というように違わず反復されている。更に、「五」では書くことに疲れて「ベッドの上に仰向けに」なり、そして「六」の結末でも「僕は僕の二階に仰向けになり、ぢつと目をつぶつたまま、烈しい頭痛をこらへてゐた」と同じ姿勢を繰り返している。このまま「そつと絞め殺して」もらったときに、僕がどのような姿態を演じるのかと言えば、それは幾度と繰り返された姿態／死体のかたちなのである。

僕はふと彼の顔に姉の夫の顔を感じ、彼の目の前へ来ないうちに横の小みちへはひることにした。しかしこの小みちのまん中にも腐つた鼬鼠の死骸が一つ腹を上にして転がつてゐた。

「五」のはじめに、周到にも僕は「実際鼬鼠のやうに」仕事を続けたと書き記していた。鼬鼠の死体はどうしても、「腹を上にして転がつて」いなければならない。僕が寝転がる姿態を真似た鼬鼠が、やはりぼくに先んじて死を演じているのであった。「蛆虫や鼠のようにものだけは否定されねばならなかつた」にもかかわらず、僕は代行してしまう。「韓非子」の中の「寿陵余子」の「蛇行匍匐」は、宙づりの状態ととらえるより、蛇行匍匐という身振りそのものを押さえるべきであろうが、その身振りを僕は反復してしまう。意味をつける者として、代行者を探していた筈の僕は、いつの間にか、自らを代行者としてしてしまっていたのである。

6　二〇年代のことば

確かに僕は、身震いするかのように二〇年代的な表層のみの世界から逃れようとし、そこに肉体としての意味を見出だそうとする点において、「九百十年代の麒麟児」と称されて然るべき人物に違いない。しかし、遺された「歯車」のことは自体を、同じく「九百十年代」の遺物として葬り去ることが出来るであろうか。

ことばの文脈の入れ替えは、それを言語に対する操作として見れば、きわめて詩的な作業であるといえる。ことばを、常識的な用法の枠からすくいとり、立ち上がらせて、別の新たに構築した文脈の中に置きかえてみる。ことばが日常的な文脈に戻ることを妨げ、ことばを孤立させて、別の文脈に押し込もうとする。……散文である小説のことばが、これほど詩的に加工された例は、日本の近代文学では、芥川以前には少ない。

と、前出の清水論は「歯車」のことばの新しさを論じる。

二〇年代の都市が「『肉眼に見えるもの』を表徴化し記号化させ、他方『見えないもの』を構造化する装置である」[23]なら、文字を綴り直し、書かれていないもの、聞こえないものを意味付けた「歯車」は二〇年代の都市文学の一つとして正当性を主張することも可能であろう。ことばの新しさは、また、「歯車」が選んだ言葉の特徴にも表れている。この時代、視覚の優位と、体性感覚の地位の下落が言われるが、「歯車」は、視覚のみならず聴覚や触覚への鋭い反応も見られる。特に触覚（蜥蜴の皮に近い、青いマロック皮の安楽椅子、爬虫類のような手触り）への神経は、「歯車」を特徴付ける際立った要素であろう。この皮膚感覚と同時に、聴覚への鋭い意識がある。「僕」が気にする言語音は、多くが英語、仏蘭西語、漢語といった外来語である。これを衒学趣味の一言で片付けることは出来ない。一般人が聞けば雑音としてただ通過するだけの音を、「僕」はみてきたように、執拗に意味付けずにはいられなかった。

その意味付けの最終地点は、文字と空間と身体のレベルでの〈モオル＝死〉への綴り直しであった。〈モオル＝死〉を成立させた後、仏蘭西語で僕の噂を聞いても、「Mrs. Townshead」という興味深い単語を聞いても、僕はそれらを綴り直そうとはしていないことを思えば、これが「歯車」の大きな構造であったとも言い得るであろう。目的に至ることが目的ではない「歯車」は、都市をありのままには描かないという点で、都市小説の範疇にも含まれず、私をありのままには描かないという点で、やはり私小説とも呼ぶことは出来ず、ことばの間に意外な結び付きを発見することだけを目的とはしていないという点で、詩とも異なる。視覚からと同時に聴覚からの刺激による言語機能への綴り直しにより進められるこの「歯車」の世界は、詩・私小説・都市小説を融合させ、そのいずれでもないものを創り出したのではなかったか。それを解体と呼ぶのか新しさと呼ぶのかは、読者に委ねられた問題であろう。「僕」が逆説的に意味を見出だそうとするのに反して、「歯車」それ自体は意味を決して一つに固定しようとは意図されていない。

「都市遊歩者によるモンタージュ小説は、断片の集積であって、物語的結末を期待できないのかもしれない[24]」と言われる。モンタージュとは、二〇年代の言説に最も影響を与えた、第七の芸術として登場した映画の用語である。L・ブニュエルの《アンダルシアの犬》(一九二七年)が、瞳を切り裂くことで物語を映し出したように、「歯車」もまた、瞳に歯車という小型機械を遮蔽物として写し出さずにはいられなかった。執念深く、そして同時に禁欲的なまなざしは、都市の微細な事物に向けられ、そこにある筈のない意味を見出だそうとしていた。「新たな表現によって都市の具体的なディテイルをとらえているものは、今日再びその意味をとり返すことができるだろう[25]」と言われる。その意味で「歯車」は、もう一度その意味を取り返されねばならない。

注

(1) 蓮實重彦「接続詞的世界の破綻——芥川龍之介『歯車』を読む——」『国文学』一九八五・五
(2) 宮坂覺「作品別・芥川龍之介研究史　歯車」『国文学』一九八五・五
(3) 海野弘『モダン都市東京　日本の一九二〇年代』中央公論社、一九八三・一〇
(4) 前田愛「芥川と浅草——都市空間論の視点から——」『前田愛著作集第五巻・都市空間のなかの文学』筑摩書房、一九八九・三
(5) 石割透「『歯車』を読む」海老井英次・宮坂覺編『作品論芥川龍之介』双文社、一九九〇・一二
(6) 清水康次「『歯車』のことば」『芥川文学の方法と世界』和泉書院、一九九四・四
(7) 国松夏紀「芥川龍之介におけるドストエフスキイ——その二、『歯車』を中心に——」
(8) 加藤明「『歯車』論—ギリシア神話の暗号をもとに—」『日本文学』一九八四・一
(9) 宮坂覺「〈ソドムの夜〉の彷徨」『国文学』一九八一・五
(10) 括弧内は、『聖書事典』による。また、『旧約聖書』イザヤ書(13〜14章)は、以下の通り。
国々の誉であり、カルデヤ人の誇りである麗しいバビロンは、神に滅ぼされたソドム、ゴモラのようになる。……あなたの栄華とあなたの琴の音は陰府に落ちてしまった。うじはあなたの下に敷かれ、みみずはあなたをおおっている。……「わたしは立って彼等を攻め、バビロンからその名と、残れる者、その子と孫とを断ち滅ぼす」と主は言う。「わたしはこれをはりねずみのすみかとし、水の池とし、滅びのほうきをもって、これを払い除く」と、万軍の主は言う。

(11) 信時哲郎「銀ぶらする僕――『歯車』における視線をめぐって――」神戸山手女子短期大学『山手国文論攷第16号』一九九五・三
(12) 前田愛「東京　一九二五年」『現代思想』一九七九・六
日本の一九二〇年代は、風俗の季節、表層の時代であった。明治時代には、分を守ることを美徳としてうたがわなかった大衆は、風俗という社会的皮膚に、抑圧されていた欲望を浮かびあがらせる。
(13) M・バフチン『小説の時空間――ミハイル・バフチン著作集⑥』新時代社、一九八七・七
(14) 注(6)に同じ
(15) 和田博文「飛行するポエジー」『日本文学史を読むⅣ　近代2』有精堂、一九九三・一一
(16) 注(12)に同じ
電波と飛行機に象徴されるコミュニケーション速度の促進は、日本と西洋の文化的な時差を消失させる。〈ひとつの地球〉は、観念のレベルから感覚のレベルへと切りかえられたのである。
(17) 「親族体系」今村仁司編『現代思想を読む事典』講談社、一九八八・一〇
(18) 注(8)に同じ
(19) 注(9)に同じ
(20) 木股知史「カフェ」『国文学』一九九五・五
(21) 松山巖『乱歩と東京1920都市の貌』PARCO出版局、一九八四・一二
(22) 井上章一『霊柩車の誕生』朝日選書、一九九〇・五
(23) 高橋世織「乱歩文学における《触覚＝映像》の世界」『解釈と鑑賞』一九九四・一二
(24) 注(3)に同じ
(25) 注(3)に同じ

〈その他参考文献〉

明石信道『旧帝国ホテルの実証的研究』東光堂書店、一九七二
フランク・ロイド・ライト他『帝国ホテル』鹿島研究所出版会、一九六八
犬丸一郎『帝国ホテル』毎日新聞社、一九六八

都市の迷子たち――「浅草公園――或シナリオ」

1　三つの浅草

かつて、都市は書物に喩えられた。さまざまな解読を待つ縦横無尽のテクストとして存在するからである。今、都市は生命に喩えられる。複雑に絡み合いながら、部分部位で機能的に働き、死滅し、再生し、そして一つの肉体を有機的に動かしている生命システムは、確かに都市に違いない。一九二〇年代の東京、特に銀座と浅草もそのような都市としてあった。一九二七年、芥川がこの二つの都市を、極めて詩的にそして対照的に表現していることは興味深い。銀座を歩き事物を眺めることで、当時の銀ぶらという風俗を地獄巡りに見立てて書かれた「歯車」と、「――或シナリオ」という副題をもつ、映画詩〈シネ・ポエム〉ともとれる、都市性がその名に明らかな「浅草公園」(『文芸春秋』一九二七・四・一)の二つである。「歯車」について一九二〇年代の都市小説として読むことは前に試みたのでここでは繰り返さないが、浅草という都市空間を描いた「浅草公園」もまた、主人公のまなざしを借り、現実の都市とは異なるもう一つの浅草を文学空間として立ち上げている。

浅草といふ言葉は複雑である。たとへば芝とか麻布とかいふ言葉はひとつの観念を与へるのに過ぎない。しかし浅草といふ言葉は少くとも僕には三通りの観念を与へる言葉である。

一九二四年一月一三日の『サンデー毎日』に掲載された「野人生計事」の「三、キユウピッド」には、このように浅草のトポスが語られている。三通りのうち、第一の浅草とは「大きい丹塗りの伽藍」浅草寺、第二は「池のまはりの見世物小屋」、そして第三の浅草とは、「花川戸、山谷、駒形、蔵前」などと並ぶ「下町の一部」であると述べた後、「僕のもう少し低徊したいのは第二の浅草——活動写真やメリイ・ゴウランドの小屋を並べてゐた浅草である」と続けている。第三の下町「浅草の詩人」として久保田万太郎の名を挙げる芥川は、第二の「浅草の詩人」として谷崎潤一郎、室生犀星、そして「白鷺」(『サンエス』一九二〇・五)を発表した佐藤惣之助の名を挙げる。「白鷺」に登場する浅草レヴューに出演するためキュウピッドに扮した少女たちが螺旋階段を下る光景を、「砂文字婆さん」や「蝦蟇の脂を売る居合抜き」、「水族館」、「活人形」、「珍世界のX光線」、そして「カリガリ博士のフィ

ルム」「ロシアの女曲芸馬師」とともに第二の浅草の象徴として捉えている。金龍山浅草寺を奥に在す聖なる場とする歴史的な参拝の空間としての浅草を第一とし、花屋敷を代表とする四区五区に集まる見世物空間としての浅草を第二、そして人々の生活する下町浅草を第三とする芥川のわかりやすい切り口をする芥川だが、シナリオ「浅草公園」もまた、某の「浅草の詩人」の仕事ということになろう。

「浅草公園」は、シナリオ形式が取られているが、一齣目から順に辿ると公園をぐるりと正確に散歩することができる。「浅草公園」は「浅草の仁王門の中に吊つた、火のともらない大提灯」にまず視点を定め、「提灯は次第に上へあがり、雑

踏した仲店を見渡すやうになる。但し大提灯の下部だけは消え失せない。」という冒頭は、最終「前の仁王門の大提灯。大提灯は次第に上へあがり、前のやうに仲店を見渡すやうになる。但し大提灯の下部だけは消え失せない。」と呼応し、物語の大枠を形作る。次に、「雷門から縦に見た仲店。正面にはるかに仁王門が見える。樹木は皆枯れ木ばかり」と冬の仲店を説明する齣が続き、仲店の玩具屋に見入る少年が書かれる。「この玩具屋のある仲店の片側。猿を見てゐた少年は急に父親のゐないことに気がつき、きよろきよろあたりをみまはしはじめる。それから向うに何か見つけ、その方へ一散に走つて行く」と、父を見失った少年が描かれ、以後この主人公の少年の彷徨が始まる。

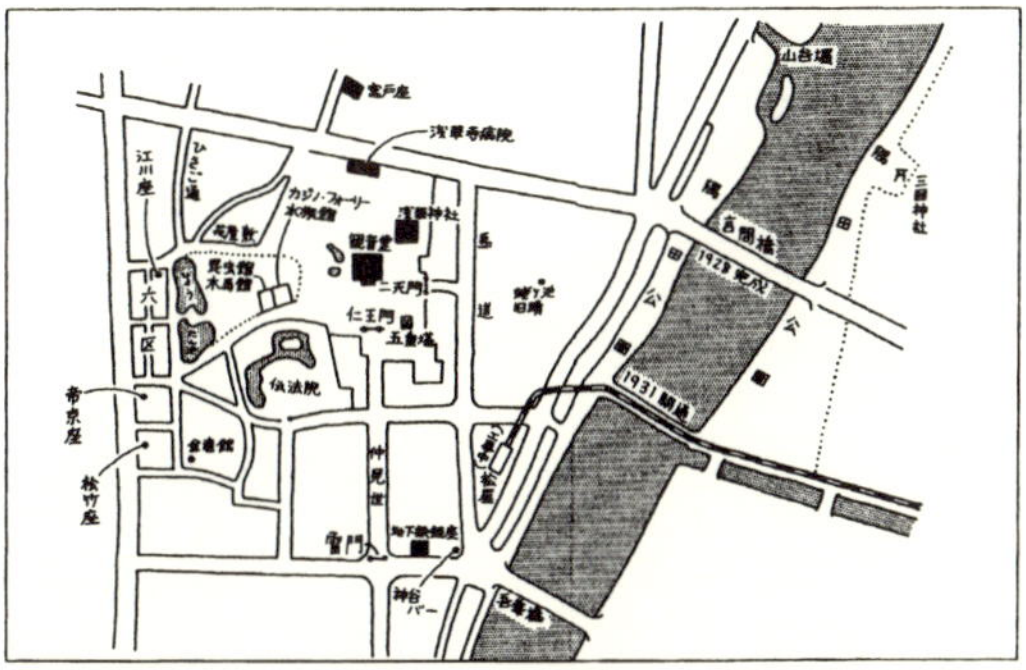

浅草公園 1920～30年代　前田愛『文学の街』一部加筆訂正

途中、「始めは唯薄暗い中に四角いものの見えるばかり、その中にこの四角いものは突然電燈をともしたと見え、横にかう云ふ字を浮かび上らせる。――上に『公園六区』下に『夜警詰所』。上のは黒い中に白、下のは黒い中に赤である」という看板を目にし、その場所で少年は道を折れ、「劇場の裏の上部。火のともつた窓が一つ見える、まつ直に雨樋ひをおろした壁にはいろいろのポスタアの剝がれた痕」を目にする。「池の向うに並んだ何軒かの映画館。池には勿論電燈の影が幾つも映つてゐる」と六区近辺を池越しに眺め、「カッフェ」や「格子戸造りの家」、「芸者屋街」、「セセッション風に出来上がつた病院」、「僅かに空を残したコンクリイトの塀」経由で、瓢箪池を廻る。そして浅草観音の前を通り、「大きい石灯籠の下部。少年はそこに腰をおろし、両手に顔を隠して泣き始め」、巡査に話しかけられ、「巡査に手を引かれたまま、静かに向うへ歩いて行く」。このように父親からはぐれた少年が巡査の手に渡るまでという筋を追いつつ、大提灯から仲店、瓢箪池、六区、観音堂へと浅草公園のおおよそを辿ることができるのである。

2　書き割り的まなざし

二〇年代に書かれた他の浅草を描いたテクスト同様に、この「浅草公園」もまた、当時の浅草という都市記号を必然的に要請している。ところが、この「浅草公園」は、浅草を忠実に辿りながらも実際の浅草の地とは大きく異なることも否めない。

少年は仲店を歩き、「玩具屋《おもちゃや》」「帽子屋」「目金屋」「造花屋」「煙草屋」「写真屋」「射撃屋」と一般名化された店屋の〈飾り窓〉をひたすら見続ける。少年の目を借り、それらのウインドーケースにある例えば「近眼鏡、遠眼鏡、双眼鏡、廓大鏡、顕微鏡、塵除け目金」や、「巻煙草の缶、葉巻の箱、パイプ」などが映される。

14

斜めに見た造花屋の飾り窓。造花は皆竹籠だの、瀬戸物の鉢だのの中に開いてゐる。中でも一番大きいのは左にある鬼百合の花。飾り窓の板硝子は少年の上半身を映しはじめる。何か幽霊のやうにぼんやりと。

24

斜めに見た射撃屋の店。的は後ろに巻煙草の箱を積み、前に博多人形を並べてゐる。手前に並んだ空気銃の一列。人形の一つはドレッスをつけ、扇を持つた西洋人の女である。少年は怯づ怯づこの店にはひり、空気銃を一つとり上げて全然無分別に的を狙ふ。射撃屋の店には誰もゐない。少年の姿は膝の上まで。

たとえそれが現実の仲店にある店であったとしても、このように「××屋」と羅列されることで、店も展示物も均質で等価なものに変容する。少年の眼は、仲店の〈飾り窓〉だけでなく、参道を外れた裏道でも、「標札屋の露店」、呉服の「糶《せ》り商人」、「メリヤス屋の露店」を等しくまなざし、また「劇場の裏」「カッフエ」「コック部屋の裏」「格子戸造りの家の外部」「芸者屋町」「セセッション風に出来上つた病院」「コンクリイトの壁」も同じように眺めている。飾り窓という見世物、横道の露店という見世物、そして町の裏側など、浅草という都市空間を複眼的に少年はまなざす一方、いずれの場もただ見、通過するのみである。飾り窓を持つ表の商店と、裏道や露地の露店や糶売りという商売の形態の差が売る側買う側の資本の差を示すことを私たちは知ってしまっているが、迷子とな

久保田万太郎「雷門以北」
画小村雪岱　仲見世　広小路

った少年はこれらの差異を何も意味づけることなく、一様に平準化するまなざしのもと、彷徨を続ける。谷崎潤一郎の「鮫人」や室生犀星『幻影の都市』「魚と公園」、江戸川乱歩の「一寸法師」や、堀辰雄「水族館」、川端康成「浅草紅団」など、一九二〇年代前後の浅草は、数多の作家たちによりテクスト化された。いずれも雑踏の猥雑さや、建物の内部での幻想・享楽体験を描くことで、「あの公園は一個の偉大なる生物であつて」（「鮫人」）という生き物的な都市空間を浮上させている。それらのテクストに対して芥川の「浅草公園」は、生き蠢く都市というより、余りに二次元的、表面的である。

唯、見、通過していくだけで、決して対象に触れたり、進入したり、関係をもったりすることはないこの〈迷子の少年〉という視点人物の選定により、「浅草公園」は、〈見ること〉において、その物理的な目線の低さだけでなく、浅草という実際の地名を私たちが知るところの都市ではない、二次元的空間とすることを可能とした。「少年の目にうつる町が現実の浅草というよりも、まるで博覧会場か遊園地のような現実臭を感じさせない書き割り的な空間になっている」(1)とこの「浅草公園」の世界は川本三郎により既に指摘されているが、よく知る浅草が、この少年のまなざしを通して濾過されることで、どこにもない書き割り的なもう一つの浅草という空間を描くのである。少年をはじめ仲店も病院も池も、門と池を除いてすべての風景が名前という固有名詞をもたない中で、唯一つ題名でもある「浅草公園」が名指しされているのも、その故であるのだろう。

「浅草公園」は前半の仲店や六区のみならず、後半には、

63

大きい常磐木の下にあるベンチ。木々の向うに見えてゐるのは前の池の一部らしい。少年はそこへ歩みより、

がつかりしたやうに腰をかける。それから涙を拭ひはじめる。すると前の背むしが一人やはりベンチへ来て腰かける。時々風に揺れる後ろの常磐木。少年はふと背むしを見つめる。が、背むしは振り返りもしない。のみならず懐から焼き芋を出し、がつがつしてゐるやうに食ひはじめる。

と、瓢箪池を舞台とした景色も映しとる。「幕末から明治初期にかけて、生人形やら松井源水の曲独楽やら、色とりどりの見世物であふれかえっていた浅草奥山」[2]にあたるこの池の辺りは、震災後の繁盛の中で、忘れられ、取り残された場となっていた。東京大震災を境に大きく変わった浅草公園は、「雷門を中心に仲見世から仲見世裏は殊に以前にもました繁昌振り」[3]と、その活気ぶりを新聞紙上にも書きたてられる。が、一方で「瓢箪池をまはる寄席は一帯にさびれ勝ちである」とも書かれ、後年には、「鬱蒼とした木立につつまれた奥山一帯は、瓢箪池とあわせて、浅草寺からも六区からも、ウラにあたる曖昧な場所になった。あるいは聖が遊に、遊が聖に移行するまがまがしい境界地帯」になっていく。「たかり・ポンビキ・引ぱり・浮浪者など、犯罪関係者が出没する記号が、公園地のなかでもっとも集中しているのは、この奥山から瓢箪池にかけての第四区」（前田愛）とされる程、負の記号の集積場として先駆ける場なのである。

この「六区アミューズメントの残滓が浮かんでいる掃溜のような公園の池」[4]は、かつて震災によって脆くも崩れ去ってしまったあの十二階と対を為す風景であったという。十二階と瓢箪池との「上昇と下降の対称性」は、「帝都随一の最高層建築と路地の魔窟」「〈近代〉と〈半近代〉の象徴」として捉えられる。しかし震災後、失われた十二階を覆い尽くすように、浅草は、上ではなく、横への視線を拡張していく。江戸時代の掛店に端を発した「仲店」は「仲見世」であり、世の中を見る（見せる）という意味を内包しながら、雷門から仁王門までの浅草寺へ至る参道を、いつしか見世物の道としていく。

「浅草公園」の焦点もまた、垂直にではなく、あくまで水平に保たれる。この水平的なまなざしは、二〇年代的な「物象化・非内面化・視覚化・匿名化」を特徴とする「百貨店的陳列文化」（中村三春）なのだと言えよう。〈上／下〉の関係は、〈たて／よこ〉そして〈表／裏〉という関係にとって変わる。だとすれば、十二階という高さが、その「明徴的な〈高さ〉において、またとりわけ明治二〇年代の近代日本のナルシス的な上昇志向の形象化という意味で、中心化・都市化をおしすすめていた帝都東京にまことに相応しいモニュメント」であったのと同じように、「視覚的快楽を商品化した〈見世物〉劇場」、百貨店的陳列装置としての浅草公園を、迷子の少年という属性において眺めることもまた、一九二〇年代のモニュメンタルな行動様式であったと考えられはしないか。

前の新聞をもう一度引用するなら、「瓢箪池をまはる寄席は一帯にさびれ勝ちである」に続いて「といふものゝ何々建篆場としるしたかこひの中では石油ランプの影にハンマーの音が地から強い余韻を残してゐる」とある。池のあたりのさびれと同時に、禍々しい負の記号の集積場としてのみこの場はあるのではなく、廃墟の中にも尚新たな芽吹きや生命力が連想される。地下鉄の開通が間近なこの時期、浅草という場に、街の消費文化を享受する見物客と、その街を建設する労働者という二つの社会構造的な同居がある。そして「浅草公園」のテクストにも、この同居の様が映されている。

36

このカッフェの外部。夫婦らしい中年の男女が二人硝子戸の中へはひつて行く。女はマントルを着た子供を抱いてゐる。そのうちにカッフェはおのづからまはり、コック部屋の裏を現はしてしまふ。コック部屋の裏には煙突が一本。そこには又労働者が二人せつせとシャベルを動かしてゐる。カンテラを一つともしたまま。

……

「おのづからまはり」という舞台の暗転を以て、この二重性は〈表／裏〉として映し出されている。煙突―労働者―シャベル―カンテラというモンタージュを用い、資本主義が抱え込むウラオモテを写し出し、且つ仲店の枯木に対置するように、池には常磐木が配置される。少年の目は何ものも均質に映すのみながら、書き割りの風景は〈聖／俗〉〈表／裏〉という奥行きをイメージさせよう。そしてその奥行きは暗転である以上、常に反転を許す契機ともなるのである。

3　迷子の少年

書き割り的なイメージの現出・幻出の効果を上げるのに、主人公が少年であることは大きな役を負っている。仲店を徘徊する少年は、途中で「XYZ会社特製品、迷ひ子、文芸的映画」と書いた長方形の板を目にする。メタ映画的な徴となる場面であるが、物珍しそうにウインドーショッピング的なまなざしをもって歩いていた少年は、この場面以降、「迷ひ子」という不安な身体をもって歩きだす。

「可愛いと云ふよりも寧ろ可憐な顔をしてゐる」「十二三歳の少年」は、「外套を着た男」「如何にも田舎者らしい、無精髭を伸ばした男」とともに浅草に来た。恐らく父親と思われるこの男から途中はぐれ、父を探す徘徊の中で、「父親らしい男の後ろ姿」に追いすがっている。だが、振り返つたその男の顔は、「綺麗に口髭の手入れをした、都会人らしい紳士」であった。この男は、さらに「マスクを口に蔽つた、人間よりも、動物に近い顔をしてゐる。何か悪意の感ぜられる微笑」に変化する。このマスクの男は、少年が父を思い浮かべるショットの次の齣で、「少年の後ろから歩いて行く男。この男はちよつと振り返り、マスクをかけた顔を見せる。少年は一度も後ろを見ない」と再び現れ、或いは、

74

が、静かに振り返つたのを見ると、マスクをかけた前の男である。のみならずその顔も暫くの後、少年の父親に変つてしまふ。

と、父のダブルイメージとして影のように少年につきまとう。文学の中の迷子といえば、「迷羊《ストレイ・シープ》」という印象的な単語をキーワードとした、夏目漱石の「三四郎」がある。小川のほとりで美禰子が三四郎に向い呟くこの単語に先駆け、

行くに従つて人が多くなる。しばらくすると一人の迷子に出逢つた。七つ許りの女の子である。泣きながら、人の袖の下を右へ行つたり、左へ行つたりうろ〳〵している。御婆さん、御婆さんと無闇に云ふ。これには往来の人もみんな心を動かしてゐる様に見える。立ち留るものもある。可哀想だといふものもある。然し誰も手を付けない。子供は凡ての人の注意と同情を惹きつゝ、しきりに泣き号んで、御婆さんを探してゐる。不可思議の現象である。……略……団子坂の上迄来ると、交番の前へ人が黒山の様に集《たか》つてゐる。迷子はとう〳〵巡査の手に渡つたのである。

と、子どもの迷子のエピソードが挿まれていた。この「三四郎」の迷子は巡査の手におちて落着している。「浅草

公園」の少年も同じくシナリオの最後で巡査の手に渡るのだが、しかしこの終わり方には安心できない印象がある。「帽子を眉深にかぶつた巡査」故に、父のダブルイメージ同様どの顔が現れてくるのか不明だからであろうか。あるいは父から巡査へと一つの父権からもう一つの大きな父権への手渡しという保護者のすりかえが行われるにすぎないからであろうか。テクストが閉じられてもなお不安な迷子として少年は永遠に彷徨い続けるかのようだ。

河原和枝は『子ども観の近代』[5]において、P・カヴニーの『子どものイメージ――文学における「無垢」の変遷』を引用して、イギリス文学において、ワーズワースやブレイクといったロマン主義の詩人たちにより発見された子どもというものが、十九世紀のディケンズやキングズリイらによって「社会の『経験』の重圧」に対する「人間の『無垢』な魂」のシンボル、「不愉快な姿で発展を続ける社会への芸術家の不満のシンボル」として、大人の芸術の中核に据えられることになった経緯を伝えている。氏は続けて、日本の『赤い鳥』に登場する子どもたちにも、明らかに同様の反映が見られるとし、「西洋から輸入されたロマン主義的な」「大人になると失われるような、子ども時代の喜びや輝き」「無垢そのものを象徴する」この子ども観は、「児童文学が明治のお伽噺の『約束事』からいったん離れ、大人の『文学』を経由することによって初めて可能となった」と述べる。大正期の子ども観の特質の一つである社会的弱者としての「弱い子」という特質は、確かに「浅草公園」の少年と共有する部分が窺えもする。

当時の「弱い子」の現実は、非常に過酷なものであった。子どもたちは、農村の貧困を背景に年季奉公のかたちで盛んに人身売買の具にされていたし、急速に成長した資本主義の要請に応え、都市では年少労働者として劣悪な環境の工場労働にかり出されてもいた。さらに巷間では子さらいや貰い子殺しなどの子どもの虐待事件が連日のように新聞を賑わせていた。

「浅草公園」の中で「マスク」をし「悪意のある微笑」を湛えた男が登場し、弱者としての子どもを揺さぶるイメージが提出されている。子ども自体はその危険性に気付かない。この少年は、「農村の貧困」「年少労働」「子さらい」という都市問題のイメージを負う、〈父〉からはぐれた時代の迷子なのではなかったか。公園内の伝法院には一九二三年に少年保護施設である無畏学園が創設された。〈子ども〉という属性は、その始まりから〈迷子〉だったともいえる。庇護、養育、扶養、保護などの述辞に使役動詞がつかざるを得ない立ち場にある、社会的というより記号的弱者である。主体（主語）側は、代替が可能であり、保護―被保護という関係もまた、不完全な状態にある。父に繋がれていた少年の手は、最後に巡査に繋がれて終わるのであるが、これはあまりに象徴的な終り方であろう。常に子どもという属性は、迷子でしかない。

しかし、今ここで問題にしたい〈少年〉は、〈子ども〉とも異なる、勿論〈大人〉とも異なる第三項である。社会的な人間には、「出産、死、信仰、性生活といった成年にふさわしい属性」を有する「成人」と、それらを欠いた「未成年」としての〈子ども〉があるとしたのが近代である。この子どもは、子どもらしさという属性を与えられ、さらに大人になるために思春期という「心理的に成長するための複雑な時期」を堪えてゆかねばならない存在となった（ヴァン・デン・ベルグ）。そのような大人の属性を「欠いたもの」が子どもなのだとしたら、それらを可能性として有するものが少年なのではないか。少年は、「可憐な顔立ち」と表現されているが、この可憐という両性性故に、テクストにおいて少女とも変換可能となる。

火のともつた窓には踊り子が一人現れ、冷淡に目の下の往来を眺める。この姿は勿論逆光光線の為に顔などははつきりとわからない。が、いつか少年に似た、可憐な顔を現してしまふ。

性をもたない子ども、性をゆるやかに越境する少年と少女、かたくなに越境を許さない大人という境界とその無化がここには伺える。

37

テエブルの前の子供椅子の上に上半身を見せた子供。子供はにこにこ笑ひながら、首を振つたり手を挙げたりしてゐる。子供の後ろには何も見えない。そこへいつか薔薇の花が一つづつ静かに落ちはじめる。

68

写真屋の飾り窓。男女の写真が何枚もそれぞれ額縁にはひつて懸つてゐる。が、それ等の男女の顔もいつか老人に変つてしまふ。しかしその中にたつた一枚、フロック・コオトに勲章をつけた、顎髭のある老人の半身だけは変らない。唯その顔はいつの間にか前の背むしの顔になつてゐる。

子供を、薔薇の花を背景とする疎外されない存在として区別し、一方、大人は、場所、階級を超えて変換が可能である。逆に、ここでは〈大人〉の中で、〈男女〉が入れ替わることがないのと同じ強さで、〈大人／少年〉の境界を超えることはない。それほどまでに少年であることは、確定的である。「浅草公園」の少年は、街の迷子であると同時に、大人と子どもという区分からの迷子でもある。「自分たちが基本的に志向する—あるいは志向せざるを得ない—近代産業社会の価値体系からはずれた」、「むしろその対極にある価値を、子どもたちに割り当て、そこに一種の『救い』を見出そうとした」そのような「童心」の理想は、「社会の中心的な『優性価値』に対立するがゆえに、かえって全体的な価値体系のなかに機能的に組み込まれ、その一部として制度化される」。と同時に「自らのなかに当の近代化のイデオロギーに対する抑制あるいは懐疑の要素をもっていた」という一面は〈少年〉にこそ体現されよう。そして、少年とは、価値体系の中に既に組み込まれたものが振り返ることにより見出される存在でもある。その意味で、少年とは時間的な迷子なのだと言えるだろう。

であるなら、芥川が「少年」と題される追憶を中心的モチーフとした小説を発表していることは、小川未明が「少年時代特有な幻夢の世界を現出してある物語を創作する」(「私が『童話』を書くときの心持」)と述べていることと併せて、文学における〈少年〉像を探る契機となるだろう。少年が、追憶という記憶の振り返りと一つの対を為すならば、この「浅草公園」もまた、振り返られる過去の時間、決定的に失い乍ら逆に今ここで蘇らせるしかない、あたかも写真存在のようなそれとしてあるといえないか。「文学という制度」のなかに「児童」がまず、夢や空想をともなう「ある内的な転倒によって見出され」、その子どもとはまた異なる〈少年〉なるものが、文学場において如何にして発見されたのか。谷崎潤一郎の「少年」、北杜夫「少年」、ビートたけし「少年」などランダムな抽出にも耐える〈少年〉文学の頻出が何であるのかは、今後、併せて考えられていかねばならない。〈少年〉もまた時代の産物だからである。

4　芥川文学のモダニズム

銀座と浅草という都市は、一九二〇年代にあって、あまりに象徴的な都市であったといえる。大震災を境に、民衆娯楽の場が、〈触れ、群れる〉浅草から、〈眺め、演じる〉銀座へと移行したという。(6)それを「浅草公園」において芥川は、〈触れ、群れる〉浅草の影を潜め、〈少年〉という装置を媒体に、孤立し、水平にまなざす、書き割り的・皮膜的な空間へと転倒させている。勿論、この表層的な現れもまた一九二〇年代の都市の一つの特徴であった。久保田万太郎は、「雷門以北」(『大東京繁昌記』一九二八)において、この当時の浅草を、「そこに、三十年はさておき、十年まへ、五年まへの面影をさへさし示す何ものもわたしは持たなくなつた。『渋屋』は『ペイント塗工』に、『一ぜんめし』は『和洋食堂』に、『御膳しるこ』は『アイスクリーム、曹達水』におのおのその看板を塗りかへたいま――さういつても、カフヱエ、バア、喫茶店の油断なく立並んだことよ――」と書き記した。また、「しかしいまの広小路は『色彩』に埋もれてゐる。強い濃い『光』と『影』との交錯を持つてゐる。……といふことは古く存在した料理店『松田』のあとにカフヱエ・アメリカ(いま改めてオリエント)の出来たばかりの謂れではない」とも記している。塗り替えられた看板、隙間なく立ち並ぶカフェの類など、二次元的な表れや書割的なこれは、街の景観の変化、繁盛ぶりを知らせるだけでないだろう。一九二〇年の「鮫人」が、「パノラマやルナパーク、『珍世界』などの『慌しく通り過ぎたもの』の記憶の上に、つねに『流動』してやまない浅草の、つまりは東京の変容のエネルギーをすでに見事に捉えていた」(坪井)のであれば、恐らく「浅草公園」もまた、その書き割り的な表現において、貼紙・ポスタアという平面文化のような、皮膜として見事に都市を身体として捉えたと言える。そして、ここにこそ、芥川のモダニズムの問題がある。

芥川のモダニズムは、まずこの〈皮膜〉的な〈詩〉というかたちで表された。二〇年代後半、世界の各都市で生まれた前衛芸術の多くが、トーキーになる直前の、白黒映画との関わりを深め、映画詩的な芸術表現を要請したこの時代に、芥川もまた、シナリオという、活字メディアと映像メディアを横切る詩的言語を遺していること自体、大変興味深い。さらに言えば、この「浅草公園」が、田舎者の父とともに浅草に来、迷子となった〈少年〉の眼を通して見た、二〇年代の浅草という都市を映すテクストであるところにも、注目しなければならない。「浅草公園」脱稿後すぐに書き始められたのが、「歯車」である。浅草を舞台とし、徹底的に意味づけを行わない迷子の少年を主人公とした「浅草公園」と、銀座を舞台として、徹底して地獄的な意味づけを行う「僕」を主人公とした「歯車」とを並び置くなら、一九二〇年代後半の二つの突出した都市を、芥川はこのように都市空間として遺したのである。

「浅草公園」と別雑誌に同時掲載された「誘惑」という二つのシナリオは、先ず、映画雑誌と文芸雑誌というジャンルの横断を試み、さらには、書物と映像を越境できる新しい文学として時代を踏み出したといえないか。高橋世織は、江戸川乱歩テクストが世に受け入れられた理由として「書物メディアという紙媒体に埋没した、活字信仰の強い、自然主義系列のリアリズム重視の私小説や心境小説とは違って、こうした新しいメディアとの〈境界〉性を感じさせ、そこへ十分越境するような踏み出し方をする新しい時代の新しいタイプの作品世界を提示したから」と言う。シナリオほど、読者側の期待をあてにする文学表現はないだろう。文字で書かれた空間や表情を、読者が視覚野のみならず内部体験野を駆使し、映像として意識されて初めて成り立つものだからである。たとえレーゼシナリオであっても、その特質は変わらない以上、読者の参入を歓待するための物語構造やシークエンスを無視することは出来ない。ジャンルの越境性、モダニズムの側にこそ、芥川晩年のテクストはあるのだとみるべきであろう。

提燈という大きな枠組の中で、〈現実―異空間―現実〉という基本的図式に則り、父とともにあった少年が、迷子となり、巡査に保護されるという「浅草公園」において、聖なる堂へ向かう直線的な道行きはぐらかされ、遠回りされ、引き延ばされる。一四〇〇年以前に隅田川に発見された観世音菩薩を祀るため、一〇人の草刈童子が藜《あかざ》で草堂を建てたのが創まりという『浅草寺縁起』の示す、浅草の地の二重性（漁村と農村、成人と童子）を遙か彼方に見遣りながら、同じ少年による新たな浅草が立ち現れる。

都市と少年の組み合わせは、例えば、江戸川乱歩の一連の少年小説に繋がっていくとも考えられるのだが、やがて都市は、平板化してゆき、土地のトポスを薄めていく。乱歩の少年ものの魅力は、「少年たちの怯えと共鳴したあの寂しいやしき町であり、その町角に跋扈した怪人二十面相たちにあった」とするのは、松山巖である。「二十面相は変装の名人である。運転手に、ご隠居に、文学博士に、コックに、職人に、明智小五郎にも化けたが、その自由自在な変装は、職業や身分が姿かたちと一致していた時代にあって可能だったのである。しかし、戦後は九割の家庭が中流意識をもつにいたってしまった。この中流意識は、テレビや冷蔵庫、洗濯機といったモノによって裏打ちされている。それは、十人に九人までの人が職業とは関係なく、同一の生活をしているということである。二十面相は、この中和化された社会では様々な姿に変装することも出来なくなる」(7)。都市それ自体が、その均一化、同一化に対して身を捩り否定するものであったとしても、それはまさしく〈生きる〉都市としての増殖であり止めることは不可能であろう。

芥川と東京について魅力的な考察を行ってきた神田由美子は、この「浅草公園」に、ヴァルター・ベンヤミンの「一九〇〇年前後のベルリンにおける幼年時代」(8)との共通性をみている(9)。知り尽くした故郷の街を故意に迷子となることで、既知を未知とし、未知を既知とし、「自己の存在の本質を見極め、その故郷を自身の「『脱出の場』(種村季弘)」にまで止揚しようとしている」ことに注目し、その機能と、「浅草公園」が主人公を迷子と設定したことにより生じる効果と共通するとの指摘である。「既知の場所を敢えて『旅人』の目で眺める視点、あるいはさらに方向感覚を奪われた『迷い子』として眺める視点にたってこそ、眺める対象である空間の実体が露呈され、それを見る者自身の本質をも、その風景の裡に投影することが可能になるのではないか、という芥川の意識的な試みが想定されるのである」とする氏は、「芥川も『旅人』『迷い子』という視点の錯覚によって、既知のものの内包する幻覚を呼び起こし、その幻覚の裡に、全てが記号化し唯物化してしまった近代都市の根底にいまだ横たわる『猫の聖霊』[10]の如き『共同幻想』を——それは長い歴史に培われてきた民衆の生活力が生みだしたものなのだが——そしてそのような本来都会が都会であるべき本質と、その本質の中に育まれてきた己れの実態を問おうとしたと仮定する」と述べる。勿論、このテクストは、シナリオという芥川文学にあっても特異な形式を取っている点で既に意識的な試みであるし、また、迷子の視点を選ぶことが見慣れた都市を見慣れぬ都市空間へ変容させる文学的戦略となるという点においても意識的な試みとなるだろう。「己の実態を問おう」とは、同時期に同じ浅草を描いたテクストとの距離を知ることで、芥川文学の時代的位置付けを問おうということの謂いに外ならない。

『改造』誌上に、同じく「——或シナリオ」という副題をもつ「誘惑」を、同時掲載している芥川は、恐らくこの時期、シナリオ、或いは、映画詩〈シネ・ポエム〉という文学戦略を意図的に選びとったと思われる。モダニズムの詩人たちに要請された映画詩〈シネ・ポエム〉とは、「単なる映画情報ではなく、ポエジーとの直接的な関わりが読み取れるのは、シネポエムの試みである」として、当時の『詩と詩論』上で、「近藤東のほかに、北川冬彦や竹中郁が、シネポエムと明記した詩を作った。それらは、行頭に○ではなく数字を冠し、次行との間を一行空けている。この実験は映画に関心をもつ人々に広がり、折戸彫夫や神原泰、五城康雄や杉山平一、竹中久七や萩原朔太郎らの、実作・批評を生み出した[11]」と言われるところのものであり、この形式はまさに芥川の選び取った形式と合致している。「浅草公園」は、シナリオという黙読には難解な形式をとりながらも、まぎれもなく一九二〇年代の浅草を引用した都市文学といえよう。丹塗りの伽藍、五重塔、仁王門の先にある聖なる空間を最終的な目的地としつつ、迷子の少年の目を通して浮かび上がるこの浅草のイメージは、下町の懐かしさを謳う文学とも異なる、一九二〇年代後半のモダニズム都市、「浅草の詩人」による光景となっている。そして、この文学戦略は、二〇年代に花開き、三〇年代には軍国主義に押され消えていったモダニズムという時代の迷子のようでもある。

注

(1) 川本三郎『大正幻影』新潮社、一九九〇・一〇
(2) 前田愛『都市空間のなかの文学』筑摩書房、一九八二・一二
(3)『東京日日新聞』一九二三・一二・二六
(4) 坪井秀人「十二階の風景」砂子屋書房、一九九二・七
(5) 中公新書、一九九八・二
(6) 吉見俊哉『都市のドラマトルギー』弘文堂、一九八七・七
(7) 松山巖『乱歩と東京　1920都市の貌』ＰＡＲＣＯ出版、一九八四・一二
(8)『ベルリンの幼年時代』晶文社、一九七一
(9) 神田由美子『芥川龍之介と江戸・東京』双文社出版、二〇〇四・五
(10) 萩原朔太郎「猫町」『セルパン』一九三五・八
(11) 和田博文『都市モダニズムの奔流』翰林書房、一九九六・三

海辺のモダニズム――「蜃気楼」

1　明るすぎる海景

晩年の芥川文学を繙くとき、意外にも都市や避暑地など一九二〇年代後半の都市的な生活環境なくしては存在し得なかった小説が多く書かれていることに気付く。当時の華やかな銀座を僕の視点で地獄的に読み替えた「歯車」(『大調和』一九二七・六)、浅草という最も繁華な街をシナリオ形式で表現した「浅草公園」(『文芸春秋』一九二七・四)、上高地という山岳避暑地を架空の物語世界の入り口として選んでいる「河童」(『改造』一九二七・三)などである。「海のほとり」(『中央公論』一九二五・九)、「蜃気楼」(『婦人公論』一九二七・三)、「悠々荘」(『サンデー毎日』一九二七・一)、「鵠沼雑記」(『文芸的な、余りに文芸的な』岩波書店、一九三一・七)など、海辺を舞台として選んだ小説、小品も多く、中でも「蜃気楼」は、芥川自身が「唯婦人公論の『蜃気楼』だけは多少の自信有之候」(斉藤茂吉宛書簡、一九二七・二・二七)と述べていることもあり、晩年の作品の中でも評価されることが多い。

自殺に向かう作者の暗い心象風景を描いたもの、「『話』らしい話のない小説」「詩的精神」との関連から〈ことば〉と〈意味〉に焦点をあてるもの、志賀直哉の「焚き火」との比較や、最近では、夢・無意識に焦点をあてた研究も提出されてきている。一方で、室生犀星の「此の作のなかにある平和、甘い静かさは、当時にあつて龍君は僕が好む作品であらうと言つてゐた。自分は此の作の中にある甘い静かさを愛好した。のみならず此の安らかさは或いは龍君生涯の果に輝いてゐた安らかさでもあった[1]」、あるいは、三島由紀夫の「この小品を好む人はふしぎと多い。死に近いころの苦渋の時期に、ふとかういふ明るすぎる海景が描かれた。」「いはゆる『筋のない小説』を書いて、芥川が玲瓏たる一篇を成したのは、これくらゐのものではあるまいか[2]」などの評も注意される。これら「甘い静かさ」「明るすぎる海景」という印象は、晩年の芥川を想定した上での研究の言説とは大きく隔たっている。近年でも例えば、「西国巡礼に出たときのように〈同行〉のものたちがいる」故に「率直にいって私の『蜃気楼』読後感は、意外に明るい」(遠藤祐[3])、「本作は近年の研究成果に比べて読後の印象は明るい」(中田雅敏[4])など、作品と対峙したときの感想は、明るいものへと変化している。この明るさの由来として、言葉のずらしや思いやり[5]にみる論もあるが、より大きな枠組みとして、先の中田論が「ここには避暑地の鵠沼風景が見事な構成で詩的に余す所なく描かれている」と指摘しているように、この物語が鵠沼海岸という海辺の避暑地を舞台とした物語であるところに由来していると考えられよう。

「蜃気楼」は、初出の折に「或は——続『海のほとり』」と副題が付されていた[6]。「海のほとり」は、ほぼ十年前の一九一六年に、久米正雄と千葉県の上総一ノ宮の海岸に遊んだときの経験を基にしたものであり、夏の終わりの海辺の風景が語られている。「唯今『海の秋』と云ふ小品を製造中」(一九二七・二・二　斎藤茂吉宛書簡)とは、「蜃気楼」を指しての謂いであるが、「蜃気楼」が、サブタイトルを附してまで、海のほとりの物語としての存在を強調するのであれば、ここに揺曳する海辺の避暑地の物語を見逃すわけにはいかない。

2　海辺のトポス

「海のほとり」は、上総一ノ宮の、夏の終わりの海辺を背景とした一日が描かれている。三章からなるそれぞれの語り出しは、「……雨はまだ降り続けてゐた。」「……一時間ばかりたつた後、」「……日の暮も秋のやうに涼しかつた。」と、すべてリーダーから始められ、前後との持続を仄めかすスタイルがとられている。「弘法麦」「渚に打ち寄せる波の音」「ヒグラシの声」など、全編を通じて植生や自然に触れ、また、「土地っ子ですから」と登場人物に言わせることで自らを遊客として差異化する。強調された都会とは異なる海辺の空間で、「この七月に大学の英文科を卒業」し、「目前に迫って」いる「衣食の計を立てること」を思い「教師になることなどを考え」つつも、「僕」と友人Mは、昼寝や海水浴に興じ、海を眺め、渚を歩くという、まさに避暑地のふるまいをしている。

一章から三章を通じて為されるエピソードは、共通して男女の関係についてであるのだが、中でも、砂浜での少女たちとのやりとりを描く二章は印象的である。

Mの何か言ひかけた時、僕等は急にやけにけたたましい足音に驚かされた、それは海水着に海水帽を被つた同年輩の二人の少女だつた。彼等はほとんど傍若無人に僕等の側を通り抜けながら、まつすぐに渚へ走つて行つた。僕等はその後姿を、——一人は真紅の海水着を着、もう一人はちやうどトラのやうに黒と黄とだんだらの海水着を着た、軽快な後ろ姿を見送ると、いつか言ひ合はせたやうに微笑してゐた。

「この寂しい残暑の渚と不調和に感ずるほど花やか」に見えた少女たちを、大学を卒業したばかりの「僕」は、

「蝶の美しさに近い」と形容してみせた。恋愛を仄かに匂わせるこのやりとりは、海辺という場所を既に若い世代が出会いの場(7)として十分意識していることを雄弁に語っていよう。

遡って日本の水着の誕生を思えば、褌姿からショートパンツへと緩やかな移行をみせて海水浴を享受出来た男性たちに比し、女性たちの海辺の装いにはためらいの時間が生じる。まず、名士や貴族階級の婦人たちがとった、「金巾」と呼ばれる木綿の襦袢にロングスカートと鍔の広い帽子といういでたちが登場し、続いて、半袖膝上丈のボーダーのワンピース「縞馬」の登場があり、やがてこのワンピースは、カラフルな色やデザインを見せ、浜辺リゾートの華となっていく。「二」で描写された「真紅の海水着」や「黒と黄とだんだらの海水着」は、これだけで既に、海辺の風俗の、或いは新しい世代の文化的な記号であったことになる。女性の海水着が、女性の社会進出と平行して風俗化されていったであろうことを思えば、海辺はある意味で時代の最先端をいく社交場としてあったことになる。若い世代のやりとりを描くこの「海のほとり」は、そのような新しい時代の先端をいく物語としての自負がうかがえる。

一方、「蜃気楼」の以下の場面は、「海のほとり」の水着の少女たちの存在と鮮やかに対を為すといってよい。

「新時代ですね？」

K君の言葉は唐突だった。のみならず微笑を含んでいた。新時代？——しかも僕は咄嗟の間にK君の「新時代」を発見した。それは砂止めの笹垣を後ろに海を眺めている男女だった。尤も薄いインバネスに中折帽をかぶった男は新時代と呼ぶには当らなかった。しかし女の断髪は勿論、パラソルや踵の低い靴さえ確に新時代に出来上っていた。

「幸福らしいね。」

「君なんぞは羨しい仲間だろう。」
O君はK君をからかったりした。

大学生のK君や砂浜のアベックを「新時代」として差異化しつつ、これに呼応するかのように、「二」では「彼是十年前」、上総一宮の海のほとりで遊んだことを思い出す場面がある。「鼻」を漱石に賞賛された後に書かれた「芋粥」の校正刷りに眼を通す友人とは、久米正雄その人であるが、「僕」らがまさに「新時代」と呼ばれた時代の思い出にほかならないものであった。「海のほとり」と「蜃気楼」、房総と湘南、二つの海辺を選び、世代の物語として意識させるとき、やはり同じ二つの海辺を選び、世代のドラマを描いた、夏目漱石の「心」(『東京朝日新聞』一九一四・四・二〇〜八・一一)が思い起こされる。

次の日私は先生の後に続いて海へ飛び込んだ。さうして先生と一所の方角に泳いで行つた。二丁程沖へ出ると、先生は後を振り返つて私に話し掛けた。広い蒼い海の表面に浮いてゐるものは、その近所に私等二人より外になかつた。さうして強い太陽の光が、目の届く限り水と山とを照らしてゐた。私は自由と歓喜に充ちた筋肉を動かして海の中で躍り狂つた。

学生の「私」が「先生」との決定的な出会いを果たす余りに有名な場面である。「私は、毎日海へ這入りに出掛けた。古い燻り返つた藁葺の間を通り抜けて磯へ下りると、この辺にこれ程の都会人種が住んでゐるかと思う程、避暑に来た男や女で砂の上が動いてゐた」と、鎌倉の海水浴場から語り始める「心」は、当時の海水浴場を的確に捉えている。ヨーロッパにおいて、医学に基づく健康幻想と水辺の想像力とが絡み合い、鉄道の発達と労働者の休暇獲得などを受けて、海岸地方は海水浴場として発達し、季節のリゾート地として確立を遂げた。一方、日本では、伊勢参り、物見遊山、温泉湯治など以前から旅の様式はあったが、山岳登山同様、海水浴も自然発生的に生まれたものではなく、いずれも近代に教唆された新しいふるまいであった。よく知られた江ノ島や鎌倉、葉山など湘南地方を始めとする海水浴場も、お雇い外国人という近代化実現の体現者により〈発見〉〈選定〉された場所なのである。ナンバー・ルート上での外国人の移動は、大森―金沢八景―田浦・葉山―鎌倉・江ノ島・鵠沼・茅ヶ崎・大磯―箱根・湯河原―富士―軽井沢―日光―那須―房総というように、東京をぐるりと囲むかたちで開発されていく。いわゆる「関東環状別荘帯」の成立である。

「海水浴ハ能ク疾病ヲ治スル而已ニ非ズシテ健康ノ人体ヲモ更ニ益々健康ナラシムルモノナリ」（松本順『海水浴法概説』ニ神寛治、一八八六・八）など、海水浴場は、健康志向とともに定着していくと同時に、鉄道の延長と共に激増した旅行者の集まる場所ともなる。高嶋吉三郎による『海水浴、付録海水浴場略案内』（明文社、一八九九・六）といった書物の存在は、健康増進と旅を兼ねた新しいレジャーとしての海水浴という有り様をよく物語っているといえるだろう。海辺の文学的風景として、徳冨蘆花の「不如帰」（『国民新聞』一八九八・一一・二九～三二・五・二四）の逗子の海岸のシーンは有名だが、「不如帰」以後、海は「別天地」であり且つ「死へと誘う海」ともなる、「慰藉を与えるはずのものが一転して絶体絶命の危機を招き寄せるという」「海辺の二面性」をもって語られるという。例えば、「誠に海洋の眺観は、悲みある人、悩みある時、多くの望みを持たぬ場合に、又なく心の慰藉を得さすものである」（『浜子』）と、ヒロインに幸福感を齎す一方で、「今は秋陰暗として、空に異形の雲満ち、海は吾座す岩の下まで満々と湛へて其凄まじきまで黯き面を点破する一帆の影だに見えず」（『不如帰』下）と、悲劇の渦中へと誘うのもまた海辺という場であることを簡潔に示している。

だが、海水浴は、療養とレジャーとしてだけでなく、学校教育の中に〈遊泳〉という制度で組み込まれる。たとえば、明治一三年隅田川において始められた学習院の「遊泳演習」は、伝染病の流行により、明治二四年から片瀬海岸を選定し行われる。海水浴場として発達した片瀬が、避暑・行楽客の増加から風紀上の憂慮を受け、明治四四年には、沼津御用邸の隣接地に移転している。官庁、官立学校に招かれたお雇外国人の要請で、「三十日前後の「夏期休暇」、すなわち〝夏休み〟という習慣が輸入された(11)」それ以後、学生たちにとっては、明確な季節意識の中での健康維持、修養、娯楽を兼ねた行事となっていった。海水浴というふるまいが学校教育の制度に組み込まれることで、より重層化する契機を文学にもたらしたと考えられよう。

「心」後半、「先生の手紙」の中で、「私はとうとう彼を説き伏せて、そこから富浦に行きました。富浦からまた那古に移りました。すべてこの沿岸はその時分から重に学生の集まる所でしたから、どこでも我々にはちやうど手頃の海水浴場だつたのです。Kと私はよく海岸の岩の上に坐つて、遠い海の色や、近い水の底を眺めました」(二十七)と、房総の海辺が回想される場面がある。お嬢さんをめぐって若い「先生」とKの心の葛藤が、直裁に照らされ、かつ悲劇を回避させる可能性を窺わせる場面である。

我々は真黒になつて東京へ帰りました。帰つた時は私の気分がまた変つてゐました。人間らしいとか、人間らしくないとかいふ小理屈はほとんど頭の中に残つてゐませんでした。Kにも宗教家らしい様子が全く見えなくなりました。おそらく彼の心のどこにも霊がどうの肉がどうのといふ問題は、その時宿つてゐなかつたでせう。(三十一)

「心」に描かれた二つの海辺に代表されるように、海辺が海水浴場の発達という歴史的時間の流れと共に、文学表現の中でもまた、世代の差異を浮き彫りにしつつ、その時々の存在論的な場として重要なモチーフ足りえてきた

鵠沼海岸の「しん氣樓」『東京朝日新聞』1926年10月28日

ことは確かなのである。「蜃気楼」もまた、この海辺のトポスと無縁ではない。

3　秋の海と芸術家

或る秋の一日、鵠沼の家から海辺への散歩と帰宅という同じ行程を、三人という同じ人数で、午と夜と二度繰り返すだけのプロットしかもたぬ「蜃気楼」が、一見心境小説風な身辺スケッチを装いながら、実は緻密な構成により成っていることは、既に多くの研究が言及してきたことである。晴れ渡った午、東京から来た大学生のK君と近くに住む画家O君と「僕」の三人は、新聞でも報道された蜃気楼を見に砂浜へ向かう。そこでは蜃気楼は肩透かしなほどの現象しか見せず、代わりに「新時代」と称されるモダンガールのカップルや、砂浜に打ち上げられた木札の漂流物を見つける。一方、星も見えないその夜、O君と「僕」と妻との三人は、再び海辺へと出掛ける。視覚を奪われた砂浜で、O君は寸燐を擦り流れ着いたゴム長や海藻類を見つける。聴覚や嗅覚を頼りに海を感じる「僕」は、錯覚や夢の話をし、「意識の閾の外」つまり無意識にも言及している。

そもそも何故、蜃気楼なのであろうか。本来日本海側でしか見ることの出来ない視覚の幻惑現象であるこの珍しい風物が湘南鵠沼の地に現れ、地元の中学生に発見される。早速新聞に取り上げられ、多くの見物客を呼んだ。(12)『東京朝日新聞』一九二六（大正一五）年一〇月二七、二八日の紙上である。網膜にしか存在しない像を見ること、〈見る儀式〉とでもいうべき振る舞い、その写真が新聞に掲載されるという出来事、これらは表現者にとって真に興味深い出来事であった筈である。この現実の新聞記事と写真とを「蜃気楼」は引用する。「蜃気楼」は、芥川文学の中において初めて実際の写真を引用した小説としても特筆されるべきであろう。

　鵠沼の海岸に蜃気楼の見えることは誰でももう知つてゐるであらう。現に僕の家の女中などは逆さまに舟の映つたのを見、「この間の新聞に出てゐた写真とそつくりですよ。」などと感心してゐた。

　一枚の写真は、「未知の可能な物語の断片」であった筈である。「現実の一連のできごとに対して一枚の写真は、このできごとの抜粋や見本ではなく、現実からの引用として、なお未知の可能な物語の断片なのである。それゆえ写真の物語は、一枚の写真がどのようなコード、どのようなコンテクストにおかれるかにしたがって、そのつどかたちを変える」(13)。しかし、女中やK君は、「視線の偏差」を正さずに、期待通りであることを望む。K君は、「東京から来て」「東京へ帰つて」いることから、「僕」と知り合いであるにせよ、新聞記事を見、新聞写真のような視覚の幻惑を期待してその蜃気楼ショウをわざわざ見に来た旅行者に外ならない。自分の期待する蜃気楼が見えずに終わったとき、「あれを蜃気楼と云ふんですかね？」と失望を隠さない。そこには、「見る」というよりも、「見える」ことの優先がある。現代の私たちの観光地での満足と失望を覚える心的動機に似た、「期待通りに見える」ことを可能にしたいという欲望があるといってもよい。期待通りに見えて喜ぶ女中と、期待はずれで失望するK君とは、この同じ欲望の域を出ない。

　一方、「僕」は、彼らとは異なり、蜃気楼を見にいく場面を描きながら、それ以上に、「心に幽かに触れる」現実視されない蜃気楼の方の像を結ばせていた。「一」において、「蜃気楼か。」という呟きは三度繰り返されている。蜃気楼見物に誘ったO君がまず「蜃気楼か？――」と笑い出し、次に「新時代」と称されるカップルが前後に登場したときに、「この方が反つて蜃気楼ぢやないか？」と訝しみ、そして拾った木札から「僕」が「船の中に死んで行つた混血児の青年」を想像した直後にこう独り言される。

「蜃気楼か。」

O君はまつ直に前を見たまま、急にかう独り語を言つた。それは或は何げなしに言つた言葉かも知れなかつた。が、僕の心もちには何か幽かに触れるものだつた。

はぐらかされてきた蜃気楼が漸くここで像を結んだかのように語られる。「二十位と――」「男ですかしら？女ですかしら？」「混血児」という未知の青年をめぐる続けざまの問いかけは、年齢、性別、国籍をそれぞれ話題とし、境界を立ち上げては無化していく。その延長に、「蜃気楼か。」という呟きが放たれるのである。「何か幽かに触れるもの」という「僕」の実感は、遺された僅かな痕跡から一人の人間の像を結ぶことが出来たという、僕のもう一つの蜃気楼作成物語を伝えるものではなかったか。

「一」と「二」は、午／夜、明／暗、可視／不可視、意識／無意識など、極めて対照的に構築されており、この対照性は、特に「見えないものを見せる」小説の戦略として際立つと考えられる。視覚的な「一」と視覚に拠らない「二」と単純化するなら、「一」が、晴れた空の下に見える筈の蜃気楼を見ようとする場なのに対して、「二」は、思い出・錯覚・夢・無意識といった知覚を持ち出し、如何に闇を見せるかに興味があるようである。[14]「一」と「二」の対照性は、蜃気楼とマッチで燈した砂浜という二つの自然の象徴にも現れる。「一」では、現実の蜃気楼を契機に「新時代」と水葬の青年とを語り、「二」では、マッチで照らされた漂流物に譬えて思い出や夢や錯覚が語られる。それぞれ、もう一つの蜃気楼、もう一つの「意識の閾の外」のイメージが語られていることになろう。時には、嗅覚や聴覚や触覚に触れながら、それらを「天才の仕事の痕」「感じる筈のない無気味さ」として見、〈そのように見えてしまうこと〉への怖れが繰り返し語られる。蜃気楼という現象が、結ばれた像と期待の一致を望む視覚体験であるのに対し、僕の病める視覚体験は、一致してしまえばそれは狂気になる以上、結ばれた像と期待の一致を拒む経験であるといえよう。この海辺にこの「病んだ僕」がいなければ、「蜃気楼」は成立しない。健康なO君、若いK君、そして明るい妻を背景に、「病む僕」がよりクローズアップする。そして「僕」が目にする様々な出来事を、病んだイメージとして表徴しながらもう一つの蜃気楼の〈詩〉を紡ぐ。O君によれば、蜃気楼も「悪戯もの」の砂が拵えるものである。像を結ぶために砂という媒介を必要とするように、「蜃気楼」という題名の徴す像として結ぶためには、「悪戯もの」の「病める僕」の視覚が必要とされたと考えられる。

アラン・コルバンは、海辺リゾートの創成を「海岸保養とは行動様式のひとつの集合のこと(15)」であるという。「当初は王室を中心に大貴族へ、才人や流行児を集める社交界へ、さらに『ジェントリー』へとひろがる同心円の内部に」収まりつつやがて、「手工業や商業を生業とするブルジョアジーに」に広がっていく、その浜辺に身分を選ばずに集まる人々は、「砂丘と海のはざまに社交の端緒をなす人的結合が再編され、浜辺リゾートが創出されてゆく」。そこでは、「医者の指示」から始まり、「ご大身をまねようという欲望」が発揮され、「交通機関の改善」を伴い、やがて、「シーズンのずれ」を作り出す。つまり、「夏は、商人を中心とする一般人の季節となり、秋は、貴族やジェントリー、芸術家たちの季節となる」のである。「コレラのように大量の急死を招く病気が集団的な病いであるとすれば、結核も神経衰弱も、身体のささいな症候に神経を研ぎすます、極めて『個人的』な病いである」とする山田登世子は、「コルバンのリゾート論は全巻が《北のセラピー》の書だといえるほど何度もこの事実を強調している。昼にたいする『朝夕』の優位。日差しにたいする『日陰』の優位。さらに海水浴にたいする散歩の優位。そして、月のある風景への感受性……。スプリーンの詩人ボードレールは《雲》を愛した詩人だった[16]」と、神経衰弱の時代の、海の、浜辺のセラピーの流行を指摘した。

ヨーロッパにおいて、秋の海辺と病んだ芸術家という組み合わせは、馴染みのものであったということになろう。「蜃気楼」で描かれる風景は、まさにこの精神を病んだ芸術家と秋の海の組み合わせである。とはいえ、「僕」が憂鬱な自分というものを書こうとしているとは考えにくい。「僕はまだ健全じゃない」というとき、そこには快方へ向かおうとする志向が見え、また二回繰り返される「錯覚」のいずれもが錯覚でないことになっている。憂鬱や無気味さそれ自体を書くのが目的ではなく、病む僕を媒介に、「意識の閾の外」たらん新しい視覚体験を生じさせる、それが題名として「海の秋」ならぬ「蜃気楼」が選ばれた所以であろう。

4　大磯―鵠沼―鎌倉

内務省初代衛生局長を勤めた長与専斎により海水浴場化された鎌倉は、御用邸が置かれたこともあり、天皇皇族のコロニーとして拡張していく。長与自身も別荘を由比ヶ浜に置き、五男の長与善郎の関係から雑誌『白樺』の交流の拠点ともなったが、一八八五（明治一八）年には、有島武が別荘を作り、翌一八八六（明治一九）年には、後に鎌倉の避暑地の中心となる海浜ホテルの前身、鎌倉海浜院が建てられるなど、明治二〇年代には海辺リゾートへ向けて整備が整っていく。一方、政界・財界と大きく結びついた地が、大磯であった。伊藤博文の別荘「滄浪閣」を始め、西園寺公望、山県有朋、原敬、岩崎弥之助、吉田茂などの別荘が次々と建てられ、夏の閣議が大磯で開かれるなど、明治四一年「全国優良避暑地」の人気投票で第一位となるほどに発達を見せる。「大磯は海水浴場としては全国無比だ相だが。地は如何にも俗だ。海岸を謂つても平滑な平凡な砂浜で、町を横に半町も行くと海だ。別荘、別荘、殆ど別荘で埋められてあるばかり。(葉)」(田山花袋・小栗風葉・沼波瓊音・小杉未醒『東海道線旅行図会』修文館、一九〇七・七)は、その権力的な旺盛さを皮肉る言説でもあったろう。

　この鎌倉と大磯の狭間に、鵠沼はあった。徳冨蘆花が「思出の記」に美しい鵠沼を記し、志賀直哉が「鵠沼行」を描き、東屋では、白樺派が雑誌『白樺』発刊の相談を為し、谷崎潤一郎を初め多くの文士たちの滞在があった。また、岸田劉生が〈草土社〉風の代々木時代に次いで、肺結核の診断を受け、転地療養のため別荘生活を始めている。《麗子像》を描いたのがこの鵠沼であり、武者小路実篤をして「岸田は鵠沼で押しも押されぬ大家になった」と言わしめるほど、重要な時代となる。「清らかな空気を吸ふために、健康を欲する人達が出養生に来る土地だが、又静寂を愛する文士や画家も好んで遊びに来る」(河井酔茗『東京近郊めぐり』博文館、一九二三・七)とあるように、「政・財界関係の指導者層は、鵠沼海岸ではほとんどみられず」、「華族の進出も、むしろ後退傾向にあった」この鵠沼海岸は、「医学や国学関係などの学者・知識人それに画家や音楽家などの芸術家・文化人などが別荘居住者の中心」となり、「むしろインテリ知識人や文化人・芸術家などを主体に、鎌倉などの別荘地のそれに近くなっていった」[17]のである。小説内では見る主体として終始した芥川は、実際の鵠沼の地では、「夏場の鵠沼は賑やかである。蜃気楼が現れると新聞に書かれたのも、氏が蜃気楼を創作したのもこの頃である。芥川氏は当時青年子女の崇拝の的であった。氏が夫人と共に海岸に立たれると、青年子女がぐるりと遠巻きにして囁くのを見た」(富士山『文芸春秋』一九三五・一〇)と、作家という〈見られる存在〉として、鵠沼という地の訴求性に加担もしていたのだろう。

　関東大震災によって、多くの文学者や画家が鵠沼を去った一方、大正末から昭和初めにかけて、鵠沼の別荘地の分譲が一つのブームを呼び起こしたともいわれている。昭和に入っても、安岡章太郎「松の木のある町で」、阿部昭「子供部屋」など、病と共に鵠沼を描く小説は書かれたが、医学から発達した海水浴は、やがて、死や病のイメージとは無縁の風俗となっていく。一九二九(昭和四)年に新宿から小田原へ通じていた小田急が、江ノ島まで敷設された。小田急江ノ島線の開通である。「東京行進曲」には、「昔恋しい銀座の柳…シネマ見ましょかお茶飲みましょかいっそ小田急で逃げましょか」という歌詞が含まれるが[18]、この逃亡の先は、「シネマ」「お茶」の延長で考えれば、海水浴とすることが妥当であろう。小田急は、都会から明るい湘南地方のリゾート地へ運んでくれる夢の乗物だったのかもしれない。小田急の開通によって江ノ島近辺の海水浴場は、芸術的要素以上に風俗の先端として位置づけられていく。

鵠沼は、一九二〇年代後半から三〇年代にかけて、文学的な香気漂う場から最先端風俗の場へと大きく様変わりしたのだといえる。その丁度狭間にあって、芥川は数編の鵠沼ものを残していることになる。文化的な香りという遠くない過去と、風俗への近づきという遠くない未来の狭間にこそ、芥川の「蜃気楼」は、たち現れたのであった。

5　海辺のモダニズム

「蜃気楼」には、「断髪」「踵の低い靴」「パラソル」「新時代」に始まり、「エスペラント語」「紅茶」、「文化住宅」「トラック自動車」「ヘルメット」「金婚式」「バタ」「ソウセエジ」といった、当時にしては目新しい単語が随所に見られる。

「おぢいさんの金婚式はいつになるんでせう?」
「おぢいさん」と云ふのは父のことだつた。
「いつになるかな。……東京からバタは届いてゐるね?」

「バタはまだ。とどいてゐるのはソウセェジだけ。」
そのうちに僕等は門の前へ――半開きになつた門の前へ来てゐた。

穏やかな会話で小説が閉じられるとき、この物語がまた世代の家族の物語であることに気付くであろう。「僕等」の避暑地での「第二の新婚生活」ぶりに重ねて、親の世代の結婚を語るのである。金婚式とは、結婚をひとつの軸に据えた五〇年という循環する時間意識である。書かれた現在からの、五〇年前とは、一八七六(明治九)年、文明開化の只中であり、海水浴が近代の胎内にはぐくまれたときでもある。そして、水葬の青年は、一九〇六(明治三九)年から一九二六(大正一四)年という二〇年という期間の生をもつ。「西洋的方法を父として日本的感性を母とする芥川の心情が」「鮮やかに象徴されていた」(神田由美子)と象徴的な読み方がされている「混血児」のエピソードは、しかし、例えば、有島生馬「別荘の隣人」(『新潮』一九二四・五)や正宗白鳥「大磯の家」(『改造』一九三五・七)[19]にみられるような、典型的な海辺の外国人と日本人妻の夫婦、親子関係でもある。そして、夏の終わりの海の物語「海のほとり」から秋の海の物語「蜃気楼」までの小説内時間には一〇年という隔たりがあった。〈今〉を中心として、波紋のように同心円上に広がる、時間と人間のドラマが透いて見えてくる。「蜃気楼」は、避暑地の緩やかな時間の流れの中に、波紋を立たせるようにそれぞれの時間を投げ込み、豊かな奥行きを育んでもいる。

「半開きになつた門」が、「意識の閾」という言葉を引くまでもなく、「そのまま現代、あるいは現代文学につながる存在論的課題への、ある深い志向をおのずから示していることに気付かざるをえまい」とは佐藤泰正の鋭い読みであるが、現代性への深い志向、また近づきは、「蜃気楼」の表現ともまた重なってこよう。無意識や、見えないものの中から、新しい認識・思考を呼び覚ますためには、新しい視覚体験が必要となる。「視覚を決定しているのが」「ある単一の社会の表層上に犇く様々な要素の集団的な配置=配列の作用[20]」であるなら、「蜃気楼」は、その

「作用」の組み替えを意識させるものになっているといえないか。蜃気楼とは、本来不在なものを、見えるようにする伝手のことに他ならないとしたら、「僕」の感覚もまた、同じ効果をあげていると言えるのである。

三島由紀夫は、先に引いた「解説」の中で、「これを読むたびに、私はダリの絵を想起する。あのとてつもない広大な秋空と、奇怪な形の漂流物と。」「芥川の全作品に欠乏してゐるものは詩であるが、この小品にだけはそれがある」と続けて述べている。一九二〇年代後半の絵画の風景には、確かに海辺のモチーフが頻出する。日本のモダニズム絵画を代表する古賀春江の《海》[21]、ダリの《柔らかい時間》、マグリットの《無気味な天気》など、いずれもが、美しい海と空とを背景に様々なオブジェを配置させ、まなざしの「作用」を異化していよう。ほぼ同じ時期に現れるこれらのイメージと「蜃気楼」の戦略は、どこかで幽かに触れ合うものがある。芥川の「新しい文学的

古賀春江《海》1929　東京国立近代美術館

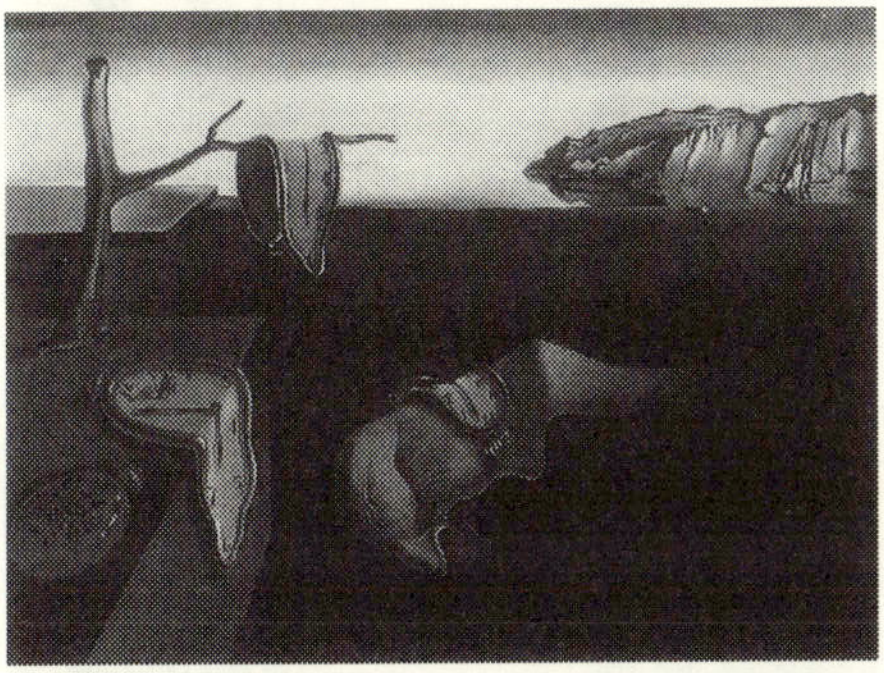
ダリ《記憶の固執》1931　ニューヨーク近代美術館

マグリット《不気味な天気》1928

地平[22]」を思うとき、「蜃気楼」における世界的同時性の中に開かれているこの海辺の風景を読み取ることも可能かと思うのである。避暑地の海辺は、療養や遊泳、そして出会いの場としての豊饒性を保ちつつ、詩的表現のモダニティを「視線＝想像力の動き」として可能にする場ともなり得た。「続海のほとり」として、且つ「海の秋」としてある「蜃気楼」は、一九二〇年代の海辺のモダニズムを知る上で欠かせない、海辺の物語として位置づけられであろう。

注

（1）室生犀星「解説」（『明治大正文学全集45芥川龍之介、室生犀星篇』春陽堂、一九二九・九）
（2）三島由紀夫「解説」（『「南京の基督」他七編』角川文庫、一九五六・九）
（3）遠藤祐「蜃気楼」（『解釈と鑑賞』一九九九・一一）
（4）中田雅敏「鵠沼」（『芥川龍之介　旅とふるさと』至文堂、二〇〇一・一）
（5）篠崎美生子「「蜃気楼」―〈詩的精神〉の達成について」（『国文学研究』一九九一・六）
（6）酒井英行「文芸的な遺書―『蜃気楼』」（『作品の迷路』有精堂、一九九三・七）
後に『湖南の扇』（文芸春秋社、一九二七・六）に収録される。
（7）瀬﨑圭二「夏の日の恋――江見水蔭『海水浴』の力学」（『日本文学』二〇〇一・一一）
（8）「当時、外国人による観光目的の旅行は、“Numbered Routes”と呼ばれる二〇の決まったルートしか許可されていなかったため、そのルート上にある箱根、日光、軽井沢などが選ばれている。また各居留地から一〇里までは外出が許可されていたため横浜居留地から一〇里以内にある湘南には多くの別荘が構えられた。」（安島博幸・十代田朗『日本別荘史ノート・リゾートの原型』住まいの図書館出版局）
（9）宍戸實『住まい学体系／003』（住まいの図書館出版局、一九八七・六）
（10）藤井淑禎「海辺にての物語――『不如帰』の系譜」（『文学』一九八六・八）
（11）桐山秀樹『日本別荘地物語』（福武書店、一九九四・七）

(12)「「朝日」の神奈川版の記者が来て、朝日神奈川版に写真入りで発表されて、世間の評判になって、連日のように、見物人がゾロゾロと海岸へ見に行ったものだ。龍之介は、この事を書いたのである。おかげ様で、私が気がついた蜃気楼は、永く残ることになった。」(高木和男『鵠沼海岸百年の歴史』菜根出版、一九八一・四)
(13) 西村清和『視線の物語・写真の哲学』(講談社、一九九七・一〇)
(14) 一柳廣孝「拡散する夢―「海のほとり」を中心に―」(『人文科学論集』一九九〇・七)
(15) アラン・コルバン『浜辺の誕生　海と人間の系譜学』(藤原書店、一九九二・一二)
(16) 山田登世子『リゾート世紀末　水の記憶の旅』(筑摩書房、一九九八・六)
(17) 島本千也『海辺の憩い　湘南別荘物語』(二〇〇〇・一一)
(18)「東京行進曲」は作詞西条八十、作曲中山晋平。歌との関わりは春名徹氏のご教示に拠る。
(19)「巴里人達は、この娘の顔や髪の毛のすつかり仏蘭西人でありながら、風俗や仕草のまるつきり日本人なのを不思議相に眺め、ムアドモアゼルと云つて握手した。その後からＪの細君が筒袖に黒襟といふ姿でそこへ呼び出されて来た。この人はこの村で生まれた人だつた。もう四十をとうに越えてゐた。男の子供は東京の学校へ行つてゐて留守だつた。」(有島生馬「別荘の隣人」『新潮』一九二四・五)。「あの人は本当の独りものださうですよ。」と、妻はその人に面識があるので、時々その人の身の上について話してゐたことを今度も繰り返した。彼女の父は英国人、母は日本人で、父には早く別れ、父の遺産で母と二人でこの地に暮らしてゐる……」(正宗白鳥「大磯の家」『改造』一九三五・七)
(20) ジョナサン・クレーリー『観察者の系譜』(遠藤知巳訳　十月社、一九九七・一一)
(21) 中村英樹「不可分な場の曲線群　一九二〇年代日本絵画の意外さ」(『現代思想』一九九三・七)
(22) 中川成美「モダニズムはざわめく――モダニティと〈日本〉〈近代〉〈文学〉」(『日本近代文学』一九九七・一〇)。また、モダニズムに関しては浅野洋「「蜃気楼」の〈意味〉――漂流する〈ことば〉」(『一冊の講座芥川龍之介』有精堂、一九八二・七)、高橋徹「都市化と機械文明」『近代日本思想史講座第6巻、自我と環境』筑摩書房、一九六〇)、佐藤毅『日本モダニズムの研究』(ブレーン出版、一九八二・七)も参照している。

IV

映画の世紀

幻燈の世紀――「少年」

1　映画の時代

芥川の映画との関わりは、青年期の早い時期から見受けられる。一九一六（大正五）年八月一日の山本喜誉司宛書簡には、「夜銀座ででもあひたい、このごろのあつさにはよわる、有楽座かどこかの活動写真をみに行つてもいゝ。アトランテイスはみた」とある。また、同じく山本宛に、「留守に来てくれたさうで大へん失敬した　浅草の活動写真で雨にふりこまれてゐたのだ　此頃は時々活動写真をみにゆく　今日はボオマルシエのフイガロをみに行つたのだ　古いフランスの喜劇は鷹揚でいい　フイガロが小姓と二人でギタアをひきながら月夜にセレナアドをうたふ所なぞはしみじみしてゐた　尤も浅草の見物はみんな退屈してゐたが」（大正五年年月推定　山本喜誉司宛書簡）という感想も述べている。一九一〇年代の書簡には、絵画の展覧会同様、数回にわたり映画の感想が認められている。

何を観たか以前に、書簡からは当時の青年たちにとり映画を観るふるまいが日常の行いでもあったことが窺える。同時に、有楽座への拘りや「浅草の見物」という書き方から、既に日本製映画が興行されていたにもかかわらず、芥川の興味が当時多く流入してきていたヨーロッパの、特には文芸映画と呼ばれるジャンルに向いていることも窺える。出口丈人「芥川と映画」（『芥川龍之介作品論集成 別巻』翰林書房、二〇〇一・三）によれば、《アトランティス》は、ハウプトマン原作のデンマーク映画で、一九一六年七月二六日帝劇封切りの映画という。一方のフランスのフィガロに関しては、当時封切られたフランス映画の《フィガロの結婚》は確認されておらず、ここで述べられているのは、イタリア、アンブロジオ社のものではないかということである。監督主演エルテリオ・ロドルフィの《フィガロ》は、一九一四年五月一日横浜オデオン座封切りの映画である。

芥川とほぼ同時代の作家で、映画に興味を示さなかった作家は少ない。公言であれ私言であれ、少なからぬ映画への言及がみられ、世代により多少内容を異にし、映画と如何なる距離をもっていたかを語りながら、この時代が映画の時代であることを物語る。「元来私は活動写真と云ふものをあまり好きません」とは、夏目漱石の言である。「中味と形式」（一九一二・八）において、「私は家に子供が沢山居ります」「子供が多うございますから、時々色々の請求を受けます。跳ねる馬を買つて呉れとか動く電車を買って呉れとか色々強請《ねだ》られるうちに、活動写真へ連れて行けと云ふ注文が折々出ます」とあり、続けて活動写真を好まぬ理由として「どうも芝居の真似などをしたり変な声色を使つたりして厭気のさすものです。其上何ぞといふと擲ったり蹴飛したり惨酷な写真を入れるので子供の教育上甚だ宜しくないから可成《なるべく》遣り度くないのですが、子供の方では頻りに行きたがるので――尤も活動写真と云つたつて必ず女が出て来て妙な科《しな》をするとは極つてゐない、中には馬鹿気て滑稽なのも沢山ありますから子供の見たがるのも無理ではないかも知れません。で三度に一度は頑固も私もつい連れ出される事があります」と述べている。

ここに書かれた活動写真は、見世物の延長として把握されているに過ぎない。漱石があからさまに映画へ苦言を述べるのに比べ、世代の下る作家たちである志賀直哉、谷崎潤一郎、菊池寛、萩原朔太郎など多くは、映画に対し好意的である。大正期に書かれた小説には、様々な形に姿を変えて映画が引用されてくる。特に、自らも脚本を書いて積極的に映画に近づいていった谷崎潤一郎や、探偵ものを得意とした佐藤春夫、また萩原朔太郎や宮澤賢治も、映画との関わりを抜きにしてそれぞれの文学を語ることができないほどに映画と縁が深い。

芥川と映画については、早くに久保田正文が、二つのシナリオ「誘惑」(『改造』一九二七・四)「浅草公園」(『文芸春秋』一九二七・四)を取り上げ、「晩年に試みた前衛的な方法」(『芥川龍之介・その二律背反』いれぶん出版、一九七六・八)と積極的評価を下した。また、佐伯彰一は、芥川の『往生絵巻』(『国粋』一九二一・四)に映画の影響を見、冒頭の群衆の口々にのぼる噂話に「前衛的な実験の一つ」を読む。「往生絵巻」の冒頭を挙げてみよう。

童　やあ、あそこへ妙な法師が来た。みんな見ろ。みんな見ろ。

鮓売の女　ほんたうに妙な法師ぢやないか?　あんなに金鼓をたたきながら、何だか大声に喚いてゐる。……

薪売の翁　わしは耳が遠いせゐか、何を喚くのやら、さつぱりわからぬ。もしもし、あれは何と云うて居りますな?

箔打の男　あれは「阿弥陀仏よや。おおい。おおい」と云つてゐるのさ。

薪売の翁　ははあ、――では気違ひだな。

箔打の男　まあ、そんな事だらうよ。

菜売の媼　いやいや、有難い御上人かも知れぬ。私は今の間に拝んで置かう。

鮓売の女　それでも憎々しい顔ぢやないか?　あんな顔をした御上人が何処の国にゐるものかね。

菜売の媼　勿体ない事を御云ひでない。罰でも当つたら、どうおしだえ?

童　気違ひやい。気違ひやい。

五位の入道　阿弥陀仏よや。おおい。おおい。

犬　わんわん。わんわん。

右から左へと流れる絵巻という表現自体が、ある意味で映画的ともいえ、直接的にこの冒頭部に映画の影響をいうのは難しい。だが、逆に言えば、言表に組み込まれたジャンルを横断する表現方式が、その抽出を難しくするほどに複雑化してきているということであろう。

近年、シナリオを中心に芥川晩年の創作をめぐって、詩的言語の特質と映像言語との関わりに言及するなど、芥川文学と映画はようやく詳しく論じ始められてきた。芥川文学には外に、映画俳優への片思いをとりあげた「片恋」(『文章世界』一九一七・一〇)や、直接映画を題材とする「影」(『改造』一九二〇・九)、少年時代の活動写真や幻燈の思い出をエピソードとして提出する「少年」(『中央公論』一九二四・四)「追憶」(『文芸春秋』一九二六・四〜一九二七・二)など、映画を抜きに語ることが出来ないテクストも多い。今までの研究の中ではそれほど大きく取り上げられてこなかった芥川文学と映画というテーマは、晩年の芥川が主張する「『話』らしい話のない小説」との関連性なども合わせて、よりいっそうの研究が俟たれている。

芥川がこの世に生を受けたのは、一八九二(明治二五)年である。トマス・エジソンが覗き眼鏡風のキネトスコープ Kinetoscope を発表したのが、一八八九年一〇月六日、アメリカのフランシス・ジェンキンスが《踊子アナベル》を自宅で初めてスクリーンに上映したのが一八九四年、翌年には、その機械に改良を施し、ヴァイタスコープを完成させる。そして、フランスのリュミエール兄弟(ルイ、オーギュスト)がシネマトグラフ《リオン・モンプレジールに於けるリュミエール工場の出口》を上映するのがやはり同じ一八九五年であることを思うとき、芥川の誕生と映画の誕生のときとが如何に重なっているかが理解される。「活動写真の発明は、一つの時代であって一の個人ではない」といわれる。映画というメディアは、その後の世紀を象徴する、時代的な産物である。その意味で芥川文学の時代とは、映画の時代の謂でもある。映像メディアという視覚革命が達成されつつあるとき、そこには、新たな想像力の可能性が広がりまた制限されたであろう。文学という表現形態と映画との共犯関係は如何様に達成され、また決別していくのか。

2　キネトスコープ・二州楼――「少年」の中の映画

芥川の「少年」(『中央公論』一九二四・四、五)は、「東京の人」堀川保吉の少年時代を描いた小説という体裁をとったものであるが、その少年時代は、丁度日本の活動写真の始まりの時代と重なっていた。関東大震災の翌年を小説の現在に選び、神田から銀座へ向かう乗合自動車の中で、宣教師と少女とのやりとりを目撃した保吉が、自分にもあの少女のように「小さい幸福を所有していた」時期があったとして幼少期を思い出す「少年」には、以下のように描かれている。

保吉もまた二十年前には娑婆苦を知らぬ少女のやうに、或は罪のない問答の前に娑婆苦を忘却した宣教師のやうに小さい幸福を所有していた。大徳院の縁日に葡萄餅を買つたのも其の頃である。二州楼の大広間に活動写真を見たのも其の頃である。(「少年」「一　クリスマス」)

この二洲楼での活動写真見物は、後の「追憶」(『文芸春秋』一九二六・四〜一九二七・二)でも

僕がはじめて活動写真を見たのは五つか六つの時だつたであらう。僕は確か父といつしよにさういふ珍しい

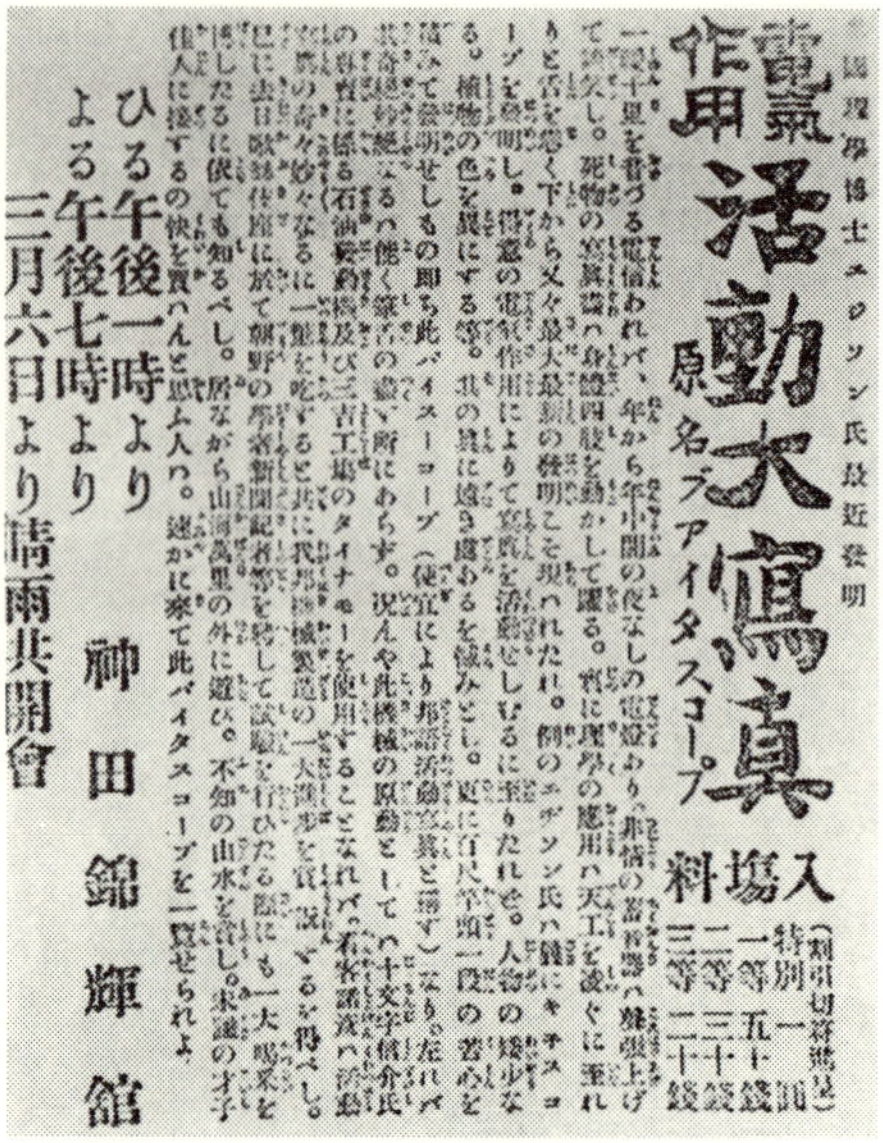
米國理學博士エヂソン氏最近發明

電氣作用 活動大寫眞 原名ヴアイタスコープ

入場料（割引切符無之）特別一圓 一等五十錢 二等三十錢 三等二十錢

ひる午後一時より よる午後七時より 三月六日より晴雨共開會

神田錦輝館

錦輝館でのヴァイタスコープ公開の記事　1896

ものを見物しに大川端の二州楼へ行つた。活動写真は今のやうに大きい幕に映るのではない。少なくとも画面の大きさはやつと六尺に四尺くらゐである。それから写真の話もまた今のやうに複雑ではない。僕はその晩の写真のうちに魚を釣つてゐた男が一人、大きい魚が針にかかつたため、水の中へまつさかさまにひき落とされる画面を覚えてゐる。その男はなんでも麦藁帽をかぶり、風立つた柳や芦を後ろに長い釣竿を手にしてゐた。僕は不思議にその男の顔がネルソンに近かつたやうな気がしてゐる。が、それはことによると、僕の記憶の間違いかもしれない。

と、繰り返されるエピソードである。

フランス、アメリカでほぼ同時期に誕生した映画の日本への流入は、一八九六（明治二九）年のことである。ヴァイタスコープ、シネマトグラフが発明された翌年のことになる。このとき日本に齎された映写機は、エジソンのキネトスコープであった。キネトスコープは、神戸の鉄砲商高橋信治が輸入したもので、神戸の貸席神港倶楽部での興行ののち、東京浅草や、北海道方面にも渡る。映された映画は、《アメリカ市街の風景》、《火災消防の景》その他二三であった。「写真人物活動機（原名ニーテスコップ）此機械は米国エジソン氏の新発明に係る珍器にして其の写真に写されたる人物が電気力の作用に因つて活動すること恰も実物を観ると同一の感ある由にて本月廿九日より浅草公園花屋敷五階楼に於て見世物に出すと云ふ」一八九七（明治三〇）年一月二八日付『読売新聞』のこの記事は、『読売新聞』史上初の活動写真の記事にあたる。[1]

シネマトグラフもまた、同年、日本に輸入されている。輸入したのは、京都の稲畑勝太郎であり、彼はこのときの経緯を以下のように語っている。

ニューヨークでのヴァイタスコープ公開の記事　1896

> 先に私がリオンのマルチニエール工業学校在学中に、同窓であったリュミエル君（兄）が、「動く写真を発明したから是非一度見てくれ」と申し込んで来て、私も好奇心にかられて之を見物した。
>
> その時私は痛感した。ヨーロッパの文化を日本に紹介するのは、静止写真で見せるよりも、このシネマトグラフ（当時活動写真なんて言葉はなかった）によるのが最も適当だと思つた。そこで私はリュミエルと談じて、他から矢の降る様にあつた申込を斥けて、遂に同窓の誼みといふ訳で東洋に於けるシネマトグラフの、興行権を獲得したのです。
>
> （『キネマ旬報』所載、筈見恒夫『映画五十年史』鱒書房、一九三二・七）

また、活動写真の命名者としても知られている後に日活の社長となった横田永之助は、この当時を回想し、私は当時神戸で内外物産貿易会社を設立し、東京の貿易商荒井三郎氏とも知人の間柄であり、荒井氏はエディスンの機械の処置に困つて私に興行を委託して来た。処が稲畑氏も、兄を通じて知人である関係から私にリュミエルの機械の処置を委せて来た。……略……で、リュミエルの方を「自動幻画」と命名し、神田の川上座で興行し、エディスンの方を「活動写真」と称し、錦輝座で興行した。またその当時、新橋の吉沢商店は伊太利人の持ち来つたリュミエルの機械を託されたが、東京で興行しては不利だと云ふので横浜港座で公開した。其後、荒井商会の方には事業をする人が出て来たので、これ一回で私は手をひき、稲畑氏の分を譲り受け、間もなく浅草公園に初めて活動写真の興行をした。

（『映画時代』一九二五・六）

と、ほぼ同時期にあった二つの活動写真メディアの流入の経緯を記している。

シネマトグラフ、ヴァイタスコープの上映興行はその後各地で行われるが、その中でも特に有名なのが、東京神田錦町にあった錦輝館の興行である。一八九七（明治三〇）年三月五日の『都新聞』にも広告文がある。錦輝館でのヴァイタスコープ公開は、一八九七（明治三〇）年三月六日のことであり、筈見恒夫『映画五十年史』（鱒書房、一九三一・七・二〇）によれば、入場料一円、五〇銭、三〇銭、二〇銭という別により席が設けられ、《撒水車》《ナイヤガラ》《紐育大火》《ジャンダーク火刑》《巴里》《メリー女王の悲劇》《セントルイス号》《マッキンレー示威運動》《騎馬練習》《怒濤》《露帝戴冠式》《小学生運動会》《李鴻章紐育出発》《海水浴》《美女舞踏》《家禽》のフィルムが上映されている。

三月八日の『読売新聞』には、「錦輝館の活動写真を観る」の見出しのもと、この時初めて「活動写真」を見た当時の記者の、「米国の大汽船紐育の港を出帆するの景」では、船が「波浪を蹴って猛進するの状身みづから埠頭に立って其の真景を見るが如し」といった感想が載せられている。また、記事ばかりでなく、たとえば洋画家の黒田清輝は「黒田清輝日記」（黒田記念館）の「三月十八日　木」に「天氣よし　爲ニ餘程春めいて來た　丹羽　林が來　伊藤と三人で一緒に晝めしを食た　一時頃から合田と二人で錦輝館で有る近頃大評判の Vitascope とか云寫し畫を見に行た　眞に評判丈の面白いものだつた　四時に仕舞に爲つて内へ歸る」と、この錦輝館での興行の様子が記述されている。

ヴァイタスコープ公開の錦輝館『風俗画報』132号

「少年」と「追憶」で繰り返された活動写真の興行は、いずれも「二州楼」で行われていた。二州楼は両国の隅田川沿いにあった店だが、錦輝館で公開されたヴァイタスコープがその後各地で巡業公開されていく中、翌明治三一年一月一三日から一九日の一週間、二州楼でも同じ興行が行われている。「曾て活動写真と白猩々を二州楼にて観覧物とし意外の利益を占めし者ありしが全く珍らしかりし結果にて当今は芸の秀でたる者又は巧緻なる細工物等を観せるよりは新奇異様なる風変物ならでは喝采を博さゞれば彼等の渡世も難しくなりたりと其道の者は語れり」（「辻芸人と観覧物の今昔」『朝日新聞』明治三一年一〇・三、倉田喜弘『明治の演芸』（六））とは、当世の見世物興行の困難さを嘆いたものだが、当時の映画興行が新奇な見世物として多くの目を引いたことを端的に示していよう。と同時に、二州楼という見世物空間としての劇場性をよく示す格好の資料とも言える。「少年」「追憶」で重ねて語られたエピソードは、このときのものである。

「少年」の前に挙げた一節は、当時の新しい見世物として、旅館や料理屋の広間での活動写真見物が、縁日の葡萄餅と並んで、つまり、日常世界の中のささやかな晴れの行事として当時の若年層に共有された思い出であったことを示す。見世物興行から映画へ――。二州楼での活動見物は、少年期の思い出の一齣というばかりでなく、映画登場の華々しい記憶でもあり、且つ、古い見世物からの決別の時でもあったことになる。明治四〇年代には、東京における映画常設館が七〇を越えるまでに隆盛するが、堀川保吉の故郷にあたる本所、深川は、浅草に続いて多くの映画館を有した場所でもあった。錦輝楼や二洲楼の大広間という空間で見られた映画はその後、映画常設館において見るものへと変わっていく。「少年」の中で、少年期の「幸福」が、映画登場のときと重ねられていることは重要である。映画ははじめから「映画」だったのではない。からくり絵、写し絵と呼ばれる見世物から活動写真と呼ばれる娯楽性の高い興行を経て、ようやく映画へと「進化」する。「少年」の二洲楼での見物のエピソードは、活動写真のそれ以前とそれ以後とを意識化させる一つの結界的な出来事でもあったと言えよう。

活動写真に先駆け、影絵、動き絵、からくり絵、のぞき絵、影人形、走馬灯、西洋幻燈など、光と影のメディアは、江戸時代から連続して見られるものであった。当時の日本に入ったキネトスコープやヴァイタスコープ、シネマトグラフは、その後の私たちのよく知る映画に直結する「活動写真」と、それ以前の影絵や覗き眼鏡や写し絵との、丁度中間に位置するメディアである。前の『読売新聞』におけるキネトスコープを「見世物に出す」といった表現や、「黒田清輝日記」中の「近頃大評判の Vitascope とか云寫し畫」という表現から、新しい映像メディアが、当時の新語であった「活動写真」を使わずに旧来の用語で説明される様は、映画定着の過渡期というマージナルな現象をそのまま象徴しているといえるだろう。それ故に、このキネトスコープの映像も、のぞき眼鏡程度のものとして、近代化の波の中では早い段階で葬り去られていくという経緯をもつ。そして、あたかも活動の時代の糸に手繰り寄せられるように、「少年」では、活動写真以前の「幻燈」や「からくり」など、プリミティヴな映像メディアが散見するのである。

のみならずこの二すぢの線は薄白い道のつづいた向うへ、永遠そのもののやうに通じてゐる。これは一体何のために誰のつけた印であらう？　保吉は幻燈の中に映る蒙古の大沙漠を思ひ出した。二すぢの線はその大沙漠にもやはり細ぼそとつづいている。…………

（「少年」「二　道の上の秘密」）

彼は従来海の色を青いものと信じてゐた。両国の「大平」に売つてゐる月耕や年方の錦絵をはじめ、当時流行の石版画の海はいずれも同じやうにまつ青だつた。殊に縁日の「からくり」の見せる黄海の海戦の光景などは黄海と云ふのにも関らず、毒々しいほど青い浪に白い浪がしらを躍らせてゐた。

（「少年」「四　海」）

からくり(2)や写し絵などは、後に述べる幻燈とは異なり、教育的な機器というより、見世物の要素が強い。だが、それにもかかわらず保吉は、これらのメディアを通し「蒙古の大砂漠」を覚え、「黄海の海戦の光景」を学ぶ。空想と現実のずれを主として語る「少年」の中で、少年保吉が空想の拠り所とするのがプリミティブな映画なのである。特に重要なのは、そのままタイトルとなっている五章「幻燈」である。

「このランプへかう火をつけて頂きます。」

玩具屋の主人は金属製のランプへ黄色いマッチの火を燈した。それから幻燈の後ろの戸を開け、そつとそのランプを器械の中へ映した。七歳の保吉は息もつかずに、テエブルの前へ及び腰になつた主人の手もとを眺めてゐる。綺麗に髪を左から分けた、妙に色の蒼白い主人の手もとを眺めてゐる。時間はやつと三時頃であらう。

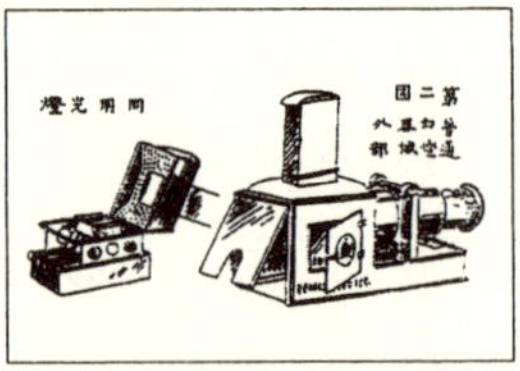

幻燈機『写真及幻燈』1899

玩具屋の外の硝子戸は一ぱいに当つた日の光りの中に絶へ間のない人通りを映してゐる。が、玩具屋の店の中は――殊にこの玩具の空箱などを無造作に積み上げた店の隅は日の暮の薄暗さと変りはない。保吉はここへ来た時に何か気味悪さに近いものを感じた。しかし今は幻燈に――幻燈を映して見せる主人にあらゆる感情を忘れてゐる。いや、彼の後ろに立つた父の存在さへ忘れてゐる。

「ランプを入れて頂きますと、あちらへああ月が出ますから、――」

やつと腰を起した主人は保吉と云ふよりもむしろ父へ向うの白壁を指し示した。幻燈はその白壁の上へちやうど差渡三尺ばかりの光りの円を描いてゐる。柔かに黄ばんだ光りの円はなるほど月に似てゐるかも知れない。が、白壁の蜘蛛の巣や埃もそこだけはありありと目に見えてゐる。

「こちらへかう画をさすのですな。」

かたりと云ふ音の聞えたと思ふと、光りの円はいつのまにかぼんやりと何か映してゐる。保吉は金属の熱する匂に一層好奇心を刺戟されながら、ぢつとその何かへ目を注いだ。何か、――まだそこに映つたものは風景か人物かも判然しない。唯僅かに見分けられるのは儚い石鹸玉に似た色彩である。いや、色彩の似たばかりではない。この白壁に映つてゐるのはそれ自身大きい石鹸玉である。夢のやうにどこからか漂つて来た薄明りの中の石鹸玉である。

「あのぼんやりしてゐるのはレンズのピントを合せさへすれば――この前にあるレンズですな。――直に御覧の通りはつきりなります。」

主人はもう一度及び腰になつた。と同時に石鹸玉は見る見る一枚の風景画に変つた。もつとも日本の風景画ではない。水路の両側に家々の聳へたどこか西洋の風景画である。時刻はもう日の暮に近い頃であらう。三日月は右手の家々の空にかすかに光りを放つてゐる。その三日月も、家々も、家々の窓の薔薇の花も、ひつそりと湛へた水の上へ鮮かに影を落してゐる。人影は勿論、見渡したところ鷗一羽浮んでゐない。水はただ突当りの橋の下へまつ直に一すぢつづいてゐる。

「イタリヤのベニスの風景でございます。」

「このランプへかう火をつけて頂きます。」から「イタリヤのベニスの風景でございます。」まで、玩具屋の主人の五つの科白の間を、何と長々と説明に要するのであろう。映す方法を詳細に語る「幻燈」と題されたこの章では、保吉が幻燈機を買い与えられたこと、外国の風景を映す絵がつけられたこと、公の空間ではなく個人の享受が行われていることを二次的に伝えてもいる。

江戸時代に日本化した西洋幻燈は「写し絵」（関西では「錦影絵」）と呼ばれた。その一方で、江戸時代の「写し絵」の系譜とは別に、明治の初期に新たな経路で「幻燈」の移入が行われた。明治初期に再渡来した「マジック・ランタン」は「幻燈」と呼ばれることになった。

江戸時代に日本に渡り、明治期に再渡来したこの「幻燈」(3)は、明治二十年代後半に大流行している。(4)「最初は文部省が教育用に使っていた幻燈は明治二十年代のなかばごろから、比較的安価で手に入るようになって、ついで少年のために、父兄が買い与えるに至った(5)」のであるなら、「少年」五章の玩具屋の主人を通して、父により幻燈を買い与えられる保吉という構図は、最も流行していた当時の幻燈の受容に丁度重なる。

3　公的空間と私的空間での享受——「たけくらべ」「思ひ出」

呉服屋では、番頭さんが、椿の花を大きく染め出した反物を、ランプの光の下にひろげて客に見せていた。穀屋では、小僧さんがランプの下で小豆のわるいのを一粒ずつ拾い出していた。また或る家では女の子が、ランプの光の下に白くひかる貝殻を散らしておはじきをしていた。また或る店ではこまかい珠に糸を通して数珠をつくっていた。ランプの青やかな光のもとでは、人々のこうした生活も、物語か幻燈の世界でのように美しくなつかしく見えた。

（新美南吉「おじいさんのランプ」一九四二）

「おじいさんのランプ」のこの文章は、幻燈のもつ詩的象徴作用を述べた典型的なものとして例示出来よう。子供用玩具としては高級な、しかし映画というには子供騙しなメディアである幻燈は、寂しさや懐かしさを想起させる格好の文学的装置となっている。児童文学に限らず、例えば、夢野久作「押絵の奇蹟」（一九二九）の中にも、

私はこの頃毎晩のようにあの押絵の夢ばかり見るので御座います。あの芳流閣の一番頂上の真青な屋根瓦の上に跨って、銀色の刀を振り上げております犬塚信乃の凛々しい姿や、厳めしい畠山重忠の前で琴を弾いておりますの阿古屋の、色のさめたしおらしい姿を、繰返し繰返し夢に見るので御座います。それにつれて私のお父様の顔や、お母様の顔や、または生れてから十二年の間に住まっておりました故郷の家の有様なぞが、幻燈《まぼろし》のように美しく、千切れ千切れに見えて参ります。そうして眼が醒めますと、ちょうどその頃の子供心に立ち帰りましたような、甘いような、なつかしいような涙が、いつまでもいつまでも流れまして致しようがないので

御座います。

と、「幻燈」に「まぼろし」とルビを振り、「その頃の子供心に立ち帰りましたような、甘いような、なつかしいような涙」を誘う媒体として表現されている。この幻燈の想像力は「哲学者は淋しい甲蟲である。」の冒頭をもち、多くの読者を有した倉田百三の『愛と認識との出発』（岩波書店、一九二四・三）でも、「やるせのない不安と寂寥」の比喩として使用される。

其後生活状態には何の異りも無い。只心だけは常に浮動して居る。何の事はない運動中枢を失つた蛙の如き有様だ。人生の愛着者には成り度くて堪らぬのだが、其れには欠くべからざる根本信念が此の幾年眼を皿の如くにして探し回つてるのに未だ捕捉出来ない。と云つて冷い人生の傍観者に何で成れよう。此の境に彷徨する私の胸には遣る瀬のない不安と寂愁とが絶えず襲うて来る。前者は白幕に映ずる幻燈絵の消え易きに感ずる覚束無さであり、後者は麻痺せし掌の握れど握れど手応へ無きに覚ゆる淋しさである。時々こんな声が大なる権威を帯びて響き来る事がある。（「憧憬」）

幻燈は、明治二十年代に流行した、映画の時代に先立つ映像メディアの一つであった。現実の幻燈は、子供騙しの絵も多く、それ程美しいものとは言い難いものであったようだ。しかし、文学の中に引用される幻燈は、たちどころに美しく懐かしいものに変容する。この現象は、よりリアリティのある映像メディアの登場があって初めて現出したものと考えられる。幻燈は映像機器の進化過程から逸脱し、肥大化した想像力として働くようになったといえよう。単なる映像機器に過ぎぬものが、何故、懐かしさといった心的な風景画（心象風景）を描くことを可能にするのか。幻燈の世紀を考えることは、一九二〇年代に現れた心象風景の言語化の一つの道筋を辿ることにもなるだろう。

「少年」以前、文学の中で幻燈はどのような描かれ方をしてきたのか。幻燈流行の時の作品として巌谷漣の「幻燈会」（一八九四）や樋口一葉の「たけくらべ」（一八九五）がある。ここでは「たけくらべ」を引用しよう。

> 二十日はお祭りなれば心一ぱい面白い事をしてと友達のせがむに、趣向は何なりと各自に工夫して大勢の好い事が好いでは無いか、幾金でもいゝ私が出すからとて例の通り勘定なしの引受けに、子供中間の女王様又とあるまじき恵みは大人よりも利きが早く、茶番にしよう、何處のか店を借りて往來から見えるやうにしてと一人が言へば、馬鹿を言へ、夫れよりはお神輿をこしらへてお呉れな、蒲田屋の奥に飾つてあるやうな本當のを、重くても構はしない、やつちよいやつちよい譯なしだと捩ぢ鉢巻をする男子のそばから、夫れでは私たちが詰らない、皆が騒ぐを見るばかりでは美登利さんだとて面白くはあるまい、何でもお前の好い物におしよと、女の一むれは祭りを抜きに常磐座をと、言ひたげの口振をかし、田中の正太は可愛らしい目をぐるぐると動かして、幻燈にしないか、幻燈に、己れの處にも少しは有るし、足りないのを美登利さんに買つて貰つて、筆やの店で行らうでは無いか、己れが映し人《て》で横町の三五郎に口上を言はせよう、美登利さん夫れにしないかと言へば、あゝ夫れは面白からう、三ちやんの口上なら誰れも笑はずには居られまい、序にあの顔がうつると猶おもしろいと相談はととのひて、不足の品を正太が買物役、汗に成りて飛び廻るもをかしく、いよいよ明日と成りては横町までもその沙汰聞えぬ。（三）

祭りに際し、出す余興を考え、「幻燈にしないか、幻燈に」と幻燈に思い至ったことが興奮の中に語られ、「己れの處にも少しは有るし、足りないのを美登利さんに買つて貰つて」とスライドの所有の様態も示され、且つ「筆やの店で行らう」「横町の三五郎に口上を言はせよう」と、その興行の状況さえも描写する。
活動写真の流行し始めた一九一〇年代になると、例えば、北原白秋の「思ひ出」（東雲堂書店、一九一一・六）では、幻燈は次のように描かれる。

あの日はまた穀倉の暗い二階の隅に幕を張り薄青い幻燈の雪を映しては、長持のなかに藏つてある祭の山車の、金の薄い垂尾をいくつとなく下げた、鳳凰の羽の、あるかなき幽かな囁きにも耳かたむけた。

白秋は、一八八五（明治一八）年生まれである。伝習館中学入学が明治三〇年である為、それ以前の思い出と考えるのが妥当であろう。「思ひ出」発表が明治四四年であれば、幻燈流行のときから既に十余年が経過していることになる。ここでは既に、公の上映空間ではない、極めて私的な幻燈享受の様が語られている。
この二つのテクストを並べたとき、この十余年の間に文学の中で幻燈をめぐる象徴作用が大きく変質していることに気付く。「幻燈会」や「たけくらべ」に見られる幻燈遊びの話題には、子どもの遊びとして出し物的要素に主眼が置かれ、当然のように「懐かしさ」といった詩的感興は付随しない。また、幻燈を享受する場も大勢を集めて見る公の空間が要求されている。一方、「思ひ出」では、失われた過去への追慕というイメージを醸し、個室的な空間において私的に見るという形態がとられている。享受する場は、風景の内面化を容易にさせ、個人的な「懐かしさ」を生成させる糸口となる。

4 日清戦争と幻燈――「奇怪な再会」

また映されたスライドの対象事物の相違もあったであろう。前者は、当時の社会的状況からもうかがえるように、教育教材的なもの、戦争ものなどを流すことになる。

明治二十七～二十八年（一八九四～九五）の日清戦争は幻燈の全盛期と重なっており、欧米で映画が誕生した時期とも重なっている。また、明治三十七～三十八年（一九〇四～〇五）の日露戦争は幻燈に代わって、国内でも映画が急速に人気を博していく時期だった。……略……そもそも明治二十年代は欧化政策を進めた〝帝国日本〟がさまざまな制度を整備させ、近代化の装いを凝らしていく重要な時期である。……略……それまでの幻燈が見せた戦いは古い歴史（たとえば南北朝の正統争い）を題材としたのに対して、日清戦争の幻燈は、まさに目下進行中のなまなましい戦況報告を見せ、かつ語ることで、観客＝聴衆の関心や興奮を引き出したのである。(7)

小山内薫は、「第一課」（一九一五）で、「ある晩、学校の運動場で幻燈会があつた。戦争の絵を写して忠君愛国の心を興させる為だつたんだ。僕は併しそんな事より、夜、学校で女の生徒と一緒になるのが何より嬉しかつた」という述懐を認めている。公の場での幻燈による教育の実態をよく伝えている。

芥川にはその日清戦争直後を小説の時間として設定した新聞連載小説がある。「奇怪な再会」（『大阪毎日新聞　夕刊』一九二一・一・五～二・二）である。陸軍一等主計の牧野と、日清戦争中に威海衛で客をとっていた、今は牧野に囲われている愛人お漣を中心にした物語である。お漣にはかつて中国で愛し合った金という男がいたが今は消息がしれない。占い師に占ってもらうと、東京が森になったら金と会えると言われる。お漣が囲われている本所を舞台として、幻想や幻覚が激しくなったお漣は、縁日に開かれた植木市を見て「東京が森になつた」と喜ぶ。「怪しげな小説」（一九二一・一・六、小沢碧童宛書簡）と自ら説明する芥川は、小穴隆一宛の書簡においても「大阪の新聞へ変な小説執筆中」（一九二一・一・六）と書き、中西秀男宛書簡では「『奇怪な再会』と云ふ怪談を書いてゐます」（一九二一・一・一九）とも認めている。「怪しげ」といい「変な」といい「怪談」といい、その物言いは自嘲を込めつつも、題名からうかがえるように非日常的な世界の現出を目論んだ小説と受け止められる。

テクストは前半の寂しげなお漣から後半は幻覚に囚われたお漣へと、彼女の像を変化させる。そして彼女が幻覚にとらわれていくきっかけとなるのが、日清戦争の幻燈見物なのである。お漣は本宅を抜けて来た牧野と、近所の寄席へ出かけて行く。身動きも出来ないほど大入りの寄席では剣舞や詩吟が興じられていた。

剣舞の次は幻燈だつた。高座に下した幕の上には、日清戦争の光景が、いろ〳〵映つたり消えたりした。大きな水柱を揚げながら、「定遠」の沈没する所もあつた。敵の赤子を抱いた樋口大尉が、突撃を指揮する所もあつた。大勢の客はその画の中に、たまたま日章旗が現れなぞすると、必盛な喝采を送った。中には「帝国万歳」と、頓狂な声を出すものもあつた。しかし実戦に臨んで来た牧野は、さう云ふ連中とは没交渉に、唯にやにやと笑つてゐた。

「戦争もあの通りだと、楽なもんだが、――」

彼は牛荘《ニューチャン》の激戦の画を見ながら、半ば近所へも聞かせるやうに、かうお蓮へ話しかけた。が、彼女は不相変、熱心に幕へ眼をやつた儘、かすかに頷いたばかりだつた。それは勿論どんな画でも、幻燈が珍しい彼女にとつては、興味があつたのに違ひなかった。しかしその外にも画面の景色は、――雪の積つた城楼の屋根だの、枯柳に繋いだ兎馬だの、辮髪を垂れた支那兵だのは、特に彼女を動かすべき理由を持つてゐたのだつた。

十時に寄席がはね、その帰り道に、突然お蓮は慴えたように「誰か呼んでいるようですもの」と牧野に寄り添いながら「気味の悪さうな眼つき」をする。牧野により、「空耳だよ。何が呼んでなんぞいるものか」「あんな幻燈を見たからぢやないか?」と否定されるのだが、全一七回に渡る連載の、第七回目に当るこの幻燈会の場面は、物語を大きく動かす重要な場面となっている。この第七回以後お漣は、現実よりも幻覚の中に生き始めるのである。この幻燈会の場面において観客の映像の受け止め方の差異に興味を引かれる。「寄席」という空間において、一般の客、牧野、そしてお漣の三者のまなざしの差異は、明確に描き分けられている。観客は、「喝采」を送ったり「万歳」を唱えたりと、幻燈と現実を同一に見、気持ちを高ぶらせる。実際に戦地へ赴いた牧野にとって幻燈の情景は現実に継ぐ二次的な、副次的な場面に過ぎない。お漣は、観客と同じようなまなざしを有しながらも、故郷に似た風景を見ることで、それを心内に組み込んでいくかのようである。リアリズムとも二次的なものともいえない、現実以上の風景を、この幻燈の風景から感じ取る。これ以後のお漣は、この映像風景に導かれるように小説の中で奇怪な行動をとるようになる。お漣にとってこの幻燈の風景は、現実と幻想の境界《マージナル》として機能しているのだろう。

「少年」でもまた、六章「お母さん」に、戦争ごっこの場面が描かれている。この空想の出典もまた、幻燈或いは活動写真にあったと想像される。

「開戦!」

画札を握つた保吉は川島の号令のかかると共に、誰よりも先へ吶喊した。同時にまた静かに群がつてゐた鳩は夥しい羽音を立てながら、大まわりに中ぞらへ舞ひ上つた。それから——それからは未曾有の激戦である。

硝煙は見る見る山をなし、敵の砲弾は雨のやうに彼等のまはりへ爆発した。しかし味かたは勇敢にじりじり敵陣へ肉薄した。もつとも敵の地雷火は凄まじい火柱をあげるが早いか、味かたの少将を粉微塵にした。が、敵軍も大佐を失い、その次にはまた保吉の恐れる唯一の工兵を失つてしまつた。これを見た味かたは今までよりも一層猛烈に攻撃をつづけた。――と云ふのは勿論事実ではない。唯保吉の空想に映じた回向院の激戦の光景である。けれども彼は落葉だけ明るい、もの寂びた境内を駆けまはりながら、ありありと硝煙の匂を感じ、飛び違う砲火の閃きを感じた。いや、ある時は大地の底に爆発の機会を待つてゐる地雷火の心さへ感じたものである。

私たちは、何故戦争の場面を知っているのだろう。戦争の経験のない少年の保吉がなぜ「激戦」を想像しうるのだろう。それは遊びに先立ち、戦争の情景が学習されているからに外ならない。その格好のメディアが、当時にあっては幻燈であったことになる。

このように、「少年」は、江戸から繋がる光と影のメディアである「写し絵」や「からくり」の名を散見させ、また幻燈そのものや活動写真により生まれる「空想」を描き、さらには幻燈が教育教材であったことや映画が戦争の想像力を創造させるものであることまでを教える。「少年」にあって幻燈は、ただ単に思い出としての幻燈遊びを描いているとは考えられない。保吉の子供時代を思い出した回想風の小品を支える、プリミティブな映画を中心とする映像をとりまくテクストであると言えるであろう。同時代の評の示すこの小説のへの近寄りがたさは、この仕掛けにあると考えられよう。「幻燈」そのものをこのように題材としたテクストとして捉えると、「少年」が、芥川文学の中でも、同時代の文学の中でも、メタ映画小説として特異な位置を占めることがわかる。

5　一九二〇年代の〈幻燈〉の想像力

「教育の対象が、一般民衆にまで広がり始めた時、教育の方法として、言葉・論理を媒体とするかたくるしい講演会・演説会だけでなく、感覚を通して訴える幻燈や活動写真・レコード等が、娯楽的要素をも備えた有効な手段として利用されるようになる」（久原甫「社会教育の先駆と通俗教育の展開」『日本近代教育史』講談社、一九七三）とあるように、戦争を含む教育メディアとして需要／受容された幻燈は、しかし、文学の中にあってむしろ、徹底して詩的象徴作用を齎す装置となったということが出来そうである。特に、幻燈を幻想空間の創出に引用するのは、萩原朔太郎と宮澤賢治に顕著である。

私は夢を見てゐるやうな気がした。それが現実の町ではなくつて、幻燈の幕に映つた、影絵のやうに思はれた。だがその瞬間に、私の記憶と常識が回復した。気が付いて見れば、それは私のよく知つてゐる、近所の詰らない、ありふれた郊外の町なのである。いつものやうに、四ツ辻にポストが立つて、煙草屋には胃病の娘が坐つてゐる。そして店々の飾窓には、いつもの流行おくれの商品が、埃つぽく欠伸をして並んでゐるし、珈琲店の軒には、田舎らしく造花のアーチが飾られてゐる。何もかも、すべて私が知つてゐる通りの、いつもの退屈な町にすぎない。一瞬間の中に、すつかり印象が変つてしまつた。そしてこの魔法のやうな不思議の変化は、単に私が道に迷つて、方位を錯覚したことにだけ原因してゐる。いつも町の南はずれにあるポストが、反対の入口である北に見えた。いつもは左側にある街路の町家が、逆に右側の方へ移つてしまつた。そしてただこの変化が、すべての町を珍しく新しい物に見せたのだつた。

萩原朔太郎の「猫町」（『セルパン』一九三五・八）は、このように始まり、「私」が町へ入る前にも、

私は幻燈を見るやうな思ひをしながら、次第に町の方へ近付いて行つた。そしてとうとう、自分でその幻燈の中へ這入つて行つた。私は町の或る狭い横丁から、胎内めぐりのやうな路を通つて、繁華な大通の中央へ出た。そこで目に映じた市街の印象は、非常に特殊な珍しいものであつた。すべての軒並の商店や建築物は、美術的に変つた風情で意匠され、かつ町全体としての集合美を構成してゐた。

と書かれる。現実と幻想の町との境に幻燈がある。『定本青猫』（一九三四）においてもその序章で、「『青猫』ほどにも、私にとつて懐しく悲しい詩集はない。これらの詩篇に於けるイメーヂとヴイジヨンとは、涙の網膜に映じた幻燈の繪で、雨の日の硝子窓にかかる曇りのやうに、拭けども拭けども後から後から現れて來る悲しみの表象だつた。『青猫』はイマヂスムの詩集でなく、近刊の詩集『氷島』と共に、私にとつての純一な感傷を歌つた詩集であつた。ただ『氷島』の悲哀が、意志の反噬する牙を持つに反して、この『青猫』の悲哀には牙がなく、全く疲勞の椅子に身を投げ出したデカダンスの悲哀（意志を否定した虚無の悲哀）であることに、二つの詩集の特殊な相違があるだけである。日夏氏のみでなく、當時の詩壇の定評は、この點で著者のポエヂイを甚だしく誤解してゐた。そしてこの一つのことが、私を未だに寂しく悲しませてゐる。今この再版を世に出すのも、既に十餘年も經た今の詩壇で、正しい認識と理解をもつ別の讀者を、新しく求めたいと思ふからである」と書かれ、〈幻燈〉のポエジイ――詩的作用は、二重に健在である。「舌のない眞理」（『宿命』一九三九・八）でも、「とある幻燈の中で、青白い雪の降りつもつてゐる、しづかなしづかな景色の中で、私は一つの眞理をつかんだ。物言ふことのできない、永遠に永遠にう

ら悲しげな、私は「舌のない眞理」を感じた。景色の、幻燈の、雪のつもる影を過ぎ去つて行く、さびしい青猫の像をかんじた。」と唱えられ、「幻燈」の一語は同様に詩的気分を存分に発揮している。これら幻燈の風景と、「幻燈絵」や「たけくらべ」の幻燈の風景、また「思ひ出」の風景とを比べたとき、そこには大きな隔たりがある。遊びという意識はもはやなく、単なる私的な郷愁を呼ぶ機能をも超えて、現実と空想の回路を作り出している。「純一な感傷」を歌うための詩的イメージを醸すため、徹底的に〈幻想〉物語を描こうとしたそのときに使われる比喩こそが、幻燈なのである。

宮沢賢治の場合はどうであろう。「モリーオ市の博物局」に勤めていた「わたくし」が「では、わたくしはいつかの小さなみだしをつけながら、しずかにあの年のイーハトーヴォの五月から十月までを書きつけましょう。」と始められる「ポラーノの広場」には、「あのイーハトーヴォのすきとおった風、夏でも底に冷たさをもつ青いそら、うつくしい森で飾られたモリーオ市、郊外のぎらぎらひかる草の波。／またそのなかでいっしょになったたくさんのひとたち、ファゼーロとロザーロ、羊飼のミーロや、顔の赤いこどもたち、地主のテーモ、山猫博士のボーガント・デストゥパーゴなど、いまこの暗い巨きな石の建物のなかで考えていると、みんなむかし風のなつかしい青い幻燈のように思われます」とある。「少年」と同じように、小見出しにより提出される風景は、あたかも一枚一枚スライドのようにテクスト化されている。

「銀河鉄道の夜」の次の場面、「ごとごとごとごと汽車はきらびやかな燐光の川の岸を進みました。向うの方の窓を見ると、野原はまるで幻燈のようでした。百も千もの大小さまざまの三角標、その大きなものの上には赤い点点をうった測量旗も見え、野原のはてはそれらがいちめん、たくさんたくさん集ってぼおっと青白い霧のよう、そこからかまたはもっと向うからかときどきさまざまの形のぼんやりした狼煙のようなものが、かわるがわるきれいな桔梗いろのそらにうちあげられるのでした。じつにそのすきとおった奇麗な風は、ばらの匂でいっぱいでした。」

（九）、或いは「ガドルフの百合」の、「それからたちまち闇が戻されて眩しい花の姿は消えましたので、ガドルフはせっかく一枚ぬれずに残ったフランのシャツも、つめたい雨にあらわせながら、窓からそとにからだを出して、ほのかに揺らぐ花の影を、じっとみつめて次の電光を待ってゐました。／間もなく次の電光は、明るくサッサッと閃めいて、庭は幻燈のやうに青く浮び、雨の粒は美しい楕円形の粒になって宙に停まり、そしてガドルフのいとしい花は、まっ白にかっと瞋《いか》って立ちました。／（おれの恋は、いまあの百合の花なのだ。いまあの百合の花なのだ。砕けるなよ。）／それもほんの一瞬のこと、すぐに闇は青びかりを押し戻し、花の像はぼんやりと白く大きくなり、みだれてゆらいで、時々は地面までも屈んでいました」など、青く浮かび上がる幻想風景は、いずれも幻燈の比喩をもって語られている。

特に、「小さな谷川の底を写した二枚の青い幻燈です」で始まる「やまなし」は、象徴的であろう。五月と十二月の情景の二つを写し、「私の幻燈はこれでおしまひであります」と終わるこの小説の、たった二枚しか存在しない「私の幻燈」という設定は、個人的な所有によるスライドとその紛失という現実の幻燈を取り巻く状況をうまく引用したものではなかったか。「上の方や横の方は、青くくらく鋼のやうに見えます。そのなめらかな天井を、つぶつぶ暗い泡が流れて行きます。」（一、五月）、「そのつめたい水の底まで、ラムネの瓶の月光がいつぱいに透とほり天井では波が青じろい火を、燃したり消したりしてゐるやう、あたりはしんとして、たゞいかにも遠くからといふやうに、その波の音がひゞいて来るだけです。」（二、十二月）と、ここでも風景はぼんやりと青白い。幻燈の装置は、物語的枠組として安定した印象をもつといえよう。これらのテクストを完成度の高い詩的世界を描出していると私たちが印象できるのは、幻燈という枠組みが採用されているからにほかならない。幻燈というメディアは、文学テクストにおいて幻想世界の枠組みとして、確固たる存在感をもったといえよう。

朔太郎、賢治、芥川を、幻燈に育った世代、詩的装置としての幻燈を使用する世代と括ることも可能かもしれない。しかし、芥川は、「少年」において詩的な幻燈の風景を描きながらも、決して幻想物語を描こうとはしていない。現実感の中で、ぎりぎりに幻想と抵触させるよう、幻燈を使用する。その幻想世界と現実との距離感は芥川文学の特質を言い当てよう。

その距離感を最も端的に示すのが、「大導寺信輔の半生」の初出時に附された「或精神的風景画」というサブタイトルである。「大導寺信輔の半生」の解説において、松本常彦は、「芥川が、この作品の副題を『或精神的自画像』ではなく、『或精神的風景画』としたのは、極めて興味深い」、「作品の評価が虚実皮膜の問題を中心に展開してきたことを顧みるとき、その感は一入強い(8)」と述べている。「虚実皮膜の問題」とは、つまり、「実」に描かれていれば「自画像」であり、「虚」である故に「風景画」だということになるのかもしれないが、それは、「絵画の時代」の章で述べたように、私たちの側に「自画像」を読むシステムが要請されているにすぎないであろう。むしろ同時代の表現者に同じく使われている精神的風景画という発想と合わせて考えてみる必要があるだろう。例えば、宮沢賢治は『春と修羅』に、mental sketch modified と附せた。「わたくしといふ現象は／仮定された有機交流電燈の／ひとつの青い照明です」と始まるその「序」には、続けて「かげとひかりのひとくさりづつ／そのとほりの心象スケッチです」と記した。

青い槍の葉

(mental sketch modified)

(ゆれるゆれるやなぎはゆれる)

雲は来るくる南の地平

そらのエレキを寄せてくる
鳥はなく啼く青木のほずゑ
くもにやなぎのくわをどり
（ゆれるゆれるやなぎはゆれる）
雲がちぎれて日ざしが降れば
黄金の幻燈　草の青
気圏日本のひるまの底の
泥にならべるくさの列
（ゆれるゆれるやなぎはゆれる）
雲はくるくる日は銀の盤
エレキづくりのかはやなぎ
風が通ればさえ冴え鳴らし
馬もはねれば黒びかり
（ゆれるゆれるやなぎはゆれる）
雲がきれたかまた日がそそぐ
土のスープと草の列
黒くをどりはひるまの燈籠
泥のコロイドその底に
（ゆれるゆれるやなぎはゆれる）

りんと立て立て青い槍の葉
たれを刺さうの槍ぢやなし
ひかりの底でいちにち日がな
泥にならべるくさの列
　（ゆれるゆれるやなぎはゆれる）
雲がちぎれてまた夜があけて
そらは黄水晶《シトリン》ひでりあめ
風に霧ふくぶりきのやなぎ
くもにしらしらそのやなぎ
　（ゆれるゆれるやなぎはゆれる）
りんと立て立て青い槍の葉
そらはエレキのしろい網
かげとひかりの六月の底
気圏日本の青野原
　（ゆれるゆれるやなぎはゆれる）

（一九二二、六、一二）

この「mental sketch modified」というタイトルと、「大導寺信輔の半生」に附されたサブタイトル「或精神的風景画」と、二つの個性の奇妙な偶然の一致は、時代的な感性の共有を示す徴だと考えられる。〈幻燈と風景と記憶〉のセット、幻燈という文学装置が、懐かしさという感情表現に深く結びつき、〈風景〉として像を結ぶ。「大導寺信輔の半生」は、自画像ではなくあくまで精神的風景画なのである。そう考えるなら、「少年」は、〈少年〉という素材のみならず、プリミティブな映画を題材に選んだ時点で、既に追憶の言語化の意図が働いていたということになる。幻燈に映す風景は、皆懐かしい、美しい場面になる。戦争や学習教材という、初めに最も重要視された幻燈の存在意義は、幻燈そのものの普及には貢献したであろう。が、その後の文学における幻燈の風景化、心的な想像力への働きに比べれば、幻燈という追憶の装置の占める意味はより大きいと思われる。

「幻燈の名所や風景も、文字や絵画で語り継がれてきたものの反復表現であったとすれば、それは歴史的共同体に所有された名所＝風景の概念を再確認させる視覚記号にほかならない。」「幻燈スライドの絵画性や写真性、そしてその混合性（写真への加筆や色彩）のことを考えてみると、明治二十年代に全盛期を迎えた幻燈ブームは、文学と類似の問題を内包していたように思われる。江戸後期以来の写し絵のレパートリーに名所図絵が少ないので、西洋的風景が発見されるとともに、幻燈は名所図絵の観念を新しく〝風景〟として図像化したともいえるからである。しかもその図像化は写真を使うことによって、概念が現実の『もの』に被さるという転倒をもたらしてもいる。[9]」

岩本憲次『幻燈の世紀』（森話社、二〇〇二・二）は、このように述べるのだが、単に顛倒した風景としての略取だけではなく、そこには、「懐かしさ」という独特のイメージがさらに被さっていく。「少年」の語られる現在が一九二三、四年であることを思えば、既に時代は「活動写真」から「映画」へとその呼称も変えた時代である。堀川保吉の、そして芥川の少年時代は、丁度この「映画」前史のプリミティヴな映像メディアから「活動写真」へ移行するその時代に重なるのであった。そして、そこで見られた映像は、例えば大砂漠の映像であり、ヴェネツィアの風景であって、決してストーリー性をもつものではなかった。「少年」二章以下のエピソードが共通して語ることは、如何に〈風景〉を感じるのに映像的なメディアがその役を担うかということではなかったか。保吉は、周到にも、その後それを文学から得たと語るのだが、それだけ風景が内面化される過程に幻燈が重要な役割を担っているのだということが理解される。

「少年」には、幻燈のエピソードが四度も繰り返されるが、追憶という心象行為が、幻燈性・映像性の特質と近いことに拠っていた。

保吉は食後の紅茶を前に、ぼんやり巻煙草をふかしながら、大川の向うに人となった二十年前の幸福を夢みつづけた。……

この数篇の小品は一本の巻煙草の煙となる間に、続々と保吉の心をかすめた追憶の二三を記したものである。

こう語る保吉は、幻燈として、己の少年期をあたかもスライドの上に映し出そうとしているといえる。こうして始められた「追憶」が、一章の「二洲楼での活動写真」の思い出へと繋げられていくことになる。映像性とは、時間に関わる消去とイメージとの融合であるけれども、「少年」とはまさにその融合の中に現出したイメージ群といってよいであろう。「少年」の表現は、〈原体験〉の解消や、行き詰まりという解釈を超えて、追憶という心象風景を描く行為の、映像言語性を極めて正確に示唆したものとして評されるべきではないか。消すことによるイメージの現〈幻〉出という映像性こそ、追憶の構造なのである。だからこそ〈追憶〉というだけで、何か寂しいイメージを私たちは心にもつ。「大導寺信輔の半生」は、この「少年」の後にしか書けないものであったと考えている。しかし、それは〈私〉に関わる「虚実皮膜」という視点からだけでは決してない。顚倒された風景と、懐かしさというその二つのコラボーレートとしてしか描けない、〈幻燈の世紀〉故のものだからである。

「映画は明治二十九年（一八九六）の神戸におけるキネトスコープの公開から日本での足どりが始まるが、幻燈と人気を二分しつつ、明治末期から大正にかけては幻燈人気を追い抜いてしまい、一気に娯楽の覇者たる勢いを見せていく。つまり、活動写真は初期の科学的・魔術的見世物から大衆娯楽の花形へと発展していくのだが、それでも明治後期から大正初期にかけては寄席・芝居・活動写真が三大娯楽として並び立っていた」（岩本憲児）。その時代、動く写真として話題を集めた活動写真が、ストーリー性を有した映画と呼ばれ、圧倒的な支持を得始めるのはもうすぐである。

注

（1）読売新聞ヨミウリオンラインデータベースを参照した。

（2）ここでいう「からくり」とは、「覗きからくり」のことと思われ、古河三樹の解説によれば、「幅三尺ほどの屋台の上部に美しい挿絵などの看板を掲げ、下部に、五ツ六ツの覗き穴をつけ、それにレンズ・ガラス玉をはめて、そこから覗くと、箱の中の正面にある絵が拡大されて見え、十枚ほどの絵がきわめて簡単な仕掛けで、一枚毎に紐をもって上へ引上げられ、次から次と変って一篇の物語を見せる。」（『図説庶民芸能―江戸の見世物』新装版　雄山閣出版、一九九三）というものである。関西では「のぞき」（『守貞漫稿』喜多川守貞一八五三）と略され、寺社の祭礼縁日の折り、社頭や境内、あるいは近くの路傍で子どもたちを相手にした見世物で、「硝子」（レンズだったと思われる）を張った穴から箱の中を覗かせる」（岩本憲次『幻燈の世紀』森話社、二〇〇二・二）体のものである。

（3）もっとも、「幻燈」は「うつしえ」とも読んでいたようであり、当時の文献には「幻燈」のルビに「うつしゑ」と記しているものが多い。それは「幻燈」の原理がすでによく知られていた写し絵と同じものであったこと、しかし、器械やスライドは新しい形式のものだったから、両者を区別するために「幻燈」という訳語を当てる一方、たやすく理解できるように「うつしえ」とルビを振ったのだろう。

（4）「巌谷漣山人の『幻燈会』という本の出版された一八九四年（明治二七年）ころから三十年ころまでが全盛時代であったようである。」（『明治文化史10　趣味娯楽編』洋々社、一九五五）

（5）岩本憲次『幻燈の世紀』（森話社、二〇〇二・二）
（6）注（5）に同じ
（7）岩本憲次の『幻燈の世紀』によれば、日清戦争に関する初期の幻燈映画（スライド）が国立国会図書館に所蔵されているという。日清戦争に関する図書館蔵の最も初期のものは、八月三〇日発行のものであり（京都府教育会発行、代表者・前田厚好）、これは、第一話「日清戦争の地図」から始まり第一六話「京城の凱旋」までのもので、それ以降の黄海海戦や平壌、満州、旅順での戦闘などは含まれていないという。
（8）『芥川龍之介全作品事典』（勉誠社、二〇〇〇・六）
（9）柄谷行人がその文学論の中で、明治二十年代を「風景の発見」と呼び、ロマン派的なものとリアリズムとが混同したかたちで日本文学に圧縮されて現れたというとき、同様の問題は視覚的表象物にも現れていたといえるだろう。より明確な形では絵画における西洋の風景と日本の風景との概念＝主題把握のずれがあり、もう一方には写真の誕生による西洋絵画そのものの変質（遠近法の解体）があった。志賀重昂の『日本風景論』が出版されたのは明治二七年（一八九四）である。

〈その他参考文献〉
川端建治「二枚の「げん灯」が重なって見える世界―「やまなし」（宮沢賢治）をどう読むか」『京都教育大学国文学会誌』一九八四・六
吉江久弥「幻燈としての「やまなし」論」『鳴尾説林』一九九九・一二
別役実「〈宮沢賢治〉の言葉体験」『ちくま』一九九六・七

映画館と観客――「片恋」「影」

1　ストーリー映画

風景や出来事の映像から、ストーリーをもつ映像へと移行するのは、一九〇〇年代のことである。それまで新奇な見世物として珍重されていた活動写真は、一九〇一年、フェルディナン・ゼッカ監督の手による、ストーリーをもった世界最初の映画といわれる《或る犯罪の物語》(フランス)の登場によって大きく様変わりをしていく。メリエスの《月世界旅行》(一九〇二)に先立つこと一年である。同時に、一九〇五年、アメリカにおいて初めて映画専門館が建てられ、見世物小屋や広間での出し物であった映画は、ようやく第七芸術「映画」としての道を歩むことになる。

日本でもまた、一八九七(明治三〇)年、三越写真部の柴田常吉により、《祇園芸妓の手踊り》《銀座街》などの実写が撮影されている。《紅葉狩》《乃木将軍凱旋》などを経て、一八九九(明治三二)年、最初の劇映画《ピストル強盗清水定吉》が登場する。だが、当時は、事実をそのままに見せることが活動写真の強みであり魅力であり、むしろストーリー映画よりも実写の方に重きがおかれていたという。

ストーリーをもった映画の日本への輸入は一九一〇年頃を境に、主にフランス、イタリア映画を中心として行われていた。猪俣勝人『世界映画名作全史』（現代教養文庫、一九七四・一一・三〇）によれば、一九一〇（明治四八）年にはフランスパテ社による《オセロ》やロシアの《シベリヤの雪》が、一九一二年には《サロメ》や《サラムボー》が、一九一三年には《椿姫》や《クオ・ヴァディス》が、一九一四年には《アイヴァンホー》、《アントニーとクレオパトラ》など、多くの文芸映画が浅草を中心に上映され始めている。(1)

後年に至って、外国映画と云へば、アメリカ映画の独り舞台の感を呈したが、それは第一次欧州大戦勃発以来のことであり、対戦前の世界市場争覇にあつては、むしろ劣勢でさへあつた。……略……従つて、日本に於て、圧倒的に迎ひ入れられた外国映画は、イタリイを第一に、フランスを第二とする。ドイツやデンマークの方が、むしろ、アングロサクソンの米英よりも信用があつた。

（筈見恒夫『映画五十年史』鱒書房、一九四二・七）

映画館の整備も進み、一九〇三（明治三六）年一〇月一日、最初の映画常設館、浅草電気館が開業する。一九〇七（明治四〇）年四月には、東京で二番目の映画常設館となる神田新声館、三番目の浅草三友館が開業、翌一九〇八年一二月には数寄屋橋際に初めて全館椅子席の有楽座が開設され、一九一一年一二月、横浜に外国映画専門館・オデオン座が開業するなど、映画を観る場所の環境も整えられていった。芥川が「此頃は時々活動写真をみにゆく」と友人に書いたのは、この一九一〇年代の、映画館の整備が進む中、洋画流入の時期なのである。

映画を観るとは、白いスクリーンの上の光と影の織り成す物語を視覚することだが、そのためには、専門館である映画館へ行き、座敷ではなく椅子に座って見るという、現代では当たり前となった行動姿勢が強いられていくようになった。映画をめぐるふるまいの誕生である。新しく誕生した映画の観客は、見世物の見物客から離れて、次第に見世物とは違う喜びを映画から享受し始める。スクリーンに対峙した観客は、果たして何をその二次元世界に見出していくのだろうか。

一九一〇年代の映画との関わりの深いテクストは、「片恋」（『文章世界』一九一七・一〇）と「影」（『改造』一九二〇・九）である。「片恋」は、芥川文学の中で初めて実在の映画名が提出されたテクストとして特記されてよい。また、「影」は、その題名の通り、映画のもつ映像性を濃く反映した小説である。いずれも、この時代の映画を抜きに読むならば、その読みの深度は後退するテクストと言えるであろう。

2　連続活劇の流行——名指しされる《ジゴマ》と《名金》

「片恋」は、芥川文学に映画がはじめて引用されたものとして、また映画俳優への恋心を描いたものとして特筆されるべき小説である。冒頭（一しよに大学を出た親しい友だちの一人に、或夏の午後京浜電車の中で遇つたら、こんな話を聞かせられた。）と、括弧書きから始まり、友人から聞いた話を語り手が「自分」に語るという体験話をとっている。友人の話の中心人物は、お徳という「僕らが昔よく飲みに行ったUの女中」「鼻の低い、額のつまつた、あすこ中での茶目だつた奴」である。そのお徳の「妙なのろけ話」を語り出す友人は、お徳の相手について、

お徳の惚れた男と云ふのは、役者でね。あいつがまだ浅草田原町の親の家にゐた時分に、公園で見初めたんださうだ。かう云ふと、君は宮戸座か常盤座の馬の足だと思ふだらう。所がさうぢやない。抑、日本人だと思ふのが間違ひなんだ。毛唐の役者でね。何でも半道だと云ふんだから、笑はせる。……略……そこでいろ〳〵聞いて見ると、その恋人なるものは、活動写真に映る西洋の曽我の屋なんださうだ。

と語った。「活動写真に映る西洋の曽我の屋」、つまり映画の喜劇俳優にお徳は恋していたと友人は明かす。かつて志村という大学の友人がお徳に岡惚れしたとき、お徳は「志村さんが私にお惚れになつたつて、私の方でも惚れなければならないと云ふ義務はござんすまい」と「肘を食はせた」経緯をもつ。それにのっとるなら、お徳自らの恋も、「片恋の悲しみ」に彩られたものとなる。「向うが生身の人なら、語をかけるとか、眼で心意気を知らせるとか出来るんですが、そんな事をしたつて、写真ぢやね」と諦念しつつ、映画館へ「やつと一週に一ぺんづゝ行つて見た」、時には隅にしか座れず「妙に平べつたくしか見えないんでせう。私、かなしくつて、かなしくつて」と、真剣な恋心を語ってみせる。

それから芸者になつてからも、お客様を連れ出しちやよく活動を見に行つたのですが、どうした訳か、ぱつたりその人が写真に出てこなくなつてしまつたんです。何時行つても見ても、「名金」だの「ジゴマ」だのつて、見たくも無いものばかりやつてゐるぢやありませんか。しまひには私も、これはもう縁がないもんだとさつぱりあきらめてしまつたんです。それがあなた……

銀幕の俳優に真剣に片想いするお徳なのだが、そのお徳が実名で名指す映画が、当時多くの観客を湧かせた《ジゴマ》と《名金》であった。

一九一〇年代の映画史のなかで、特筆すべきは、連続活劇の隆盛であろう。パール・ホワイト主演《拳骨》、フォード・キュナード主演《紫の覆面》、エディ・ポーロの《快漢ロロー》、チャールス・ハッチスンの《ハリケー

ジゴマ "Zigomar" 1908

ン・ハッチ》など、いずれも一巻の終わりには、「悪漢の毒手にかかったヒーロー、ヒロインの運命やいかに？」という弁士の語りを定石とし、際限なく物語は繰り返されていた。「この定石をあかずくりかえして興奮していたのが大正五、六年頃のファンだった」（『写真映画百年史』）ことになるのだが、これら連続活劇の代表といえば、フランスエクレール社の《ジゴマ》と、アメリカユニバーサル社の《名金》である。

《ジゴマ》（Zigomar 一九一一年 フランス 監督ヴィクトラン・ジャッセ）は、怪盗ジゴマが、様々な犯罪の手口を駆使し、彼を追う名探偵ポーリンと駆け引きを展開する活劇である。一一月に浅草金龍館で公開された、この「花のパリーかロンドンか、月が鳴いたかほととぎす。夜な夜な荒らす怪盗は題してジゴマの物語り」と弁士から語りだされる凶悪犯ジゴマの物語が、空前の大ヒットとなったことは周知の通りだ。一九一二（明治四五）年二月一七日付『読売新聞』「演芸界」欄「ジゴマを観る」には、パリの新聞「ル・マタン」に連載された探偵小説を映画化したもので、原作者はレオン・サージーとの説明の後に、「探偵ポーリンを進行中の列車より突落す所やアルプスの絶頂から深雪中に飛下りて逃走する所や巴里大劇場に火を放って数百の男女優を焼殺し首輪を掠奪する所や最後に宮殿の如き地下室に警官を誘き入れて地雷火にかけて鏖殺《おうさつ》し又自らも自殺するといふ驚くべき大事件を仕組んだ物」とある。

主人公を真似る犯罪の多発から、上映禁止の措置が執られた作品として《ジゴマ》は有名でもある。例えば、『国民新聞』一九一八年九月八日には、「少年に流行る映画の玩具◆◆注意すべき二つの弊害」などとあり、エピソードには

名金“The Broken Coin” 1914

事欠かない。ジゴマブームから、映画にヒントを得、手口を真似る事件が年少者を中心に多発したため、「盗賊を主人公として罪の方法手段を現はしたものは今後其事実並に舞台の東西を問わず厳密に取締り映画中僅かに其一端を現はした物でも共に之が削除を命じ決して年少子弟の眼に触れしめない」「ジゴマに限らず同一経路に属する映画にして犯罪を誘致助成すべき性質のものは来る廿日以後絶対に禁止する事となった」と、一九一二年一〇月二〇日をもって警視庁は、「ジゴマ式映画」の上映を禁止する措置を取る。この措置は日本映画史上初めての規制でもあった。上映禁止後もジゴマは相当期間、衰えない人気に支えられて生き延び、約半年後の一九一三（大正二）年四月一一日付の記事には、「ジゴマの化物　浅草鳥越座に現る」の見出しのもと、「此頃浅草鳥越座に興行せる活動写真は名こそ『探偵奇談』と称すれ、実は先に終身懲役に処せられたる『ジゴマ』其物の再現にて近来稀なる大入を占め一週間の日延興行をなしたる程なるが巧に改名して其筋の目を偸みたる不埒の所業は固より之を知らずして日延興行まで許したる警察の緩慢実に驚く可し」とあり、ジゴマ人気の底力を見せ付けている。(2)

一方、アメリカで制作された《名金》（The Broken Coin　一九一五年監督フランシス・フォード）は、一九一五年一〇月日本で公開された冒険物語である。雑誌記者キティが、古文字の入った金貨を手がかりに隠された秘宝を探しにグレーホーヘン国へ旅立つ。その国では王位を奪おうと伯爵の悪巧みが進行しており、キティもまた次々と危機に襲われていく。《名金》で名を挙げた俳優エディ・ポーロは、その後、《的の黒星》《快漢ロロー》《曲馬団の囮》などで活躍をみせた。芥川が「羅生門」を発表したこの年、《名金》に続いてウィリアム・S・ハートの《二挺拳銃》、パール・ホワイト《鉄の爪》、そして「主人公の運命に危機が迫るや、一天にわかにかき曇り、黒雲がむくむくと湧き上がって（つまり微速度妙である）それをきっかけに『天国と地獄』の伴奏が始まる。日本中の若き観衆はそのメロディを耳にするトタン、息を詰めて手に汗を握って忘我の状態に入るのである」（猪俣）と形容された《ハリケーン・ハッチ》など、連続大活劇は多くの観客に大いに喜ばれていた。

D・W・グリフィスが超大作「国民の創生」が大セットで世界のド肝を抜いた同じ年に、アメリカでは「名金」を始めとする連続大活劇が誕生、それこそ世界中の子供たちの血を湧かせた。もちろん大の大人も毎週待ち切れずに活動写真小屋へ通い、「天国と地獄」の伴奏で、体をわくわくさせて冒険場面に見入った。（猪俣勝人『世界映画名作全史　戦前編』社会思想社教養文庫、一九七四・一二）

《ジゴマ》を生んだ「フランスで発祥しアメリカに受け継がれた連続活劇」（出口丈人）は、こうして「世界中の子供たちの血を湧かせた」のだ。「片恋」発表は、一九一七（大正八）年であり、《ジゴマ》の上映禁止から五年、《名金》公開から二年の後であり、巷では連続活劇の大流行をみていたと考えてよい。

我国に、アメリカの連続映画が紹介され、人気を博したのは、ユニヴァーサル映画『名金』に始まる。『名金』は、ユニヴァーサル支社開設以前に、横浜の輸入商平尾商会が、輸入したものであつたが、これが大正四年末に浅草帝国館に封切られると、嘗ての『ジゴマ』以来と云っていい程の反響を持つに至つた。これ以来、外国映画上映の番組に、連続映画は必要欠くべからざるものになり、必ず二篇、三篇と纏められ、呼物として宣伝された。……略……この連続映画の重視は大正一二年の震災後まで続いてゐたやうである。しかし、絶頂は、大正五、六、七年あたりであらう。

（筈見恒夫『映画五十年史』）

など、当時の映画を語る文章の多くは、《ジゴマ》や《名金》をこのように日本映画史の中に位置づけている。その映画史の流れの傍らに「片恋」を置くのであれば、既にアメリカの活劇が席捲していたこの時期、お徳のいう「見たくもないものばかり」を活動ファンは見たがっていたのであり、「名金」や「ジゴマ」を退けるお徳の口調は、時代の潮流から大きく外れている。その外れた視線は、当時の映画状況へのストレートな批判ともなる可能性を持ち始めるであろう。映画史の常識とは別に、お徳の個別的関心の所有も明らかになるからだ。

お徳の映画享受は、いかなる様相を示すのか。片思いという恋愛の一形態を主題化するために、恋する俳優への言及がほとんどである。ストーリーへの言及はほとんどされていない。俳優が見られればよいのであって、映画それ自体の面白さは「片恋」の中で、友人の言葉を借りても語られることはない。ストーリー映画全盛の中で、俳優主体の見方を謳う「片恋」は、時代の潮流へ対しての異議申し立てを行ってもいよう。観客は、映画という一つの「複製技術」を共同的に観取するのではなく、それぞれ個別の見方を提出しだしているのであり、主体的な観客の誕生がここにはみられる。

お徳の真剣な俳優への思いは、その後の明星ファンを思い起こさせるに充分であろう。例えば、一九二〇年代前半に活躍したルドルフ・ヴァレンティノ（一八八五〜一九二六）がいる。一〇年代末のユニヴァーサル映画では特に目立つことのない二枚目役にすぎなかった彼は、メトロに迎え入れられ、《黙示録の四騎士》（一九二一）で主役を演じ、パラマウントで《シーク》《血と砂》（一九二二）《ヤング・ラジャ》《ボーケル氏》《コブラ》（一九二四）と続けざまに主演を果たす。当時、アメリカ映画の「代表的二枚目」ダグラス・フェアバンクスとリチャード・バーセ

熱砂の舞 “Son of the Shiek” 1926

ルメスの二枚看板ですら、突如あらわれたこのバレンティノ人気に押される勢いであったという。日本でも同様の熱狂ぶりがみられ、一九二三年に《血と砂》が公開されると、「封切館は連日若い女性の熱気で汗ばむほどであつた」（猪俣）と伝えられている。彼が《熱砂の舞》（ゴールドウィン・プロ　一九二六）を最後に忽然として死したとき、「紐育で行われた葬儀は歴史に残る盛大さで、二〇余名の女性の怪我人が出たと伝えられる。彼の墓前には、半世紀をへた今日もなお、若き女性の捧げる香華が絶えぬという」（猪俣）。映画に人気俳優は欠かせなくなり、映画雑誌では人気投票が行われ、出演の俳優によって興行成績が異なってくる。内容よりも俳優を優先した映画制作は、現代でも同じ状況を見ることが出来るが、ここに「明星」を渇望する欲望の誕生をみるなら、お徳を映画ファンの先駆けと位置づけることも出来よう。友人の言、「いくらYだつて、まだ活動写真に惚れた芸者はゐなかつたらう」からは、現実に先行したお徳のまなざしを指摘することができる。

3　銀幕の恋「片恋」・分水嶺としてのマックス・ランデー

ところで、お徳が惚れた映画俳優は、「何でも、十二三度その人がちがつた役をするのを見たんです。顔の長い、痩せた、髯のある人でした。大抵黒い、あなたの着ていらつしやるやうな服を着てゐましたつけ」と、お徳自身の口から説明されている。そして《ジゴマ》や《名金》の登場におされ、出番の少なくなったと「片恋」中で説明されるこの俳優を、出口丈人は、「芥川と映画」（『芥川龍之介作品論集成　別巻』翰林書房）において、フランスの喜劇役者マックス・ランデー Max Linder と特定している。

日本ではマックス・リンダーの名で紹介されていたランデーは、チャップリンの扮装の手本になった人物として知られ、日本では「アルコオル先生」の名で知られたチャップリン以前に、馴染みのフランスの喜劇俳優である。出口によれば、マックス・ランデーは、「一八三三年の生まれ。十七歳で学業を放棄しボルドーのコンセルヴァトワールに入り、一九〇二年に卒業すると、パリへ出た。アンビギュ座、ヴァリエテ座などで〇八年まで脇役をする一方、〇五年から映画にも主演、一一年からは監督も手がけるようになった」人物である。「第一次世界大戦の勃発で一五年から一六年にかけては主演作は五本のみで日本には一本を除き輸入されていない」という。「片恋」発表の一九一七年に渡米し、エッサネー社から作品を発表している。

このように説明される彼の経歴は、確かに「片恋」のお徳が語る、十数回の映画出演があり、一時期は映画館が満員になるほどの盛況をみせ、また大戦中にすっかり姿を消してしまったというその俳優の状況と合致する。しかも、その後「日本には一本を除き輸入されていない」というその事実とも共通する。


「それがあなた、この土地へ来て始めて活動へ行つた晩に、何年ぶりかでその人が写真に出て来たぢやありませんか。――どこか西洋の町なんでせう。かう敷石があつて、まん中に何だか梧桐みたいな木が立つてゐるんです。両側はずつと西洋館でしてね。唯、写真が古いせいか、一体に夕方みたいにうすぼんやり黄いろくなつて、その家や黄がみんな妙にぶるふるへてゐて――そりやさびしい景色なんです。そこへ、小さな犬を一匹つれて、その人があなた煙草をふかしながら、出て来ました。やつぱり黒い服を着て、杖をついて、ちつとも私が子供だつた時と変つちゃゐませんん……」

お徳がスクリーン上に彼を認めてから恐らく十余年が経っていたであろう。寂しい景色の中に現れた彼との再会は、あたかも彼に恋を感じ始めたあの頃の私との再会でもあるように語られる。不自然な舞台設営の中でなく、自然な西洋の町を背景に現れていることに私たちは注意を払うべきであろう。

この全盛誇つたフランス的な活劇（《ジゴマ》――筆者注）も、後に現はれるアメリカ冒険活劇の線の太さと荒荒しい神経の前に後退しなければならなかつた。だが、フランス映画を代表するのは、そのやうな活劇物ばかりではなかつた。例へば、マックス喜劇と称ばれ、イタリイの新馬鹿大将と、滑稽劇の双璧をなしてゐた、マックス・ランデのパテー映画がある。マックス喜劇は、舞台風で不自然なる道化芝居を排して、純粋な映画喜劇を作り出した点で、新馬鹿大将等とは比較にならぬ意義を持つてゐる。後年の批評家は、マックス・ランデこそ、チャップリン、ルネ・クレール喜劇の先駆をなすものだと評してゐる。（筈見恒夫『映画五十年史』）

フランス喜劇の先駆マックス・ランデー

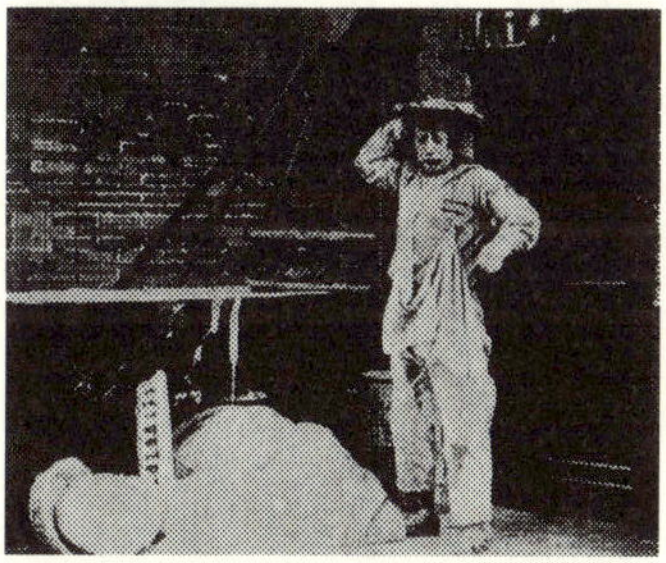
新馬鹿大将ことアンドレ・ディード

ここではフランスからアメリカへ移行する活劇という大きな映画史の流れと同時に、同じ喜劇であれイタリアの新馬鹿大将とは「比較にならぬ意義」を有するマックス喜劇の存在が説明されている。ここで言われる「純粋な映画喜劇」とは、果たして何であろう。アンドレ・ディードのドタバタ喜劇、「舞台風で不自然なる道化芝居」との差として説明されるのは、舞台風ではない背景と自然な芝居ということだが、事実としてその後、ランデーの手法はチャップリンやルネ・クレールに引き継がれた。ただし、純粋な映画だったから引き継がれたという言い方には、躊躇せざるをえない。純粋かどうかは、映画本来の有する性格にあるのでなく、その後の映画界の選択という進化論的な視点によって決定されるからである。制作者と同時に、観客がより映画的なものとしてマックス喜劇が有する性格を期待し、選択していったということである。時代の中で、観客の期待の方向が同定され始め、そして、それが映画の純粋性として逆に私たちの眼に覚えさせていくのである。

ランデーは「三本に出演しただけで肋膜炎を患いスイスのサナトリウムに移った。完治後、再帰しようとしたが思うようにいかず、二五年に自殺」、「大戦を挾んだ風潮の移り変わりの激しさに翻弄されただけでない。ちょうど映画の中心がフランスからアメリカに移る時期だったのである」と出口は説明する。イタリア、フランスを中心にあった外国映画輸入の状況が、連続活劇を契機に「むしろ劣勢でさへあつた」アメリカ映画が市場を席捲していく、そのような時期に丁度入れ替わり役のように登場し消えていったのがランデーだったということになろう。

「片恋」のお徳が選んだ男は、ドタバタ喜劇から純粋映画喜劇への移行の別れ目に存在し、且つフランス喜劇からアメリカ活劇への移行期に姿を消し、また、ストーリーの希求から俳優への嘱望という観客の欲望の拡散する中に登場した。彼は、幾つかの映画をめぐる観客の期待の流れの分水嶺のごとき存在であるかのようだ。お徳の期待のまなざしは、映画の時代状況を鋭くまなざしたのだと言える。

お徳は、何故スクリーン上の人物に恋できたのであろうか。現実と虚構を区別する能力の欠如という答えでは説明しきれるものではない。まず、一二、三回同一人物を見ているということは、映画専門の俳優が輩出され、一人の俳優を売りとした映画の登場の存在という歴史的事実があった。だが、それだけでは私たちは映画の俳優に恋できない。何よりもスクリーンに映る映像に現実感を覚えなくてはならなかった筈である。三次元に生きる生身の人間として、二次元のスクリーンに写し出される光と影の織り成すイリュージョン、その恋心に託された二次元のイリュージョンは、「少年」や「追憶」で言及された、最初期の活動写真からでは決して体験することの出来ない映画的ふるまいであったはずだ。

私たちは、映画を疑似体験することが可能である。しかし、その体験は決して自然に身に付いたものではない。映画の約束事を知っているからこそ、それがあたかも現実かのように、また時には幻想のように感じることが可能なのである。少なくとも映画を初めて体験した時代、未だ映像の規則もさだかではなかった二〇世紀初頭、映画制作の側も観客もまた、多くの試行錯誤があったはずである。そして、映画が現実感をもたらす規則は、確実にこの時代に確定されてきたと思われる。ノエル・バーチはそれを〈制度的再現モード〉といったが、「錯覚に基づいた再現形式であるイリュージョニズムを求めるべき、規範として固定された」「古典的システム」（その成立年代を決定するのは困難だが、あらゆる側面からみて、一応一九一五年までには安定したと考えられる）が存在し始めたと、小松弘は、著書『起源の映画』(3)でいう。それなくして、お徳の片恋はありえなかったであろう。

それが、システムであり、モードである以上、そこには一定の規則がある。その一つがショットにあった。

フランス人によってアメリカン・ショットと呼ばれた接写ショットが、映画におけるイリュージョンの機能を増幅させるのに大きな貢献をしたことは確かである。それは初期の接写が平面であるショットのヴァリアントもしくはエンブレーマの機能をもっていたのに対し、一九〇九年以降、映画の長尺化傾向及び古典的システムの形成過程の中で、観客にスクリーンが舞台あるいはタブローであることを忘れさせる機能、言い換えれば、フィクティヴな現実感を生じさせる錯覚の機能に仕えることになる。

「フィクティヴな現実感」こそ、マックス喜劇の特徴として言われた「純粋性」の一つのあらわれであったろう。エンブレーマーの機能を離れて、膝丈までの人物を映すアメリカン・ショットの登場により、観客は、それが切り離された場所の出来事ではなく、私たちの足元にまで繋がっているかのような空間意識を持ちえるようになるという。「片恋」当時の観客が、既に初期の映画の再現もモードである「古典的システム」を有していたことをお徳の存在はよく伝えている。

『一度なんか、阿母さんにねだつてやつとやつて貰ふと、満員で横の隅の所にしか、はいれないんでせう。さうすると、折角その人の顔が映つても、妙に平べつたくしか見えないんでせう。私、かなしくつて、かなしくつて』――前掛を顔へあてて、泣いたつて云ふんだがね。そりや恋人の顔が、幕なりにぺちやんこに見えちや、悲しかろうさ。これには、僕も同情したよ。

お徳のこの「ぺちゃんこ」発言は、正面の席には座れず、隅から中心を見なければならなくなった、映画館の構造上の問題である一方、実際の人物をカメラを通してスクリーンという二次元の世界に置き換えたために起った、映画を見る上では避けることの出来ない二次元化の悲しさ・宿命を言い当てたものになる。(4) お徳が恋するのは、マックス・ランデーという一人の実在の人物である必要はまったくない。あくまでもスクリーンに映っている、現実そのものの、しかし、その二次元の影である。故に、二次元から三次元への想像力は、ここでは働く余地がない。二次元それ自体に「フィクティヴな現実感」があるからである。ショット(場面)の転換を示す記述として、明治四一年の『神戸新聞』(九月二八日)の、フランス製日露戦争映画の見物記には「写真面」という語が使われていることを例に、小松弘は、「批評者がここで〈場〉や〈場面〉ではなく〈写真面〉という言葉を使ったことは、この批評者がこの映画に対して演劇の類比に基づいた分節を課しているのではなく、明らかに視覚的・光学的・量的単位としてのショット、二次元化された三次元のイリュージョンの写真である面としてのショットという分節を課していることを示している」と指摘する。「片恋」で、お徳が嘆く「ペチャンコ」の俳優という印象は、この二次元という「極めて本来的な見方」を示すことになる。

だが、銀幕の俳優に恋するという形で当時の状況を批判するお徳は、語り手の男性からは徹底的に揶揄される立場にある。つまり、お徳の批判は、語り手の態度によって一旦後退してしまう。さらに、この友人の語りの特徴として挙げられるのは、「大いに論理的《ロヂカル》」「その挙句に例《エキザンプル》でも挙げる気だつたんだらう」との外来語彙の使用とは裏腹に、映画俳優について説明するときに徹底して伝統的な用語を使用する点である。「公園で見初めた」「宮戸座か常盤座の馬の足」「毛唐の役者」「半道」「活動写真に映る西洋の曽我の家」などである。ここには、映画俳優を二流の舞台役者に翻訳しようとする力が存在していると考えられる。「お徳を『あいつ』と呼び、『笑はせる』『あんまり莫迦げてゐる』と高圧的かつ批判的な語りを展開する『僕』は、お徳を見下している。それは身分の上からだけでなく、女の戯言といったニュアンスも感じられ、性差にもかかわってきそうである」（嶌田明子「片恋」『芥川龍之介全作品事典』勉誠出版、二〇〇〇・六）という指摘もあるように、友人が「自分」に語る時は、「妙なのろけ」であることを前提に、お徳の話ははなから真実味の薄いものとして語られ、たとえそこに時代状況の批判が含まれていたとしても、それも同時に揶揄の対象でしかないかのような印象をもたせる。友人や「自分」といった知的エリートにとって、銀幕の俳優に恋するなどということは、現実味のない出来事であった。しかし、最後に呟かれた、「ほんとうは誰か我々の連中に片恋をした事があるのかも知れない」という言葉は、「お徳の話の真剣さを証明する役割を果す。となれば、逆にお徳の話は本当ともいえるのであり、銀幕の俳優にこれ程真剣に恋するとは考えられない、という『僕』の思考様式についても考えてくることのできる作品ではないだろうか」という嶌田の指摘のように、そのエリート的な思考様式を暴露することになる。友人がお徳の恋を小馬鹿に出来るのは、恋の対象は、本来現実の、つまり三次元に属する対象であるはずだという思考の前提がなければならない。だからこそ、友人は最後に「誰か我々の一人に……」という結論付けを必要としたのであろう。友人の語彙が、映画の俳優を語るのに曾我廼家的な演劇用語に引きずられるのは、二次元という映画の本質を無意識的に見るお徳とは対照的であった。二次元の恋と三次元の恋。お徳の魅力は、この差異を明確化させたところにある。友人たちは、しかし、それには無意識であり、彼らの準拠枠に則ったかたちでしか「オチ」を作り上げることができなかった。

親しい大学時代の友人からの語り、かつての思い出と現在の状況の語りという点で「毛利先生」(『新潮』一九一九・一)「一夕話」(『サンデー毎日』一九二二・七)に共通する発想がこの「片恋」にも認められる。山本芳明は、「毛利先生」を取り上げ、「大正期の言説空間を生きた人々が学歴秩序の網の目に取り組まれていった証しの一つ(5)」として例示する。この発想は重要だと考えるのだが、山本は、「生まれながらの教育家」「ドンキホオテよりも勇ましい姿から友人と「私」が至った希求は、「学歴秩序から逸脱した毛利先生ですらかくの如く頑張っている以上、況んや、より高みを目指し『進歩』(「芸術その他」)しなければいけない我々、芸術家は……という無言の前提が含まれている」と、論を飛躍させている。「私」と「友人」を芸術家の囲いに入れることにより成り立つ論理であり、テクストからその発想を裏付けるものはない。山本は、冒頭、「私」と「友人」が「所謂腰弁街道」を歩く下級官吏たちの姿を見、「憂鬱な心もち」になっていることを挙げ、また鏡の中の光景を見ていることを挙げ、以上の論理に行き着くのであるが、ここではむしろ、「片恋」と同趣のエリート対非エリートの構造と、風景を絵画的に見てしまう〈ピクチャレスクな視〉の構造をみてとるべきではないか。

現実を絵画として見ようとする視の様態を、安西信一は「ピクチャレスクな視」と呼ぶ(「ピクチャレスクの「移植」

――英国式庭園～現代へ」『芸術学の一〇〇年』勁草書房、二〇〇〇・六）。そして、このピクチャレスクのイデオロギーは、「文化エリートを優越化し、視の対象を支配する装置である。このことはピクチャレスクが異文化に移植される時、とりわけ顕著になろう。しかし他方ピクチャレスクは、そうした優越を転覆する契機をも含む」と、両義的なものとみる。もともとにおいて、「文化エリートの優越感は、既存の文化規範への劣等感を前提」としている。だからこそ、それらをピクチャレスクのまなざしにおいて領略し、自文化のものとすることで優劣を逆転させる必要があったのである。

つまり、エリートの優越感は、既存の文化規範への劣等感を前提としていた。この劣等感は、自らが規範自体ではなく、それを後天的・人工的に獲得したに過ぎないという事実に発するだろう。そこから、自らは現実の全てを支配してはいないという否定性、卑下が生じうる。逆にエリートでない者も、この規範を後天的に獲得するかその人工性を暴くことによって、エリートの絶対的価値を否定できる。要するにピクチャレスクの内には、優越と卑下との逆転可能な両義性が潜在する。

実際に、一八世紀後半のピクチャレスクにおいて、見通しの効かない低い視点や貧民が好まれるようになるのは、エリートの自身喪失、自己卑下を表すためという見解もある。「毛利先生」におけるピクチャレスクな視点は、言うに及ばないであろう。鏡に映るカフェの一隅の情景は、額縁化された絵ともなり、また映画ともなる。それを見る彼のまなざしは、そのまま自らを鋭く写し返す。話終えたエリートの彼らは、何故とぼとぼと肩を落として歩かねばならなかったのか、テクストはそこまで写すことをして、ピクチャレスクの両義性を意識されている。「片恋」もまた、最後の友人の呟きと薄暮に到着するパノラマ・トレインというイメージにおいて、自らの在り方を相対化させる。一九一〇年代に大学を卒業した職業エリートたちは、果たして何を切り捨ててきたのか。何に優劣し、何を卑下するのか。恐らくこの問題は、芥川個人の糾弾に帰される性格のものではないだろう。一旦後退するかにみせるテクストから、そのお徳や毛利先生の可能性をどれほど掬い取ることが出来るか。その可能性に光を当てていくこと、それが現代の読者には要請されていよう。

（一しよに大学を出た親しい友だちの一人に、或夏の午後京浜電車の中で遇つたら、こんな話を聞かせられた。）と「片恋」は始まり、（二人の乗つてゐた電車は、この時、薄暮の新橋停車場へ着いた。）と閉じられる。京浜電車は、一九〇九年、品川から新橋（烏森）間に山手電車を延長運転したのに始まり、一九一四年、東京〜横浜間の運行が始まった電車である。また、友人は、お徳に再会したことよりも、「君に聞いて貰はうと思ふのはそののろけ話さ」と、お徳の片想いの話をこそ語りたがっている。ちくま文庫版『芥川龍之介全集』の「片恋」には、「Y」の注として、「横浜」が当てられている。(6) 岩波書店の新版全集では、ここに注はない。「Y」を横浜と同定することは難しいがそれも故ないことではなく、友人と「自分」が会った場所が京浜電車の中であり、日本初の外国映画専門館も横浜のオデオン座であり、谷崎潤一郎も関わった大活もまた横浜に撮影所を有した。

横浜方面から新橋へ向かう電車の中で、銀幕の俳優に恋するお徳の話をし、「それが夜の所だと見えて、どこもかしこも一面に青くなつてゐました。」「――『みんな消えてしまつたんです。消えて儚くなりにけりか。どうせ何でもさうしたもんね。』」とお徳は語り、丁度それと被さるように「薄暮の新橋停車場」へ電車は到着する。列車の到着という余りに映画的な場面で、この銀幕の恋の話は終焉する。

あたかも、「フィクティヴな現実感」を見せる影を映し終えたスクリーンに広がる青い靄のように、京浜電車という一つの映画館での上映が終幕する。「片恋」は映画都市横浜からのパノラマ・トレインであったのかもしれない。

鉄道はまさにジオラマのように世界を〝動く映像〟に変え、旅行者の眼に絶え間なく移り変わる画面を提示した。旅行者は鉄道の速度と運動によって遠さと近さが明確に自覚されている五感的な身体空間から抜け出し、車窓の彼方に展開されるフレームにくくられた様々な異なる現象を差別なしに等価に受け入れてしまう。

（伊藤俊治『ジオラマ論』ちくま学芸文庫）(7)

アーロン・ジェローは、権田保之助の最初の著作『活動写真の原理及応用』（内田老鶴圃、一九一四・一〇）が、「世界的に初めての総括的な映画研究書」であるにも拘らず、世界のみならず日本においても殆ど注目されてこなかった事実から、「映像が中心になった以前に映画のオルタナティヴな可能性をいかに想像したか」という興味深い問題を指摘している(8)。権田の著作が等閑に附された理由が「肝心の〝映像〟について考察がなされていない(9)」ところに起因することから、「なぜ映画が権田のように研究されたのか」という映画言説史を問題化する。それは、日本映画言説史が、「なぜ映画が権田のようには研究されなかったのか」という問題の裏返しである。つまり、何故、私たちは映像を考察の対象にしてきたのかということである。そうではない可能性、映画のオルタナティヴな可能性は、確かに存在したはずである。

ジェローによれば、権田は、まず映画を「娯楽」と考え、映画の観客に関心を寄せるのである。

この廉価であるといふことゝ、時間が短くて済むといふことが、活動劇が一般下層階級の享楽に適する原因となるのでありまして、これがやがて現今の活動写真隆盛の一重要原因となつてゐるので御座いますが、此の為に活動劇は又或る一種の特長を表すやうになるのであります。それは社会の一般非知識階級が享楽の主体となるのであります。

映画の主体が「一般非知識階級」であると同時に、「活動写真が真に活動写真として其の本来の面目を現はし来たり、現代人の生活、現代人の情調に力強く織込まれる様に」なるのは、実は「活動写真の興行」というものを俟って初めて行われるのだと、権田は書く。映画本来の面目を現すのは、映画館という空間においてであり、そこに居る観客こそが主体であるという指摘である。作り手ではなく、見る側が、そしてその見る側の「感情」、「飛び出す自己」こそが映画を作るという発想は、その後、映画の観客の調査に乗り出す彼の方法と均しく結ばれている。

芥川の「片恋」は、権田の映画論を下敷きにしているのではないかと思われるほどに、お徳という一人の観客から映画を語っていく方法を取っている。それは、ある意味では芥川が映画エリートではなかったから可能となったことなのかもしれない。〈絵画〉を扱うほどに洗練された方法を取らない芥川は、例えば関井光男に「映画を見ることは映像の言語を読むことである。芥川はそのように映画を見なかった」(「芥川龍之介と映画」『全集月報一二』)といわれてしまうほどに映画には無知であったのかもしれない。だが、むしろそれ故にこそ、権田が映画史のもう一つの可能性を鮮やかに見せたように、「片恋」もまた、プリミティヴな観客の誕生を伝えて余りあると言えよう。

ジェローは、「一九一〇年代から一九二〇年代にかけて、日本の映画文化は、社会によって定義された映画から映画の本質によって定義された映画へ、興行で意味を決定する映画から、製作でできたテクストで決定する映画へ、集団として活躍する観客から、消費者として受容する観客へ、と推移した」と述べる。権田もまた自らの階級意識を越えることは出来なかったゆえに、その両極の要素を抱えていたことを語りつつ、むしろ映画言説史の「貴重な証言者」として積極的に評価されてよい。そして、〈映画の世紀〉の、主体としての観客を語りの中心としてパノラマ・トレインの中で繰り返されたこの「片恋」もまた、あるべきもう一つの映画小説の可能性を想像させるテクストなのである。

4　引用される映画――「影」の中の「影」

川本三郎は、「映画の幻想性に惹かれて――芥川と映画」（『図書』一九九五・一〇）において、「片恋」に触れ、「ある芸者が、外国映画のスクリーンのなかに現れる俳優に魅せられてしまう話である。他愛ないといえばそれまでだが、ここには実は、映画がまだ珍しかった時代ならではの映画の幻想性への注目がある。映画がもはや新しいものではなくなった今日では、かえって、映画の持つ幻想性への新鮮な驚きは失われてしまっている」と、非常に抽象的に「映画の幻想性」をみてとる。その「映画の幻想性」とは、

映画館という暗闇のなかの白いスクリーンに、まるで亡霊のように人間が映し出される。彼らは、実際の人間そのものだが、しかし、実際は、スクリーンに映った影でしかない。映画がまだ新鮮だった次代に、芸術家を惹きつけたのは、映画の持っているこの幻想性だった。

芥川龍之介の「片恋」で描かれているのも、映画の持つ幻想性である。芥川もまた、スクリーンに映し出される人間の影に惹かれている。映画のなか人間は、しょせん実際のない影でしかない。しかし、いつしかその影のほうが実際よりも美しいものに見えてくる。「片恋」の芸者は、生身の人間よりも、スクリーンのなかの影のほうに心を奪われていく。

と、二次元スクリーンに映る影をその「映画の幻想性」の具体的例示として説明している。だが、先に述べたように、これは、制度的再現モードに基づいたものであった。決してア・プリオリに「人間そのもの」に備わっていたわけではなく、映画のもつ「古典的システム」に拠っていたことは、先に述べた通りである。川本は、映画初期の女優リリアン・ギッシュが自らの姿を初めてスクリーン上で見たときに、「これは私ではない」と号泣したエピソードを伝え、

リリアン・ギッシュの涙を考えればわかるように、映画はドッペンゲンゲル現象そのものである。谷崎潤一郎の「人面疽」など完全に、ドッペンゲンゲルの物語である。芥川が映画に惹かれたのは、単に新しい娯楽として面白かったからではなく、映画が、実態と影の分裂、もうひとりの自分という近代的病理を内にはらんでいたからである。

と芥川と映画の結びつきを、「近代的病理」への反応のかたちで述べる。だが、芥川は果たして、映画を引用することで近代的病理を描こうとしたのであったか。谷崎と同じように、しかし全く異なる方法で映画と文学のコラボレーションを図ったのだと考えてみることは出来ないだろうか。「片恋」から、映画の幻想性、ドッペルゲンゲル、そして近代的病理へと、川本は性急に言葉を継ぐのだが、ドッペルゲンゲルを扱うのであれば、より適切なテクストを例示することが出来る。題名にもそのダブルイメージの顕著な、「影」(『改造』一九二〇・九)がそれである。(10)

横浜の日華洋行という会社を経営する陳彩には、房子という妻がいる。陳彩は、かつて多くの恋人をもつカフェの女給であった房子の不貞を密告する手紙を受け取り、探偵事務所に彼女の身辺調査を依頼していた。密告の手紙

は、房子に想いを寄せていた秘書の今西の策略であった。一方、房子は、鎌倉の家で人の気配を感じたり、誰かに見られているという感覚に苛まれている。今日は帰らないと偽りの電話を房子に入れ、終電車で帰宅した陳彩は、寝室に房子以外の男性がいるのを戸外から発見し、寝室の鍵穴から、おぞましい光景を覗き見てしまう。ドアを破った陳彩は、寝室でもう一人の自分が房子の首に手をかけているのを見る。

このように内容を要約するのであれば、この小説がドッペルゲンガーを素材とした一種の怪奇小説の味付けを目的としていることが確かに読み取れる。芥川は、外にも何篇かの分身小説を書いている。「影」に先立つものとして、「片恋」の一ヶ月前に発表された「二つの手紙」(『黒潮』一九一七・九・一)もその一つである。海老井英次は、「影」と「二つの手紙」に着目し、

ドッペルゲンガーとは「二重身」であり、もう一人の全く別の存在を本人自身が確認することである。……略……心霊学や、心理学、精神病理学などで、一応は対象とされる種類のものであり、「怪異」であるよりも、近代科学が未だに解明ないしは解説出来ない「神秘」に属するものなのである。少なくとも芥川においては、そのように理解されていたとみるほうが混乱が少ないであろう。……略……この作品(「二つの手紙」筆者注)は「現代」の「都会」における「神秘」を描こうとしたものではあるが、ドッペンゲンガーそのものの「神秘」性を描くために書かれた作品とは思えないのである。となれば、「二重性格」という段階に止まらずに、「二重身」というレベルまで展開してしまった〈近代的自我〉の分裂状態、さらにはその解体という問題意識こそ、ここから読みとるべきものではなかろうか。
(海老井英次「ドッペルゲンガーの陥穽」『国文学』一九九六・四)

とし、同様の問題意識を「影」にもみてとる。

心理学や精神病理学の発達による成果が、人間についての新しい理解や新しい「神秘」性を示唆するものである以上、作家達がそれに関心を示し、それらの学習を通して得た成果を作品に投影させるのは、むしろ当然の展開として見てよいであろう。……略……かつては人と人のあいだの「こと」としての「人間のドラマ」が、近代になって急速に発達した心理学等の影響を受け、著しく精神的なものになり、その結果として無意識の領域までも含む世界に、文学の世界が拡散してしまい、様々な意味での心理小説が隆盛を極めている点に、現代文学の特徴の一つを認めてもよいであろう。

確かに、例えば近年でも、『ドッペルゲンガー奇譚集―死を招く影―』（角川ホラー文庫、一九九八・一二）などのオーソロジーが出版されている。阿刀田高「知らない旅」、小池真理子「ディオリッシモ」、筒井康隆「チューリップ・チューリップ」、増田みず子「分身」、生島治郎「誰……？」、森真沙子「エイプリル・シャワー」、山川方夫「待っている女」、皆川博子「桔梗合戦」、都筑道夫「高所恐怖症」、赤川次郎「忘れられた姉妹」の一〇編が収められ、ドッペルゲンガーという装置は、現代でも十分に小説の素材足り得ている。だが、一九二〇年代にかけて、谷崎や芥川にドッペルゲンガーを扱った小説が集中するのには、川本の指摘にもあるように、《プラーグの大学生》や《カリガリ博士》といった、正面から二重身や幻想を扱う、当時話題の映画のインパクトが少なからず働いたと考えられる。そのインパクトは、鑑賞に止まらず、日本映画界に純映画劇運動を興す流れにも繋がっている。「二つの手紙」でもとりあげられたドッペルゲンガー現象が、再び三年後の「影」で繰り返されたとき、そこには前者にはなかった大きな変化が付加された。その変化こそ、映画によるものなのである。

佐藤春夫の「指紋」（『中央公論』一九一八・七増刊号）は、映画のクローズアップシーンを巧みに小説に引用する興味深いテクストである。また、「魔術師」（一九一七・一）、「アヴェ・マリア」（一九二三・一）、「肉塊」（同年一〜四）、「青塚氏の話」（一九二六・八〜一二）など、多くの映画を扱う小説を書いた谷崎潤一郎の「人面疽」（『新小説』一九一八・三）は、映画をめぐる様々な状況を取り上げ、その問題領域は広範にわたる。アメリカで活躍した女優歌川百合枝を中心に、自分ではまったく撮影した覚えのない、自分が主役を務める作中の映画、「日本語の標題は『執念』と云ふのだが、英語の方では、『人間の顔を持った腫物』の意味になつて居る」その映画をめぐる話である。

「人面疽」が、リリアン・ギッシュの涙同様、分裂していく百合枝という、所謂ドッペルゲンガーをモチーフとした作品であるとする先行研究、例えば、「『人面疽』中に『プラアグの大学生』を主演俳優名と題名だけにしろ引用することで、谷崎は『人面疽』の真の主題が、怪談めいた女の膝に寄生した怪奇な人間の顔をした腫物の恐怖や、映画製作に関わる謎、上映にまつわる怪談ではなく、『分身』現象の引き起こす恐怖であることを示唆したのだ」[11]という把握や、川本三郎の「自己分裂の物語」（『大正幻影』新潮社、一九九〇・一〇）などを挙げつつ[12]、「だが、『人面疽』を、ドストエフスキーの『分身』やポオの『ウィリアム・ウィルソン』、そしてまたマルセル・シュウォップの『列車〇八一』なども含めた、『ドッペルゲンガー』という西欧近代文学におけるひとつのカテゴリーに無理に当てはめる必要もないだろうし、『プラーグの大学生』が引き合いに出されているから〈『分身』現象〉が『人面疽』の真の主題なのだと断じたところでさして意味のないことであるように思われる」とするのは、山中剛史である[13]。「ロラン・バルトはその『明るい部屋』で、写真のノエマを『それは、かつて、あった』という過去に求めたが」と前置きし、「『人面疽』で問われるべき問題は、『むしろ人間の眼以上に客観的に事物を撮影するレンズを通して己の記憶に全くない自分が写っているということを発見し、過去の私と現在の私が統一されないという百合枝自身の存在に対する意識の危うさが露見していく、その不確定な自己存在の意識という問題なのではないのだろうか」と指摘するのである。映画メディアのもたらす、「パラレル・ワールドのような発想」[14]「もうひとつの世界の可能性」(山中)をこそ、「人面疽」から読み取るべきということであろう。

芥川の「影」もまた、部屋を覗く陳彩と覗かれる陳彩、妻を殺す陳彩とそれを嘆く陳彩を同時に描き、ドッペルゲンガーを主題化させるのだが、「影」は、分身現象をメインテーマとした小説とは考えにくい。それは、最後の「東京。」で始まる部分の存在による。


東京。

突然『影』の映画が消えた時、私は一人の女と一しよに、或活動写真館のボックスの椅子に坐つてゐた。

「今の写真はもうすんだのかしら。」

女は憂鬱な眼を私に向けた。それが私には『影』の中の房子の眼を思ひ出させた。

「どの写真?」

「今のさ。『影』と云ふのだろう。」

女は無言のまま、膝の上のプログラムを私に渡してくれた。が、それには何処を探しても、『影』と云ふ標題は見当らなかった。

「すると俺は夢を見てゐたのかな。それにしても眠つた覚えのないのは妙ぢやないか。おまけにその『影』と云ふのが妙な写真でね。――」

私は短かに『影』の梗概を話した。

「その写真なら、私も見た事があるわ。」

私が話し終つた時、女は寂しい眼の底に微笑の色を動かしながら、殆んど聞えないようにかう返事をした。

「お互に『影』なんぞは、気にしないやうにしませうね。」

この部分を「無用の落ち」（三好行雄「作品解説」『杜子春・南京の基督』角川文庫、一九六八・一〇）として退けたのは、三好行雄である。また、海老井は、芥川における分身の結論として、「ドッペルゲンガー、すなわち『二重身』の問題、同じ『個体』がもう一つ存在するという認識を認めることは、『個』の否定であり、『個性』という近代芸術家にとっての神話の終焉を告げるゆゆしき事態が現前することでもあった」とする。その為の、「影」の最終部の読みとして、

もう一つドッペルゲンガーを正面から取り上げた作品、「影」……略……「二重身現象を全く現実の事実としなければ説明の出来ない書き方になっている。しかし、作者がそうした「二重身」現象をリアルな現象としていたかは、やはり疑問であり、実際、作品の末尾は意外な展開を見せている。
突然「東京」の映画館内に舞台を移し、「私」（これは陳彩ではないし、作者自身やその代弁者としての「語り手」でもない人物で、陳彩の代わりに東京へ出張した鄭君としか考えられない人物）を登場させて、「『影』の映画が消えた時」の「私」と女との会話を書き留めてる。

と、ここでの「私」を、第三者とも「語り手」とも見ず、陳の部下の一人と断定している。そうすることで、ドッペルゲンガーの神秘性と作者自身の距離を自覚し、「芥川の常套手段」である「種々の虚構性で埋める」という作業をしている。確かに読みの可能性は無限に開かれているし、「横浜。」「鎌倉。」と並列して「東京。」が置かれるとき、登場人物を全体に共通している存在と考えることも出来るのかもしれない。あるいは、この部分を「無用のオチ」に貶めない為の作家論的操作なのかもしれない。だが、「影」の構成上は、「影」を一部（「東京。」の前まで）

と二部（「東京。」からの部分）に分けて読ませるのが自然ではないか。だからこそ、「われわれの興味を引くのは、この話は『私』の見ていた映画だったという最後の種あかしで明らかにされる、小説『影』の〈方法〉」なのだとする三嶋譲の論（三嶋譲「芥川龍之介と映画――「影」から二つのシナリオへ」『昭和文学研究』一九八八・二）に意義を見出せるのであるし、「全体が映画『影』として相対化され、その存在さえも不確かにぼやかされるという入れ子構造の煩雑さのためか、同時代評は……略……芳しくないが、芥川の眼目がそうした構造自体にあったことも確かである」（平野晶子「影」『芥川龍之介新事典』）と、構造への指摘が可能となるのだ。

もちろん、単純な入れ子構造にあるのでなく、「藪の中」同様、「横浜。」「鎌倉。」「東京。」と、あたかも映画のシナリオのような書き方によって読者へこのテクストを呈示する「編集者」（篠崎美生子）の存在も注意が必要であろう。つまり、ドッペルゲンガーの問題以上に、映画的な装飾を施されたテクストなのだと考えることができないか。映画的であるためにこそ、ドッペルゲンガーを持ち出しているのだと言い換えてもよい。映画館、プログラム、眠り、そして分身……いずれもこれらは、当時の〈映画的要素〉に他ならなかった。

〈映画的要素〉とは、例えば「人面疽」を論じた前掲の山中論で以下のような考察がみられる。

この「人面疽」一篇を考えるに当たって差し当たりまずいえることは、如何にも映画好きの谷崎が、映画というものの独特な製作過程を知り尽くして、そのメディアを活かして着想した作品である、ということだろう。作中、百合枝が主演して大ヒットしたと語られる映画「武士の娘」などは、その内容からどうみても当時のヒット作であり、「魔術師」においても言及されているジョゼット・アンドリオ主演の連続活劇映画「プロテア」を想起させるし、焼き込みという映画トリックへの注目、そして映画「執念」の説明箇所に数ヵ所挿入されている説明――例えば、菖蒲太夫が鞄の中に隠れるシーンでは〈写真では鞄の中の縦断面が映し出されて、眉を逆立てつゝ癇癪を起して居る彼女の表情が、自由に撮影されて居る〉という箇所など、あたかも絵コンテを用意して記述しているかの如くである。

更には、写真の終りに「地球のマアク」が附いていることから、これがグロオブ（=globe）社のマークであること、当時日本に一番多く輸入されていた映画フィルムの会社、アメリカ・ユニヴァーサル映画をイメージしてのものではないかとも指摘している。佐藤春夫の「指紋」にも、会社のマアクは登場している。それは「グリーンフラッグ」であり、こちらは、「ブルーバード」のもじりとも思えないことはない。当時の映画状況を十分意識しての演出であろう。芥川は、だが、そこまで凝った作法はとらない。「影」において〈映画的〉演出がなされるのは、冒頭の場所提示や、前半の物語のカメラアングルや内容、そして後半の映画館の客席という場所提示、そしてプログラムに掲載のない映画の記憶という点に限られると考えてよいだろう。だが、この「影」は、暗闇の客席にじっと座り、白く光るスクリーンをみつめる姿勢から生じるもう一つの幻想世界、パラレルワールドという映画のふるまいと、それにより生じる想像力を申し分に訴えるものではなかったか。

笛吹きの乞食の役の、深刻を極めた演出と云ひ、腫物になつてからの陰鬱な、物凄い表情と云ひ、先づあの男に匹敵する俳優は、『プラアグの大学生』や『ゴオレム』の主人公を勤めて居る、ウエエゲナアぐらゐなものでせう。あれ程の特徴のある容貌と技芸とを持つた、唯一の日本人が、内地では勿論、アメリカの活動雑誌にも、写真は愚か名前さへ出た事がないのは、其れがもう、既に一つの怪異です。今日までのところ、あの男は此の世の中には住んで居ない人間で、たゞフイルムの中に生きて居る幻に過ぎないのです。さう信ずるより外、仕方がないのです。

「人面疽」のこの文章は、「地球上に存在しないことが存在しているという怪異、というのではなく、映画の中では、存在しないものも存在するのだという、映画の持つある種の幻想性の肯定であると考えていきたい。映画とは、絵画とも彫刻ともそして文学とも異なり、〈幻〉を現実に介入させうるかもしれない新たな芸術なのだ」(山中)ということになろう。エドガール・モランは、かつて映画を〈覚めてみる夢〉と言ったという。映画館という場において生じる、スクリーンを真直ぐにまなざす新しい視覚を通した身体の経験が生み出す「覚めてみる夢」という経験こそ、映画の鑑賞という経験になる。松下正巳は、「椅子に坐ったままで、われわれは映画の与える様々な映像の契機を、あたかも自らの自由意志による視覚体験であるかのように受容し、そうすることによって映画とともに生きる」のであり、「映画機械系のすべてが収束することによってつくり上げられたスクリーン上の眺めが、われわれ自身の生の証としての視覚体験と等価になり、クリーン上の風景は、われわれと地続きの『視野』となる」[15]と言う。そして、その視線の方向が、つねに観客の想像の中でのみ連結されて、効果としての形をもつ想像的発展——空間やアクション、心理的変化の発展を促した。小松弘は『起源の映画』において、そのように映画の空間を「ポジション」として説明している。

「影」は、この想像的発展をする映画の空間、映画の心理という新しい映画的経験を非常にわかりやすく描いたといえよう。「或る意味に於いて、活動写真は普通の夢よりは稍ハツキリした夢」であり、「我等が活動写真館へ行くのは、白昼夢を見に行くのである。起きて居ながら夢を味はうと欲するのである」(「映画雑誌」一九二一・三)と谷崎が書くのは、芥川の「影」発表の半年後である。そして、谷崎は、例えば、「アヴェ・マリア」において、「映画と云ふものは人間が機械の力で作るやうになつた精巧な夢」だと主人公に言わせ、その機械が出来るまでは我々はたゞめい〳〵が、自分一人の夢を持つに過ぎなかつた。それが今では、その機械のおかげで多勢が一つ所に集まつて一つの夢を持つことが出来る。そこにあるものは此の世のものゝ影に過ぎず、さてその無数の影どもはそのまゝ見る人の頭に巣喰つて、そこで再び他のいろ〳〵な影どもと交錯し、妄想の中でまた新たなる夢を育む。何処までが映画の中の夢であり、何処までが自分自身の夢であるやら、その境界は遂にボンヤリしてわからなくなつてしまふ。私の記憶の国に於いてはお前もビーブ・ダニエルもグロリア・スワンソンも私自身も、みんな一つの映画の中に生きて動いてゐる。……略……私が映画を見に行くのは美しい夢を買ひに行くのだ。そこへ女を連れて行くのは、その女をもその夢の中へ織り込んで見たいからだ。

――

と書いている。「影」の前半の房子と後半に登場する女性との共通性は、この夢に織り込まれた女性という立場であるのかもしれない。

だが、芥川の「影」は、そのような幻想空間に深く入り込もうとはしなかった。「お互いに『影』なんぞは、気にしないやうにしませうね。」と物語が閉じられるとき、そのような幻想空間から、映画を生きる身体は引き離されていく。それは、限りなく日常に近い幻想、幻想に抵触する日常である。幻燈から、映画へ、芥川の映画メディアの方法は、同じようにぎりぎりの幻想性と日常性の狭間を紡ぐと考えられよう。

「この作は結局、出来そこない」（田中純「九月の文壇評（一）」『時事新報』一九二〇・九・五）など、特に新しさや面白さに言及されることの少ない「影」だが、勿論、「過去と現実とたくみに縫い合せて、活動写真的場面を描いている」(16)と同時代にも指摘があった。この指摘をより具体的に詳解したのが、三嶋譲である。

「横浜」「鎌倉」という地名を付された場面転換とともに交互にあらわれ、さらに妻との出会いと新婚の日のあるひとこまが主人公の回想の場面としてカット・バックされるなど、ここにはいかにも〈映画〉的な工夫が随所になされている。(17)

とする。

横浜。
日華洋行の主人陳彩は、机に背広の両肘を凭せて、火の消えた葉巻を啣へたまま、今日も堆い商用書類に、繁忙な眼を曝してゐた。

鎌倉。
陳彩の家の客間にも、レエスの窓掛けを垂れた窓の内には、晩夏の日の暮が近づいて来た。しかし日の光は消えたものの、窓掛けの向うに煙つてゐる、まだ花盛りの夾竹桃は、この涼しさうな部屋の空気に、快い明るさを漂わしてゐた。
壁際の籐椅子に倚つた房子は、膝の三毛猫をさすりながら、その窓の外の夾竹桃へ、物憂さうな視線を遊ばせてゐた。

「横浜。」と「鎌倉。」、そして、それぞれの「会社の一室」と「房子の寝室」とをカットバックさせる場面転換の方法、陳彩のカギ穴覗きによる視覚の限定、恐怖や悲しみのクロースアップなど、映画的と思わせる方法が、この「影」では特徴的である。悲しみや驚きの場面には、オーヴァーアクションの表現も見られ、一九二〇年代半ばに活発となるモンタージュ理論(18)などの萌芽をここに見出すことも可能であろう。

4　〈映画的〉まなざしの誕生

そしてそのようなことを考えるとき、一連の映画を引用する小説の表現が、一九一〇年代後半から興った日本の純映画運動と不可分な〈映画的〉表現であることに気付く。一九一〇年代後半の「純映画劇運動」の中心人物、帰山教正は、一九一七年に「活動写真劇の創作と撮影方」という映画理論を書き、翌一九一八年には、《生の輝き》《深山の乙女》の二作を製作している。演劇に引きずられるかたちで撮られていた映画から、純粋映画へと変換させるにあたり、「きちんとしたシナリオを書き、スタッフや俳優と本読みを行った」「女の役には女優を採用」「主要なセリフをスポークン・タイトルとして挿入し」「クローズ・アップやロング・ショットなど、サイズの違うさまざまなショットにシーンを分割し」「舞台のひき写しのようなものではない場面の変化を計った」（佐藤忠男「日本映画の成立した土台」『日本映画の誕生』岩波書店、一九八五・一〇）など、いくつかの具体的方策が要請された。

ともかく、われわれは外国映画でみごとなカッティングとか、当時はモンタージュという言葉を使わないから、場面転換とか、編集とか、まあカッティングが多いね。戦争場面で敵と味方をカット・バックで出すとか、重要な人物が話をするときには、クローズ・アップ、当時の言葉でいえば大写しで出すとか、そういうことをすでに見慣れている。

（飯島正「日本映画の黎明」『日本映画の誕生』岩波書店、一九八五・一〇）

外国映画からの遅れという認識の中で、女形による演技、芝居がかった演技、平板なカメラアングルなどへの異議申し立てとなったこの運動は、画期的な運動として映画界に受け入れられていった。川端康成のシナリオ「狂った一頁」は、一九二六年七月の『映画時代』に掲載されているが、その七月号は創刊号に当たり、「巻頭言」には、「我々は映画時代の到来を信じてゐる……略……我々は映画の広大無辺の功徳については今更説く必要がない。我々は映画時代の到来をマザマザと信じる」とあった。

これら一連の映画の〈芸術化〉という運動は、寺内伸介の指摘[19]にもあるように、映画を観るまなざしに大きな顛倒を齎す結果になる。

「影」の表現の特徴をまとめれば、語り手の視点が制限され、そしてその視点は基本的には人物や事物を外部から眺める立場にあり、人物の内面を直接語ることを抑制し表情や振る舞いを語ることで読み手に暗示させている。また、語り手は読み手に対し断片化した場面を語り、時間や場所を行ったり来たりさせ、読み手は断片的な場面をつなぎ合わせることで物語内容を把握するようになっている。

と「影」の映画的要素を説明している。《新不如帰》(一九〇九)において既にフラッシュバックが稚拙だが用いられていることや、同じ一九〇九年の横田商会のフィルムに、ショットを割る試みがなされていることは、既に四方田犬彦[20]が指摘しているが、寺内はそれを挙げて、純映画劇運動の意義とは、単に表現技法が改良されたという点ではなく、「映画をめぐる認識論的パラダイムの組替え」という点にこそあったと述べる。それを請けて、「一九二〇年前後に映画に対する人々の認識の制度が変化したということ、すなわち『映画』が発見された」のだとする。それは、同時に「一九二〇年前後は、小説の中に『映画』性を見いだす読者の誕生した時期でもある」。私たちが無意識に使用する「映画的」という評価は、「一九二〇年代に成立した映画のイメージ」にすぎないということになる。

「影」を論じた論考の多くが（恐らくすべてが）「映画的」という読み方をすることへの批判であるが、勿論、この指摘が正しい一方、パラダイム変換後の〈映画的〉特徴を見逃す必要もない。「『無用』に思えた『東京』の場面が『影』に『映画』を見いだす読者を強烈に批判することになる」という指摘の鋭さは、一旦、芥川の「影」に〈映画的〉な要素を見出すことからしか始められない。そのようにして〈映画的〉要素が見出されて初めて、「影」という小説の中に「映画」を見いだす読者を、「それは幻想にすぎない」とテクストは窘められるからである。

注

（1）日本初のロシア製映画の上映は、トルストイの「復活」を原作とする《カチューシャ》である。明治末期に「復活」の題で輸入されたが黙殺されていた。松井須磨子のカチューシャ劇の人気により再び陽の目を浴びるという経緯をもつ。

（2）「大正の読売新聞」データベースには「ジゴマ」の記事が三〇件見られ、「明治の読売新聞」データベースでも二件ヒットするという。

http://www.yomiuri.jp/yomidas/meiji/topics/topi29.htm 参照。

（3）小松弘『起源の映画』青土社、一九九一・七

（4）岩本憲児は、「サイレント映画時代に、劇場ごと、上映ごとに作品としてのフィルム、および物質としてのフィルムの水準にばらつきがあったことはともかく、以後の技術の発達が映画製作と映画上映（スクリーンでの）の場を標準化したように見える現在でさえ、映画館の設備の良否からスクリーン・サイズのさまざままで、劇場ごと、上映ごとにばらつきがある状況は変わっていないのである。つまり、「フィルムをスクリーンで見ること」にさえも、実際は確固とした一つの形態はありえないのだ。」（「複製映画論」、『「新」映画理論集成1―歴史／人種／ジェンダー』フィルムアート社、一九九八・二）と述べている。

（5）「大正八年——イデオロギー批評の試み」（『学習院大学文学部紀要』一九九六・三）において
（6）ちくま文庫版『芥川龍之介全集』
（7）吉田文憲「パノラマ・トレインの眺め——「映画」と「鉄道」の関係について」（『現代詩手帳』一九九九・二）も参照した。ジオラマが鉄道と線路という新時代の空間移動のメカニズムと結びついたとき、十九世紀の人間を取り囲む時空は大きく変容した、と伊藤は述べている。／伊藤が述べていることを要約すれば、それは、未知の速度と運動による新しい身体感覚と、そして一種の視覚的な刺激と錯覚によって生じた旧来の遠近法的な秩序の崩壊ということになるだろう。伊藤はそれを「パノラマ的知覚の浸透」という言葉で語っている。／鉄道と映画のみならず賢治作品には、十九世紀から今世紀初頭にかけての、時空間の変容にかかわる新時代の小道具が満ちあふれている。幻燈、活動写真、望遠鏡、偏光顕微鏡、オペラグラス、キネオラマ、ミクロトームの装置から、はては心霊術、幽霊写真に至るまで、これらの光学装置、もしくはその光学装置がもたらす幻惑的なイリュージョンの体験が、そのまま賢治作品の切り開いた新しい時代の風景でもある。
（8）アーロン・ジェロー「権田保之助と観客の映画文明」『メディア史研究』二〇〇〇・一〇
（9）岩本憲次「先駆的映画研究者・権田保之助」（『早稲田大学文学研究科紀要』一九八四）
（10）「影」の登場人物の名前に関しては、実在の人物の名を借りてまで遊ぶ余裕を見せている。「「影」の中へ出て来る日本人の名は、すべて「人間」の同人・準同人の名を借用してゐたやうです。「人間」と云ふのは里見さんが出してゐられた雑誌であることは申すまでもなくご存じのことと存じます。今西と云ふ名も、記者の中にありました。」（『芥川龍之介全集月報』第三号、一九二八・一）
（11）渡邉正彦「谷崎潤一郎の分身小説—『青塚氏の話』論」（分銅惇作編『近代文学論の現在』蒼丘書林、一九九八・一二）
（12）山中剛史のまとめ（（10）参照）によれば、その自己分裂も芥川龍之介の「影」（大正九年九月）など一連の自己分裂的主題を持つ作品のように近代人の不安を描いたネガティブなものではなく、谷崎の場合は〈自己分裂もドッペルゲンゲルもひとつの快楽〉であったのであり、〈芥川龍之介が病いと見たものをむしろ近代人の知的な楽しみごとと見た〉（川本）としている。「一方、新保邦寛は「人面疽」をドッペルゲンガーとすることに疑念を表明し、オットー・ランクの『ドッペルゲンガー・分身』を援引して、自己と分身間の葛藤や分身の存在に対する動揺など、ドッペルゲンガーの定義に照らし合わせ、この作品が〈自己分裂それ自体を主題化する物語と見做すには、無理がある〉」
（13）山中剛史「銀幕の悪魔——谷崎潤一郎「人面疽」攷」（『藝文攷』二〇〇二・一）

(14) 新保邦寛『人面疽』論―〈活動写真的な小説〉から文明批評小説へ」(『稿本近代文学』一九、一九九四・一一)

(15) 松下正巳『映画機械学序説』(青弓社、一九九一・一二)

(16) 村松正俊「新秋文壇評(一二)」『読売新聞』一九二〇・九・一五→『芥川龍之介研究資料集成』第一巻　日本図書センター、一九九三・九

(17) 三嶋譲「芥川龍之介と映画――「影」から二つのシナリオへ」(『昭和文学研究』一九八八・二)

(18) クローズ・アップについては、谷崎の「肉塊」に長く説明する部分があるが、人間の顔は、クローズ・アップされることによって魔術的に変貌する。ベラ・バラージュがいうように、「すでにサイレント映画の初期に、微視的観相は、クローズ・アップされた顔の中から、普通の目に見える形で顔の上に書きこまれているもの以外に、もっと多くのものを読みとることができることを証明した。顔の上に「目に見えぬ顔つき」があらわれてくるとき、人は顔の「行間」を読むことができる」(佐々木基一訳『映画の理論』學藝書林、新装改訂版　一九九二・三)のであり、「クローズ・アップによってその目をのぞきこむとき、われわれはもはや、その顔をとりまく広い空間をまったく念頭にうかべないだろう。というのは、顔の表現とその表現の持つ意味は、何らの空間的な関係も、空間との何らの結びつきももたないからである。孤立した顔と向き合うとき、われわれは空間の中にいるとは感じない。われわれの空間感覚は失われてしまい、異質な次元、すなわち相貌が開けてくる」のである。人間の顔はクローズ・アップによって日常とは異なる新たな相貌となる。その時、拡大された顔は、様々な印象を提示する何か別のものに変貌する。

(19) 寺内伸介「小説と「映画」」(『待兼山論叢』二〇〇〇・一二)

(20) 『日本映画史一〇〇年』(集英社新社、二〇〇〇・三)

〈その他参考文献〉

西山康一「〈視覚〉の変容と文学―映画・衛生学と谷崎潤一郎『人面疽』」(『文学』二〇〇一・三、四)

真杉秀樹「複製技術時代の怪異――『人面疽』論」(『解釈学』一九九二・一一)

岩本憲児編『日本映画とモダニズム　一九二〇～一九三〇』(リブロポート、一九九一・九)

プラーグの大学生とカリガリ博士・覚書

1 芸術的映画とは

一九一七年、帰山教正が『活動写真劇の創作と撮影法』（飛行社、七月）を発表したこの年に、芥川の「片恋」が発表された。翌一八年には谷崎潤一郎「人面疽」、佐藤春夫「指紋」が、そして一九二〇年に「影」が発表されている。このように羅列してみれば、文学テクストがいかに映画の時代と足並みを揃えて登場しているかがわかる。

映画を〈映画的〉というパラダイムの組み換えに誘うのが、〈芸術的映画〉であったことを押さえれば、その直接的契機は、《プラーグの大学生》やその前年に公開された《分身》、また《ゴーレム》《カリガリ博士》といったドイツ映画であった。映画が〈芸術的〉になるために、ドッペルゲンガーや影、狂気という、既にシャミッソーやホフマンなどに代表される文学が選んだモチーフが必要とされた。映画が小説から〈影〉的なモチーフを引用し、再びその〈影〉を扱った映画を小説が引用するという交差した引用関係が生まれ、そのねじれが〈芸術化〉として認められるのである。(1) 一九二〇年前後に行われた、日本の所謂純映画運動は、日本映画界に大きな足跡を残す一方、〈映画的まなざし〉というより広範な影響を近代人に与えたとも考えられる。この映画運動前後に書かれた芥川の小説が「片恋」と「影」だったことになる。「片恋」と「影」に共通するのは、映画の観客という立場である。前者は俳優への態度であり、後者は想像的空間を育む映画鑑賞者のそれである。

当時、日本においてもっとも「映画的まなざし」に影響を与えた映画は、《プラーグの大学生》と《カリガリ博士》であろう。後者に関しては多くの文学者が鑑賞後の感想を遺している。芥川も例外ではなかった。前者に関しては、特に谷崎潤一郎が多く言及している。ここでは簡単に二作品を紹介しつつ、映画と文学とに跨る〈芸術性〉という認識のシステムの定着の様を辿り、さらにその後の、フランス前衛映画へ移行するまでの言説を押さえておきたい。

2　《プラーグの大学生》

《プラーグの大学生》Der Student von Pragは、一九一四（大正三）年ドイツのビオスコープ社製作、ハンス・ハインツ・エーヴェルス脚本、シュテラン・ライ監督による。この映画は、分身をテーマにしたものである。文学における影、分身は、ゲーテの「ファウスト」やシャミッソーの「影を売った男」など、ドイツ・ロマン派のテーマの一つといわれ、いずれも悪魔に魂を売ったことにより自分自身と闘うことになる、一種の悲劇となっている。
プラハの街に、貧しいが、剣の腕の立つ大学生（パウル・ヴェーゲナー）がいた。ある日、偶然暴走する馬上の令嬢を助けるが、彼女は名門の家の娘で、彼は彼女と交際しようにも、対等に交際する助力がなかった。そこで、自分の魂と引き換えに、怪し気な金貸しから金を借りた。その金を手にした瞬間に、鏡の中に彼の影は映らなくなる。影であった鏡の中のもう一人の大学生がやがて街を歩き始め、娘と会ったり、勝手に決闘を申し込んだりなどしてしまう。事の重大さに気付いた大学生は、鏡に映る自分の姿を銃で撃ち、自らも倒れる。彼の墓場には寂しげなもう一人の影が永遠に佇んでいる。……

この《プラーグの大学生》を最愛の映画として挙げるのは、谷崎潤一郎である。「もう十年以上も前に、『プラーグの大学生』、及び『ゴーレム』と云ふ独逸の純文芸映画が来たことがある。私はあれを見て、その芸術的香気の高いのに感心したが、分けてもその二つの映画で主役を演じてゐるパウル・ウエゲナアと云ふ俳優の深い持ち味に魅せられた。あの絵を見た方々は御承知であらうが、（ついでながら云ふ、「ゴーレム」の方は二度来たことがあるが、二度目の作品はやや一般向きに改悪せられ、余計な場面が這入つてゐて、最初の作品ほど感銘が深くなかつた。）筋は二つとも単純であり、登場俳優の数も少く、殆んど主役の一人舞台だあるから、あの絵の成功はウエゲナアの芸の力である。（中略）ああ云ふ芸は一寸日本の芝居では見られないと思つた。日本の歌舞伎にも夢幻的な要素はあるけれども、獨逸には『カリガリ博士』式な、ポーやホフマンの作品に見るやうな恐怖感を狙つた神秘劇が多く、『プラーグの大学生』も、悪魔に影を売る男（ピーター・シュレーミル？）の物語を映画化したものであり、『ゴーレム』の方も古代の人形が魂を吹き込まれて悪魔的活躍をすると云ふやうな筋であつたが、ウエゲナアはさう云ふ荘重幽玄な物語中の人物になり切つてゐた。」（「芸談」）と述べ、特にパウル・ヴェーゲナーの演技に信頼を寄せている。

プラーグの大学生 "Der Student von Prag" 1913

日本では一九一四（大正三）年二月一日横浜オデオン座にて封切りされた。その後、ドイツでは二度（一九二六年、一九三六年）この映画は作られている。芥川は、直接この映画に言及はしていない。しかし、芥川の「影」は分身をモチーフとしており、《プラーグの大学生》と被るイメージが多い。少なくとも、当時の〈芸術的映画〉の発想と無縁とは考えにくい。

3　《カリガリ博士》

一九二〇年代の映画史の中で、突出するのは、後半のアメリカ映画の席巻と、そして、ドイツ表現派の映画として知られる《カリガリ博士》の上映であった。《カリガリ博士》の製作自体が、アメリカ映画への対抗という形で行われているとも言われている。

プラハの作家、ハンス・ヤノウィッツとベルリンの元劇場顧問、カール・マイヤーの二人の手によるシナリオを元にした映画《カリガリ博士》（一九一九製作、一九二〇公開）は、一九二一年に日本に輸入された。四月二三日から一週間、横浜オデオン座で《眠り男》の題名で試行的に上映され、五月一三日、浅草キネマ倶楽部において初上映、以後東京でも繰り返し上映されている。

《カリガリ博士》は、〈前〉〈中〉〈後〉からなり、精神病患者の幻想を中に、前後が枠をつくる構造による。冬景色の中、若い男フランシスと、としをとった男がベンチに座り、若い男が私の体験した世にも恐ろしい話を聞いてくれとささやき、フェードアウトし、〈中〉が始まる。

ホルステカヴァルの町にメリーゴーランドや見世物興行がやってくる。丸眼鏡をかけたカリガリ博士と名乗る男が、眠り男の見世物を開きたく、市役所に許可をとりつけに訪れが、役人は彼を邪険に扱う。翌朝、この役人がベッド際で殺されているのがみつかる。大学生のフランシスとアランは、多くの見物とともにカリガリの掛小屋に入り、縦長の箱に入った眠り男チェザーレがカリガリの命令のままに動く見世物を見る。チェザーレが未来を知る能力があると言われ興奮したアランは、自分があとどのくらい生きられるかを問うと、「明日の夜明けまで」という

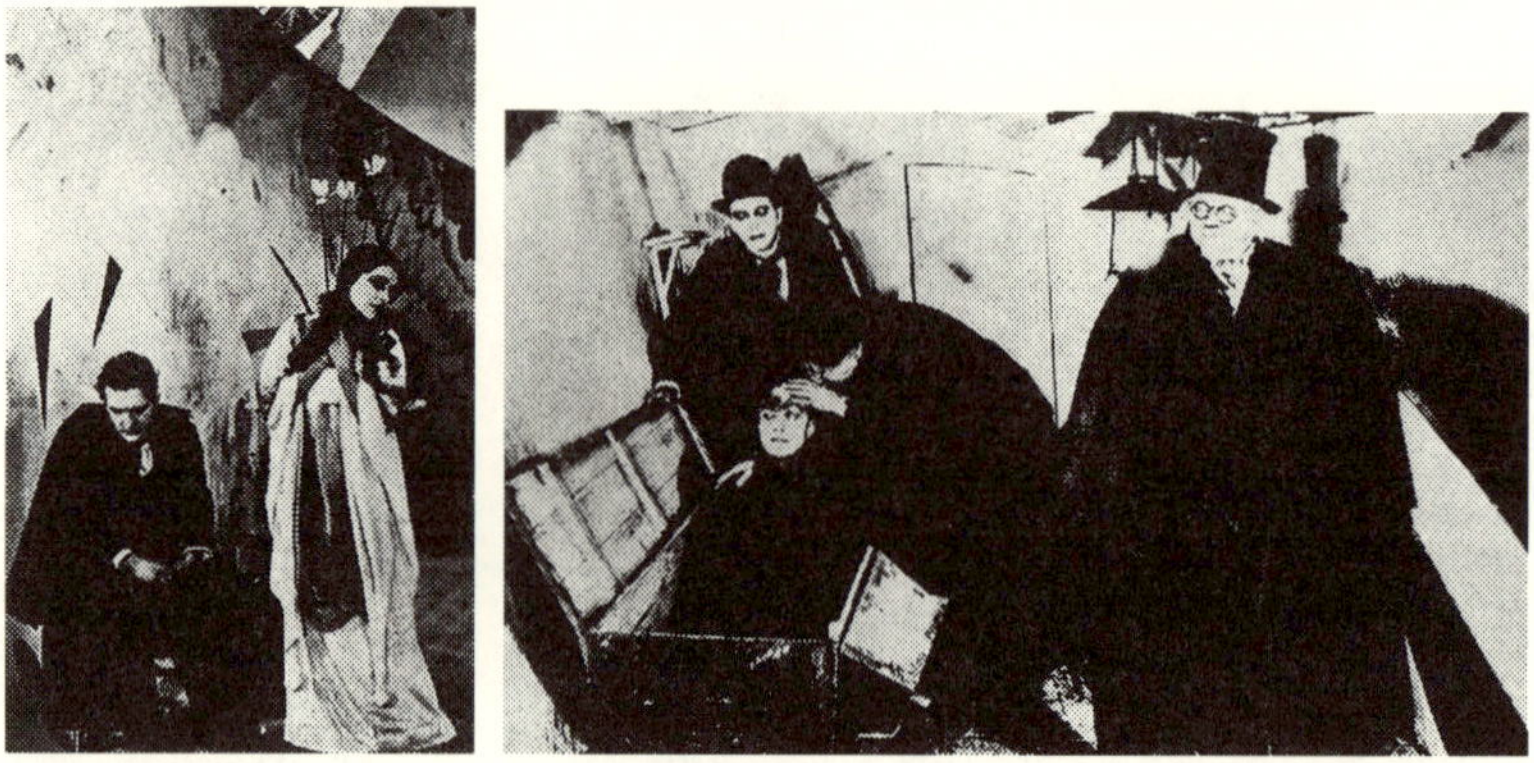

カリガリ博士 “Der Kabinet de Dr Karigari” 1919

答えであった。翌朝、アランは役人と同じようにベッド際で殺されて発見される。

親友のフランシスは、カリガリ博士に疑いをもち、恋人ジェーンの父親の助けを借り、博士のテントの調査を始める。一方カリガリは、ジェーンをおびきよせ、チェザーレの恐ろしい異形を敢えて見せる。その夜、ジェーンの父親とフランシスが令状をもってカリガリの荷馬車を訪れ、見世物の中止を求めるのだが、その最中連続殺人の犯人逮捕の知らせが入り警察に向かう。それは連続殺人をまねした男が女性を殺そうとして捕まったのであった。フランシスは再びカリガリの荷馬車の中のチェザーレの入った箱を見張る。その間に、チェザーレは、ジェーンの寝室に忍び込み彼女を短剣で殺そうとするのだが、ジェーンをみつめているうちに手が止まり、彼女を連れ去ろうとする。彼女の叫びを聞いた父親は執拗にチェザーレを追いかけ、ついにチェザーレは娘を落とし、死んでしまう。ジェーンから知らせを受けたフランシスは、カリガリの荷馬車に押し入って、箱をあけ、見張っていたのが替え玉人形であったことを知る。そのすきに逃げ出したカリガリは、ある精神病院の中に逃げ込む。

それを追ってきたフランシスが病院の院長に面会を申し込むと、その院長自身がカリガリであった。医局員たちと協力し、院長が寝ている間に部屋を捜索すると、カリガリとは、十八世紀にイタリア北部に実在した、催眠術で人を操って殺人を犯し、危機にあうと人形で警察の目を欺いてきた人物であることが記された書物が発見される。「お前はカリガリにならねばならない」という強迫観念によって、院長が自らカリガリの行為を再現しようとチェザーレを操っていたことがわかり、彼は狂人として拘束される。ここで再びフェードアウトし、〈前〉と同じ場面に戻る。

ベンチで自分の体験を語り終えたフランシスは、歳をとった男と一緒に病院へ戻るが、その途中であう入院患者は、いずれも〈中〉に登場した人々の姿である。前方を見たまま歩くジェーン、白い花を優しく撫でるチェザーレ、捜査に協力した医局員たち、そこに院長が現れるが、フランシスは院長をカリガリと思い込みわめき、〈中〉のカリガリ同様、狂人として拘束される。診察室で丸眼鏡をかけると院長の顔はカリガリに変わり、外すと自愛に満ちた顔に戻る。フランシスの病因はわかったから治せるだろうという院長、そのクローズアップで映画は終わる。

この《カリガリ博士》が日本の当時の文学にいかなる刺激を与えたのかということに関しては、栗坪良樹「映画『カリガリ博士』の刺激と衝撃――日本表現主義序説」（『青山学院女子短期大学紀要』一九九五・一二）が既にその道筋を立てている。谷崎潤一郎や佐藤春夫、竹久夢二などの、映画鑑賞後の感想を伝えていて興味深い。たとえば、谷崎潤一郎は、「この数年来見たもののうちでは傑出した写真」、「純芸術的とか高級映画とか云ふ近頃流行の言葉が当てはまる作品、「さすがに物質的な亜米利加人などの思ひも及ばぬプロットである。アマデウス・ホフマン等の流れを汲む独逸浪漫派の芸術が、こゝに血筋を引いて居ることがそれとなく看取される」（「カリガリ博士」を見る『時事新報』一九二一・五・二五、後に『活動雑感』一九二一・八）など、賞賛の声を上げている。また、「最近の傑出映画『カリガリ博士』を見る」（『時事新報』一九二一・五・二五〜二七）においても、谷崎は、物語の全体がフランシスの妄想であること、フランシスだけではなく、無数の幻覚の世界が存在する可能性などを指摘している。また実際の映画制作に関わる彼は、映画のセットや照明のあて方、俳優の動作などについても意見を述べている。

佐藤春夫は「『カリガリ博士』を見て」（『新潮』一九二一・八）において、谷崎のように技術的な事柄は語らず、非常に感覚的な受け取り方をしている。画面の奥で回転する物体（実はメリーゴーランド）や異様な造り花など、筋や技術、理論とは異なるイメージに心を動かされている。

竹久夢二も「カリガリ博士の印象及スケッチ」（『新小説』一九二一・七）においてイメージをいう。「それから娘ジエーンの寝室へ忍び込んで、ジエーンに踊りかゝる形は、自分の意志ではなく、何かに誘はれるやうに娘を掴む手の表情が素敵だつた。娘を小脇に抱へて、すーっと消えてゆくとき、寝台へかけた羅布が娘と共に中に流れて、すーっと床へ落ちて消える所は故意か偶然か知らないが、鏡花作中の美しさだつた。」

夢二はこの印象記とともに、映画の場面を写した二枚のスケッチも寄せている。「これはある町の祭りのサーカスの夜の景色　右手のがカリガリ博士の夢遊病者の見世物です」と、「マントを着てゐる方が狂人フランシスの恋人なる女王ジエーンと道で逢ってゐる所だ。後に立つてゐるのが明日死ぬ運命を背つてゐるフランシスの友人」との二枚である。

芥川も《カリガリ博士》には言及がある。しかし、やはりここでも普通の感想や所感というかたちをとらない。直接の主題は浅草という場所を語ることにあるのだが、そこに《カリガリ博士》が引用される。

この三通りの浅草のうち、僕のもう少し低回したいのは、第二の浅草、――活動写真やメリイ・ゴオ・ラウンドの小屋の軒を並べてゐた浅草である。……略……

更にずつと近い頃の記憶はカリガリ博士のフィルムである。（僕はあのフィルムの動いてゐるうちに、僕の持つてゐたステツキの柄へかすかに糸を張り渡す一匹の蜘蛛を発見した。この蜘蛛は表現派のフィルムよりも、数等僕には気味の悪い印象を与へた覚えがある）さもなければロシアの女曲馬師である。さう云ふ記憶は今になつて見るとどれ一つ懐しさを与へないものはない。が、最も僕の心にはつきりと跡を残してゐるのは佐藤（惣之助）君の描いた光景である。キュウピットに扮した無数の少女の回り梯子を下る光景である。

（「野人生計事」キュウピッド『サンデー毎日』一九二四・一）

活動写真やレビューなどと切り離すことの出来ない、そればかりか、国やジャンルを超えた雑多なものの共存を許す結点というかたちで浅草という場が語られている。このときに使われた《カリガリ博士》の印象は、なまじいな感想よりも、より正確にその映画的雰囲気を伝えているといってよいかもしれない。

《カリガリ博士》は、ストーリーと同程度に表現派による舞台設定が際立つ映画である。

「世界映画史」の著者G・サドゥールがこの映画の真の監督と呼ぶ舞台装置家H・ヴァルム、W・ライマン、W・レーリヒの三人は、「シュトルム」グループに属する表現派の画家であったという事実がある。彼らは映画のなかに、リオネル・ファイニンガーの輪郭の鋭い〈結晶質の構図〉によって描いた都会の幻影、マイトナー、クビーンの都会の印象、キルヒナーのモリタート（大道芸人が手回しオルガンの伴奏などで語り歌う恐ろしい絵物語）や見世物小屋、ドローネーの三角形、ムンクのヒステリックな波の線とやせこけた肖像といった表現を意味深い形で、かつ大胆に取り入れている。

（田中雄次・辻昭二郎「芸術映画の誕生」『映画この百年』熊本出版文化会館、一九九五・六）

宅の様として、

というように、表現派の絵画のインパクトは強烈であった。特に、舞台空間としての部屋はその後多くの小説に引用された。例えば、辻潤の「ふもれすく」には次のように引用される。一九二三年の九月一日、関東大震災のあったその日に部屋を飛び出た「僕」が、再び「K町のとある路次《ママ》の突き当りにある自分の巣」まで戻り、目にした自宅の様として、

幸い老母も子供も女も無事だったが、家は表現派のように潰れてキュウビズムの化物のような形をしていた。西側にあった僕の二階のゴロネ部屋の窓からいつも眺めて楽しんでいた大きな梧桐と小さいトタン張りの平屋がなかったら、勿論ダダイズムになっていたのは必定であった。(2)

と描写される。また、映画そのものにはっきりとした印象を語らぬ芥川も、シナリオ「誘惑」の中に、「表現派の画に似た部屋」の場面を出しており、ここには明らかにカリガリの部屋の系譜が辿れよう。

39

望遠鏡に映つた第四の光景。表現派の画に似た部屋の中に紅毛人の男女が二人テエブルを中に話してゐる。不思議な光の落ちたテエブルの上には試験管や漏斗や吹皮など。そこへ彼等よりも背の高い、紅毛人の男の人形が一つ無気味にもそつと戸を押しあけ、人工の花束を持つてはひつて来る。が、花束を渡さないうちに機械に故障を生じたと見え、突然男に飛びかかり、無造作に床の上に押し倒してしまふ。紅毛人の女は部屋の隅に飛びのき、両手に頰を抑えたまま、急にとめどなしに笑ひはじめる。

40

望遠鏡に映つた第五の光景。今度も亦前の部屋と変りはない。唯前と変つてゐるのは誰もそこに居ないことである。そのうちに突然部屋全体は凄まじい煙の中に爆発してしまふ。あとは唯一面の焼野原ばかり。が、それも暫くすると、一本の柳が川のほとりに生えた、草の長い野原に変りはじめる。その又野原から舞ひ上る、何羽とも知れない白鷺の一群。……

日本では、当初〈眠り男〉の題で上映されたこの《カリガリ博士》は、原題が、“Das Cabinet des Dr. Caligali”である。ドイツ語の“das Kabinett”ではなく、“Cabinet”が使われていることから、単なる「箱」や「掛小屋」を意味するのみならず、「診療室」「患者」「サイドルーム」（精神分析の現場で私用される隣接部屋）など、多義的な意味をもつことが指摘されている。カリガリの登場の場面、及びチェザーレの登場の場面は、誘惑者、或いは催眠術師として、映画の中だけでなく、私たち観客に直接に機能するという指摘もある。

主人公カリガリの肖像は、誘惑者（あるいは催眠術師）として私たち観客に対して深く関わる存在デアル。カリガリが初めて登場するとき、彼は〈内側の物語〉における誘惑する催眠術師のように私たち観客をまっすぐに凝視している。それは天幕小屋に観客を誘い込み、映画の内側にいる観客のみならず、映画の外側にいる私たち観客をも恐怖に陥れる、あのツェザーレの目覚めと凝視を演出する〈誘惑者〉としてのカリガリの先取り的な形象である。それはまた、カリガリの実体である精神病院の院長が、私たちを凝視する両義的な長いクローズアップで終わるこの映画の枠組みの象徴的な形象でもある。

ツェザーレの姿が顕になるまでの一連のショットは、小屋のなかの観客のみならず、私たち外にいる観客の覗き見的な喜びに訴えるものであるが、その対象を完全に掌握していると思われた主体の注視が、突然対象であるツェザーレの威嚇するような凝視にとってかわられる瞬間がある。この映画全体を通して最も大きなクローズアップで画面いっぱいに示される手の凝視との衝突は、一瞬（内と外の）観客のステータスを危険に曝し、主客が逆転（＝置換）したかのような錯覚を覚えさせる。観客は本当に観ている主体なのか、あるいはむしろ注視の対象ではないか、と。

（田中雄次・辻昭二郎「芸術映画の誕生」）

スクリーンに遮られた、あたかも額縁のような切り取りは、確かに肖像画のまなざしと同様、私たちを見返す力を発し、観客の積極的な参入を促す。カリガリのインパクトは、物語の信／不信を問うという意味で、読み手の主体を揺るがす。狂人の語る物語という枠組みは、芥川の「河童」に引用されている。前・中・後の額縁構造も「河童」と共通し、また精神病院がその場所であることも共通している。二三歳にして眠りから覚めカリガリに操られるツェザーレの存在など、《カリガリ博士》のメインモチーフは、二三号という番号つきの狂人が精神病院の一室で語り始める「河童」の想像力と共通すると考えることも出来る。

フランスでは〈カリガリスム〉なる言葉が出来る程に強いインパクトを与えた映画《カリガリ博士》により、日本においても栗原トーマスの《蛇性の婬》（一九二一）、溝口健二の《血と霊》（一九二三）、衣笠貞之助の《狂った一頁》（一九二六）など、特色ある映画を残すことになった。日本映画の〈映画的〉幕開けの時代である。

栗原トーマスの《蛇性の婬》は、上田秋成の原作を谷崎潤一郎が脚本した幻想譚であるが、芥川はこの映画に寄せて、次のような感想を認めている。

活動写真もあまり見ないが、近頃谷崎潤一郎氏脚本の「蛇性の婬」を見た。思つたより面白かつた。あれだけのものを、こしらえるのは、なかなか楽ではないだらうと思つた。たゞ慾を云へば、家の中の場面で、人物がいつも障子の前にゐて、それを同じ方面からばかり写してあるのが物足らなかつた。こんなことを言ふのは少し無理な注文かも知れないが、もつと方々から撮影して、立体的な感じを出してゐたらと思つた。その上、もつと、王朝時代が出てゐてほしかつた。

「『チャツプリン』其他」(3)（『新潮』一九二一・一〇）

《蛇性の婬》に続き、一九二三年一一月九日に公開された溝口監督《血と霊》(4)は、長崎を舞台とする殺人事件で、怪奇な殺人事件を解き明かしていくなぞ解きの面白さを謳った映画である。表現主義的な舞台装置や、衣装・メーキャップなどは、当時高い評価を受ける一方、演技が未熟であり、全般的な評価はあまり芳しいものではなかったようである。作者の大泉黒石も、『活動倶楽部』（一九二四・四）において失敗を認めている。長崎を舞台とし、主人公を中国人にするなど、エキゾチズムを持たせながら、表現派風の舞台設定をとることで、そこには nowhere 的な普遍性が保たれることになる。《血と霊》については、佐相勉『一九二三　溝口健二と「血と霊」』（筑摩書房一九九一）が詳細な研究を行っており、そこでも「初めての試みゆえの止むを得ない『失敗』であった」と評価されている。そして、衣笠貞之助が新感覚派映画連盟を名乗って制作した《狂った一頁》が続く。制作の実質的な指揮は衣笠が執り、横光利一・川端康成・片岡鉄兵・岸田國士の助言を仰いだといわれる映画である。一九二六年九月公開。主な出演者は、小使（井上正夫）、その妻（中川芳江）、娘（飯島綾子）、踊り子（南栄子）である。

脳病院で小使として働く男はもと船員であったが、その妻は男が虐待と放浪を繰り返したために狂人となってしまう。前非を悔いた男は身の上を隠して妻の入院する病院で小使として働くようになる。ある日母親の見舞いに来た娘は、父親が病院にいるので驚く。娘は恋人との結婚を決意しているが、母親のことを婚約者にどう説明するか迷っている。娘の婚約を知った小使は大売り出しの宣伝をするチンドン屋をみて、福引きの一等賞で洋服ダンスを手に入れる夢を見る。その夜、小使は娘の将来をおもって鍵を盗み出して妻を逃がそうとするが、妻は格子のある部屋に戻ってしまう。錯乱した小使は妻を連れ出そうとして病院の院長や狂人たちを殺してしまう幻想を見る。やがて夜も明けてくるが、今度は狂人たちの顔に能面をつぎつぎにかぶせていく幻想を見る。妻にも面をかぶせると彼女は実に幸せそうな顔つきになる。幻想から醒めた小使にさわやかな朝がやってくる。……

これらの映画は、いずれも犯罪と狂気のモチーフに彩られたものである。日本における映画の芸術化運動が、〈影〉や〈狂気〉と結びついて〈芸術化〉されることになったその行程をよく伝える。映画とは何か。「絵画」同様、活動写真から映画に語が変わったとき、その概念の射程はどの辺りにあり、同時に何を切り捨てていったのか。帰山は、『活動写真劇の創作と撮影法』の中で次のように述べている。

この様に考へて見ると活動写真はフィルムを通じて映されるイリウジオンは絵画の様な又芝居の様な一種特別な動作と形及び不完全なる色彩に関する総合体であつて、これが芸術であるかどうかと云ふ問題は却々議論の生ずる事柄であるが、少くとも「プラーグの大学生」の如き写真に於ては「芸術的」な写真「文芸的」な作品で「美術的」な写真画であると云ひたい。（中略）その影に由つて得た感じから考へて見るも、何となく活動写真は芸術に成り得る資格を有して居る物の如く思はれる。

（帰山教正『活動写真劇の創作と撮影法』飛行社、一九一八）。

映画もまた自明のものではない。「芸術的」「文芸的」「美術的」という映画理論によって齎されたといえよう。こうして、日本においてもまた映画は観客のものである以上に、製作者や映画理論の側のものとなっていった。《プラーグの大学生》《カリガリ博士》は、内容的な問題と絡み、映画が〈映画的〉となるその転換点として象徴的映画であった。芥川の《カリガリ》への感想は、あくまで映画館という劇場内での座る姿勢と映画の時間内の出来事にあり、それ以上を語らないところに映画へのスタンスがうかがい知れると同時に、未発の可能性がある。

このように映画の時代の中で芥川の言葉を辿るなら、日本における映画史と丁度並行して在ったことがよく理解される。「当時の尖端的ジャンル、映画がようやくわが国の作家たちの感心を集め出したのが、ちょうど一九二〇年前後」であるとし、「芥川の最後の論敵、谷崎潤一郎が、横浜に創設された大正活映なる映画会社の脚本部顧問として招かれ、『アマチュア倶楽部』という題のシナリオを初めて書いたのが、大正九年〔一九二〇〕」、「この時期の谷崎の、そしてまた芥川のもっとも身近な文学的友人であった佐藤春夫にも、ほぼ時を同じくして『指紋』〔一九一八〕という短編があり、ポー風な探偵小説仕立てのこの小説で、やはり映画がかなり目立った一役を演じさせられていた。ともに、映画という新ジャンルに対する、わが国の青年作家によるいち早い敏感な反応の事例」であろうとするのは、千葉伸夫である。

日本映画の変革運動（これを当時、純映画劇運動と呼んだ）は、明治の過半をついやした演劇の近代化運動である新劇運動につづく、大正の過半をついやした映画の近代化運動だった。

運動は、大戦前の一九一三年（大正二）ごろから、映画企業の外にいた外国映画ファンたちから少しずつ起きはじめ、劇作家や小説家を巻き込んで、広範な世論に広がってきていた。そして、この中から変革と実践の旗手として文壇から谷崎が、劇界から小山内薫が登場してきたのである。

谷崎は、文芸上のロマン主義を、経験を尊重する自然主義に対比して、「空想に生きている芸術家には、幻覚の世界もまた経験の一部なのである」（「早春雑感」）と擁護した。

なぜ、イメージ（映像）の世界を文字（文学）によって表現しなければならないのか。直接、イメージ（映像）の世界を映画（映像）によって表現できるのではなかろうか。これが、谷崎を文学から映画へと駆り立てていった、そもそもの考え方なのである。

（千葉伸夫『映画と谷崎』青蛙房、一九八九・一二）

だが、芥川の映画引用は、谷崎やその後の映画活動とは大いに異なっていた。

映画

映画を横から見ると、実にみじめな気がする。どんな美人でもペチヤンコにしか見えないのだから。

又

映画はいくら見ても直ぐにその筋を忘れて仕舞ふ。おしまひには題も何もかも忘れる。見なかつた前と一寸も変りがない。本ならどんなつまらないと思つて読んだものでも、そんなにも忘れる事はないのに、実に不思議な気がする。

映画に出て来る人間が物を云つて呉れたら、こんなに忘れる事はあるまいとも考へて見る。自分がお饒舌だからでもあるまいが。
（「拊掌談」『文芸時報』一九二五・一二）

あたかもこの発言は、自作の「片恋」と「影」の批評であるかのようだ。「ペチャンコ」と「忘れて仕舞ふ」という率直際まりないこれらの映画への感想がテクスト化されたものこそ、「片恋」と「影」なのではなかったか。「拊掌談」に書かれたこの二つの芥川の映画の感想は、映画に対する無知を暴露するかの発言にきこえる。映画について多くを語った同時代の文学者たちとは懸隔の差を見ることになるのだが、しかし、逆にこの発言は、「映画をモデルとしてではなく〈映画〉として見ること、この単純だが極めて本来的な見方が、習慣的な映画史記述の理論的枠組や所謂〈映画理論〉には欠けている」とする現代の研究スタンスと意外に近い。「ペチャンコ」といい「すぐ忘れて仕舞ふ」といい、二次元のイリュージョン、光と影の存在への発言と考えるなら、当時のどの映画理論よりはるかに本質的な映画性を言い当てていたと考えることも出来る。関井光男は、「芥川龍之介と映画」（『芥川龍之介全集月報一二』）において、二州楼での活動写真興業見物時、芥川が七歳であったこと、その演目の中に「魚釣り」はなかったことを挙げ、「芥川の映画の記憶は内容においても現実とのあいだにずれが生じ、記憶の移動がおこっている。この移動はなにを意味しているのであろう」と問題提起する。「記憶のなかでは隠蔽記憶によって代理されていた心理体験のほうがはるか後年のものであるうしろ向きあるいは逆行の移動、もう一つは最近の体験あるいは印象がそれ以前の体験と結びついて隠蔽記憶として記憶のなかに定着する前向きあるいは前進の移動」であるとし、「追憶」執筆時、病苦に悩む「危機的な心理体験に重なっている。つまり、この記憶はその代理として再生されたと考えるべきではないだろうか」と述べた。また、「我鬼窟日録」の「大正一四年六月二日」、「午後弟と浅草へ行つて電気館の『呪いの家』を見る。活動写真程見て忘れるものなし。事件の契機する速度が人間の記憶能力をどこかで超越してゐるのぢやないかと思ふ」や、「拊掌談」の「映画はいくら見ても直ぐにその筋を忘れて仕

舞ふ」を取り上げ、

芥川が映画の内容を忘れてしまうのは、いうまでもなく映画のなかの「事件の契機する速度」が人間の記憶能力を超越しているからではない。本を読むことと映画を見ることは同一のレベルのものではなく、映画を見ることは映像の言語を読むことである。芥川はそのように映画を見なかったのであって、これは映画のなかの人物が言葉をしゃべるか否かの問題ではなく、映画の影像性の、問題である。

とし、そして、幼少期の活動写真の思い出を錯覚して明瞭に覚えていることは看過すべきではないという。「芥川が五、六歳のときは、日本に映画がはじめて公開され、映像の視覚革命が起こったときである」「幼少期の芥川が映画の動的な影像性なものよりも絵画的なものや言語的なものに魅せられていたことと無関係ではないだろう」とし、二つのシナリオに関しても「映画的というよりは絵画的であり、言語的である」とする。

このシナリオは映画的というよりは絵画的であり、言語的である。シナリオそれ自体が幻想的に書かれた絵画の趣がある。それは芥川が谷崎潤一郎や室生犀星のように、映画の手法を小説の書法に取り入れようとはしなかったことにもあらわれている。映画は一場面を分析し、それを一定の数のショットに分解してデクパージュ（編集）とモンタージュで総合する方法で作成されるが、芥川にはそれが認識できなかった。

だが、果たしてそうだったであろうか。この時期、久米正雄や菊池寛もまた、映画との関係を深めていた。文学場と映画場との映画をめぐる葛藤は、ドイツ映画に次ぐ、フランス映画のインパクトを経て、更に表現をめぐる闘争の場として展開されることになる。

注

（1）田中雄次・辻昭二郎「芸術映画の誕生」『映画この百年』には、以下のようにある。キルヒナーを中心とした一九〇五年の「ディ・ブリュッケ（橋）」結成にまで遡ることの出来る表現主義は、物象の大胆な単純化やデフォルメを強烈に印象付ける特徴をもっている。初め絵画において発揮されたこの個性は、やがて文学、演劇、音楽、映画へと広く思想的にも広汎にわたる。文学やシナリオなど内容の面では、父と子や世代の対立問題、フロイトの精神分析を背景とした二重身や分身、夢、幻想などを積極的に扱っている。前者は、カフカの「判決」（一九一三）や、ハーゼンクレーヴァーの戯曲「息子」（一九一四）などが例示できようか。また、後者は、ホフマンやシャミッソーなどを挙げれば想像に容易い。特にホフマンの〈影〉はその影響力が多大で、「砂男」の二重身（弁護士コッペリウスと眼鏡売りコッポラ）や、「黄金の壺」の二重存在（学生アンゼルムとアトランティス領主リントホルストの並存、リントホルストとドレスデン王立図書館の文書係）など、装置としての奇異・異常な存在は、人間精神の暗部を映す鏡として、積極的に取り上げられる。

（2）「辻潤全集　第一巻」五月書房、一九八二・四より引用

（3）「読んだ物見た物」の総題で書かれたもの。久米正雄「病床」（原名——“Charlie In His Sick Bed”）（『改造』一九二一・九）が、チャップリンについて書いたことによるタイトルと考えられよう。ただ、この小文には、「病床」以外、伊藤貴麿の小説（同人誌『象徴』）と谷崎の「蛇性の婬」についても触れられている。当時のチャップリン人気に乗じたものとの推定も出来る。チャップリンに関しては、「チャプリン」（「澄江堂雑記」『随筆』一九二三・一一）の中で、

社会主義者と名のついたものはボルシェヴィッキたると然らざるとを問はず、悉く危険視されるやうである。殊にこの間の大地震の時にはいろいろその為に祟られたらしい。しかし社会主義者と云へば、あのチャアリイ・チャプリンもやはり社会主義者の一人である。然し社会主義者を迫害するとすれば、チャプリンも亦迫害しなければなるまい。試みに某憲兵大尉の為にチャプリンが殺されたことを想像して見給へ。家鴨歩きをしてゐるうちに突き殺されたことを想像して見給へ。苟くも一たびフイルムの上に彼の姿を眺めたものは義憤を発せずにはゐられないであらう。この義憤を現実に移しさへすれば、——兎に角読者もブラック・リストの一人になることだけは確かである。

と書かれる。

（4）制作―日活向島、監督―溝口健二、原案―大泉黒石（ホフマン「スキュデリー嬢」より）。出演は、江口千代子（杉貞子）、市川春衛（お里）、水島亮太郎（鳳雲泰）、酒井米子（鳳娃絲）、三桝豊（牛島秀夫）、南光明（酔漢）、小池春衛（鳳雲泰の母）など。ある街で連続殺人事件が起きる。宝石商、鳳雲泰の娘娃絲（あし）の恋人であり、鳳の弟子でもある牛島秀夫は、鳳の死体を背負い街を歩いたため、犯人として捕らえられる。獄中の牛島に画家の貞子が面会に訪れ、真相を聞くと、真犯人は鳳で、母親から遺伝した宝石に対する執着によって殺人を犯したこと、最後には酔漢に出会って逆に殺されたことがわかる。

〈その他参考文献〉

田中雄次「芸術映画の誕生一　「プラーグの大学生」試論」『熊本大学教養部紀要』一九九七
「「メトロポリス」あるいは技術時代のユートピア」『熊本大学教養部紀要第』一九九三
「表現主義映画「カリガリ博士」とその時代」『熊本大学教養部紀要第』一九九二
中沢弥「『カリガリ博士』とその時代」湘南国際女子短期大学サイト参照。

或シナリオ――「誘惑」

1　筋のあるシナリオ

日本において映画は観客のものではなく、製作者、映画理論の側から要請されるものとなっていった。芸術的映画の要請は、地続きにシナリオの要請にも繋がった。芥川が、晩年に残した二つのシナリオも、その映画をめぐる時代の流れと共に考察されるべきものであろう。「誘惑」「浅草公園」と題された二つのシナリオは、いずれも「――或シナリオ」という副題をつけ、一九二七年四月に同時に発表される（「誘惑」『改造』一九二七・四、「浅草公園」『文芸春秋』一九二七・四）のである。その意義は大きかったと想像されるのであるが、芥川の放った文学的戦略は、結果的には同時代の文学場において不発に終わっている。

「シナリオと云ふのは批評のしにくいもの」、「やゝこしくて、読むのが面倒臭い」、「兎に角むづかしいし僕には分からない」とは、芥川のシナリオ発表後の文学者の反応であるが、このシナリオを前にした現代の読者もまた、基本的には同様の想いに囚われる。「羅生門」のように場合によっては幾百の論稿を出す芥川文学研究にあって、内容や構造的な考察、当時の映画状況との関係への言及など十分なされているとは言えず、開かれることの極端に少なかったテクストである。発表当時、同業の文学者たちの眼に、受け入れ難い、文学雑誌では排除せねばならないエクリチュールとしてこのシナリオが映ったように、その後の文学研究場においても、繙かれる回数という量的な根拠を示すかたちで、シナリオに対する基本的姿勢は踏襲されてしまったかのようである。

　数少ない「誘惑」の先行研究は、多くが魅力的なものであった。久保田正文は、芥川自身に即した「内側」と前衛的方法としての「外側」の融合をはかった「大胆に先駆的な試み[1]」と位置づけ、後期芥川文学のキーワードである詩的精神との絡みで「歯車」や「或阿呆の一生」に繋がる作品系列の一つと捉えていく。或いは、石割透は、「晩年の芥川が試みた、〈新感覚〉の詩のように新しい形式[2]」とその先駆的価値を評価し、友田悦生は、「視覚的イメージの自立的価値を極端に拡大した作品[3]」と映像言語としての可能性を見る。一方、そうでありながら、形式は「結局熟することなく終わった」（石割）もの、「〈筋〉つまり論理性をできるだけ排し、ただイメージの奔流にまかせきった」作品（三嶋譲[4]）、「めまぐるしく展開するイメージの氾濫」は「まことに難解」であり、「意味の解読以前にわれわれを襲う不気味さの直接性こそが着目」され、その「〈不気味さ〉の背後にある芥川的主題」、つまり自殺に向かう「精神内部の欠落感そのもの」などが読まれてもしまうのであった。

　内容的実体感の薄い作品として扱われているこの「誘惑」を、「その表現は〈筋〉がないから難解なのではなく、〈筋〉があるにもかかわらず難解なのである」という前提に戻したのは、友田である。「映像そのものへの関心が主となって、しばしば〈筋〉を従属的位置に追いやる」無声映画の特質をつかみえている作品とした上で、ベル・バラージュの映画理論から、「シナリオ表現が文体実験としての意義をもちうるとすれば、それはもともとシナリオが、このような『文学的能力』には手の届かない『映画的雰囲気』を、撮影台本というかたちで映画と共有しようとするものだったからである。シナリオはみずからの言語としての能力を局限する。すなわち、いっさいの概念的説明、前後関係や因果関係の指示、心理の解説等を禁じること、そして可視的なイメージのみを提示することによって、シナリオは、物語的な枠組みに回収されえないものを現前させようとする」。「浅草公園」における〈筋〉が、イメージの連繋に奉仕する要素に過ぎず、視覚的イメージの自立的価値を極端に拡大し、「幻想的なイメージのモンタージュによって生じる異様な雰囲気とでもいうものが作品の生命となっている」とする。晩年の谷崎潤一郎とのいわゆる「小説の筋論争」を交えて、その芸術観が、「文学表現から棘や毒を抜いたうえで受容しようとする大衆文化状況への批判」でもあったと言う。

主人公「さん・せばすちあん」に「忍び寄るさまざまな誘惑」との「闘い」という明確な〈筋〉を認めて、詩的精神や不気味さへの性急な結び付け以前に、より丁寧に「誘惑」を読む必要があるだろう。

2　物語の枠組み・反復される誘惑

一見、齣切れの為に見えにくくされた物語は、実際の映像を意識したとき（映画化されたとき）、むしろ見えやすくなるものではないか。私たちが映像を観るときに無意識的に枠としているものは、画面・シーンである。場所や背景や身振りを記憶の中で結び付け、繰り返される場所、或いは繰り返される人物の身振りを私たちは同一性のもとに認識し、再び同じ映像が現れたときにそれを枠と捉え、その間を一つの物語として理解しようとする。

二齣目「日本の南部のある山道」の「洞穴」という場面表記は、一〇齣目でも再び登場し、物語の構造的な枠を意識させる。同様に、「前の洞穴の内部」という表記が一一齣と二一齣で繰り返されている。「山道が黒いテーブルに変わる」という表記も二二齣と七三齣で繰り返され、「さん・せばすちあん」の十字を切るという動作も、複数回繰り返される。

43	前の山みち	円光をとる。樟の木の下に話す二人。円光→懐中時計　二時三十分
44	この山みちのうねったあたり	月の光の中の風景→無数の男女に満ちた近代のカッフェ、楽器の森
45	このカツフヱの内部	大勢の踊り子や花束に囲まれ、当惑する「さん・せばすちあん」
46	前のカツフヱの床	靴をはいた足→馬の足や鶴の足や鹿の足
47	前のカツフヱの隅	金釦の服を着た黒人→一本の樟の木
48	前の山みち	樟の木の根元に気を失っている「さん・せばすちあん」をひきづって登る。
49	前の洞穴の内部	今度も外部に面してゐる。船長を捉え、もう一度熱心に話しかける岩陰を指して「見ろ」という手真似をする。
50	洞穴の内部の隅	あご髭のある死骸が一つ岩の壁によりかかつてゐる。
51	彼等の上半身	驚きや恐れを示し、話かける。一言答える。慌てて十字を切ろうとする、が、今度も切れない。
52	Judas……	
53	前の死骸——ユダの横顔	透明の頭、脳髄を露す。三十枚の銀、嘲り憐みを帯びた使徒の顔、家、湖、猥褻な形をした手、橄欖の枝、老人だの、……
54	前の洞穴の内部の隅	死骸→赤児　あご髭だけは残っている。
55	赤児の死骸の足のうら	足の裏のまん中に、一輪づつ薔薇の花、花びらを岩の上に落とす。
56	彼等の上半身	いよいよ興奮し、船長に話しかける。返事をせず、殆ど厳粛に見つめる。
57		半ば帽子のかげになった、目の鋭い船長の顔。舌を出す船長。舌の上にはスフィンクス。
58	前の洞穴の内部の隅	赤児の死骸→肩車をした猿二匹
59	前の洞穴の内部	熱心に話す船長の言葉を聞かずにいる。洞穴の外部を「見ろ」と手真似をする船長。
60	月の光を受けた山中の風景	この風景→「磯ぎんちゃく」の充満した険しい岩むら、空中に漂う海月の群→暗の中に回る小さい地球
61	広い暗の中にまはつてゐる地球	→オレンヂ、ナイフが二つに切る、白いオレンヂの切断面は磁針
62	彼等の上半身	船長に縋る。狂人に近い表情。髑髏を取り出す船長。
63	船長の手の上に載つた髑髏	髑髏の目から火取虫がひらひら。三つ、二つ、五つ。
64	前の洞穴の内部の空中	飛び交う火取虫に充ち満ちている。
65		それ等の火取り虫の一つ→一羽の鷲
66	前の洞穴の内部	船長にすがりついて目をつぶっている。岩の上に倒れる。船長を見上げる。
67	岩の上に倒れてしまつた「さん・せばすちあん」の下半身	偶然岩の上の十字架を捉える。始めは怯づ怯づと、急にしつかりと
68		十字架をかざした「さん・さばすちあん」の手。
69	後ろを向いた船長の上半身	失望に満ちた苦笑。あご髭をなでる。
70	前の洞穴の内部	薄明るい山みちを下ってくる。後ろに猿二匹。樟の木の下で、誰か見えないものにお時宜をする船長。
71	前の洞穴の内部	今度も外部に面してゐる。しっかり十字架を握る「さん・さばすちあん」朝日
72		斜めに上から見おろした岩の上の「さん・さばすちあん」の顔。彼の顔は頰の上へ徐ろに涙を流しはじめる、力のない朝日の光の中に。
73	前の山みち	朝日の山道→黒いテエブル。左にスペイドの一や画札ばかり並ぶ。
74	朝日の光のさしこんだ部屋	主人は丁度戸をあけて誰かを送り出したばかりである。この部屋の隅のテエブルの上には酒の罎や酒杯やトランプなど。主人はテエブルの前に座り、巻煙草に一本火をつける。それから大きい欠伸をする。あご髭を生やした主人の顔は紅毛人の船長と変りはない。

1	天主教徒の古暦の一枚	御出生以来千六百三十四年。せばすちあん記し奉る。
2	日本の南部の或山みち	大きい樟の木の枝を張った向うに洞穴。樵が二人十字を切り礼拝。
3	大きい樟の木の梢	尻つ尾の長い猿が海の上の帆前船を見守っている。
4		海を走っている帆前船が一艘。
5	この帆前船の内部	紅毛人の水夫が二人、勝負の争いから一人をナイフで刺す。
6	仰向けになつた水夫の死に顔	死に顔の鼻の穴から、尻尾の長い猿が出て、ひっ込む。
7	上から斜めに見おろした海面	急に空中から水夫の死骸が一つ落ちてくる。もがく猿。
8		海の向うに見える半島。
9	前の山みちにある樟の木の梢	顔中に喜びを漲らせる猿。もう一匹も梢に腰掛け話つづける。
10	前の洞穴の外部	芭蕉や竹の茂った外には何も動かない。日の暮。蝙蝠がひらひら。
11	この洞穴の内部	黒い法服を着た四十近い日本人「さん・せばすちあん」が十字架の前に祈る。
12	蠟燭の火かげの落ちた岩の壁	「さん・せばすちあん」の横顔の影に登る二匹の猿。
13		「さん・せばすちあん」の組み合わせた両手。パイプを握る。
14	前の洞穴の内部	パイプを投げ付ける「さん・せばすちあん」
15	岩の上に落ちたパイプ	→酒入「ふらすこ」→「花かすていら」→年の若い傾城
16	「さん・せばすちあん」の上半身	急に十字を切る。ほっとした表情を浮かべる。
17		猿が二匹、顔をしかめて、蹲っている。
18	前の洞穴の内部	十字架の前に祈る「さん・せばすちあん」。蠟燭の火を消す梟。月の光
19	岩の壁の上に架けた十字架	→長方形の窓。茅葺き屋根の家。婆さん、子供、女。
20	長方形の窓を覗いてゐる「さん・せばすちあん」	→大勢の老若男女の頭、十字架に懸った三人。真中は彼。
21	前の洞穴の内部	十字架→降誕の釈迦、十字を切る「さん・せばすちあん」梟の影→十字架
22	前の山みち	山道→黒いテーブル。トランプが一組、男の手が左右へ札を配る。
23	前の洞穴の内部	「さん・せばすちあん」の頭の上に円光が輝く。驚き→喜び。十字架に祈る。
24	「さん・せばすちあん」の右の耳	耳たぶに、樹木が一本累々と円い実をみのらせている。花の咲いた草原。
25	前の洞穴の内部	外部に面している。外へ歩いていく。落ちる十字架。近づく猿。
26	前の洞穴の外部	「さん・せばすちあん」の影。右は鍔の広い帽子、長いマントル。空を見る。
27	星ばかり点々とかがやいた空	分度器が大股に下がってくる。揃うと消える。
28	広い暗の中に懸つた幾つかの太陽	それらの太陽のまわりには地球が又幾つも回っている。
29	前の山みち	山道を下る、円光を頂いた影二つの「さん・せばすちあん」。樟の木の根元。
30	斜めに見おろした山道	石ころ→石斧→短剣→ピストル→石ころ
31	前の山みち	影二つの「さん・せばすちあん」。足元から、樟の木の幹を眺め始める。
32	月の光を受けた樟の木の幹	幹→世界に君臨した神々の顔→受難の基督の顔→四つ折の東京××新聞
33	前の山みちの側面	鍔の広い帽子にマントルを着た影が立ち上がる。山羊のような髭、眼の鋭い紅毛人の船長。
34	この山みち	樟の木の下に話す二人。横道に入っていく。
35	海を見おろした岬の上	望遠鏡をだし、「見ろ」という手真似をする船長。
36	望遠鏡に映った第一の光景	画を懸けた部屋。紅毛人の男女、一人の男
37	望遠鏡に映った第二の光景	書棚の並ぶ部屋。紅毛人の男。子供
38	望遠鏡に映った第三の光景	ロシア人の半身像のある部屋。紅毛人の女。ヒステリイ。
39	望遠鏡に映った第四の光景	表現派のような部屋。紅毛人の男女。試験管、漏斗、
40	望遠鏡に映った第五の光景	前の部屋。誰もそこにいない。爆発。焼野原→野原、白鷺
41	前の岬の上	星を取る船長に対し、十字を切れない「さん・せばすちあん」。手の平の星を「見ろ」という手真似をする船長。
42	星をのせた船長の手の平	星→石ころ→馬鈴薯→蝶→小さい軍服姿のナポレオン

二齣目から一〇齣目の最初の枠内では、山道の向こうの海を走る帆前船の上で、唆し役の猿に唆され喧嘩を始めた二人の水夫が遂に殺し合いに至るドラマが繰り広げられている。主人公登場以前のこのドラマは恐らく、「さん・せばすちあん」が同じように悪魔の唆しにあい、同じように誘惑に負けるドラマをあらかじめ予想させる、プロローグとして働くと考えられよう。

次に、一一齣目から二一齣目では、「前の洞穴の内部」という場の反復で枠取られている。洞穴内部での主人公に起こる出来事だが、唆し役の猿が見せる幻想は、酒・煙草・カステラといった嗜好品と、日本の着物を着た傾城という情欲に訴えるもの、そして彼が切り捨てねばならない家族の情景が幻想のように現出している。これらの誘惑に対して「さん・せばすちあん」は「十字を切る」という動作を行う。十字を切るという身振りは、誘惑への打ち勝ちを告げる身体的記号であり、唆し役の二匹の猿の無力を同時に示す。この猿に続いて、鍔の広い帽子を被り長いマントルを纏った眼の鋭い紅毛人の船長が登場するが、船長登場の呼び水ともなる物語の展開である。猿から船長への移行は、小悪魔から悪魔への変化でもあろう。小悪魔による第一の誘惑後の第二の誘惑が行われ始めたと読める。以後二二齣目「山道が黒いテーブルに変わる」という場面が七三齣目に繰り返されるまでの五〇ショットが、第三の誘惑物語となる。

円光をつけられた「さん・せばすちあん」は、洞穴の外に歩み出し、船長に言われるがまま望遠鏡を覗く。望遠鏡の中に繰り広げられる世界を見た後、手の平に星をのせてみせる船長に対して「十字を切れない」(四一)という身振りを示す。その後〈円光〉を外され、再び洞穴の中に入る。洞窟の中に死骸が現れ、その次のショットで「ユダ」という字が写されたとき、「さん・せばすちあん」は再度「十字を切れない」(五一)身振りを示している。そして洞穴の外の風景が、海に変わり、地球に変わり、最後にオレンジに変わる様子が写されるのに合わせ、「さん・せばすちあん」は船長をとらえて興奮していき、狂人に近い表情を見せるに至る。そのとき偶然手にした十字つまりは全体の誘惑に打ち勝ったことを意味する物語上のクライマックスであろう。「朝日の光の中に」「彼の顔は頬の上へ徐に涙を流しはじめる」と、喜びのクローズアップがある。

その後、退却する船長は、「楠の木の上にいる」「誰か見えないもの」に思わせ振りに挨拶をする。ここで再び「山道が黒いテーブルに変わる」という場面になり、第三の枠の終了を告げる。黒いテーブルの上には、スペードのAや絵札ばかりが見られるが、その情景は切り札が切られたことを示していよう。「左右」に配られたトランプの札は、この七三齣目で「左」に切り札があるようになっている。左右という区分に注目してもう一度前の場面を思い返すなら、円光がついた「さん・せばすちあん」の右の耳には「耳たぶの中には樹木が一本累々と円い実をみのらせてゐる」と楽園の林檎樹を思わせるイメージがあり、また、山道を歩く彼の影は、左は彼自身のであるのに、右は船長のシルエットであった。「左」の「誰か見えない」のものの勝利が読める。

最後の七四齣目で、現代的時間の紅毛人の部屋が映し出され、今に開かれたかたちでシナリオは閉じられる。

「誘惑」は、この「さん・せばすちあん」の物語である七四齣からなるシナリオ部分の後に、「『さん・せばすちあん』は伝説的色彩を帯びた唯一の日本の天主教徒である。浦川和三郎氏著『日本に於ける公教会の復活』第十八章参照」という後記を併せもつ。冒頭から線条的に読み進めた場合、「冒頭の暦」、「船上での殺人ドラマ」、「小悪魔（猿）による誘惑の物語」、「船長による誘惑の物語」、「最後の紅毛人の部屋」、「後記」と、以上六つの異なる位相の物語枠があると考えられる。

末尾に付されたこの後記の存在は、純粋なシナリオとしてではなく、明らかに小説的なエクリチュールである。「さん・せばすちあん」という括弧付きひらがな表記と併せて、実際の撮影を目論んだシナリオであるより、レーゼシナリオであることを強く示してもいる。そのため、シナリオ形式という個性を超えて、芥川文学における最後の切支丹ものと区分けをされるのも自然であろう。

3　浦川和三郎氏著『日本に於ける公教会の復活』

後記に種明かしされている浦川和三郎氏著『日本に於ける公教会の復活』は、大正四年一月二十五日、長崎市南山手町乙一番地、天主堂発行の書である。その例言には、以下のように書かれている。

徳川の峰からサツと颪した迫害の大嵐に吹き倒された日本公教会は、全く跡も形もない迄に絶滅したものと思ひきや、其余蘖が突然吸収の一角に顕はれ出でて、世界の公教信者を驚倒せしめたのは今より五十年前の昔である。編者は其当時宣教師等の嘗められた惨憺たる苦心の跡やら、昔時の信者等が恐ろしい迫害の中に、其信仰を維持して来た方法やら、感ずべき其熱心やらを後昆に伝へたい考から、廻らぬ筆を捻くつて本書の編述に着手したのである。

本書はマルナス氏の La religion de Jesus ressuscitee au Japon を骨子とし、別にクラツセ氏の西教史、シャルウオア氏の日本史、福田氏の幕府時代の長崎、伊地知氏の沖縄誌、武越氏の二千五百年史、渡邊氏の内政と外教の衝突史、瀬川氏の西洋全史等を参考したり、或は編者自ら古老を訪ひ、古文書を漁り、遺跡を尋ねたりして、手に入つた材料を加味したものである。

第一章から第二五章までの本文と、付録として、「浦上外海地方の信者間に伝はつて居た祈禱文」「日繰」「コンチリサンの略」「生月の信者間に伝はつて来た祈禱文」が付けられ、また口絵として《聖フランシスコの御永眠》を掲載している。

その第十八章は、「九州各地方に於ける昔の切志丹」との章題のもと、以下四つの小題「一　息月島《いきつきじま》の切志丹」「二　外海《そとめ》地方の切志丹」「三　バスチアンの伝説」「四　木場《こば》の切志丹」に分けられている。「誘惑」が引用したのは、この「三　バスチアンの伝説」であるが、以下に本文表記をなるべく残すかたちで簡略に示しておきたい。

①外海の信者団体は、浦上信者と同様にし、また尊敬していたが、その浦上信者以上に、バスチアン（セバスチアン俗名は詳らず）という人を尊崇していたので、今その人に就て伝説の儘を記して見よう。

②バスチアンは平山郷の布巻という所に生れ、成長の後小僧となつて深堀の菩提寺に門番を勤めた。ジワン（宣教師?）が黒船の甲比丹になって長崎へ乗り込む。ジワンの弟子となり、外海方面に赴く。

③暦の繰り方を飲み込む前にジワンが姿を消した為、断食をして願うとジワンは再び姿を表し、暦の作り方を教えて、再び沖間に消える。

④その教えに基づき暦を作り、各地を巡回、伝導し、三重村の樫山に辿り着く。探偵の手が伸び、樫山から黒崎村の牧野の岳の山に隠れる。明暦三年（千六百五十七年）

⑤悪魔がバスチアンの善業を妬み住人に密告させる。斬罪に処せられる。聖物（十字架の御像）を役人に託す。この基督像の一方の腕の色が違う。

⑥死ぬ前に四つの予言を行っている。

「して其暦には孰れも「御出生以来千六百三十四年」と記してあつて、夫れは正しく寛政十一年、島原の乱の起る四年前で、三代将軍家光が前代未聞の大迫害を起して、山も川も殉教者の鮮血に漂はせた頃に当り、……後略……」

フローベールの『聖アントワヌ』を「典拠」として挙げ、両作品の誘惑物語の共通性を詳細に辿っている井上洋子は、この「バスチアンの伝説」を「悪魔の誘惑とたたかうという〈筋〉とも、また〈詩的精神〉を示す方法論とも無縁」な「典拠」とする。(5) だが、この伝説を強ち無縁と葬り去ることもできない。「バスチアンの伝説」に見られるバスチアンの神話性は、彼が棲んだ樫山という場所性、そこにあった椿の木の信仰化、キリスト教暦を日本の陰暦に従って翻訳作成した日繰り、及び殉教に際して役人に託された十字架像の四つにあると考えられる。とすれば、「誘惑」冒頭の「御出生来千六百三十四年。せばすちあん記し奉る」とある暦の呈示は、「バスチアンの伝説」の「其暦には孰れも「御出生以来千六百三十四年」と記してあつて」と表記を一にし、「彼が此地方に尊敬されて居たのも、主として右の暦のためであらう」と本書にある通り、重要な要素となっている。また最後のクライマックスで悪魔に翳された十字架という小道具も、「バスチアンの伝説」では重大な意味をもっていた十字架に相当する。「さん・せばすちあん」の住居となっている洞穴も同様である。さらに、黒い帽子を被った紅毛人も、黒船の甲比丹になって長崎へ乗り込んできた「ジワン（宣教師?）」に類似しており、ジワンの弟子となったセバスチアンと、この黒い男に連れ出されて色々なものを見る「さん・せばすちあん」とは、多くが重なる。このように「バスチアンの伝説」の引用は随所に見られ、その引用は小道具的なものであるより、物語のメインモチーフと考えられる。

「さん・せばすちあん」を主人公として選ぶことは、これらの伝説的要素、神話性をも併せて組み込むことになる。だが、それを以って「さん・せばすちあん」を「伝説的色彩を帯びた唯一の日本の天主教徒」とする後記の書き手の意思は確定されるものでもない。伝説的とは、何の謂いであろうか。

4　三つの誘惑

この「誘惑」について、井上洋子が「シナリオ『誘惑』の方法――芥川、フローベール、映画――」において非常に詳細に考察を加えている。「芥川の創りだしたイメージが如何なる視覚の再生産なのかを確認しようとしたもの」との目的からフローベールの『聖アントワヌ』を「典拠」として挙げ、両作品の誘惑物語の共通性を詳細に辿っている。

例えば、岩波文庫『聖アントワヌの誘惑』巻末の解説にある、

　テバイスのとある山上における聖者アントワヌが、日暮時から翌朝の暁にいたるまでの一夜の間に見る幻想が、黄昏時から徐々に深まりゆく夜の潮とともに、丑三つ時を経て黎明を迎えるまで七章にわたって変遷し、古典劇の起承転結のように展開される

この解説の傍線部分を、〈日本の南部の或山道〉〈さん・せばすちあん〉〈七四の短いカット割りにしたがって〉という言葉に入れ替えれば、「誘惑」の解説としても通用することを指摘している。

確かに、聖者の誘惑、しかも即物的なものから、内部崩壊に至るほどの内在化された欲望への誘惑という構図を

もつフローベールの『聖アントワヌの誘惑』が、芥川の「誘惑」には換骨奪胎されていると考えられる。氏は、「誘惑」のイメージ群の形成過程を詳さに検討することにより、「〈不気味さ〉の背後にある芥川的主題」に目を向けている。「誘惑」が書かれた事情を、「『日本に於ける公教会の復活』の「バスチアンの伝説」をもっともプリミティブな素材として、それを小説『聖アントワヌ』の方法で包み、さらに時代感覚の先端に位置する映画の手法と結びつけることによって、つまり小説からさらに一切の科白と心理描写を削ぎ落とし、映像表現によるデッサンに徹することで精神内部の欠落感そのものを描き出すという方法を通じて、「誘惑」という前衛シナリオが成立したと考えることができる」と明快に論じている。

フローベールの『聖アントワヌの誘惑』以前に、悪魔の誘惑の伝説は西洋の文学にあっては馴染みのモチーフである。コワコフスキ『悪魔との対話』（筑摩書房、一九八六・四）が「人並みはずれて強烈な悪魔の誘惑を感じることこそ、聖者たるべき者の第一の資格といった感がある」というように、聖者ゆえに悪魔の誘惑に合う話は枚挙に暇がない。中でも、スペンサーの『妖精女王』やバニヤン『天路歴程』、そしてファウスト伝説は欠かせない物語となっている。悪魔とは、キリスト教の価値観、枠組みの中で育まれた、欲望や不満や批判精神の詩的表徴であろう。ポール・ケーラスは、『悪魔の歴史』（青土社、一九九四・八）で、「悪魔は人間にとって表象力のもっとも敏感な部分」、思い出すのもいやな、煩わしく厄介な「胸の中の錆」のようなものと表現している。人間にとって身近く卑俗的な存在ゆえに、多くの文芸の効果的な象徴作用として生き永らえているとも考えられる。

ケーラスはさらに、「ある種の伝説類は幻覚による起源を示している」と興味深い解説を行っている。飢えの中でご馳走の幻覚を見た聖ヒラリオン、洞窟での隠遁生活中に宝石の数々を見せられた元女優の聖ペラギア、美女の訪れに負けた禁欲家のルフィヌスなど、悪魔により見せられた幻覚との抗いは、聖者伝説の重要な要素である。

こうして、その修道僧は世間から隠遁し、その孤独生活に自分の人生のさまざまな《思い出の像》を持ち込んだのである。これらの《想い出の像》はわれわれの魂の一部なのであり、現在の生活が白紙になるように突然あらゆる新たな印象を断ち切る人は、眠りに落ちる人がさまざまな夢を見るように、ごく自然にさまざま幻覚を見るだろう。むしろ現在の暗黒は、過去のじつに生き生きした回想をくっきりと浮かび上がらせる。孤独な存在様式の空虚さが原因になって、まどろみ状態の《思い出の像》が肉体的現実さながらに現れ出るのである。

この《想い出の像》は、「誘惑」の中でも、一五齣目、岩の上に落ちたパイプが、酒入「ふらすこ」へ変化し、さらに「花かすていら」と変わり、最後に「年の若い傾城」へ像を変えるところ、嗜好品、そして情欲へ訴える暁しに顕著であろう。それらを退けた「さん・せばすちあん」は、また、一九齣目に「長方形の窓。茅葺き屋根の家」に、母や子どもや妻と思しき「婆さん」「子供、女」を見せられる。そして「大勢の老若男女の頭」の向こうに十字架に懸けられる自分自身を認めるが、家族や村民という世間意識へのこの〈想い出の像〉にも彼は勝つ。「さん・せばすちあん」に現れる悪魔の誘惑は、「即物的なものから、内部崩壊に至るほどの内在化された欲望」(井上)とされたが、「さん・せばすちあん」への深化していく誘惑は、先ほど辿った枠構造を考えると、より明確な深化の構造を認められる。「冒頭の暦」、「船上での殺人ドラマ」、「小悪魔(猿)による誘惑の物語」、「船長による誘惑の物語」、「最後の紅毛人の部屋」、「後記」の六つに分けられることは前に述べたが、その中で「さん・せばすちあん」に行われる誘惑は、一一から二一の猿による日常的誘惑〈第一〉と、二三から七二までの「山道は黒いテーブルに変わる」と明記された〈第二〉の誘惑に分けられる。悪魔的な人物である黒いマントの男、船長と称される男によるこの第二の誘惑部分は、さらに「十字を切る」という動作から、二三から四一の円光をつけられた

「さん・せばすちあん」が望遠鏡を覗くシーン、四四から五一の、近代のカフェの場面と洞穴の内部の死骸を見るシーン、そして五二から七二の死骸が赤ん坊に変わっていく場面と地球の回る場面のシーンの三つに分けることができる。

このように誘惑を三つのレベルに整理できるのならば、三度の誘惑という新訳聖書で馴染みの「荒野の誘惑」が想起されてくる。即物的な欲望から内在化された欲望という道筋は、新約聖書が先駆けて辿った欲望の道筋でもあった。

マタイ伝の荒野の誘惑を、芥川は「西方の人」「12　悪魔」に、「クリストは四十日の断食をした後、目のあたりに悪魔と問答した」と始め、次のように解釈している。

クリストは第一にパンを斥けた。が、「パンのみでは生きられない」と云ふ注釈を施すのを忘れなかつた。それから彼自身の力を恃めと云ふ悪魔の理想主義的忠告を斥けた。しかし又「主たる汝の神を試みてはならぬ」と云ふ弁証法を用意してゐた。最後に「世界の国々とその栄華と」を斥けた。それはパンを斥けたのと或は同じことのやうに見えるであらう。しかしパンを斥けたのは現実的欲望を斥けたのに過ぎない。クリストはこの第三の答の中に我々自身の中に絶えることのない、あらゆる地上の夢を斥けたのである。

第一主題は、パンだけでなく、嗜好品や情欲や血縁への思いという付帯物をも含むが、そこには「きりしとほろ上人伝」にも見られる、英雄が試練として女性の誘惑に耐えるという神話素型や「おぎん」における家族への逸話などを思い起こさせるものである。第二主題は、神殿の屋根の端に立たせられたイエスが「人間的な栄光を与えることを申し出る」悪魔の唆しを退けるところだが、この構図を模倣し、主人公を岬に立たせ、海の向こうを望遠鏡で眺めさせるという場面をつくる。この時、彼の頭につけられた円光とは、その「人間的な栄光」「力」の象徴として理解されるだろう。そして第三主題の「あらゆる地上の夢」に対して、このテクストでは死骸や髑髏、海や地球の映像と、船長との論争を際立たせる。

この荒野での誘惑の逸話は、見えざる引用として、意外なところにも既に発見されている。「西方の人」の同じ箇所を挙げ、石割透はその「杜子春」論の中で、「福音書のクリストが悪魔の誘惑を断ち、『あらゆる地上の夢を斥けて』神に近づくに比し、杜子春は正直な人間らしい暮しを選ぶ。こうしてみれば『杜子春』は、この『マタイ伝』にも『ルカ伝』にも記された逸話のパロディとしての性格を持っていることも理解できよう[6]」としていた。勿論、パロディとは、揶揄や嘲笑の類ではなく、物語の基本的構造としてである。杜子春は、両親の死後、豪奢な生活を放蕩した揚げ句、仙人になることを希望し、「お母さん」と声を出すことでそれを断念するという話である。そこには、聖者と放蕩者という差こそあれ、レベルを違えた行動には共通の軌跡が認められ、「誘惑」と「杜子春」はその意味でつながりをもち始める。杜子春が仙人を望むことは、正に第二のレベル「彼自身の力を恃め」であり、芸術至上主義と目されてしまうこのような誘惑の構図は、恐らく芥川文学の多くの箇所に見出だせる筈だ。

「誘惑」は、しかし「さん・せばすちあん」に対するこの三つの誘惑で終わっているわけではなく、この外側にトランプのゲームという枠が用意されていた。「左右」に配られたトランプの札は、この七三齣目で「左」に切り札があるようになっている。左右という区分に注目してもう一度前の場面を思い返すなら、円光がついた「さん・せばすちあん」の右の耳には「耳たぶの中には樹木が一本累々と円い実をみのらせてゐる」と楽園の林檎樹を思わせるイメージがあり、また、山道を歩く彼の影は、左は彼自身のであるのに、右は船長のシルエットであった。「左」の「誰か見えない」のものの勝利がここで読める。

再び「西方の人」を引用すれば、

悪魔との問答はいつか重大な意味を与へられてゐる。が、クリストの一生では必ずしも大事件と云ふことは出来ない。彼は彼の一生に中に何度も「サタンよ、退け」と言つた。現に彼の伝記作者の一人、――ルカはこの事件を記した後、「悪魔この試み皆畢りて暫く彼を離れたり」とつけ加へてゐる。

この「暫く」を見えるものとして虚構化したのが七三齣以下の枠組の使用と考えられる。「さん・せばすちあん」にとって涙を流すほどの誘惑からの勝利も、第三者によるテーブル上の賭という一つのゲームに過ぎないという仄めかしで終わる。これは、「何度も」繰り返されるに違いない危機ということを意味しよう。誘惑とは最も神に近づく試練である。一方、神から遠ざかる可能性も大きい。神への近付きであると同時に堕落を孕む、誘惑という両義の間で揺れ動くこと自体が、「さん・せばすちあん」に求められていた機能だったと解される。

例えば、ゲーテの「ファウスト」が「天上の序曲」で、主とメフィストフェレスとの賭を用意し、ファウストを駒として動かす二人の存在が示されていたように、また、ユゴーが、「ある日神様が卓に座ってトランプの賭をしていた／人間の魂たちを賭けて／サタン陛下相手に。そして、めいめい自分の手を示した。／一方はボナパルトを……」と、トランプの賭に使われる人間たちをその「短詩」の中でうたっていたように、ゲーム・賭という枠は、駒を動かす方と駒として動く方と平等に視点が配られ、多元的な焦点化を可能にする。このような物語構造の引用は、両義の間で揺れ動くものたちが、更なる揺るがしにあう可能性を告げる方法なのである。両義の間で揺れるものたち、これを描くことこそ、「羅生門」に始まり「西方の人」で筆を絶った、芥川文学の第一の特徴であったということも可能なのかもしれない。

映画はかなり早い段階で、物語性のレヴェルで一定の法則を設け、それが一九一〇年代以降、長篇映画の台頭と共に、映画の物語システムの優勢な傾向になるものの温床になった。それはよく知られた物語の採用により実現された(7)。

「誘惑」は、聖者を主人公とした映像物語であるが、「他の諸芸術の場合と同様に、キリスト教は非常に早い段階から、映画の再現モードに大きな形成力を与えた」と言われている。「それはノエル・バーチが言うように〈物語の線分の原則〉を設立したと考えられるし、映画におけるクロノロジー、広く言えばクロノスの分節化を促したし、映画を長篇化に導いたし、映画の叙事詩的性格の型を作った」と説明されている。他の諸芸術の場合と同様に、キリスト教は非常に早い段階から、映画の再現モードに大きな形成力を与え、映画の叙事詩的性格の型を作った。芥川がシナリオを書くにあたり選ばれた、聖者伝説というモチーフは、それだけで既に映画的であったということも出来よう。

「誘惑」をめぐる様々な引用は見過ごし難い。『日本に於ける公教会の復活』のバスチアンの神話性、聖書の誘惑や切支丹物と呼ばれる諸テクスト、「杜子春」や「西方の人」、「聖アントワヌの誘惑」や「ファウスト」など、あらゆる誘惑に纏わるプレテクストを引用して織り成されているのが、この「誘惑」なのである。引用とは、時間と空間を超えて結ばれる関係の発見であり、「誘惑」というテクストの中で、見えるものから見えざるものまで、その関係性は様々に緊密に再生していく。

5 「誘惑」にみられる映画技法

二つのシナリオに、果たして要約可能な〈筋〉は存在していた。物語性の放棄であるよりもむしろ、システム化された構築性をこのシナリオに見ることも出来よう。聖書を核としつつ、文学が繰り返し扱ってきた誘惑という神話原型を引用し、場面の反復により枠を象る構造をもつシナリオ「誘惑」は、ある意味「構造的美観」を有していよう。だが、「誘惑」の最大の魅力は、筋とイメージとのいずれを優先させるかという二分法を無効にする、一九二〇年代後半のシナリオ表現を採用した点である。

テクストには、明らかに〈映画的〉な手法がいくつかとられている。近景と遠景の同時使用が3に認められるが、顔や手、耳、足、舌など、特に身体的部位のクローズ・アップ（6、13、24、46、53、55、57、68、72）が特に多い。その一番のクライマックスは、

68

十字架をかざした「さん・せばすちあん」の手。

72

斜めに上から見おろした岩の上の「さん・せばすちあん」の顔。彼の顔は頰の上へ徐ろに涙を流しはじめる、力のない朝日の光の中に。

の場面であろう。

また、一齣の中でものを変化させるディゾルブ(15・19・30・44・46・54・60・65)の使用も特徴の一つである。[8] 六齣目、「仰向けになつた水夫の死に顔。突然その鼻の穴から尻つ尾の長い猿が一匹、顋の上に這い出して来る。が、あたりを見まわしたと思うと忽ち又鼻の穴の中へはいつてしまう。」や二四齣目「『さん・せばすちあん』の右の耳。耳たぶの中には樹木が一本累々と円い実をみのらせている。耳の穴の中は花の咲いた草原。草は皆そよ風に動いている。」、また五七齣目「半ば帽子のかげになった、目の鋭い船長の顔。船長は徐ろに舌を出して見せる。舌の上にはスフィンクスが一匹。」などは、メリエスなど、初期の映画のトリックショットに近い映像をイメージさせる。映像の流れよりも「映画の部分的ショットに分解された肉体の各部分のクローズアップによって」「そのひとつひとつに豊かな表現力をもたせる」生体力学的演出法と呼ばれる手法は、「誘惑」の第一の特徴といえよう。

さらに、双眼鏡から覗く場面も印象的に挿入されている。登場人物によって覗かれたり見られたりする場面を形成する手法は、ＰＯＶショットといわれている。一九〇二年アメリカバイオグラフ社の《おじいさんの虫眼鏡》や、フランスのパテ社《おばあさんの虫眼鏡》でよく知られた手法である。それ以前にも一九〇〇年《望遠鏡をのぞいて》、パテ社の《フロアーのぞき》一九〇四年など、インサート・ショットとして使用されることが多い。「〈神の目〉による一場面の分割に対して、〈人間の目〉すなわち映画対象である登場人物によって見られた視野が一場面を分割する」というこの方法は、「初期のＰＯＶショットが古典的システムのそれと異なっているのは、ＰＯＶショットがクレショフ効果的な意味的中立を保ちながら物語プロセスの心理的シフターとなるのではなく、意味的飽和のうちに不動の図的面として凍結するところにあることがわかる。」「一九二〇年代以降のＰＯＶショットは、むしろ映像の流れを推進しているが、……いかなる空間的連続も……欠いているために、クロース・アップによって後の時代には実現されるであろう空間の(イリュージョニズムに基づいた)意味的構成がここには存在せず、単なるエンブレーマになっている」[9]。「誘惑」にみられる覗きの場面は、その一変形と考えてよいだろう。

「誘惑」で多く使われる方法は、ものを変化させるオーヴァーラップや一齣の中でものを変化させるディゾルブである。

15

岩の上に落ちたパイプ。パイプは徐ろに酒を入れた「ふらすこ」の瓶に変つてしまう。のみならずその又「ふらすこ」の瓶も一きれの「花かすていら」に変ってしまう。最後にその「花かすていら」さえ今はもう食物ではない。そこには年の若い傾城が一人、艶しい膝を崩したまま、斜めに誰かの顔を見上げている。………

30

斜めに上から見おろした山みち。山みちには月の光の中に石ころが一つ転がつている。石ころは次第に石斧に変り、それから又短剣に変り、最後にピストルに変つてしまう。しかしそれももうピストルではない。いつか又もとのように唯の石ころに変つている。

60

月の光を受けた山中の風景。この風景はおのずから「磯ぎんちやく」の充満した、嶮しい岩むらに変つてしまう。空中に漂う海月の群。しかしそれも消えてしまい、あとには小さい地球が一つ広い暗の中にまわつている。

映画は、「欠性」を第一の特徴とする表現である。[10]一つの〈もの〉を写し、その意味を提出しながら、次の〈もの〉を矢継ぎ早に写すことで、意味の固定と流動のダイナミズムを演出する。「パイプ」から、酒を入れた「ふらすこ」、一きれの「花かすていら」、そして「年の若い傾城」への変化を通して世俗的なるものへの唆しを仄めかす。或いは、「石ころ」から「石斧」、「短剣」、そして「ピストル」へと変化していく像を通して、他者を痛める武器の進化を垣間見せる。この手法を通し、観る側の想像力を刺戟し、意味の欠如と補塡を繰り返し生成させていく。変わりゆくイメージをふんだんに取り入れることで、「誘惑」は、より映像性を高めているといえよう。そしてこれらの手法は、「普遍的方式」として世界各国で共通して採用された手法でもあった。

映画の再現モードが諸国の民族的伝統に従って展開したというよりは、かなり似かよった普遍的方式によって展開されたという事実である。
概して無声映画の時代（一九二〇年代末まで）に映画が世界言語であると見做されたのは、映画が単に聴覚的な言語を欠いた、視覚的に理解可能な言語であるという理由だけによるのではない。再現モードが諸国によって非常に異なることがなく、普遍的方式が採用されていたからでもある。[11]

一九二〇年代の後半にシナリオという表現方法を採用したことは、世界的な映画の時代の中で芥川文学を捉えることを可能にもする、重要な出来事であったのではないか。白黒映画が表現の「武器庫」をいっぱいにしていたこの時期、文学表現もまた多様に開いていたはずである。

《生体力学的演出法》それは肉体の各部分の動きをそれぞれ分離し、そのひとつひとつに豊かな表現力をもたせることのできる分析の原理だった。機械が世界の象徴となってきた時代に対応して、人間の肉体の各部分を機械の部品としてとらえる方法である。いうまでもなくこの方法は、映画の部分的ショットに分解された肉体の各部分のクローズアップによって、完璧な表現に到達したのである。更に、ルイ・デリュックが、画を通すことで魔力が加わり、目で見ているものとはちがうものになる「フォト・ジェニイ」ということを言い、その可能性は、シュール・レアリスム映画に継承されていった。

（佐々木基一「エイゼンシュタイン」『映像の芸術』講談社、一九九三・三）

以上のように見てくると「誘惑」は、「難解」で「不気味」というイメージを払拭する。難解さは、文字から絵（映像）へという動きが、大変な労力を使う作業だということにすぎないのではなかろうか。原作をもつ映画が、その原作と比較をすると見劣りがするのと同じように、文学は視覚的に劣勢であり、且逆に、曖昧が故に想像力への期待値は高くなる。「誘惑」が実際に映画化された時、如何なる効果をみせるのか不明だが、文字テクスト読後感ほどの「不気味さ」は醸し出されないと予想される。友田は「物語的回路の枠組みに絡めとられる以前」の「意味の解読以前にわれわれを襲う不気味さの直接性」と言うが、「不気味」とは「わからなさ」の恐怖からくる感覚であろう。大要の意味が透かして見える「誘惑」のわからなさ加減は、或意味で美しい。耳の中の草原や海底の海月の群れには、不気味さよりも結合の鮮やかさ、美しさがある。シナリオ表現であるゆえの、不気味さ、美しさ、不可解さをこそ享受すべきものであろう。

筋に価値を置くのではない映画への要求が盛んに行われるのは、欧米の映画や理論の紹介が盛んであったことを背景としていると思われる。「誘惑」が発表された一九二七年は、トーキー出現の二年前にあたる。一八九五年にリュミエール工場から出立したと言われる映画は、一九二一年に表現派の《カリガリ博士》を経過し、この当時の白黒の無声映画が「観客の意識の面」に投影するための「種々の処理方式をしまいこんだ武器庫」を満杯にした時期である。「思いがけない結合・目のさめるような裁断、これこそがモンタージュの醍醐味」というエイゼンシュタインのモンタージュ理論が既に定着し、また映像の詩的魔術であるフォトジェニーということが言われ始め、エプスタンなどを通して、シュルレアリスムの運動などにもつながっていく映画表現の可能性は、この時の無声で白黒という映像の特性により、見透かされたものである。これと連動し、二〇年代後半のこの時期は「シナリオはそれだけで一個の芸術でなければならぬ」とシナリオ独自の美的作用が唱えられ始めていた。それ故に、日本の文学場でも言葉の美的機能に敏感であった新感覚派の作家や詩人たちによる注目が認められている。そこには、クローズアップやディゾルブやリズムといった、体系化されない感覚への思い入れがあった。

「シナリオ」と書かれたことで、先ず映画の枠を自らつくりそこに当て嵌めてみようという積極的な読者もいれば、あくまでも書かれたものとして享受する正当な読者もいるであろう。一九二七（昭和二）年五月の「新潮合評会」で、シナリオを活字で発表する是非が主に論じられているのも、その為といえる。試みに全てのコマを絵に描いてみれば、黙読したときとはまた異なる印象が見えてきた。枠の意識も描くことで見えてきた構造であり、一コマでの変化や大写しなど映画表現を引用するその方法が顕著に伝わってくる。そして、逆にそうすることで落とされていったものは、流れであった。一コマは自立するかわりに、モンタージュの特質でもある筈の画面と画面のぶつかり合いが、殆ど見えなくなる。そして、ここで落とされていったものこそ、シナリオの言説の特性であり可能性だったのではないだろうか。

日本の歴史上の人物でありながら、西欧的な伝説を体現した人物として「さん・せばすちあん」が選ばれたこの

「誘惑」は、異文化をいかに日本的な小説の中に引用するのかという芥川文学の課題にかかわりつつ、映画的表現を如何に引用して小説の言語とするのかという試みでもある。二重の引用の交差の中に書かれたシナリオといえるであろう。

注

(1) 久保田正文『芥川龍之介・その二律背反』いれぶん出版、一九七六・八
(2) 石割透「浅草公園」『芥川龍之介研究』明治書院、一九八一・三
(3) 友田悦生「芥川龍之介と前衛芸術―シナリオ『誘惑』『浅草公園』をめぐって―」『立命館文学』一九九〇・七
(4) 三嶋譲「芥川龍之介のシナリオの位置」『福岡大学人文論叢』一九八〇・六
(5) 井上洋子「シナリオ「誘惑」の方法――芥川、フローベール、映画――」『近代文学論集』一九九五・一一
(6) 石割透「杜子春」『信州白樺』47・48合併号、一九八二
(7) 小松弘『起源の映画』青土社、一九九一・七
(8) 「黄金の卵」卵の中に悪魔の顔が現れ、その口から金貨が吐き出されているという場面を、「各々の場面(すなわちタブロー)の移行の際にディゾルヴを使用」と説明がある
(9) 注(7)に同じ
(10) 浅沼圭司「言語としての映画――最近の映画理論の問題点」『パイディア』(一九六八・夏)「一つのショットが欠性の性質をもつとすると、意味がより明確にされるためには、欠如した所が補充されねばならない。この補充は実際上は二つめのショットを接合することによって達成されるのだが、これは単に二つめのショットの付加という物質的な補充を意味するだけではない。本来欠如は想像的なものであるのだから、この付加は想像的なレヴェルでも行われるはずである。」「映像に固有の欠性である想像的なものは、その場所が補充されることによって、物語性への潜在的な要求を示し、既に一九世紀の段階で幾つかの作品の中で、付加するショットの機能が確認された。」
(11) 注(7)に同じ。

〈その他参考文献〉

吉村公三郎『映像の演出』岩波書店、一九七九・九
菊池弘・久保田芳太郎・関口安義編『芥川龍之介事典』明治書院、一九八一・三
神田由美子「芥川龍之介のシナリオ『浅草公園』について―『歯車』との関連から―」『文学・語学』一九七八・一〇
佐伯彰一『物語芸術論―谷崎・芥川・三島―』講談社、一九七九・八
エイゼンシュタイン『映画の弁証法』佐々木能理男訳、一九五三・九

映画雑誌の〈筋〉論争

1　先行研究

「「誘惑」はシナリオだね。二十余年経つた今日の専門家が大いに補削を施して物になるかどうか」とは、日夏耿之介の評である。(1) また、吉田精一は『湖南の扇』を評して「なほ十五年になつて執筆した「カルメン」（七月、文芸春秋）、「春の夜」（九月、同）の極めて短い小品以下、更に小説とはいひがたい六篇の小章に、幻覚的な二篇のシナリオ「誘惑」と「浅草公園」とがこの巻中に含まれてゐる。しかしそれらはあまり重要でない。単にそのあるものには火のやうな烈しさを、その他のあるものには無気味な幻覚をはらんでゐるといふにとゞ止めよう」(2)と、印象批評的な発言をするに止まる。このような中で、「誘惑」や「浅草公園」を積極的に評価したのは、久保田正文「最後のスタイル――芥川龍之介のシナリオについて」(3)である。「芥川龍之介がヨーロッパ二十世紀の新しい芸術運動や、その理論に、ねっしんな関心をもっていたことは当然なことでもある、明らかなことでもある。現に、「誘惑」のなかでは、〈表現派の絵に似た部屋〉のカットを指定している（三九齣）。ジャン・コクトオに関心をもっていたことは前述した」として、久保田は、「バレス以後の作家たちの仕事に興味を持つてゐる。」（「文芸的な、余りに文芸的な」）とする芥川の発言を加味しつつ、コクトオやジイドばかりではない。カンディンスキイにも、ピカソにも、ポール・ヴァレリイにも、芥川は関心をはらっている。

二十世紀に入っての、ヨーロッパの新しい芸術思潮は大正期に思いがけなく急速に、かつ、いきいきと日本へ入ってきてゐる。一九〇九年（明治四十二年）三月にはすでに、森鷗外によって発表されたばかりのマリネッティの「未来派宣言」全文が訳されて紹介されている。

民友社から大正五年に刊行された、吉野作造編輯『現代叢書、新芸術』はかなり大衆的に解説的な書物であるが、それにも未来派、立体派、コンポジショナリズム、悪魔的芸術などを紹介している。すぐつづいてダダイズム、シュール・レアリズム、ノイエ・ザハリヒカイト……と、第一次大戦後のアヴァンギャルド芸術思潮は、昭和初年までにはすべて輸入され、たちまちにまた昭和十年ころまでに征伐されてしまうのである。

と前衛芸術への近づきという視点から、大まかな文学史的位置づけを試みる。

美術にはじまったそれらの前衛芸術の理論は映画にも詩にも波及した。大正末年から昭和初年の新感覚派や新興芸術派の形で小説へも反響を見せたものであることも言うまでもない。当時輸入された前衛映画のリストをしらべれば、芥川龍之介の二つのシナリオの着想の偶然でない道すじが発見されるだろうとおもう。つまり、それら前衛芸術諸運動と、その理論や作品の多彩な活気ある受け容れのことをかんがえなくては、芥川龍之介のあの二つのシナリオの存在も正しく理解しえないだろう。

と、同時代の中でのシナリオ理解を見せる。そしてそれは、「危険な新しさ」であるともという。「もちろんそれはきわめて不安定に出発したばかりの、行く先も、効果もほとんど測定不可能なエスウプリ・ヌーボウにほかならなかった。芸術上の位置や性格の安定した作家は、濫りに手を出すことを避けるのを賢明としたにほかならぬ危険な新しさであった。」「たえず新しいスタイルを求めて進んだ芥川龍之介にとって、それは最後の危険に充ちた冒険のこころみであったと観ることが不可能ではない。」果たしてシナリオという試みは、「危険に充ちた冒険」であったのかどうか。また前衛芸術という前衛性と如何にかかわっているのであろう。

芥川のシナリオを、当時のシナリオ表現との関連で述べた先行研究に、三嶋譲と友田悦生がいる。三嶋は主に同時代の文学者によるシナリオ表現から、友田は主に当時の理論から裏付けていく。

三嶋は、「芥川龍之介のシナリオの位置」（『福岡大学人文論叢』一九八〇・六）において、大正末期から昭和初頭を、「いわば無声映画が最も成熟した時期」とする。「作品の輸入はしばらく遅れるのであるが、理論そのものの紹介は早かったようであり、この時期、日本でも映画雑誌の上で純粋映画、絶対映画の議論が盛んであった」と当時の状況を押さえ、「芸術性よりも興行的価値を最優先する風潮が一般的」な中、一九二六年に発表された衣笠貞之助監督の《狂った一頁》を、「ヨーロッパに対応すべき唯一の実験的試み」として提示する。「老船員の頭に去来する種々の幻想を軸としたこの『狂った一頁』は、短いショットの積みかさねとフラッシュバックの多用に見られるごとく、ドイツやフランス映画の技法や理論を下敷にした当時としては先駆的な作品であり、しかも、無字幕で通したという点でも、影像からのイメージのみを尊重する映画の純粋性の主張を眼目としたものであった。」

一方、この大正十五年は、文壇人の手になるシナリオが続出した年でもある。それ以前は、谷崎潤一郎の「蛇性の婬」（「鈴の音」大一一・二〜四）等数編のシナリオ、山本有三「雪」（『女性』大正一四・三）くらいのものであるが、この年になると、管見に入った限りでも川端康成「狂った一頁」（『映画時代』大正一五・七）、岸田國士「ゼンマイの戯れ」（『改造』大正一五・七）、畑耕一「木精―景物のみによる映画小品」（『映画時代』大正一五・八）、村山知義「女優（或ひは青年の劇場）」（『映画時代』大正一五・八～一二）と、文壇人のシナリオが次々に発表され、「文芸時代」は大正十五年十月号をあげて「特輯映画号」として稲垣足穂以下七人のシナリオを掲載している。昭和二年には佐藤春夫「春風馬堤図譜―蕪村の詩句によるシナリオ」（『中央公論』昭和二・三）が発表されるが、芥川の二篇のシナリオはそれらを承けた昭和二年四月の発表であることにまず留意すべきである。というのは、前に挙げたシナリオは、谷崎、川端のものを除いては上映を意図したものではなく、いわば文体の実験という色彩を強く帯びており、その方向は後に述べるように芥川のそれと一致しているからである。

このように並べられたシナリオを辿るとき、一九二七年の芥川のシナリオ執筆は、後追いという側面もあり、文学史的にも決して突出した新しい出来事であったわけではないことがよく理解される。『文芸時代』特輯映画号においで二十九人の文芸家に対して「シナリオは文芸作品として独立の価値を有し得るや」というアンケートを行っているが、三嶋によれば、その回答のほとんどが「有し得る」であり、その理由して「文章を通しての視覚的効果」を挙げているものが多いという。

シナリオが清新なる新人の詩の如く爽やかに、又見事な一様式として文芸の一組織的の存在を保つことは、蓋し遠いことではない。自分は書く気にならないが其等の新様式には自ら新しい文字と感触ある新文章を要することは勿論である。彼等は詩を約束として現はれるであらう。（ここにいふ詩は草花詩人の類ではない。）若しそれらのシナリオが可成に超シナリオ風なほど詩的なものであり、実演に効なきもので有り得ても、何らかの新しい詩を抱擁し表現もしてゐたら、詩として認めてもいいだらう。

室生犀星はこのように語り、萩原朔太郎も「芸術の映画化に就いて」(『中央公論』一九二五・六増刊号)や「映画漫談」(『文芸春秋』一九二五・七)など、盛んにシナリオ表現の可能性を語っている。「犀星のシナリオ論がむしろ芥川の影響下に成立したことが窺われる」ことを指摘した上で、「この時期の芥川の交友関係からして、芥川、犀星、朔太郎の三者の映画観、シナリオ観は互いに影響しあっていると推察できる」とする。いずれにせよ、「新感覚派、犀星、朔太郎とその受け止め方に多少の違いは見られるにせよ、影像による内部の表現という新しい芸術ジャンルの出現に対する新鮮な驚きと、それを導入することによる文学表現の革新への期待は共通してあったわけであり、文壇人によるシナリオの試作の続出もそういう意味で理解すべきであろう」と、「文学表現の革新への期待」においてシナリオを捉えた芥川の文学史的位置付けは正鵠を射ていると思われる。

一方、友田悦生「芥川龍之介と前衛芸術――シナリオ「誘惑」「浅草公園」をめぐって[4]」は、「芥川がシナリオ形式の表現を発想できたのは、ひとつには芥川自身が「詩的精神」や「『話』らしい話のない小説」といった理念をもっていたからにちがいないが、いまひとつには、当時の映画表現や映画理論が芥川を刺激したからであろう」として、専ら映画理論の側から位置づけていく。

ここでも同じように、演劇に引きずられる形で存在していた日本映画が、芸術的に自立した映画を目指す過程にシナリオの要請があったことを踏まえ、『活動之世界』が一九一七(大六)年七月号および翌年四月号において脚本研究の特集を編んだのは、映画を演劇の複写の段階から自立させるためには、すぐれたシナリオが必要であるという卓見からである。そうした気運のなかで日本映画史上、シナリオに基づいて製作された最初の作品は、帰山教正の「生の輝き」(大七製作)である。」とする。演劇からの遠ざかりという観点でこの《生の輝き》を評価し、「たとえ「生の輝き」がなお演劇的な〈筋〉を前提していたとしても、その〈筋〉を、声色や活弁を排して映像技法（大写しや場面転換）によって表現しようとする試みがあってこそ、映像表現と演劇との差異がより明瞭化されうる」「映画的形式と演劇的内容との不整合性の確認こそが、映画のあるべき姿を予想させえたのだし、またその不整合性の確認のためには、なにはさておき活弁や声色を能うかぎり排除して、映画としての形式をとってみること、つまり「形式上の改革」を行うことが必要だったのである。」それを踏まえて、《狂った一頁》（「ある精神病院を舞台に、孤独のあまり発狂して入院した妻と、その妻を見守るために小使いとして住み込みで働く元船員の老人、そして縁談のもちあがっているこの老夫婦の娘とをめぐって展開」）との差異をさらに確認していく。

「狂った一頁」がたとえば「生の輝き」に比して決定的にすぐれているといえるのは、衣笠の映画作法が、映画という表現媒体の本質に的中していたからである。そこでは、ロング・ショットやクローズ・アップ等によって描き出される個々の映像のもつ衝撃性と、それらのモンタージュによって生成するところのイメージの直接性こそが重要なのであって、〈筋〉はそのためのいわば道具立てに過ぎない。つまり〈筋〉は、映画を構成する諸々の要素を統括し、規制する原理ではなく、諸要素のうちでも二次的な一要素たるにすぎないのである。

ところで注目すべきは、すでに述べたように、こうした映画人の努力、映像を〈筋〉や概念的な思想などから解放しようとする努力の過程においてのみ、シナリオが要請されたという事実である。シナリオのそもそもの出自は、セリフを決定的な要素とする演劇から、映画が自立せねばならないという要請に存するのであり、シナリオ表現の特殊性もそこに由来する。すなわち、その特殊性とは、それ自体言語表現でありながら、言語への依存から脱却しようとする映画に規制されているという点である。換言すれば、シナリオは、言語表現のもつ便宜をみずから禁じた言語表現であるということになる。

視覚的イメージが〈筋〉から自立する傾向を持ちうるという特性、あるいは〈筋〉に帰属しきらない余剰なものを豊かに表現できるという映画の特性を、「拊笑談」を書いた頃の芥川はまだ積極的なものとして把握していない。しかし「詩的精神」を重視し、「『話』らしい話のない小説」を提唱しはじめた最晩年の芥川にとって、そうした映画表現の特性が、注目に値するものとして把えなおされたであろうことは容易に想像がつく。

そして、ベラ・バラージュの、「同時に芯であり外皮」であるような「表面芸術」としての映画、あるいは「良い映画はそもそも〈内容〉を持たない」（『視覚的人間』）や、チャットマンの「支配的な様式は呈示であり、明言ではない。映画は『これが状況である』とは言わずに、ただ状況を見せるだけなのである」(5)といった映画の特徴的な性格を支柱とし、「『文学的能力』には手の届かない『映画的雰囲気』を、撮影台本というかたちで映画と共有しようとする」ところに、シナリオ表現の「文体実験としての意義」を見出している。そして、「芥川のこうした前衛的な芸術観の背後には、当時生起していた未曾有の大衆文化状況のなかでの危機感が横たわっていると思われる。〈筋〉を通俗的であると規定する芥川の口吻は、文学表現から刺や毒を抜いた上で受容しようとする大衆文化への批判でもあろう」と結論付けている。

三嶋、友田いずれも、〈わかりやすさ〉という保守的なエクリチュールからの脱却という点で共通性を見せながら、三嶋は、同時代的に共通するシナリオから、芥川のシナリオが際立って前衛的であり、シュルレアリスムへ繋がる新しさに導き、友田は「通俗的興味」を除去することで大衆文化批判をなしえるという視点において芥川のシナリオを把握する。だが、ここに今までは顧みられてこなかった映画雑誌の言説を辿る必要がないか。友田は先に、

「芥川がシナリオ形式の表現を発想できたのは、ひとつには芥川自身が『詩的精神』や『「話」らしい話のない小説』といった理念をもっていたからにちがいないが」という前提を述べているが、むしろ事態は逆で、芥川がシナリオ形式の表現を発想できたからこそ、「『話』らしい話のない小説」といった理念をもつに至ったと考えることも可能だからである。

2　《嘆きのピエロ》と《シラノ》――映画の〈筋〉論争

一九二〇年代はじめに、《プラーグの大学生》及び《カリガリ博士》といったドイツ映画が純映画劇運動を促進させたのであれば、一九二〇年代半ばから、フランスを中心とした映画に〈詩〉を見出す動きが活発となった。その契機となったのは、《嘆きのピエロ》(6)や《巴里の女性》《キイン》(7)といった映画の登場であった。

これらストーリーを説明すると他愛もない映画は、しかし、フラッシュバックやモンタージュなど当時新鮮であった映画技法が満載であり、それ故に当時大きな話題となった経緯がある。例えば、森岩雄が飯島正に宛てた、「君が病気で寝てゐる間に、随分沢山の映画が輸入され、製作されましたが、その中でどうかして君に見せて上げたいと思ったものは、チャツプリンの『巴里の女性』とカトランの『嘆きのピエロ』の二つです」と始まる文章がある。「ふたりが昔のことを思ふ場面の美しさ、雪が降つてゐる中を、神に祝福を願ふ場面のやはらかさ、さうですね、ラファエロのなごやかさとでも評すべきでせうか。」「一寸法師、口上言ひ、道化、そんな連中が、烈しいフラジュ、バツクになつて強い弱い、悲しい嬉しい音を、主人公の運命をとりまいて奏してゐるのです。」「早く言ってみれば、強い而し清い愛情を、サーカスのめまぐるしい刺激の中に太く一本線を貫いたといふのが、この『嘆き

嘆きのピエロ “La Galerie des Monstres” 1924

キーン “Kean” 1923

のピエロ』の値打ちだと思ひます。だから、少し位の筋の無理や欠点はこの大きな力の為にみんなけし飛んで了ふかのやうに思はれるのです。まことに此の映画の中に、我々人間の魂を最も美化した詩を認めずには居られません。人間のもつ『詩』を、映画の形に表現した力作中の力作です。」「さぞ、君の寝床のまわりには美しい映画のきれぎれの夢が訪れては来、訪れては去ることでせう。さるにしても、その夢の中に、此のカトランの『嘆きのピエロ』を加へることの出来ないのを、深くは君と共に悲しみます。」（「嘆きのピエロ——飯島正兄に——」）とあり、この映画の登場を晴れ晴れと迎え入れている様が読み取れる。

また、『キネマ旬報』（一九二五・八・一一）には、全田健吉が、「我映画界においてあの『キーン』或は『嘆きのピエロ』の踊りのシーンのフラッシュバックが最早こんなに問題となつたといふ事は何といふ嬉しい事であらう。いやそれよりフランスにあの映画が製作されたといふ事は何といふ有難さであらう。」「顔―脚―衣服―顔人人人―目―顔―人―実際何といふスバラシサであつたらう、私は驚いた。実際夢のやうな話だつたから。長い〳〵以前から空想として抱いてゐた自分ののぞみが突然目の前で実現されてゐるのだもの。」（「造形交響楽といふ言葉——」）と書いている。封切りされてから半年以上はたっているこの時においても、映画が大変話題になっていたことがよく伝わってくる。

《巴里の女性》についても、「我々は一刻も早く、この悪弊から去って真の映画芸術の完成を期さなければならない。此処に於て私はその真の映画芸術家としてチャップリンを挙げ、真の映画芸術をして『巴里の女性』を引合いにださねばならぬのである[8]」と述べられる。一九二五（大正一四）年二月十一日号に、「『巴里の女性』への非難」を『キネマ旬報』に書いた奥好晨という人物へは、三月一日号に「百八十五号で、奥とか云ふ人が巴里の女性への非難を発表してゐられるのをみました。私は「不朽の傑作と誉められると鳥渡不服である」の一節は同感ですが其他は全部取消を願ひたいと思ふのです。」「『巴里の女』を丁寧にみてやつて下さい。……略……確にエポック・メーキングな映画だつたと信じます。それは映画芸術の産声でした[9]」と早々の反応があり、その後も、「全体の構成から見て少しのむだ石のない名映画「巴里の女性」の如き、もう其処には、原作は？　監督は？　セットは？　ローカルカラーは？　などゝ云ふ問題はないのである。よし少しの欠点が見出されるとしても、それを云はないのが見て評する人の見識と云ふものである」（清岡ほのじ「時世御映画談義」一九二五・四・二二）など、賞賛の声が続いている。

散りゆく花 "Broken Blossom" 1919

ドイツ映画により純映画劇運動を促進させたその後、一九二〇年代半ば、今度はフランスを中心とした映画の風が吹いたと言えよう[10]。この頃の映画雑誌には、軒並みこれらの映画への情熱的な賛歌が認められる。このような映画ファンの現象に対しては、十誠を見て、あの度見るのもつ力強さはどうだすばらしいもんだ、豪放にして繊細なる手腕を有する彼を見よ。なんて有頂天になつてる男がある。この男は「バグダッドの盗賊」を見て、ダグラスの演技に酔つたと自称する男である。しかも、彼は「巴里の女性」をわいわい言つて誉め「キーン」に驚き、さては「嘆きのピエロー」がよいと聞けばそれを見て俺は涙を流したといふ。うるしの木にまけたりする様に、この男は評判といふものにまけてゐるのである。そしてまたなんと、この評判まけ病に罹ってるファンの多いことよ、だ。

（迷魔霊「あまのさへずり」『キネマ旬報』一九二五・四・一一）

などと、「評判負け」なる表現によって苦言が呈されるまでに至っている。評判の大きさを物語る挿話にもなろう。これらの熱狂的な受け入れは、特に『キネマ旬報』で盛んであるのだが、その理由として「未来のフランス文学者たる旬報誌の大家が讃賛して止まないのを読んだりして、私もフランス文学を専攻してゐる学生として、負けない心算で見に行った」（『キネマ旬報』一九二五・三・一）など、当時のフランス映画理論を積極的に紹介していた性格にも拠るのであろう。その中心となるのは、〈映画詩〉という概念であった。

恐らく幾歳の後、あらゆる芸術家が動き行く絵によつて表現された「詩」と「美」の前に跪く時が来るであらう。そして、やがては映画劇に幾多の天才が輩出すると相並んで……略……卓越した詩人が現はれて、或は自然の美を歌ひ、或は恋愛を賛美し、或は悪魔の如き呪詛を唱へ、或は理想を説き、或は民衆の為に絶叫するであらう。

（森岩雄「活動写真芸術の過去現在未来」『活動倶楽部』に連載）

映画が総合芸術だとされてゐればゐる丈いよいよに映画詩の出現は要求されねばならないでせう。絵画の美しいところも音楽の霊妙さも詩の信仰もそれら皆が完全に綜合されたものありとせばそれは映画詩に待たれるべきでせう。

（久保田たつを「映画詩へのプレリュウド」『キネマ旬報』一九二五・四・二一）

シナリオといふものが、画面の連続といふものが、唯筋を運ぶために存すると妄想した時代はすぎて、今やそれは亦躍動する霊の内面を最も有効に表現する手段になつてゐるのである。「巴里の女」が恐らく永久に私達の研究の尽きない泉であるのはこの意味である。

（岩崎秋良「盾の一面」『映画往来』一九二五・三）

一九二五年以来、「躍動する霊の内面を最も有効に表現する手段」など、〈詩〉とは、内容に属するものではなく一つの方法意識であり、それが保守的な方法では為しえないという新しさと共に映画詩という発想が誌上に噴出してくる。「時代はすぎて」という言い方からは、その新時代性を意識しての発言であることがよくわかる。そしてその新しさを「純粋」や「芸術的」と把握するのである。その時に、最も先頭に排斥されていくのは、〈ストーリー〉〈筋〉であった。当時の輸入映画の中で、チャップリンの《巴里の女性》やヴォルコフの《キーン》、また《嘆きのピエロ》といったこれらの映画が非常に話題を呼んだこと、それがフラッシュ・バックやクローズ・アップの多用や、影のみによるショットなど表現技術に纏わる賛辞として熱を帯びたこと、筋を出来るだけ排して、「純粋」に「芸術的」なフィルムとして位置づけていく道筋などがこの時代の新しさとしてあった。チヤツプリンの《巴里の女性》に関しても、「あれを見た人達は皆、映画芸術創まつて以来の傑作として口を極めて推賞してゐる。だが、それは一体ストーリーのためだろうか。『巴里の女性』の概要だけでも読んで見た人は、知つてゐる。何の変哲もない平凡なストーリーである」(11)と、ストーリー、筋ではないところに価値をおく言説が映画雑誌の中に頻出してくる。逆に言うのであれば、このストーリー排斥の論理が、筋と映像という二分法によるものであったとしても、当時映画がそのように把握されていくしかなかった映画をめぐる状況というものが、これらの一連の流れから明確化されてくるとも言える。

このような時代の中で、芥川の「拊掌談」(12)に書かれた以下の文章は、どのように解釈されるであろうか。

キーンと嘆きのピエロ

最近輸入された有名な映画だと云ふ『キーン』と『嘆きのピエロ』の筋を聞いた。筋としてはキーンの方が小説らしくもあり、面白いとも思ふ。大抵の男はキーンの様な位置には割になれ易いものである。大ていの女は、キーンの相手の伯爵夫人の様な境遇には置かれ易いものである。嘆きのピエロ夫妻の様な位置には、大抵の人達は、一生に一度もなり憎い事である。まして虎に咬みつかれる様な事は、自分々々の一生を考へてみた所、一寸ありさうもないではないか。これが若し虎ぢやなしに、犬だつたら兎に角。

この発言からは、筋に拘泥した映画の保守的な見方が提示され、映画雑誌などでは即時に糾弾されそうな発言を認めるしかない。勿論ここでの趣旨は、映画それ自体の評価というよりも、人の一生の「境遇」に注意が向けられているのであり、確かに《嘆きのピエロ》のクライマックス、虎(実際の映画ではライオン)に嚙まれる可能性はいたって低く、荒唐無稽である。皮肉めいたオチをつけたこの文章は、その意味で特に問題視されるほどのものでもない。だが、話題の二作に触れ、しかもこの二作は、日本の映画の時代の中では一部の反応とはいえ、《カリガリ博士》などに次ぐ転換期の映画だったのであり、既に〈詩〉の体現としての新しい映画という象徴であった以上、貴重な発言といえよう。

この時、芥川がまだ映画を見ていないという立場は非常に重要ではないか。確認は出来ないものの、この後これらの映画を見たと仮定する場合、筋の面白さや整合性を、果たして映画の中から見ようとするだろうか。むしろ、筋は取るに足らないものであるにも拘らず、これだけの話題となった諸要素に、否が応でも意識的にならざるを得なかったのではないか。筋に拘泥するこの文章からは、映画における筋ではないもの、映像詩と解釈されるその可能性をはっきりと意識したであろうことが予想され、その意味で非常に重要になると考えられる。

芥川は、一体誰からこれらの映画の情報を得たのであろうか。この疑問は、固有名を挙げる興味・関心ゆえではなく、〈筋〉〈ストーリー〉という共通の関心のもとに文芸と映画がいかにジャンルを越境するのか／しないのかを考える上で意味がある。「拊掌談」の発表は、『文芸時報』第一号（一九二五・一一・二〇）から六号（一九二六・二・六）まで五回に渡り連載されている。この「キーンと嘆きのピエロ」は、第二号（一九二五・一二・五）掲載分である。実際の映画上映期間とは時差が生じている。この時差の間には、興味深い一つの〈筋〉論争が行われていた。

　　五月号の「演劇新潮」に山本有三氏が映画にストーリーのないことを非難して居る。恐らく氏の見た評判の映画と言ふものは「巴里の女性」「嘆きのピエロ」「キーン」等であらうと思ふ。成程この三映画のストーリーは決して優れたものではない。……略……然し彼等にストーリーがないとて、それを非難するのは全然小説家、戯曲家的偏見である。……略……映画のストーリーが勝れて居なくともその映画の芸術的価値は少しも変らない。映画は味と香とかいふものの表現を可なりの程度に於いて重要視するものである。感覚、情緒の描写こそ映画の開拓すべき方面である。これこそ映画芸術の独立を宣言するものである。

との発言が映画雑誌誌上に見受けられるのだ。先の三嶋にも指摘があったが、山本有三は、『女性』にシナリオ

「雪」（『女性』一九二五・三）を発表していた。この「雪」に対しては、「雑誌『女性』三月号に山本有三氏の『雪』と題する一編の映画シナリオがのつてゐる。どうしてもステージでは表現できぬものをスクリーン上に現したいといふ積りで作られたといふ。私は此を読んで大変おもしろいと思つた。映画には近代的の Exaggerate な味がある。それをよく利用した点に於て。受ける、受けないは扨おき誠にこんなものをやつて呉れる映画会社が一つ位はあつてもよからうと思ふ」[13]という評もあったが、既に実作をした上での山本の〈ストーリー〉拘泥への批判だったわけである。さらにこの一九二五年の『新潮』六月号、あるいは『文芸日本』六月号において、菊池寛が映画について語り、その第一としてストーリー展開の豊かな《シラノ・ド・ベルジュラック》を挙げた。それに対し、

「つまり筋の面白さなんだからね」
「此映画には文学的価値がないよ」
是は文士連中の言葉である。一体文士と云ふ連中は（名を指すのは可哀想だからしない。だが映画に嘴を入れるやうな奴は皆だと思へばいゝ。）何でも一応は知つた振りをして見たいらしい。

と、手厳しい批評が加えられている。そして映画雑誌と文芸誌上において、ストーリーとそれ以外のどちらに映画的価値を置くかという論争が起きている。

彼等には只筋の面白さしか判らない。彼等は小説と映画の、劇と映画の本質的差異が判つて居ない。何とか云ふ会が出来て、文士連中がシナリオを書くさうだ。多分間違ひもなく、筋の面白い、小説のやうな映画を見せて呉れるであらう。そして恐らく彼等はミレーの画や、リストの音楽にも文学的価値や筋の面白さを要求す

ることを忘れないであらう。……彼等が「巴里の女性」や「キーン」や「嘆きのピエロ」の好さが判らないで「シラノ」なんかに感心する理由も判る。彼等には「シラノ」とか「過去からの呼声」や「血と砂」の面白さなら判るだらう。筋の面白さが、そうだ、文学的価値だ。……略……雑誌に例へたら「巴里の女性」や「嘆きのピエロ」は新潮や文学時代で「シラノ」や「キックイン」は講談倶楽部、もう少しよく苦楽位のものだ。しかし純文芸が筋の面白さばかりで行かないやうに、映画も「シラノ」や「モンナヴァンナ」みたいなものを作つて居るばかりでは困るのである。

（不二生「文士放逐」『キネマ旬報』一九二五・七・一二）

『不同調』の創刊号で吉屋信子つて人が、菊池さんのメイ批評にすつかり感心しりやって万丈の気炎を吐いて尚止まない気勢を示してゐて呉れるのである。——やい嘆きのピエロなんてつまンないぞ。広津和郎先生が、あれが好きでないつて云つたからつて、誰か、それはすれつからしだからつて云つたさうだが、実にけしからんたらない、さういふ貴方たちこそ、きつと甘たるくて、そのくせすれつからしに相違ない——。

そればかりぢやない吉屋さんはこの他に、つまり「キイン」や「嘆きのピエロ」なんて実にくだらない、だが「シラノ」丈は全くよかつた。と云へ、そして尚「ホワイト・シスタア」はもつと素晴らしいもんだつたと云つてゐる。

（久保田たつを「愚談春秋」『キネマ旬報』一九二五・八・一）

など、映画人対文士という構図で、糾弾が続く。一方、恐らく「文士と云ふ連中」の筆頭であろう菊池寛は、続けて「文芸の映画化未し」（『中央公論』一九二五・七臨増）で「よき脚本なくして、よき演劇なきが如く、よきストリイなくして、よき映画あらんやだ、シラノ・ド・ベルジユラツク映画の価値が、結局、ロスタンに負ふところ多きが如く、文芸なくして、映画なしと云つてもよいだらう」と、《シラノ》を同じく例に引き、文芸の、つまり〈スト

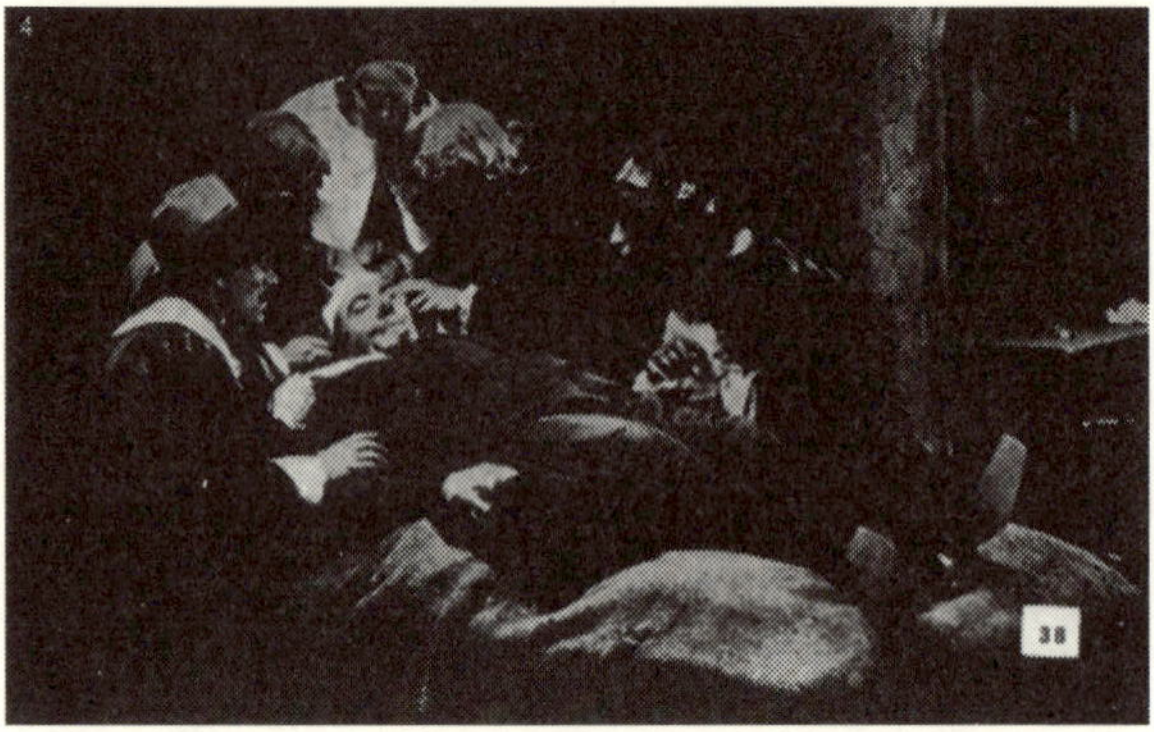

シラノ・ド・ベルジュラック “Gyran′de Bergerac” 1923

ーリー〉の優先を主張し続ける。それに対し、「文士歓迎。」と冒頭に掲げ、「やつと映画に目覚めかけて来た彼等文士が少しでも多くの映画に接してその講談倶楽部の頭がヴォルコフやチャップリンの偉さを多少なりと理解する様になればそれでいゝ、それでいゝのだ。」（里見たけを「緑陰雑記」『キネマ旬報』一九二五・八・一一）とあくまでも文士の映画的劣性を含んでの応酬がある。文芸雑誌、映画雑誌の両者の間で、《シラノ》か、《キイン》（《嘆きのピエロ》《巴里の女性》）か、という構図において、ストーリーか否かの論戦が展開されていたのである。

3 映画詩とシナリオ

「drama ではなく、寧ろ mood であり、humour であり、modernity である」[14]というように、〈ストーリー〉ではない映画を論理的に支えるのは、それら「mood であり、humour であり、modernity」を映す映像技術に関わるものとならざるを得ない。久保田たつを「映画詩へのプレリュウド」（『キネマ旬報』一九二五・四・二一）においても「筋を運ぶ為につひやされる努力はそれ以上にもつと必要な方面即ちカット・バックとかクロオズ・アップとかフラッシュとか云ふ映画のもつ最も有力な方面にそそがれねばなりません」と、具体的な方法が提示されてくる。

《キーン》の中でももっとも人々の目（心）を奪ったのは、恋に躓き自棄となったキーンが酒場に乱舞するシーンである。「異常なるテクニック」と言われる「乱舞する人々の顔、脚、打震ふ酒びんのカットが繰り返される。そのカットは、次第に急速の度を加へる。次第に激しく急速になる。われわれはキーンとともに狂熱化し、昂奮を感じる」というフラッシュ・バックの手法である。それと共に、特にクローズ・アップやモンタージュという方法意識も取り挙げられていく。

エイゼンシュテインは、「映画はモンタージュである」として、映画が、ただ場面の積み重ねによって出来るのではなく、その画面と画面のぶつかりによって生じる効果を生み出すものだとし「衝撃のモンタージュ」「相剋のモンタージュ」という言葉を使った。《ストライキ》や《戦艦ポチョムキン》を創作し、モンタージュが、「対話・ダイアローグの発展と同じ生成発展の法則」をもっと主張し、ここから、方法的な多くの成果・収穫を得ることになった。「詩が形容で成り立つのは組み合わせ、連結のおもしろさが、詩の要諦だということ」で、「思いがけない結合・目のさめるような裁断、これこそがモンタージュの醍醐味」であると言っている。クレショフの実験で馴染みのように、モジューヒンの顔のアップと、それとは全く無関係のオブジェの組み合わせにより、その表情にその度に意味が与えられていった。というよりもむしろ、観客が意味のない顔のクローズ・アップから、恣意的に意味を紡くことを行ったといえる。互に異なる三つの解釈を可能にさせたのは、他ならぬ「その表情のあいまいさ《アンビキュイテ》」だった故ということになる。そして、バラージュの、「クローズ・アップという顔の大写しは、人間の微細な表情をとらえるが、これが、人間の深奥な感情をとらえるのではないか」、「カメラほど主観的なものはない」といった主張が為されていく。

映画の主観性は、しかし逆説的には意味的な中性性に依拠している。「意味的に中性なものとして捉えられたショットの結合の法則性の探究が、モンタージュ理論の根本的な目的であった。対象の側にも、主観の側にもなく、映像自体に内在すべき結合原理が、客観的、普遍的なものであるべきことは、言を俟たないからである。」[15] そして、このような特質を映画の本質と仮に据え、「もしも、与えられた現実に対して映像の造型性とモンタージュとがつけ加えることのできるすべてのものの中に、映画芸術の本質があるとするならば、サイレント映画は完全な芸術であるだろう。音はせいぜい、視覚的な映像の随伴旋律として、従属的、補足的な役割をしか演ずることができないだろう(16)」と、一九二〇年代後半のサイレント白黒映画の位置付けが為された。

要約しよう。映画は、モンタージュの種々の方策によるのと同様に、映像の造形的内容によっても、表現された出来事についての自らの解釈を観客におしつけるために、種々の処理方式をしまいこんだ武器庫を残らず自由に使用するができる。サイレント映画の終りの時期には、この武器庫は一杯になっていたと考えることができよう。……

このサイレント映画の終わりの時期に表現の武器庫から開かれたのが、《キーン》であり、《巴里の女性》であったということになろう。それらの映画の画面から立ち現れる主観的な印象である不可思議な像は、映画の魔力、「フォト・ジェニイ」と呼ばれた。ルイ・デリュックやジャン・エプスタンなどフランスの映画理論の紹介は、映画雑誌上で当時旺盛に行われ、日本の映画ファンを理論的に後押しすることとなる。

《生体力学的演出法》それは肉体の各部分の動きをそれぞれ分離し、そのひとつひとつに豊かな表現力をもたせることのできる分析の原理だった。機械が世界の象徴となってきた時代に対応して、人間の肉体の各部分を機械の部品としてとらえる方法である。いうまでもなくこの方法は、映画の部分的ショットに分解された肉体の各部分のクローズアップによって、完璧な表現に到達したのである。更に、ルイ・デリュックが、画を通すことで魔力が加わり、目で見ているものとはちがうものになる「フォト・ジェニイ」ということを言い、その可能性は、シュール・レアリスム映画に継承されていった[17]。

このように、映画に〈ストーリー〉以外の魅力を発見した日本の映画人もまた、一九二〇年代から三〇年代にかけてのモダニズムやシュルレアリスムの運動へと連なる可能性を垣間見ていた。『映画往来』（一九二五・七）には、細井真吉によるジャン・エプスタンの「夢と現実」が細井自身の注解とともに訳出されている。

映画の将来は何人も予見し得ない。不可解なものである。映画は未だその全能力を知られて居ない潜勢的一勢力である。そして従来その力の無限小の部分のみしか用いられなかつたのである。さりながら私は　明日の映画がそれを組み立てる数々の映像の如くに短いものになるだらうと思つてゐる。視覚的詩（訳者注、映画詩）は勝利を得べき大なる機会を持つて居る。映画は映画的隠喩法の連続せるものとならう。……五年もたたない中に映画詩が書かれるやうになり、種々なる映像は認識作用の辿るべき一つの糸にさした各の数珠玉の如くに描かれるであらう。……エプスタンはこの意見で見られる通り、頗る新らしい意見を持つた監督者である。その理想とするシナリオの如き、ストーリーとは言ひ得ないものである。即ちイマージのみの連続だけで映画の成り立つことを宣言して居る。フラツシュ・バツクやクローズ・アップ等の映画の技巧を極度に発揮さして、そこに一つの視覚のみに訴へる所謂フォトジエニーを完成せんとするのである。

独逸表現主義映画がそうであったように、ここでも映画と文学の共犯がみられる。ルイス・ブニュエルは、「詩と映画」（講演）において、「映画は、ポエジーのなかにあれほど深く根を下ろしている潜在意識の世界を表現するために発明されたもののように思える。……誰ひとりあるがままに事物を見るものはいなくて、自分の欲望や精神状態がそれをそう見させるようにしか見えないものだからである。……小説家は（映画作家は、といっても同じである）、真実の社会関係の忠実な絵画を通して、こうした関係の本質についての因襲的なイメージをうちこわし、ブルジョア世界のオプティミズムを動揺させ、読者をして既成秩序の永続性を疑わざるをえないようにしたとき、たとえ彼が直接に一つの結論をわれわれの前にさし出してみせなくとも、またはっきりとした態度決定をみせなくとも、立派に任務をはたしたことになるだろう。[18]」と述べる。筋にからめとられることなく、見ている側の想像力を当てにするという印象は、〈詩〉と結びつく。飯島正もまた、

一九二〇年代の後半期（昭和初期）映画は当時まだ無声だった。つまりイメージだけが映画を成立させていた。ぼくはフランスの映画の本を読んで、映画だけに見られるイメージの美しさを「フォトジェニー」といい、映画の画面が別の画面にかわる、つまりぼくが前からいっていた「場面転換」のしかたから生じる「リズム」を、「映画のリズム」と呼び、この二つのものが、映画の本質であることを確認した。いいかえればイメージは映画の「言葉のような」ものだ。一方、フランスの前衛詩人の詩が読者に、映画のイメージをおもわせる点に気がついた。……略……映画にイメージの詩があれば、詩には言葉のイメージがある。[19]

と、映画と詩の関係を述べる。そして、映画と結びついた詩は、映画詩という新しい形式を要請する。

ドラマから解放されて最早殆どそこにはハントルング――筋、行為――が影を潜め、たゞ絵画流動が、場面疾走が、一刹那のある相――情調――の把握から時代の大きな懊悩を、進んでは人類の永遠に繰り返される悲

劇を、演繹しようとするスケッチであります。
より映画的な映画であればあるだけ、……シナリオライタアとキャメラマンがより力強く映画を規定し、監督と俳優はその実現者、レアリザトウール、に過ぎないのであると思ひます。／シナリオ・ライタア——と云ふ名が機械工めいた語感を持つなら、映画詩人、フイルム・ディヒタア、とでも——の心に内在する一つの詩、その詩の映画的な表現、それが映画詩です。
（放浪児「映画詩」『キネマ旬報』一九二七・一・一）

このようにして、〈ストーリー〉ではないものへの希求は、映像表現を理論として組み込みながら、映画詩・シナリオを求めることに繋がっていった。また、同じ映画人同士でも『映画往来』において「描写」を中心とした川口松太郎と森岩雄との論争も行われている。八尋不二は、その論争に横槍を入れるかたちで、川口松太郎に対し「氏は『映画と音楽。比較するのさへ既に間違ひである』と断定した。」「だが同時に『文学と映画。比較するさへ——』と云つたら何です。」「貴方はすべての小説家、若しくは其卵の例に洩れず頑強に文学に獅噛みついて居られる」「更に貴方は「シナリオを活字に組む事は馬鹿の骨頂である」と言ひましたね。……だがシナリオはそれだけで一個の芸術でなければならぬ。たゞ小説や戯曲よりも、遥かに勝れた想像の飛躍を必要とするだけだ[20]」として、文学に獅噛みつく姿勢を糾弾する。映画の自立的価値の推奨とシナリオの要請と直結していく問題意識がここにみられる。ストーリーの排斥は、逆説的に、詩的なシナリオというものを要求することになる。「シナリオはそれだけで一個の芸術でなければならぬ」という不二の発言は、文字から映像へという流れを逆転させた。映像からシナリオへという認識の変換を見事に言い当てたといえるであろう。

日本の文学場においてもシナリオの時代が訪れようとしていた。「僕の意図してゐるシナリオは……略……純粋に独立した文学的のものである。独立した文学といふ意味は、それが映画に附属する下書様のものでなく、それ自身で完成された文学であり、且つその文学自身の中に、一巻の映画をイメーヂさせる種類のものを意味するのである」[21]とした萩原朔太郎は、その先例として芥川のシナリオ「浅草公園」を挙げていた。芥川の試みたシナリオは、映画詩の中に組みまれていく発想のものであったことになる。

4　日本とフランスの雑誌のシナリオ

川口松太郎による「故芥川龍之介映画を語る」(『映画時代』一九二七・一〇)なる記事が、新岩波全集十三巻月報に収録されている。「なくなられる二週間程前の事」、つまり一九二七年七月中の頃という話だが、文芸作品の映画化について、菊池寛、泉鏡花、夏目漱石などの名を挙げて話したこと、芥川作品の映画化について、「開化の殺人」「杜子春」を松竹が撮ろうとしたこと、原作料二百円では安すぎると菊池寛がそれを断ったこと、また途中で室生犀星がやってきて、犀星が『どんなストオリイでも映画にならないものはない』と言うのに対して、「芥川氏が映画的なものと、さうでないものとの簡単な議論をした事をおぼえてゐる」という内容を載せる。この中で最も注意を引くのは、ストーリーを話題としている点である。「話の面白みはあまり主でなくなつてゐるらしいね、この頃の活動写真は……」という芥川の問いかけに、「理論としてはさうですけれど、実際にそこまで行くのには相当の時間がありませう」「理論としても僕はストオリイを可成り重要視する方です」と川口が答えたのに対し、「ストオリイを重要視するのはこの頃の映画人ぢやないよ」「映画雑誌を見ると直ぐ判るぢやないですか」と芥川は応答したという。「拊掌談」と比べ、芥川の姿勢が映画雑誌的言説に充分意識的であり、且つ川口よりはるかに映画雑誌的な立場にあることが理解されよう。

だが、当時の文学場に映画詩やシナリオを理解する雰囲気がどれだけあったのであろう。芥川の二つのシナリオ発表後の『新潮』誌上で行われた合評会からは、文学者たちの保守的な立場は自ずと知れる。長い引用となるが、そのまま全文を掲載する。

昭和二年五月『新潮』「新潮合評会」

（中村武羅夫〈司会〉・徳田秋声・宮島資夫・室生犀星・久保田万太郎・宇野浩二・広津和郎・宮地嘉六…まだ徳田さん、芥川さん等に来て頂く約束になつてゐますが、時間が大へんおそくなりましたから、是から始めて頂きませう。）

『誘　惑』（改　造）
『浅草公園』（文芸春秋）

芥川龍之介

中村。芥川さんのシナリオが二つあります。シナリオと云ふのは批評のしにくいものですが……。

徳田。やゝこしくて、読むのが面倒臭いな。何だか絵で描いて欲しいな一々……

宮島。活動で見た方がいゝでせう。

徳田。活動で見たつて、いゝだらうが、ずいぶん退屈なものだらう。「浅草公園」の方が罪がなくつていゝな――

　兎に角むづかしいし僕には分からないが、時代相のやうなものは断片的に出てゐる。

中村。読んだだけでは、連絡が浮んでは来ませぬね。

徳田。連絡がないことはないがね。

室生。改造よりも文芸春秋の方がいゝぢやないですか。「文芸春秋」の方は二十九からがいゝ。

広津。此前の佐藤君のはどうだつたのですか。

室生。浅草公園の方は踊り子が出て来るあたりからいい。子供が浅草で迷子になつて、それがいろくな場面に変つてゆく……

中村。僕の見た範囲では、是が本当のシナリオか、それとも映画化する時はいろくな修正が要るかどうか分からない。シナリオと云ふのは文字で発表する必要が、僕の見た所では、ないやうなものだと思ふですね。

室生。併し文字で発表しないとすれば、何で発表するのですか、矢張り一変はシナリオに書いてゞなければ……

中村。書いてゐゝけれども、文字だけで見せてゐるのでせう。

室生。是は是で、また監督なら監督が見て、之を全体の感じからどう云ふ風な感じを生出して来るか。そこが、監督の技倆ですからね。

中村。改造の読者なら読者に、何人監督があるか分からないけれども、映画の監督だけに見せるためなら、何もこんな物を改造に出さなくても……

室生。いや、実演する時の監督の話です。

中村。是が一つの映画になつた場合は別として、斯う云ふ風にして発表した以上は、是だけのものとして、作品としての独立性なりを持たなければ、こんなものを発表する意味はないでせう。

室生。だから活動写真に最も熱心な観客が、之を見てゐゝとか悪いとか、又好きだとか嫌ひだとか云ふものがあるでせう……

中村。ですからそんなら活動写真に熱心な読者ばかりぢやない。さう云ふものならば改造に載せなくても、活動の方のナンにでも……

徳田。音楽の譜を、印刷して載せるやうなものだ。

中村。だから斯う云ふものをかうして発表すると云ふことに、疑問がありますね。僕の今までに見たシナリオの範囲から言へば……

室生。僕は発表してもいゝと思ふ。小説の合間々々に見た方が、肩が凝らなくて……（笑）

中村。僕等はこんなんものは、小説より肩が凝るのですよ。前の方を繰返したり何かしなければならぬ。連絡が取れなかつたり何かして……

徳田。とてもやゝこしい。

宮地。僕も読んで見たんですが、鼻から猿が出て来たりする所があつてね……

室生。浅草の方が連絡がついてゐますよ。僕もシナリオと云ふのは書いたことはないのですけれども……

徳田。フイルムにするのは大変だらうと思つたな。文字で書くのは何でもないが、画にするのは大変だ。

宮島。それは統一が出来てれば宜いのだらうね。佐藤君のは割合に面白かつたよ。

室生。アレは俳句の評釈見たようなものだよ。無村の俳句を入れたりしてゐる、一段刷りにしてあるので読みよい、…浅草公園も一段刷りにするともうすこしいゝかも知れない。宮島。芥川君の方は佐藤君のより知識が勝つてゐる。何か説明しようと云ふ気がする為に、人類の進化とか、今までの歴史的のものを説明すると云ふ所が非常に勝つて来る。それをして見ようとする時に不完全なものだ。

室生。其意味で佐藤君の作は軟かな詩であれば、芥川君のは詰め込んでゐる。

宮島。是は知識が勝つものだから……

徳田。普通の活動写真を見る者には分かりつこはない。

この対談から伺えるのは、映画雑誌と文芸雑誌というジャンル分けがなされていること、雑誌上で読むことのノイズとしてシナリオ（詩的言語）が理解されていること、実作されるか否かという三点になろう。映画雑誌に発表すべきとの発言からは、ジャンル横断を夢想だにしない保守性が窺える。室生が「一段刷りに」と提言しているところには、視覚的イメージという紙面の可能性をみることも出来るが、肯定的な室生以外からシナリオ表現への推奨を見ることは出来ない。当時の文壇は「自由な空気」からほど遠い。「知識が勝つ」という芥川評価への決まり文句で批判するこの合評会が、先にみてきた映画雑誌と文芸雑誌との応酬から比べ、表現の新しさからは後退している感は否めない。「他の出席者には全く評判が悪い」「この作品の持つ文学的価値以前の論議が為され、芥川のモティーフが完全に理解されていない」「どうも挨拶に困るといった体の批評」という三嶋の言の通りであろう。

芥川のシナリオへは、映画雑誌側からの反応として、森岩雄「映画独語（三）」（『映画時代』一九二七・五）の評がある。「映画の為のシナリオといふよりは、映画的な散文詩」であり、「頭の中で撮影するシナリオ」であるとして、一応の効果を認めながら、「映画でなければならない味のもの」でも「われらの望む映画のシナリオ」でもないとの批判をしている。《嘆きのピエロ》が封切られたときに「嘆きのピエロ――飯島正兄に――」を書き、未来の映画を論じ、川口松太郎と筋や描写をめぐり論戦をしていた森岩雄のこの評は、『新潮』合評会での不評以上に、芥川にとっては残念な評であったかもしれない。「いわば、芥川のシナリオは文学と映画の双方の側からその存在を否定されているわけであるが、その根本には、これらのシナリオを密接に結びつくべき〈筋のない小説〉〈詩的精神〉の主張が、世間に正当に理解されえなかったという不幸が横たわっていたのである」と三嶋は述べるが、しかし、芥川の主眼は、文芸誌上での「筋のない小説や芝居」との出合いであった。だからこそ、同年同月に『新潮』『文芸春秋』と二誌に同時発表したのではなかったか。

「この二つのシナリオは、他の作家のものと比べると群を抜いて前衛的である。むしろ、面白いことにフランスのシュールレアリストの作品により近い」と早くに指摘した三嶋は、アントナン・アルトーの「貝殻と僧侶」（一九二七・一一発表）や、ジュルメーヌ・デュラックの映画との共通性、接点を述べている。デュラックのシナリオは、この当時飯島正の手により、積極的に翻訳が為されている。芥川のシナリオとの比較から「論理的つながりのない情景の連続がどちらにもあり、論理性の排除によるイメージそのものの純粋化という点で、両者が同じ方向をむいているのは興味深い。一方が映画にするためのもの、他方がそれを想定しないシナリオという違いを越えた本質的な共通性を持っているといえるのである。このことは、前衛映画（芸術）運動理論の芥川らしい敏感さによる受容と、そのシナリオへの適用が、この時期の彼の求めたものと基本的に一致していることを物語っている。」アルトーに先立ち、たとえばフィリップ・スーポー「映画詩」――「無関心」（『シック』一九一八・一）のように、自ら〈映画詩〉と銘打った文学表現は、数多くみられた。[22]

数字によるこまわりのイメージもなく、明らかに書かれたシナリオなのだが、日本の文芸雑誌では否定されたこのようなシナリオ表現は、世界的な同時性の中で頻出するのである。たとえば『レ・カイエ・デュ・モア』が一九二五年にシナリオ特集号（一二号）を出し、編集部手帳の中で「シナリオは共通の文学技術の拡大を成立させる」とした主催者のベルジュは「私たちが考えるシナリオは、映画に役立つものではないが、ふかくその影響を受けた文学の一例である。私たちが夢みたシナリオは、私たちがそのなかに見る可能性を、映画に負っているのである。映画によって解放された文学。ありがとう。」と記している。[23] 世界的なシナリオの季節が存在していたことがよくわかる。ヴィクトル・シクロフスキーは、「活動写真の文学に対する影響には二つあり得る」「特別に熱心に、文学に於いて、活動写真の様式の真似が始まる」、「文学は、純粋の言語的な領域へ進み去り、主題から自らを拒絶する」（『文学と映画』（一九二八・二））と言うが、正にこれらの動きは、白黒無声映画時代ゆえのことであったろう。映画がトーキーとなり、カラーとなったとき、恐らく劇的に表現の武器庫は質量ともに減らしたと想像される。

先のスーポーの「映画詩」を評して、巌谷國士は「新しい詩的概念」を述べた。

たしかにこの「映画詩」に見られる突発性、幾何学性、運動感などの表現は、キュビスムや未来派の影響を予想させるものである。しかし、ここにはそれ以上に、映画についての独立した、新しい詩的概念を見るべきである。じっさいに映画化されることをきたいしてもいるこの「シナリオ」の前提となった映画観は、シュルレアリスムの映画への希望の芽生え――そして、ひいては映画への失望の芽生えをも画している。事実、のちに映画が「声なき」「色彩なき」段階をこえるトーキーへ、そしてカラーフィルムへの道を進んだとき、ふたたび演劇との妥協がおこなわれ、そのことの確認こそが、シュルレアリストたちの失望の要因となったからである。

（「シュルレアリスムと映画」『ユリイカ』一九八一・五）

一九二〇年代半ば、つまり両大戦の狭間において、映画は、実作の面で〈無声映画の完成〉と称される映像の進化を見せ、一方で映画史に関する二つの大著[24]が初めて書かれている。「映画が現代の再現モードとかなり近くなった」この時期に、実作と映画史の二つがある到達点を迎えたことを、小松弘は偶然ではなく、「むしろ当然のこと」であるという。単純な進化論と目的論に立った場合、一九一〇年前後のグリフィスのクロス・カッティング（複数の出来事を並行して同時に示す編集技法）を経て、エイゼンシュタインに代表される一九二〇年代のモンタージュ理論に到るとみる映画史が正当性をもつからである。もちろん小松は、「この根本的に誤ったイデオロギーが如何にその後の殆どの映画史記述を蝕み続け、映画の歴史記述の学問的アプローチを拒み続けたかは、近年の映画史の新しい学問的編成の試みが企てられるまでのあらゆる種類の映画史及び映画理論の著作の中に明らかである」とし、映画を「〈映画〉として見ること」、「映画それ自体がもつ論理を知ること」「映画の歴史的な各段階の中に認められる諸々の再現モード」の形式を知ることの重要性を説くのだが、一九二〇年代半ばという時期、世界的同時性の中に

おいて、映画はある一定の到達地点——ストーリーからも演劇からも遠い、希望のメディアとしてあった。(25)

僕は芝居らしい芝居には、——所謂戯曲的興味の多い芝居には今はもう飽き飽きしてゐる。僕は出来るだけ筋を省いた、空気のやうに自由な芝居を見たい。芝居と云ふものは性質上、或いはこう云ふ要求を容れることは出来ないかも知れない。しかしまた或程度までは容れることも出来るかも知れない。

（「芝居漫談」『演劇新潮』一九二七・三）

と漏らす芥川の口ぶりは、少なからず《シラノ》対《キーン》の闘争の言説と似通う。続けてこの「芝居漫談」は、小説についても記していた。

×

これは芝居ばかりではない。僕は今は小説にもこう云ふ要求を感じてゐる。勿論僕の云ふ所は筋のない小説ばかり書けと云ふのではない。同時に又筋のない小説を最高のものと云ふのでもない。唯筋らしい筋のない小説や芝居に出合いたいのである。ジユウル・ルナアルはこう云ふ点では、たとへば岸田君の翻訳した「葡萄畑の葡萄作り」の中でも前人未踏の地を開拓した。あれは一見「思いつき」のやうでも容易に「思いつき」だけでは出来る仕事ではない。緻密な観察の上に立つた詩的精神の所有者だけが僅かに成就出来る仕事である。

×

しかしそれらは僕等には或いは危険な罠かも知れぬ。もし或論者の云ふやうにセザンヌを絵画の破壊者とすれば、ルナアルも小説の破壊者である。

これは、「文芸的な、余りに文芸的な」で主張された「『話』らしい話のない小説」と直接連なる主張と理解される。筋のない小説、詩的精神というキーワードを使用する時に、述べてきたような映画雑誌での言説、現象をもはや無視することは不可能である。そして、セザンヌなど絵画という他ジャンルを援用することは、やはり芥川に先立って、映画が〈詩〉を語る場合に取られた戦略でもあった。

全田健吉は、「造形交響楽といふ言葉」において、

今音楽絵画はやうやくこの迷ひ（センチメンタリズム―引用者注）をのがれ終わらうとしてゐる。音楽の快感はもはや事件の連想によつて喚起されるそれでなくして純然たる音の連続（リズム）そのもののみによる喜びである。絵画に於てもあの又偉大なる画家ピカソによつて我々は線と面と色そのものに対する喜びを教へられたのである。何等他の意味を持たない唯各種の方向を指し示す線や広さを与へる平面やの組合せやそれに配布されたる抽象的意味のみを持つた色とによつて奏し出された一つの形をもつた音楽を聞かされたのである。そしてわれわれは同事件物語に対する連想の全くない唯その一つの美の姿によはされたのであつた。……略……カンデンスキーも云つてゐる。「絶対的抽象表現は不可能である。それは非常に表現力の薄弱なものであるから。共々は抽象形態と具体形態との間に位する中間形態を用ひなければならない」と。カンデンスキーをして斯く云はしめなければならんのは何と云ふ悲しい事であらう。しかも我々はけれどもこの淋しみの中に尚偉大なる喜びを持ち得るのである。

それは時代は最早や目覚めて居るといふ事である。純正音楽、純正絵画は生まれた。

カンディンスキー《即興》

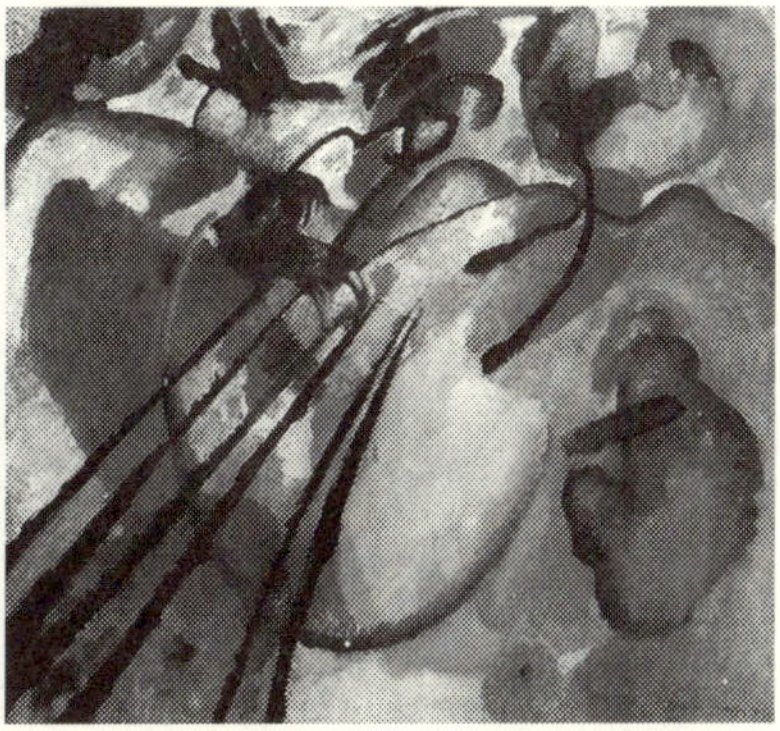

《即興26漕ぐ》1912 ミュンヘン市立美術館

と純然たる音、純然たる線、面、色を以って「美の姿」が現れることを言う。また中野頃保は、「神原泰第一回未来派宣言書が既に出て、又遠からず村山トム第一回意識的構成派宣言書が出やうとするとき、自分も亦映画に就いての第一回宣言書を出す。別に何派と名づける程の名前ももたぬ[26]」と宣言をし、数箇条を挙げるが、その第五に「私達は情緒のみを受取る。筋も演技も意味を持たぬ。唯見たり感じるだけである。その意味でカンディンスキーの所謂内在的の魂の振動、『クランク』をみとめる」とし、第十五では、「私達はもうとつくに、映画を見つくしてしまつたのである。だからあとは何うでもいいわけだ。カンディンスキーの舞台的構図例へば「黄色い響」の映画化、未来派空中劇の写真、マリネッティの触覚主義の映画、又は映画的構成といる連鎖劇など出て来やうと別に何うしたとか何だとか云ふ程の事もないのである」と高らかに謳う。このように画家であるカンディンスキーが引用され、筋のない映画に説得力をもたせていく。カンディンスキーは、一九二〇年代の後半の日本において、ジャンルを超えた表現の極北として位置付けられているとも捉えうる。この把握が可能となっている土壌の中に、もう一度芥川の「『話』らしい話のない小説」（「文芸的な、余りに文芸的な」）論を置いてみよう。

セザンヌ《サント＝ヴィクトロール山とシャトー・ノワール》ブリヂストン美術館

一「話」らしい話のない小説

「話」らしい話のない小説は勿論身辺雑事を描いただけの小説ではない。それはあらゆる小説中、最も詩に近い小説である。しかも散文詩などと呼ばれるものよりも遥かに小説に近いものである。僕は三度繰り返せば、この「話」のない小説を最上のものとは思つてゐない。が、もし「純粋な」と云ふ点から見れば、――通俗的興味のないと云ふ点から見れば、最も純粋な小説である。もう一度画を例に引けば、デツサンのない画は成り立たない。（カンディンスキイの「即興」などと題する数枚の画は例外である。）しかしデツサンよりも色彩に生命を託した画は成り立つてゐる。僕はかう云ふ画に近い小説に興味を持つてゐるのである。

映画の場で求められた〈映画詩〉との相同性は明らかであろう。芥川のいう「話」とは、「見とおし《パースペクティブ》を可能にするような作図上の配置にほかならない」と言い、その求めたものを「私小説的なもの」へ結びつけ、「世界的に最先端を行くものとして意味づけた[27]」と解釈するのは柄谷行人であるが、それはむしろ「デッサンよりも色彩に生命を託した画」と同じ意味での、他ジャンルを越境するかたちでしか語ることの不可能な、アンチロゴス的世界を言語により目指したモダニティの闘いと押さえるべきものであろう。

表現を対象とする者たちへの、映画というメディアが与えた影響や刺戟は計り知れないものがあった。谷崎のように直接的な映画活動をもたなかったが、芥川もまた、映像の可能性を最大限に活用しようとしていた。しかしそれはフィルムの上においてではなく、あくまでも、紙の上の文学のことばとしてである。時代は、色と音声付の映画へと変わろうとする時代である。だが、芥川の視野にあったのは、白黒の無声映画であった。前者が、より現実・演劇性に近いのに対し、後者は、極端にその表現方法に制限を与えられているため、逆に想像力を豊かにする〈詩的〉なものといえる。チャップリンが、トーキーやカラーの映画の時代を迎えた後も執拗に白黒と無声にこだわったことは有名だが、それもまた同様の表現者の拘りであったろう。

谷崎との〈筋〉論争を、構造的な骨格を持った小説（話のある小説）か私小説（筋のない小説）かという対立にみるのではなく、それはきっかけに過ぎないとした中川成美は、「ここで二人が提出した問題は、モダニティの帰結点としての「現代」を生きる（それは彼らにとって「書く」行為なのだが）「主体」がモダニティの表白を目指しながら、同時にモダニティの同定をはかるという難問《アポリア》であった(28)」と捉えなおしている。「芸術家の面目」という表現が芥川の主張の中に取られていることを、「『主体』の同定」と把握し、「認識論的な確認への行為を促す言葉」と理解するのである。「林淑美が正しく指摘したようにこの一九二〇年代は明らかに『私』をめぐって現象学的認識への転回が各自の身体に及んでいたのであり、各個のテクストの違いは形態の現れの差に過ぎない。だとすれば芥川が谷崎に要求した『詩的精神の深遠』（「文芸的な」、一九二七・四）は、そうした『志向的意識』の要求であろう。」「谷崎からは『左顧右眄』（「饒舌録」一九二七・五）としか見えない芥川の逡巡は、『近代』の二つの軸を往還する彼の『主体』認識をめぐる行為であった。それは可変的に生成を遂行する『主体』を発見する」と、この中川論は、〈筋〉論争の新しい風景を開いた論となった。

三十三「新感覚派」

僕は今日の「新感覚派」の作家たちにも勿論興味を感じてゐる。……略……――例へば横光利一氏は僕のために藤沢桓夫《たけお》氏の「馬は褐色の思想のように走つて行つた」(?)と云ふ言葉を引き、そこに彼等の所謂感覚の飛躍のあることを説明した。……彼等は彼等の所謂感覚の上にも理智の光を加へずには措かなかつた。彼等の近代的特色はあるいはそこにあるのであらう。

という新感覚派の作家たちへの一定の評価が『『文体』という戦略で時空間の変容と主体の不確定性を剔出したこと」への評価を芥川が示す一方、新感覚派が「日本近代」が体系化した「文学的伝統」との「切断」によって出発することができたのに反して、芥川も谷崎もその「文学的伝統」の加担者として「その決済を義務づけられていた」ところに、彼らの主体の難しさをみてとる。

文学場の内部にあって、芥川も谷崎も「文学的伝統の加担者」として位置づけられる一方、映画の場にあって、芥川はまた別の方面と結び付けられてもいた。

彼等には只筋の面白さしか判らない。彼等は小説と映画の、劇と映画の本質的差異が判つて居ない。何とか云ふ会が出来て、文士連中がシナリオを書くさうだ。多分間違ひもなく、筋の面白い、小説のやうな映画を見せて呉れるであらう。そして恐らく彼等はミレーの画や、リストの音楽にも文学的価値や筋の面白さを要求することを忘れないであらう。……彼等が「巴里の女性」や「キーン」や「嘆きのピエロ」の好さが判らないで「シラノ」なんかに感心する理由も判る。彼等には「シラノ」とか「過去からの呼声」や「血と砂」の面白さなら判るだらう。筋の面白さが、そうだ、文学的価値だ。若し彼等の映画界に於ける頭を文学的に例へて見れば、先づ講談倶楽部程度だ。当然芥川氏や泉鏡花氏や、或はモーランや、バルビュスなんかの味は判らないのである。……略……雑誌に例へたら「巴里の女性」や「嘆きのピエロ」は新潮や文学時代で「シラノ」や「キックイン」は講談倶楽部、もう少しよく苦楽位のものだ。しかし純文芸が筋の面白さばかりで行かないやうに、映画も「シラノ」や「モンナヴァンナ」みたいなものを作って居るばかりでは困るのである。

（不二生「文士放逐」『キネマ旬報』一九二五・七・一一）

私は「映画往来」の五月号だつたかに映画に原作者の名前を抹殺すべきことを唱へたと思ふ。それは文学といふ芸術が決して、例へば映画に変形出来ないからなのである。それ故 Film Version なる言葉は不当であり、ポールモーランが新潮社の「夜ひらく」に権利を主張し得る程と、アレクサンドルデュマが「キーン」に対するそれとの間には全然共通点はないのである。

（岩崎秋良「「坂崎出羽守」を機会として――映画とその原作との問題」『キネマ旬報』一九二五・八・一）

一九二四（大正一三）年の堀口大学訳ポール・モーラン『夜ひらく』は、新感覚派に影響を与えたと言われている。ポール・モーランがジャンルを超えたかたちで引用されている。ここで志向される映画として「巴里の女性」や「キーン」や「嘆きのピエロ」が挙がっていることと合わせて、芥川の名が、「泉鏡花氏や、或はモーランや、バルビュス」と共に挙げられていることに注目せねばならないのではないか。

成瀬正勝「昭和初頭文学への鍵」（『明治大正文学研究』一九五八・一一）では、アルベール・チボーデ『フランス文学史』の最終章の記述を手掛かりに、ポール・モーラン『夜ひらく』との類縁を含めて、二〇世紀の自動車や飛行機などが与えた「肉体」への変化と「感覚の論理」による「コスモポリット的立場」の生成を素描していたところでもある。

「一九二四―二五年といえば、前衛芸術家のシナリオ熱が一時に燃えあがった時期」（飯島正『映画のなかの文学文学のなかの映画』）というその中で、やや遅れて文学の場にもシナリが飛び火している。当然のように、それは小説を書くもののモダニティの闘いとして理解されてよい。芥川の〈筋〉のない小説論というものも、この映画と文学の場で繰り広げられた関係のアナロジーとして捉えるべきものであるに違いない。《プラーグの大学生》《カリガリ博士》といった怪奇的なイメージをもつ映画との類縁に眼を奪われがちな芥川文学であるが、むしろ《キーン》《巴里の女性》といったモダニズム映画にこそ近くあったと考えられる。映画を語りながら、これらの運動は、書く主体の闘争の現場でもあった。芥川と谷崎の間に繰り広げられた〈筋〉論争にわずかに先立つ、映画雑誌と文芸雑誌との間に繰り広げられた、もう一つの〈筋〉論争をここに認めることが出来る。そして、このときに目指された表現が、脱ジャンル的な装いをしていることにも注意が向く。カンディンスキーやリストの音楽など、ジャンルを越境してのそれぞれの主張の方法にもこの時代の特徴をみることが出来る。

筋に価値を置くのではない映画への要求が盛んに行われるのは、欧米の映画や理論の紹介が盛んであったことを背景としていると思われる。「誘惑」が発表された一九二七年は、トーキー出現の二年前にあたる。一八九五年にリュミエール工場から出立したと言われる映画は、一九二一年に表現派の「カリガリ博士」を経過し、この当時の白黒の無声映画が「観客の意識の面」に投影するための「種々の処理方式をしまいこんだ武器庫」を満杯にした時期である。「思いがけない結合・目のさめるような裁断、これこそがモンタージュの醍醐味」というエイゼンシュタインのモンタージュ理論が既に定着し、また映像の詩的魔術であるフォトジェニーということが言われ始め、エプスタンなどを通して、シュルレアリスムの運動などにもつながっていく映画表現の可能性は、この時の無声で白黒という映像の特性により、見透かされたものである。これと連動し、二〇年代後半のこの時期は「シナリオはそれだけで一個の芸術でなければならぬ」（八尋不二）とシナリオ独自の美的作用が唱えられ始めていた。

芥川の「文芸的な、余りに文芸的な」を取り上げる場合、特に「『話』らしい話のない小説」を取り上げる場合、この映画と文学との間で起ったもう一つの〈筋〉論争を忘れることは出来ない。

注

（1）『邪宗門・奉教人の死、他十三篇』角川文庫、一九五四

（2）吉田精一『芥川龍之介』三省堂、一九四八

（3）『宝島』一九六五・三、後に、『芥川龍之介』木精書房、一九九七・九

（4）友田悦生「芥川龍之介と前衛芸術——シナリオ『誘惑』『浅草公園』をめぐって——」『立命館文学』一九九〇・七

（5）「小説にできること、映画にできないこと」W・J・T・ミッチェル編『物語について』虎岩直子他訳、平凡社、一九八七・八

（6）《嘆きのピエロ》La Galerie des Monstres（フランス・ヴェスティ社）スペインのトレドに巡業サーカスがやってくる。その一座のピエロとその妻ラルダが主人公である。一座のオーナーは、美貌のラルダを狙っているのだが、それを拒んだラルダは、逆恨みによって、ライオンに襲われそうになる。ピエロが間一髪でそれを救う。サーカス興行が終わったとき、オーナーの行為を見かねた妻が、ピエロとラルダに馬車を仕立てそっと逃がす。逃げる二人に気付き、それを追おうとするオーナーだが、団員たちの妨害にあい、馬車はついに雪の夜道へ消えていく。……ジャック・カトラン主演監督。一九二五年三月、赤坂葵館で封切となる。

（7）《キイン》Kean, Au desordre et genie（フランス・アルバトロス社）は、十九世紀初頭のロンドンを舞台に、伯爵夫人を挟んだ名優キインとプリンス・オブ・ウェールズとの恋を争う物語である。スキャンダルによって人気俳優から失意のどん底へ落ちたキインは、貧しい友人の家で、病の床にあり、伯爵夫人に見守られながら、思い出のシェークスピアの脚本を胸にこの世を去るというものである。一九二四年十一月丸の内鉄道協会で封切り（全集注）。一九二五年、赤坂葵館で封切り（猪俣勝人『世界映画名作全史』）。

（8）田原生「映画芸術のために」『キネマ旬報』一九二五・二・一一

（9）野良「「巴里の女性」の非難へ」

(10)『キネマ旬報』誌上では、当時「芸術的に最も優れた映画」と「娯楽的に最も優れた映画」に分けて人気投票が行われていた。一九二四年度キネマ旬報ベストテンでは、「芸術的に最も優れた映画」として1．巴里の女性（一九二三・アメリカ）A Woman of Paris、2．結婚哲学（一九二四・アメリカ）The Marriage Circle、3．椿姫（一九二一・アメリカ）Camille が選ばれ、「娯楽的に最も優れた映画」として1．幌馬車（一九二三・アメリカ）The Covered Wagon、2．ホリウッド、3．要心無用（一九二三・アメリカ）Safety Last が選ばれる。翌一九二五年度キネマ旬報ベストテンでは、「芸術的優秀映画」として1．嘆きのピエロ（一九二四・フランス）La Galerie des Monstres、2．キイン（一九二三・フランス）Kean、3．救ひを求める人々（一九二五・アメリカ）The Salvation Hunters が、「娯楽的優秀映画」として1．バグダッドの盗賊（一九二四・アメリカ）The Thief of Bagdad、2．ドンQ（一九二五・アメリカ）Don Q, Son of Zorro、3．ピーター・パン（一九二四・アメリカ）Peter Pan。一九二六年度キネマ旬報ベストテンになると、日本映画と外国映画の別となり、日本映画では、1．足にさはった女、2．日輪、3．陸の人魚、4．狂った一頁が、外国映画では、1．黄金狂時代（一九二五・アメリカ）The Gold Rush、2．最後の人（一九二四・ドイツ）Der Latzte Mann、3．ステラ・ダラス（一九二五・アメリカ）Stella Dallas が選ばれている。

(11) 岩崎秋良「黒と白」『映画往来』一九二五・三

(12)「拊掌談」『文芸時報』一九二五・一一～一九二六・二

(13) 迷魔霊「あまのさへずり」『キネマ旬報』一九二五・四・一一

(14) 蝸牛生「シーンの芸術的価値」『キネマ旬報』一九二五・五・二一

(15) 浅沼圭司「言語としての映画――最近の映画理論の問題点」『パイディア』（一九六八・夏）

(16) 注(15)に同じ

(17) 佐々木基一「エイゼンシュタイン」『映像の芸術』講談社、一九九三・三

(18) 佐々木基一「ルイス・ブニュエル覚え書」『映像の芸術』講談社、一九九三・三

(19)『ぼくの明治・大正・昭和』青蛙房、一九九一・三

(20)「二束三文」『キネマ旬報』一九二五・九・一

(21) 萩原朔太郎「文学としてのシナリオ」『シナリオ研究』一九三七・七

(22) 私は垂直の道をよじのぼる。頂上まで来ると平原がひろがっていて、はげしい風が吹く。私の前の岩々がふくれあがり、巨大

になる。私は首をかしげてそこを通りぬける。とてつもなく大きな花や草のはえた庭園につく。ベンチに座る。とたんに私のそばにひとりの男があらわれ、女に変り、さらに老人に変る。するとまた別の老人があらわれ、子供に変り、さらに女に変る。やがて少しずつ、男たち、女たち……等々のちぐはぐな群衆が、いろんな身ぶりをするが、私はじっとしたままである。立ち上がると、すべては消え去り、私はカフェのテラスに腰をおろすが、あらゆるもの、椅子やテーブルや樽入りの木炭が、私のまわりに群がって邪魔をし、一方、ボーイがその群れのまわりを、ぐんぐんスピードをあげながら回転する。木々が枝をたれ、市電、自動車が全速力で走りすぎ、私は身をおどらせて、家々の上に跳び上がる。ある家の屋根の上に来ると、正面にある大時計がどんどん大きくなり、針もどんどん速くまわる。私は屋根から跳びおりて、舗道の上でタバコに日をつける。

Philippe Soupault : Note I sur le cinema et Poeme cinematographique, dans Sic, janv, 1918. 1

(23) 飯島正『映画の中の文学文学の中の映画』(白水社、一九七六・一二)
(24) G・ミシェル・コワサックの著作及び、テリー・ラムゼイの著作をさす。
(25) 無声映画の時代、つまり一九二〇年代末までに映画が世界言語であると見做されたのは、映画が単に聴覚的な言語を欠いた、視覚的に理解可能な言語であるという理由だけによるのではないという。映画はかなり早い段階で、物語性のレヴェルで一定の法則を設け、それが一九一〇年代以降、長篇映画の台頭と共に映画の物語システムの優勢な傾向になるものの温床になり、また、再現モードが諸国によって異なることがなく、普遍的方式が採用されていたからでもあると考えられている(小松弘)。
(26) 「映画に関する第一回宣言書」『キネマ旬報』一九二五・五・二一
(27) 柄谷行人「構成力について」『群像』一九八〇・五、六、『日本近代文学の起源』講談社、一九八〇・八
(28) 中川成美「モダニズムはざわめく——モダニティと〈日本〉〈近代〉〈文学〉」『日本近代文学』一九九七・一

架橋するテクスト——芥川文学の時代性

僕等の小説を載せるものは、月刊雑誌や新聞である。……すると、文芸上の作品も、その作品の掲げられる月刊雑誌や、新聞の支配を受けてゐるかも知れぬ。現に今日の長編小説は、どこか新聞紙の匂をもつてゐる。もし後代から見たとすれば、やはり今日の短編小説もその行と行との間に、月刊雑誌を感じさせるだらう。……略……すると小説は、——怖らくは戯曲も蟠るジヤアナリズムに近いものである。もし厳密に云ふとすれば、一人の作家なり、一篇の作品なりは、一時代の外に生きることは出来ない。これは最も切実に一時代の生活を表現する為に小説の支払ふ租税である。

（「芝居漫談」『演劇新潮』一九二七・三）

文学が普遍的な装置であることを述べる一方、作家芥川龍之介は、一篇の作品が「一時代の外に生きることは出来ない」ことも直感的に弁えていた。芥川文学の時代とは、一九一〇年代半ばから一九二〇年代後半までの十余年をさし、芥川の時代とは、一八九二（明治二五）年から一九二七（昭和二）年までの近代史に沿っての三十余年をさす。日清戦争、第一次大戦、大正デモクラシー、金融恐慌、そして第二次世界大戦へ向かうまでの時代の幅を有していることになるが、そのような時間軸を一旦措き、その時代に誕生し、またもてはやされた言葉の時代として捕らえることはできないだろうか。時代のキーワードを問題にすることは、現代に根付いているシステムを意識化させ、同時に、芥川文学の魅力——それは現代性と言い換えてもよいであろうが——を再発見することに繋がると考えるからである。

現代日本の知の系譜学を辿るとき、明治維新からではなく、一九二〇年代を出発点としたほうが、現在の問題意識と直結しているとは吉見俊哉の言である（『20世紀日本の思想』作品社、二〇〇二・一）。桑原武夫の『日本の名著』は、福沢諭吉の『学問ノスヽメ』（一八七二）から丸山眞男『日本政治思想史研究』（一九五六―五七）に至る九十年近くの間に書かれた五十冊余りの著作案内となっているが、この一連の流れのなかに或る断層がみられることを指摘し、それが一九二〇年代、三〇年代にあると述べる。石川啄木あたりから見え始めるこの断層は、外に中野重治、中井正一、野呂栄太郎、羽仁五郎、戸坂潤、山田盛太郎、小林秀雄、和辻哲郎など「ある種の同時代性」が認められるという。「近代国家の教育システムを通過して、その先に近代の臨界点のようなものを見据えていたという点」に「大正以降の知識人」と明治の知識人との差異があるとの指摘である。文学テクストは、作家主体と同様に勿論、多様なイデオロギーと無縁ではない。意識無意識にかかわらず、時にそれは強力なステイト意識を露にし、時に強力な異議申し立てをし、饒舌であれ寡黙であれ某かの中心とある距離感を保ちつつも様々に蠢き、可能性の触手を伸ばしている。一九一〇年代から一九二〇年代に活躍し、三〇年代になる前に命を裁った、突出する代表作を持たないながら「大正時代の代表的作家」という位置を今なお占める芥川龍之介のテクストを研究対象とする意味の一つはそこにある。

一九一〇年代から一九二〇年代に書かれた芥川のテクストを〈絵画〉〈開化〉〈都市〉〈映画〉というキーワードから照射する試みの本書は、「時代」の織物の中で芥川文学を再現する試みでもある。「文学のことばと別の文学のことばの間に起こる対応と交換」に芥川の小説の位置をみる清水康次のことば（「芥川文学のことば」『光華日本文学』一九九五・三）に倣い言うのであれば「文学と別のこととの間に起こる対応と交換」の様を辿ることにもなった。宮坂覺は、『芥川龍之介作品論集成　別巻』（翰林書房、二〇〇二・一）の「あとがき」において、別巻が、「芥川研究に通底するもの、その周縁に偏在するものを視野に入れ、グローバルな研究を拓き、さらに補助できるもの」となっていると述べている。「従来、見えていなかったり、あるいは視線が届かなかったり、届いても網羅的でなかったもの」に重点をおいての企画編集は、現在の文学研究において、重要、且つ不可欠な視点であろう。本書も、今までは文学の周縁部とみられていた絵画や映画などの異なるジャンルとの関わりの重要性を強く意識している。小林多喜二のテクストに、故郷小樽の活動写真小屋での映像体験を通した「現実再現の映像的把握を言語表現に置換する工夫」を見る日高昭二は、また、川端康成の小説に登場する小道具としての「写真」を取り上げ、「写真の技術を巧みに移入することで新しいインターメディアの詩学を生み出していた」とし、「文化の複製時代を体現するテクストの出現」を見出す。ここに、「プロレタリア派対芸術派というような見掛け上の文壇的な配置図を超えて、いわば文学の転換期における新しい詩学の誕生の刻印があった」と布置し直すわけだが、多喜二の映画、川端の写真、それが昭和前期の「新しい詩学」であったとするなら、芥川の時代にあって、おそらくその新しさは、まず〈絵画〉にあったと考えられよう。

　芥川のテクストには、既存の研究では未成の可能性がふんだんに残されている。例えば、「開化の良人」で取り上げた五姓田という画家の引用である。書かれた当時も忘れられた存在であった五姓田芳柳・五姓田義松の親子は、しかし、現在のカノンの見直しという研究のスタンスの中で再発見される画家でもある。また、一九二〇年代の都市論では欠かせない今和次郎はどうであろうか。「考古学」ならぬ「考現学」の始祖として、その現在《いま》に根ざした多くの観察・考究は、風俗史というジャンルを払って一級の資料となるものであり、また興味をひく内容である。そして、「片恋」で引用した権田保之助は、映像性ではなく観客にスポットライトを当てることで、見事に映画言説史のもう一つの可能性を垣間見させた。近年になり特にクローズアップされてくる、現在《いま》に根ざした人物たちと、芥川のテクストとの距離は意外に距離が近い。こういった芥川文学の詩学は、大正のはじめ、一九一〇年代にはまったく注目されていなかった『今昔物語』『宇治拾遺物語』の世界を、出版されたばかりの叢書に反応し（松澤信祐『新時代の芥川龍之介』洋々社、一九九九・一二）現代小説として芥川が再現してみせたときから、始まっていたのかもしれない。

『芥川龍之介とその時代』（筑摩書房、一九九九・三）の序において、関口安義は、「山梨県立文学館や藤沢市文書館に収蔵されたおびただしい量の新資料の出現、それを吸収しながらの作品の読み直しや伝記研究の進展」という日本での研究状況が、「『敗北』のイメージからの離陸」というかたちで芥川像を変化させたという。さらに、香港・日本合作の映画《南京的基督》（區丁平トニー・オウ監督）の上映、グレゴリー・チハルチシビリの芥川論「ゴーゴリ化された目で見れば」（『新潮』一九九二・三）の中に紹介された「二十世紀最初のポストモダン作家の一人」との評価、『芥川龍之介とキリスト教』（翰林書房、一九九五・三）を著した曺紗玉の仕事など、「世界の芥川研究家は、日本の評論家や研究者があまり顧みなかった面を評価しはじめたといっても過言ではない」と言い切り、開かれた芥川像を積極的に評価している。関口の著作は、「彼は家や孤独や愛やエゴイズムや病など、人間の生きることにまつわる諸問題を積極的に小説のテーマとした。その問題提起は依然新鮮で、少しも色あせない。本書はそのような芥川龍之介の時代の中での営為に、光を当てようとするものである」という明確な人間論的な主題の下に著されたものであり、これも芥川文学を語る一つの方法であろう。

一方で、「近代的文学産業が要請するような文学的仕掛け《ギミック》の問題」を芥川文学に見る見方もある。「芥川自身は自然主義的私小説《メインストリーム》ならぬジャンル横断文学《スリップストリーム》の要素が濃い」にもかかわらず、その名が芥川賞という「自分の資質とは相反する制度を代表せざるをえないというアイロニー」、「このアイロニーそのものに胚胎する本質的な文学批評精神を楽しまないかぎり、いま芥川龍之介を読み返す意味はない」と断言する巽孝之（「大正ポストモダン」『図書』一九九五・一〇）は、芥川は「文学を高度な芸術品よりは精密な発明品と見たのではないか。芸術論的有用性を優先させる文学理論。それは、他者を寄せつけないどころか、むしろ後続者たちがたえまなくヴァージョン・アップするのを誘うたぐいの姿勢である」という。例えば、「藪の中」の、「殺人事件の証言が証言者ごとに食い違う認識論的構図」をギミックの典型として挙げる。その後黒澤明監督の「羅生門」を見ても、また芥川がヒントを得たであろうアンブローズ・ビアスの「月明かりの道」を読んでも、さらに芥川とは無縁に書かれたであろうポスト・モダン作家トマス・ピンチョンの「エントロピー」やポスト・フェミニスト作家のコニー・ウィリスの「リアルト・ホテルで」を読んでも、ギミック自体に驚きや違和感を覚えなかったばかりか、「共感福音書のイエス・キリストの復活場面に関する各人の証言上の矛盾さえ『藪の中』のように読み直す奇妙な感性が、わたしの中で養われてしまった」とその心内システムへの影響力を述べている。さらに、「奉教人の死」(一九一八)について、「同時代の本質を別方向から照射する光線のありかを証明する。その核心には、性差観をズラすだけで世界観全体が切り替わるという認識論的革命があった」点に着目する氏は、マルセル・デュシャンの、キリストを花嫁と見立てる大作「彼女の独身者によって裸にされた花嫁、さえも」(一九一五〜二三)と「奉教人の死」を、鮮やかに結んだ。また、「河童」の影響力にも言い及び、「芥川個人の側から見れば、『河童』は、その主人公が早発性痴呆症であることからもわかるように、同年発表の遺稿のひとつ『或阿呆の一生』同様、壮大なる敗北宣言であったろう。しかし、まさしくその敗北内部にあってさえ、彼は西欧的サタンやドラキュラにも匹敵すべき圧倒的な文化的抵抗力として、日本的河童を再発明してみせた。いまとなっては、そのように致命的な挫折が決定的な再発明をもたらす論理を記憶する者など存在しまい。けれど、根こそぎ忘却されるほどに深く静かに浸透することこそは、作家ならぬ発明家として生まれた者が心から享受してやまぬ文学的運命ではなかったか」とする。

「ひとりの作家を余人をもっては代え難い存在論的固有名詞と考えるか、あるいは誰でも使える文学装置の技術論的発明者として考えるか」。関口のスタンスから巽の断言まで、芥川の文学を読むことは、対岸遥か遠くまで架けられた橋を辿る行為の中にある。

芥川が多くの短編小説を書く上で選んだ素材は、『今昔物語』をはじめ、明治の文明開化期、一六世紀のキリシタンなどだが、一見恣意的に見えるこれらの選択が、実は「彼が生まれる以前の日本人が、外国の文化や思想をどのように受け取ったかという問題を検証しようとする一貫した意志があったように思われる」とするのは、柄谷行人（『日本精神分析』文芸春秋、二〇〇二・七）である。ある時期に賞賛され、次の期に否定されている、その延々の繰り返しにより把握されるしかないこの日本人や日本の文化の在り方の変化のなさを指摘した上で、今後もそれは同じであり、なぜそうなのか、なぜ変えられないのかを問題提起し、「この点に関して、私は、社会科学、思想史、心理学などの本をたくさん読んできましたが、芥川の短編小説以上に洞察力をもったものに出会いませんでした」と述べる氏は、「神神の微笑」に書かれた「造り変へる力」について、次のように考える。日本人が日本人あるいは日本の文化について熱心に語り始めた大正時代、岡倉天心が、日本が東洋の芸術がすべて保存される、「貯水池」であり「美術館」であるというように、日本が東洋の歴史を保存する容器――西田幾多郎の言葉でいえば「無の場所」――となり得るという発想があったこと、また、「日韓併合」と「大逆事件」の後に成立したこの大正時代の言説に、「満州の戦場」のみならず、この二つの出来事がまったく出てこないことを指摘した上で、「大正デモクラシーと呼ばれた時代は、実際は、そのような暴力を隠すことにおいて形成」されているのだと指摘する。「大逆時代など忘れよう、今や『文化』の時代であり、デモクラシーの時代であると考える人たちが、大正的文化人なのです。しかし、少なくとも芥川は、暴力が根底に存することを強く意識していました。彼が文化的な『造り変える力』を強調したのは、むしろそのためです」と、一旦は言挙げ、同時に「和辻よりもはるかにシャープで、且つしたたか」に、「たとえば、芥川は日本が優れているというようなことを決していいはしない。むしろ、辛辣に自己批評的」であり、むしろそのことによって「まさに日本の優位を暗に示す」ところに芥川批判の芽を見出している。

「大正ポストモダン」で異が、「一見チープなギミックが、文学史的に見れば、芥川以前から芥川以後にかけて何度も反復されていく歴史」を知るとき、「そのつどそのつどの時代的必然」としてそれらが書かれること、また、芥川の活躍した大正時代が、そういった「根本的な価値変転期」であったことをいうのだが、柄谷が提示した問題もまた同じく、「根本的な価値変転期」故のものであろう。

前の吉見との対談において、成田龍一は一九二〇年代の問題として「いままでキャノンと呼ばれたものの読み方が違ってくるということ」と「キャノンそれ自身を支えているパラダイムが揺らいでくるわけですから、いままで見えてこなかった作品群が見えてくる」という、いまの立場から見渡したとき二つの風景が広がることを言った。一九一〇年代から三〇年代前半までのこの時期は、「明治国家体制が文化的にも根底から揺さぶられるなかで、さまざまな思想的、文化的可能性が噴出し、衝突し、主導権を争っていた抗争的状況」にあり、この抗争は、「三〇年代前半に至るとマルクス主義とモダニズムとナショナリズムといういわゆる三派鼎立をもたらし、どの分野でもこの三派の間に激しいイデオロギー闘争が繰り広げ」られると説明した上で、吉見は「ポイントは、三〇年代前半まで、何ら一つの方向に統一されていたというよりも、誰しもが新しい方向を模索する分裂的、抗争的な言説状況に投げ出されていたことだ」と述べた。「分裂的・抗争的な言語状況」とは、今を生きる者、つまりは主体の格闘の痕であろう。中川成美は、「モダニズムはざわめく――モダニティと〈日本〉〈近代〉〈文学〉」『日本近代文学』一九九七・一〇）の中で、三好行雄が「近代」を考える上に拘った「芥川龍之介の死とその時代」で扱った芥川と谷崎潤一郎の間に交わされた「小説の筋」論争は、「決して三好が結論とする芥川の『いたましい矛盾』を導き出したのではない。むしろモダニティそのものを谷崎とともに明確に問題化した論争と位置づけることによって、初めてその意味は開示されるのである」と述べている。モダニティの光と影は、モダニストと呼ばれた前衛芸術家の上のみに兆したのではなく、むしろ「こうした転換期の狭間に『主体』という不可解な存在を『生きた』人々の上に、より強く注がれ」、その時彼らは「所与の概念としての〈日本〉を、〈近代〉を、そして〈文学〉にも強い疑義のまなざしを向け、自らの『主体』の存立を厳しく〈問題化〉した」のである。

僕は誰かの貼つた貼り札によれば、所謂「芸術派」の一人になつてゐる。（かう云ふ名称の存在するのは、同時にまたかう云うふ名称を生んだ或雰囲気の存在するのは世界中に日本だけであらう。）僕の作品を作つてゐるのは僕自身の人格を完成するために作つてゐるのでない。況や現世の社会組織を一新するために作つてゐるのではない。唯僕の中の詩人を完成するために作つてゐるのである。或は詩人兼ジャアナリストを完成するために作つてゐるのである。従つて「野性の呼び声」も僕には等閑に附する事は出来ない。

（「文芸的な、余りに文芸的な」三十「野生の呼び声」）

ゴーギャンの《かぐわしき大地》を前にした作家の耳に届くこの「野生の呼び声」は、夙に知られている芥川が後年好んで使った作家としての自己規定「詩人兼ジャアナリスト」と共鳴する。「詩人」であり「ジャアナリスト」であることは、矛盾も背反も同化もせず、芥川文学にあって共存する概念となっている。例えば、「少年」において幻燈という文学装置を引用することで、萩原朔太郎や宮澤賢治の詩的な象徴作用や幻想空間を現出する一方で、現実からは決して離れない。「影」もまた、谷崎潤一郎や佐藤春夫と同じ興味をもち、《プラーグの大学生》と同種の材料を引用しながら幻想に遊ぶことなく現実に戻っている。時代に特有の映画を扱いながら、つまり、文学とは別のことと抵触しながら、幻想に近くあったとしても決して幻想へ入りこまない。この境界意識も〈詩人兼ジャアナリスト〉の布置を決定していよう。「ジャアナリズム」と「詩」、それは「小説の支払ふ租税」といういまを生きるものを規定する「制度」への気づきの此岸から、その制度からの羽ばたきの翼にも譬えられる「自由さ」とでもいうべき対岸までの往来を鮮やかにイメージさせる。芥川文学を特徴づける詩的シンボル、梯子に譬えるなら、絵画や映画へ、外国の文化や思想へ、近代からいまへと様々な岸へ架けられた、文学を越境し、文学と別のことを架橋するテクストとして芥川文学を再現していく行為は、無限の可能性の中に開かれていると考えている。

＊本書では、引用に際し岩波書店版『芥川龍之介全集』（一九九五〜一九九八）を使用した。

あとがき

芥川龍之介の文学には誘惑が多い。誘惑される人物を扱ったものが多いというばかりでなく、テクストそれ自体が読者を誘惑する。選ばれた言葉を好悪し、知識を問い、物騙りに耳を欹て、人間の心理に光をあて、批評を批評するよう唆す。この唆しに乗って、十年も芥川文学と歩を進めてきたことに改めて驚いている。

本書は、「文学の越境――芥川文学と時代性」と題して提出した博士論文をもとに、追補訂正を加えたものである。出版に際し、二〇〇五年度フェリス女学院大学出版助成金を受けた。一九二〇年代という問題系の様々な時代の織物のなかに、絵画、開化、都市、映画という一応の切り取り線により芥川文学を放したとき、どのような問題が浮き彫りにされるのか。書き考えるそのとき、文学の言葉と対面しながら結果的に読み手の使う言葉を振り返ることにもなった。勿論この発想は多くの先行する研究に負っている。『〈日本美術〉誕生』（佐藤道信）、『美術という見世物』（木下直之）、『鹿鳴館の系譜』（磯田光一）、『博覧会の政治学』（吉見俊哉）、『都市空間のなかの文学』（前田愛）、『モダン都市東京』（海野弘）、『起源の映画』（小松弘）など、本書の章にも掲げた切り取り線は、学生時代から書棚に置かれるようになった本の恩恵に多く与っている。時代の問題意識と芥川文学を交差させることは、文学のもつ多層性を解すことにもなり、また従来はあまり扱われたことのない作品を取り上げる契機にもなり、芥川文学の魅力のひとつ現代性に些かでも触れ得ることになった。既に発表された論文もあり、その時々の書き手の問題意識に沿って書かれたいくつかの論は、同じ作品を扱いながら本書のなかで章を越境して登場してもいる。初出をここに記しておく。

第一章「芥川と絵画」『芥川龍之介作品論集成別巻――芥川文学の周辺』翰林書房、二〇〇一年一月
第二章「「お富の貞操」――貞操・戦争・博覧会」『解釈と鑑賞』一九九九年一一月
「庭――異文化の交差と時差」『異文化との出会い　フェリス女学院大学日本文学国際会議』二〇〇三年三月
第三章「芥川龍之介「少年」論――一九二三年のクリスマス」『日本キリスト教文学研究』二〇〇四年五月
「「歯車」論――意味の代行・一九二〇年代のことば」『玉藻』一九九六年三月
「芥川龍之介「蜃気楼」――海辺のモダニズム」『言語と文芸』二〇〇三年一一月
第四章「「誘惑――或シナリオ――」論」『日本キリスト教文学研究』一九九七年五月

言葉にははてしない魅力がある。論文を書き上げた当初、遠い道程《みちのり》を歩ききった気になっていたが、本書を上梓する今、芥川研究のスタート地点にようやく立てたに過ぎないことを思い知らされている。夏目漱石「三四郎」の広田先生はさかんに「とらわれちゃいけない」と発するが、言葉の魅力と囚われの魔力の硲にもうしばらくは身を置きたいと思う。

さて、ようやく御礼を述べるときがきた。学部時代の授業から今に至るまで、宮坂覺先生には、資料収集、発表の機会、論文掲載など様々な場をいただけたことをはじめ、多くのご指導を受けた。自由な研究の風土のなかで培ったそれらすべての力がこの本に結集したことは、先生ご自身が一番理解してくださっていることと思う。感謝という言葉では言い表せない感謝をお伝えしたい。また、浅学若輩の徒に身に余る研究の場を与えてくださった関口安義先生にも御礼を申し上げたい。温かい評価と直裁な批判をいただけることは、次なる研究へのやる気を奮わせ

る大きな力となっている。重ねて深謝を述べる。大学院では三田村雅子先生に、時代やジャンルを超えて読むことの重要性を再認識させていただいた。遠藤祐先生からは物語研究会において物語を丁寧に分析することの面白さを教えていただいている。そして、座間の研究室でグローバルな視点から比較文化論をご教示くださる剣持武彦先生にも、この場をお借りして篤く感謝の意を表したい。

装画は、大学時代からの友人中島幼子さんにお願いした。快く引き受けていただいたばかりか、とても素敵な絵を描いていただいて本当に嬉しい。校正や索引の作業を手伝ってくださった友人たちにもこの場をお借りして心より御礼を申し上げたい。

そして何よりも、本書の刊行に際し最もお世話になったのは、翰林書房の今井肇氏、静江氏である。かたちのないものを一冊の本というかたちにしていくことは、お二人の笑顔と寛容さと時々の無言の叱咤がなければ実現されなかったであろう。本当にありがとうございました。

安藤　公美

二〇〇六年二月一四日

索　引

【さ】

【著者略歴】
安藤公美（あんどう　まさみ）
1964年東京に生まれる。フェリス女学院大学卒業。香港中文大学日本文化研究学科ティーチングアシスタントを務める。フェリス女学院大学後期博士課程単位取得退学。論文「文学の越境――芥川文学と時代性」で博士号を取得する。現在は青山学院女子短期大学、東邦大学、田園調布学園大学、フェリス女学院大学非常勤講師を勤める。

図版等につきましては極力調査しましたが、
お気付きの点がございましたらご連絡下さい。

芥川龍之介
絵画・開化・都市・映画

発行日	2006年 3 月 24 日　初版第一刷
著　者	安藤公美
発行人	今井 肇
発行所	翰林書房
	〒101-0051 東京都千代田区神田神保町1-14
	電 話 (03)3294-0588
	FAX (03)3294-0278
	http://www.kanrin.co.jp
	Eメール● Kanrin@mb.infoweb.ne.jp
印刷・製本	シナノ

落丁・乱丁本はお取替えいたします

ISBN4-87737-224-5